KB069204

삼언
애욕소설선
三言愛慾小說選

중 국 고 전 통 속 소 설 속 의 사 랑 과 욕 정

삼언
애욕소설선

三言愛慾小說選

풍 최
몽 병
룡 규
편 편
저 역

學古房

서문

　　주지하다시피 삼언은 명말 청초의 통속문학작가 풍몽룡馮夢龍 (1574~
1646)이 편찬한 ≪유세명언喩世明言≫·≪경세통언警世通言≫·≪성세항
언醒世恒言≫이라는 세 부의 단편소설작품집에 대한 통칭이다. 삼언은 명
말 청초 주정주의主情主義 작가의 대표라고 할 수 있는 풍몽룡이 정리하고
편찬한 까닭에 작품 속에 나타난 정이나 욕에 관한 묘사는 더욱 심각한
의미를 드러낸다. 즉 명말 청초는 이른바 인성해방운동의 시기인 만큼 인
간의 정이나 욕에 대한 관심이 높았고, 사람들은 그 동안의 예교적 속박
에서 벗어나 인간 본성 속의 이런 본능적인 면을 발산하고자 하는 욕구
가 무척 강했다. 삼언은 이런 사회적 분위기 속에서 풍몽룡이라는 한 주
정주의 작가에 의해 정리된 작품이라는 점에 대해 우리는 주의를 기울일
필요가 있다. 따라서 본 역서는 삼언 속의 120편 단편소설 작품 가운데
남녀 간의 사랑과 욕정을 다룬 작품들을 선역選譯하였으며, 더 정확히 말
하자면 삼언 속 많은 비중을 차지하는 남녀 간의 사랑과 욕정을 다룬 작
품들 중에서 필자가 선택적으로 골라 10분의 1인 12편만을 번역했다고
해야 할 것이다.

　　그러나 중국의 많은 학자들도 지적하였듯이 삼언 속에 나타난 남녀 간
의 사랑을 오늘날 우리들의 눈으로 자세히 들여다보면 거기엔 정신적인
성분이 너무 결여된 반면 오직 육체적인 욕망만이 난무함을 느낄 수가
있다. 삼언 속 남녀 간의 사랑은 진정한 사랑의 묘사보다도 남녀가 첫 눈
에 반해 온몸이 전기에 감전된 듯 찌릿찌릿하고 두 다리가 휘청거리며
서로 이끌렸다가 곧 서로 만나 한 두 마디 말을 나눈 채 바로 성관계를

맺으며 욕정을 발산하는 내용의 묘사가 너무나 많다. 따라서 필자는 이런 삼언 속의 사랑을 애욕愛慾이란 말로 표현하였다. 물론 삼언 가운데에도 육체적인 욕망보다도 정신적인 '정'을 더 중시한 진정한 사랑을 다룬 작품들이 전혀 없는 것은 아니다. 예를 들면 <기름장수 진중이 절세미인을 얻다(賣油郎獨占花魁)>라는 작품이 그 대표라고 할 수 있다. 여기서 이 작품의 작가는 기름장수 진중의 한 사랑하는 여성에 대한 욕정을 초월한 진정한 '정'을 잘 표현하고 있다. 그러나 이런 작품은 극소수에 불과하며 삼언 대다수의 양성 간의 사랑은 애욕을 바탕으로 하고 있다고 할 수 있다. 본 역서는 이런 점에 착안하여 ≪삼언 애욕소설선≫이라는 제목으로 편집되었는데, 이는 필자가 이미 2002년도에 편역한 바가 있는 ≪고대 중국 상인들의 사랑 이야기－중국 고대 통속소설의 정화 삼언≫(2002, 창해출판사, 절판)이란 역서에서 다루지 않은 새로운 작품들만을 엄선한 것이다.

삼언의 내용은 실로 방대하여 그 제재도 다양하지만 그 가운데에서도 가장 주류를 이루는 것이 바로 남녀 간의 사랑을 다룬 내용일 것이다. 전술한 바와 같이 삼언 속 애정류 작품에는 상당 부분 욕정과 성에 대한 묘사가 보이는데, 이는 그전 소설들에 비하면 매우 노골적이고 사실적으로 표현된 것이다. 삼언 이전의 애정소설들이 대개 '정애情愛'만 중시하여 표현하며 남녀 간의 '정욕情欲'을 회피하였다면 삼언은 '정애'(즉 정)와 '정욕'(즉 욕)을 결합시켜 '정욕'을 대담하고 긍정적으로 묘사하였으니 이는 이 소설이 지닌 진보적 의미로 볼 수 있다. 삼언은 당시 풍조의 영향으로 사람이 지닌 성욕이나 욕정도 금기시하지 않고 인간의 자연스러운 행동으로 간주하였다. 그 이전의 소설들에서 가급적 회피하던 여자가 소변을 보는 일이나 남녀 간의 성행위 등에 관한 묘사를 삼언에서는 아주 떳떳하고 자연스럽게 기술하였다. 삼언에 나타난 이런 생리적 현상이나 성에 대한 직접적인 묘사들은 지금 우리가 보기에도 상당 부분 노골적인 면이 없지 않다. 하지만 이는 이학理學의 시대인 송대宋代 이래로 중국전통문인들이 지닌 도학자적 성공포증에서 벗어난 풍몽룡의 개방적이고 진보적인 생각의 반영이자, 명말 이래로 부각된 개인의 욕망에 대한 긍정이라는 사회적 배경의 반영이라고 볼 수도 있다.

사실 삼언 애정류 작품들 속에서 정과 욕을 따로 분리하여 순수한 애정소설과 애욕소설, 그리고 색정소설 등으로 분리하기도 쉽지 않다. 즉 삼언 속 애정류 작품들은 엄격히 말해 상당수가 남녀 간의 성애의 욕망을 다룬 애욕소설이라고 해도 과언이 아닐 정도다. 앞서 필자가 2002년에 번역한 ≪삼언≫에서 실은 적이 있는 <장순미가 원소절에 미인을 얻다(張舜美燈宵得麗女)>, <한운암 완삼이 원통한 빚을 갚아주다(閑雲菴阮三償寃債)>, <교 태수가 남녀 세 쌍을 짝지어주다(喬太守亂點鴛鴦譜)>등의 애정류 작품들도 사실 남녀가 상호교류에 의한 깊은 이해에서 나온 사랑이라기보다도 양성兩性이 상대의 외모에 첫눈에 이끌려 몰래 만나 육체적 욕정을 나누는 애욕소설에 가깝다고 볼 수도 있다. 또 본 역서에 실은 작품들 가운데에는 남녀 간의 상호합의에 의한 사랑이 아닌 일방적인 강탈이나 기만 등에 의한 간음姦淫에 관한 작품들도 있는데, 이것도 삼언 속의 욕정관을 이해하는데 필요한 것이기에 빠뜨리지 않고 실었다.

삼언 애욕소설에는 편찬자인 풍몽룡을 비롯하여 송원명시대 사람들의 양성관계나 성의식 내지는 욕정관이 잘 드러나 있다. 이는 우리가 풍몽룡이라는 작가의 문학관에 대한 이해는 물론이거니와 중국고전문학 특히 명청소설 속의 양성관계나 성의식, 그리고 욕정에 대한 태도를 이해하는데에도 큰 도움이 된다. 삼언 애욕소설에 나타난 욕정에 대한 작가의 가장 기본적인 태도는 합리적이고 정당한 인간의 욕정을 긍정하면서도 그것을 지나치게 추구하면 재앙을 입는다는 것도 동시에 보여줌으로써 사람들에게 욕정에 대한 주의와 경계심을 제시하고 있다는 것이다. 이를테면 <한운암 완삼이 원통한 빚을 갚아주다(閑雲菴阮三償寃債)>에서 완삼이 운우雲雨 도중 급사한다거나 <육오한이 채색 신발을 빼앗다(陸五漢硬

留合色鞋)>에서 반수아가 자신의 부정不貞으로 인해 부모가 죽었다고 생각하여 자살하는 것도 모두 이런 점을 반영하고 있다. 그러나 여기에서 끝나지 않고 이 소설은 고의로 인간의 욕정을 돌출적으로 강조하여 과장적으로 표현하거나 이를 미화하려는 의식이 깔려있다. 명청소설에서는 종종 "하나는 ~이고, 하나는 ~이다."라는 방식의 구절로 두 사람의 만남을 시적으로 아름답게 표현하는데, 삼언 속에서도 이런 구절이 남녀 간 욕정을 묘사한 부분에서 상당히 많이 사용되고 있다. 이를테면

> 하나는 젊은 소년으로 처음으로 그 맛을 보았고, 하나는 규방의 각시로 방금 그 단맛을 겪었네. 한 사람이 오늘밤의 화촉으로 나와 당신의 인연이 맺어졌다고 말하니, 한 사람은 오늘 밤의 이부자리가 부부간의 사랑을 시험한 것이라고 말하네. 한 사람은 전생에 인연이 있어 월하노인月下老人을 통할 필요가 없다고 말하고, 한 사람은 절대 서로 잊지 말자며 산과 바다와도 같은 굳은 맹서를 하더라. 서로 속을 태우며 누이오빠라는 것이 알게 뭐람. 눈앞의 즐거움만 도모하면 될 것을. 남편 있고 아내 있는 것을 생각할 겨를도 없이 두 마리의 나비는 꽃 사이에서 춤을 추고, 한 쌍의 원앙이 물 위에서 즐기네.

위의 인용문은 <교 태수가 남녀 세 쌍을 짝지어주다(喬太守亂點鴛鴦譜)>에서 선남선녀가 서로 만나 육체적 관계를 처음 맺는 장면으로 두 남녀의 정욕을 매우 미화하여 표현하였다. 그런데 다음은 <육오한이 채색 신발을 빼앗다(陸五漢硬留合色鞋)>에서 육오한이 여자의 애인으로 사칭하여 야밤에 여자를 찾아가 그녀와 통정하는 이런 사악한 장면에서도 작자는 갖은 미사여구를 동원해 표현하고 있다.

> 두구荳蔲 향내 나는 꽃이 마른 등나무에 감겨버리고, 아리따운 해당화 꽃이 난폭한 비에 꺾여져 버렸네. 올빼미가 비단 원앙의 등지를 차지하고, 봉황이 어찌하여 갈가마귀의 짝이 되었네. 하나는 입에서 '내 사랑'이라고 외치며 정말 멋진 여자라고 말하고, 하나는 정말 사랑을 갈구하여 그 낭군이 아닌 줄도 모르고 있네. 홍낭紅娘이 잘못해 장생張生이 아닌 정항鄭恒과 만날 약속을 하였고, 곽소郭素가 왕헌王軒을 본 따 서시西施를 미혹하네. 가련하다! 옥같이 아름답고 향기로운 몸이 시정의 백정에게 던져져 버렸네.

이런 상황은 비단 이 작품만이 아니다. <왕 대윤이 화가 나 보련사를 불태우다(汪大尹火焚寶蓮寺)>에서 불문의 제자인 승려가 절에 수행하러 들어온 아녀자들을 강간하는 것을 알고 지현이 그들의 죄악을 찾아내기 위해 지모를 발휘해 절에 두 기녀들을 몰래 잠입시키는데, 그 중 한 기녀를 승려들이 간음하는 상면에도 이런 식의 묘사가 표현되고 있다.

> 하나는 불문의 제자요 하나는 청루의 가인이라, 불문의 제자는 거짓으로 나한으로 위장하고 청루의 가인은 양가녀로 변신했네. 하나는 해묵은 돌절구와 같아 그간 얼마나 많이 찧어댔고, 하나는 새로 만든 나무 말뚝이라 또 비바람 광풍에도 얼마든지 견뎌내네. 하나는 불문의 계율도 아랑곳없이 마음대로 즐기고, 하나는 현감의 부탁을 받들었지만 마음껏 쾌락을 즐기도다. 흡사 아난보살阿難菩薩이 마녀를 만나고, 옥통화상玉通和尙이 홍련紅蓮을 희롱하듯 하네.

이처럼 삼언에서는 남녀 간의 정상적인 아름다운 만남이 아닌 경우에도 이런 표현방법을 사용하는 것은 인간의 욕정을 미화하는 삼언의 독특한 욕정관에서 비롯된 것이다. 이런 까닭에 통속소설로서의 삼언은 작가가 독자를 의식한 나머지 마치 스스로 호색적이고 황음한 내용을 즐기는 듯한 인상을 주기도 한다. 그러나 남녀 간의 욕정을 도덕적인 잣대를 뛰어넘어 호색적이지만 미적으로 표현하고자 한 점은 중국고전소설의 또 다른 경지를 개척한 것으로 볼 수 있으며, 이에 대해서는 또 다른 시각의 연구가 필요할 것이다.

그 외에도 삼언 애욕소설에 나타난 작가의 욕정관에서 우리들이 주목해야할 것은 삼언 속 몇몇 작품을 통해 나타난 육욕을 초월한 정신적인 영성의 가치를 높이 평가하는 이른바 '진보적 양성관계'에 대한 인식이 드러나고 있다는 점이다. 이를테면 <전 수재가 남의 배필을 차지하다(錢秀才錯占鳳凰儔)>에서 사촌형의 성화에 못 이겨 대신 혼인식을 치른 전 수재가 신혼 첫날밤 신부와 같이 신방을 치르도록 들여보내졌지만 그는 결코 신부를 범하지 않고 옷을 입은 채로 침상 위에 올라 혼자 잠을 청하였는데, 그의 이런 행동은 세속의 욕정관을 초월해 욕정('淫')의 유혹을 물리친 것이고, 그로 인해 그는 결국 대윤의 존경을 받게 되어 진짜 사위까지 된다. 반면 욕정을 채우기 위해 수단과 방법을 가리지 않던 그의 사촌형 안준은 낭패를 당하면서 이 소설은 양성관계에서의 탐욕스러운 과도한 욕정을 폄하하는 반면 절제된 영성靈性의 가치를 역설하고 있는 것이다.

사실 중국고전문학 속의 양성관계를 살펴보면 남녀 간의 순수한 정신적인 사랑인 정情(즉 靈)의 세계와 저속한 육욕적인 욕정(즉 肉)의 세계를 뚜렷이 구분하지 못하는 이른바 '정욕합일情欲合一'의 정애관에서 벗어나지 못하고 있음이 사실이다. 하지만 삼언은 이를 어렴풋이나마 구분하여 '호색好色'과 '호음好淫'의 차이를 분명히 설명하고 있기도 하다. 이를테면 <혁대경赫大卿이 원앙 띠를 남기고 죽다(赫大卿遺恨鴛鴦條)>에서의 다음의 문장이 그러하다.

> 따지자면 색을 좋아하는 '호색好色'과 음란함을 좋아하는 '호음好淫'은 서로 다르다. 이를테면 고시古詩에서 말하는 "한번 웃으면 성城이 무너지고, 다시 웃으면 나라가 무너지네. 성이 무너지고 나라가 무너짐을 어찌 돌아보지 않을 수 있겠느냐만 가인佳人은 다시 얻기 어려워라!"는 호색을 말한다. 그런데 아름다움과 추함을 가리지 않고 많을수록 좋아하며 마치 속어에서 말하는 "석회 포대가 도처에 흔적을 남긴다."는 것에는 색이 어디 있겠는가! 이는 오직 '호음'일 따름이다.

이는 중국고전통속소설에서 정과 욕을 분리하여 욕을 폄하하는 반면 정의 가치를 인정한 극히 드문 예로 이해될 수가 있다. 삼언에 나타난 이런 탁월한 관점은 그 후 청대 소설 ≪홍루몽紅樓夢≫에 이르러 본격화되어 남자 주인공 가보옥賈寶玉을 중심으로 한 순수한 정신적인 사랑인 정情(즉 靈)의 세계와 가련賈璉 등의 저속한 육욕적인 욕정欲情(즉 肉)의 세계가 명확하게 구분되어지게 된다. 따라서 삼언 애욕소설에 나타난 이런 정과 욕의 문제를 통해 우리는 명대의 통속소설 삼언은 청대 소설 ≪홍루몽≫의 출현에 적지 않은 영향을 끼친 가교로서의 역할도 수행하였음을 짐작할 수가 있다.

목차

11

일러두기

이 역서의 저본은 다음과 같다.
≪古今小說(上,下)≫, 許政揚 校注, 臺灣: 里仁書局, 1991.
≪警世通言≫, 徐文助 校訂, 繆天華 校閱, 臺灣: 三民書局, 1983.
≪醒世恒言≫, 廖吉郎 校訂, 繆天華 校閱, 臺灣: 三民書局, 1988.

진 어사가 금비녀 사건을 교묘히 심문하다

陳御使巧勘金釵鈿

<진 어사가 금비녀 사건을 교묘히 심문하다(陳御使巧勘金釵鈿)>의 내용은 양상빈이라는 한 탐욕스러운 사내가 속임수를 써 자신을 사촌 동생 노학증으로 사칭하여 그 혼사를 가로채고 그 예비 신부를 속여 재물을 취한 다음 간음하는 내용의 작품이다. 자신의 약혼자가 아닌 다른 남자에게 순결을 잃은 사실을 안 처녀는 수치심으로 인해 목을 매 자살하고, 노학증은 그 누명을 쓰고 옥에 갇히지만 결국은 지혜로운 진 어사로 인해 사건의 진상이 밝혀지게 된다. 이 이야기는 중국의 객가인客家人 문화의 요람이자 대본영이라고 할 수 있는 강서성江西省 감주부贛州府 석성현石城縣을 배경으로 하고 있어 객가客家 문화와 민속을 잘 반영하고 있는 작품으로도 유명하다.

세상의 일이란 바퀴와도 같이 돌고 도나니, 눈앞의 길흉도 진짜가 아니라네. 오래된 인과응보의 결과인 듯, 하늘의 도는 선한 자를 배신하지 않는 법이라네.

선배들이 전하는 이야기가 있다. 지역은 어딘 지는 기억나지 않는데, 어느 한 남자가 있어 성은 김씨金氏요 이름은 효孝라고 하였으며, 나이가 들도록 결혼을 못했다. 집안에는 오직 노모만 있었고 기름을 팔아 생계를 이어갔다.

어느 날, 기름통을 메고 집을 나서다가 볼일이 급해 변소로 가 큰일을 보다 허리띠 하나를 주웠다. 그런데 그 속에는 은자가 하나 들었는데, 서른 냥은 되는 듯하였다. 김효는 너무 기뻐 짐을 메고 집으로 돌아와 노모에게 말했다.

"제가 오늘 운이 튀어 많은 은자를 주웠어요!"

어머니는 그것을 보고 깜짝 놀랐다.

"니가 오늘 나쁜 짓을 해서 훔쳐온 것은 아니겠지?"

"어머니 제가 언제 남의 물건을 훔친 적이 있기에 그런 말을 하세요? 다행히 이웃사람들이 알지 못했어요. 허리띠를 누가 변소 옆에다 잃어버렸는지 모르겠어요. 제가 먼저 발견하고 주워 가져온 것이랍니다. 우리처럼 가난한 장사치가 어찌 이런 돈을 쥐어볼 수가 있겠어요! 내일 사원에서 종이를 좀 태워 제사지내고 이 돈으로 기름 팔 밑천이나 장만한다면 남의 기름을 파는 것보다 나은 생활을 할 수 있지 않겠소?"

"애야, 속담에도 '빈부는 모두 팔자라'는 말도 있듯이 네 운명이 좋다면 어찌 이런 기름쟁이 집안에서 태어났겠니! 내가 보기엔, 이 은자는 니가 노력해서 얻어진 것이 아니니 아무런 공도 없이 이런 녹을 얻게 되면 오히려 재앙을 부를 수가 있어. 이 돈의 임자가 현지인인지 타향인 인지 그리고 자기 것인지 남의 것을 빌린 것인지도 알 수가 없지 않니? 한 순간의 실수로 돈을 잃어버려 찾지 못한다면 그 번뇌는 이만저만이 아니야. 어쩌면 목숨까지도 잃을 수가 있단다. 옛 날 배도裴度가 허리띠를 주인에게 돌려주어 덕을 쌓았다는 이야기1) 도 있지 않니? 오늘 니가 물건을 주운 곳으로 가서 누군가가 찾는 사람을 만나게 되면 그것을 원 주인에게 돌려준다면 니가 큰 음덕을 쌓는 것이야. 하늘은 이런 너를 배신하지 않을 것이다."

김효는 원래 본분을 지키는 자라 이런 노모의 말에 감화가 되어 연 거푸 머리를 끄덕였다.

"어머니 말이 맞아요."

그는 은자를 뱃속에 감추고 그 변소 옆으로 달려갔다. 그런데 거기 엔 시끌벅적한데 한 무리의 사람들이 한 남자를 에워싸고 있었다. 그 사내는 "아이구, 아이구"하며 무척 열이 올라있었다. 김효는 다가가 그 연유를 물었다. 알고 보니 그 사내는 타지 사람이었는데, 변소에 갔다가 허리띠를 풀어놓았는데 아무리 찾아도 그것을 보지 못해 아마 도 측간 구덩이 속으로 빠진 것이라 생각하고는 몇 명의 부랑자들을 불러 막 그 속으로 들어가 찾으려는 참이었다. 거리의 사람들은 모두 몰려와 구경하고 있었다. 김효는 그 사내에게 물어보았다.

"은자가 얼마나 되오?"

그 말에 사내는 엉터리로 답했다.

"사오십 냥은 되오."

김효는 정직했다.

"하얀 베로 만든 띠입니까?"

---

1) 옛날 당나라 때의 배도가 출세하기 전에 옥으로 된 띠 2개와 다른 물소로 만든 띠 한 개를 주웠는데, 알고 보니 한 여성이 옥중에 있는 부친을 구하기 위해 남 에게 빌린 것임을 알고 그것을 그 여인에게 되돌려주었다. 배도는 이런 음덕으 로 인해 나중에 재상이 되었다는 말이 있다.

그 말에 사내는 그를 움켜잡고 다그쳤다.

"바로 그렇소. 당신이 주웠다면 돌려주시오. 내 대가를 치를 테니깐."

구경꾼 중에 입이 빠른 자가 말했다.

"이런 경우엔 응당 반씩 나누는 것이 옳아!"

김효가 말했다.

"정말 내가 주웠소. 지금 집에다 두었으니 나와 함께 집에 가면 찾을 수가 있소."구경꾼들은 생각하길, 재물을 주웠으면 속이고 자신이 할 것이지 주인에게 돌려주다니 참 기이한 일이라고 여겼다. 김효와 사내가 함께 그 자리를 떴을 때, 다른 사람들도 모두 그들을 쫓아갔다.

김효는 집에 도달하자 그 복띠를 두 손으로 들어 사내에게 건네주었다. 그는 그것을 검사해보고 김효가 물건에 손을 대지 않았다는 것을 알았다. 다만 김효가 대가를 요구하거나 구경꾼들이 그에게 돈을 반으로 나눌 것을 주장할까 두려워한 나머지 오히려 기만하는 심보를 부리며 김효를 탓하며 말했다.

"내 은자가 원래 4,5십 냥은 되는데, 지금 이것 밖에 없으니 필히 당신이 반을 숨긴 것이오, 나머지를 내게 돌려주시오."

김효는 어이가 없었다.

"내가 금방 주워 집으로 돌아왔다가 어머니가 주인에게 돌려주라고 하여 나와 당신에게 그대로 돌려주는 것인데 어찌 돈에 손을 댔다고 하시오?"

그래도 사내는 돈이 적어졌다고 하니 김효는 억울하기도 하고 화가 치밀어 그를 밀어버렸다. 사내는 힘이 좋았다. 그는 김효의 머리를 잡아당겨 그를 닭머리채로 만들고는 땅바닥에 던져버렸다. 그리곤 주먹으로 그를 때리려고 하였다. 이에 김효의 칠십 노모가 문 앞으로 달려 나와 억울하다며 고함을 쳤고, 사람들도 모두 김효가 억울함을 알고 소리 지르기 시작했다.

마침 현감 나리가 그 길을 지나다 그 소란소리에 가마를 멈추고는 사람을 보내 그들을 데려와 심문했다. 구경꾼 가운데 논쟁을 싫어하는 자들은 이미 사방으로 흩어졌지만 몇 명의 대담한 자들은 옆에서 현령이 어떻게 이 사건을 판결하는지를 보았다.

관아의 사람들은 사내와 김효 모자를 현감 앞에 불러와 무릎을 꿇게 하고는 각각 사정을 얘기하도록 했다. 그들은 각각 말했다.

"그가 소인의 은자를 주워서는 반을 숨기고 돌려주지 않습니다."

"소인은 모친의 말을 듣고 좋은 뜻으로 돈을 그에게 돌려주려고 했는데 그는 오히려 소인을 속이려고 합니다."

현감은 구경꾼들에게 물었다.

"증인이 있소?"

사람들은 모두 나와 아뢰었다.

"그 사내가 은자를 잃어 막 변소 가에서 그것을 찾다가 못 찾고 있는데, 김효가 다가가 자신이 그것을 주웠다고 하여 집으로 데려가 돈을 돌려주었나이다. 여기까지는 저희들이 모두 목격한 사실입니다. 다만 은자의 수량은 소인들은 알지를 못합니다."

그 말에 현감은 말했다.

"당신 두 사람은 언쟁할 필요가 없소. 내가 좋은 방법이 있소."

관아의 사람들은 이 사건과 연루된 사람들을 데리고 관아로 데려갔다.

현감이 관아의 당상에 오르자 여러 사람들은 아래에서 모두 무릎을 꿇었다. 현감은 그 복띠와 은자를 가져오라고 한 다음에 고리庫吏에게 분부해 은자를 저울로 달아보게 한 다음에 아뢰도록 했다. 고리가 아뢰었다.

"서른 냥이옵니다."

현감은 그 사내에게 물었다.

"당신의 은자는 얼마요?"

"오십 냥이옵니다."

"당신은 그가 당신의 은자를 주은 것을 보았소 아니면 그 자가 스스로 인정한 것이오?"

"그가 자신의 입으로 인정한 것이옵니다."

"그가 만약 당신의 은자를 가져가려고 했다면 어찌 은자 모두를 가져가지 않고 반을 숨기고 반을 돌려주었겠소? 또 그가 스스로 돈을 주웠다고 인정하였으니 그가 이 사실을 인정하지 않았다면 당신은 어찌 알았겠소? 이런 상황으로 보면 그가 당신의 돈을 훔치려고 하는 마음이 있는 것이 아니오. 당신이 잃은 돈은 오십 냥이고 그가 주운 것은 서른 냥이니 이 은자는 당신의 것이 아니고, 분명히 다른 사람이 잃어버린 것이오."

그 말에 사내는 다급했다.

"이 은자는 분명 소인의 것이옵니다. 소인은 차라리 서른 냥만 받고 가겠사옵니다."

"수량이 다른데 어찌 당신의 것이라고 인정하는가! 이 은자는 응당 김효가 가져가 모친을 봉양하는 것이 옳소. 당신의 오십 냥은 다른 데서 찾아보시오."

김효는 돈을 얻고는 천번만번 감사의 절을 하고 노모를 데리고 떠났다. 그 사내는 관아의 판결에 감히 대들지 못해 부끄러움과 눈물을 머금고 그 자리를 떠났다. 구경꾼들은 그 누구도 통쾌해하지 않는 자가 없었다. 이는 실로

남을 속이려 하다가 도리어 손해를 보네. 한 쪽은 창피해 머리를 들지 못하고, 한 쪽은 기뻐 어쩔 줄 모르네.

여러분, 오늘은 제가 금채전金釵鈿의 기이한 이야기를 들려주려고 합니다. 아내가 있는 자는 아내가 없어지고, 아내가 없는 자가 아내를 얻게 되는 이야기입니다. 이 이야기도 김효와 그 사내의 사건과 흡사합니다. 은자를 얻고자 남을 속인 자는 오히려 은자를 잃고, 은자를 포기한 자가 도리어 은자를 얻게 됩니다. 사건은 비록 달라도 그 이치는 동일하지요.

강서성江西省 감주부贛州府 석성현石城縣에 노씨魯氏 성을 가진 염방사廉訪使[2]가 있었다. 그는 평생 청렴하여 돈을 몰랐다. 사람들은 그를 모두 노백수魯白水라고 불렀다. 그는 같은 현의 고顧 첨사僉事[3]와 누대에 걸친 교분이 있었다. 노씨 집에는 아들이 하나 있었는데, 이름은 학증學曾이었고, 고씨 가에는 딸이 하나 있어 이름은 아수阿秀라고 하였다. 둘은 약혼을 한 사이로 양가는 서로 왕래하며 사돈 간의 관계를 유지한 것이 하루 이틀이 아니었다. 노씨 가의 마님이 병으로 죽자 노 염방사는 아이를 데리고 자신의 부임지에서 머물며 줄곧 연기하면서 아들의 혼례를 치루지 못하다가 결국 그마저 부임지에서 병으로 죽고 말았다. 학증은 영구를 이끌고 집으로 돌아가 삼년을 보냈다. 그 후, 가문은 더욱 기울어 낡은 집 몇 채만 남았고, 끼니마저도 여의치 않았다.

고첨사는 사위가 형편없이 곤궁해지자 혼인을 맺은 것을 후회하며 부인 맹씨孟氏와 상의하였다.

"노씨 집안이 찢어지게 가난해져 혼인의 대례를 치룰 형편이 안 되어 지금까지 혼인식을 미뤄 왔으니, 다른 쪽으로 상대를 찾아보는 것이 딸의 평생을 위해 좋을 것 같소."

이에 맹씨 부인이 말했다.

---

2) 송원대의 관직명으로 감찰업무를 보았다.
3) 관직명

"노씨 집안이 빈궁해도 어릴 적부터 맺은 혼사인데, 어찌 거절할 수가 있겠어요?"

"지금 사람을 하나 보내어 서로 결혼할 나이가 되었으니 그 사람에게 혼인식을 재촉해 봅시다. 양가가 모두 벼슬을 한 가문이니 체면도 있어 돈이 없다는 말은 못할 것이요. 그 가난뱅이 녀석이 능력이 없으면 반드시 이 혼사를 취소할 거요. 그러면 나는 이혼장을 만들게 되고 혼담은 자연히 결렬될 것이오."

그 말에 맹씨 부인은 걱정하며 말했다.

"하지만 우리 아수의 성격이 좀 특별해 그 애가 말을 듣지 않을까 두려워요."

"집안에서는 부친의 말을 따르는 것이 법도이니 그 아이도 어쩔 수 없을 게요. 당신이 천천히 설득해 보시오."

이렇게 두 사람은 상의를 마쳤다.

맹씨 부인은 딸의 방으로 들어가 그런 상황을 얘기하였다. 그런데 아수의 마음은 단호하였다.

"여인의 덕은 한 사람을 끝까지 섬겨야한다고 했어요. 혼인에서 재물을 따지는 것은 오랑캐나 따르는 법도예요. 아버지가 이처럼 있는 자를 따르고 없는 사람들을 업신여길 줄 몰랐어요. 저는 이런 비인륜적인 일을 절대 하지 못해요."

이 말에 맹씨 부인이 그녀를 설득하였다.

"지금 아빠가 노씨 집안에 가서 혼례를 재촉했으니 그쪽에서 식을 올릴 형편이 못되면 혼담을 없는 것으로 할 것이야. 그렇게 되면 너도 어쩔 수 없이 포기해야 해!"

"무슨 그런 말을 하세요! 노씨 집안이 가난해 혼례를 치룰 형편이 못되면 저는 평생 혼자 지내며 다른 곳에 시집가지 않을 거예요. 옛날 전옥련錢玉蓮4)도 정절을 지키며 죽어 만고에 이름을 떨치지 않았어요!

아빠가 만약 저를 강요하신다면 저도 제 목숨을 버릴 각오가 돼 있어요!"

맹씨 부인은 딸의 의지가 굳은 것을 보고는 한편으로는 딱하기도 하고 한편으론 불쌍하기도 하여 한 계책을 생각하게 되었다. 그것은 남편을 속이고 몰래 노씨 총각을 불러 그에게 재물을 주어 얼른 혼례를 치르도록 하는 것이었다.

어느 날, 고첨사가 조세를 거두러 떠나 여러 날 동안 집을 비우게 되자 맹씨 부인은 딸과 이 일에 대해 서로 합의를 하였다. 그리하여 관리인 구씨歐氏를 불러 사위를 불러오게 하여 뒷문에서 만나 이러저러할 것을 얘기하고는 절대 비밀을 발설하지 말 것을 당부하고 그런 후에는 포상을 줄 것이라고 말하였다. 구씨는 명을 받들고 노씨 집으로 달려갔다. 집에 이르니 실로,

> 대문은 몰락한 절과 같고, 집은 폐허가 된 가마와 같네. 창틀들은 찢어져 바람이 들어오고, 부엌은 냉냉해 음식을 조리한 흔적도 없네. 낡은 벽과 새는 지붕은 처량하여 비가 들칠 것 같고, 오래된 의자와 닳아빠진 침상은 장작더미도 될 것 같지 않네. 청렴한 벼슬살이 가문이 몰락하니 가난한 자손들을 그 누가 연민해주리!

한편 노학중에게는 양씨梁氏 집안에 시집을 간 고모가 있었는데, 성城에서 약 10리가 떨어진 곳에 살고 있었다. 고모부는 이미 죽었고, 양상빈梁尙賓이란 아들만 있었는데, 그는 막 결혼해 착한 신부와 살고 있었으니, 세 식구가 함께 그런대로 잘 살고 있었다. 이날, 노학중이 마침 그 집에 쌀을 빌리러 갔는데, 불을 피우는 백발의 할머니만 집을

---

4) 전설에 의하면 송대 왕십붕(王十朋)의 처인 진옥련은 계모가 그녀를 부상(富商) 손여권에게 개가하도록 재촉하자 그녀는 이를 따르지 않고 강물에 투신자살했다고 한다. 남희 가운데 <형채기(荊釵記)>는 바로 이 고사를 연극화한 것이다.

지키고 있었다. 관리인은 하는 수 없이 그 노파에게 부인의 말을 전하는 수밖에 없었다.

"이것은 마님의 호의에서 나온 생각이니 바깥어른이 댁에 안 계실 동안 도련님을 만나시고자 합니다. 절대 차질이 없으시길 바랍니다."

부탁을 한 후에 그는 그곳을 떠났다. 노파는 속으로, 이 일은 지체해선 안 되고, 또 다른 사람에게 부탁해 전해선 안 되는 일이라고 생각했다. 옛날 마님이 살아계실 때, 함께 고모댁에 간 적이 있어 머리에 기억이 남아있었다. 즉시 이웃에게 집을 부탁하고 노구를 이끌고 물어서 양씨가로 찾아갔다. 당시 고모는 조카를 방에 머물게 하면서 밥을 대접했다. 노파는 고모를 보자 그 일에 대해 세세히 보고를 하였다. 고모는 참 잘된 일이라고 하면서 조카에게 빨리 가볼 것을 권유하였다.

노학증은 속으로 매우 기뻤다. 다만 차림새가 너무 남루하여 장모를 볼 면목이 없었다. 그래서 사촌형인 양상빈에게 의복을 빌려 체면을 좀 차리려고 하였다. 양상빈은 원래 본분을 지키지 않는 악한 자였다. 그 말을 듣고 이미 나쁜 생각을 가슴에 품고 있었다.

"의복은 빌려주지. 다만 오늘 성안으로 들어가기엔 날이 너무 어두워졌네. 벼슬하는 양반의 담은 얼마나 깊은 지도 모르니 장모께서 비록 할 말이 있다고 하나 다른 사람들은 그 사실을 잘 모를 것이야. 갈 때엔 반드시 조심해야 할 거네. 내 생각엔 아우가 여기서 하룻밤을 보내고 내일 아침에 일찍 떠나는 것이 좋겠네."

"형님의 말이 맞습니다."

"나는 동촌에 가서 한 사람을 만나 상의할 일이 있으니 내일 다시 아우님을 만나세."

그는 또 모친에게 당부하였다.

"할머니가 먼 길을 오셨으니 하룻밤을 묵고 내일 아침에 떠나게 하세요."

고모는 다만 아들이 호의로 그런다고 여겨 두 사람을 머물게 하였
다. 그런데 그것은 양상빈의 간사한 계략임을 누가 알았겠는가!

그야말로

하늘을 속이는 계략을 그 누가 알겠으며, 그 입지적 모략을 귀신도
몰랐다네.

양상빈은 노학증 몰래 새 옷으로 갈아입고 조용히 문을 나서 곧장
고첨사의 집으로 향했다.

한편 맹씨부인은 이날 저녁 관리인을 시켜 마당의 문을 열고 노학
증을 기다리게 하였다. 이윽고 막 해가 지는데 검은 그림자 속에 젊은
청년이 하나 보였다. 그는 의복은 정제한데 황급한 걸음으로 정원을
향해 머뭇거리며 바라보고 있었다. 관리인이 물었다.

"낭군께서는 노공자신지요?"

양상빈은 황급히 허리를 굽혀 인사를 하였다.

"제가 바로 그렇습니다. 노부인께서 저를 보려 하신다기에 특별히
여기까지 왔습니다. 바라건대 마님께 통보해 주십시오."

그 말에 관리인은 그를 정자 안에서 잠시 머무르게 하고 급히 들어
가 부인에게 아뢰었다. 맹씨 부인은 여자종을 시켜 그를 내실로 들어
오도록 하였다.

양상빈이 정자에서 나오자 두 명의 계집종이 등을 들고 그를 안내
하였다. 구불구불한 길을 통해 몇 채의 집이 지나가고 마침내 화려한
누각이 나타났는데, 거기가 바로 내실이었다. 맹씨 부인은 주렴을 걷
고 촛불을 켠 채 그를 기다렸다. 양상빈은 원래 평범한 집에서 태어나
이런 부귀한 집을 본 적이 없었고, 게다가 속되고 무식하였으며, 더구
나 남을 속여 나쁜 짓을 하는 중이라 태도가 순조롭지 못했다. 부인을

맞이하여 절을 할 때에도 예의에 맞지 않았고 하는 말도 더듬거렸다. 맹씨 부인은 속으로 생각했다.

"정말 이상하네! 벼슬을 한 가문의 자제 같지가 않아."

그러면서도 한편으론

"속담에 '사람이 가난해지면 예의가 없고 속되게 변한다.'는 말도 있지만 저 사람이 그렇게 빈궁하게 살더니 사람이 변했구만."

라고 여기며 더욱 그를 가련하게 여겼다.

차 대접이 끝나자 부인은 급히 야참을 준비하게 하고는 딸을 불러 서로 대면하게 했다. 아수는 처음엔 응하지 않다가 모친이 누차 권유하자 속으로 생각하길, 부친이 혼인을 취소하려고 하는데 만일 그렇게 된다면 오늘 밤이 영원한 이별이 될 것이고 그렇다면 남편의 얼굴을 한번 보는 것이 죽어도 여한이 없을 것이라고 여겼다. 바로 누각을 내려와 수줍어하며 나왔다. 맹씨 부인은 딸을 보고 말했다.

"애야, 이리 와 도련님을 한번 보고 인사라도 하거라!"

거짓 도령인 양상빈은 나아가 두 번 인사를 하였고, 아수도 두 번 머리를 숙이며 인사를 한 후 바로 돌아가려고 하였다. 이에 부인이 만류하며 말했다.

"이왕 부부사이인데, 같이 앉아 있으렴."

그리고는 딸을 자신의 곁에 앉혔다. 양상빈이 줄곧 그녀를 훔쳐보니, 용모가 단정하고 예뻐 뼈 속까지 몸이 건질건질 하였다. 반면에 아수는 진짜 남편을 보자 말없이 머리를 숙이고 마음속은 슬퍼져 한바탕 울기만 했다. 그야말로

진짜와 가짜가 다르고, 마음도 각각 다르도다.

잠시 후, 음식이 도달하자 부인은 음식들을 두 식탁 위에 배열시키고 위쪽의 식탁에는 사위가 앉게 하고 딸과 자신은 다른 식탁에서 같

이 앉아 먹었다. 부인이 말했다.

"오늘 급히 초대를 한 것은 도련님의 혼사를 위한 것이라 음식이 보잘것없어도 이해해 주세요."

거짓 도령은 수고스럽게 해서 죄송하단 말을 하면서 당황하여 얼굴이 붉어졌다. 부인은 딸이 뜻을 지켜 혼인을 진행하게 된 사연에 대해 대충 얘기하였고, 거짓 도령은 다만 몇 마디로만 응대할 따름이었다. 부인은 사위가 매우 수줍어한다고 여기며 전혀 낌새를 차리지 못했다. 양상빈은 원래 주량이 좋았지만 스스로 불안함을 느껴 술을 별로 마시지 않았고 부인도 더 이상 권하지 않았다. 시간이 지나자 부인은 시종을 시켜 동상東廂에 사위가 하룻밤 잘 방을 준비하도록 하였다. 양상빈은 일부러 작별하며 떠날 뜻을 보이자 부인은 만류했다.

"우리 서로 한 집안인데 어찌 법도에 메일 필요가 있겠어요! 우리 모녀가 할 이야기도 있으니 자고 가세요."

거짓 도령은 속으로 매우 기뻤다. 잠시 후, 시종이 와 잠자리가 준비되었다고 전했다. 거짓 도령은 또 인사를 하고 감사를 한 후에 등불을 든 계집종을 따라 동상으로 갔다.

부인은 딸을 방으로 부르고 하인들은 모두 보낸 다음 상자를 열어 자신이 모은 은자 80냥과 은잠 2쌍, 그리고 금으로 된 장신구 십여 점, 모두 합쳐 금 100냥이나 되는 재물을 딸에게 건네주며 말했다.

"애미 수중엔 이것들이 전부야. 니가 직접 남편에게 주면서 혼인비용으로 삼으라고 하거라."

"부끄러워 어찌 제가 가나요?"

"얘야, 예에는 경권經權이 있고, 일에는 환급이 있단다. 지금 부끄러워하지만 니가 직접 그에게 부탁하여 부부지간의 정을 호소하지 않으면 만약 그 가난한 청년이 철이 없어 다른 사람들의 꼬임에 넘어가 재물을 모두 써 버린다면 이 엄마의 정성이 헛수고로 돌아가는 것이 아니겠니! 그때는 후회를 해도 소용이 없다. 물건들을 소매 속에 잘 숨겨 사람들이 보지 못하게 하거라.”

아수는 엄마의 말을 듣고 허락하는 수밖에 없었지만 그래도

“어머니, 제가 어찌 혼자 갈 수 있겠어요?”

하니, 부인은 늙은 여자 하인과 함께 가도록 허락했다. 당장 하인을 불러 밤이 깊어지길 기다렸다가 몰래 딸을 동상의 도령의 거처로 보내 서로 대면하도록 하게 하였다. 그리고 귀에다 대고 몰래 말했다.

“딸을 보낸 후에 자네는 문 밖에서 기다리게. 두 사람이 얘기하는데 방해가 되지 않게 말이야.”

하녀는 그 뜻을 알아차렸다.

한편 거짓 도령은 혼자 동상에 앉아 무슨 일이 벌어질 것을 예상하며 잠을 자지 못했다. 과연 초경이 지나자 늙은 하녀가 문을 밀고 들어와 알렸다.

“아씨가 도련님을 보러왔습니다.”

거짓 도령은 황급히 그녀를 맞이하며 또 한 번 서로 인사를 하였다. 조금 전 부인의 앞에서는 말을 못했지만 그 딸이 혼자 있자 그는 다정하게 접근해 수작을 붙였다. 처녀도 처음엔 부끄러워 쭈뼛쭈뼛 하다가 어머니가 없자 바로 활발해졌다. 두 사람은 서로 묻고 대답하면서 한참을 대화했다. 아수는 마음속의 얘기들을 뱉어내자 자신도 모르게 두 줄기 눈물이 흘러내렸다. 거짓 도령도 고의로 가슴을 치고 탄식을 하기도 하며 눈물을 닦고 콧물을 훌쩍이면서 추태를 보였다. 또 거짓으로 여자를 위로하면서 안고 희롱하기도 하였으며, 여자는 모두 그에게 맡긴 상태였다. 하녀가 방문 밖에서 들으니 두 사람이 울고 있어 자신도 갑자기 슬퍼져 눈물을 흘렸다. 그러나 한쪽은 진정이었지만 한쪽은 거짓이었다. 아수는 소매에서 은자와 패물들을 꺼내 거짓 도령에게 주며 재삼 자신의 마음을 얘기하였음은 두말할 필요도 없다.

거짓 도령은 물건을 받고 한 손으론 처녀를 안으며 등불을 입으로 불어 꺼버렸고, 동침을 요구했다. 아수는 일이 크게 되어 하녀들이 알게 될까 두려워하여 그의 뜻에 따를 수밖에 없었다. 누군가가 <여몽령如夢令>사 한 수를 지었다.

> 애석하게도 멋진 꽃 한 송이가 비단 장막 깊은 규중에 감춰져 잘 보호받다가 꽃을 찾는 사내를 잘못 만나니 미친 벌에 의해 망가져버렸네. 잘못이어라! 잘못이어라! 원망어린 마음 동풍에 부쳐보네.

속담에도 일은 세 번 생각해서 행하지 않으면 결국 후회하게 된다고 하였다. 맹부인이 노공자에게 몰래 금품을 주어 혼사를 이루려 한 점은 원래 좋은 의도였지만 그 큰일을 치루며 어찌 관리인으로 하여금 직접 노공자를 만나보게 하지 않았단 말인가! 양상빈이 왔을 때에도 응당 그녀가 친히 그에게 부탁하며 금품을 전해야 했고 다시 관리인을 시켜 그를 직접 전송하여 만일에 대비해 그의 거처를 알아두어야만 했다. 절대 해서는 안 될 일이지만 딸을 불러내어 서로 대면하게 하였고, 더구나 그녀를 손님방으로 불러내어 남자와 서로 얘기하도록 하였다. 이 모두가 남에게 허술한 빈틈을 제공한 것이었으니, 어찌 일이 터지지 않겠는가! 양상빈이 아니라 노공자라고 하더라도 그렇게 대하여선 안 되었으니, 부질없이 평생 후회할 일을 벌인 격이었다. 사위 사랑에서 출발한 임시방편적 행동이 도리어 딸의 평생을 망친 격이다.

한편 양상빈은 재미를 본 후에 그 규수를 놓아주었다. 오경이 되었을 때, 부인은 하녀들을 재촉해 일어나 세수를 하게하고 차와 탕, 그리고 간식꺼리를 보내게 하였으며, 또 양상빈에게 부탁하며 말했다.

"저의 남편이 곧 돌아올 것이니, 도련님은 일찍 준비하여 혼사가 지체되지 않게 하세요."

양상빈은 부인에게 작별을 고한 후에 후원의 문을 나서며 속으로 쾌재를 부르며 생각했다.

"내 이번에 공연히 양반댁 규수도 범하고 게다가 재물도 많이 얻었지만 쥐도 새도 모르게 일을 처리하였으니 정말 다행이야. 다만 오늘 노씨집에서 다시 이곳을 찾는다면 일이 꼬여버려. 듣자니 고첨사가 곧 돌아온다니 내가 다시 노가魯家에게 하루를 끌게 해 내일 그로 하여금 이 집에 오게 한다면 그땐 고첨사가 이미 집에 돌아온 후라 그도 감히 그 집을 찾지 못할 것이고, 일은 감쪽같이 처리될 거야."

그는 계략을 도모한 후에 주점을 찾아 자축하며 술과 음식을 마음껏 먹고 오후가 되어서야 집으로 돌아왔다.

노공자는 기다리다 지쳤지만 옷이 없어 움직일 수가 없었다. 고모도 초조해 화가 났다. 촌락의 사람을 동촌으로 보내 아들을 찾게 했지만 종적이 묘연했다. 며느리 전씨에게 물었다.

"그 아이의 옷이 어디 있니?"

전씨가 대답하였다.

"그 사람이 상자 안에다 두고 열쇠를 남겨놓지 않았어요."

원래 전씨는 동촌 전공원田貢元5)의 딸인데, 미모가 있고 글도 읽어 교양이 있었다. 전공원은 원래 석성현의 유명한 호걸이었으나 관리한 사람과 서로 원한이 있어 그를 해치려고 하였다가 양상빈의 부친과 그의 삼촌 노염헌이 평소 그의 사람됨을 알아 적극 그를 변호하여 큰 화를 면하였다. 그는 양씨 가의 은혜에 감사하는 뜻으로 딸을 며느리로 보냈다. 전씨는 부친을 닮아 다소 의협심이 강했다. 남편이 어리석고 나쁜 짓을 하는 것을 알고 언제나 마음이 불쾌해 남편을 그냥

---

5) 공원(貢元)은 공생(貢生)의 높임말로 과거시대에 부(府), 주(州), 현(縣)의 수재 가운데 우수한 성적의 선택된 자들로 서울의 국자감에 파견되어 계속 공부를 하던 지방의 재원을 지칭하는 말이다.

‘촌사람’으로 불렀다. 이로부터 부부간은 사이가 좋지 않았고, 의복과 같은 것도 남자가 스스로 관리하였으며, 부인은 일체 관여하지 않았다.

한편 고모와 조카가 한창 초조해하고 있을 때, 양상빈이 만면에 희색을 띠며 집으로 들어왔다. 부인이 그를 욕하며 말했다.

“당신의 동생이 오직 옷만을 기다리고 있는데, 또 어디서 술을 퍼마시며 밤새 돌아오지 않았어요! 얼마나 당신을 찾았는지 알아요?”

양상빈은 부인의 말에 대꾸하지도 않고 자신의 방으로 곧장 바로 들어가 소매 속의 물건을 모두 감춘 다음에서야 나와 노공자에게 말했다.

“마침 작은 일이 생겨 사촌 아우를 하루 내내 기다리게 했구려. 이해해주게나. 오늘 날이 벌써 어두워졌으니 내일 돌아가게나.”

모친도 그 말을 듣고 욕하며 말했다.

“옷을 동생에게 주기만 하면 동생이 알아서 일을 한 텐데 네가 왜 ‘오늘 가라’, ‘내일 가라’는 둥 소리를 하고 있어!”

노공자가 말했다.

“옷만이 아니라 신발과 버선도 빌려 주세요.”

그 말에 양상빈이 답했다.

“푸른 비단으로 만든 신발을 이웃 피혁장인에게 맡겨 밑창을 달게 했으니 오늘 저녁 재촉하여 내일 아우가 신도록 해 주겠네.”

노공자는 어쩔 수 없이 또 하루를 더 묵을 수밖에 없었다.

다음 날 아침, 양상빈은 머리가 아프다며 또 해가 하늘 높이 뜰 때까지 잠을 자다가 식구들이 조반도 다 먹은 후에야 자리에서 일어나 도포와 신발, 버선 등을 천천히 하나씩 밖으로 가져 나왔다. 시간을 끌어 남의 일을 망칠 요량이었다. 노공자는 주는 옷을 감히 바로 입지 못하고 보자기를 빌려다 그것을 포장해 할멈에게 가져가게 하였다.

고모는 흰쌀 한 포와 짱아지 반찬류들도 싸서 사람을 시켜 노공자를 전송하게하면서 분부하였다.

"혼사가 준비되면 와서 내게 좀 알려 주렴. 내 걱정을 좀 덜 수 있도록 말이야."

노공자는 작별인사를 하고 떠나려는데 양상빈도 한마디 하였다.

"아우, 이번 일을 세심하게 잘 해야 하네. 그쪽 사람들의 뜻이 좋은 건지 나쁜 건지 진의가 어떤지를 잘 알아야 하네. 내가 보기에는 자네가 앞문으로 바로 몸을 드러내어 들어가는 것이 낫겠어. 진짜 사위가 아니라고 자넬 쫓아내겠어? 더구나 그 집이 늙은 관리인을 보내 자넬 모시고자 하여 증거가 있으니 자네가 스스로 천하게 행동할 필요가 없어. 그들이 좋은 뜻이 있다면 자연히 자넬 직접 모실 것이고, 만약 그들이 두 마음이 있다면 자네가 한번 나서서 그들과 언쟁을 벌려버려! 그럼 동네 사람들도 사실을 알게 될 거야. 근데 만약 후원으로 들어가면 그 은밀한 곳에선 그들에게 당해도 자네가 물러날 곳이 없어."

노공자가 이에 대답하였다.

"형님의 말이 옳습니다."

그야말로

> 배후에서는 사람을 해치고도 겉으로는 좋은 척을 하고, 마음이 바른 사람은 그것도 모르고 착하게만 대하네.

노공자는 집으로 돌아와 가져온 옷과 신, 버선 등으로 잘 차려입었다. 그런데 두건이 치수가 맞지 않았다. 하는 수 없이 자신의 것을 벗어 깨끗한 물로 빨아 할멈을 시켜 이웃집에서 인두를 빌려 불을 피워 넣어 빳빳하게 다리고 낡아 닳은 부분은 밥알로 눌러 붙인 다음에 먹물로 검게 칠을 하였다. 이 두건만 준비하는 데에도 두어 시간이 걸렸다. 이쪽저쪽으로 썼다 벗었다하며 올바르게 씌어졌는지 신경이 쓰였다. 결국 모든 준비가 끝난 후에 할멈에게 보여 모든 게 잘되었는지 점검한 다음 고첨사의 집으로 향했다. 문지기가 보니 낯선 얼굴이었다.

"나리께서는 동쪽 마을로 떠나셨습니다."

노공자는 그래도 벼슬아치의 자제라 이에 침착하게 회답했다.

"주인마님께 노씨가 여기에 있다고 아뢰시오!"

문지기는 노공자란 말에 오게 된 연유를 몰라 바로 답했다.

"나리께서 댁에 안 계셔 소인이 함부로 전하질 못 합니다."

노공자가 말했다.

"마님이 명하셔서 저를 여기에 오게 했소. 당신이 마님께 아뢰면 자연히 알 것이오. 당신들에게 피해가 가지 않을 것이오."

이에 문지기는 들어가 말을 전하였다.

"노공자께서 밖에서 보고자 하는데, 들어오게 할까요, 아니면 사절할까요?"

맹부인은 그 말을 듣고 깜짝 놀랐다. 속으로 생각하길, 그 사람이 그저께 떠났는데 왜 또 왔을까 라고 의아해하며 들어오게 했다. 그리고는 하녀를 내보내 무슨 할 말이 있는지 알아보게 했다. 하녀는 나가서 그를 보고는 황급히 들어와 보고하였다.

"이번에 온 사람은 가짜에요. 전에 온 얼굴이 아니에요. 전에 온 사람은 뚱뚱하고 시커먼 얼굴이었는데, 오늘 온 사람은 희고 마른 사람이에요."

맹부인은 그 말을 믿지 않았다.

"그런 일이 있으리라구!"

그런데 그녀가 후당으로 나가 발 안에서 바라보니 과연 같은 사람이 아니었다. 맹부인은 마음속으로 결정을 내리지 못하고 하녀를 시켜 집안 사정 이것저것을 물어보게 하니 대답이 하나도 틀리지 않았다. 맹부인은 처음 거짓 공자인 양상빈을 보았을 때, 속으로 좀 의심을 하였다. 그러나 오늘 온 사람은 생김새가 수려하였고 말씨도 점잖아 진짜 사위인 것 같았다. 하녀가 오늘 오게 된 이유를 묻자 대답인즉,

"저번에 댁의 관리인이 저를 이곳으로 오게 하였지만 제가 다른 곳에 머무르다가 오늘 아침에야 비로소 떠나게 되어 이렇게 찾아뵙게 되었습니다. 늦게 찾아온 저의 죄를 용서해 주시길 바랍니다."

라고 답하지 않는가! 맹부인은 너무나 놀랐다. 그가 진짜임이 확실했다. 그런데 지난 밤에 찾아 온 그 사람은 도대체 누구란 말인가! 그녀는 급히 방으로 들어가 딸에게 그 사연을 이야기했다.

"이 모두가 아버지가 도리를 어겨 너를 이렇게 힘들게 한 것이야. 이를 후회해도 무슨 소용이 있겠니! 다행히 아무도 이를 모르니 지난 일은 다신 거론하지 말거라. 현재 사위가 밖에 있어. 내가 들어오게 했어. 근데 아무 것도 줄 것이 없는데, 이를 어찌하면 좋아?"

그야말로

한번 잘못한 일로 모든 게 허사가 되었도다.

아수는 그 말을 듣자 그저 멍하니 말을 못했다. 당시 마음속의 심정은 말로 얘기하기 어려웠다. 당황하였다고 할 수도 없고, 부끄럽다고도 할 수가 없고, 화났다고 할 수도 없고, 괴롭다고 할 수도 있는 것이 아니었다. 분명한 것은 여러 바늘로 온몸을 찌르는 것과도 같아 통증이 이루 말할 수 없었다. 다행히 그녀는 남다른 심지가 있는 여자라 생각을 미리 정한 후에 말했다.

"어머니께서는 그 사람과 만나시지요. 저는 나중에 알아서 할 것입니다."

맹부인은 딸의 말대로 나와 노공자를 만났다. 노공자는 일어나 의

자 하나를 들어 윗자리에 놓고 말했다.

"장모님, 윗 좌석에 앉으십시오. 변변치 못한 사위가 절 올리겠습니다."

맹부인도 예를 갖추어 사양하면서 옆에 서서 두 번 절을 받고는 하녀를 시켜 그를 일으켜 세워 앉도록 하였다. 노공자가 먼저 입을 열었다.

"제가 집이 가난해 예의를 다하지 못했습니다. 장모 어른께서 절 버리지 않으신다면 이 은혜는 죽어도 잊지 않겠습니다."

맹부인은 스스로 송구하기 그지없어 아무 말로도 답하지 못했다. 다만 어서 하녀를 시켜 응접실의 문을 잠그게 한 후에 딸을 나오게 해 서로 대면하게 하였다.

아수는 발 안에 서서 감히 나오려고 하지 못했다. 오직 하녀를 시켜 말을 전하게 했다.

"도련님께선 어찌 고향에 머물며 시간을 지체해 저희 모녀의 성의를 져버리셨어요?"

노공자는 변명하며 말했다.

"제가 아파서 집에 있느라 급히 달려오질 못했습니다. 오늘 이렇게 약속을 지켜 찾아왔는데 어찌 성의를 져버렸다고 하시는지요?"

아수는 여전히 발 안에서 답했다.

"사흘 이전엔 제 몸이 노련님의 것이었지만, 이제 사흘이 늦게 오셨으니 부부의 인연으로 모실 수가 없고, 그렇다면 가문에 먹칠을 하는 것입니다. 금전적으로도 이젠 도와드릴 수가 없습니다. 남아있는 금비녀 2개와 금비녀장식 한 쌍을 드리며 그것으로나마 제 성의를 보냅니다. 도련님은 다른 곳에서 좋은 배필을 구하시고 저를 잊어주시기 바랍니다."

하녀는 두 장신구를 공자에게 전하였다. 노공자는 그녀가 결혼을 없었던 것으로 하자는 말을 하자 물건을 받으려고 하지 않았다. 아수가 다시 말했다.

"도련님이 여기 계시면 곧 영문을 알게 될 것입니다. 하지만 어서 몸을 피하세요. 여기 계시면 도련님께 이익이 되지 않을 것입니다."

말을 마치자 그녀는 흐느껴 울며 방으로 들어갔다.

노학증은 더욱 의심이 일어나 맹부인을 책망하며 말했다.

"제가 비록 가난하지만 이 두 물건을 위해 온 것이 아닙니다. 오늘 아가씨가 결별하잔 뜻을 전하였는데, 마님께선 어찌 한 말씀도 하지 않으셨습니까? 이렇게 절 대하실거면 왜 저를 여기에 오게 하셨습니까?"

부인이 답하였다.

"우리 모녀가 다른 뜻이 있는 것이 아니에요. 다만 도련님이 늦게 나타나 결혼을 중히 여기질 않아 집의 딸이 화가 난 것이니 노공자께선 의심하지 마세요."

노학증은 그 말을 믿지 않았다. 부친이 생전 남긴 말을 이것저것 늘어놓았다.

"지금은 한 사람은 죽고 한 사람은 살아있고, 한 사람은 가난하고 한사람은 부유하다고 차마 사람이 변할 수 있습니까? 저는 오직 장모 어르신만 믿고 모든 일을 맡겼는데 어찌 사흘 후에 마음이 변할 수 있단 말입니까?"

노학증의 이런저런 잔소리가 끊임이 없었지만 맹부인은 입이 열 개라도 할 말이 없었다. 그에게 붙들려 일어날 수가 없었다.

그때, 갑자기 안에서 난리가 일어났다. 한 계집종이 헐레벌떡 뛰어와 보고하였다.

"마님, 큰일 났어요! 어서 아가씨를 구해주세요!"

놀란 맹부인은 온몸에 식은땀이 났다. 발이 네 개가 아닌 것이 참으로 한이었다. 하녀가 맹부인의 왼편 겨드랑이를 부축하여 규방으로 뛰어 들어가니 딸은 비단 손수건으로 목을 맨 채 침상 위에 죽어 있었다. 급히 처치를 했지만 기가 이미 끊어졌다. 아무리 흔들어도 깨어나지 않았다. 방 안의 사람들이 모두 목 놓아 울었다. 노공자는 아가씨가 목을 매어 죽었다는 말을 듣고 그들이 속임수를 써서 자신을 쫓으려는 것으로 알고 여전히 응접실을 지키고 있었다. 맹부인은 슬픔을 참고 노공자를 들어오게 하였다. 노학증이 규방으로 들어와 보니 침상의 비단 이불 위에 죽은 아가씨가 반듯하게 누워있었다. 맹부인은 울며 말했다.

"여보게, 사위! 이제 자네 아내를 한번 보게!"

노공자는 마치 화살 만 개가 심장을 뚫는 것 같아 바로 대성통곡하였다. 맹부인이 말렸다.

"여보게, 여기 자네가 오래 머물러 있으면 안 돼! 자네에게 시비가 생겨 적지 않은 누가 될 테니 어서 돌아가게!"

그리고는 하녀를 시켜 두 장신구를 노공자의 소매 안에다 넣게 하고 그를 돌려보냈다. 노공자는 어쩔 도리가 없었다. 그저 눈물을 닦으며 문을 나섰다.

맹부인은 한편으로는 장사를 치르고 한편으로는 동쪽 마을로 떠난 고첨사에게 사정을 보고하여 속히 돌아오게 하였다. 그에게는 다만 딸애가 결혼을 반대하자 스스로 목을 매 자결했다고 전했다. 고첨사는 자신의 행동을 후회하면서 한바탕 곡을 하였으며, 상례를 무사히 마쳤음은 말할 나위도 없다. 훗날 아수를 찬양하는 다음과 같은 시가 생겨났다.

> 죽고 사는 한 번의 약속은 천금과 같이 무거운데, 간특한 음모의 화가 함정과 같이 깊음을 누구 예측했으리오! 3척의 붉은 비단이 지아비 주인에게 보답하였으니, 그로써 몸은 욕보였으나 마음은 욕보이지 않았네.

한편 노공자는 집으로 돌아와 금비녀 등을 보며 울기도 하고, 탄식도 하고, 의심도 나고, 또 그것을 풀기도 하였다. 무슨 연고인지는 몰랐지만 오로지 자신의 운명이 박해 일어난 것으로 여길 따름이었다. 밤을 보내고 다음 날이 되자 빌려온 옷가지와 신 등을 전처럼 잘 포장해서 직접 고모집으로 가서 반환하였다. 양상빈은 노공자가 집에 온 것을 알고 피해 밖으로 나갔다. 노공자는 고모에게 그쪽의 아가씨가 목을 매어 죽은 것을 얘기하니 양씨 부인도 연거푸 탄식을 하며 그에게 술과 밥을 먹인 후에 돌려보냈다.

양상빈이 돌아와 모친에게 물었다.

"금방 사촌 동생이 여기 왔는데, 고씨 집에 갔데요?"

"어제 갔는데, 무슨 이유인지 그 규수가 사흘 늦게 온 것을 탓하며 목을 매달아 죽었다구나!"

양상빈은 자신도 모르게 그만 실수로 말이 튀어나왔다.

"아이구, 정말 예쁜 아가씨였는데 아깝구먼!"

양씨가 물었다.

"너가 어디서 본 적이 있니?"

양상빈은 속일 수가 없다고 여겨 자신이 거짓으로 노공자 행세를 한 것을 실토하였다. 양씨는 크게 놀라 아들을 욕했다.

"이 하늘 무서운 줄 모르는 짐승 같은 놈아, 어찌 그런 짓을 할 수가 있어! 너의 혼사도 네 숙모가 너를 위해 성사시켜 주었는데, 은혜를 원수로 갚는다더니 네 놈은 오늘 오히려 네 사촌의 혼사를 그르치고 거기다 그 규수의 목숨까지 해쳤으니 니 마음이 편안하더냐?"

짐승만도 못하다는 말을 여러 번 하며 그를 한바탕 꾸짖으니 양상빈도 입을 열질 못했다. 양상빈이 자기 방으로 들어가려는데 부인 전씨가 방문을 잠그고 안에서 욕을 하였다.

"당신 같은 나쁜 사람은 이제 곧 하늘의 벌을 받아 제대로 죽지 못할 거야! 지금부터 당신은 당신이고 나는 나야. 더 이상 내게 해를 끼치지 말어!"

양상빈은 화가 났지만 풀 데가 없었는데, 아내로부터 또 한바탕 소리를 듣자 방문을 발로 차 열고 들어가 아내의 머리를 잡고 때리기 시작했다. 양씨 부인은 들어와 아들에게 호통치며 끌어내었다. 전씨는 가슴을 치며 통곡하며 죽으라고 울어댔다. 양씨 부인은 그녀를 위로할 수가 없어 작은 가마를 불러 친정으로 돌려보냈다.

양씨는 너무나 화가 나고 괴로웠다. 거기다 너무 놀라고 사건이 발각 날까 두려워 밤잠을 잘 수가 없었고, 밤새도록 한기가 나고 열도 났다. 7일을 몸져누웠다가 결국 죽고 말았다. 전씨는 시어머니가 죽은 것을 알고 특별히 찾아와 상을 치르며 효행을 보였다. 양상빈은 분이 아직도 풀리지 않아 그녀를 욕했다.

"독한 계집, 네 친정에서 평생 산다더니 왜 또 찾아왔어?"

부부는 다시 싸우기 시작했다. 전씨는 말했다.

"당신이 못된 짓을 해 어머님이 화병으로 가셨는데 또 내게 심술을 부려? 내 오늘 어머님이 돌아가시지 않았다면 당신 같은 촌뜨기 얼굴을 다시는 안 볼 생각이었어."

이에 양상빈이 대꾸하며 말했다.

"마누라 씨가 말라도 당신 같은 사나운 여잔 보기 싫어. 오늘 당신을 우리 집에서 내쫓을 테니 다신 우리 집에 발을 붙이지 말어!"

전씨가 이에 답했다.

"내 평생 과부로 지낼지언정 당신 같은 의롭지 못한 자와 같이 있진 않을 거야. 이혼한다면 오히려 내 맘이 편해. 집으로 돌아가 종이를 태워 신에게 감사나 표해야겠어."

양상빈 부부는 원래 인연이 아니었는데 여기서 결국 서로 결별하는 말을 하며 그 동안의 화를 내뿜었다. 그는 끝내 이혼장을 쓰고 수인을

찍고 전씨에게 전하였다. 전씨는 시어머니의 영전에 절을 하며 고별하고는 문을 나섰다. 그야말로

　　다른 사람의 부인을 꼬득일 마음은 있어도, 자신의 처를 부를 복은 없구나. 애석하도다, 전씨가의 현명한 딸이 서로 한바탕 욕설과 함께 갈라서버렸네.

　한편 맹부인은 딸을 애도하며 하루도 울지 않는 날이 없었다. 속으로 생각했다.

　"서신은 구씨가 보냈는데, 그 뚱뚱하고 시커먼 사내도 구씨가 데려왔거늘 만약 서로 내통해 일을 꾸미지 않았다면 반드시 다른 사람에게 발설된 것이리라. 남편이 돌아오면 구씨를 안으로 불러 재삼 심문을 해야겠다."

　한편 구씨는 마님의 명을 전할 때, 기밀을 누설한 것이 아니었다. 노학증이 옷을 빌리지 말았어야 했거늘, 그로 인해 간특한 계략을 야기한 것이었다. 그날 밤에 온 사람은 거짓 사위였고, 사흘 후에 온 자는 진짜 사위였다. 맹부인은 분명 두 사람의 사위가 온 것을 알지만, 구씨는 한 사람만 알고 있었다. 그는 아무리 분별하려고 해도 알 수가 없었다. 맹부인은 크게 노해 사람을 시켜 그를 바닥으로 끌어내어 곤장을 30대나 때리니 살이 갈라져 피가 튀었다.

　고첨사는 어느 날 우연히 관리인 구씨를 불러 정원의 마당을 쓸게 하려는데 그가 부인에게 맞아 꼼작도 못한단 말을 들었다. 그를 부축해 오게 하여 연유를 물었다. 구씨는 부인이 그를 노공자에게 보내 그를 만나 집으로 오게 한 일과 밤에 방안에서 두 남녀가 함께 있었던 일들을 하나하나 고하였다. 고첨사는 화가 치밀었다.

　"일이 그리 되었군!"

　그는 바로 가마를 타고 직접 현으로 나가 지현에게 이 사건을 아뢰

고는 노학증이 딸의 목숨을 보상해야 함을 요구하였다. 지현은 고소장을 쓰게 한 후에 사람을 보내 노학증을 데려와 당상에서 바로 심문하였다. 노공자는 착실한 사람이었다. 사실을 상세히 고하였다.

"여기 보시는 금비녀 몇 개가 그녀가 준 것이옵니다. 밤에 후원에서 서로 만난 일은 없었습니다."

지현은 관리인 구씨를 불러 대질시켰다. 그러나 그 노인은 두 눈이 침침하여 지난번 어두운 밤에 온 거짓 사위의 얼굴을 알지 못한데다가 오늘 주인이 분부한 것도 있어 한사코 노공자가 바로 그 사람이라고 우기며 그를 놓아주질 않았다. 지현은 고첨사와 정분도 있어 아주 엄격하게 고문을 행하였다. 노공자는 고통을 견디지 못해 자백하였다.

"고씨 마님께서 호의로 절 불러 금비녀 등 장신구를 주며 혼례비용으로 삼게 도와주셨습니다. 근데 저는 아수의 미모에 혹해 문득 음심이 생겨 억지로 간음을 하였습니다. 사흘 째 되는 날에도 다시 가선 안 되었는데 가서 결국 아수 아가씨가 수치심으로 목을 매게 되었습니다."

지현은 그 자백을 기록하고 노학증과 아수가 혼인에 대해 얘기만 나누었지 실제 혼례를 치르지 않아 부부지간이라고 보기 어려워 그가 여자를 간음해 죽게 만들었으니 상대를 핍박한 죄로 응당 교살형에 처할 것으로 판단하였다. 한편으론 그를 사형수의 옥에다 가두고 한편으론 문서를 작성해 상부에다 보고하였다. 맹부인은 이 소식을 듣고 너무 놀랐다. 즉시 그의 집으로 찾아가니 늙은 노파 한 사람만 있었는데 놀라 병이나 누워있었고, 밥도 보내 주는 사람이 없었다. 맹부인은 이 일이 노공자와는 전혀 상관이 없고 자신이 그를 망친 것이라고 여겨 몰래 금전을 남겨두고 하녀를 시켜 사람에게 부탁해 옥중에 있는 그가 그것을 사용하도록 하였다. 또 누차 남편에게 노공자의 목숨을 보전시켜 달라고 타이르기도 하였다. 그러나 남편은 더욱 분개

할 뿐이었다. 석성현에서는 이 사건이 큰 화제꺼리여서 거리마다 그 소문이 떠돌았다. 그야말로

　　좋은 일은 문밖을 나서지 않는데, 나쁜 소문은 천리에 퍼진다.

　고첨사는 그 소문이 매우 좋지 않음을 알고 노학증을 기필코 사형에 처하려고 하였다.

　그런데 당시 진렴陳濂이란 어사가 있었는데, 그는 호광湖廣[6]이 본적으로 그 부친은 고첨사와 같은 시기에 진사가 된 사람이었기에 고첨사는 그를 조카로 대우하였다. 이 사람은 젊고 총명하였는데, 억울한 사건을 전문적으로 잘 판별하였고, 당시 명을 받아 강서지역을 다스리려고 하였다. 고첨사는 그가 입경入境하기 전에 이 사안을 그에게 부탁하였다. 진어사는 입으론 고첨사의 뜻을 따랐지만 마음속으론 의문을 갖고 있었다. 부임한지 사흘째 되는 날에 바로 공주贛州에 도착하니 그 곳의 관리들이 놀라 바지에 오줌을 질질 쌌다. 심문할 시기가 되니 각 현에서는 범인들을 압송해왔다. 진어사는 노학증도 함께 심사하였는데, 그 판결한 내용을 읽어보고 또 금비녀 장신구도 보고는 노학증을 불렀다.

　"이 금비녀는 처음 받았던 물건인가?"

　노학증은 대답했다.

　"소인은 그 댁에 오직 한번만 갔사옵니다. 두 번째는 없었습니다."

　"자백서엔 사흘째 다시 갔다고 했는데, 어찌 된 것이냐?"

　"억울하옵니다. 소인의 부친이 살아있을 때 고씨댁과 혼사를 맺었습니다. 부친은 청렴한 관리였기에 죽은 후 가문이 궁핍해져 소인이 혼례품을 준비할 형편이 못 되었습니다. 그래서 장인 고첨사께서 혼

───────────────

6) 호북성과 호남성을 가리킨다.

담을 취소하려고 했지만 장모께서 이에 응하지 않고 몰래 관리인을
시켜 저를 불러 재물을 주시려했습니다. 그런데 전 고향에 일이 있어
사흘 후에야 찾아갔습니다. 그날 전 장모님만 뵈었고 아가씨의 얼굴
은 보지 못했습니다. 간음하였단 사실은 정말 억울하옵니다.”

“그 아가씨를 보지 못했다는데 이 비녀들은 누가 준 것이냐?”

“아가씨는 발 안에 서서 소인이 늦게 온 것을 책망하며 혼인은 물
론 재물도 줄 수 없다고 하시며 이 금비녀들만 기념으로 주었습니다.
소인은 결혼을 취소하는 걸로 알고 장모와 논쟁을 벌였습니다. 근데
예상 외로 아가씨가 방안에서 목을 매 자살을 했고, 소인은 아직도 그
이유를 알지 못합니다.”

“그러면 그날 밤에 네가 그 집 후원으로 가지 않았단 말인가?”

“진정코 가지 않았습니다.”

진어사는 생각을 하였다. 만약 특별히 그를 불렀다면 어찌 금비녀
만 주었겠는가! 아수가 그에게 원망을 했다면 반드시 누군가가 그를
대신해 찾아가 재물을 받았고, 간음까지 저질러 아수가 수치심으로
죽었을 것이리라. 그는 즉시 그 관리인을 불러 물었다.

“자네가 노씨 집으로 갔을 때, 노학증을 분명 보았는가?”

“소인은 보지 못했습니다.”

“그를 보지 못했다면서 밤에 온 자가 분명 그 사람이라고 인정하는
가?”

“그 사람이 자칭 노공자라고 하며 찾아와 소인은 마님의 명을 받아
그를 데리고 마님을 뵙게 하였습니다. 어찌 아니라고 우기겠습니까?”

“만난 후에 언제 떠났는가?”

“안에서 마님이 술을 권하고 그 사람에게 많은 재물을 준 것으로
들렸습니다. 그리고 오경이 되어서야 돌아갔습니다.”

노학증이 옆에서 억울하다고 소리치니, 진어사가 그를 말렸다. 그

리곤 다시 관리인에게 물었다.

"그 노학증이란 자가 두 번째 찾아왔을 때 자네가 그를 안내하였는가?"

"두 번 째 왔을 때는 앞문으로 들어와 소인은 모르는 일입니다."

"그가 첫 번 째는 왜 앞문으로 오지 않고 후원으로 들어와 자네를 찾았는가?"

"저희 집 마님께서 소인에게 소식을 보낼 때 그 사람에게 후원으로 오라고 했습니다."

진어사는 다시 노학증을 불러 물었다.

"네 장모가 원래 너를 후원으로 오라고 했는데, 넌 어찌 앞문으로 들어갔는가?"

"그들이 저를 불렀지만 소인은 그 진의를 파악하지 못해 후원은 후미진 곳이라 해를 당할까 두려워 앞문으로 바로 들어갔습니다."

진어사를 생각했다. 노학증과 관리인이 분명 말이 다른데 그 가운데 반드시 문제가 있다고 생각했다. 진어사는 노학증을 손가락으로 가리키면서 그 늙은 관리인에게 물었다.

"그때 후원으로 들어온 자의 얼굴이 확실히 이 자의 얼굴이었나? 확실하게 답하거라!"

"어두워 소인이 확실히는 확인하기 어려웠으나 아마도 그런 것 같습니다."

"노학증은 집에 없었는데 자네가 서신을 누구에게 전달했나?"

"그 집에는 늙은 노파만 한 사람 있었는데, 소인은 그에게 말하였고, 주위엔 아무도 없었습니다."

"필경 다른 자에게 말이 들어간 것이야."

"결코 다른 사람은 알지 못하였습니다."

진어사는 한참을 생각한 후에 말했다.

"사건의 전말을 캐내지 못하면 어찌 죄를 내릴 수가 있겠는가? 그렇다면 고첨사 어른께도 전할 말이 없어."

진어사는 다시 노학증에게 물었다.

"네가 시골에 있었다는데 성안까지는 얼마나 먼가? 서신은 집에서 언제 보내온 것인가?"

"북문 밖에서 다만 10리 떨어져 있습니다. 당일 서신을 받았습니다."

진어사는 안상을 손으로 치며 소리쳤다.

"노학증! 네가 3일 후에 고씨 가에 도달했다고 했는데 이는 거짓말이야. 이 서신을 알면서도 이런 좋은 일을 멀지도 않은데 어찌 3일을 지체했는가? 말이 되지 않지 않는가!"

"나리께선 화를 거두십시오! 소인이 자세히 보고하겠습니다. 저는 집이 가난해 시골의 고모댁에 쌀을 빌리러 갔습니다. 그때 이 소식을 듣고 성안으로 들어가려는데 의복이 남루해 사촌형에게 옷을 빌려 추함을 면하려 하였고 형이 빌려주기로 허락했습니다. 근데 무슨 일인지 그가 외출을 해서 이튿날 저녁에 돌아왔습니다. 소인은 그 옷을 기다리느라 이틀을 지체하였습니다."

"너의 사촌형이 네가 옷을 빌리는 이유를 아는가?"

"알고 있습니다."

"네 사촌형은 누구인가? 이름이 뭔가?"

"이름은 양상빈이고, 시골사람입니다."

진어사는 그 말을 듣고 사람들을 모두 해산시키고 내일 다시 심문하기로 했다. 그야말로

산같이 거대한 붓으로도 경박한 판결을 면하기 어렵고, 부처와 같은 자비로운 마음으로도 참불에는 무심함을 면하기 어렵네. 공안公案이 한 번 이뤄지면 번복함이 드물고, 세상의 억울한 원한 그 어딘들 없으리!

이튿날, 도찰원都察院의 작은 문에는 다음과 같은 내용의 작은 방이 붙었다.

　　　본원이 우연히 작은 질병을 얻었으니, 각 관원들은 모두 공무에 응해 다시 공고를 시행할 때까지 기다리시라.　모월 모일

이에 부현의 관리들이 아침저녁으로 그에게 문안을 올린 것은 두말할 나위도 없었다.

한편, 양상빈은 노공자가 사형을 선고받은 것을 알자 마음속으로 매우 안도를 얻었다. 하루는 문 앞이 시끌벅적해서 틈새로 밖을 내다보니 베를 파는 나그네가 머리엔 새 상주모를 쓰고 몸엔 낡은 베로 된 흰 도포를 입고는 강서지역의 사투리로 자신이 남창부의 사람인데 여기서 베를 팔고 있다고 했다. 그런데 집안의 어른이 작고해 오늘 밤에 돌아가야 한다며 남은 몇 백필의 베를 급히 주인을 찾아 싸게 양도하겠다고 했다. 구경꾼 가운데에는 1필을 산다는 자도 있고 2,3필을 산다는 자들도 있었지만 나그네는 그것을 팔지 않았다. 그리고 말했다.

"이렇게 날 필로 팔아선 몇 시간을 더 팔아도 다 팔 수가 없소. 이 가운데 누가 한꺼번에 다 사는 사람이 없소? 가격은 더 싸게 해주겠소."

양상빈은 그 말을 오래 듣고 있다가 문밖으로 나가 물었다.

"당신이 가진 베가 모두 몇 필이오? 본전이 모두 얼마요?"

"400여 필인데, 본전은 200냥이오."

"그 많은 것을 단시간에 어찌 팔수가 있겠소! 에누리를 하면 누군가가 사겠지만."

"십여 냥을 손해보고 팔수도 있소. 다만 빨리 사시오. 나도 빨리 몸을 틀고 길을 떠나고 싶소."

양상빈은 베를 보고는 다시 베를 실은 배로 가 자세히 본 연후에 말했다.

"좋은 베군요, 좋은 베에요!"

"물건을 사지도 않으면서 이렇게 내 물건을 뒤척이면 남의 장사를 망치는 것이 아니오!"

"내가 댁의 물건을 안 산다고 어찌 단정하시오?"

"댁이 사려고 한다면 돈이 있는지 보여주시오."

"당신이 2할을 깎아주면 내가 80냥으로 당신 물건의 반을 사겠소."

"어리석은 말을 하시군요. 장사하는 사람이 어떻게 2할을 에누리할 수가 있소! 더구나 반만 산다면 나머지 반은 내가 누구에게 팔아요? 장사 방해하지 마시오. 내가 살 양반이 아니라고 했잖소!"

그 나그네는 또 냉소를 지으며 말했다.

"이 북문 밖에 인가가 이렇게 많은데 돈을 가진 사람이 없단 말인가! 400필의 베도 살 형편이 안 된단 말인가! 관두고 말지. 내 동문으로 가서 팔아야지."

양상빈은 그 말을 듣고 성이 차지 않았지만 가격이 비싸긴 해도 그래도 마음에 들어 그를 놓아주지 않고 말했다.

"이 양반 정말 사람을 들볶는군! 내가 당신 것을 모두 살 텐데 어떠하오?"

"당신이 정말 모두 산다면 내 20냥을 에누리해 주겠소."

그러나 양상빈은 한사코 40냥을 할인해달라고 졸랐고, 나그네는 이에 응하지 않았다. 구경꾼들이 말했다.

"나그네 양반! 당신은 급히 물건을 팔려 하고, 이 양씨는 싸게 살려고 하니, 우리들이 보기엔 서로 절충을 해서 170냥으로 합의를 보시오."

나그네는 처음엔 응하지 않다가 사람들이 타이르자 이에 응했다.

"그럽시다. 그 10냥의 돈은 여러분들의 얼굴을 봐서 제가 감해 드리지요. 어서 돈이나 내어 놓이시오, 내 급히 길을 떠나야 하니까."

이에 양상빈이 말했다.

"돈은 많이 모자라지만 여기 몇 가지 장신구가 있는데 사용할 수 있겠소?"

그러자 나그네는 말했다.

"장신구도 바로 돈이요, 다만 공정하게 값을 매겨야 되오."

양상빈은 그를 집으로 안내해 돈과 두 쌍의 은으로 된 종鍾을 내어 놓아 모두 100냥으로 바꾸고 다시 금으로 된 패물들을 모두 가져오니 사람들이 모두 함께 값을 쳐서 70냥을 매겼다. 그리고 그것들을 나그네에게 건네고 물건을 건네받았다. 양상빈은 이번 구매가 정말 싸게 샀다고 생각되어 무척이나 기뻤다. 그야말로

> 끝없는 탐욕에 뱀이 코끼리를 삼키고, 화복禍福을 알지 못하고 사마귀가 매미를 잡았도다.

원래 베를 파는 이 나그네는 바로 진어사가 변장한 것이었다. 그는 병을 빙자해 관아의 문을 닫고 병권을 쥐고 있던 부하 섭천호聶千戶에게 상황을 자세히 분부한 것이었다. 즉 그로 하여금 우선 베를 준비하게 하고 작은 배도 빌려 석성현에서 기다리게 한 다음 자신은 몰래 문지기를 데리고 여기까지 친히 왔으며, 섭천호는 그를 수행하는 작은 시종으로 분장시켰고, 문지기는 배를 지키는 종의 역할을 맡았다. 이렇게 그들이 변장을 하자 아무도 그들을 알아보지 못했으니 관리들이 감쪽같이 일을 벌인 것이다.

한편 진어사는 배에서 내린 다음에 관부의 고시패告示牌에다 "양상빈"이란 이름을 적어 섭천호를 시켜 그를 체포하게 했다. 또 서신을 한 통 보내 고첨사를 부중으로 불러들였다. 진어사가 도찰원으로 돌

아와 병이 나았다며 문을 열게 한 후에 들어와 보니 양상빈과 고첨사가 이미 당도해있었다. 진어사는 급히 후당에 술자리를 마련해 고첨사를 접대하였다. 그 자리에서 고첨사가 노학증의 일을 거론하자 진어사가 웃으며 말했다.

"금일 외람되이 아저씨를 여기까지 오게 한 것은 바로 이 공안을 확실히 매듭짓기 위한 것입니다."

그리고 문지기를 시켜 서찰 상자를 열게 한 다음에 은종 두 쌍과 많은 패물들을 꺼내 고첨사에게 보여주었다. 고첨사는 집에 있던 물건들이라 크게 놀라며 물었다.

"이것들이 어디서 나왔지요?"

진어사가 이에 답했다.

"영애를 죽음으로 몰고 간 것이 바로 이 물건들 때문입니다. 아저씨께선 여기서 쉬고 계십시오. 제가 당상으로 가 이 물건들이 어찌된 것인지를 물어 이 풀리지 않던 의문을 풀어보겠습니다."

진어사는 문을 열게 한 후에 노학증을 불러 심문하였다. 진어사는 양상빈을 정면으로 보게 한 후에 고함쳤다.

"양상빈, 네가 고첨사댁에서 대체 무슨 나쁜 짓을 했는가?"

양상빈은 그 말을 듣자 마치 청천 하늘의 벼락소리 같았다. 입을 열어 변명을 하려는데 진어사가 문지기를 시켜 은종과 패물들을 가져와 그가 얻은 장물임을 확인시키기 위해 물었다.

"이 물건들이 어디서 났는가?"

양상빈이 머리 들어 바로 보니 그 어사는 바로 베를 팔던 나그네였다. 놀란 나머지 아무 말도 못하고 소리쳤다.

"소인이 죽을 죄를 지었습니다."

어사가 말했다.

"내 형구를 쓰지 않겠다. 어서 사실대로 진술서를 쓰거라."

양상빈은 변명을 할 수가 없어 사실대로 진술하였다. 진술서가 어떻게 쓰인 지는 쇄남지鎭南枝라는 다음의 사詞가 잘 말해주고 있다.

　　진술서를 씁니다. 양상빈. 사촌 동생 노학증을 그 장모가 가난함을 걱정해 그와 만나 결혼 비용을 도와주려고 하였다. 그에게 옷을 빌려주는 것으로 인해 이 사실을 알고 기편欺騙하는 마음을 가져 노학증을 지체하게 하고, 노학증을 가장해 관리인의 인도 아래 그 집 내실로 들어가 맹 부인을 만나고 금은을 후하게 증정받았다. 투숙하길 권유해 간음을 하였다. 사흘 후에 노학증이 찾아와 아가씨가 목숨을 끊었다.

　진어사는 진술서를 받고, 관리인을 불러 물었다.
　"자세히 보시오. 그날 밤 후원으로 들어와 거짓 노공자 행세를 한 자가 이 자가 맞소?"
　관리인은 눈을 크게 뜨고 보더니 말했다.
　"나리, 바로 이 잡니다."
　진어사는 부하를 시켜 양상빈을 80대를 때리게 하고, 노학증의 형틀을 풀어 양상빈의 몸에다 씌웠다. 강간한 자는 응당 참수형이라 현의 감옥에 보내 처형할 것을 판결하였다. 포 400필은 찾아가 받아내 포목점에 주어 다시 돈을 받아내어 국고에 환속시켰다. 돈과 패물들은 다시 관리인을 통해 가져가도록 했다. 금비녀와 금장신구들은 노학증에게 주도록 판결하였고, 모두 석방시켜 귀가조치 하였다. 노학증은 목숨을 구해준 은혜에 사례하며 절을 올렸다. 그야말로

　　시비가 밝은 거울 같이 가려지고, 은혜에 기뻐하니 원한이 풀리네. 생사가 모두 억울함이 없어지니, 신명하도다 진어사여!

　한편 고첨사는 후당에서 이 심사의 기록을 듣고는 너무도 놀랐다. 진어사가 공당에서 나왔을 때 재삼 사례하며 말했다.
　"어사 양반의 신명한 판결이 없었다면 어린 딸이 죽어도 원한을 펼

수가 없었을 것이오. 그런데 돈과 패물들을 어사께서 어떻게 받아들였소?"

진어사는 그의 귀에다 속삭였다.

"제가 여차여차 처리했습니다."

고첨사는 이에 감탄해 말했다.

"정말 묘하시오! 다만 양상빈 처가 이 사건을 알 텐데 저희 집 패물들을 분명 몇 점 가지고 있을 것이오, 바라건대 다시 찾아주길 바라오."

어사가 답했다.

"물론입니다."

진어사는 바로 문서를 작성해 석성현의 양상빈 처로 하여금 남은 장물을 어서 반환하라고 일렀다. 고첨사는 진어사를 작별하고 집으로 돌아갔다.

한편 석성현 지현은 도찰원의 문서를 보고는 감옥에 있는 양상빈을 불러내 물었다.

"네 처의 이름이 뭐냐? 이 사건에 대해 알고 있느냐?"

양상빈은 마침 처에 대한 원한을 품고 있었기에 응답하였다.

"처는 전씨인데, 재물을 탐해 저와 공모를 하였사옵니다."

지현은 당장 역졸을 보내 전씨를 불러들였다.

한편 전씨는 부모가 모두 작고한지라 올케의 집에 있으며 바느질로 하루하루를 연명하고 있었다. 그런데 이날, 오빠 전중문田重文이 마침 현에 있다가 이 소식을 듣곤 황급히 돌아와 전씨에게 보고했다. 전씨는 침착하게 말했다.

"오라버니, 놀라지 마세요. 제가 알아서 처리할 것입니다."

그녀는 이혼장을 들고 가마에 올라 곧장 고첨사의 댁으로 찾아가 맹부인을 만나러 갔다. 맹부인은 그녀를 보자 마치 헛것을 본 듯 분명 자신의 딸 아수가 걸어 들어오는 것으로 보였다. 가까이 다가왔을 때에야 낯선 예쁜 여자임을 알고 놀라 물었다.

"누구세요?"

전씨는 바닥에 꿇어앉아 절하며 말했다.

"첩은 양상빈의 처 전씨입니다. 악한 남편의 의롭지 못한 소행에 저까지 연루됨을 두려워하여 먼저 이혼을 하였습니다. 귀댁의 어르신이 모르시니, 부인께서 저의 목숨을 구해주시기 바랍니다."

말을 마치자 이혼장을 꺼내 주었다. 맹부인이 그것을 보고 있는데 전씨가 옆에서 갑자기 부인의 소매를 부여잡고 울며 말했다.

"어머니, 아버지가 절 망쳤어요, 너무 괴로워요!"

맹부인은 아수의 목소리를 듣고 같이 울었다.

"애야, 무슨 할 말이 있으면 하거라."

전씨는 두 눈을 꼭 감고 슬프게 울며 말했다.

"제가 잠시 잘못을 저질렀어요. 몸을 잃었으니 여자의 도리를 지키지 못해 노공자의 얼굴을 보고 수치스러워 목을 매어 자살해 절개를 지켰어요. 그런데 아버지가 세심하게 일을 처리하지 못해 하마터면 노공자의 목숨을 앗아갈 뻔했어요. 다행히 진상이 명백히 들어났지만 그 사람은 집도 아내도 없어 결국 우리가 그 분을 망친 것이에요. 어머니가 절 생각하신다면 아버지께 말해 이 일을 성사시켜 혼인관계를 단절하지 말게 해 주세요. 그러면 저도 구천 아래에서 아무런 한이 없을 것입니다."

말이 끝나자 땅에 누워버렸고, 맹부인도 혼절해버렸다.

하녀와 계집종, 그리고 유모 등이 모두 한꺼번에 와 그들을 흔들어 깨웠다. 전씨는 멍하니 앉았는데 아무리 말을 해도 인사불성이었다. 맹부인은 전씨를 보고 딸을 생각하며 다시 울기 시작했고 계집종들이 그녀를 말렸다. 맹부인은 한없이 비통해하며 전씨에게 물었다.

"어머니와 아버지가 있나요?"

"없습니다."

"나도 주위에 아무런 친지가 없는데, 부인을 보니 마치 딸애를 보는 것과 같네요. 내 의붓딸이 되어 줄 수가 있어요?"

전씨는 절하며 말했다.

"만약 부인을 모실 수 있다면 천첩은 행운입니다."

맹부인은 기뻐하며 그녀를 곁에 두었다.

고첨사가 집으로 돌아와 전씨가 먼저 양상빈과 이혼해 그와 아무런 상관이 없다는 사실을 듣고는 서신을 적어 이혼장과 함께 현관에게 보내 그녀의 죄를 추궁하지 말게 할 것을 도찰원에 전하였다. 또 전씨가 어질고 지혜로운 것을 알고 매우 아꼈으며, 부인의 뜻에 따라 양녀로 받아들였다. 맹부인은 또 딸 아수의 혼령을 전씨에게 전이轉移시키는 의식에 대해서도 거론하였으며, 아수가 노씨와의 혼인 관계를 단절하지 않도록 신신당부하였음도 얘기하였다. 현재 전씨는 젊고 예쁜데 노공자를 짝으로 받아들여 앞의 인연을 이어주는 것도 가능한 일임을 얘기하였다. 고첨사는 노학증이 무고하게 해를 입은 것을 보고 매우 후회스러웠다. 오늘 부인의 말에 일리가 있어 그것을 받아들이지 못할 이유가 없었다. 다만 노공자가 의심을 품을까 걱정되어 친히 그의 집으로 찾아가 사죄를 하고 다시 혼사를 이어갈 것을 제의하였다. 노공자는 재삼 사양하였지만 결국은 허락하였다. 금비녀와 장신구들을 결혼 혼례로 삼아 날을 가려 혼례식을 올렸다.

고첨사는 노공자에게 결혼할 상대가 먼 질녀라고 하였고, 맹부인도 전씨 앞에서 남자가 수재라고만 하며 진짜 이름을 밝히지 않았다. 혼인식을 올린 다음 전씨는 상대가 노공자임을 알았고, 노공자도 신부가 양상빈의 전처 전씨임을 알게 되었다. 이로부터 부부는 화목하게 지내며 효성도 지극하였다. 고첨사는 자식이 없어 노공자가 그의 자산을 이어받았고 발분하여 공부를 하였다. 노공자는 세 번의 향시를 모두 합격하여 국자감으로 보내졌으며, 결국 과거에도 급제하였다. 그는 자식은 둘을 낳았는데, 하나는 성을 노씨로 하고, 또 하나는 고씨로 하여 두 집의 종사宗祀를 잇게 하였다. 그러나 양상빈의 대는 끊어졌다. 시에서는 말했다.

하룻밤의 환락이 자신의 몸을 망쳐, 백년의 인연이 타인에게 돌아갔네. 세상에서 간음한 짓을 행하는 자는 당시 양상빈의 종말을 한번 보게나!

2

육오한이 채색 신발을 빼앗다

陸五漢硬留合色鞋

<육오한이 채색 신발을 빼앗다(陸五漢硬留合色鞋)>의 내용은 장신이라는 끼가 많은 남자가 반수아라는 처녀의 집 앞에서 그녀와 눈이 맞아 서로 연정이 싹 트게 되고, 이에 장신은 육씨 매파에게 반수아와의 만남을 주선해 달라고 간청하면서 반수아가 던져 준 정표인 가죽신을 그 매파에게 넘겨주면서 이야기가 시작된다. 그런데 그 매파의 아들인 부랑아 육오한이 그 가죽신을 몰래 들고 야밤에 그녀의 방을 찾아가 장신으로 행세하며 그녀와 오랜 기간 간통 짓을 일삼게 되고, 나중에는 그녀의 부모까지 살해하게 된다. 그로 인해 장신은 살인죄의 누명으로 억울하게 고문을 당하지만 결국은 진상이 밝혀져 풀려나게 된다. 그로 인해 장신은 다시는 여색을 밝히지 않았으며, 반수아는 부모의 죽음이 자신의 부정不貞으로 인한 것임을 알고 자살하게 된다.

이익을 보면 기뻐 웃고 마음이 뜻대로 안 되면 슬퍼한다. 그러나 하늘의 도는 이와 반대이니, 이익을 보는 것이 손해를 보는 것이라.

근래에 한 사람이 있었으니 성은 강씨強氏였다. 평소 작은 이익을 챙기는 것을 좋아하였고, 강한 자에는 기대고 약한 자는 업신여겼다. 마을 사람들은 모두 그를 두려워하여 별명 하나를 얻었으니 바로 강득리強得利라고 하였다. 하루는 우연히 길을 가다가 한 나그네가 땅에서 복띠(배두렁이)를 하나 줍는 것을 보았다. 그것은 매우 무거워 보여 속엔 분명히 많은 것이 들어있는 것 같았다. 그는 바로 달려가 그 사람을 붙들고 말했다.

"그 복띠는 내 허리에서 떨어진 것이니 돌려주시오."

나그네가 말했다.

"나는 앞에 가고 당신은 내 뒤에서 왔는데 어찌 그것이 당신의 허리에서 떨어졌다는 터무니없는 말을 하시오?"

강득리는 나그네가 그의 말을 듣지 않자 그것을 바로 뺏으려고 하였다. 두 사람은 서로 복띠를 붙잡고 놓아주지를 않으니 거리의 사람들이 모여들어 왜 그러는지를 물었다. 두 사람은 모두가 자신의 것이라고 주장했다. 이때 구경꾼들 가운데 한 늙은이가 입을 열었다.

"당신들이 입으로만 말해야 소용이 없소. 이 속에 무엇이 들어있는지 알아맞히는 자가 바로 주인이오."

그 말에 강득리가 말했다.

"나는 당신과 수수께끼 할 마음이 없소. 나는 다만 그 물건이 내 것이란 것밖에 모르오. 그냥 내게 주면 끝이오. 그렇지 않으면 당신과 이판사판 싸울 것이오."

이 말에 여러 구경꾼들은 그 물건이 강득리의 것이 아님을 알았다. 강득리를 무서워하는 사람들이 호의로 나그네를 타일렀다.

"여보시오. 당신은 이 강씨 양반을 모르시오? 이 지역의 호걸이라

오. 이 복띠는 당신이 길에서 주웠으니 당신의 것이 아니지 않소. 그 것을 저 분에게 드리고 서로 알고 지내는 것이 지당한 듯하오."

그러나 나그네는 그 말을 듣지 않았다.

"이 복띠는 내 것이 아니긴 하나 재물을 힘으로 뺏으려하는 것은 부당하오. 기왕에 여러분들이 좋은 말로 권유를 하니 소인은 차라리 복띠를 열어서 안에 무엇이 있는 지를 보고 과연 돈이 있으면 삼분하여 소인과 강형이 각각 하나를 갖고 나머지 하나는 여러분들이 상금으로 나눠 술이라도 한잔씩 하길 바라오."

그 말에 노인도 찬동했다.

"그 젊은이의 말이 맞소. 강형은 손을 놓고, 이 늙은이에게 주시오."

노인이 그 띠를 열어 보니 안에 큰 주머니가 있고 그 주머니 속에는 서너 장의 종이가 겹겹이 쌓여져 있는데 속엔 눈처럼 흰 두 덩어리의 은자가 들어있었다. 하나가 열 냥은 되어보였다. 강득리는 그 은자를 보자 너무 좋아 심술이 생겼다.

"은자를 삼분하고자 했지만 아쉽게도 은자가 두 덩어리 뿐이오. 내게 가축을 살 몇 냥의 작은 은자들이 있으니 그것으로 저 나그네에게 주고 이것들은 내가 가지겠소."

그리고 한편으론 허리 속을 뒤져 서너 냥의 작은 은자들을 꺼냈다. 그 돈으로 여러 사람들과 술도 한 잔 해야 하니 나그네가 그 돈을 받을 리가 없었다. 두 사람은 다시 다투기 시작했다. 또 누군가가 나그네를 설득하며 말했다.

"이 강씨 양반은 보통이 아니니 돈을 몇 푼 얻었으면 떠나는 것이 좋을 듯하오."

그 늙은이도 거들었다.

"이 넉 냥의 은자를 모두 당신이 가지시오. 우리들은 아무 것도 얻지 않겠소. 그깟 술이야 매일 먹을 수 있지 않소! 두 분을 대접한 것이라 생각하죠."

노인이 그 말을 하는 중에 강득리는 노인의 손에 있는 은자 두 덩어리를 낚아채버렸다. 나그네는 하는 수가 없었다. 다만 그 넉 냥의 은자를 갖는 수밖에.

"지금 나한테 잔돈은 없지만 요 앞의 거리에 있는 주점이 내 삼촌이 여는 가게이니 여러분들이 오늘 수고하셨으니 같이 함께 가시지요."

강득리의 이 말에 여러 사람들이 웃으며 답했다.

"일이 이렇게 되었으니 저 나그네도 함께 한 잔 하며 앞으로 친구로 지내지요."

그리하여 일행 열 너댓 명이 함께 앞의 거리에 있는 주삼랑朱三郞의 주점 누각에 모여 앉았다. 강득리는 한편으론 공짜로 두 덩어리의 큰 은자를 얻어 기쁘기도 하고, 또 한편으론 여러 사람들이 자신의 편을 들어 고마웠고, 또 한편으론 그 나그네로부터 이익을 챙겼을 뿐 아니라 여러 사람들에게 술을 한 잔 산다는 약속을 어겨 좀 마음이 불안하기도 했다. 하물며 자신의 삼촌이 여는 가게라고 자랑을 하며 좋은 술과 좋은 음식을 마음껏 시켜 즐겁게 먹었다. 여러 사람들은 모두 술과 음식을 배불리 먹고 흩어졌는데, 모두 석 냥 가량의 은자 돈이 들었다. 강득리는 자신의 장부에다 기록하게 하고 여러 사람들과 작별을 고했다. 그 나그네도 순순히 넉 냥의 은자를 얻어 집으로 돌아갔다.

이틀이 지나 강득리가 가축을 사려고 하였고, 삼촌의 가게에서도 술값을 요구하였지만 집안엔 다른 돈이 없어 그 두 덩어리의 큰 은자를 경은포傾銀舖[1]에 가서 파는 수밖에 없었다. 그런데 그 은장이 그것

---

1) 은자를 주조하는 가게로 작은 은자를 모아 큰 은자로 만들어주기도 하고, 큰 은자를 여러 개의 작은 은자로 만들어주기도 하였다.

을 몇 번이고 뒤집어 보더니 물었다.

"이 은자는 어디서 났소?"

"물건을 사고팔면서 생긴 거요."

"손님이 남에게 속은 거요. 이건 철로 만든 가짜 은이라오. 바깥은 아주 얇은 한 층의 은이나 속은 모두 납과 철이오."

강득리는 그 말을 믿지 않고 어서 은자를 쪼개보라고 했다. 은장은 하는 수 없었다.

"물건이 망가져도 저를 원망하지 마십시오."

은장이 그것을 탁탁 치며 구멍을 내니 그 은자는 겉이 갈라지며 속의 가짜가 드러났다. 강득리는 보긴 하여도 믿을 수가 없었다. 그는 일생 중 이런 밑지는 장사를 해본 적이 없었다. 자업자득이니 남을 원망할 수도 없었다. 계산대 옆에 앉아서 멍청히 그 두 개의 은자를 바라볼 뿐이었다. 많은 사람들이 가게로 들어와 그 가짜 은자를 보며 이러쿵저러쿵 말하였다. 그는 매우 화가 났다. 그 화를 풀 일을 찾는 중, 문밖에서 두 관리가 들어와 크게 소리를 치며 다짜고짜로 강득리의 목에다 고리를 채우고 그 가짜 은자 두 개도 함께 가져갔다. 알고 보니 그 현의 금고에 가짜 은자가 발견되어 지현 나리가 몰래 관리를 바깥에 보내어 그 사건을 조사토록 한 것이었다. 그 복띠 속의 은자는 누가 흘린 것은 모르지만 그 은자의 모양이 현 금고의 것과 꼭 같았다. 이런 까닭에 그는 관아에 잡혀가게 되었다. 지현은 그 가짜 은자를 보자 그것을 만든 이가 바로 강득리라고 여겨 그의 변명을 듣지도 않고 30대의 곤장을 때린 후 그를 감옥 속으로 넣었다. 그리곤 그에게 현 금고에 있는 가짜 은자까지도 배상하도록 요구하였다. 강득리는 하는 수 없어 전답과 자산을 팔아 금고를 채웠으며, 또 사람들에게 부탁하여 지현에게 자신이 은자를 줍게 된 경유를 설명하도록 하였다. 지현은 사람들의 청원을 듣고 그의 죄명을 용서해 석방하였다. 그는 모두 백 냥 이상의 은자를 쓰게 되었다. 한 작은 집의 살림이 만신창이가 되었고, 그 마을엔 다음과 같은 웃지 못 할 이야기가 전해졌다.

강득리는 억지로 이익을 보고자 하지만 일에는 전혀 도움이 되지 않네. 두 개의 철 덩어리를 얻고 가산 백 냥을 잃었다네. 관아에서 매도 자신이 맞았고, 주접에서 남들에게 술도 대접하였네. 이번에 밑지는 삶을 살았으니, 다음엔 똑바로 살아야지. 이제부턴 강함을 버리고 약함을 취하고, 이익을 보려고만 하지 말고 손해를 보려고 해야 하네. 또다시 마을사람들을 업신여기면 아마 콧물도 훌쩍이지 못하게 되리.

이 이야기는 억지로 이익을 챙기고 재물을 탐내면 반대로 재물을 잃게 된다는 것이다. 바로 이익을 보는 것이 손해를 보는 것이라는 것이다. 지금 다시 다른 이야기가 하나 있는데, 바로 "육오한이 채색 신발을 빼앗다(陸五漢硬留合色鞋)"이다. 이 역시 남의 이익을 챙기려다 나중에 큰 화를 만나게 된다는 이야기이다. 바로

통쾌하게 많이 먹으면 위를 해치고, 유쾌한 일이 지나면 반드시 재앙이 찾아오네.

홍치弘治 연간에 절강성 항주부의 성에 한 젊은이가 있었는데, 성은 장張이요 이름은 신藎이었다. 조상은 큰 부호였으며 유년시절엔 학교를 다니며 글공부도 하였지만 부모가 일찍 죽어 아무도 돌보는 자가 없어 책을 던져버리고 전적으로 부랑자제들과 왕래하며 배운 것이라곤 피리와 거문고와 같은 악기연주와 축구운동 뿐이었다. 또 그는 기생집에서 노는 것에 익숙하여 그곳이라면 도가 튀었다. 생긴 것이 멋지고 잘 생겼으며 다정하고 정취를 알았다. 게다가 돈까지 있으니 기생들이 모두 그를 좋아하여 극진히 황홀하게 모시니 그는 집은 안중에도 없었다. 그 처가 누차 그를 설득시키려 하였지만 그가 듣지 않자

그냥 포기한 상태였다. 바야흐로 봄의 어느 하루, 서호에는 도화꽃이 만개하니 그는 하루건너 매일 밤 명기들을 초청하였는데, 하나는 교교嬌嬌라고 하였고, 하나는 천천倩倩이라고 했다. 그는 또 몇 명의 똑같은 친구들을 불러들여 배를 빌려 유람하려고 하였다. 그가 꾸민 모양을 보면, 머리에는 당시 유행하던 추사건縐紗巾을 쓰고, 몸에는 은홍색의 오릉吳綾 도포를 입었으며, 속에는 꽃이 수놓인 하얀 능라 저고리를 입었으며, 다리 아래는 흰 비단 버선에다 새빨간 가죽신, 손에는 한 자루의 서화가 그려진 부채를 쥐었다. 그의 뒤에는 늘어뜨린 머리를 한 예쁜 사내가 뒤따르는데, 그는 청금淸琴이라고 했다. 바로 그가 총애하는 아이였다. 왼쪽 어깨에는 망토를 걸치고 오른 손에는 현악기와 퉁소를 들었는데 모두가 촉 땅의 비단으로 만든 금낭 속에 들어있었다. 집을 떠나 전당錢塘 성문을 향해 의젓하게 걸어오다가 십관자 골목 안으로 지나갔다. 그러다 무심코 머리를 들어 거리 옆 누각을 바라보는데 한 여자가 발을 걷고 세수한 물을 버리고 있었다. 여인의 모습은 너무도 아름다웠는데, 청강인淸江引 노래가 그것을 증명하였다.

어느 집의 처자인지 정말 예뻐 서시를 능가하네. 얼굴은 흰 분 덩어리 같고, 머릿결은 검은 구름 같네. 그녀와 가까이한다면 혼백도 달아나겠네.

장신이 그녀를 한 번 보았는데 몸은 벌써 반쯤 녹아 허물어졌다. 발이 자동으로 멈춰져 몸을 움직일 수가 없었다. 일부러 기침을 한 번 하니 그 여자는 물을 붓고 발을 내리려다 그 기침소리에 아래를 바라보았다. 거기엔 다름 아닌 아름다운 모습의 젊은이가 보였는데, 풍류가 넘치고 차림새가 화려했다. 눈을 고정하여 바라보는데 곧 두 얼굴이 마주치고 네 눈동자가 서로 응시하였다. 여자가 자연스레 미소를 지으니 장신은 혼이 빠져나가는 듯했다. 서로 위와 아래에 있어 말을 할 수 없는 것이 한이었다. 그 사이에 문 안에서 한 중년여성이 나왔다. 장신은 급히 몸을 피했다. 그 여성이 멀리 지나간 후에 그가 다시 나가 그녀를 바라보았을 때, 여자는 이미 발을 내리고 사라진 뒤였다. 잠시 멈춰서서 기다려보았지만 여자는 다시 나타나지 않았다. 그는 청금에게 집을 기억하게 하고 내일 다시 와 염탐하고자 했다. 그 자리를 떠날 때에도 그는 몇 차례나 뒤를 돌아보았다. 서호는 그가 일상적으로 걸어가는 곳이지만 오늘 그 여인을 본 후로는 한 걸음 한걸음이 마치 몇 백 리의 산길을 걷는 것처럼 그렇게 힘들었다. 이윽고 전당문을 나서 호수의 배에 도착했다. 두 명의 기녀와 몇 명의 젊은이들은 모두 이미 배 안에 와 있었다. 그들은 장신이 배에 오르는 것을 보곤 모두 나와 그를 맞이하였다. 장신이 배에 오르자 청금은 상의와 악기들을 내려놓았다. 호각소리에 배가 떠나며 호수 중앙을 향해 나아갔다. 이날, 날씨는 화창한데 제방 위의 복사꽃은 웃음을 머금고 버드나무 잎은 한가히 늘어져있었다. 봄을 맞은 상춘객 남녀들은 술과 음식을 가지고 구름처럼 모여들었다. 다음의 시가 당시를 증명하였다.

산 밖의 푸른 산, 누각 밖의 누각. 서호 호숫가의 춤과 노래소리는 그 언제 멈출까! 온화한 바람에 유람객들은 취하여 항주杭州를 변주汴州라고 쓰네.

한편 장신은 배 안에서 다른 친구들은 모두 관현악기들을 연주하거나 노래를 부르며 기량을 뽐내지만 자신은 오직 그 누각의 여인만 생각하며 웃음도 잃은 채 턱을 괴고 생각에 잠겨있었다. 그런 그의 모습은 상춘객이 아닌 가을을 타는 모습이었다. 사람들이 물었다.

"장씨 도령이 평소에는 이러지 않는데, 오늘은 왜 이리 근심어린 모습이오. 분명 무슨 사연이 있는 게죠?"

그러나 그는 그 이유를 말하지 않았다. 사람들이 또 물었다.

"도련님! 흥을 깨지 마시고, 가슴을 열어 술을 드시지요. 무슨 일이 있으면 우리 형제들이 해결해 드리지요."

그들은 또 교교와 천천에게도 지시하였다.

"오늘 도령께서 이리 유쾌하지 않은 것은 너희들이 도련님을 기쁘게 해드리지 못해 화가 나신 거야. 어서 빨리 술을 청해 용서를 빌어!"

두 하녀는 바로 술자리를 마련해 술을 올렸다. 장신은 여러 친구들의 호의에 억지로 술을 마셨지만 마음은 딴 데 있었다. 저녁이 되지도 않아 그는 먼저 자리를 떠났고, 친구들도 그를 붙잡지 않았다. 배에서 내려 전당문으로 들어가면 원래 십관자 골목을 지나야 되어 그 여자의 문 앞에서 다시 기침을 한 번 해보았다. 그러나 누각에서는 아무런 동정도 보이지 않자 골목을 나와 다시 보아도 아무런 소리가 없었다. 청금이 말했다.

"주인님, 내일 다시 오시죠. 여기서 왔다 갔다 하면 사람들이 이상하게 여길 겁니다."

장신은 그 말에 따라 집으로 돌아가는 수밖에 없었다. 내일 다시 그 집 가까이 가서 염탐해보니 어떤 자가 말하였다.

"그 집은 악명 높은 반용潘用 부부가 사는데, 그에겐 딸만 하나가 있었고, 나이는 16세로 이름은 수아壽兒라고 하지요. 반용은 관리 하나와 약간의 친분이 있었는데, 그는 그것을 이용해 지역 사람들을 위협해 재물은 물론 술이나 음식을 갈취하기도 해 어느 누구도 그를 두려워하고 증오하지 않는 자가 없습니다. 말하자면 마을의 건달이나 폭군과 같아요."

장신은 그 말을 뱃속에 기억하고 천천히 그 집 문 앞을 서성거렸다. 그런데 마침 그 여자가 발을 걷고 멀리 바라다보았다. 그러자 두 사람이 또 서로 마주치게 되었고, 상호 눈으로 추파를 던지며 친해졌으며,

이로부터 장신은 언제나 그 아래를 지나며 여자의 동태를 살피며 헛기침으로 신호를 보냈다. 어떤 때는 그 여자가 보이기도 하다가도 어느 때는 나타나지 않았다. 그러던 중 뜨거운 눈길이 서로 오고가며 정이 깊어졌다. 다만 여자는 누각에 있어 접근을 할 수가 없었다.

어느 날, 2월 15일의 밤에 밝은 달이 하늘에 뜨자 주위가 백주 대낮처럼 밝았다. 장신은 집에서 안절부절 하다가 야참을 먹고 달빛이 밝은 것을 틈타 홀로 반용의 집 문 앞으로 걸어갔다. 당시 주위엔 아무도 없었는데 그 여자가 마침 발을 걷어놓고 창가에 기대 보름달을 바라보고 있었다. 장신이 아래서 그녀를 보고 가볍게 기침을 한 번 하였다. 위의 여자는 장신의 뜻을 알아차리고 두 사람은 서로 미소를 보였다. 장신은 소매에서 붉은 비단 손수건을 꺼내 마름 모양의 매듭2)의 형태로 접어 그녀를 향해 던졌다. 여자는 그것을 잡으려고 두 손을 벌렸는데 마침 그녀의 정중앙으로 날아갔다. 여자는 달 아래서 그것을 자세히 보더니 소매 속으로 집어넣고 신발 하나를 벗어 그에게 던졌다. 장신이 두 손으로 그것을 받아보니 여러 가지 색이 들어간 가죽신이었다. 손가락으로 그것을 재어보니 꼭 한 절折3)이었다. 그는 그것을 수건으로 싸서 소매 속으로 넣었다. 그리고는 위를 향해 정중하게 인사를 하였고, 여자도 머리를 숙여 답례를 하였다. 두 사람의 분위기가 막 무르익는 순간 여자의 부모가 부르는 소리에 그녀는 창문을 닫고 누각 아래로 내려가 버렸다. 장신은 흥이 깨져 집으로 돌아와 서재에서 쉬면서 그 신을 꺼내 등불 앞에서 자세히 감상하였다. 정말 예쁜 작은 발이었고, 정교하게 잘 만든 것이었다. 청강인淸江引 한 수가 그

---

2) 마름 모양의 매듭은 동심방승(同心方勝)이라고 하였는데, 당시 남녀 간의 정표로 많이 사용되었다.
3) 손가락의 엄지와 식지를 곧게 펼친 거리를 한 절(折)이라고 한다. 전족을 한 작은 발을 의미한다.

것을 잘 설명하고 있다.

전족한 작은 비단 신은 부드럽고 가벼워 한 송이 꽃보다도 아름다워
라. 신 가득히 꽃을 수놓으려면 작은 실만 있으면 되네. 향기롭고 깨끗
한 것은 규방 안에서만 신은 까닭이네.

장신은 그것을 본 다음에 다시 손수건으로 잘 감싸며 마음속으로
생각했다.

"사람을 하나 구해 그녀에게 서신을 전달해야겠어. 어떻게 그녀가
있는 규방으로 들어가면 좋을까? 이렇게 눈으로만 정을 통하고 몸으
로 만족하지 못한다면 무슨 소용이 있단 말인가?"

이런 저런 생각을 하며 그녀에게 접근할 방도를 생각하였다. 다음
날 오전, 소매에 은자를 좀 넣은 채 그녀의 문 앞에 도착하였다. 위를
바라보니 아무도 보이지 않아 멀리서 자리를 빌려 앉아 누군가가 나
타나길 기다렸다. 그런데 일이 공교롭게도 얼마 지나지 않아 한 장사
치 할머니가 손에 작은 대나무 광주리를 들고 그 집 안으로 들어갔다.
그리고 한 두 시간이 지나 그 광주리를 들고 나와 다시 온 길로 걸어
갔다. 장신은 급히 뒤따라가 보니 다른 사람이 아니라 늘상 화분花粉
을 파는 육씨 노파였다. 그는 십관자 골목에 살았는데, 명목상으론 화
분을 파는 일을 내세웠지만 사실상 매파 노릇을 전문으로 하는 뚜쟁
이였다. 그러므로 이 집에서 매우 들락거린 것이다. 그의 아들 육오한
陸五漢은 집에서 돼지를 잡고 술을 팔며, 평소 술을 지나치게 마시고
사나운 부랑자였다. 어떤 때는 그의 모친도 주먹으로 때리기도 하여
그 모친이 매를 두려워 매사에 그의 뜻을 따르며 감히 거역하질 못했
다.

장신은 육씨 부인을 불렀다. 육씨 부인이 돌아보니 눈에 익은 얼굴
이었다.

"아유, 장도련님 아니에요? 그간 안 보이시더니."

"마침 친구를 찾아 나섰다가 만나지 못해 여기를 지나치게 되었습니다. 요즘 왜 저희 집을 찾지 아니 하셨어요? 저희 집의 계집종들도 꽃을 찾고 있어요."

장신의 이 말에 노파가 대꾸했다.

"저도 늘상 마나님을 찾아뵙고 싶었지만 항상 잔일들이 생겨 갈 수가 없었답니다."

이런 대화를 나누는 중에 벌써 육씨 부인의 집 앞에 도달했다. 아들 육오한이 가게에서 고기와 술을 팔고 있었는데, 매우 장사가 잘 되었다. 노파가 장신에게 들어가길 권하였다.

"도련님! 차라도 한 잔 드시고 가시지요. 다만 집이 누추해 귀한 분을 맞이하기 좀 그러네요."

"차는 필요 없습니다만 제가 할 말이 좀 있습니다."

노파는 이 말에 잠시 기다리라고 하고는 급히 들어갔다가 광주리를 두고 다시 나와 말했다.

"도련님께서 제게 무슨 일을 부탁하시려는데요?"

"여기서 말씀드리기 불편하니 저를 따라 좀 오시지요."

장신은 노파를 데리고 주점으로 올라가 작은 문 안으로 앉았다. 점원이 잔과 젓가락을 탁자에 두며 물었다.

"다른 손님이 있습니까?"

장신이 답했다.

"우리 둘 뿐이오. 좋은 술로 두 병 데워 주고, 새로 나온 싱싱한 안주거리를 좀 내 오시오. 밥하고 먹을 요리는 서너 가지 좋은 것으로 준비하고요."

점원이 주문을 받고 나간 지 얼마 되지도 않아 식탁 가득히 음식이 차려졌다. 술잔이 몇 잔 오가자 장신은 점원을 아래로 내려가라고 하고 문을 닫고는 노파에게 말했다.

"한 가지 부인께 부탁할 일이 있습니다. 할 수 있을지는 모르겠지
만."

노파가 웃으며 답했다.

"제가 과장하는 것이 아니라 도련님 같은 준수한 분이 무슨 어려운
일이 있겠어요! 제가 도울 수 있는 일이라면 크고 작은 그 어떤 일도
해결해 드릴 수가 있어요. 무슨 일이 있으시면 분부하세요. 제가 책임
지고 도련님을 위해 성사시켜 드릴게요."

"그러시다면 좋습니다."

장신은 바로 두 팔을 탁자 위에 두고 목을 빼 노파의 귀에다 작은
소리로 말했다.

"여자가 하나 있는데, 저와 죽이 맞아요. 다만 중간에 다리를 놓아
줄 사람이 필요해서요. 제가 알기론 부인께서 그 댁과 친숙하기에 특
별히 부탁드리는 겁니다. 가서 제 편지를 전해주시고 제가 그녀와 한
번 만날 수 있게만 해주신다면 그 은혜는 잊지 않겠습니다. 오늘 우선
열 냥 은자를 선금으로 드리겠습니다. 일이 성사된 다음에 다시 열 냥
을 드리죠."

그리고는 소매 속에서 큰 은자 두 덩어리를 탁자 위에 놓았다. 노파
가 물었다.

"은자는 됐어요. 다만 도련님이 말하는 분이 어느 집의 여자지요?"

"십관자 골목의 반씨가 반수아潘壽兒 아가씨 말입니다. 부인께서 잘
아시지 않습니까?"

그 말에 노파가 아는 체를 하며 말했다.

"아 그 어린 여자애 말이군요. 평상시에 보면 단정하고 그래도 규
중에 묻혀있는 규수이지요. 아무데서나 건드릴 수 있는 그런 여자가
아니에요. 어찌 그 아이를 안중에 두게 되었지요?"

장신은 서로 만나게 된 전후 사정과 밤에 신발을 건네받은 사연들을 세세하게 부인에게 말했다. 그 말을 듣고 노파는 다소 난색을 지었다.

"이 일은 좀 어려운 데가 있네요."

"무슨 어려움이요?"

"그 집의 아버지가 무서운 사람이에요. 게다가 집엔 다른 잡인들도 없고 가족 세 식구만 달랑 있는데 그들은 좀처럼 떨어지지가 않아요. 더구나 문단속을 잘 해 일찍 문을 닫고 늦게 문을 열지요. 그런데 어찌 제가 그 집을 들어갈 수가 있겠어요? 이 일은 제가 해 드릴 수가 없겠네요."

"금방 부인께서 그 어떤 어려운 일도 해결할 수 있다고 하셨잖아요. 이런 작은 일을 가지고 어찌 성사할 수 없다고 그러세요! 설마 사례금이 적어서 그런 것은 아니지요? 부인께서 꼭 일을 성사시켜야 된다고 요구하진 않아요. 거기다 다시 열 냥의 은자를 더하고 두 필의 비단도 드릴 테니 나중에 수의감으로 사용하시면 어떠신지요?"

육씨 부인은 눈처럼 하얀 두 개의 큰 은자를 보자 눈에서 이미 불꽃이 튀었다. 게다가 일이 끝난 후에 또 사례금이 있다고 하니 어찌 거절할 수가 있겠는가! 한번 생각하더니 입을 열었다.

"도령님의 마음이 이렇게도 확고한데 계속해서 거절을 한다면 제가 예의가 없는 사람이 되겠지요. 제가 힘껏 일을 도모해 볼 테니 나머지는 두 분의 인연에 달려 있어요. 일이 성공되면 도련님의 운명이고 일이 실패해도 억지를 쓰지 마시고 저를 원망하시도 마세요. 그리고 이 은자는 도련님이 가지고 계시다가 일이 조금이라도 맥락이 잡히면 그때 주세요. 그 아이가 도련님께 준 신발은 잠시 제게 주세요, 가서 말을 붙이려면 필요하니까."

노파의 말에 장신이 만류하며 말했다.

"부인께서 돈을 받으시지 않으면 제 마음이 어찌 편하겠어요!"

"그렇다면 은자를 잠시 받아두지요. 만약 일이 순조롭지 못하면 돌려드리겠어요."

노파는 말을 마치자 은자를 소매 속에 감췄다. 장신은 손수건을 꺼내 여자의 신을 노파에게 건네주었다. 노파는 그것을 자세히 보더니 말했다.

"과연 멋진 신발이네요."

두 사람은 다시 술과 음식을 한 바탕 먹고 난 다음 계산을 하고 함께 주점을 나왔다. 떠날 즈음, 노파가 다시 당부하였다.

"도련님, 이 일은 반드시 느긋하게 해야 하니 성급하게 서두르지 마세요. 그렇잖고 기한을 강요한다면 저는 일을 해드릴 수가 없답니다."

이 말에 장신도 동의하여 말했다.

"다만 부인께서 적극적으로 일을 도모해주시기만 바랄 뿐입니다. 며칠 늦어도 상관없습니다. 무슨 좋은 소식이라도 있으면 저희 집으로 오셔서 알려주세요."

말이 끝나자 두 사람은 각기 자신의 길로 떠났다. 그야말로

"일을 도모하여 세 잔의 술을 마시게 되면 즐거운 백 년의 인연을 맺게 되리."

한편 반수아는 장신을 본 이후로 정신이 황홀하여 끼니도 생각이 없고 마음속으로 그 도령 생각뿐이었다.

"내가 그런 남자에게 시집간다면 소원이 없겠어. 그런데 어디에 사시는지 모르겠어. 성과 이름은 어떻게 될까?"

그 날 밤 장신을 본 후로 두 날개가 생겨 누각을 내려가 그 남자를 따라 갈 수 없는 것이 정말 한이었다. 그 날 밤 받은 붉은 손수건은

마치 정인을 대하듯 잘 때에도 품에 안고 잠을 잤다. 정신이 혼미하여 다음 날 정오까지 자리에서 일어나지 못하자 그 모친이 올라와 딸을 불러 깨우자 비로소 잠에서 깨어났다. 이틀이 지나 아침을 먹은 다음, 부친 반용이 외출을 하자 그녀는 윗층에서 또 그 손수건을 만지작거리고 있었는데, 아래층에서 사람의 목소리가 들리며 위층으로 올라오고 있었다. 수아는 황급히 손수건을 숨겼다. 계단으로 가서 아래를 보니 다름 아닌 꽃을 파는 육씨 노인이었다. 손에는 대바구니를 들었는데, 모친과 함께 올라와 입을 열었다.

"수아 아가씨, 어제 내가 몇 개 새로 나온 예쁜 꽃을 얻어 주려고 왔어."

노파는 대 광주리를 열어 꽃 한 송이를 꺼내 주며 말했다.

"수아 아가씨, 어때? 정말 고와 보이지 않아?"

수아는 그 꽃을 건네받으며 말했다.

"정말 예쁘네요."

육씨 부인은 다시 한 송이를 꺼내 그 모친에게 주며 말했다.

"마님, 한 번 보세요! 젊은이들이 무섭다더니 이렇게 예쁜 무늬는 본 적이 없어요."

반씨 부인이 그것을 보고 말했다.

"정말 내가 어렸을 때에는 저런 거친 꽃만 머리에 달았는데, 이것을 보니 정말 정교하네요."

"이건 그저 중간급이에요. 그 외 최상급도 있어요. 그걸 보면 눈 먼 사람도 눈이 번쩍 뜨일 겁니다."

노파의 말에 수아가 입을 열었다.

"제게 한 번 보여주세요."

"아가씨가 물건을 알아볼지 모르겠네. 물건 값도 비싸서 사기 어려울 거야."

"살 형편이 못되면 볼 형편은 되겠죠."

육씨 노파가 웃으며 말했다.

"내가 농담 한 거야. 수아 아씨가 어찌 진담으로 알아들었어? 이 광주리 상자 안에 들은 것을 전부 산다고 해도 몇 푼이나 되겠어! 몇 개를 꺼내 보여줄 테니 마음에 드는 것을 꺼내 선택해 보세요."

노파는 또 몇 송이를 꺼내었는데, 앞에서 보여준 것보다 더욱 아름다웠다. 수아는 좋은 것으로 몇 송이를 택했다.

"이 꽃은 얼마죠?"

"아유, 내가 언제 아씨와 물건 값을 흥정하겠어? 그냥 아가씨가 분부만 해요."

그리고는 그 모친에게 말하길,

"마님, 따뜻한 차라도 있으면 한 잔 주시겠소?"

"꽃을 보다 흥분하여 차를 내어오는 것도 잊어버렸네요. 뜨거운 것을 원하시면 제가 다시 끓여드리죠."

말을 마치자 반씨 부인은 아래층으로 내려갔다. 육씨는 반씨가 자리를 뜨자 광주리 속의 꽃을 정리한 다음, 소매 속에서 붉은 명주 주머니를 꺼내 광주리 속에 넣었다. 수아가 그것을 보고 물었다.

"그 주머니는 뭐가 들었어요?"

"매우 중요한 것인데 아가씨가 보면 안 돼요."

그 말에 수아가 더욱 호기심이 발동했다.

"왜 보면 안 된다고 하죠, 저는 기어코 볼 테에요."

수아는 그것을 빼앗았다. 육씨는 입으로만 "절대로 보면 안 돼."라고 하면서도 수아가 그것을 가져가도록 놔두었다. 그러면서도 연거푸 '아이구'라고 소리치며 거짓으로 그것을 뺏으려고 하였다. 그러나 수아는 벌써 멀리 달아난 후였고, 그녀가 그것을 열어 보았을 때 그건 다름 아닌 자신이 며칠 전에 그 젊은이에게 준 채색 신이었다. 수아는 그것을 보자 얼굴이 온통 붉어졌다. 육씨는 그것을 뺏으며 말했다.

"남의 물건을 어디 함부로 뺏어!"

수아가 말했다.

"아주머니, 단지 얼마 되지도 않는 신발 하나 가지고 왜 그리 애지 중지하세요? 명주 주머니에 넣어 사람이 보면 안 된다고 하구."

육씨가 웃으며 말했다.

"아가씨가 그리 말해도 어느 사람은 그걸 자신의 목숨같이 여겨! 내게 그 다른 한쪽을 찾아달라고 안달이거든."

수아는 속으로 그 남자가 육씨 아주머니를 시켜 서로 연결해달라는 것으로 판단하고 매우 기뻤다. 바로 들어가 그 한 쪽을 가지고 나왔다.

"아주머니, 다른 한 짝이 여기 있어요. 그것과 바로 한 쌍이죠?"

"신은 한 쌍이 되었지만 넌 어떻게 그 청년과 상대하려고 하니?"

수아는 나지막하게 말했다.

"이 일을 아주머니가 이미 아셨으니 저도 속이지 않고 솔직히 바로 물어볼게요. 그 남자는 어떤 사람이고 성과 이름, 그리고 평소 사람됨은 어떤 분이에요?"

육씨가 답했다.

"그 청년은 성은 장씨고 이름은 신이라고 해. 집안은 백만장자인데, 사람이 정말 부드럽고 정이 많아. 너 때문에 밤낮으로 생각하여 침식 寢食을 잊었단다. 내가 너희 집과 친한 것을 알고 특별히 내게 서신을 전하도록 부탁하더라. 그 청년을 집에 들어오도록 하는 방법이 없을까?"

수아가 말했다.

"아주머니도 아시다시피 저희 아빠가 무서운 분이라 문단속을 철저히 하세요. 제가 등불을 끄고 잠자리에 든 후에도 다시 등불을 들고 한번 둘러보신 다음에 내려가 주무세요. 무슨 방법으로 그 사람과 만날 수 있겠어요? 아주머니, 무슨 좋은 방도가 있으면 우리 두 사람을 이어 주세요. 나중에 보답할게요."

육씨는 잠시 생각한 후에 말했다.

"걱정 말어, 내게 생각이 있다."

수아는 급히 물었다.

"무슨 방법이에요?"

"니가 밤에 일찍 잠자리에 들어 너희 부모가 올라와 비춰보고 나간 후에 다시 일어나는 거야. 그 다음엔 아래쪽에서 기침소리를 신호로 몇 필의 포를 길게 엮어 아래층으로 내려주는 거야. 그러면 그 사람이 그걸 타고 올라오는 거지. 오경이 되어 또 그대로 내려가면 되고 말이야. 이런 방법이면 백 년 동안이나 서로 왕래를 하여도 그 누구도 알지 못할 거야. 이렇게 너희 두 사람이 마음껏 즐기면 어찌 멋지지 않겠어?"

수아는 그 말을 듣고 마음속으로 매우 기뻤다.

"아주머니 정말 감사해요. 근데 언제쯤 오실래요?"

"오늘은 벌써 날이 어두워 안 되겠고, 내일 일찍 그 사람과 약속을 하여 저녁에 오면 일이 되겠구나. 다만 다시 정표 하나를 그에게 줘야겠는데."

수아는 자신의 신발 한 쪽을 주며 그것으로 신호를 하고 내일 올 때에 다시 그것을 가져와서 자신에게 돌려주도록 하게 하였다. 말이 채 끝나기도 전에 반씨 부인이 차를 준비해 올라왔다. 육씨는 황급히 신을 소매에 감추고 차를 몇 잔 마시자 수아가 말했다.

"아주머니, 오늘은 제가 돈을 드리기 어려우니 다음에 오시면 갚아 드릴게요."

육씨도 눈치를 채고 답변했다.

"며칠 늦어도 괜찮아. 이 늙은이가 그렇게 인색하지 않아."

그리고는 광주리를 쥐고 작별을 고하며 일어났다. 반씨 모녀는 그 녀를 문 앞까지 마중하며 수아가 말했다.

"아주머니, 내일 시간이 되시면 오셔서 얘기해요."

육씨는 알겠다고 하였다. 이 두 사람의 대화가 뜻하는 바를 반씨 부인은 꿈에도 몰랐다. 바야흐로

　　사내의 마음과 미인의 뜻이 서로 맞아 흘러가는구나. 비록 색을 바라는 마음이 하늘을 찌를 듯해도 중간에 다리를 놓는 사람이 필요하구나. 기량이 능숙하고 언변이 좋아도 운우의 만남을 위해선 계략이 필요하네. 그 뚜쟁이의 수단에 양가집 처녀들이 번번이 녹아난다. 하늘도 세상도 사람들의 입방아도 전혀 무서워 않네. 여자의 부모만 속이게 되면 몰래 두 남녀가 합쳐지네. 아침에 서로 보고 저녁에 다시 만나니 두 사람은 마치 정에 취한 듯 술에 취한 듯하더라. 원수는 외나무 다리에서 만난다더니 그 뚜쟁이를 죽여야 원이 풀리노라.

한편 육씨도 집으로 돌아가지 않고 바로 장신의 집으로 향했다. 그 부인을 보고는 꽃을 판다고 얘기하고 장신이 있는지 물어보니 집에 없다고 하였다. 장신의 집에 있는 여자들은 육씨의 꽃들을 전부 샀는데, 어떤 이는 현금으로 주고 어떤 이는 외상을 하기도 하였다. 잠시 머물러도 그가 나타나지 않자 육씨는 작별을 고하며 일어났다. 다음 날 아침 일찍 다시 장신의 집에 와서 물으니, 어제 밤 집에 돌아오지 않았는데, 어디서 묵었는지를 모른다고 했다. 육씨는 다시 집으로 돌아왔다. 마침 육오한이 돼지 한 마리를 잡으려는데 조수가 외출해 혼자 난감해하고 있던 중이었다. 그는 육씨가 귀가한 것을 보고 말했다.

"마침 잘 왔네요. 내가 돼지 묶는 것을 좀 도와줘요."

그 부인은 평소 아들을 겁을 내 거절을 할 수 없었다.

"옷을 좀 벗고 와서 도와줄게."

그리곤 안으로 들어갔다. 육오한은 그녀와 함께 들어가다가 부인이 옷을 벗을 때 붉은 명주 주머니가 떨어지는 것을 보았다. 육오한은 은 자를 싼 주머니로 알고 그것을 주워 바깥으로 나가 열어 보았다. 그런 데 그건 한 켤레의 여자 신발이었다.

"어느 집 여자가 이렇게 발이 작을까?"

이렇게 감탄하고는 한 번 생각하더니 다시 입을 열었다.

"이 작은 발의 여자는 반드시 인물이 출중할 거야. 한번 안고 잠을 잔다면 평생 원이 없겠네."

"근데 이 신발이 어찌 모친 몸에서 나왔지? 그것도 신던 것인데. 그 렇게 소중하게 여겨 명주 주머니로 싼 것을 보면 필히 무슨 사연이 있을 거야. 모친을 찾아 겁을 주면 필히 진실을 말하게 될 거야."

그는 그것을 잘 싸서 품속에 숨겼다. 육씨는 옷을 벗고 아들을 도와 돼지를 묶어 죽인 다음에 손을 씻고 옷을 다시 입고 장신을 만나러 가려는데, 문을 나서면서 손으로 소매를 만져보니 그 신발이 보이지 않았다. 황급히 몸을 돌려 다시 찾아보아도 그림자도 보이지 않았다. 다급한 나머지 부인은 어쩔 줄 몰라 했다. 육오한은 옆에서 모친이 조 급해하는 것을 묵묵히 보고 있다가 모친이 한탄을 하는 것을 보고서 야 물었다.

"무엇을 잃어버렸기에 그리도 조급해 하시오?"

"아주 중요한 건데, 말할 순 없는 것이야."

"모양이라도 말하면 모친이 늙어 눈이 안 좋으니 내가 찾아라도 줄 것 아니오. 말 안하면 혼자 찾아보슈! 나는 상관 안 할 터니!"

육씨가 아들이 하는 말에 뭔가 깨닫고는 말했다.

"니가 그걸 주었다면 돌려다오. 그 물건에 많은 돈이 걸려있어. 너 장사 밑천이 될 거야."

육오한은 은자와 관련되었다는 소리를 듣고 구미가 크게 당겼다.

"내가 줍긴 했소. 내게 그것에 대한 사연을 얘기하면 돌려주리다."

육씨는 안으로 들어가 자초지종 두 사람의 전후 사연에 대해 시시콜콜 얘기해주었다. 육오한은 모친으로부터 이야기를 전해 듣고 속으로 기뻤다. 일부러 놀라며 말했다.

"미리 나에게 말해 주셔야죠! 하마터면 일이 생길 뻔했네."

노파가 의아해하여 물었다.

"그건 또 왜지?"

"자고로 말이 있지 않소? 나쁜 짓을 하면 결국 탄로가 난다는 것을. 이런 일을 어찌 사람들의 눈을 속일 수가 있겠소? 하물며 반용 그 늙은 강도를 어찌 감당하려고 그러시오? 만일 일이 탄로가 나 모친이 돈을 벌기 위해 그 젊은이의 중매노릇을 한 것을 그가 알게 된다면 내 장사밑천을 마련해주기는커녕 내 가게조차도 그 작자의 손에 넘어가게 되어도 그 사람의 분이 풀리지 않을 것이오."

육씨는 아들의 말에 깜짝 놀라며 속으로 크게 당황하며 말했다.

"아들의 말이 일리가 있네. 지금 내가 받은 은자와 신발을 그에게 되돌려주면서 일이 순조롭지 못하게 되어 그 일을 맡을 수가 없다고 해야겠네."

그 말에 육오한은 웃으며 말했다.

"그 은자는 어딨소?"

육씨는 그 은자를 가져와 아들에게 보여주었다. 육오한은 그것을 소매에 넣으며 말했다.

"모친, 이 은자와 신발은 여기에 두시오. 만일 훗날에 그들이 다른 곳에서 사고를 쳐서 모친에게 피해를 주게 되면 그것이 증거물이 되는 것이오. 그런 일이 발생하지 않는다면 이 은자는 사용할 수가 있으니 그때 그들이 감히 달라는 소리는 못할 거요."

"그럼 장씨 양반이 찾아와 일이 어떻게 되었느냐고 물으면 어찌 대답하지?"

"그냥 그 집안이 문단속이 심해 단시일엔 불가능하니 기회가 찾아오면 통보하겠다고 그래요. 그에게 몇 번 그런 말을 되풀이하면 자연히 안 오게 될 것이요."

육씨는 은자와 신발이 모두 아들의 손에 들어가 달라고 할 수도 없었고 수중엔 아무 것도 없었다. 또 무슨 사단이 생길까 두려워 장신과 만날 약속을 할 수도 없었다.

한편 육오한은 이 열 냥의 은자로 화려한 의복을 해 입고 또 주름 비단 두건도 하나 장만해 저녁에 모친이 잠든 것을 기다렸다가 초경쯤 매무새를 꾸민 다음 그 신발을 소매에 감추고 열쇠로 대문을 잠그고는 반씨 집을 향했다. 그날 밤, 옅은 구름이 달을 가리고 있어 주위가 그리 밝지 않았다. 게다가 마침 밤이 깊어 인적이 고요하였다. 육오한은 누각 담 아래서 가벼이 기침을 한번 하였다. 위에서 수아는 그 소리를 듣곤 다급히 창문을 열었다. 그 창틀에서 '끽'하는 소리가 나자 수아는 행여나 부모들을 깨울까 두려웠다. 이내 탁자 위에 찻주전자를 집어 창틀 안으로 뿌리자 창문을 열어도 소리가 나지 않았다. 그리고 베로 만든 끈을 기둥에 묶어 아래로 내려 보냈다. 육오한은 노끈이 아래로 내려오자 좋아 어쩔 줄 몰랐다. 옷을 걷어 성큼 다가가 두 손으로 끈을 잡고 두 발로는 담을 짚어 천천히 위로 올라갔다. 순식간에 이미 누각의 창가에 도달해 가볍게 창을 넘었다. 수아는 베를 거두어 들이고 창문을 닫았다. 육오한은 두 손으로 그녀를 안고 입을 맞추었다. 수아도 즉시 혀를 그의 입 속으로 넣었다. 두 남녀의 정열은 불같이 뜨거웠는데, 칠흑같이 어두운 중이라 진짜 가짜를 구별할 수 없었다. 서로 기대 서로 안고는 옷을 벗고 침대에 올랐다. 육오한은 수아의 허벅지를 벌려 몸을 날려 덤볐다. 수아도 몸을 들어 그를 받았

다. 실로 두 남녀가 죽이 맞았다. 육오한은 그녀를 마음껏 탐닉했다. 그야말로

> 두구豆蔲 향내 나는 꽃이 마른 등나무에 감겨버리고, 아리따운 해당화 꽃이 난폭한 비에 꺾어져 버렸네. 올빼미가 비단 원앙의 둥지를 차지하고, 봉황이 어찌하여 갈가마귀의 짝이 되었네. 하나는 입에서 '내 사랑'이라고 외치며 정말 멋진 여자라고 여기고, 하나는 정말 사랑을 갈구하여 그 낭군이 아닌 줄도 모르고 있네. 홍낭紅娘이 잘못해 장생張生이 아닌 정항鄭恒과 만날 약속을 하였고4), 곽소郭素가 왕헌王軒을 본 따 서자西子(즉 西施)를 미혹하네.5) 가련하다! 옥같이 아름다운 향기로운 몸이 시정의 백정에게 던져져 버렸네.

이윽고 운우가 끝나 두 사람은 정담을 나누는데, 육오한은 그 한 쌍의 신을 꺼내 보이며 그 동안의 품은 정을 얘기하였다. 수아도 그리워하던 마음을 토로하였다. 욕정이 아직도 다하지 않아 두 사람은 다시 창가의 쪽마루로 나가 더욱 사랑을 불 태웠다. 사경이 되자 둘은 일어났다. 그리곤 창을 열고 베를 아래로 늘어뜨렸고, 육오한은 그것을 잡고 아래로 내려가 얼른 집으로 돌아갔다. 수아는 베를 잡아당겨 그것을 감추고는 창문을 조용히 닫고 원래대로 잠자리에 들었다. 이로부터 비가 오고 달이 밝은 날을 제외하고 육오한은 어느 날 밤도 오지 않을 때가 없었다. 이렇게 서로 왕래한지 반 년이 되자 둘 사이는 매우 친밀해졌다. 수아의 얼굴과 말씨도 이젠 옛날의 모습과 달라졌다.

---

4) <앵앵전>과 <서상기>에서 계집종 홍낭이 아씨 최앵앵을 위해 장생과 다리를 놓아주었는데, 잘못하여 장생이 아닌 정항이란 자와 다리를 놓아주었다는 뜻이다. 정항은 최앵앵의 모친 정씨의 조카이다.

5) 당나라 사람 왕헌이 춘추시대 월나라(지금의 절강성 부근)의 미인 서시의 비석을 보고 시를 지어 애도하니 서시가 나타나 두 사람은 운우의 정을 나누었는데, 나중에 곽응소(郭凝素)라는 사람이 그것을 배워 시를 읊으며 서시를 애도하였지만 아무런 반응이 없어 홀로 불쾌한 마음으로 돌아왔다는 전고에서 비롯된 이야기이다.

반용 부부는 마음속으로 의심이 가서 몇 번이나 딸에게 이유를 물었지만 수아는 입을 꾹 다물고 한 마디도 열지 않았다. 그날 밤, 육오한이 다시 그녀를 찾았을 때 수아가 그에게 말했다.

"제 부모님이 무슨 이유인지 무슨 낌새를 채고 이것저것 물어보기 시작했어요. 제가 비록 누차 시치미를 뗐지만 요즘 부모님의 감시가 매우 심해요. 가령 서로 부딪히게 되면 모두가 좋을 게 없어요. 오늘부터 이젠 오지 마세요. 좀 기다렸다가 그들의 눈치가 무뎌지면 다시 만날 약속을 해요."

육오한은 입으로는 "그 말이 맞소."라고 답했지만 마음속으론 전혀 그렇지가 않았다. 사경이 되자 다시 집으로 돌아갔다. 그날 밤, 반용은 몽롱한 가운데 위층에서 종알거리는 소리가 들려 귀를 기울여 자세히 들어보고 일어나 간음한 놈을 잡으려고 했지만 한번 듣다가 자신도 모르게 그만 잠이 들어버렸다. 날이 밝아 깨어나 부인에게 말했다.

"수아 이 천한 계집년, 그런 몹쓸 짓을 하다니! 분명히 그 짓을 하고도 입을 꾹 다물어! 내 어젯밤 이층에서 분명히 누군가가 얘기하는 소리를 들었어. 다시 몇 마디를 듣고 일어나 그 놈을 잡으려고 했지만 뜻밖에 잠이 들어버렸어."

그 말에 부인도 말했다.

"저도 의심이 가요. 그런데 이층에 바깥으로 통하는 통로가 없지 않아요! 신선이나 귀신이 아닌 이상 어떻게 가능해요?"

반용이 말했다.

"오늘 그 아이를 좀 혼을 내야겠소. 고문을 좀 하면 실토를 하겠지."

"안 돼요! 속담에도 집안의 안 좋은 일은 바깥에 알리지 말라고 했잖아요? 만약 그 아이를 때리면 이웃사람들이 모두 알게 될 거예요.

그럼 일이 바깥으로 전해지면 누가 그 아이를 데려가겠소? 그러니 지금 그 일이 있다 없다 얘기하지 말고 다만 딸아이의 침실을 아래층으로 옮기고 잠을 잘 때에는 아이의 방문을 열쇠로 잠그면 다른 염려가 없을 거예요. 그리고 당신과 제가 그 아이의 방으로 올라가 잡시다. 밤에 무슨 동정이라도 생기면 그 내막을 알게 되겠죠."

반용은 좋은 생각이라고 여기며 저녁에 식사를 마친 후에 딸에게 말했다.

"오늘 밤, 니가 우리 방에 자고, 우리가 이층에서 자야겠다."

수아는 속으로 무슨 이유인지 알아차리고 더 이상 이유를 묻진 않았지만 속으론 큰일이라고 여겼다. 당일 밤에 바로 장소를 바꾸고 반용은 딸아이의 방을 열쇠로 채웠다. 그리고는 부인에게 말했다.

"오늘 밤, 누군가가 이층으로 올라오면 붙잡았다가 범인으로 몰면 내 분을 풀 수 있을 것 같소."

그리고는 창문을 잠그지도 않고 그 사람을 잡으려고 기다렸다.

한편 육오한은 그날 밤, 수아가 좀 시일을 끈 후에 오라는 부탁을 듣고 마음이 좋지 않았다. 며칠 밤을 참으며 가지 않았다. 한 열흘이 지나자 어느 날 밤 갑자기 음심淫心이 동해 억누를 수가 없었다. 수아와 한번 재미를 보고 싶었다. 반용에게 잡힐까 두려워 돼지를 잡는 날 카로운 칼도 하나 몸에 지니고 대문을 나섰다. 문을 안으로 걸어 잠그고 곧장 반씨의 집으로 향했다. 집 앞에서 여전히 기침을 한번 하며 잠시 기다렸다. 그런데 이층에서 전혀 반응이 없었다. 수아가 못 들은 것으로 여기고 다시 두 번 기침을 하였다. 그래도 대답이 없었다. 그녀가 혹시 잠이라도 들었는가 싶어 이렇게 서너 번을 한 다음 사경녘까지 기다렸다. 그는 하는 수 없이 집으로 돌아가는 수밖에 없었다. 속으론

"내가 며칠 밤이나 나타나지 않았으니 오늘 밤 내가 올 것이라고

어찌 생각이나 했을까?"

라고 생각하며, 다음 날을 기다려 다시 찾아갔다. 그런데 전날과 같이 아무 동정이 없었다. 그는 기다림에 짜증이 났다. 마음속엔 분노가 다소 치밀었다. 세 번 째 되는 날, 집에서 술을 좀 얼큰하게 마신 연후에 밤이 깊기를 기다려 사다리를 하나 들고 곧장 반씨 집을 찾았다. 이젠 신호도 보내지 않고 바로 이층으로 올라가 창문을 조용히 밀었다. 끼익 소리와 함께 창문이 열렸다. 육오한은 몸을 날려 들어갔다. 사다리를 당기고 창문을 닫았다. 그리고는 더듬으면서 창가로 다가갔다.

운우의 꿈을 펼치기 위해 순식간에 봉황루에 날아갔네.

한편 반용 부부는 처음 이층 누각으로 옮긴 며칠 밤은 무슨 낌새라도 찾기 위해 깊은 잠을 자지 못했지만 연이어 십여 일이 지나도 쥐새끼 소리도 하나 들리지 않자 마음속으로 딸애가 아무 일도 없는 것으로 알고 방비하는 마음도 사라지게 되었다. 그런데 공교롭게도 이날 밤에 수아 방문에 달린 자물쇠의 고리가 끊어져 문을 잠글 수가 없었다. 이에 반씨 부인이 말했다.

"앞 뒤 문 열쇠고리가 떨어져 방문 위에 종이쪽지로 봉해야겠어요. 이날 밤도 아무 일이 없을 거예요."

반용은 아내의 말에 따랐다. 이날 밤 노부부는 몇 잔 술을 마시고 주흥이 돋은 상태에서 두 사람이 함께 자며 부부관계를 하다 보니 몸이 피곤해 서로 꼭 끌어안고 깊이 잠이 들었다. 그런 까닭에 육오한이 올라와 창문을 열고 닫아도 전혀 알지를 못한 것이다.

한편 육오한은 침상을 더듬어 찾아 옷을 벗고 침대에 올라가려는데 침상위에서 두 사람이 함께 붙어 코를 고는 소리를 들은 것이다. 그는 화가 치밀었다.

"어쩐지 며칠 밤 기침을 해도 잠이 들어 나를 거들떠보지도 않더라니! 알고 보니 이 음탕한 계집이 또 다른 놈을 끌어들여놓고 거짓으로 부모가 꼬치꼬치 캐묻는다고 둘러대며 나를 오지 말라고 했군. 분명 나와 끝내자는 것이지. 이런 의리 없는 음탕한 계집을 어떻게 하지?"

그는 몸에서 예리한 칼을 꺼내 손으로 두 사람의 목을 만지며 칼을 가벼이 들어 밀어 그어버렸다. 그는 먼저 반씨 부인을 죽였는데, 그녀의 목이 끊어지지 않았을까 두려워 칼을 다시 서너 번 그었다. 그리고 그녀가 완전히 죽은 것을 보고 칼을 뽑아 다시 반용도 죽여버렸다. 손에 남은 핏자국을 닦고 칼을 숨긴 다음 창문을 밀고 사다리를 내려 누각을 내려갔는데, 창문은 잘 닫아두고 나갔다. 그리고 사다리를 메고 쏜살같이 집으로 돌아갔다.

한편 수아는 침실을 옮긴 후로 정인情人이 다시 찾아와 신호를 보내 탄로가 날까 두려워 마음을 놓을 수가 없었다. 다음 날 아침이 되어 부모가 어떤 말도 하질 않자 그날은 안심이 되었다. 그리고 열흘간 전혀 무슨 일이 일어나지 않았다. 그런데 이 날, 잠에서 깨어나 아침 10시 경이 되어도 부모님이 내려오질 않자 매우 이상하게 여겼다. 그런데 문을 쪽지로 봉해 놓아 마음대로 밀치고 들어갈 수도 없었다. 그녀는 방에서 소리쳤다.

"아버지, 어머니, 일어나세요! 날이 벌써 밝았는데 아직 주무세요!"

이렇게 부른 지가 한참이나 지났건만 여전히 응답이 없었다. 할 수 없이 수아가 층계로 올라가 창문을 열고 보니 침상 가득히 피가 흥건하였다. 피바다가 됐는데 그 가운데 머리 두 개가 보였다. 수아는 놀라 바닥에 쓰러져 한참 후에야 깨어나 침상을 잡고 통곡하였다. 누가 죽였는지 알 수가 없었다. 그녀는 울면서 생각했다.

"이 사건은 보통 사건이 아냐. 이웃에게 알리지 않으면 내게 화가 미칠 거야."

그녀는 열쇠를 쥐고 문을 열고 나왔지만 부끄럽기도 해 문 안에 서서 크게 소리쳤다.

"여러 이웃 양반님들 들으세요, 저희 집 부모님이 누군가에게 살해당했어요. 저를 위해 증인이 좀 되어주세요!"

이렇게 여러 번 소리치자 맞은편에 사는 이웃들과 거리의 사람들이 모두 듣고 일제히 몰려 들어와 수아를 밀치고 물었다.

"네 부모님이 어디 계셔?"

수아는 울며 답했다.

"어제 아무 일 없이 올라가셨는데, 오늘 문이 열리지 않았어요. 누가 저희 부모님을 모두 살해한지를 모르겠어요?"

사람들은 위층에 있단 말을 듣고 모두 올라가 문을 밀치고 보니 노부부가 모두 침상 위에서 죽어있었다. 사람들이 이 집을 살펴보니 거리와 인접하고 위쪽에 창문이 있지만 아래에는 바로 벽으로 이어져 올라올 수가 없었다. 수아의 말에 문들도 모두 잠겨 있다가 금방 열었고, 집안에도 다른 사람이 없었다고 하니 정말 의아한 일이었다. 사람들이 말했다.

"이 사건은 실로 공교로워! 장난이 아냐!"

즉시 지방의 포도청에 연락하고 여러 이웃들과 함께 수아를 데리고 관아로 보고하러 갈 참이었다. 불쌍한 수아는 여태껏 한 번도 먼 길을 나서지 않았는데 오늘 일이 이렇게 되니 머리에 두건을 묶고 대문을 잠그고 사람들과 같이 항주부로 떠났다. 당시 이 사건은 항주부를 뒤흔들었으며, 사람들은 모두 이 이야기를 전하였다.

육오한은 사람을 잘못 죽인 것을 알고 매우 후회하였다. 넋을 잃고 집에서 이리저리 소란을 피우고 있었는데, 육씨 부인은 아들이 평소 나쁜 짓을 하는 걸 알고 있다가 이번에 이런 살인 사건이 생기자 분명히 그것과 연관이 있다고 생각하였다. 다만 아들이 무서워 물어보지도 못하고 마음속에 담아 둔 채 외출을 하지 않고 집 안에만 있었다.

마음이 떳떳하면 천 명의 사람들도 찾아가지만, 마음이 위축되면 한 걸음도 이동하기 어렵네.

여러 사람들이 항주부에 도착하니 마침 태수가 당상 위에 앉아있었다. 모두들 태수 앞으로 나아가 아뢰었다.

"오늘 십관자 골목의 반용의 집에 밤에 문도 잠겨있었지만 부부 두 사람이 살해되었습니다. 그리하여 그 딸 수아와 함께 와 아뢰옵니다."

태수는 수아를 불러 물었다.

"그날 부모가 언제 잠자리에 들고 어디에서 잤는지를 자세히 말해 보거라."

"어제 밤, 황혼 무렵에 저녁밥을 먹고 문을 잘 잠근 후에 두 분이 함께 위층으로 올라가 잠을 잤습니다. 오늘 아침 사시巳時(오전 10시경)에 일어나시질 않아 올라가 보니 이미 이불 속에서 살해당해 있었습니다. 위층의 창문도 여전히 잠겨있었고, 방문도 조금도 미동이 없이 봉쇄되어 있었습니다."

"무슨 물건이 없어진 것이 있느냐"

"모두가 그대로 있었습니다."

"어찌 문이 모두 닫혀있는데 사람이 살해되었단 말이냐! 물건들도 잃어버리지 않았다면 정말 의심스러운 일이로구나."

태수는 생각을 좀 한 후에 다시 물었다.

"너희 집에 너 말고 다른 식구가 있느냐?"

"오로지 부모님과 저 세 식구 외엔 아무도 없습니다."

"네 부친이 평소 원한을 산 사람이 있느냐?"

"그런 사람이 없습니다."

"정말 괴이한 일이로구나."

그는 오랫동안 침묵을 지킨 후에 갑자기 뭔가를 깨달은 듯 수아에게 머리를 들어보라고 했다. 두건이 얼굴 반을 가리고 있었다. 태수는 좌우에 명해 그것을 벗으라고 분부했다. 생긴 것이 매우 농염하였다. 태수가 물었다.

"올해 나이가 몇이나 되었는가?"

"열일곱 살입니다."

"혼인을 약속한 적이 있는가?"

수아는 나지막이 답했다.

"없습니다."

"너의 침실이 어디에 있느냐?"

"아래층에 있습니다."

"어찌 네가 아래층에서 자고 부모들이 오히려 위층에서 자지?"

"늘 제가 위층에서 잤지만 반 달 전에 바꿨습니다."

"왜 바꿨지?"

수아는 이 물음에 한동안 대답을 하지 못하다가 말했다.

"엄마 아빠가 왜 그랬는지는 잘 모르겠습니다."

이 말에 태수가 고함을 질렀다.

"부모는 네가 죽인 것이야."

수아는 다급해 울며 말했다.

"나리, 절 낳은 부모님을 제가 어찌 감히 그러겠습니까?"

"난 네가 그러지 않은 것을 알고 있다. 분명 네가 좋아하는 자가 죽인 것이야. 어서 그 자의 이름을 밝혀라."

수아는 그 말에 당황하며 거짓말을 했다.

"저는 문밖을 나선 적이 없는데, 어찌 그런 짓을 하겠습니까! 만약 그런 일이 있다면 이웃사람들이 분명히 알 겁니다. 나리께서 이웃에게 물어보면 제가 평소 어떤 여자인지를 알 것입니다."

태수는 웃으며 말했다.

"사람이 죽어도 이웃이 알지를 못하는데 그런 일을 남들이 어찌 알겠느냐? 이 사건은 분명 너와 간부姦夫가 왕래하는 것을 부모가 알고 반 달 전에 침소를 서로 바꿔 그가 널 찾지 못하도록 하니 그 자가 분노하여 부모를 죽인 것이야. 그렇지 않고서야 왜 서로 침실을 바꿨겠는가!"

속담에도 '도둑이 제 발 저리다'라고 하였듯이 수아는 태수가 말끝마다 자신의 속사정을 찌르는 말을 하자 얼굴이 붉었다 희어졌다 하며 마치 말더듬이가 된 것처럼 한마디도 똑바로 말하지를 못했다. 태수는 그녀의 이런 모습을 보고 더욱 심증이 생겨 좌우에 명해 손가락에 형틀을 끼우게 하자 형리刑吏들이 날째게 달려와 수아의 손에다 형구를 끼웠다. 옥같은 손이 어찌 그런 고초를 견디겠는가! 형틀을 손가락에 채우자마자 수아는 통증을 견디지 못해 즉시 자백을 하였다.

"나리, 있습니다, 있습니다. 간부가 있습니다."

"이름이 뭐냐?"

"장신이라고 합니다."

"그가 어찌하여 너의 침소로 왔느냐?"

"매일 밤 부모님이 잠들기를 기다렸다가 그가 아래층에서 기침하는 것으로 신호를 삼아 제가 베로 긴 줄을 만들어 한쪽을 대들보에 매어 아래로 흘러내리게 하면 그가 그것을 잡고 이층으로 올라왔습니다. 그리고 날이 밝기 전에 내려갔습니다. 이렇게 왕래하길 약 반 년 정도 하자 부모님이 낌새를 차려 몇 번이나 제게 추궁을 하였지만 제가 시침을 떼었습니다. 그 후 저는 장신에게 창피를 당하지 않으려면 다신 찾아오지 말라고 부탁하였고, 그 사람도 알겠노라며 떠났습니다. 그로부터 부모님은 저를 아래층에서 자도록 하였고, 문들을 모두 잠궜습니다. 저 역시 착한 짓을 하기 위해 아래층에서 자길 원하며 그 사람과 관계를 끊고자 했습니다. 오직 이것만은 사실입니다. 부모님이 살해당한 사실은 정말 그 원인을 알 지 못합니다."

태수는 그녀가 사실을 고백하는 것을 보고 형구를 물리치도록 명했다. 그리고는 대꼬챙이를 들어 4명의 포졸을 파견해 어서 장신을 잡아와 심문을 받도록 했다. 4명의 포졸은 날듯이 길을 떠났다.

문을 닫고 집 안에 있어도 화禍는 하늘로부터 내려 오구나.

한편 장신은 육씨 부인과 주점에서 헤어진 후에 바로 한 기녀의 집에서 사흘을 지냈다. 집으로 돌아오니 육씨 부인이 자신을 두 번이나 찾아온 것을 알았다. 급히 가서 소식을 물어보니 육씨 부인은 아들 때문에 쉬쉬하면서 더구나 신발도 없는 상황이라 거짓말로 둘러댔다.

"신발은 수아가 받았어요. 잘 인사해 달라고 하더군요. 근데 요즘 그 애 부친이 감시가 심해 문들을 굳게 닫아 놓아 들어올 틈이 없대요. 며칠 지나면 부친이 외출해 반년이 지나야 돌아온대요. 그 때가 되면 마음을 푹 놓고 만나자고 하더군요."

장신은 그 말을 곧이듣고 불시에 찾아와 소식을 묻곤 하였다. 그 후로 수아와도 몇 번 마주치면 서로 미소를 지어 보냈다. 두 사람은 모두 오해를 하고 있었다. 수아는 밤마다 찾아오는 남자가 이 사람 장신이라고 여겨 그를 보고 미소를 지었고, 장신은 수아가 자신에게 걸려 들은 것으로 착각하며 언제나 그녀 앞에서 추파를 보냈다. 이런 날이 계속되었지만 확실한 소식이 없었다. 장신은 점점 상사병이 들어 집에서 약을 복용하며 조리하였다. 그날도 서재에서 답답한 마음으로 앉아있는데 하인이 들어와 말하길, 밖에 4명의 포졸이 자신에게 무슨 할 말이 있다고 했다. 장신은 그 말을 듣고 크게 놀라며 생각했다.

"그 기녀의 동생의 집에 무슨 변고가 생긴 것은 아닌가?"

그가 나가 그들에게 무슨 일인지 물어보자 포졸은 대충 말했다.

"아마도 금전이나 부역에 관한 일이겠지요. 가보면 알 것이오."

장신은 안심을 하고 의복을 갈아입고 은자도 좀 지닌 채 관리들을 따라 부중으로 갔으며, 뒤에는 많은 하인들도 따라 갔다. 도중에 누군가가 말하길, 반수아가 간부와 함께 부모를 살해했다고 전했다. 장신은 그 말을 듣고 경악을 금치 못했다. 속으로 생각했다.

"이 계집이 이런 짓을 하다니! 내가 그 여자와 아직 관계를 맺지 않은 것이 다행이야. 알고 보니 형편없는 몹쓸 여자였군! 하마터면 나도 그런 시비에 말려들 뻔 했네."

이런 생각을 하는 중에 문득 부중에 당도하였다.

태수가 눈을 들어 장신을 쳐다보니 잘생긴 청년이었다. 생김새가 살인범 같지 않아 속으로 의아해하며 물었다.

"장신! 너는 어찌하여 반용의 딸을 속여 간음하고 거기다 그 부모들까지 살해하였나?"

장신은 원래 풍류자제로 오직 놀기를 좋아하여 여자나 꼬시고 화려하게 꾸미고 다니는 것만 알았지 어찌 관아의 이런 경험이 있었겠는가! 여기까지 오자 벌써 혼비백산하여 제정신이 아닌데 금방 반수아의 살인사건까지 연루되자 청천벽력과도 같아 놀란 나머지 한마디도 입을 열지 못했다. 한참 넋을 잃고 있다가 말했다.

"소인이 반수아에게 호감은 있었지만 그녀와 실제 관계한 적이 없습니다. 그 부모를 살해하지 않은 것은 물론 그 집에도 들어간 적이 없습니다."

그 말을 듣고 태수가 호통을 쳤다.

"반수아가 이미 너와 반년 동안이나 간통을 했다는데 어찌 발 뺌을 하느냐?"

장신은 반수아를 보며 말했다.

"내가 어찌 당신과 간통을 했다고 하며 나를 모함하시오?"

처음엔 반수아도 장신이 부모를 죽이지 않았다고 말하였지만 그가 통정의 사실도 인정하지 않자 부모를 살해한 사실도 그의 짓으로 여겼다. 수아는 그를 살인자로 지목하며 울기를 그치지 않았다. 장신은 자신의 결백을 밝힐 수가 없었다. 태수가 호통치며 고문을 명했다. 그러자 양옆의 형리들이 일제히 응답하며 벌떼처럼 몰려와 다리와 발을 비틀었다. 불쌍한 장신은 어려서부터 비단능라 속에서만 자라 옷 위의 보푸라기만 대여도 불편해 견디지 못했는데 어찌 이런 형벌을 견디겠는가! 형틀이 발에 채워지자마자 돼지 잡는 소리를 내며 연거푸 머리를 조아리며 말했다.

"소인이 자백을 하겠습니다."

태수는 형틀을 멈추게 하고 어서 자백서를 쓰게 하였다. 장신은 하는 수 없이 울며 말했다.

"저는 그 사정을 알지도 못하는데 무엇을 적을 수가 있겠습니까?"

그는 또 반수아를 보며 말했다.

"당신이 누구에게 속아 간음을 당했는지 모르겠지만 어찌 나를 붙들고 그러시오! 지금 내가 어떻게 말도 할 수가 없으니 당신이 진술하는 대로 내가 따를 뿐이오."

"당신은 자업자득이에요. 당신이 실토하지 않고 버티겠어요! 우리 집 아래에서 절 희롱한 적이 없단 말이에요? 당신이 스스로 손수건을 내게 던져주지 않았어요? 제 채색 신을 받은 적이 없단 말이에요?"

"그건 모두 맞아요. 다만 난 당신의 집에 올라가 함께 있진 않았어요."

그 말에 태수가 호통을 쳤다.

"모든 사실이 진실이거늘 어찌 아직도 그리 말이 많으냐! 어서 실토를 하여라."

장신은 머리를 숙였다. 오직 반수아가 자술하는 대로 하나하나 종이에 써내려가며 그렇게 쉽게 죽을 죄를 자신이 인정하게 되었다. 자백이 끝나자 그것이 태수에게 건네졌고, 태수는 그것을 본 후에 장신을 참형斬刑에 처했다. 수아는 비록 살해된 상황을 몰랐지만 간음으로 인해 부모를 죽였기에 역시 참형에 처해질 운명이었다. 각각 긴 곤장으로 30대를 맞고 장신은 사형수의 감옥으로 보내졌으며, 반수아는 여자 감옥으로 보내졌음은 두말할 나위도 없다.

한편 장신은 다행이도 형리들이 자신이 부자인 것을 알고 뇌물을 먹어 곤장을 내리칠 때에 겉으로는 세게 치는 것 같이 보이면서 사실은 아프지 않게 친 까닭으로 상처가 그리 심하진 않았다. 감옥으로 보내진 후에 자신의 억울함을 호소해도 소송할 방도가 없었다. 옥졸들은 장신이 은자를 두둑이 가지고 감옥으로 들어온 것을 알고 모두들 기뻐하며 그에게 아부를 해대었다. 모두들 다가와 그에게 물었다.

"장도령님, 어찌 이런 엄청난 일을 하셨어요?"

"여러 노형들, 사실대로 말하건대 처음 그 반수아란 여자와 서로 본 적도 있고, 서로 마음이 있긴 했지만 그 여자와 만난 적은 없소. 누구에게 속임을 당한지 모르겠지만 나를 희생양으로 삼고 있소이다. 당신들이 보기에도 나같이 생긴 사람이 사람을 죽일 것 같소?"

"그렇다면 방금 왜 자백을 했소?"

"내 이렇게 나약한 몸이 그 형벌을 견딜 것 같소? 더구나 근래에 새로 병을 얻어 며칠을 고생하다 막 일어났는데 그야말로 설상가상이오. 자백을 하면 며칠을 살 수가 있지만 자백을 하지 않았다면 이 목숨이 오늘밤 바로 저승으로 갔을 것이오. 이것도 전생의 업보이니 말해 무슨 소용이 있겠소! 다만 금방 반수아가 한 말은 모두 사실인 것 같은데 분명 무슨 연고가 있을 것이오. 내 지금 10냥의 은자를 노형들에게 술값으로 줄 테니 날 데리고 그 여자와 한번 만나게 해 주시오. 이 일을 자세히 좀 물어야겠소. 그러면 내 죽어도 여한이 없겠소이다."

그 중의 한 옥졸 대장이 말했다.

"장도령님, 반수아를 만나는 건 어렵지 않소이다만 열 냥은 너무 적소이다."

"그럼 다섯 냥을 올려줄게요."

"우리 사람들이 이리 많은데 나누어 가지기 어렵소. 아무리 적어도 스무 냥은 돼야 하오."

장신은 결국 허락했다. 두 옥졸이 각각 한 겨드랑이씩 부축해 그를 여감옥 울타리 문 밖으로 데려왔다. 반수아는 마침 안에서 울고 있는 중이었다. 옥졸이 여자를 부축해 책문 입구로 데려왔다. 그녀는 장신을 보자 울며 욕하기 시작했다.

"이 의리도 정도 없는 놈! 내가 한 때 혹해 너로부터 간음을 당했지만 네게 무슨 잘못을 했기에 그런 독한 짓을 했어! 내 부모를 죽이고 내 목숨까지 뺏다니."

"소리치지 마시오. 내가 지금부터 상황을 자세히 얘기할 테니 당신도 생각해 보시오. 처음 당신을 보았을 때 나를 보고 추파를 보내 우리 서로 마음이 통하였지 않소. 그 후 어느 달밤에 내가 손수건을 당신께 주고 당신은 내게 채색 신으로 보답을 했소. 나는 당신과 만날 방도가 없어 꽃을 파는 육씨 부인이 당신 집을 드나드는 것을 알아내고 먼저 그 부인에게 10냥의 은자를 주고 그 신발로 정표를 삼았소. 그리고 그 부인이 돌아와 말하길, 신발은 당신이 가져갔지만 부친이 엄해 문단속이 심하기 때문에 곧 부친이 몇 달 동안 외출을 나가게 되면 그가 떠난 후에 서로 집에서 만나자고 하더군요. 그날부터 시작하여 아침저녁으로 그리워하며 무수히 약속을 하였지만 반년이 넘도록 아무런 소식이 없었지요. 어떤 때는 당신이 내게 미소를 보내 나는 주야로 당신을 생각하며 상사병까지 걸려 집에서 약을 먹었답니다. 어찌 내가 당신의 집을 찾아갔다고 하며 어떻게 이렇게 나를 모해하세요?"

그 말을 듣고 수아는 울며 말했다.

"배신자 놈, 아직도 거짓말을 하다니! 그날 당신이 육씨 아주머니를 시켜 신발로써 나와 약속을 하고 계략을 짜 우리 부모님이 잠들면 집 아래에서 기침을 신호로 하여 베로 된 줄로 사다리로 삼아 올라오게 했잖아요. 다음 날 밤, 당신이 계획대로 아래에서 기침을 하였고, 내가 계획대로 줄을 내려 당신이 올라왔고 당신은 신발을 증거로 나와 만났잖아요. 그 후 당신은 매일 밤 나를 찾아왔고 뜻밖에 부모님이 낌새를 차려 내게 몇 번 추궁을 하였고 나는 당신에게 일이 발각되어 우리들이 모두 망신살이 뻗을까 두려워 다음부터는 날 찾아오지 말라고 하며, 다음에 부모님의 주의력이 흩어지면 다시 만날 계획을 하자고 했죠. 그런데 잔인한 당신이 우리 부모님에게 한을 품고 어제 밤에 어떻게 올라왔는지 우리 집으로 들어와 부모님을 살해하였어요. 그런데 당신은 아직도 발 뺌을 하며 지난 일들을 모두 인정하지도 않고 있잖아요!"

장신은 그 말을 듣고 생각을 좀 한 다음에 말했다.

"나와 당신이 이미 반년이나 함께 같이 있었다면 내 몸의 형태와 소리를 잘 알고 있을 터인데 자세히 살펴보시오. 무슨 차이가 없어요?"

주위 사람들이 소리쳤다.

"장도령의 말이 지극히 옳소. 만약 조금도 차이가 없다면 당신은 사람도 아니오. 참형이 아니라 능지처참을 해도 모자라오."

수아는 말했다.

"목소리는 많이 다르지만 몸은 당신과 많이 비슷해요. 언제나 어두운 데서 만나 자세히 살필 수가 없었어요. 다만 기억나는 건 당신의 왼쪽 허리에 부스럼 자국이 동전처럼 크게 나 있는 것이 바로 당신의 표시예요."

그 말에 사람들이 말했다.

"그것은 쉽게 알 수가 있겠네요. 장도령님, 저고리를 벗어 보시오. 만약 그것이 없다면 내일 태수 어른에게 아뢰어 우리들이 증인이 되어 당신의 죄를 벗어주겠소."

장신은 그 말에 너무나 기뻐하며 말했다.

"여러분, 감사합니다."

그리고는 급히 저고리를 벗었다. 사람들이 쳐다보니 온몸이 옥같이 하얀데 허리에는 부스럼 자국이 전혀 없었다. 수아는 그것을 보고 아연실색해 아무 말을 못했다. 장신이 말했다.

"아가씨, 이제 내가 아닌 것을 알았죠?"

사람들도 말했다.

"말할 필요도 없소. 이거야말로 정말 억울하다는 것이오. 내일 나리께 말해 드리리다."

바로 전과 같이 두 사람을 감방에 안치시키고 밤을 보냈다.

이튿날 아침, 태수가 당상에 오르고 여러 욕사쟁이들이 바닥에 꿇어앉아 어제 밤 장신과 반수아가 대면해 증거를 제시한 사실을 하나하나 아뢰었다. 태수는 크게 놀라 두 사람을 불러내어 다시 심문을 하였다. 먼저 장신을 불렀고, 그는 처음부터 끝까지 세세히 고하였다. 태수가 그 말을 듣고 물었다.

"너의 그 신발을 육씨 부인에게 준 후에 그가 아직 네게 돌려주지 않았단 말인가?"

"그러합니다."

태수는 다시 수아를 불렀다. 수아도 전후의 사정들을 상세히 고하였다. 태수가 그 말을 듣고 물었다.

"그 신발은 원래 육씨 부인에게 준 다음, 다음 날 저녁에 장신이 왔을 때 그것을 네게 되돌려주었느냐?"

"그러합니다."

태수는 머리를 꺼덕이며 말했다.

"이건 육씨 부인이 장신을 속이고 신발을 다른 사람에게 주었고, 그 자가 장신으로 가장해 너를 간음한 것이군."

즉시 사람을 보내 그 육씨 부인을 데리러 갔다. 오래지 않아 여자는 끌려 왔다. 태수는 먼저 40대를 때린 다음 물었다.

"당초 장신이 당신에게 부탁해 반수아와 서로 만나게 해달라고 하여 다음날 저녁에 서로 만나기로 약속을 했는데, 당신은 어찌하여 장신을 속여 그를 보내지 않고 신을 다른 사람에게 주어 그 자가 장신을 가장해 반수아를 간음하게 했소? 사실대로 말하면 목숨을 살려주고, 만약 한마디라도 거짓말을 하면 바로 맞아죽을 것이오."

그 여자는 이미 곤장 40대로 살점이 떨어져나간 상태라 감히 한마디의 거짓말도 할 수가 없었다. 그리하여 꽃을 파는 것을 구실로 하여 계략을 꾸며 약속을 하고 여러 번 장신을 찾아갔지만 만나지 못한 일, 그리고 돌아와 아들을 위해 돼지 잡는 일을 도우다가 신을 떨어뜨리고 아들이 자신을 협박해 계략을 발설한 일, 그 후에 장신이 찾아와 소식을 물으니 신발이 없어져 대충 얼버무리며 기다리라고 말한 사정 등을 일일이 보고하였다. 다만 간음하고 살인을 한 사정은 자신도 알지 못한다고 했다. 태수는 두 사람의 말이 일치하는 것을 보고 이미 육오한의 소행임을 알아차렸다. 곧 사람을 보내 그를 데려왔다. 태수가 그에게 물었다.

"육오한, 너는 양가집의 여자를 속여 간음하고 그 부모까지 죽였으니 무슨 할 말이 있느냐?"

육오한은 시침을 떼며 말했다.

"나리, 소인은 시정의 어리석은 백성입니다. 어찌 그런 짓을 했겠습니까! 이건 장신이 소인의 모친에게 부탁해 이용하여 반씨 집의 딸을 간음하고 그 부모를 죽인 것입니다. 어찌 소인에게 덮어씌우려 하십니까?"

수아는 그 자의 말을 다 듣기도 전에 소리치며 말했다.

"저를 속여 간음한 자의 목소리가 바로 이 목소리입니다. 나리, 저 사람의 왼쪽 허리에 부어오른 종기가 있는지만 확인하면 진위를 알 수 있을 것입니다."

태수는 얼른 형리를 시켜 옷을 벗기도록 하여 보니 왼편 허리에 과연 부푼 종기가 있었다. 육오한은 그때서야 입을 다물고 연거푸 죽을 죄를 지었노라고 했다. 그리고 수아를 속여 간음한 사실과 오해로 그 부모를 죽인 사연을 하나하나 실토하였다. 태수는 60대를 치라고 호령하며 참형을 선고하였다. 그리고 범행에 사용한 날카로운 칼은 찾아내어 창고에 두었다. 수아는 원래대로 참형에 처하고, 육씨 부인은 양가집 여자를 유혹하였기에 법에 따라 형벌을 내렸다. 장신은 간음할 계략을 기도하였기에 비록 실행하진 않았지만 화를 일으킨 장본인이라 역시 형벌을 내리고, 우선 보석금을 받아 집행을 유예해 주었다. 당상에서 하나하나 죄명을 판정하고, 문서를 작성해 상부에 보고하였다. 반수아는 육오한에게 속여 간음을 당하고 부모가 자신으로 인해 죽었으며 온갖 추악함이 세상에 알려지게 되었음을 생각하고는 후회가 막심하였으며, 다시 살아 일어날 면목이 없었다. 즉시 섬돌 계단에 머리를 박아 머리통이 깨어져 비명非命에 즉사하였다.

슬퍼라! 남자를 연모한 꽃같이 아름다운 여자여! 원한 맺힌 피 흘리는 귀신이 되어버렸구나!

태수는 수아가 스스로 머리를 박아 자결한 것을 보고 마음속으로 견딜 수가 없었다. 다시 육오한에게 40대를 보태 100대의 곤장을 치게 하여 사형수의 옥에다 가두었다. 그리고 문서가 전달되기를 기다렸다가 가을이 지난 후에 처형하고자 했다. 또 이웃을 데려다가 수아의 시신을 실어가게 하고, 반용의 재산을 모두 팔아 관을 사 세 시신을 염해 넣고 땅도 사서 매장을 시켰다. 그러고도 남은 돈은 관아의 금고에 넣었다.

한편 장신은 수아가 계단에 머리를 받아 죽은 것을 보고 마음속으로 매우 불쌍히 여기며 생각했다.

"모두 나로 인해 그들 가족과 집안이 모두 망해버렸구나!"

집에 돌아온 후에 은자를 풀어 역리와 옥졸들에게 나누어주었고, 또 돈을 들여 형벌을 속죄하고 몸을 잘 조리한 후에는 승방僧房과 도원道院으로 가 경전을 읽어 반수아 부자 세 사람이 극락왕생하길 기도하였다. 또 자신은 오랫동안 재계하며 다시는 남의 부녀자와 간음하지 않길 맹서하였다. 기녀들이 있는 곳조차도 발길을 끊어버렸으며, 오직 집에서 조용히 소일하며 70이 되어 죽었다. 당시 사람들이 시를 지어 탄식하였다.

도박은 도둑질과 같고 간음은 살인과도 같으니, 옛사람들의 말이 조금도 틀리지 않네. 간음과 도박에 모두 물들지 않는다면 무사태평하게 가정을 지키며 살아가게 되리라.

편지를 전한 중이 황보의 처를 빼앗다

簡帖僧巧騙皇甫妻

<편지를 전한 중이 황보의 처를 빼앗다(簡帖僧巧騙皇甫妻)>의 내용은 탐욕스러운 한 승려가 모략을 사용해 남의 처를 빼앗아가는 이야기이다. 이 소설의 주인공 한 승려는 관리 황보송의 젊은 처 양씨에게 눈독을 들여 그 여자를 차지하기 위해 계교를 부려 그 부인과 평소 서로 정을 주고받는 내용의 연애편지를 날조한 후에 그녀의 남편 황보송으로 하여금 그 편지를 공교롭게 가로채게 만들고, 그 편지를 우연히 읽게 된 남편 황보송은 아내의 부정을 알고 그녀를 집에서 내쫓아 버리게 만든다. 자신의 계략이 먹혀들어간 것을 안 승려는 쫓겨난 양씨를 찾아가 결국 그녀를 자신의 여자로 만들게 되지만 결국 그의 악행이 들통 나 체포되어 처형을 당하게 된다.

흰 도포 얇은 여름옷에 싸늘한 기운이 느껴지고, 과거 철이 되니 시험장은 선비들의 붓과 먹 가는 소리에 적막감이 도네. 등용문에 오를 회시會試는 이미 눈앞에 다가오고, 월전月殿에서 자신의 이름을 올릴 일이 선하네. 붕정만리에 봉황이 산을 넘어, 검과 서책을 지닌 채 먼 길을 떠나도다. 내년 이 쯤에는 청운의 길에 등용되어, 세상의 과거공부 선비들을 웃으면서 바라보겠네.

장안長安 서울 북쪽에 현이 하나 있었으니 이름은 함양현咸陽縣이라고 했는데, 장안에서 45리 거리였다. 여기 한 관인官人이 있었는데 성은 복성으로 우문宇文이고, 이름은 수綬라고 했다. 그는 함양현을 떠나 장안으로 과거 시험을 보러 왔다가 연거푸 3번이나 낙방하였다. 그의 부인 왕씨는 남편이 누차 과거에 실패하여 돌아오는 것을 보고 그의 성씨 우문을 가지고 사를 지어 남편을 비웃었는데, 사의 제목은 <망강남望江南>이라는 것이었다.

공손公孫의 한恨, 단목端木의 붓을 모두 갖추었건만. 서문西門에서의 이별 헛된 것이 되고, 서신을 보내 깊은 가을에 만날 기약을 하니, 눈물만 하염없이 흐르네.
우문은 버려지고, 홀로 답답한 마음에 외로운 배에 오르네. 용문의 방에는 이름을 볼 수 없고, 아름다운 얼굴 헛된 것이니, 마음잡고 마을만 지키시라.

왕씨는 그래도 마음이 차지 않아 남편을 보며 네 구절의 시를 지었으니,

낭군은 득의양양 재기를 지녔건만, 어찌하여 해년마다 낙방하여 오시는가! 당신은 지금부터 첩의 얼굴 보기 부끄러우니, 다음부턴 집에 올 때 밤에서야 오시게나.

우문은 그로부터 발분하여 과거에 합격하지 못하면 집에 돌아오지 않기로 작정하였다. 그런데 다음 해에 과거에 단번에 합격되자 그는

아예 장안에 머물며 집에 돌아가려고 하질 않았다.

부인 왕씨는 남편이 돌아오지 않는 것을 보고 혼자 생각하길, "내가 과거에 시를 지어 그이를 풍자했기에 돌아오지 않는 걸까?" 하며 서신을 한 통 적어 하인 왕길王吉을 불러 말했다.

"이 서신을 가지고 45 리에 밖의 관인(즉 남편)에게 전해 주세요."

그 서신 앞부분에는 날씨에 관한 안부였고, 그 다음에는 사를 하나 적었는데 사패명은 <남가자南柯子>라는 것이었다. 그 내용은 이러하였다.

까치가 즐겁게 새벽 나무 위에서 지저귀고, 등을 밝히니 한밤중에 꽃이 보이네. 과연 소식은 천하에 퍼져나가, 당신이 과거에 급제하였다고 서울이 떠들썩하네.

옛날 한은 눈썹에서 사라지고, 새로운 즐거움이 얼굴에 묻어나네. 옛날 제가 당신을 의심하여 해가 가도록 돌아다니며 집으로 돌아오지 않을 거라고 하였지요.

이 사의 뒷부분에는 다시 네 구절의 다음과 같은 시가 있었다.

장안은 여기서 그리 멀지 않은데, 아름다운 생기가 넘쳐나는 곳이라죠. 당신은 한창 인생의 황금기거늘, 오늘 밤은 어디서 취해 주무시려고 하는지요.

우문수는 편지를 받고 그 속의 시와 사를 읽은 다음에 생각하였다.

"전에는 시를 지어 나에게 얼굴 보기 창피하니 밤에 돌아오라고 했는데, 이번에 과거에 합격하니 어서 돌아오라고 하군."

이런 생각 끝에 그는 여관에서 문방사우를 꺼내어 곡曲을 한 수 지었는데 곡명은 <답사행踏莎行>이었다.

발은 구름다리를 디디고 손은 계수나무를 쥐어 이름이 등용문의 기록

에 올랐도다. 말 앞에서는 장원이 납신다고 호령하고, 금안장과 옥채찍
으로 거창하게 단장하였네.
　연회가 파하고 돌아가니 화려한 저자거리를 당당하게 거닐도다. 지금
바야흐로 평생의 소원을 펼쳤나니, 서신을 적어 집사람에게 신속히 보
내도다. 이제야 멋진 사위가 되었노라고.

　그는 이 사곡을 지은 다음 화전지를 꺼내 접어 편지지로 접은 후에
이 내용을 적어 부인에게 부치려고 하였다. 막 먹을 가는데 손이 무거
워 벼루가 흔들렸고 먹물이 편지지를 적시고 말았다. 그는 다시 화전
지를 한 장 꺼내 접어 편지를 쓴 후에 하인 왕길에게 전하며 말했다.
　"내가 올해에는 장안의 과거시험에 합격하였네. 밤이 되면 돌아갈
것이니 급히 마님(즉 부인)에게 전해 밤이 되기 전에는 돌아가지 않을
것이라고 말하게."
　왕길은 서신을 받고 인사를 한 후에 45 리 길을 곧장 달려 집으로
돌아갔다.
　한편 우문수는 이 편지를 보낸 후에 그날 저녁 객사에서 다른 볼
일도 없어 잠을 청하였다. 막 잠이 들었는데 꿈에 함양현의 집에 당도
하였다. 집을 들어서니 왕길이 문 앞 가에서 짚신을 벗고 발을 씻고
있었다. 우문수가 이를 보고 말했다.
　"자네 일찍이도 돌아왔군."
　그런데 왕길은 그가 누차 말을 걸어도 반응이 없었다. 우문수가 초
조하여 머리를 들어 보니 부인 왕씨가 촛불을 들고 방으로 들어가고
있었다. 그가 급히 달려가 외쳤다.
　"부인, 내가 돌아왔소."
　그러나 부인은 그를 돌아보지도 않았다. 그가 다시 소리쳤지만 부
인은 아무 대꾸도 없었다. 우문수는 자신이 꿈을 꾸고 있음을 알지
못하고 부인을 따라 방으로 들어갔다. 부인은 촛불을 탁자 위에 두

고 아침에 그가 보낸 편지를 들고는 머리에서 금비녀를 뽑아 편지봉투를 조금씩 찢어내는데 의외로 안의 편지지는 백지였다. 부인은 미소를 띠며 촛불 아래에서 붓을 들어 백지 위에다 네 구절의 시를 지었다.

> 푸른 비단 휘장 창 아래에서 편지 봉투를 여니, 편지지는 처음부터 끝까지 온통 백지로다. 집을 향한 당신의 깊은 정을 아나니, 상사의 마음 무언無言 속에 모두 표현하였군요.

부인은 글을 쓴 후에 다른 봉투를 구해 그것을 다시 봉하였다. 그리고는 금비녀로 촛농을 발랐다가 그의 얼굴에다 발랐다. 그는 깜짝 놀랐다. 그리고 돌아서 잠을 자는데 바로 객사의 침상이었다. 촛불을 끄지도 않은 상태였다. 그가 탁자 위를 보니 과연 백지 종이를 잘못 보낸 것이었다.

다음 날 아침을 먹은 후, 왕길이 그 서신을 갖고 왔는데, 뜯어서 열어 보니 네 구절의 시가 적혀 있었다. 그 시의 내용은 밤에 꿈속에서 본 처가 지은 시의 내용과 같았다. 그는 바로 행장을 수습하여 바로 집으로 돌아갔다.

이상의 내용은 편지를 잘못 봉한 것이고, 이어질 내용은 편지를 잘못 쓴 것이다. 한 관인이 있었는데, 그 부부 두 사람이 바야흐로 집에 있는데 한 사람이 편지 쪽지를 그의 부인에게 주었다. 그런데 이 편지 쪽지 때문에 해괴망측한 사건이 벌어지는데, 그야말로

> 말 다리의 먼지는 그칠 날이 없고, 사람 마음속의 일은 언젠가는 끝이 나리.

다음의 <자고사鷓鴣詞> 한 수는 그 아름다운 여인을 잘 노래하고 있다.

열게 칠한 눈썹에 비스듬히 꽂은 비녀. 애써 치장을 하지 않았네. 깊 디깊은 규방에 숨어서 조용히 구름 같은 초서체를 배우네.

그 얼마나 농염하고 청초하리오! 신선 같은 표일한 격조 세상에 들도 없다네. 사람들은 매화처럼 아름답다고 하지만 자세히 보면 매화도 그 녀만 못하네.

동경東京 변주汴州 개봉부開封府 조삭항棗槊巷에 어느 관인官人[1]이 있 어 성은 황보皇甫요 이름은 송松이라고 하였다. 원래 내시관의 관직인 좌반전직左班殿直 출신이다. 나이는 26세인데 처는 양씨楊氏로 나이가 24세였다. 또 13살 되는 계집종도 하나 있어 이름은 영아迎兒라 했다. 오직 셋이서 친척도 없이 그냥 지냈다. 당시 황보 전직관인은 군복을 압송하러 변경으로 갔다가 돌아오니 새해 명절이 다 되었다.

조삭항에는 작은 찻집이 있었는데, 이 찻집의 주인은 왕이王二라고 했다. 이날, 손님들이 떠난 후에 해가 중천에 떴는데, 한 남자가 들어 오는데 그 생김새가

시꺼먼 눈썹에 부리부리한 눈, 우뚝 솟은 코에다 넙죽한 입. 머리에는 대통자두건人桶子頭巾[2]을 썼네. 의복은 넓은 소매와 비스듬한 옷깃의 덧 옷을 입었고, 아래는 이에 어울리는 옷에다 깨끗한 장화와 버선을 신었 다.

그는 찻집으로 들어와 앉았다. 주인 왕이가 찻잔을 들고 들어와 인 사를 하고 차를 제공했다. 그 손님은 차를 받아 마신 후에 왕이를 보 며 말했다.

---

1) 관인은 관리라는 의미 외에 송대 이후로는 신사 정도의 의미로 어느 정도 신분 과 지위가 있는 남성에 대한 통칭으로 많이 사용된 용어이다. 또 부인이 남편에 대한 칭호로 사용되기도 하였다.
2) 모자의 통이 매우 크고 높은 것으로 송원대 문사들이 많이 착용한 형태의 두건 이다.

"여기서 사람을 하나 기다려도 되겠소?"

왕이는 "괜찮소."라고 답했다. 한참을 기다린 후에 한 사람이 들어오는데 그는 승아僧兒라는 자였다. 그는 쟁반을 받치고 오면서 "메추리 만두 사세요!"라고 외쳤다. 손님이 손을 들어 보이며 "만두 좀 주시오."하였다. 승아가 쟁반을 찻집으로 들어가 탁자 위에 그것을 놓았다. 그리고 대나무 가락을 그 위에다 두고 소금을 조금 집어 놓으며 그 손님에게 말했다.

"손님, 만두 드시지요!"

"그래요! 근데 먼저 한 가지 부탁을 합시다."

손님의 말에 승아가 물었다.

"무슨 부탁이지요?"

손님은 조삭항에 있는 네 번째 집을 가리키며 그에게 물었다.

"당신 저 집을 아시오?"

승아가 답했다.

"알죠. 거긴 황보 전직의 집이죠. 전직 양반은 군복을 압송하러 변경으로 갔다가 막 귀가하셨죠."

"그 집에 식구가 몇이나 되오?"

"전직 양반과 젊은 부인 하나, 그리고 어린 계집종이 있습지요."

"당신은 그 젊은 부인을 아시오?"

"그 부인은 평상시엔 발 밖으로 얼굴을 드러내지 않습니다. 가끔 저를 불러 만두를 달라고 해서 늘상 찾아가 그 얼굴을 알고 있습죠. 근데 그건 왜 물어보시오?"

손님은 허리 속에서 돈지갑을 꺼내 오십 여 전을 꺼내 승아의 쟁반 위에 놓았다. 승아는 이를 보고 너무 기뻐 감사의 뜻으로 두 손을 가슴 위까지 올려 모아 공수拱手를 하며 말했다.

"관인께서는 무슨 분부가 계신지요?"

이에 그 남성은 부탁할 일이 있다며, 소매에서 흰 종이를 꺼내 한 쌍의 둥근 패옥과 두 개의 짧은 금비녀, 그리고 한 통의 편지를 승아에게 주며 말했다.

"이 세 물건은 금방 물은 그 젊은 부인에게 전해주시오. 남편인 전직 양반을 보면 물건을 전해주지 말고, 그 부인을 보면 어느 남자가 거듭 부탁해서 전해주는 것이라고 하면서 물건을 건네주시오. 부탁하오. 나는 여기서 기다리며 당신의 소식을 기다리겠소."

승아는 그 세 물건을 받은 후에 쟁반은 왕이 찻집의 계산대에 올려 놓고 바로 조삭항으로 들어갔다. 황보 전직의 문 앞에 도달하자 그는 푸른 대로 만든 발을 걷어 올려 안을 한번 들여다보았다. 당시 황보 양반은 의자에 앉아있었는데, 메추리 만두를 파는 젊은이가 발을 들추어 올리며 예의 없이 안을 기웃거리다가 가버리는 것이 보였다. 황보는 그 젊은이를 보며 고함을 질렀는데 그야말로,

장판교 상의 용맹스런 장비가 지르는 고함 소리에 조조의 백만 병사
들이 모두 놀라는구나.

황보가 "무슨 일이야?"라고 고함을 쳤지만 그 젊은이는 이에 아랑 곳하지 않고 가버렸다. 황보 전직은 일어나 쫓아가 그를 움켜쥐며 물었다.

"그게 무슨 의미야? 나를 힐끗 쳐다보곤 달아나버리다니."

"한 관인께서 저에게 세 가지 물건을 부인에게 전해달라고 해서요. 남편에겐 주며 안 된다고 했거든요."

"무슨 물건이야?"

"제게 묻지 마세요. 주인 양반에겐 주지 말라고 했거든요."

황보 전직은 주먹을 쥐어 그의 정수리를 때리며 말했다.

"좋은 말할 때 어서 내게 보여 줘!"

승아는 한번 맞은 후에야 하는 수 없이 품속의 종이로 싼 물건들을 꺼내며 입으론 여전히 중얼거렸다.

"부인에게 전해주라고 했지 주인 양반에겐 주지 말라고 했는데, 왜 저를 때리고 그래요?"

황보 전직은 그 종이로 싼 보자기를 탈취하여 열어보니 속에는 한 쌍의 둥근 패옥과 두 개의 짧은 금비녀, 그리고 한 통의 편지가 있었다. 그가 편지를 뜯어보니,

"제가 무례하게나마 다시 서신을 올리니 부인께서는 받아보시기 바랍니다. 바야흐로 봄이 무르익는 계절입니다. 삼가 만복이 도래하길 빕니다. 저는 바깥에서 언제나 부인과 함께 나눈 술자리의 호의에 감사하며, 깊이 사모하는 마음을 잠시라도 멈춘 적이 없습니다. 마침 작은 일이 있어 찾아뵙지를 못해 사詞 한 수를 지어 올립니다. 사명은 '제 마음을 호소하며'라는 제목입니다. 그것으로 서로 얼굴을 보는 걸로 대신하고자 하니 바라건대 한 번 펼쳐보시길 빕니다."

그리고 그 사의 내용은 다음과 같았다.

"그대의 남편이 변방에서 돌아온 후로 속이 상해 우리들의 단 꿈은 깨어져버렸네. 둥근 패옥 한 쌍과 편지와 비녀. 잘 간직하여 두 마음이 없길 바라며, 마음을 여소서. 이별한 이후로 외로운 휘장은 냉랭한데, 언제나 홀로 서재를 지키네."

황보 전직은 편지를 본 다음 눈을 찡그리며 이를 갈았다. 승아를 보며 물었다.

"누가 네게 이걸 보냈어?"

승아는 손가락으로 골목 입구의 왕이 찻집 안을 가리키며 말했다.

"시꺼먼 눈썹에 부리부리한 눈, 우뚝 솟은 코에다 넙죽한 입을 한 관인이 저에게 그것을 부인에게 드리라고 했는데, 남편에겐 주지 말라고 했어요."

황보 전직은 한 손으론 승아의 머리채를 쥐고 조삭항을 나와 바로 왕이 찻집 앞으로 달려갔다. 승아가 그 찻집을 가리키며 말했다.

"방금 여기에 앉아있던 손님이 제게 그 물건들을 부인에게 주라고 했어요."

황보 전직이 보니 찻집 안에는 사람이 아무도 없었다.

"어디 거짓말을 하고 있어!"

그는 승아에게 욕을 하며 다시 그를 끌고 돌아갔다.

그는 집으로 돌아온 후에 문을 모두 걸어 잠그고 승아를 위협하면서 한편으론 안에서 스물 서너 살의 꽃 같은 아내를 불러내었다.

"당신 나와서 이것들을 보시오!"

젊은 부인은 영문을 몰라 나와 의자에 앉았다. 전직 양반은 편지와 함께 두 물건을 그녀에게 보여주었다. 부인은 편지 속의 글을 보고는 영문을 알 수 없었다. 남편이 말했다.

"내가 석 달 동안 변방에 나가 있을 동안 누구와 집 안에서 술을 같이 했어?"

부인이 답했다.

"내가 당신과 부부가 되어 당신이 떠난 후에 그 누구와 같이 술을 마셨단 말이에요?"

"그렇다면 이 물건들은 어디서 난 것들이오?"

"제가 어찌 알아요?"

남편은 삿대질을 하며 부인의 뺨을 내리쳤다. 젊은 부인은 '으악'하며 얼굴을 감싸고 울며 들어갔다. 황보 전직은 곧장 다시 열세 살의 계집종 영아를 부르고는 벽에 걸어놓은 대나무 작대기를 바닥에 내려놓았다. 영아가 오는데 그 모습을 보니

> 짧은 팔에 비파와 같은 다리를 하였는데, 장작을 캐고 물을 긴고 밥
> 을 잘 먹고 똥을 잘 싸게 생겼네.

황보 전직은 옷 선반에서 끈을 가져와 계집종의 양손을 묶어 대들보에 매달고 아래에도 한번 묶어 몸을 바로 세우고는 대나무 작대기를 가져와 계집종에게 물었다.

"내가 석 달 동안 나가있을 동안 아내가 누구와 술을 마셨어?"

계집종이 말했다.

"아무도 없었어요."

황보 전직이 대나무 작대기로 계집애의 종아리를 내리치니 계집애는 돼지 잡는 소리를 내며 울부짖었다. 또 묻고 또 때렸다. 계집종은 매를 견지지 못하며 결국 첫마디 입을 열었다.

"주인님이 석 달 동안 출타 시에 부인은 밤마다 누구와 잠을 잤어요."

"그럼 그렇지!"

황보 전직이 계집종을 내려놓고 결박을 풀어주었다.

"네게 묻겠다. 대체 누구와 잤단 말이냐?"

계집종은 눈물을 닦으며 말했다.

"나리께 아뢰건대 정말 거짓말이 아니라 전직 나리가 떠난 이후로 부인은 밤마다 누구와 함께 잤는데, 그 사람은 다름이 아니라 바로 저 영아랍니다."

"이 계집이 그래도 이실직고하지 않아!"

황보 전직은 고함을 지르며 나가 자물쇠를 가져다 문을 잡아당겨 자물쇠로 잠갔다. 그리고는 바로 나가 골목을 돌아 네 사람을 불렀는데, 다름 아닌 이 지역의 관졸이었다. 요즘은 이들을 연수連手 혹은 순군巡軍이라고도 불렀다. 장천張千, 이만李萬, 동초董超, 설패薛霸 네 사람이 문 앞에 도달하자 황보는 열쇠로 자물통을 열어 문을 밀어제쳤다. 그리고는 안에서 만두를 파는 승아를 끌어내며 말했다.

"수고스럽지만 이 녀석을 끌고 가시오."

네 사람이 말했다.

"령을 내리시니 명을 받들겠습니다."

황보가 다시 말했다.

"아직 가지 마시오. 다른 사람도 있소."

그는 안을 향해 영아와 아내를 불렀다.

"저들을 모두 데려가시오!"

네 사람이 답하며 말했다.

"나리께 아뢰건대 어찌 어린 자를 데려갈 수가 있겠습니까?"

황보가 화를 내며 말했다.

"당신들이 데려가지 않으면 살인사건이 벌어질 거요."

그 말에 네 명의 관졸은 놀라 젊은 부인과 영아, 그리고 승아 세 사람을 데리고 나가 개봉부의 지현 전대윤錢大尹에게로 압송해갔다.

황보 전직은 당 아래에서 그에게 인사를 한 연후에 그 편지를 건네 주었다. 전대윤이 그것을 본 후 즉시 다른 소속으로 넘겨 산정山定이란 이름의 관리가 맡아보게 하였다. 산정은 이 사건을 접하고 승아를 불러 물으니 그는 죽어도 찻집에서 본 시꺼먼 눈썹에 부리부리한 눈, 우뚝 솟은 코에다 넙죽한 입을 한 남자가 그 편지를 부인에게 주게 하였다는 말밖엔 없었다. 영아에게도 물으니

"아무도 마님과 술을 한 적이 없고 편지를 준 사람도 알지를 못하며 죽여도 다른 자백은 없습니다."

라고 했다. 그리고 젊은 부인에게 물으니 그녀는

"젊어서 부부가 된 이후로 친척이라곤 전혀 왕래한 적이 없으며 오직 부부 두 사람 뿐이며 그 어떤 편지를 전한 인물도 알 지를 못합니다."

라고 하였다. 산정이 그 부인을 바라보니 매우 가냘픈 몸매라 고문을 이길 것 같지가 않아 보여 어떻게 이 여자를 심문할지를 몰랐다.

그는 이내 두 명의 옥졸獄卒을 불러내었다. 그들은 한 죄인을 끌고 왔는데, 그 생김새가

얼굴은 주름진 바위 뼈와 같고, 볼은 너무도 추악하여 마치 질병을 옮기는 악귀와도 같아 도처에 재앙을 뿌리는구나.

이 죄인은 원래 강도 두목으로 정산대왕靜山大王이란 별명을 지닌 자였다. 젊은 부인은 그 죄인을 보자 두 손으로 얼굴을 감싸고 감히 눈을 뜨지를 못했다. 산정은 옥졸에게 고함을 쳤다.

"어서 형벌을 시행하거라!"

옥졸이 형틀을 한번 묶어 그 아래에 죄인의 머리를 아래로 향하게 하여 침이 나오게 하였다. 죄인은 돼지 잡는 소리를 내었다. 산정이 그에게 물었다.

"너는 사람을 죽인 적이 있지?"

정산대왕이 답했다.

"그렇습니다."

다시 물었다.

"불도 지른 적이 있지?"

"그렇습니다."

산정은 두 명의 옥졸을 시켜 그를 옥 안으로 밀어 넣게 하였다. 그 다음 산정은 머리를 돌려 젊은 부인을 보며 말했다.

"정산대왕이 곤장 몇 대를 맞지도 않았지만 살인과 방화 사실을 모두 틀어놓는 것을 잘 보았지요? 젊은 부인, 그런 일이 있었다면 사실대로 자백하시오. 당신같이 약한 여자가 어찌 이런 형벌을 감당이나 하겠소?"

부인은 눈물을 줄줄 흘리며 말했다.

"나리께 말씀드리건대 여기서 어찌 속이겠습니까? 종이와 붓을 주

시면 제가 대윤께 사실을 고백하겠사옵니다.”

부인의 고백은 다음과 같았다.

“젊어서 부부가 된 이후로 그 어떤 친척도 내왕한 적이 없으며, 편지를 준 자가 어떤 사람인지도 알지를 못합니다. 지금 계집종이 어떤 죄목을 얻게 될 지는 모두 대윤의 붓 아래에 있을 따름입니다.”

그러한 즉 여러 번을 물어보아도 돌아오는 자백은 하나였다.

이렇게 사흘이 흘러 산정이 관아의 문 앞에서 판결을 내리지 못하고 있는데 마침 황보 전직이 찾아와 앞에서 읍을 하며 그 사건에 대해 물었다.

“어찌 사흘이 지났건만 사건을 판결하지 못하는 것이오? 설마 그 편지를 보낸 사람의 재물을 얻어 고의로 공사를 지체시키는 것이 아니요?”

그 말을 듣고 산정이 물었다.

“전직 양반, 당신의 뜻은 어떠하시오?”

황보가 답했다.

“오직 이혼할 따름이오.”

당일 산정은 주州의 아문으로 들어와 저녁에 이르러 이 상황을 적어 전대윤에게 바쳤다. 대윤은 황보를 대청으로 불러 그 자리에서 물었다.

“도둑을 잡으려면 장물을 봐야하고, 간음한 자를 잡으려면 두 사람을 보아야 하는 것인데, 증거가 없는 상황에서 어찌 부인을 단죄할 수가 있겠소?”

그 말에 황보가 전대윤에게 고했다.

“저는 지금 처와 함께 돌아가길 원치 않습니다. 청컨대 나리 앞에서 바로 이혼을 하길 바랍니다.”

대윤은 판결문을 내리길 남편의 편의를 쫓았다. 황보 전직은 혼자 돌려보내고, 승아와 영아는 불러내 각각 집으로 돌아가게 하였다. 다만 젊은 부인은 남편이 그녀를 원치 않으니 쫓아낼 따름이었다. 그녀는 울며 주 아문을 나서며 입으로 중얼거렸다.

"남편은 나를 내쫓았고 친척이라곤 하나도 의지할 데가 없으니 내가 어디에다 몸을 의탁한단 말인가? 차라리 자결해 죽는 것이 낫겠구나."

그녀가 천한교天漢橋 다리에 이르러 변하汴河가 보이는 제방에서 막 뛰어내리려는데 뒤에 한 사람이 젊은 부인의 옷을 움켜쥐었다. 부인이 돌아보니 그는 바로 한 노파였다. 그 생김새를 보니

눈썹은 두 갈래 길 흰 눈과 같고, 쪽 찐 머리는 가는 실 집과 같네.
눈은 침침해 가을 강물의 혼탁함과 같고, 머리는 희어 초산楚山의 구름보다도 옅네.

노파가 말했다.

"애야, 너 쓸데없이 자살은 왜 하려고 그래? 내가 누군지 알겠니?"

젊은 부인이 답하길,

"할머니가 누구죠?"

"나는 니 고모야. 니가 남편에게 시집간 이후로 우리 집이 가난해 너에게 붙을 수가 없었어. 그래서 지금까지 왕래를 하지 않은 거야. 내가 듣자니 니가 남편과 소송을 벌인다고 하여 내가 매일 여기서 기다리고 있었지. 오늘 들어보니 니가 쫓겨났다는데 죽기는 왜 죽으려고 그래?"

"저는 아무 데도 의지할 곳이 없고, 남편도 저를 원치 않으니 친척도 없는 제가 지금 죽지 않으면 언제겠어요?"

"당장 고모 집으로 가서 후일을 생각해 보는 것이 어때?"

그 말에 부인이 속으로 생각했다.

"이 노파가 자신이 내 고모라 하지만 아닌 것 같지만 당장 의지할

곳도 없는데 지금 따라갔다가 다시 생각해보아야겠다."

그리하여 그녀는 노파를 따라 집으로 들어갔는데, 집안에는 물건들이 별로 없었지만 방이 괜찮았다. 푸른색을 칠한 휘장이 있고 의자가 있었으며 탁자 등도 보였다.

이 고모라는 노파의 집에서 이삼일을 보내고 이날 막 식사를 마쳤는데 밖에서 한 남자가 큰 소리로 외치는 소리가 들렸다.

"할멈, 내 물건들을 팔았소? 어찌 아직까지 돈을 갚지 않소?"

노파는 그 소리를 듣고 황급히 나가 그 남자를 영접하여 들어와 앉게 했다. 젊은 부인이 그 자를 바라보니 바로

> 시꺼먼 눈썹에 부리부리한 눈, 우뚝 솟은 코에다 넙죽한 입. 머리에는 대통자두건人桶子頭巾3)을 썼네. 의복은 넓은 소매와 비스듬한 옷깃의 덧옷을 입었고, 아래는 이에 어울리는 옷에다 깨끗한 장화와 버선을 신었다.

새댁은 그를 찬찬히 보고 생각해내었다.

"그때 그 승아가 말하던 편지 쪽지를 건네준 남자와 정말 너무 닮았어!"

그때 그 남자는 들어와 의자에 앉고는 흥분하여 말했다.

"할멈, 내 삼백 관 어치 물건을 팔고서 한 달이 지났는데도 왜 돈을 갚지 않소?"

그 말에 할멈은

"물건은 물론 사람에게 팔았지만 아직 돈은 받지 못했다오. 돈을 지불받으면 바로 돌려 드리지요."하였다. 그러자 그 남자는

"평소 돈과 물건을 주고 받으며 중개업으로 살아가는데 이렇게 날

---

3) 모자의 통이 매우 크고 높은 것으로 송원대 문사들이 많이 착용한 형태의 두건이다.

짜를 끌어서야 되겠소? 돈을 받게 되면 꼭 가져오시오!"라며 곧장 나가버렸다.

그 남자가 나가고 노파가 들어왔다. 노파는 부인을 보더니 갑자기 눈물을 흘리며 말했다.

"어쩌면 좋아?"

부인이 물었다.

"무슨 일이 있으세요?"

"이 남자는 원래 채주蔡州 통판通判으로 성은 홍씨洪氏인데 지금은 관직을 떠나 비취나 옥구슬 등을 팔고 있지. 전에 내게 물건을 대주었는데, 내가 남에게 이용을 당했어. 지금 당장 그 사람에게 갚을 돈이 없으니 그 양반이 초조할 만도 하지. 전날에는 내게 일을 하나 부탁했지만 내가 해결하지 못했지 뭐야."

부인이 물었다.

"무슨 일인데요?"

"내게 첩을 하나 구해달라고 했지. 예쁜 여자로 말이야. 만약 새댁 같은 모양의 여자를 그에게 시집보내주면 그 사람은 분명 기뻐할 텐데. 새댁, 여기 혼자 있으니 남편에게도 쫓겨났으니 이 고모의 말을 들어 그 사람에게 시집가는 게 평생을 그르치지 않는 것이 아니겠어! 그럼 이 고모도 의지할 때가 생길 텐데 니 생각은 어때?"

부인은 오래 동안 침묵을 지키다가 부득이하여 그 말에 따르는 수밖에 없었다. 노파는 가서 그 남자에게 알려주니 하루도 지나지 않아 남자가 찾아와 부인을 데려가 아내로 삼았다.

세월은 일 년이 흘러 마침 정월 초하루가 되니 황보 전직은 마누라를 쫓아버린 이후로 집에서의 생활은 말이 아니었다. 그야말로

시간은 바람과 불의 습성을 지녀 굳은 절개도 태워버리도다.

황보는 속으로 생각했다.

"매년 정월 초하루면 부부 두 사람이 쌍쌍이 대상국사人相國寺 절에 가서 향을 피워 절을 올리곤 했지만 올해엔 오직 나 혼자 뿐이니, 대체 이 마누라는 어디서 무엇을 하고 있을까?"

별안간 두 줄기 눈물이 흐르며 마음이 답답해 죽을 지경이었다. 억지로 자주 비단 저고리를 입고 손엔 은으로 된 향합을 지닌 채 대상국사로 발길을 향했다. 절에 도착해 향을 피우고 막 절문을 나서려는데 한 남자가 여인을 데리고 있는 모습이 보였다. 그 남자를 보니 시꺼먼 눈썹에 부리부리한 눈, 우뚝 솟은 코에다 넙죽한 입 모양에 데리고 있는 여자도 바로 자신의 부인이었다. 당시 그는 자신의 옛 부인을 보았고 부인도 자신을 보아 두 사람의 네 눈동자가 서로 마주쳤다. 그러나 입을 열어 말을 할 용기가 없었다. 그 남자는 부인과 함께 둘이서 대상국사로 들어갔다. 황보 전직이 여기서 망설이고 있는데 향불 기름 돈을 걷는 한 행자行者가 마침 기름 돈을 걷고 있다가 그 두 사람이 절로 들어오는 것을 보고 중얼거렸다.

"당신이 나를 그렇게나 괴롭히더니 오늘 마침 여기서 만나는구나!"

그러고는 큰 걸음으로 절 안으로 들어갔다. 황보 전직은 그 행자가 두 사람을 쫓아가는 것을 보고 행자에게 충고했다.

"오계를 생각하시오! 두 사람을 왜 쫓아가시오?"

그 말에 행자가 답했다.

"알고 있소이다. 내가 저 사람에게 당한 고충은 말로 다 할 수가 없소. 오늘까지 내가 머리를 들지 못하는 것도 그 자 때문이오."

황보 전직이 물었다.

"당신은 저 부인을 아시오?"

"모르오."

"바로 나의 부인이었소."

"근데 어찌 그를 따라가지오?"

황보 전직은 그간의 사연을 모두 그에게 말해주었다. 행자는 말했다.

"그러니 어쩌겠소!"

행자는 다시 황보에게 물었다.

"당신은 그 자를 아시오?"

"모르오."

"그 자는 원래 변량성 동쪽에 있는 번대사播臺寺의 중이었소. 고행苦行도 번대사에서 했는데, 우리 절의 주지 스님이 이전엔 바로 번대사의 주지 스님이었지요. 당시 스님에겐 백여 전의 돈이 있었고, 그 자의 머리를 깎아 소사小師[4]로 삼았었지요. 일여 년 전에 그 자가 절에 있는 이백 량 가량의 은 제기들을 훔쳐 달아나 내가 대신 큰 고문을 당했지요. 지금은 절에서 제적당해 밥을 빌어먹을 때가 없습니다. 그 죄는 이 대상국사의 모든 중들이 알고 있소. 이 절에서 고행 중엔 향불 돈도 걷은 적이 있소. 오늘 이 자를 만났으니 어찌 그냥 둘 수가 있겠소?"

말이 끝나자 그 중은 부인과 함께 절에서 나오고 있었다. 행자는 옷을 끌며 큰 걸음으로 가며 그 자를 붙잡으려 하였다. 황보 전직은 행자를 말리며, 몸을 피해 벽에 기대서며 말했다.

"그 자를 붙잡지 마시오! 우리 두 사람이 그들을 미행하여 그들이 어디에 안착하는 것을 보고 관아에다 넘깁시다."

그리하여 두 사람이 미행하기 시작했다.

한편 그 부인은 옛 남편을 보자 눈물을 줄줄 흘리며 절에 들어가 향불을 피우고 나왔다. 그 자가 도중에 부인에게 물었다.

---

4) 승려가 계를 받은 지 10년이 차지 않은 자를 일컫는 말이다.

"부인, 어찌 옛 남편을 보고 눈물을 흘리오? 내가 당신을 얻는 것도 쉽지 않았소. 내가 당초에 당신 집 문 앞을 지나다 당신이 주렴 아래에 서 있는 모습을 보고 그 이쁜 모습에 마음이 당신에게 가버렸소. 오늘 당신과 부부가 된 것도 정말 쉬운 일이 아니었소."

두 사람이 말을 주고받으며 집 문 앞까지 와 안으로 들어가며 부인이 물었다.

"당초 그 편지는 누가 전달했지요?"

"당신이 알 수 있도록 하기 위해 내가 만두를 파는 승아를 시켰어. 당신 남편이 내 계략에 말려 진짜 당신을 내쫓은 거야."

부인은 그 말을 듣고 그 남자를 붙잡고 억울하다며 소리를 질러댔다. 남자는 부인이 울부짖자 당황해 두 손으로 여자의 목을 움켜잡아 죽일 작정이었다. 당시 밖에 있던 황보 전직과 행자는 문 앞까지 와서 그 두 남녀가 들어가는 것을 보았다. 또 안에서 작은 일로 서로 크게 다투는 것을 보고는 들어가 보니, 그 자가 부인을 죽이려고 하였다. 황보 전직과 행자는 즉시에 그 자를 잡아 개봉부 전대윤의 앞으로 압송해갔다. 이 전대윤은 누구인가?

나서면 장사들이 채찍을 들어주고 들어오면 미인이 팔을 들어주네.
대대로 그 종적이 온 세상을 누비고 자손들이 모두 금문金門[5]을 드나드
네. 그는 바로 절강 전당錢塘의 왕자이자 오월吳越 국왕의 자손이라네.

대윤은 당상에 올라 이 사건을 판결하였다. 황보 전직과 부인은 앞에서 말한 내용에 대해 다시 처음부터 소상하게 전대윤에게 고하였다. 전대윤은 크게 노해 좌우 관리들에게 긴 형틀을 머리에 씌우게 하고 당장 100대의 곤장을 다리에 치게 한 후에 좌사리원左司理院으로

---

5) 한림학사들이 황제의 부름을 기다리는 곳의 문을 가리킨다. 금마문(金馬門) 혹은 금명문(金明門)과 같은 뜻이다.

압송해 이 사건을 더 철저히 심사하도록 하였다. 심사가 끝난 후에 황보송은 처를 데리고 돌아가 다시금 부부가 되었고, 행자는 즉석에서 바로 상을 받았다. 그 중은 크고 작은 일들을 모두 인정하였다. 부당하게 부녀자를 모의해 속여 간음하였으며, 게다가 나중에 그 부인의 목숨을 위해하려 한 것을 모두 인정한 것이다. 잡범률雜犯律에 따라 판단하여 무거운 장형으로 처형시켜야 하였고, 그 노파는 부당하게 고모로 가장해 함께 모의를 하였지만 자수를 하지 않아 역시 다른 지역으로 유배를 시켜야 마땅하였다. 그리하여 당일 이 중을 데려가는 것을 한 설화인說話人6)이 보고 형장刑場에서 바로 곡을 하나 지었는데, 이름을 <남향자南鄕子>라고 하였다.

　　어찌하여 한 스님이 간음죄를 저질러 형벌을 받는가! 사안은 이미 자백서를 받아 형벌에 처해지고, 흉악범은 이미 곤장으로 죽임을 당해 만인萬人에게 보여지네. 길 가던 사람들은 그 소식을 듣고 관세음보살을 중얼거리고, 법을 지키는 희신喜神들은 모두 합장을 하고, 낮은 소리로 석가여래의 힘이 무궁하다고 하더라.

---

6) 송원시대 이후로 민간의 고사들을 사람들에게 이야기 형식으로 말해주던 민간기예인이다.

.

왕대윤이 화가 나 보련사를 불태우다

汪大尹火焚寶蓮寺

<왕 대윤이 화가 나 보련사를 불태우다(汪大尹火焚寶蓮寺)>의 내용은 위 <편지를 전한 중이 황보의 처를 빼앗다(簡帖僧巧騙皇甫妻)>의 이야기와 같이 탐욕스러운 승려들에 관한 이야기이다. 섬서성에 있는 보련사란 절은 부녀자들에게 자식을 쉽게 얻도록 해준다는 명목으로 여인들을 꾀어 절로 들어오게 한 다음, 며칠씩이나 그들을 합숙시키며 부처님에게 신심으로 기도하게 만들고, 그 틈을 이용해 야밤중에는 승려들이 몰래 여인들의 거처로 들어가 그들을 차례로 간음한다. 이런 폐단을 알게 된 고을의 원님 왕 대윤이 지모를 사용해 그들의 악행을 들추어내고, 악랄하게 대항하는 승려들의 소행을 완전히 뿌리 뽑기 위해 음탕한 소굴 보련사를 결국 불태워버린다.

옛날 항주 금산사에 한 승려가 있었으니 법명은 지혜至慧라고 했다. 어려서부터 출가하여 모은 재산이 넉넉하였다. 하루는 거리에서 걷던 중 아름다운 여인을 만났는데, 자신도 모르게 혼백이 달아나고 온몸이 녹아나 당장 다가가 안고 싶은 마음이었다. 그는 군침을 배 안으로 삼키고 이미 십여 채의 집들을 지났건만 여전히 고개를 돌려 그 여자를 쳐다보면서 마음속으로 생각했다.

"이 여자는 어느 집 여자인지 모르지만 어쩌면 이렇게도 예쁠까? 만약 저 여자를 얻어 하룻밤을 같이 잘 수가 있다면 죽어도 여한이 없겠어."

또 생각하길,

"우리 같은 중도 어머니와 아버지로부터 낳아 길러졌는데 어찌하여 머리털을 깎은 다음엔 여자를 가까이 할 수 없단 말인가! 애초에 부처님도 정말 쓸데없는 소리를 했지. 당신이 성불하여 부처님이 되려면 자신만 계율을 지키면 되지 왜 이런 법규들을 만들어 후세 사람들까지도 계율을 지키며 살게 하였을까! 우리들은 모두 범부들인데 어찌 그런 계율들을 견딜 수 있겠어! 게다가 옛날 율법을 만든 관원들도 가증스러워. 당신네 관리들은 좋은 말을 타고 미인들과 더불어 얼마나 좋은 날을 보내며 살아가는가! 그렇다면 우리 같은 평민들도 불쌍히 여겨 좋은 일을 좀 나누어줘야 하지 않겠는가! 어찌하여 한사코 우리 중들과 대치하여 이런 터무니없는 율령을 만들었단 말인가! 어찌하여 중이 여자를 범하면 곤장을 때리는가! 중은 사람의 몸이 아니란 말인가? 수행의 일만 하더라도 그래. 그것이 개인의 본심에서 나와야하는 것이지 어찌 그것을 결박하고 고문해서 얻어질 수가 있겠는가!"

그는 또 부모를 원망하며 말했다.

"애시 당초 키우기 힘들었다면 차라리 죽어버렸으면 나았을 텐데.

어찌 중으로 보내어져 오늘 내가 이렇게 힘들게 살아간단 말인가! 이런 원망과 한을 할 바엔 차라리 환속하여 부인을 얻고 자식들을 키우며 부부간에 화기애애하게 사는 것이 낫겠어!"

그러면서도 그는 한편으론 생각하길, 중이 되니 밭을 갈며 일을 하지 않아도 밥을 먹을 수가 있고, 베를 짜지 않아도 옷이 생기며, 높은 누각의 좋은 집에서 살면서 향도 피우고 차를 마실 수도 있는데, 이런 호사를 어찌 포기할 수가 있을까! 라며 걸으면서 계속 혼자 공상에 빠져 터벅터벅 게으른 걸음으로 겨우 절에 도달하였다. 이렇게 답답한 마음으로 멍청하게 앉아 저녁도 되지 않아 바로 잠자리에 들었다. 그러나 마음속은 그 아름다운 여인을 계속 생각하지만 자신의 수중에 넣을 수가 없어 길게 탄식을 하느라 잠을 이룰 수가 없었다. 이런 생각에 또 한숨을 쉬며 말했다.

"그 가인의 이름도 주소도 모르는데 내가 여기서 혼자 상념에 빠졌으니 정말 바보 같구나."

또 생각했다.

"어렵지 않아, 어렵지 않아! 여자들은 동여 맨 작은 발을 하고 있어 먼 길을 다닐 수가 없지. 분명 근처에 살고 있을 거야. 내가 며칠간 시간을 들여 그곳을 염탐해 찾아보면 혹 인연이 있으면 다시 만나게 될 지도 모르는 일이야. 그때 몰래 뒤쫓아 가서 그 여자의 거처를 알아내어 자주 왕래를 하게 되면 그 여자를 얻게 될 지도 모르지."

이런 계산 끝에 어서 날이 밝기를 기다렸다가 일어나 세수를 하고 새로 만든 비단으로 된 가사를 걸치고 깨끗한 신과 버선을 신고는 가볍게 단장을 하여 방문을 나섰다. 막 관음전 앞을 지나며 속으로 생각하길,

"보살님께 한번 물어보아야지, 이번에 내가 그 여자를 만나게 될지 아닐지를."

그리하여 두 무릎을 꿇고 합장하여 절을 했다. 그리고는 탁자 위에서 첨통을 꺼내 두세 번 흔든 후에 던져 하나를 집어보니 바로 18첨으로 상상上上 두 글자가 적혀있는데, 그에 대한 다음과 같은 4구절의 첨어가 적혀있었다.

당신과 천생연분 인연이 있어 오늘 그 사람을 만나니 그것이 어찌 우연이겠는가! 게으름을 버리고 부지런히 일하는 것을 아끼지 않고 지금의 자신을 열심히 독려한다면 옛날의 나를 벗어나 성공할 수 있으리라.

이런 제비를 얻게 되자 그는 기뻐 어쩔 줄을 몰랐다.

"제비 쪽지 상의 말도 이러하니 분명 오늘 저녁 그녀를 만날 거야. 이런 기회를 놓칠 수가 없지."

그는 다시 두어 번 절을 하고 첨통을 놓고 급히 그 여자를 만난 장소로 찾아갔다. 그때 한 여인이 천천히 걸어오는데 자세히 살펴보니 바로 어제 만났던 자신을 열광의 도가니로 몰아가게 한 장본인이었다. 곁에는 아무도 따라붙은 사람도 없어 너무도 기쁘고 놀라웠다. 보살의 추첨이 과연 영험해 이번에는 필경 좋은 일이 있으리라 생각하고 바짝 그 여자의 뒤를 따라갔다. 그 여자는 집의 옆문으로 가서 대나무 발을 걷고 다리를 벌려 성큼 들어갔다가 머리를 돌려 자신을 향해 '호호'하고 미소를 지으며 손을 흔들었다. 그 모습에 이 중은 정신이 아찔하고 기쁨을 이기지 못하였다. 눈으로 주위를 둘러보니 아무도 지나가는 사람이 없었다. 그는 황급히 발을 걷어 올리고 바로 안으로 들어가 그 여자와 인사를 하였다. 그런데 여자는 답례도 하지 않고 소매를 들어 중의 머리에 있는 모자를 벗겨 땅 아래로 떨어뜨리고 또한 걸음 나아가 그 뾰족한 작은 발을 들어 한번 툭 차니 모자는 '두루룩' 굴러 저만치 멈췄다. 여자는 끽끽거리며 냉소를 지었다. 이 중은 오직 그 여자의 향기로운 분 향기에 취해 "아가씨, 놀리지 마세요!"라며 승모를 주워 다시 썼다. 그 여자가 말했다.

"중이 백주대낮에 우리 집엔 왜 와요!"

"저에 대한 아가씨의 과분한 사랑에 감동해 여기까지 왔는데 어찌 그런 말씀을 하시오?"

당시 그는 색욕이 충천하여 그 여자의 반응에는 전혀 개의치 않고 다가가 바로 끌어안았다. 옷을 이리저리 다급하게 벗기려는데 그 여자가 웃으며 말했다.

"이 천한 중놈이 여자 얼굴을 처음 봤나, 어찌 이리 거칠게 굴어! 나 따라 들어와 봐!"

그리하여 구불구불한 방안을 들어가 서로 옷을 벗고 안아서 침상으로 가 거사를 치르는데, 막 살과 살이 서로 붙으려는데 큰 사내 하나가 손에는 쇠도끼를 들고 방안으로 뛰어 들어와 고함쳤다.

"넌 어디서 온 중놈이냐? 감히 어디 양가집 여자를 간음하느냐!"

놀란 중은 몸이 얼어붙어 꼼짝없이 일어나 꿇어앉아 빌었다.

"소승이 죄를 지었습니다. 부처님 얼굴을 봐서라도 보잘것없는 저의 목숨을 용서해 주십시오! 절로 돌아가 법화경을 10번이나 송독하며 시주님이 만수무강하길 빌겠습니다."

그러나 그 말에 사내가 동할 사람이 아니었다. 정수리를 향해 도끼를 한번 날려 중을 때려눕혔으니, 이 도끼에 중은 죽었을까 죽지 않았을까? 알고 보니 생각이 깊으면 꿈으로 나타난다 했거늘 이건 실제가 아니었다. 그 중은 놀라 깨어나 꿈속에서 맞아죽는 것을 생각하고는 온몸에 몸서리를 치며 말했다.

"여자와 통정하는 길은 험난하니 그 길을 쫓지 말지어다. 차라리 본분을 지켜 환속함이 편안할 것이로다."

이로부터 그는 머리를 기르며 처도 얻었지만 3년이 되지 않아 폐병으로 죽고 말았다. 그가 절을 떠날 적에 지은 시가 있었으니 소년시절 벼슬길에 나갈 마음이 없어 억지로 몸을 불문佛門에 맡겼네. 눈 오는 밤에 외로이 잠을 청하니 두 발이 시리고, 서리 내린 날에 삭발 식을 거행하니 머리통이 차가웠네. 청루의 미녀는 본래 나와 연분이 없고 양가집의 미인도 눈길을 돌려선 안 되네. 죽으면 필히 슬퍼하는 원귀가 되리니 서방정토로 가는 길은 여전히 어둡고 아득하리라!

금방 애기한 이 지혜 스님은 비록 계율을 어기고 환속을 하였으나 그래도 자신의 이름과 절개를 지킨 셈이다. 그러나 지금부터 말하는 이야기는 여전히 불문제자의 일이지만 계율을 지키지 않고 한바탕 큰일을 내 불문의 명예에 누를 끼치고 사찰의 빛을 잃게 한 고사이다. 이야기의 배경이 어디인가하면 바로 섬서성陝西省 남녕부南寧府 영순현永淳縣으로 성안에 있는 보련사寶蓮寺라고 하는 절이다. 이 절은 원대元代에 지어진 것으로 그 후 누대에 걸쳐 이어져 사찰의 행랑이 수백 칸에 달하고 전답도 천여 무畝[1]에 달했다. 재물이 넘치고 의식이 풍부한 그야말로 유명한 고찰이다. 이 절의 주지는 법명이 불현佛顯으로 그 아래 중들의 수는 백여 명에 달했고 하나하나가 모두 직책을 맡고 있었다. 무릇 이 절을 찾아 놀러 온 사람들은 모두 이 절의 스님들이 나가 영접을 하며 맞이하였다. 먼저 깨끗한 정사에서 차를 대접하고 연후에는 기호에 따라 절의 구석구석을 함께 돌아보며 또 다식과 다과들을 차려 대접하며 매우 극진히도 접대를 하였다. 그러므로 이 절을 찾은 이들은 반드시 며칠을 머물려고 하였고, 접대에도 차별을 두었으니 만약 고관이나 부호들이 찾아오면 또 다른 방식으로 접대를 하였음은 말할 필요도 없다.

무릇 승려들의 것은 여태후呂太后의 연회[2]를 능가해 쉽게 먹을 수

---

1) 100평이 1 묘(혹은 무)이다.
2) 여태후는 한고조 유방의 부인이다. 유방이 죽은 후에 그의 처인 여치(즉 여태후)가 청정을 하였는데, 그로 인해 여태후라고 칭했다. 한번은 여태후가 군신들을 청해 술자리를 베풀었는데, 군법으로 술을 권해 한 사람이 술을 피해 몰래 사라

있는 것이 아니다. 그건 왜인가? 승려들은 출가한 사람이라고 하지만 이익을 취하려는 마음은 속인보다도 더 강해 이 몇 잔의 차나 몇 접시의 다과들은 사실 고기를 낚는 미끼와도 같다. 빈부를 막론하고 모두에게 장부를 내밀어 재물을 구하는데, 새로 부처를 만들거나 금물을 입힌다는 명목을 내세운다든지 아니면 불전을 새로 짓는다는 말을 하는 것은 두말할 나위도 없다. 게다가 불전에 바치는 등불기름이란 이름으로도 돈을 잘 쓰는 사람을 만나면 가정을 편안하게 한다는 이름으로 갖은 아양을 떨며 기만을 하고, 만약 돈을 잘 쓰지 않는 사람을 만나면 인색한 사람이라고 여기며 등 뒤로 갖은 욕을 다하고 떠난 후에도 침을 몇 번씩이나 뱉는다. 그러므로 승가에는 지족이란 것이 없다. 또 어떤 사람들은 자신들의 친족들이 가난해도 단 한 푼도 도와주지 않다가 이런 모연(募緣)[3])의 기회를 만나면 기어코 적지 않은 돈으로 보시를 하는데 이는 실로 본말이 전도된 어리석은 자들의 짓이다. 그런 까닭에 다음과 같은 시가 있다.

　　사람의 얼굴은 보지 않아도 부처의 얼굴은 보며, 사람들은 도와주지 않으면서도 중들에게 보시(布施)는 하네. 만약 자비심을 등급으로 나눈다면 어렵고 가난한 사람을 구제하고 도와주는 것이 더 급한 것이라네.

그러나 보련사는 다른 곳과는 달라 언제나 누각을 짓고 불전을 짓더라도 결코 사람들에게 손을 벌려 모연을 구하지 않았다. 이런 까닭에 멀고 가까운 곳에 있는 사람들이 모두 이 절의 스님들이 선량하다는 말을 하며 매우 존경하여 오히려 보시하는 재물이 모연하는 금액

진 적이 있었다. 그는 당장에 목이 달아났다. 이리하여 훗날에 "어태후의 연회"라는 속어가 생겨났다. 이는 쉽게 먹을 수 있는 술자리가 아니라는 뜻이다.
3) 승려가 시주에게 돈이나 물건을 기부하게 하여 좋은 인연을 맺게 하는 것을 말한다.

보다 몇 배나 더 많았다. 게다가 전설에 의하면 이 절의 자손당子孫堂은 지극히 영험해 찾아가 향을 피워 자식을 구하면 정말 빈대로 아들이면 아들, 딸이면 딸을 얻을 수가 있었으니, 그 이유는 무엇인가 하면 원래 자손당의 양측에 각각 십여 칸의 정실淨室4)이 있었고, 중간에는 침대와 휘장이 설치되어 있었는데, 자식을 비는 사람은 모두 병이 없는 건강한 여성이라야 했으며, 7일간 목욕재계를 하고 직접 사찰 안으로 가서 절을 올리고 부처님을 향해 척교擲珓5)를 하였다. 만약 좋은 괘를 얻으면 정실에서 하룻밤을 자는데, 방마다 한 사람만 자게 되어 있다. 그리고 만약 안 좋은 괘를 얻으면 신심이 부족하다고 여겨 스님이 그를 대신해 한번 참회를 하고 다시 7일간 재계를 한 후에 다시 기도를 올려야했다.

정실은 사방이 엄밀하여 어느 한 곳의 틈도 없었으며, 먼저 그 집의 남편과 남자종이 한번 주변을 검사한 다음 적당하다고 여겨지면 밤에 부인을 방으로 보내 편히 쉬게 하였다. 친지와 종복들은 문 밖에서 지키며 잠을 잤는데, 이에 대해서는 아무 의혹이 없었다. 그리고 부인이 돌아간 후에는 과연 임신을 하여 질병도 없고 튼튼한 아들딸을 낳았다. 이런 효험 때문에 사대부나 서민을 막론하고 모두 자손을 얻기 위해 자손당으로 찾아와 후사를 빌었다. 인근의 지역이나 다른 현에서도 이 소식을 듣고 찾아와 기도를 올렸다. 그리하여 이 절은 매일 인산인해를 이루어 대단히 시끌벅적하였으며, 보시한 재물들도 부지기수였다. 어떤 부인은 당일 밤에 부처가 나타나 도와주었다는 말도 있고 어떤 부인은 부처가 꿈에 나타나 아들을 보냈다는 말도 있었다. 또

---

4) 제사에 참여하는 사람이 몸과 마음을 깨끗이 하고 부정을 멀리하기 위하여 묵는 방을 말한다.

5) 점을 치는 산통(珓)을 던진다는 뜻으로 토소(討筶)라고 하기도 한다. 즉 부처님 앞에서 두 개의 속이 빈 나무통을 던져 그것들이 위를 향하고 있는 모습들을 보고 길흉을 판단하는 의식이다.

어떤 여자는 꿈에 나한이 나타나 같이 잤다느니 또 꿈을 꾸지 않았다느니 또 부끄러워 입을 열지 못하는 여자 또 기도 후 다시는 그곳에 가지 않았다거나 시도 때도 없이 그곳에 간다는 등 실로 다양하였다. 옛날 부처님이 스스로 수행하며 남녀간의 애정을 완전히 단절하였는데 어찌 민간인들의 정욕에 관한 일에 관여하여 밤마다 이 절로 찾아와 꿈을 빌어 자식을 보내주려고 하겠는가! 이는 정말 황당한 이야기일 따름이다. 아마도 이 지역이 예로부터 무인巫人은 믿어도 의사醫師는 믿지 않아 점점 그릇된 길로 빠져들어 갈수록 이런 사실을 진실로 믿게 되면서 그것에 미혹된 것이리라. 그리하여 헛되이 부녀들을 절에 보내어 땡땡이중들이 그것을 이용하게 된 것이니 그야말로

　　분명 창자를 끊게 하는 단장초斷腸草 풀이건만 사람을 살리는 활인단活人丹 약물이라고 잘못 여기도다.

　원래 이 절의 중은 외모는 거짓으로 겸손하고 예의바른듯하나 사실은 매우 탐욕적이고 사악하였다. 그 정실은 비록 엄밀하다고 하여도 모두 암실로 통하는 길이 있었다. 종소리를 기다린 후에 부녀자가 깊이 잠이 들면 들어가 간음을 하였다. 부녀자가 잠에서 깨어나면 이미 몸은 망가진 후라 소리를 질러 외부에 알리려고 해도 도리어 자신의 명예를 더럽히는 것이라 다만 부끄러움을 참고 지나쳐버리는 것이었다. 한편으로는 몸에 병이 없는 건강한 여자들이 재계를 통해 몸과 마음을 안정시켰고, 또 한편으로는 중들이 젊어 정자가 건강한데다 비싼 가격으로 자식을 잉태하는 약을 부녀자들에게 복용하게 하였기에 대개 여자들은 십중팔구 수태하게 되었다. 여자들 가운데 염치가 있는 여자들은 마치 벙어리가 냉가슴을 앓듯 마음속에 고충이 있어도 남편에게 차마 입을 열지 못했으며, 또 다른 염치가 없는 음탕한 여자들은 오히려 이를 이용해 수시로 쾌락을 취하기도 하였다. 이런 음행

은 얼마나 오랫동안 지속한지를 알 수가 없었다. 아마도 이런 나쁜 짓을 일삼는 중놈들이 넘쳐나기에 하늘이 한 관리를 파견하여 이곳에 오게 하였을 지도 모른다. 그 관리는 바로 이 현에 새로 부임한 대윤으로 성은 왕씨汪氏요 이름은 단旦이었다. 본적은 복건성 천주泉州 진강현晉江縣 사람이었다. 젊어서 과거에 급제한 지극히 총명한 자로 이곳에 오랑캐와 한족들이 혼거해 지역의 풍속이 극히 사나워 다스리기가 쉽지 않음을 알고 있었다. 그가 이곳에 부임한 후 숨겨진 악습과 악한들을 들춰내어 호족들의 횡포에도 두려워하지 않으니 반년도 되지 않아 현 안의 간악한 무리들이 자취를 감추고 도적들이 모두 잠적해버려 백성들이 편안해하였다. 보련사를 방문해 자식을 기도하여 얻게 되는 일도 그는 내심 믿지를 않았다.

"부처님이 영험하다면 기도만 하면 될 것이지 어찌하여 부녀들을 절에서 투숙하게 하는가! 여기엔 반드시 어떤 폐단이 있을 것이로다. 다만 내가 실제 증거를 입수하지 못했으니 경거망동할 수는 없고 다만 절을 방문하여 친히 한번 검사를 한 연후에 기회를 봐서 행동을 취해야겠군."

그는 9월 삭일朔日6)을 골라 특별히 보련사로 향불을 피우러 갔다. 수행원들과 함께 모두 절 앞에 도착하였다. 왕대윤이 그 절의 주위를 살펴보니 모두 흰 색을 칠한 담으로 둘러쌓였고, 담가에는 높은 느티나무와 오래된 버드나무가 심어져 있었으며, 피 같이 붉은 주칠을 한 누각 위에 금빛으로 쓴 편액이 있었으니 바로 "보련선사寶蓮禪寺"라는 네 글자가 크게 적혀 있었다. 문을 나서 맞은편으로 가니 바로 벽이 병풍처럼 둘러싸인 조벽照壁7)이 나타나며 담 옆으로 많은 빈 가마들

---

6) 음력(陰曆)으로 매월(每月) 초하룻날을 말한다.
7) 조장(照牆)이라고도 칭한다. 명대에 성행한 중국의 독특한 건축양식으로 문 안으로 병풍처럼 둘러 쌓인 벽을 말한다. 귀신을 쫓기 위해서 라고도 하며, 풍수적

이 멈춰져 있었다. 절의 안과 밖에는 향을 피우러 온 사람들의 왕래가 복잡하였으며, 왕대윤 일행이 나타나자 사람들이 모두 그들을 피해 사방으로 흩어졌다. 가마꾼들도 모두 황급한 모습으로 가마를 들고 저만치 떨어졌다. 왕대윤은 좌우 시종들에게 분부하여 사람들을 놀라게 하지 말도록 했다. 주지 스님은 현의 나리가 직접 왔다는 소식을 듣고 종과 북을 쳐 여러 승려들을 불러 모아 절 입구에서 꿇어 앉혀 영접토록 했다. 왕대윤은 바로 대웅전으로 가 막 가마를 내리려는데 그 사원을 보니 정말 잘 지어진 것이었다.

> 층층이 누각이요 첩첩이 이어진 행랑채들이네. 대웅전 밖에는 채색 구름이 붉은 문을 둘러싸고 있고, 여러 사당 앞에는 상스러운 기운이 푸른 기와를 에워싸고 있네. 늙은 전나무와 긴 대나무는 화려하게 장식된 절의 대들보 기둥들을 막고 있고, 창창한 소나무와 오래된 잣나무는 구불구불한 난간들에게 그림자를 지우고 있네. 과연 정토라, 인간세상에는 드물고, 천하의 명산에는 승려들도 많구나.

왕대윤은 부처 앞에서 향을 피워 절을 하였다. 마음속으론 기도하며 자손을 비는 이 절의 폐단을 뿌리 채 뽑고자 했다. 참배가 끝나자 주지 불현이 여러 중들을 거느리고 나와 절을 하고는 방장方丈[8]으로 청해 앉게 하였다. 차를 마시고 난 후에 왕대윤이 불현에게 말했다.

"듣건대 귀사의 승려들은 향을 피우고 수행을 근면하게 하며 율법을 엄하게 지킨다고 하는데 모두가 주지 스님의 공이라고 생각되오. 때가 되면 내가 상부에 보고하여 주지에게 도첩度牒[9]을 드리도록 하여 본 현의 승관僧官으로 소속을 정해 영원히 이 절을 보지토록 하겠소."

관점에서 지어진 것이라고도 한다.
8) 절에서 주지가 거처하는 곳을 일컫는 말이다.
9) 정부 기관에서 승려에게 주는 일종의 합법적으로 공인된 신분증명서를 말한다.

불현은 그 말을 듣고 뜻밖의 일이라 매우 기뻐하며 절을 하고 감사해 하였다. 왕대윤은 또 입을 열었다.

"또 듣자니 당신의 절에서 후사를 빌면 그렇게도 영험하다고 하는데 사실이오?"

그 말에 불현이 아뢰었다.

"본사의 자손당은 정말 영험하지요."

"후손을 얻도록 비는 사람들은 무슨 재계를 올려야 하지요?"

"제단을 차려 독경을 할 필요도 없고 그냥 후사를 비는 부녀자가 몸에 병이 없이 독실한 마음가짐으로 칠일 간 재계를 하고 불전에 기도한 후에 길한 추첨을 얻게 되면 그 옆의 정실에서 쉬면서 꿈을 기도하면 바로 자식을 얻게 되지요."

"부녀자가 승사에서 잠을 잔다는 것이 좀 불편한 것 아니오?"

"이 정실淨室은 사방이 막혀 있고 한 여인이 한 방을 차지하며 문밖에는 그 집의 친지들이 수호하기에 그 어떤 다른 사람들도 들어올 수 없어 매우 안전합니다."

"아 그렇군요! 나도 아직 자식이 없지만 부인이 오길 꺼려하더군요."

"나리께서 후사를 얻고자 하신다면 직접 향불을 피워 기도를 올리시고 부인은 관아에서 재계를 하셔도 영험합니다."

"민간에서는 모두 절 안에서 자야 효험이 있다는데 어찌하여 부인이 오지 않아도 영험이 있다는 것이지요?"

"나리께선 만민의 주인이시며 게다가 불법을 옹호하시어 그 일념의 정성이 천지와 감응하는데, 어찌 일반인들과 비교할 수 있겠습니까?"

불현이 왜 왕대윤의 부인을 오지 못하게 한 것일까? 속담에도 말하길, 도둑이 제 발 지린다고 하였듯이 자신들이 나쁜 짓을 하였으니 만약 부인이 올 때 시종들이 많아 무슨 약점이라도 잡힐까 두려워서였다. 사실 왕대윤은 일부러 그의 마음을 한번 떠보기 위한 심사였다. 주지의 말에 그는 당장 답하길,

"그 말이 옳소이다. 다음에 제가 기회가 있으면 다시 와 예불을 올리리다. 우선 먼저 한번 둘러보겠소."

그가 일어나 주지로 하여금 인도하게 하니 대웅전 옆을 지나니 바로 자손당이 있었다. 향을 태우는 남녀들은 지현이 들어온다는 말을 듣고 사방으로 몸을 피했다. 왕대윤이 바라보니 자손당은 세 칸으로 된 대전으로 대들보 기둥들은 아름다운 조각과 그림이 그려졌고 그림 같은 마룻대와 날아갈 듯한 기와들이 금빛 찬란하였다. 정중앙에는 신전이 있었는데 안에 여신을 한 존尊 공양하고 있었다. 구슬로 장식한 모자와 주옥으로 된 옥걸이를 걸쳤으며, 비단 저고리에 채색 치마를 입었는데 손에는 아이를 하나 안고 있었다. 또 옆에는 4,5명의 남자가 서있었는데 이 여신은 "자손낭낭子孫娘娘"이라고 불리었다. 신전에는 누런 능라와 비단 장막이 은으로 된 고리와 펼쳐져 있었고, 공납된 여신의 신발들은 오색이 찬란한데 수백 쌍이나 되었다. 비단 깃발과 보개寶蓋 산傘은 첩첩히 쌓여 그 수를 가늠하기 어려웠다. 선반 위 아름다운 촛불의 불빛은 위아래를 훤히 비추고, 화로 안 향 안개는 뽀얗게 일어나 신전 안을 가득 채웠다. 좌측에 모신 신은 아들을 준다는 장선張仙이고, 우측은 바로 연수성관延壽星官이었다.

왕대윤은 불전을 향해 읍을 하고 사방을 한번 걸어보았다. 또 불현과 함께 부녀자들이 쉬는 정실도 둘러보았다. 원래 그 방은 방마다 서로 격리되어 있었으며, 위에는 천장이 있고 아래에는 평평하게 바닥을 만들었다. 중간에는 침상과 휘장, 탁자와 의자들이 가지런하게 잘 정돈이 되어 있었다. 왕대윤이 주변을 세세히 살펴보니 실로 그 어떤 틈새도 보이지 않아 쥐나 개미조차도 들어와 숨을 수 없게 만들어졌

다. 아무리 보아도 그 어떤 허점을 찾을 수가 없었다. 원래대로 대전을 돌아 나와 가마에 오르니 불현이 여러 중들을 거느리고 절 밖으로 나가 꿇어앉아 송별을 하였다.

왕대윤은 가마 위에서 계속하여 생각을 했다.

"그 정실을 보니 주위 사방이 매우 엄밀하게 봉해져 있어 그 어떤 결점도 보이지가 않아. 다만 점토와 나무로 빚은 신상神像들이 어찌 그리도 살아있는 것처럼 생생할까? 마치 사악한 사신邪神들이 허울 좋은 이름을 빌어 사람을 미혹시키는 것 같아."

이런 저런 생각 끝에 갑자기 계책이 하나 떠올랐다. 그는 현사로 돌아와 한 영사숙史를 불러 분부하였다.

"네가 몰래 가서 두 명의 기녀를 불러 일부러 가족인 것처럼 하여 오늘 밤 보련사로 가서 투숙을 한번 하거라. 그리고 붉은 먹물을 두 그릇 가져가 야밤에 누가 간음하려고 하면 몰래 그 이마에다 먹물을 칠하게 하라. 다음 날 아침 내가 직접 절로 가서 조사를 하겠다. 절대 기밀을 탄로시키면 아니 된다."

영사는 명을 받들어 즉시 두 명의 친한 기녀들을 집으로 데려와 하나는 '장미저張媚姐'라고 하고 하나는 '이완아李婉兒'라고 칭하면서 앞의 상황을 한번 설명하였다. 두 기녀는 현령의 부탁인지라 감히 거절할 수가 없었다. 저녁이 되자 기녀들은 양가집 여인네 모양의 차림새를 하고 가마 두 개에 올라탔고, 종들은 가마를 메고 덮개로 덮은 채 붉은 먹물을 합 하나에다 숨기고 뒤에서 따랐다. 보련사에 도달하자 영사가 두 정실을 골라 여자들을 안치시키고 가족들도 남겨둔 채 자신은 현으로 돌아와 보고하였다. 잠시 후에 어린 사미승이 등을 들고 차를 대접하였다. 이날 밤 기도하는 부녀자들은 모두 십여 명인데 두 기녀들은 향도 피우지 않고 추첨도 하지 않았다. 잠시 후 종과 북이 울리며 밤이 되자 여러 여자들은 모두 잠자리에 들었고 친지들도 제

각기 문밖에서 지키고 있었으며 승려들은 각기 문을 잠그고 들어가 버렸다.

한편 장미누이(장미저)가 문을 잠그고 수은으로 된 주사(붉은 먹물) 사발을 베개 옆에 두고 등불을 밝게 켠 채 옷을 벗고 침상에 올랐다. 맡은 일이 마음에 걸려 잠을 청할 수가 없었다. 침대 휘장 밖을 바라보니 아마도 초경(오후 8시) 가량이나 되었을까 사방 인적이 고요한데 갑자기 침상 앞의 바닥 아래에서 '끽끽'거리는 소리가 들렸다. 쥐나 벌레가 있나 싶어 머리를 들어 보니 우산 같은 펑펑한 바닥 한쪽이 이쪽으로 다가오며 바닥에서 머리 하나가 올라오더니 우뚝 서 있었다. 바로 중 한 사람이었는데 장미누이는 너무나 놀랐다. 속으로 생각하길,

"알고 보니 이 중들이 이런 간악한 짓을 하며 양가집 여인들을 간음하였구나! 어쩐지 현감이 이렇게나 신경을 쓰더라니."

그러면서도 아무 소리를 내지 않고 그 중의 짓을 바라보니 몸놀림을 조용히 하여 등불을 불어 끄더니 침대로 다가와 옷을 벗고는 휘장을 제치고 이불 안으로 들어왔다. 장미누이는 자는 척을 했다. 중은 이불 안으로 들어와 몸을 들어 올라탔다. 그리고는 조용히 두 다리를 들더니 바로 작업을 시작했다. 장미누이는 일부러 꿈에서 깨어난 듯한 목소리로 말했다.

"당신은 누구기에 야밤에 이렇게 음행을 저질러요?"

그녀는 손을 들어 그를 밀치니 중은 두 손으로 꼭 끌어안으며 말했다.

"나는 금신나한金身羅漢으로 특별히 찾아와 네게 자식을 주러왔다."

그는 입으론 이런 말을 하며 아래로는 마음껏 여자를 농락하고 있었다. 그 중은 꽤나 능력이 있어 운우雲雨의 일을 매우 힘차게 해대었다. 장미누이는 경험이 풍부한 노련한 기녀였지만 그를 상대하기가

힘들어 기력이 빠지고 숨이 벅차 그가 한창 깊이 빠져있을 때 손을 뻗어 주사를 손에 찍어 중의 머리에다 온통 묻혀버렸다. 중은 사랑한다는 소리를 하며 전혀 눈치를 채지 못하고 연거푸 두 번을 해댄 후에야 비로소 몸을 세워 침대에서 나갔다. 그리고 봉지 하나를 주며,

"이건 월경을 다스리며 아이를 심어주는 알약인데 하나에 3전이야. 이른 아침에 끓인 물로 복용하되 연이어 며칠을 먹으면 자연히 잉태가 순조롭고 해산도 쉬울 것이야."

말을 마치자 사라졌다. 장미누이는 몸이 이미 피곤하여 몽롱한 가운데 눈을 붙이려는데 몸 가에 또 누가 다가왔다. 이 중은 더욱 거칠어 이불 안으로 들어와 두 손으로 양다리를 벌려 아래를 향해 마음대로 찧어댔다. 장미누이는 처음에 온 중인 줄 알고,

"두 번이나 해 피곤해 막 자려는데 왜 또 왔어? 어찌 그리도 자족할 줄을 몰라요?"

그 말에 중이 말했다.

"부인, 사람을 잘못 보지 말어! 나는 방금 온 사람이야. 아직 재미도 보지 못했는데 무슨 자족을 해라고 그래?"

장미누이는 중들이 교대로 와서 밤을 보내니 내심 두려운 마음이 들었다.

"나는 몸이 허약해 이 짓을 못해! 이렇게 못살게 붙지 말아요!"

"걱정 마! 내게 절묘한 춘의환春意丸(최음제와 같은 흥분제)이 있으니 부인이 이걸 먹으면 밤새도록 해도 아무렇지도 않아!"

말을 마치자 중은 옷에 손을 넣어 종이 봉지를 하나 꺼내 주었다. 장미누이는 약 안에 무슨 독이 있을까 두려워 감히 먹지를 못하고, 또 붉은 먹물을 그의 머리에다 발랐다. 이 중은 앞의 중에 비해 더욱 지독했다. 계속 놀다가 닭이 울자 비로소 돌아갔다. 바닥은 처음처럼 다시 편평해졌음은 말할 필요도 없다.

한편 이완아는 침대에 오르자 뜻밖에도 불나방이 나타나 등장불이 꺼져 버렸다. 밤 시각이 되자 갑자기 침대 뒤에서 '우수수' 소리가 나며 한 사람이 휘장을 들치며 침대 위로 올라와 몸을 붙여 이불 안으로 들어왔다. 그는 이완아를 두 손으로 꼭 껴안고 입을 벌려 그녀에게 입을 맞추려 하였다. 이완아가 그의 머리를 만져보고 중임을 알았다. 그녀는 성질이 급해 먹물을 찍어 머리에다 온통 발랐다. 그리곤 물었다.

"당신은 어디 소속의 장로인가요?"

그 말에 중은 대답도 없이 바로 작업에 들어갔다. 물건이 크고 길며 단단해 마치 큰 창이나 강철로 된 채찍 같았다. 이완아는 나이가 장미 누이에 비해 몇 살 어리고 성격도 끼가 많아 이런 물건을 접하자 놀랍기도 하고 기쁘기도 했다.

"내 언제나 승려들의 정력이 뛰어나다고 들었지만 믿진 않았는데 과연 그러하네."

그녀는 흥이 동해 몸을 세워 맞이하였다. 한바탕 운우가 정말 격렬하게 진행되었다.

> 하나는 불문의 제자요 하나는 청루의 가인이라, 불문의 제자는 거짓으로 나한으로 위장하고 청루의 가인은 양가집 아낙으로 변신했네. 하나는 해묵은 돌절구와 같아 얼마나 많이 찧어댔고, 하나는 새로 만든 나무 말뚝과도 같아 비바람 광풍에도 얼마든지 견뎌내네. 하나는 불문의 계율도 아랑곳없이 마음대로 즐기고 하나는 현감의 부탁을 받들었건만 마음껏 쾌락을 만끽하네. 흡사 아난보살阿難菩薩이 마녀를 만나고, 옥통화상玉通和尙이 홍련紅蓮을 희롱하듯 하네.

운우가 막 끝났는데 침대 뒤에서 또 사람 하나가 뛰어나와 낮은 소리로 말했다.

"당신들은 놀만큼 놀았으니 이제 좀 쉬어! 내가 좀 놀아야겠어. 뿌리를 뽑으려고 그래?"

앞의 중은 냉소를 지으며 일어나 가버리고 나중에 온 자가 이불 안으로 들어와 부드럽게 이완아의 온몸을 애무하였다. 이완아가 일부러 거절하는 시늉을 하자 중은 그녀를 안고 입을 맞추며 말했다.

"부인이 아마도 금방 온 자와 놀다 피곤해졌을 테니 내가 춘의환을 가져왔으니 흥을 한번 내 봅시다."

그리하여 입과 입을 서로 마주대고 입 속의 약을 뱉어 이완아에게 넣어주니 그녀는 그것을 뱃속으로 삼켰다. 그러자 향기가 코를 진동하며 교접하는 동안에는 온몸이 나른하며 정말 좋았다. 이완아는 비록 음탕하게 즐기면서도 현령의 일을 그르칠 수가 없어 다시 먹을 찍어 그 중의 머리에다 발랐다.

"대머리가 참 이쁘네요."

"부인, 나는 다정하고 정취가 있는 사람이오. 세상의 거친 놈들과는 다르오. 날 버리지 말고 자주 놀러 와요!"

이완아는 그 말에 고의로 승낙하였다. 운우가 끝난 후에는 전부 아이를 들어서게 하는 종자환種子丸 약 한 봉지를 주었다. 그도 닭이 울자 애절하게 작별을 고하며 헤어졌다. 그야말로

　　　승려와 속인이 우연히 하루 밤 좋은 날을 보내니, 부부간 백 날 밤의
　　사랑을 계산하기 어렵네.

한편 그날 밤 왕대윤은 영사의 보고를 듣고 다음 날 오경에 아문을 나서 백여 명의 사병과 나졸들을 데리고 각각 포승捕繩과 무기를 들고 바로 보련사 앞으로 달려가게 해 양쪽으로 매복시켜 명령을 기다리게 하고 십여 명은 자신의 곁을 따르게 했다. 당시 하늘은 이미 밝았으나 절의 문은 열려있지 않았다. 좌우 사람을 시켜 두드려 열게 하니 안에서 주지 불현이 현령이 온 것을 알고 의복도 갖추지 못하고 십여 명의 어린 중들을 불러 황급히 영접을 하였다. 곧장 대전 앞으로 와 가마에

서 내려 부처님에게 절도 하지 않고 바로 방장 안으로 들어가 앉았다. 불현은 다른 중들과 같이 머리를 조아리며 인사를 하였다. 왕대윤은 승려들의 명부를 요구해 검사하였다. 불현은 종을 쳐 중들을 불러 집합시켰다. 승려들은 모두 꿈속을 헤매다 지현이 찾아와 방장 안에서 출석을 부른다는 것을 알고 모두 황급히 달려 나왔다. 잠시 후 모두가 다 도착하였다. 왕대윤은 승려들에게 쓰고 있는 승모를 모두 벗으라고 명했다. 스님들은 거역할 수가 없었지만 무슨 연유인지를 몰랐다. 당시 모자를 벗지 않으면 몰랐을 텐데 방금 모자를 벗은 자들 가운데 두 명의 피처럼 붉은 머리통과 두 명의 검은 먹이 묻은 머리통이 드러났다. 왕대윤은 좌우에 호령하여 그 네 명의 승려를 잡아서 데려와 꿇어앉혀 물었다.

"너희 네 사람은 어찌하여 머리에 붉은 홍주와 흑묵이 묻었는가?"

그 네 명의 중은 어디서 묻혀 온 줄을 몰라 서로 얼굴을 대한 채 묵묵부답이었다. 다른 중들도 모두 이상히 여겼다. 왕대윤은 연거푸 물었지만 그들은 어쩔 수가 없어 동료들로부터 웃음을 얻기 위해 그랬다고 했다. 왕대윤은 웃으며 말했다.

"내가 웃음을 줄 사람을 불러내어 너희들과 대질시키겠노라."

그리하여 영사를 시켜 그 두 명의 기녀들을 불러오게 했다. 그런데 두 기생들은 뜻밖에도 중들에게 하룻밤 내내 시달려 당시 모두 깊은 잠에 빠진 상태였다. 영사와 친지들이 그들의 팔을 흔들고 고함을 질러서야 겨우 깨어나 방장으로 들어와 꿇어앉았다. 왕대윤이 물었다.

"너희 두 사람은 밤에 무엇을 보았는지 사실대로 말하거라!"

두 기녀는 모두 중들이 교대로 그들을 간음하고 춘약을 준 사실과 먹물을 머리통에 칠한 사실들을 하나하나 말하였다. 그리고 소매에서 그 약을 꺼내 보여주었다. 중들은 사건이 들통 나자 모두 놀라 마음을 조아리며 속으로 이제 큰일 났구나 하고 생각하고 있었다. 네 중들은 동시에 머리를 조아리며 목숨을 구걸했다. 왕대윤이 호통을 쳤다.

"이런 멍청한 나쁜 놈들! 어찌 감히 신전을 위탁하여 어리석은 백성들을 기만하고 양민을 간음하느냐! 어디 할 말이 있으면 해 보거라!"

불현은 마음속으로 한 계략이 생각나 여러 중들을 천천히 꿇어앉게 한 후에 아뢰었다.

"본사의 중들은 모두 계율을 잘 지키지만 이 네 명의 중들이 음탕하고 사악해 여러 차례 훈계해도 듣질 않아 마침 엄하게 다스리려고 하던 중 다행히 나리께서 찾아내었으니 그 죄는 죽어 마땅합니다. 나머지 중들은 실로 무관하니 바라건대 나리께서 사면해주시길 바랍니다."

왕대윤이 그 말에 답했다.

"듣자니 어제 밤 자식을 구하러 온 아낙네들이 매우 많았다는데 생각건대 필히 방마다 모두 비밀 통로가 있을 것인즉 이 네 명의 간음한 자들이 어찌 다른 방엔 가지 않고 한 곳에만 모여 내가 미리 설치한 방에만 왔다는 그런 우연이 어디 있겠는가?"

"사실 정실은 그 두 방에만 비밀 통로가 있고 다른 방엔 모두 없습니다."

"그 문제는 어렵지 않아. 내가 여러 부녀자들을 불러 물어볼 것이야. 만약 아무 것도 본 것이 없다면 다른 중들과는 무관한 것이라고 보겠다."

그리하여 바로 좌우 시종에게 명해 자식을 빌려 온 여성들을 모두 불러 모아 반문을 시작했다. 그런데 그들은 이구동성으로 모두 간음한 중이 없었다고 답했다. 왕대윤은 그들이 부끄러워하여 사실을 말하지 않는다는 것을 알고는 좌우에게 명해 몸을 수색토록 하니 모두 그 약 한 봉지가 나왔다. 왕대윤은 웃으며 말했다.

"아무도 간음한 중이 없다고 하는데 이 약은 어디에서 온 것이냐?"

여러 부인들은 부끄러워 얼굴이 모두 붉어졌다. 왕대윤이 또 말했다.

"생각건대 너희들이 모두 이 춘의환을 복용했겠군!"

여러 부인들은 감히 대답을 하지 못했다. 그는 더 추궁하지 않고 여인들을 돌려보냈다. 그 여인들의 남편과 친지들은 옆에서 그 장면을 보고는 모두 화가 치밀어 몸이 경직되었으며, 수치심을 머금고 부녀자들을 데리고 떠났다.

불현은 여자들에게서 모두 종자완이 검출된 것을 보고 또 변명하길 절에 들어올 때에 준 것이라고 잡아 뗐다. 그러나 두 기녀가 간음한 후에 준 것이라고 강력히 주장하였다. 왕대윤이 말했다.

"일이 이미 들통이 났는데 아직도 변명이냐!"

좌우를 불러 포졸과 사병들을 들어오게 해 사찰 내의 중들을 모조리 결박시켰다. 다만 향불지기와 두 명의 어린 사미를 제외시켰다. 불현은 처음엔 대항하려고 했으나 데리고 온 사병들의 수도 많고 무기를 소지하여 감히 무력으로 대항하지를 못했다. 왕대윤은 영사에게 두 기녀들을 돌려보내게 하고 일어나 가마에 올랐다. 일행들은 이미 여러 중들을 결박하여 앞장을 서서 가고 있었다. 당시 주민들이 모두 모여 그 행렬을 바라보았다. 왕대윤은 감영에 돌아와 당상에서 세밀히 심문하였다. 형구를 사용하기 시작하자 뭇 중들이 평소 호강하며 지낸 터라 어찌 그 고문을 이기겠는가! 이제 막 협곤夾棍[10]을 걸자 바로 사실을 실토하였다. 왕대윤은 그들이 구술한 자백을 기록하고 옥사에 감금시켰다. 그리고는 문서를 준비해 상부에다 보고할 요량이었

---

10) 송대에 개발되어 명청시대에 사용되던 죄인을 고문하던 형틀의 일종으로 손가락이나 발가락, 그리고 허벅지 등을 조이는 형구(刑具)였다.

음은 말할 필요도 없다.

한편 불현은 옥중에서 여러 중들과 상의하여 한 계책을 도모하였다. 옥졸 능지凌志에게 말하였다.

"우리가 잠시 옳지 못한 일을 해 후회막심 합니다. 지금 여기에 들어와 언제 나갈지 알 수가 없소. 다만 우리가 오늘 잡혀 들어올 때, 몸에 아무 것도 가져오지를 못했으니, 무엇을 드릴 것이 없소. 우리 절에 모아둔 재물이 상당히 많소. 만약 몰래 우리 서너 사람을 풀어주면 가서 그것들을 가지고 돌아오겠소. 그러면 당신들에게 기본적으로 드리는 것 외에 다시 100냥의 새하얀 은자를 드리리다."

영지는 그 말에 마음이 불같이 동하였다.

"우리는 동료들이 많아 한 사람만 가질 수가 없습니다. 그 백 냥을 여러 사람들이 나누면 얻는 것이 얼마나 되겠소! 어찌 유명무실한 것이 아니겠소! 만약 200냥을 우리들에게 주고 다시 내가 몰래 100냥을 필요로 하니, 만약 이 액수를 내신다면 지금 당장 당신과 함께 갈 수가 있소."

불현은 그 말에 바로 응했다.

"옥졸 양반의 분부대로 할 따름입니다. 어찌 내가 거역하겠소!"

능지는 이 사실을 여러 동료들에게 말하고 몰래 4명의 중을 데리고 절로 갔다. 각 방들을 수색하니 과연 금은이 무수히 많았다. 불현은 먼저 300냥을 능지에게 주었다. 여러 옥졸들은 은자를 얻고 모두 입이 귀밑까지 찢어졌다. 불현은 또 옥졸들에게 말했다.

"여러분들은 다시 조금만 기다려주시오. 내 몇 장의 이불을 가지고 들어갈 테니, 밤에 잠을 잘 자기 위해서요."

여러 옥졸들은 모두 흔쾌히 승낙을 하며, 그들이 마음껏 들어가 볼 일을 보게 하였다. 4명의 중은 들어가 절 안의 칼과 도끼 등을 이불 속에 감춰 잘 수습한 후에 절의 향지기를 시켜 몇 명의 인부를 불러 모두 감옥으로 운반하게 하였다. 또 술과 고기도 좀 사서 감옥 내의 사람들에게 먹이니 옥졸들은 취해 고주망태가 되었다. 그 후 그들은 황혼시기를 기다려 탈옥을 계획하였다.

생사의 길을 열며 탈옥을 계획하도다.

한편 왕대윤은 이런 폐단을 잡아내니 마음속으로 매우 기뻤다. 그날 저녁 아문에서 촛불을 켜고 앉아 문서를 정리해 상부에 보고하려다 홀연 걱정이 하나 떠올랐다.

"내 흉악도들을 감옥 속에 많이 집어넣었는데, 만약 그들이 난동을 부리면 어찌 막아내지?"

그는 당장 주표朱票[11]를 써 사방으로 날쌘 포졸들을 모두 병기를 지닌 채 현으로 소집하여 숙직 방어를 하게 하였다. 대략 초경 무렵에 옥 안의 여러 중들은 칼과 도끼를 가지고 일제히 고함을 치며 옥졸들을 베고 옥문을 부수었다. 그들은 여러 중죄수들도 모두 석방시켜 돌진해 나오며 고함쳤다.

"우리는 원한이 있으면 원한을 갚고, 원수가 있으면 원수를 갚는다. 지현만 죽이고, 백성들은 해치지 말라. 우리들을 피하는 자는 살 것이고, 우리를 막는 자는 죽을 것이다."

그들의 함성은 천지를 진동하였다. 그때 마침 숙직을 하러 온 날랜 병사들이 막 도착한 터라 감옥 입구에서 싸움이 벌어졌다. 왕대윤은 아문에서 그 소식을 듣고 어서 당상에 올랐고, 옆 현의 백성들도 탈옥 소식을 듣고 모두 창과 칼을 들고 나와 원조하였다. 중들은 비록 사기가 높았지만 모두 작은 무기들이라 포졸들이 지닌 긴 창을 이기지 못해 다친 자가 많아 탈옥하진 못했다. 불현은 일이 순조롭지 못함을 알

---

11) 관부에서 사용하던 붉은 먹으로 쓴 통지문이다.

고 대항을 멈추게 하여 감옥 안으로 들어갔다. 그리고는 무기들을 감춘 후에 목소리를 높여 말했다.

"모반한 자들은 다만 10여 명 뿐이오. 그들은 모두 죽음을 당했소. 우리들은 모반을 원치 않으니 이 자리에서 아뢸 말이 있소."

왕대윤은 일이 이미 무마된 것을 보고 형방의 관리들을 보내 포졸들을 데리고 감옥으로 들어가 조사해 그들이 지닌 병기들을 모두 수색해내어 당장 왕대윤에게 보여주었다. 대윤은 크게 노해 말했다.

"이런 놈들은 그 음란함과 흉악함이 이미 하늘을 뒤덮었는데, 여기까지 잡혀와 다시 모반할 궁리까지 하였으니, 내가 만일 방비를 하지 않았다면 내 한 몸의 죽음은 말할 것도 없고 온 성의 백성들까지도 모두 해를 당했을 것이다. 그들을 지금 모두 주살하지 않으면 어찌 뒷사람에게 경계할 수 있겠는가!"

그는 포졸들을 불러 거두어들인 병기들을 모두 그들에게 나누어주며 분부하였다.

"악승惡僧들이 비록 일은 도모하지 못했지만 나중에 필경 난동을 부리면 막아내기 어려울 것이다. 그들이 오늘 밤 모두 감옥에 돌아가면 한 명만 남겨두어 내일 심문에 응하도록 하고 나머지는 모두 머리를 베어 보고하도록 하여라."

포졸들이 그 명을 받들어 횃불을 들고 벌떼같이 감옥으로 들어갔다. 불현은 사태가 긴급한 것을 보고는 연거푸 소리치며 말했다.

"모반한 자들은 우리가 아니오."

그러나 그의 말이 채 끝나기도 전에 목이 이미 땅에 떨어졌다. 눈 깜짝할 사이에 백여 명의 중들은 모두 참수를 당하였는데, 마치 수박 덩어리들이 이리저리 뒹구는 모습이었다.

선과 악은 결국 그 결과를 얻나니, 다만 빨리 오고 늦게 올 따름일지라.

왕대윤은 이튿날 여러 범인들을 불러내 옥중에 무슨 연유로 그렇게 많은 무기들이 감춰져있었는지를 심문하였다. 여러 범인들은 옥졸 능지 등이 돈을 받고 사사로이 중들을 절로 돌아가게 해 병기들을 가져오게 했다는 사정을 이야기하였다. 왕대윤은 상황을 더 자세히 물은 다음 그들을 원래 하옥시킬 생각이었지만 그들이 모두 살해된 것을 알고 밤을 새워 문서를 작성해 상부에 보고하였다. 그리고 보련사 절은 모두 불을 질러 태워버렸다. 그가 적은 판결 문서의 내용은 다음과 같았다.

중 불현 등은 그 마음속 욕망이 바다와 같고 악함이 불덩이와도 같다. 꾀를 사용해 함정을 설치하여 아이를 기원하는 양가집 여인들을 기편하여 담을 뚫고 바닥에 구멍을 내어 여신도들을 불러들여 강제로 정을 통하였다. 중들은 젊은 미인들을 품에 안고 자신들이 하늘에서 내려온 보살이라고 하였고, 중들을 보내기 어려우니 나한이라고 하며 잠자는 여인들을 찾아왔다. 가련한 젊고 연약한 여성들이 미친 나비들에 의해 유린되고, 온유하고 향기로운 연한 옥玉이 폭풍에 던져졌도다. 아름다운 흰 비단이 오염이 되니 씻을 길이 없네. 어두운 밤에 욕을 당했으니, 그 사실을 감히 밝히지도 못하였네. 이에 본관은 이완아를 시켜 그들의 정수리에 붉은 먹을 찍게 하고, 또 장미저를 보내 이마에 검은 먹을 묻히게 했다. 농염한 여성을 보고 스님이 다짜고짜 달려드니, 검은 숯을 칠한 듯 어찌 스님의 목까지 검게 변했을까. 감옥으로 수송되니 중들은 자업자득이로다. 색에 빠져 입이 있어도 말을 못하네. 도검을 이불에 숨겨 가져오니, 열반이 도리어 폭력으로 변했고; 감옥에서 무기를 사용할 생각을 하니, 자비가 흉폭으로 변했네. 깊은 밤이 되니 법을 보호하는 신통함이 감옥을 열고, 종소리가 들리니 강한 병사들이 구속을 깨어버리네. 솥 안의 물고기는 망을 벗어나 또 날뛰고, 우리 속의 범이 들판을 달려 나와 먼저 사람을 무네. 요조숙녀들을 강간하고 선량한 사람들을 간음하였으니, 죽어도 용서치 못하고; 옥졸을 죽이고 장정들을 해쳤으니 죄를 사할 길이 없네. 탈옥과 간음에 그 죄가 이미 무거우니, 시체를 도륙하고 머리를 효수함이 그 법에 온당하리. 중 불현은 악승 중의 악승이라 그 뼈를 갈기갈기 부수고, 보련사는 간음의 근원이라 불을 질러 그 소굴을 태우나니, 바라건대 지장보살의 요구를 발하여 부처의 깨끗함을 펼치도다.

가죽장화에 붙은 쪽지를 조사해 이랑신을 찾아내다

勘皮靴單證二郞神

<가죽장화에 붙은 쪽지를 조사해 이랑신을 찾아내다(勘皮靴單證二郞神)>의 내용은 송휘종 때의 궁녀 한씨 부인이 임금의 사랑을 얻지 못해 결국 몸에 병이 생겨 누우니, 휘종이 그녀를 태위 양전의 집에 보내 잠시 요양하게 하였는데, 그 궁녀가 사묘에 있는 신(神)인 이랑신에게 자신의 아픔을 토로하며 빌다가 이랑신의 남자다운 늠름한 모습에 반해 그를 사모하여 날마다 애절히 그를 찾게 되고, 그것을 안 사묘의 묘관 손신통이란 음흉한 자가 이랑신으로 변장하여 나타나 그 궁녀와 매일같이 서로 간통하게 되는 내용이다. 그러나 궁녀의 수상한 모습에 두 사람의 밀애는 결국 들통이 나게 되고, 나중에 손신통은 체포되어 능지처참을 당하고 궁녀는 양민으로 강등되어 나그네 상인의 처가 된다.

버드나무 빛은 바야흐로 진한데 남은 추위가 물과 같고, 보슬비는 먼지와 같네. 한바탕 동풍에 강물의 물결에 주름지고 푸른 파도는 넘실대네. 신선처럼 예쁜 꽃과 달은 정신이 넘치고 갖은 악기로 아름다운 곡을 연주하며 봄날의 신선함을 노래하네. 경축소리와 신령스런 잔 속에서 봄날에 취하도다.

이 사는 버드나무 가지의 푸름을 보고 노래한 것으로 옛날 송대의 한 학사가 지은 것이다. 북송 태조 때의 기업을 표현한 것인데, 북송 제8대 천자인 묘호가 휘종徽宗인 황제는 바로 신소왕부 허정선화우사 도군황제(神霄王府 虛淨宣和羽士 道君皇帝)를 말한다. 이 천자는 강남 이씨 후주(江南 李氏 後主)[1]의 전생轉生이다. 부친인 신종神宗 황제가 어느 날 내전에서 역대 황제들의 화상을 이리 저리 보다가 이후주의 모습이 세상의 속기가 없이 맑고 고와 재삼 감탄하고 있던 중 꿈속에서 이후주를 보았고, 곧 그가 환생하여 궁으로 들어와 도군황제가 탄생한 것이다.

그는 어릴 적에 단왕端王으로 봉해졌는데, 유달리 풍류가 넘치고 우아하였으며 못하는 것이 없었다. 나중에 형인 철종哲宗 천자가 세상을 뜨자 군신들이 그를 내세워 천자로 부립시켰다. 즉위 후에는 천하가 태평하고 조정이 무사하였지만 도군황제는 화원에다 정신을 너무 쏟았다. 선화 원년엔 서울 동북쪽에 큰 공사를 하였는데 못을 파고 동산을 건축하여 이름을 수산은악壽山銀岳이라고 칭하며 환관 양사성梁師成을 시켜 그 일을 감독하게 하였다. 또 주면朱勔에게 명해 오 땅과 절강 지역, 그리고 사천, 양광 지역의 진기한 꽃과 나무, 기암괴석들을 수집하게 하여 이름을 화석강花石綱이라고 불렀다. 나라 창고의 재화를 소진하고 천하의 기량을 모아 수년에 걸쳐 지은 것은 만세산萬歲山으

---

1) 남당의 후주 이욱(李煜)을 말한다. 문사와 음악에 능했지만 나중에 송에 투항하여 죽게 된다.

로 기이한 꽃과 아름다운 나무, 그리고 진기한 동물들이 그 안에 가득하였다. 그 외에 아름다운 누각들의 웅장하고 아름다움은 말로 다할 수 없었다. 궁내에는 옥화전玉華殿, 보화전保和殿, 요림전瑤林殿, 대녕각人寧閣, 천진각天眞閣, 묘유각妙有閣, 층만각層巒閣, 임소정琳霄亭, 건봉수운정騫鳳垂雲亭 등등 수많은 멋진 풍광을 자랑하는 곳이 있었으며, 당시 채경蔡京, 왕보王黼, 고구高俅, 동관童貫, 양전楊戩, 양사성梁師成 등의 시신들이 마음껏 드나들며 노닐었는데, 당시 "선화육적宣和六賊"으로 불리었다. 시가 있어 그것을 증명하였다.

경요 옥이 잘못하여 수풀 속으로 떨어지고, 대나무와 전나무가 어우러져 그늘이 생겼네. 은혜가 범인에게 돌아가니 걸음이 거만하고, 몸이 깊은 구름 속에 있음을 알 지 못하네.

보화전 서남쪽에는 옥진헌玉眞軒이 있었는데 바로 당시 최고로 총애받던 안비安妃 귀빈의 누각으로 지극히 화려하여 용모양의 금동 문장식과 아름답게 조각된 옥난간은 휘황찬란하여 사람의 넋을 앗아갔다. 당시 채경 등은 여기에서 연회를 베풀며 궁전의 벽에다 시를 적어 남겼으니 그것이 아직도 전하고 있다.

보화전 새 궁전에 아름다운 가을 햇살이 비치니, 천자는 신하를 아름다운 궁월로 부르네. 우아한 연회에 술기운이 무르익자 멋진 흥취가 일어나, 옥진헌 안으로 찾아가 안비 귀인을 찾아보네.

천자의 안비 귀인에 대한 총애는 그 어느 궁녀를 능가하였으나 그 이야기는 차치하고 궁 내에 한 부인이 있었으니 성은 한씨韓氏이요 이름은 옥교玉翹라고 했다. 어려서 궁에 간택되어 이제 비녀를 꽂을 성인이 되었다. 옥패는 반석을 치고, 비단 치마는 구름을 끌었다. 몸은 흰 눈의 빛나는 광채를 능가하고, 얼굴은 부용의 요염한 아름다움을 빼앗았다. 다만 안비 귀빈이 삼천궁녀의 총애를 한 몸에 받은 까닭에 한부인은 아직 천자와의 동침의 은혜를 얻지 못했다. 때는 바야흐로 아름다운 봄날이라 경치가 사람을 미혹시키니 붉은 이부자리를 증오하며 비취빛 담요에 차가움이 생겨나네. 달이 구슬 같은 섬돌에 내리니 근심스러움에 봉황 같은 음악도 듣기 싫고, 벌레들이 흰 벽에서 노래하나 원망스러움에 원앙금침에 눕기도 싫어하네. 아침 화장도 하기 싫고 점점 상춘傷春에 녹아드니 한숨만 쉬며 마침내 병을 얻게 되었다.

> 동풍이 부는 대로 두지만 내 눈물을 불어가지 않네. 봄은 얕고, 깊고, 춥고, 따뜻하고, 비 오고, 맑은 것을 기억하나 모두 가인의 운명을 꺾어 가버렸네. 정처 없이 떨어지는 꽃은 춘심을 끌어가고, 향기 나는 풀은 여전히 춤추는 나비를 미혹시키네. 푸른 버들은 부질없이 앵무새에게 말하고, 단약을 열심히 두들겨 처음 만들어져 머리를 돌리니, 운영雲英2) 을 잃어버렸네. 마치 취한 듯, 마치 어디에 빠진 듯, 마치 미친 듯, 마치 춤추는 듯, 마치 꿈꾸는 듯, 마치 놀란 듯하네.

점점 몸이 야위어가고 나른해지니 태의원太醫院3)에서 진맥을 하여 약을 먹었더니 돌에 물을 끼얹은 것과 같았다. 갑자기 하루는 도군황제가 편전에서 전전태위殿前太尉 양전을 불러 전하였다.

"이 궁녀는 원래 경이 봉납한 여인이니 오늘 그대가 집으로 데려가 병든 몸을 잘 요양시킨 연후에 다시 궁으로 데려오도록 하여라. 광록사光祿寺4)에서 매일 음식을 보내게 하고, 태의원에서 검진하여 약을 주도록 하여 병이 나아지면 즉시 보고하도록 하여라."

양전은 즉시 머리를 조아려 명을 받들어 궁의 관리와 자신의 노복

---

2) 신선 고사에 나오는 여주인공으로 배항(裴航)에게 시집갔는데, 부부 두 사람은 옥 방망이와 옥 절구로 선약을 만들고, 나중에 모두 신선이 되었다고 한다.
3) 황제의 의료사무를 보던 아문을 말한다.
4) 황제에게 공납할 음식과 제사 물품을 관장하던 아문이다.

을 시켜 한부인이 궁에서 사용하던 상자와 함 등을 비롯해 모든 그릇들을 옮기게 하고, 따뜻한 가마에 한부인을 실어 두 명의 몸종 어미와 두 명의 시녀와 함께 일행이 모두 함께 모여 양태위의 부중으로 옮기게 했다. 양태위는 먼저 자신의 부인에게 상황을 얘기해 미리 나와 영접하게 하면서 집을 두 원院으로 나누게 하였다. 그리하여 서원西園은 한부인이 머무르게 하면서 문을 자물쇠로 봉한 다음에 오직 태위와 궁의 사람들만 내왕하도록 하였고, 태위 부부 두 사람은 매일 문안을 갔다. 그 외의 시간에는 문을 봉하고, 문 옆에다 통을 하나 두어 음식과 서신을 보내게 하였다.

섭돌에 난 푸른 풀은 저절로 봄빛을 발하고, 잎 새의 누런 꾀꼬리는 부질없이 좋은 소리로다.

두 달이 흐르자 한부인은 얼굴이 점점 전처럼 좋아지고 음식도 점점 많이 먹게 되니 태위 부부는 매우 기뻤다. 주연을 베풀어 병이 완쾌되면 바로 궁으로 보낼 요량이었다. 그날 술이 거나하게 돌고 음식을 배부르게 먹은 연후 태위 부부가 입을 열었다.

"부인의 귀한 몸이 무사해 정말 무한히 기쁩니다. 조만간 궁에 보고해 날을 택해 입궁해야 할 것인데, 부인의 뜻은 어떠하시지요?"

한부인은 손을 모아 감사의 표시를 하며 말했다.

"제가 불행하여 천자의 근심을 사게 해 두 어 달 병석에 누웠다가 이제 몸이 좋아지는 듯하니 다시 여기서 얼마간을 묵고 싶습니다. 태위와 부인께서 크게 불편하지 않으시면 궁에는 보고하지 마시길 바랍니다. 다만 여기서 머무는 것이 심히 죄송한데, 제가 다음에 깊이 사례하며 은혜를 잊지 않겠습니다."

태위와 부인은 그 요구에 응하지 않을 수가 없었다. 두 달이 지나자 한부인이 다시 답례로 연회를 베풀었다. 당시 평화評話5)를 강설하는 설화인(즉 이야기꾼)이 한바탕 기예를 부렸는데, 당나라의 선종宣宗 궁내의 한부인韓夫人에 관한 이야기였다. 그녀는 임금의 은총을 얻지 못해 깊은 시름을 하던 차에 우연히 붉게 물든 단풍잎에다 시를 한 수 적어 황제가 있는 못가의 물길에 흘러가도록 했는데, 그 시는 이러하였다.

> 흐르는 물은 어찌 이리도 급히 흐르는가! 깊은 궁은 종일토록 한가하네. 속마음을 붉은 잎에 적어 보내나니, 인간세상을 잘 떠나길 바라보다.

한편 밖에서는 과거시험에 응시하는 우우于佑라는 이름의 한 관리가 있었는데 붉은 잎을 주워다가 시 한 수를 지어 답하였다. 그리고 그것도 함께 임금이 있는 곳으로 흘려보냈다. 나중에 그 관리는 일략 유명해졌는데, 천자가 이 사실을 알고 한부인을 우우에게 시집을 보냈다. 부부는 죽을 때까지 백년해로하였다. 여기서 한부인은 설화인의 이런 이야기를 듣고는 마음이 매우 동하였다. 갑자기 탄식을 하며 입으로는 말을 하지 않았지만 속으로 생각했다.

"만약 나도 이런 행운이 있다면 내 인생이 헛되지 않을 텐데……."

연회가 마치자 방으로 들어가 한밤중까지 잠이 들었는데 갑자기 머리가 아프고 눈에 열이 오르며 사지가 무력해졌다. 온몸이 아프지도 않은데 치념癡念의 불꽃이 가슴에 타올라 다시금 병으로 눕고 말았다. 이번의 병은 전에 비해 더욱 깊었다.

> 지붕이 새니 연이은 밤에 비가 내리고, 배가 늦게 오니 한사코 머리를 때리는 바람을 만나네.

---

5) 설화인들이 역사에 관한 고사들을 이야기하던 민간기예의 일종이다.

태위 부인은 미리 문안을 왔다가 한부인에게 말했다.

"다행히 궁에 알려 모셔가라는 말을 하지 않았어요. 부인께서 이 지경에 이르렀으니 마음을 푹 놓고 편안히 조리를 하세요. 입궁의 일에 관해선 마음속에 두지 마십시오."

한부인은 감사하며 말했다.

"부인의 호의에 감사드립니다. 다만 제 병이 고황에 접어들어 보아하니 천자께 가긴 멀고 지하에 묻힐 것은 가까우니 부인의 두터운 은혜에 보답하지 못하면 내세에서라도 견마의 공을 다해 보답할 것입니다."

말을 끝내자 힘들어하는 표정 역력하여 매우 불쌍했다. 태위부인이 오히려 미안해하며 말했다.

"부인께선 그런 말씀 마세요. 자고로 길인의 일은 하늘에서도 도와준다고 했는데, 보니 하늘의 흉성凶星도 사라졌으니 자연히 몸도 쾌유하실 겁니다. 그런데 약도 아무 효험이 없으니 오히려 몸도 축낼 듯합니다. 부인께서 평소 궁에 계실 때 무슨 바라는 바를 이루지 못한 것이 있는지요? 혹은 신에게 무슨 꾸지람을 들은 적이 있는지요?"

한부인이 이에 답했다.

"제가 입궁한 이래로 매일 근심에 차 있어 무슨 바라는 마음도 갖질 않았습니다. 그런데 오늘 이리도 병이 깊어져 약도 아무 소용이 없으니, 이곳에 만약 신령한 신이 있어 기도가 영험하다면 제가 하늘에 빌어 평안무사해질 수만 있다면 그 은혜는 잊지 않을 겁니다."

태위 부인이 말했다.

"부인께 고한건대 이곳 북극北極의 우성진군佑聖眞君과 청원묘도이랑신淸源妙道二郎神은 매우 영험합니다. 부인께서 작은 제단을 만들어 직접 소원을 빌어보시는 것이 어떠신지요? 소원대로 마음이 편해지면 제가 부인을 모시고 그 신에게 답례하고 싶은데 부인의 뜻은 어떠하신지요?"

한부인은 머리를 끄떡이며 승낙하였다. 시녀들은 바로 향과 탁자를 하나 장만하여 가져왔다. 다만 일어날 수가 없어 침상 위에서 손을 이마에 놓고 빌며 기도했다.

"저 한씨는 일찍이 입궁하여 천자의 돌봄을 입지 못해 병이 생겨 양씨댁에 잠시 기탁하고 있사옵니다. 만약 신령님의 비호를 받아 몸이 건강해진다면 제당에 긴 깃대를 두 개 올리고 그 외 다른 예물을 받들어 올리며 조정에 가서는 후하게 사례하겠사옵니다."

당시 태위부인도 손에 향을 쥐고 한부인을 위해 기도를 한번 올리고 작별하였다. 그런데 이상하게도 소원을 빈 이후로 한부인의 몸은 점점 좋아졌고, 한 달을 쉰 후엔 뜻밖에도 쾌유하였다. 태위부인은 기쁨을 이길 수가 없어 다시 주연을 베풀고 한부인에게 말했다.

"과연 신도가 영험해 약을 복용하는 것 보다 만 배 낫습니다. 사람의 마음을 위배하고 바라는 바를 배신하지 않군요."

"제가 어찌 배신이란 말을 하겠습니까! 당장 수놓은 긴 깃발을 준비하여 수고스럽지만 부인과 동행하여 다시 바라는 바를 빌어야겠어요. 부인의 뜻은 어떠세요?"

태위부인은 이에 답하길,

"당연히 함께 가드리지요!"

당일 연회가 파하자 한부인은 약간의 물건을 꺼내 신에게 비는 예물과 4개의 수놓은 긴 깃대를 준비하였다. 자고로 말하길,

불이 있어야 돼지머리가 익고, 돈이 있어야 일이 이루어지더라.

세상의 그 어떤 희한한 일도 돈만 있으면 바로 이루어진다더니 며칠이 지나지도 않아 수놓은 긴 깃발을 마련하고 대나무 작대기를 교차시키니 광채가 나는 깃대가 완성되었다. 길일 양시를 선택하여 향

과 예물을 차려 여러 시종, 노복들과 함께 먼저 북극 우성진군의 사당으로 찾아갔다. 사묘의 관리는 양씨가에서 온 것을 알고 황급히 나와 영접하며 대전으로 안내하여 소문疏文[6])을 낭독하고 긴 깃대를 걸었다. 한부인은 고치叩齒[7])의식을 마친 후에 절을 올리고 좌우의 사묘를 두루 돌아다보았다. 사묘의 관리가 차를 대접했다. 부인은 시종들에게 상으로 은자를 주게 하고 가마에 올라 돌아가 그날 밤의 일은 그렇게 지나갔다. 다음 날 일찍 일어나 또 이랑신전에 갔는데, 괴이한 사건이 벌어지고 말았다. 그야말로

　　　　　말은 바늘과 실이 됨을 알고, 예전의 갈고리에 시비가 생겨나도다.

　번거로운 얘기는 차치하고 한부인 일행이 사묘에 도착했을 때, 사묘의 묘관廟官이 그들을 영접해 소문을 읽고 향을 피우는 예를 모두 마치자 마침 태위부인이 옆의 방으로 왔다. 한부인은 앞을 향해 가볍게 손가락을 들어 비단 휘장을 들치고 눈동자를 모아 주시하였다. 보지 않았으면 끝났을 텐데 보게 되자 크게 놀라지 않을 수 없었다.

　　　　　머리에는 금빛 꽃이 들어간 복두幞頭를 쓰고, 몸에는 붉은 상의와 비단 두루마기 도포를 입었으며, 허리에는 남전藍田의 옥대를 메고, 발은 나는 봉황의 검은 장화를 신었네. 비록 흙으로 빚어진 몸이건만 풍채가 있는 모습에 준아俊雅하게 생겼으며, 빛나는 눈동자에 치아는 희었다. 다만 숨이 없어 말을 하지 못할 뿐이었다.

　한부인은 그 모습을 보자 눈이 아찔하고 가슴이 흔들려 자신도 모르게 입에서 나지막이 감탄하는 소리를 흘려 보내고 말았다.

----

6) 제왕이나 신전에게 상황을 진술하는 문장을 말한다.
7) 일종의 미신으로 기도하기 전에 위아래 이를 서로 맞부닥뜨리는 의식으로 그런 연후에 기도를 하면 영험하다고 전해진다.

"내가 만약 앞날이 정정하다면 장차 오로지 이 신과 같은 모습의 남편에게 시집갈 수만 있다면 내 평생의 소원을 다 이룬 것일 텐데."

말이 끝나기도 전에 마침 태위부인이 걸어와서 말을 걸었다.

"부인, 여기서 무슨 기도를 하셨어요?"

한부인은 당황해하며 말을 돌렸다.

"아니, 아무 말도 하지 않았어요!"

태위부인은 다시 물어보지 않았으며, 둘은 늦도록 놀다가 집으로 돌아가 각각 휴식을 취했다.

　　　　마음속의 일을 알려면, 오직 입 속의 말을 들어야 하네.

한편 한부인은 방으로 돌아와 모든 치장을 벗고 칠흑같이 검은 머리를 잡아당기며 편한 옷으로 갈아입고는 손으로 뺨을 받치고 묵묵히 생각에 몰입하였다. 오직 낮에 본 이랑신의 모습을 생각하고 있었다. 그때 갑자기 계책이 생각났다. 그녀는 시녀에게 분부해 향안香案을 모셔와 화원의 인적이 없는 조용한 곳에다 두게 하고는 하늘에 기도를 올렸다.

"내가 만약 앞날이 정정하다면 장차 오로지 이 신과 같은 모습의 남편에게 시집갈 수만 있다면 입궁하여 온갖 괴로움과 근심을 받는 것보다 훨씬 좋을 텐데."

말을 마치자 구슬 같은 눈물이 뺨으로 흘러내렸다. 그녀는 절을 하고 축원을 하며, 축원을 하고 또 다시 절을 올렸다. 그것은 분명 부질없는 망상일 뿐이다. 그런데 이런 교묘한 일이 있을 수 있는가! 한부인이 여러 번 기도를 올린 후에 수습하여 방으로 돌아가려는데 꽃들이 무성한 깊숙한 곳에서 소리가 들리며 한 신神이 나타나 부인의 앞에 서있었다.

용의 눈썹에 봉황의 눈을 하고, 흰 치아에 입술은 선명했다. 표일하여 티끌세상의 속기가 없었고, 그 아름다움이 놀랄 정도였다. 낭원閬苑과 영주瀛洲의 신선이 아니라면 아마도 노을과 이슬을 먹는 사람이리라.

자세히 바라보니 바로 사묘에서 빚어 놓은 이랑신의 모습 그대로였다. 조금도 다름이 없었다. 손에는 탄궁彈弓8)을 하나 들었는데 마치 장선이 자식을 주는 것9)과 같은 모양이었다. 한부인은 놀랍기도 하고 기쁘기도 했다. 놀란 것은 천신이 강림한 일이고, 그것이 화인지 복인지를 알 수 없었다. 또 기쁜 것은 신이 기쁜 얼굴로 웃음을 띠며 말을 한 때문이었다. 그녀는 그에게 다가가 단정히 예를 갖춰 인사를 한 후에 붉은 입술을 열어 말했다.

"존신이 하강하는 은혜를 입었으니 저의 방으로 납시어 제 절을 받으십시오."

당시 이랑신은 미소를 지으며 부인과 함께 방으로 들어가 편안히 앉았다. 부인은 절을 한 후에 그 앞에 시립해 서 있으니 이랑신이 말했다.

"일찍이 부인의 두터운 예를 입어 오늘 소신小神이 우연히 천상을 산보하던 중 부인의 지성스러운 기도 소리를 듣고 부인의 선녀와 같은 모습을 알고 원래 요지瑤池에서 만날 사람이나 다만 부인의 속세에 대한 미련이 아직 남아 옥황상제께서 당신을 인간세상으로 귀양을 보

---

8) 탄환을 쏘는 활로 새총과 같은 모양을 하고 있다. 이랑신과 같은 신들이 지니며 작은 동물을 사냥하는데 사용했다고 전한다.
9) 신선고사에 의하면 장원소(張遠霄)는 미산(眉山) 사람으로 오대 때에 청성산(靑城山)에서 득도하였으며, 활을 쏘는 기술을 전수받았다고 전한다. 또 오대 촉의 군주인 맹창(孟昶)이 활을 끼고 있는 화상도 전한다. 송이 촉을 멸망시킨 후에 맹창의 비(妃)가 그 화상을 송의 궁에 가져가서 걸었더니, 송태조(조광윤)가 그것을 보고 그녀에게 물었을 때 그녀는 거짓으로 장선의 화상이라고 하면서 그것을 바치며 사람들에게 자식을 얻게 해준다고 하였다. 민간의 전설에는 이런 고사들이 혼재하여 전해지고 있다.

내고 또 황궁내원으로 보내 인간세상의 부귀영화를 누리게 하였소. 귀양간 기한이 만료가 되면 여전히 하늘나라로 돌아가야 하오. 중과(證果[10])가 비범하오.”

한부인은 이런 말을 듣고 무한히 기뻤다. 다시 엎드려 절하며 말했다.

“존신이 하늘에 계시니 저는 입궁하길 원치 않습니다. 만약 저의 앞날이 장래가 보장된다면 존신과 같은 모습의 남편에게 시집가서 백년해로 한다면 이 좋은 세상에 여한이 없을 것인 즉 그 무슨 부귀영화를 다시 누리길 바라겠습니까?”

이랑신은 미소를 지으며 말했다.

“그건 어렵지 않소만 다만 부인의 뜻이 한결같지 않을까 두렵소. 인연이 정해지면 천리에 떨어져도 서로 만나는 것이오.”

말을 마치자 신은 일어나 문지방과 창을 넘어 요란한 소리를 내며 가버렸다. 한부인은 안 보면 모르지만 이런 모습을 본 이상 정말 취한 듯 정신이 나간 듯하였다. 옷을 입은 채 그대로 침상으로 올라가 잠을 청했다.

즐거움에 밤이 짧고, 외로움에 한은 더욱 깊어지네.

그녀는 몸을 이리저리 뒤척이며 춘심을 어떻게 억제할 수가 없었다. 스스로 말을 하고 생각을 하며 마음을 정하기도 했다.

“금방 존신이 강림을 하셔서 네 눈이 서로 마주치며 깊은 정이 오갔는데, 어찌 또 별안간 가버리실까? 생각건대 총명함과 정직함을 내세우는 신은 속세인들의 심성과 다른 것이야. 내가 쓸데없이 다른 엉뚱한 생각을 했어!”

또 생각하길,

---

10) 불교용어로 수행의 인연으로 얻는 깨달음의 결과를 말한다.

"금방 존신은 멋진 모습과 태도로 만면에 미소를 띠며 완연히 살아 있는 사람과 같았어. 나의 이런 용모를 보고도 전혀 마음이 동하지 않았던 것일까? 아니면 내가 잘못하여 그를 쫓아버린 것일까? 생각해보면 서로 정다운 시간을 가져야 하는 것이 옳은데. 아무리 목석과도 같은 신이래도 작별을 고하고 떠나야 하는데. 오늘 이렇게 이별하면 언제 다시 만날 지 알 수가 없어."

이런 저런 생각을 떨쳐버릴 수가 없었다. 날이 밝기를 고대하며 다시 생각하고자 했다. 이윽고 날이 밝자 또 잠이 들어버렸다. 정오가 다 되어 일어나 아무 정신이 없이 있다 저녁이 되자 또 향안을 준비하여 화원에서 전처럼 기도하였다.

"평생의 소원이니 다시 한 번 존신을 만나볼 수 있게 해 주시옵소서."

말이 끝나기도 전에 홀연히 소리가 울리며 간밤에 온 이랑신이 또 면전에 서있었다. 한부인은 기쁨을 이기지 못했다. 하루 동안의 근심과 고민이 얼음이 녹듯 다 녹아버렸다. 절을 하고 가슴을 열어 고했다.

"수고스럽지만 존신께선 방으로 드시지요. 제 속마음을 아뢸 것이 있습니다."

이랑신은 기뻐하여 미소를 띠며 부인의 손을 잡고 함께 방안으로 들어갔다. 부인의 절이 끝나자 이랑신은 방 중앙에 앉아있고 부인은 앞에 시립하여 있었다. 이랑신이 그 모습을 보며 말했다.

"부인도 선골이 있으니 앉아도 무방하오."

부인은 이랑신과 비스듬히 마주하여 앉았다. 그리고 시녀들에게 주안상을 마련하게 하고 방안에서 서로 잔을 기울이며 속의 깊은 마음을 털어놓으려 하였다.

봄은 차 박사가 되고, 술은 색의 중매자가 되네.

한부인은 차고 있던 패옥을 풀고 향기 나는 입을 열어 말했다.

"존신께서 절 추악하게 여기지 않으시면 잠시 하늘의 일을 멈추고 인간세상 남녀 간 사랑의 일을 나누시길 바랍니다."

이랑신은 흔쾌히 응했다. 손을 잡고 침상에 올라 진득하게 운우를 펼쳤다. 부인은 혼신을 다해 신을 모시며 그 일에 몰두하였다. 오경까지 머무르다 이랑신은 일어나 부인에게 작별을 고하면서 다시 오겠다고 하며 옷을 입고 탄궁을 쥐고 난간을 넘어 '획'하는 소리와 함께 종적을 감추었다. 한부인은 완전히 그 일에 빠져 신선이 하강한 것으로 여기며 너무나 기뻐했다. 오직 태위부부가 입궁할 것을 재촉할까 두려워 병을 다소 부풀리며 즐거운 빛도 다소 감추었다. 그리고 저녁만 되면 정신이 밝아지며 희색이 만면하였다. 이랑신이 오면 서너 잔 술을 마신 후에 바로 침상에 올라가 정사를 나누고 날이 밝으면 떠나는 것이 하루 이틀이 아니었다.

하루는 홀연히 날씨가 서늘해지자 도군황제께서 각 궁에 가을 옷을 나눠주면서 우연히 한부인을 생각하여 내시에게 명해 조서詔書와 함께 비단 옷 한 벌과 옥대 하나를 양태위의 부중으로 보냈다. 한부인이 향안을 치우고 임금의 은혜에 감사드리는 예를 마치니 내시가 말했다.

"마마의 귀체가 무사하니 정말 기쁘옵니다. 성상께서는 마마를 그리워해 비단 옷과 옥대를 보내시면서 마마의 병세가 이미 나았다면 속히 입궁하라고 하셨습니다."

한부인은 사신에게 말했다.

"내시 어른께 부탁하건대 저의 병이 반쯤 나았으니 임금님께 아뢰어 진궁하는 시기를 좀 늦추게 해주신다면 정말 감사하겠습니다."

내시는 이에

"물론입지요. 성상에게 어찌 마마 한 분만 계시겠습니까! 입궁해

마마의 병이 완쾌되지 않아 좀 더 요양을 해야 한다고 아뢰면 될 것입니다."

한부인은 내시에게 감사하며 서로 작별인사를 했다. 저녁이 되자 이랑신이 와 한부인에게 말했다.

"성상의 총애가 식지 않아 기쁘오. 임금이 하사한 나의와 옥대를 좀 보여줄 수 있소?"

"존신께선 어찌 알고 있사옵니까?"

"소신은 앉아서도 천하를 관찰하고 서서는 천지 사방을 볼 수가 있지요. 이런 작은 일을 어찌 알 지 못하겠소?"

부인은 그 말에 바로 물건을 꺼내 보여주었다.

"대저 세상의 보물이란 혼자 독차지해선 아니 되오. 소신이 허리에 찰 옥대가 없으니 부인이 만약 희사를 한다면 선과를 완성할 것이오."

"저의 한 몸은 이미 존신에게 바쳐 연분이 깊은데, 존신님이 원하신다면 가져가시지요."

이랑신은 감사하며 침상에 올라가 또 즐기며 오경이 안 되어 일어나 탄궁을 가지고 옥대와 함께 창문을 넘어 요란한 소리를 내며 전과 같이 사라졌다.

남이 모르게 하려면 자신이 아무 행동도 하지 말아야 하네.

한부인과 태위는 한 집을 두 구역으로 나누어 사용하면서 대궐의 궁인이 온 까닭에 아침저녁으로 매우 조심하며 그 어떤 외부인이 마음대로 들어오지 못하도록 하였다. 그러나 근래에 서원에서 밤새도록 불빛이 보이고 종알거리며 마치 사람의 목소리가 들렸다. 또 한부인의 기색이 왕성하고 웃는 얼굴이 환하여 태위가 여러 번 망설이다가 마침내 자신의 부인에게 물었다.

"당신이 보기에 한부인이 요즘 무슨 이상한 일이 생긴 것 같지가 않소?"

태위부인이 이에 답하였다.

"저도 좀 이상한 느낌이 들어요. 하지만 우리 집의 문단속이 매우 삼엄한데 그런 일이 없을 것이라고 여겨 전혀 의심하지 않았어요. 그런데 오늘 당신이 그런 말을 하니 무슨 변고가 있는지요? 저녁에 믿음직한 하인을 골라 지붕위에 몸을 붙여 몰래 염탐을 하면 사연을 알게 될 것이고 그럼 사람을 의심하지 않아도 될 것이에요."

태위도 그 말에 찬성하였다.

"그 말이 일리가 있소."

그리하여 두 명의 확실한 하인을 골라 그들에게 여차여차 분부하여 가르치길,

"문 안으로 들어가선 아니 된다. 꽃을 따는 사다리를 담장 밖에서 붙여 인적이 조용할 때에 한부인의 거실 지붕으로 기어들어가 동정을 살펴보고 와서 바로 보고하여라. 이 일은 예사 일이 아니니 정말 조심해서 진행하여야 하느니라."

두 사람은 명을 받들고 떠났고, 태위는 서서 그들의 소식을 기다렸다. 서너 시간이 지나 두 사람이 한부인 방 안의 상황을 보고 와서는 태위에게 주위 사람들을 물러가게 부탁한 연후에 말하는데,

"부인의 방에 한 사람이 앉아 말을 하며 술을 마시는데, 부인은 말 끝마다 '존신'이란 말로 칭하였습니다. 소인들이 자세히 생각해보니 부중에는 담이 높고 단속이 엄한데 나쁜 사람이 있어 날개가 있어도 들어갈 수 없으리라 생각하였습니다. 혹은 정말로 신인지는 잘 모르겠사옵니다."

태위는 그 말을 듣고 적지 않게 놀라 소리치며 말했다.

"괴이하구나! 정말 그런 일이 있었구나. 너희 두 사람은 거짓말을

해선 아니 된다. 이 일은 예사 일이 아니야."

그 말에 두 하인은 답하길,

"소인들은 결코 거짓말을 하지 않았습니다."

태위는 그들에게 당부하였다.

"이 일은 너희들과 나만이 아는 일이야. 절대 외부에 발설해선 안 돼!"

두 사람은 명을 받들어 떠났다. 태위는 그 사실을 부인에게 일일이 보고하였다. 그리고는

"비록 이러하지만 내 눈으로 본 것이야말로 진실이니 내일 저녁 내가 직접 가서 신이라는 자가 어떤 모양인지를 봐야겠다."

다음 날 저녁이 되자 태위는 어제 염탐한 두 사람을 조용히 불러 분부하였다.

"너희 두 사람 가운데 한 사람은 나와 같이 가고 한 사람은 여기서 기다려라. 아무도 모르게 하거라."

분부가 끝나자 태위는 한 사람을 데리고 가 살금살금 조용히 한부인의 창 앞으로 다가가 창틈으로 눈을 크게 뜨고 보니 과연 방 안에는 한 신이 앉아있어 두 사람의 말과 다르지 않았다. 기다렸다가 맞부딪히려고 하였지만 혹시 위험한 일이 있을 것을 염려하여 할 수 없이 꾹 참고 아무 말도 없이 다시 돌아왔다. 두 사람에게 다시 한 번 비밀을 지킬 것을 당부했다. 그리곤 방으로 들어와 부인에게 얘기했다.

"이는 필히 한부인이 아직 젊어 마음을 안정시키지 못해 무슨 사악한 신을 만난 것이란 생각이 드오. 여기서 천자의 궁녀를 간음한다면 결코 예사 사람이 아닌 것 같소. 법사를 청해 일을 해결하게 해야겠소. 당신은 먼저 한부인에게 가 연유를 말하고 나는 법사를 청하러 가야겠소."

부인은 그 말에 따라 내일 아침이 되자 서원으로 가 한부인을 접견

하였다. 앞서서 차와 탕을 마신 연후에 태위부인이 좌우 시종들을 물리치고 한부인의 얼굴을 보며 마음을 털어놓았다.

"한 가지 말을 부인에게 하여야겠습니다. 부인께선 매일 밤 방에서 누구와 말을 하시는지는 모르나 종알거리는 소리가 제 귀에 들립니다. 이 일은 대단히 중요한 사안이니 부인께선 하나하나 말씀하셔야 합니다. 절대 감추거나 속이시면 안 됩니다."

한부인은 그 말을 듣자 얼굴이 온통 붉어졌다.

"밤중에 제 방에서 그 누구와도 얘기하질 않았어요. 다만 제가 하녀 부인들과 소일거리로 잡답을 하였어요. 그 누가 이 방안으로 들어오겠어요!"

태위부인은 그 말을 듣고 남편이 간밤에 본 상황을 낱낱이 말해주었다. 한부인은 깜짝 놀라며 어쩔 줄을 몰랐다. 태위부인은 누차 위로하며 말했다.

"부인께선 놀라지 마세요. 태위가 이미 법사를 청하러 갔어요. 법사가 여기 오면 그가 사람인지 귀신인지를 알게 될 겁니다. 다만 부인께선 밤에 조심하며 절대 두려워하지 마세요."

말을 마치고 부인은 돌아갔다. 한부인은 매우 당황해 진땀을 흘렸다. 저녁이 되자 이랑신은 일찍감치 찾아왔다. 그런데 그가 올 때마다 탄궁은 항상 빠지지 않았다.

한편 태위는 영제궁靈濟宮의 임진인林眞人 수하의 제자 가운데 유명한 왕王 법사를 청해 이미 앞마당에서 법술을 펼치고 있었다. 황혼이 되자 사람이 와 보고하였다.

"신이 도착했습니다."

법사는 옷을 걸치고 검을 쥐고 늠름하게 한부인의 방 앞으로 나아가 성큼성큼 방으로 들어갔다.

"너는 어떤 요사스러운 자이기에 감히 천자의 궁인을 간음하느냐?

도망가지 말고 내 검을 받아라!"

법사의 고함소리에 이랑신은 전혀 동요하지 않고 말했다.

"무례한 지고!"

동시에 그는 왼 손은 태산을 받치듯 하고, 오른 손은 어린애를 안은 듯 탄궁의 시위를 보름달 같이 당기더니 유성과 같이 쏘았다. 그러자 탄환이 바로 법사의 이마 모서리를 맞추었고, 그의 머리에는 선혈이 흘러내렸다. 법사는 훌러덩 뒤로 나자빠지고 보검은 한쪽으로 떨어졌다. 사람들이 황급히 그를 부축하러 마당으로 가니 이랑신은 창문을 넘어 이미 사라져버렸다. 그야말로

천지를 열기는 무섭고, 귀신을 격파함은 놀랍도다.

한부인은 이랑신이 법사를 물리친 것을 보고 그가 정말 신선이 하강한 것으로 믿어 더욱 마음이 놓였으며, 더 이상 당황하지 않았다. 태위는 법사가 도움이 안 됨을 알고 헛되이 수고비만 날리고 그를 보냈다. 다시 오악관五岳觀의 반潘도사를 청하였다. 반도사는 오뢰천심정법五雷天心正法[11])의 유일한 보유자로 전처럼 엉터리가 아닐 뿐 아니라 지모도 풍부한 자였다. 태위가 그를 부르자 즉시 도착했다. 태위는 앞의 상황에 대해 하나하나 알려주었다. 반도사는 말했다.

"먼저 사람을 시켜 저를 서원의 그가 출몰한 곳으로 인도해주시면 바로 사람인지 귀신이지를 알게 될 것입니다."

태위가 그 말에 따랐다. 반도사는 태위를 떠나 먼저 서원의 한부인이 있는 처소로 가 이리저리 살펴보았다. 또 한부인을 나오게 하여 절을 한 후에 그녀의 기색을 살펴보더니 태위에게 고하였다.

"제가 보니 한부인의 얼굴에는 악귀가 침입한 적이 없습니다. 다만

---

11) 미신적인 도교 속의 법술로 요괴와 악마들을 항복시키는 법술이다.

요술을 부리는 자가 수작을 부리는 것 같습니다. 소인에게 방법이 있습니다. 저는 부적이나 요령 등을 사용하지 않고 그가 나타나면 항아리 속의 자라를 잡듯 손으로 잡을 것입니다. 다만 그 자가 미리 알고 다시는 나타나지 않으면 어쩔 도리가 없습니다."

이에 태위가 답했다.

"만약 그가 다시는 나타나지 않는다면 오히려 잘 된 것이오. 법사는 여기에 머물러 잠시 저와 얘기나 좀 하시지요."

만약 그 자가 상황을 파악하고 기회를 봐서 행동하여 다시는 나타나지 않았다면 그 동안 단물도 빨아먹었고 거기다 자신의 체면도 챙겼으니 다른 곳으로 가서 다시 이익을 보면 될 것이었다. 그러기에 득의양양한 일은 다시 해 선 안 되고, 이익을 챙겼으면 다시 그곳에 가면 안 되는 것이다. 그런데 그 이랑신은 사람인지 귀신인지는 몰라도 단물을 먹은 후에도 상식이 없게도 그날 저녁에 여전히 나타난 것이다. 한부인이 그에게 말했다.

"지난밤엔 저는 아무 것도 몰라 존신님을 곤혹스럽게 하였습니다. 다만 존신님이 무사해 기쁠 따름입니다. 절 나무라지 마시옵소서."

"나는 하늘에서 내려온 진짜 신선인데 오직 부인과의 인연이 있어 조만간 부인을 해탈하게 만들어 대낮에 하늘로 데려갈 생각이오. 어찌 그런 어리석은 인간들이 제 아무리 천군만마를 가지고 공격해도 어찌 나에게 접근할 수 있겠소!"

한부인은 더욱 공경하며 즐거움이 배에 달했다.

한편 이미 사람이 와 태위에게 보고하니 태위는 반도사에게 일러주었다. 반도사는 태위에게 아뢰길, 한 하녀에게 부탁해 한부인을 시중든다는 이유로 먼저 그의 곁으로 다가가 탄궁을 훔쳐와 그가 그 무기를 사용하지 못하게 해야 함을 얘기했다. 하녀가 떠나자 반도사는 옷을 단단히 차려 입고 법의도 보검도 지니지 않은 채 오직 짧은 방망이

하나를 달라고 하여 지닌 채 두 명의 시종으로 하여금 멀리서 불을 비추도록 하였다. 또 그들에게

"만약 너희들이 그의 탄궁에서 나오는 탄환을 무서워하면 먼저 피해 있거라. 내가 먼저 갈테니. 그의 탄궁이 나를 맞출 것 같으냐?"

라고 하니, 두 사람은 속으로 냉소를 지었다.

"허풍떠는 것 좀 봐! 당신도 그의 탄궁에 맞을 것 같은데."

한편 하녀가 먼저 들어가 두 사람을 모신다는 이유로 점점 다가가 그의 곁으로 갔다. 그는 마침 한부인과 술잔을 기울이고 있었고, 그 하녀가 탄궁을 훔쳐 옆의 방에다 숨긴 것을 알지 못했다. 여기서 시종이 반도사를 데리고 문 앞까지 다가가 그에게 "여기가 바로 그곳입니다"라고 말한 다음에 그 장소를 얼른 피해버렸다. 반도사가 주렴을 걷어 올리고 안을 바라보니 그 자가 편안히 앉아있는 것을 보곤 대갈일성 소리치며 곤봉을 가지고 곧장 달려들었다. 이랑신은 다급히 탄궁을 잡으려고 했지만 보이지가 않았다. "아차 속았구나"라고 하며 급히 문창을 넘어 달아났다. 이때 반도사는 재빨리 곤봉으로 이랑신의 뒷다리를 때렸다. 그때 한 물건이 떨어졌는데, 이랑신은 이미 울창한 꽃 사이로 사라져버렸다. 반도사는 그 물건을 가지고 등불 아래서 보니 다름이 아니라 검은 가죽 장화였다. 그것을 갖고 태위를 찾아갔다.

"소인이 보아하니 이는 분명히 요망한 자가 수작을 부리는 것입니다. 이랑신의 짓이 아닙니다. 그런데 어떻게 그를 잡아야 할 지 모르겠나이다."

태위가 말했다.

"법사님, 수고 많았소이다. 돌아가시면 제가 알아서 일을 처리하겠습니다."

당장 반도사에게 사례를 하고 보냈다.

태위는 가마를 타고 채태사蔡太師의 부중으로 가서 바로 서원으로 들어가 그 상황을 자세히 아뢰며 말했다.

"결국 이렇게 끝나버려 그 자의 비웃음을 사는 꼴이 되어버렸습니다."

태사가 답했다.

"어렵지 않아! 바로 개봉부의 등대윤縢大尹을 찾아 이 장화를 보여드리고, 동작이 빠른 자를 보내 열심히 행방을 찾아 법으로 다스리면 되지."

"태사님의 가르침에 감사드립니다."

"잠시 앉아 있게."

태사는 집에 있는 부관 장간판張幹辦12)을 시켜 급히 개봉부로 가서 등대윤을 모셔오게 했다. 서로 인사가 끝난 다음 주위 사람들을 물리치고 태사와 태위는 일제히 말했다.

"황제가 있는 곳에서 어찌 이런 자의 소행을 용납하겠소! 대윤은 반드시 주의해서 이 사건을 다뤄야 할 것이오. 이는 아주 특별한 사안이오. 그리고 난리를 피워 그 자가 미리 알고 달아나지 않도록 유의해야 할 것이오."

대윤은 그 소식을 듣고 얼굴이 흙색으로 변해 황급히 대답하였다.

"이 일은 하관下官이 책임지고 처리하겠습니다."

그는 가죽 장화를 받아 작별하여 아문으로 돌아와 즉시 당상으로 나가 당일 체포사신인 왕관찰王觀察을 불렀다. 그는 주위 사람들을 모두 물리친 후에 그 사건을 자세히 얘기해주었다.

"자네에게 사흘간의 기한을 줄 테니 양씨 댁에서 못된 짓을 한 자를 잡아 데려오시오. 너무 호들갑떨지는 말고 세심히 일을 처리하시

---

12) 간판(幹辦)은 당시 부관에 해당하는 관직명이었다.

오. 일을 완수하면 큰 상이 있고, 그렇지 못하면 책임이 클 것이오."

말을 마치자 그는 관아에서 퇴청退聽하였다. 왕관찰은 이 장화를 받아 자신의 방으로 돌아와 많은 부하들을 불러놓고 탄식을 하였다.

양미간에 두 개의 큰 종과 사슬을 매달고, 배 속에는 수많은 근심이 새로 생겨났도다.

한편 한 삼도착사三都捉事 사신이 있었는데 성은 염씨冉氏고 이름은 귀貴였는데, 염대冉人라고 불렸다. 그는 대단히 영리한 자로 왕관찰에게 많은 난제를 해결해주어 왕관찰이 매우 신임하는 자다. 그날 염귀는 관찰사가 양미를 찌푸리고 얼굴에 수심이 가득해 그를 귀찮게 하고 싶지 않았다. 그들이 아무리 이런저런 얘기를 해도 왕관찰은 전혀 개의치 않고 있다가 품속에서 가죽 장화를 하나 꺼내 탁자 위에 던지며 말했다.

"우리 관원들은 정말 빈천하구나! 세상에 이런 어리석은 관부가 있는가! 이 가죽장화가 말도 하지 못하는데 사흘 만에 이 장화를 신고 양씨 댁에서 나쁜 짓을 한 자를 잡아오라니! 너희들도 기가 차지 않느냐?"

부하들은 돌아가며 그 장화를 보았다. 그것이 염귀에게 오자 그는 그것을 보지도 않고 말했다.

"정말, 어려운 문제입니다. 관부의 명령이 정말 어처구니가 없습니다. 관찰사님이 걱정할만하겠습니다."

왕관찰은 듣지 않았으면 몰라도 듣게 되자 그에게 말했다.

"염대, 자네도 일이 어렵다고만 말하는가! 이 일을 그런 식으로 제쳐놓는단 말인가! 그런 구구한 자를 처치하지 못하면 어찌 대윤의 부탁에 응할 수 있겠느냐? 너희들은 모두 이곳에서 돈을 벌어 쓰고 있으면서 어찌 어렵단 말만 하느냐?"

그 말에 사람들이 모두 답했다.

"그 도적의 사안을 추측해보니 그 자가 요술을 부리는 자란 것을 알 수 있는데, 우리가 어찌 가까이 갈 수가 있겠습니까! 만약 우리가 그를 잡을 수 있다면 어찌 저번에 반도사가 그렇게 많은 시간을 소비했지만 그를 잡지 못하고 한쪽 장화만 갖고 왔겠습니까! 우리가 재수가 없어 이런 두서없는 사건을 만난 겁니다. 정말 잡을 수가 없습니다."

왕관찰은 원래 이 사건에 대해 걱정이었는데 그들의 말을 듣자 모두가 지당한지라 더욱 큰 번뇌를 더하게 되었다. 그때 염귀가 침착하게 왕관찰에게 말했다.

"관찰사님, 기죽지 마십시오. 그 자도 사람일 뿐입니다. 머리가 셋이고 팔이 여섯 개 달린 자가 아닙니다. 그가 남긴 단서만 찾게 된다면 곧 찾아내게 될 것입니다."

그는 그 장화를 앞뒤로 뒤집어 보며 한동안 손을 놓지 않았다. 사람들은 그의 모습을 보며 모두 웃으며 말했다.

"염대가 또 시작이야. 그 신발이 무슨 특이하거나 보기 드문 물건도 아니고 그저 가죽에다 검은색 물을 들이고 실을 두드려 깁고 남색 베를 안에 넣고 거기다 머리를 걷어 접고 입에 물을 뿜어 빳빳하고 멋지게 다린 것일 따름이지."

염귀는 그 말에 대꾸하지도 않고 등불 아래서 그 장화를 유심히 살폈다. 그런데 그 장화는 네 줄로 기운 것이 극히 조밀하였고, 신의 뾰족한 끝부분을 보니 기운 실이 약간 탈선하였는데 염귀가 무심코 손가락으로 그것을 당겨보니 두 땀의 실이 떨어져 나오며 가죽이 약간 튀어나왔다. 그가 등불 아래서 그 안을 비춰보니 바로 남색 베가 안을 받치고 있었다. 또 자세히 살펴보니 남색 베 위에 흰 종이쪽지가 있어 두 손가락을 집어넣어 그것을 끄집어 당겼다. 그 종이쪽지를 자세히 보았을 때, 그것을 보지 않았더라면 그냥 그것으로 끝났을 텐데 보았기에 그것은 마치 한밤중에 금은보화를 주은 것과 같았다. 왕관찰은 그것을 보더니 뜻밖의 횡재에 얼굴이 일시에 웃음꽃을 피웠다. 주위 사람들이 달려들어 보았을 때, 그 종이쪽지 위에는 다음과 같이 적혀 있었다.

선화宣和 3년 3월 5일 점포주인 임일랑任一郎이 제작함.

관찰사는 염대에게 말했다.

"올해가 선화 4년이니 이 장화를 만든 때가 2년도 되지 않았군. 임일랑만 잡으면 이 일은 거의 승산이 있어."

"우선은 그를 놀라게 해선 안 됩니다. 날이 밝으면 두 사람을 보내 대윤이 그에게 물건을 만들길 부탁한다고 하여 나중에 잡아들이면 그가 자백하지 않을 수가 없을 겁니다."

왕관찰은 염대의 말에 동의했다.

"역시 자네가 식견이 있군."

그리하여 사람들은 하룻밤 내내 술을 마시며 한 사람도 흩어지지 않았다. 막 날이 밝아오자 날듯이 사람을 보내 임일랑을 잡아왔다. 서너 시간이 지나지 않아 임일랑이 영문을 모르고 관찰사의 방으로 들어왔고, 왕관찰은 본색을 드러내 그를 잡았다.

"대담한 놈, 감히 그런 짓을 하다니!"

임일랑은 깜짝 놀라며 왕관찰에게 말했다.

"무슨 일이 있으면 조용히 말해 보십시오. 제가 무슨 죄를 지었기에 이렇게 포박하십니까?"

"무슨 할 말이 있느냐? 이 장화가 너의 가게에서 나온 것이 아니더냐?"

임일랑은 그 장화를 받아 자세히 본 후에 말했다.

"이 신은 확실히 제가 만든 겁니다. 그런 연고가 있습니다. 저희 집이 물건을 만들 때는 관부에서 주문하거나 사람을 시켜 와서 가져가기도 하는데, 가게에는 장부가 있습니다. 거기에는 모某년 모월 모댁에서 모 간판을 보내 제작했다는 내용이 적혀 있습니다. 신 안에도 종이쪽지가 있는데, 그 내용은 장부와 동일합니다. 관찰사님이 믿지 못하시면 이 신을 찢어 열어 종이쪽지를 꺼내 보면 바로 알게 될 것입니다."

왕관찰은 그가 비밀을 말하는 것으로 보아 정직함을 알고 그의 결박을 풀어 조용한 말로 대해야 할 것을 생각하고는 당장 그를 풀어주며 말했다.

"일랑은 본관을 탓하지 말게. 이 사안은 상부에서 맡긴 일이라 이러지 않을 수가 없었네."

그리고는 그 종이쪽지를 그에게 보여주었다. 임일랑은 그것을 보더니 말했다.

"관찰사님, 걱정하지 마십시오. 1,2년 사이에 만든 것은 물론 4,5년 전에 만든 것도 집에 있는 장부에 기록이 있습니다. 사람을 저와 함께 집으로 보내 장부를 가져와 대조해보면 알 수 있을 것입니다."

바로 두 사람을 붙여 급히 임일랑을 따라 가게로 가 장부를 가져오게 했다. 그들이 그것을 가지고 관찰사의 방으로 들어오자 그는 장부를 직접 처음부터 살펴보았다. 3년 3월 5일까지 보며 종이쪽지 상의 내용과 대조를 하였다. 그러다 소스라치게 놀라 입이 막혔다. 채태사댁의 장간판이 와서 신을 주문했다는 것이었다. 왕관찰은 임일랑과 함께 그 신과 장부를 꼭 쥐고 불같이 부청府廳으로 찾아가 아뢰었다. 이 사건은 대윤이 초조히 기다리는 사안이라 즉시 공당公堂으로 나가 진행되었다. 왕관찰은 지금까지의 사항을 한번 쭉 말하였다. 또 장부도 제시하고 종이쪽지도 직접 대윤에게 주며 대조하게 하였다. 대윤도 크게 놀라며 "상황이 그러하였구나!"하였다. 그러나 반신반의하며 잠시 중얼거리다가 입을 열었다.

"그렇다면 임일랑과는 무관한 일이니 그를 석방하라."

임일랑은 머리를 조아리며 감사해하였다. 대윤은 다시 그를 불러 분부하였다.

"너를 놓아주긴 한다만 다른 사람에게 말을 해선 안 된다. 누군가가 네게 이에 대해 물어도 다른 말로 얼버무려야 한다. 꼭 명심토록 하여라."

임일랑은 이에 응답하여 "소인 잘 알겠습니다."라고 하며 기뻐하며 떠났다.

대윤은 왕관찰과 염귀 두 사람을 데리고 신과 장부를 감추고 바로 가마를 타고 양태위의 집으로 왔다. 마침 태위는 조정의 일을 마치고 귀가해 있었다. 문지기가 보고하자 그는 대청으로 나와 그들을 맞이하였다. 대윤이 먼저 말했다.

"여기서 말씀드리기가 좀 곤란합니다."

태위는 그들을 데리고 서편 끝에 있는 작은 서원으로 들어가 시종들을 물리치고 왕관찰과 염귀 두 사람만 서재에서 기다리게 하였다. 대윤은 앞의 일을 일일이 하나하나 여차여차 아뢰었다.

"어떻게 처리해야 할지 하관도 감히 마음대로 하지 못하였습니다."

태위는 그것을 보고 한참이나 가만히 있다가 속으로 생각하였다.

"태사는 나라의 대신이라 부귀함이 지극한데 분명히 이런 일을 하진 않았을 것이다. 그러나 이 신은 그의 부중에서 나온 것이니 분명 태사의 곁에 있는 자가 이런 못된 짓을 한 것이리라."

그는 이런 생각을 하며 이 신을 가지고 태사부로 가서 직접 보여주며 질문을 해야겠다 생각했다. 다만 체면 문제에 걸려 대단히 불편하였다. 그러나 그것을 제쳐두고 얘기하지 않으려고 하니 일이 그런 작은 사안이 아니었다. 벌써 도사가 두 번이나 왔다갔고, 관리를 두 명이나 보내 그를 잡도록 하여 임일랑을 체포해 사건을 문책하였으니 일이 이미 세상에 알려진 것이다. 임시로 그냥 얼버무려 훗날 그 일이 발각이 나면 정말 곤란해질 수가 있다. 만약 성상聖上께서 진노를 하시면 그 죄가 적지 않을 것이다. 이런 저런 생각을 하며 다만 왕관찰과 염귀를 돌아가게 하는 수밖에 없었다. 그리고 사람을 시켜 그들이 가마를 타는 것을 보게 하고, 신과 장부는 주위에 명해 잘 보관하게 한 후에 대윤과 같이 곧장 한 곳으로 향했다.

　　쇠로 된 신발이 다 닳도록 걸어도 찾을 수가 없지만 그것을 찾게 되면 한순간에 찾아진다네.

　당장 태위와 대윤은 채태사의 부중으로 달려갔다. 문 앞에서 보고를 기다리며 한참이나 지난 후에야 태사는 서원으로 들어와 보자고 하였다. 인사와 다례가 끝난 후에 태사가 말했다.

　"그 사안이 진척이 있소이까?"

　태위가 태사에게 답했다.

　"그 자의 이름이 이미 밝혀졌습니다. 다만 태사의 체면에 연루될까 감히 마음대로 잡을 수가 없습니다."

　"이 일은 보통 일이 아니오. 내가 어찌 내 사람이라고 변호하겠소이까?"

　"태사께서 허물을 덮어주지 않으신다고 해도 좀 놀라시지 않을 수 없을 것입니다."

　"누구인지를 말해 보시오. 그렇게 어려워하지 말고."

　"주위의 사람들을 물리치시면 감히 말씀드리겠습니다."

　태사는 즉시 시종들을 물리쳤다. 태위는 서류합을 열고 장부를 태사에게 올려 검사하게 한 후에 말했다.

"이 사건은 필히 태사 어른의 댁에서 주재한 일이고 외부인과는 관련이 없습니다."

그 말에 태사는 "괴이하도다! 괴이하도다!" 라며 연거푸 말했다.

"이 일은 매우 급한 공무이니 하관을 나무라지 마시길 바랍니다."

"자네를 나무라는 것이 아니오. 다만 이 신의 출처가 불명해서 그러오."

"장부상에 분명 부중의 장간판이 주문한 것이라고 씌어 있는데, 그건 거짓일 수가 없습니다."

"이 신이 비록 장천張千이 주문한 것이나 그걸 누구에게 바쳐버리면 그와는 무관한 것이오. 말하자면 우리 집의 관복이나 저고리, 신발, 버선 등은 각각 한 하녀를 보내 관리하게 하오. 때로는 집에서 스스로 제작하기도 하고 때로는 주고받기도 하지요. 나가고 들어오는 것이 하나하나 명백하게 기재되어 매월 그 숫자를 보고하며 일사불란하게 처리되지요. 있다가 내가 장부를 조사하면 명백해질 것이오."

태사는 즉각 사람을 보내 장화를 관리하는 하녀를 조사해 불러 오게 하였다. 당장 그 하녀가 부름을 받고 왔다. 수중엔 장부를 하나 들고 있었다. 태사가 그녀에게 직접 물었다.

"이것은 우리 집의 장화인데, 어찌하여 다른 사람의 수중에 들어갔는가? 즉시 조사하여라."

하녀는 그 자리에서 하나하나 조사하다가 이 신이 작년 3월 중에 자기가 가서 주문했다가 부중으로 들어온 지 얼마 되지 않아 귀산龜山 선생 양시楊時라고 하는 문생이 태사와 매우 친밀하였는데 서울 가까이의 지현이 되어 찾아와 작별인사를 하자 그가 도학선생이라 의복과 신이 남루해 태사가 주위에 명해 둥근 깃의 윗옷과 은을 된 허리띠 하나, 서울에서 만든 장화 한 켤레, 사천의 부채 네 자루 등을 그에게 작별선물로 준 것임을 알았다. 이 장화는 바로 태사가 양지현에게 준 것이었다. 기록이 분명하였다. 태사는 바로 그 사실을 태위와 대운에게 보여주었다. 두 사람은 사죄를 올리며 말했다.

"이렇게 또 태사 부중의 일이 아니었군요. 금방 제 말이 지나친 것은 공사公事인지라 급박하여 그런 것이니 태사께선 하해와 같은 아량으로 이해하시길 바라겠습니다."

그 말에 태사가 웃으며 말했다.

"이 사안은 당신들의 본분의 일이니 당연한 직무요, 그대들을 탓하지 않소. 그런데 양귀산이 왜 그런 짓을 했는지 그 속에 사연이 있을 게요. 현재 그의 임지가 여기서 멀지 않으니 내가 몰래 그를 불러 보면 알게 될 거요. 자네 두 사람은 가보시오. 다른 사람에게 얘기하진 마시오."

두 사람은 영을 받고 부중을 떠나 돌아갔다.

태사는 간판을 보내 부리나케 양지현을 데리러 갔다. 왕복으로 이틀이 걸려 경성에 도착해 태사의 앞에 도착했다. 다례가 끝나고 태사가 그에게 물었다.

"지현은 백성의 부모인데 어찌 이런 짓을 하였는가? 그것은 하늘을 미혹하는 죄야."

태사는 그 일을 자초지종 설명하였다. 양지현은 몸을 굽혀 아뢰었다.

"스승님께 아뢰옵니다. 제가 작년에 스승님의 후한 은혜를 입고 경성을 떠나기 전에 집에서 별안간 눈이 아파 이런 저런 소문에 그곳에 청원묘도淸源廟道에 있는 이랑신이 매우 영험하단 말을 듣고 가서 빌며 안질이 낫길 기원하려 하였습니다. 하여 가서 향을 피우고 기도를 하여 나중에 낫게 되어 사묘로 가서 향을 피우다가 이랑신의 관복이 모두 말끔한데 유독 다리 아래 검은 장화가 떨어져있어 조화롭지 못했습니다. 이에 하관은 이 장화신을 이랑신에게 공양하게 되었습니다. 오직 이건 진실이옵니다. 저는 평생 어두운 곳에서도 속이는 마음이 없었습니다. 공맹의 책을 읽은 자가 어찌 감히 도적질을 할 수 있겠습니까! 태사님께서는 자세히 조사하시길 바라옵니다."

태사는 평소 양귀산이 큰 유생이라 감히 그런 짓을 하지 않을 것을 알았다. 그의 말을 듣고 말했다.

"나 또한 자네의 명성을 알고 있네. 다만 자네가 왔기에 사건의 뿌리를 묻기 위한 거라네. 그래야만 다른 사람들이 심복할 터이니."

태사는 그에게 술과 음식을 대접하여 지현을 작별하고, 그에게 다른 사람들에게 누설하지 말 것을 분부하였다.

> 낮에 마음에 부끄러운 짓을 하지 않으면 밤에 문을 두드리는 소리에 놀라지 않는다.

태사는 양태위와 등대윤을 다시 청해 사연을 얘기하였다.

"이렇게 되니 이 사안은 양지현의 일도 아님이 판명되었소. 개봉부로 가서 다시 수색해야겠소."

대윤은 아무 말도 못하고 여전히 그 신을 가지고 작별해 돌아가 왕관찰을 불러 분부하였다.

"처음에 약간 가망성이 보였는데 지금은 모두 그림의 떡이 되어버렸네. 자네는 이 신을 갖고 가서 5일간의 말미를 줄 테니 그 도적놈을 잡아 오게."

왕관찰은 이 명을 받고 매우 답답한 마음이었다. 방으로 들어가 염귀에게 말했다.

"내가 참 재수가 없지! 천만다행히 자네의 도움으로 임일랑을 밝혀내었지만 태사부의 일이 되니 내가 말했듯이 관리들은 서로 도와준다고 그 일을 없는 것으로 만들어버렸어. 어찌 하면 다시 이 자를 찾을 수 있을까? 채소 파는 곳에서 그가 있는 곳을 살 수는 없겠지! 생각하면 기왕에 양지현이 이랑신에게 희사한 것이라면 정말로 이랑신이 잠시 풍류 끼가 발동한 것일 수도 있지. 어찌 하면 증거를 찾아내어 대윤에게 보고할 수 있을까?"

"관찰사님이 말하지 않아도 저도 임일랑이 한 일이 아니고 채태사, 양지현이 한 일도 아닌 것을 알고 있습니다. 만약 이랑신이 한 짓이라고 하면 신이 그런 못된 짓을 할 리가 없겠지요. 분명 사묘 부근의 요사스러운 자가 한 짓입니다. 사묘의 앞뒤를 수색해 무슨 낌새를 찾아봐야 할 것입니다. 관찰사님은 제가 찾아낸다고 기뻐하지도 말고, 찾지 못한다고 해서 걱정하지 마십시오."

"그 말이 맞네."

그리하여 신을 다시 염귀에게 주었고, 염귀는 멜빵짐을 메고 잡화를 사고파는 사람으로 분장하여 손에는 방울이 달린 작은 북을 쥐고 그것을 흔들면서 이랑신이 있는 사묘로 찾아갔다. 그는 짐을 내려놓고 향을 들고 낮게 축원을 하였다.

"신령님, 하루빨리 이 염귀가 양씨 댁에서 몹쓸 짓을 한 자를 잡아내어 신령님을 위해 시비를 씻어낼 수 있게 보살펴 주십시오."

기도가 끝나자 3개의 제비를 연이어 뽑았는데 모두 상상대길上上大吉이었다. 염귀는 감사의 절을 하고 문을 나서서 짐을 올려 메고 사묘의 앞과 뒤를 한 바퀴 돌면서 두 눈은 이 쪽 저 쪽을 주시하며 잠시도 감지를 않았다. 그러던 중에 한 곳에 흩 여닫이문이 있는데 문 옆에는 반쪽짜리 창문이 있고 그 위엔 약간 낡은 대나무 발이 반쯤 걷어져 있었다. 그 안에서 누군가가 소리쳤다.

"물건 파는 이 이리 와요!"

염귀는 그를 부르는 소리를 듣고 머리를 돌려 보니 한 젊은 여자였다.

"아씨, 소인을 무슨 일로 부르세요?"

"잡화를 수매하시지요? 여기 물건이 하나 있는데, 그냥 몇 푼 받고 팔아서 젊은 종에게 간식이나 사먹게 하려구요. 이것 사실래요?"

"아씨, 소인이 멘 이 짐은 그 유명한 무엇이든 받아들이는 창고랍니다. 사지 않는 것이 없어요. 무엇인지 보여주시지요."

여자는 젊은 남자종을 시켜 그것을 갖고 나와 보여주었다. 그때 종이 가지고 나온 물건은 무엇일까요?

사슴을 말이라고 한 진나라 재상 조고趙高처럼 말과 사슴을 판단하기 어렵고, 나비 꿈을 꾼 장자처럼 자신과 나비를 구분하기 어렵도다.

그때 갖고 나온 것은 바로 네 줄의 실로 박은 가죽 장화 한 짝이었다. 그것은 전에 반도사가 주은 것과 꼭 같았다. 염귀는 속으로 얼마나 기뻤는지 몰랐다. 그 부인에게 말했다.

"이건 짝이 없는 물건이네요, 몇 푼의 가치도 없어요. 부인께서 돈을 많이 요구하시면 더 이상 말을 많이 할 필요가 없네요."

"대충 몇 푼이나 받아 젊은 종들에게 뭘 좀 먹이려구요. 그냥 알아서 쳐주세요. 그렇다고 형편없는 가격은 말구요."

염귀는 가서 주머니에서 1관貫 반半 전錢의 돈을 꺼내 부인에게 주며 말했다.

"이렇게 팔려면 제가 가지고 가고, 싫다면 말리지 않겠습니다. 팔려면 파시고 편하신 대로 하세요."

"큰 물건은 아니지만 조금만 더 쳐 줘요."

"더 쳐줄 수가 없습니다."

그는 짐을 메고 가려고 하였다. 젊은 종은 울기 시작했다. 부인은 하는 수 없이 다시 염귀를 불러 말했다.

"조금만 더 쳐 줘도 괜찮잖아요!"

염귀는 다시 가서 20전을 주며 말했다.

"됐어요, 됐어요, 많이 쳐주는 겁니다."

그는 신을 짐 속에 던져버리고 그것을 메고 떠났다. 마음속으론 너무 기뻤다.

"이 사건은 이미 반은 풀렸어. 요란스럽게 떠벌리면 안 되고, 이 부인의 내력을 자세히 탐방해야만 일을 처리할 수가 있어."

그날 저녁, 그는 짐을 천진교天津橋의 아는 사람의 집에 두고 집무실로 돌아왔다. 왕관찰이 그에게 물었을 때 그는 아직 아무 기미도 없다고 했다.

이튿날, 아침을 먹고 다시 천진교 지인의 집에서 짐을 찾아 전과 같이 그 부인의 집 앞까지 갔다. 당시 그 집의 문은 닫혀져 있었고, 그 부인은 집안에 없었다. 염귀는 눈썹을 한번 찡그리더니 마음속에 계책이 하나 떠올랐다. 그는 짐을 내려놓고 문 쪽으로 다다가 바라보았다. 안에는 한 노인이 낮은 의자에 앉아 문 앞에서 새끼를 꼬고 있었다. 염귀는 공손하게 물었다.

"아저씨, 말 좀 여쭙게요. 왼편에 사는 젊은 부인이 오늘 어디 갔습니까?"

늙은이는 하던 일을 멈추고 머리 들어 염귀를 한번 보더니 말했다.

"그건 왜 물어요?"

"저는 잡화를 파는 사람인데요, 어제 그 부인의 낡은 장화신 한 짝을 산 적이 있습니다. 제가 잠시 잘못 보아 손해 보는 장사를 하여 오늘 특별히 찾아와 물건을 물리고 제 돈을 찾으러 왔습니다."

"당신께 충고하건대 그냥 손해보고 끝나시오. 그 여자는 보통내기가 아니라오. 그 여자는 이랑묘 안 묘관 손신통孫神通과 친한 창녀요. 그 손신통이란 자는 요술을 부릴 줄 알아 대단한 사람이오. 그 낡은 장화도 분명 신전의 것을 그가 가져다 자신과 친한 창녀에게 주어 과

자를 사먹게 한 것이라오. 오늘 그 여자는 외할머니 집에 갔어요. 그 여자가 묘관과 알고 지낸 것이 하루 이틀이 아닌데 무슨 연유인지 요 두세 달 갑자기 소원했어요. 그러나 요즘에 다시 점점 왕래가 많아졌어요. 당신이 그 여자에게 돈을 환불받으려면 분명 안 줄 거요. 그러다 그 여자가 독을 품어 그 기둥서방에게 말해 그가 당신에게 요술을 부리면 당신은 감당하기 어려울 거요.”

“아, 그래요? 가르쳐주셔서 감사합니다.”

염귀는 노인과 작별하고 다시 짐을 메고 즐거운 표정으로 집무실로 돌아왔다. 왕관찰이 그를 맞이하며 물었다.

“오늘은 좋은 일이 있었는가?”

“그러합니다. 저번에 보여준 그 신을 좀 보여주십시오.”

왕관찰은 신을 꺼내 왔다. 염귀는 자신이 구해 온 신과 그것을 비교해보았다. 조금도 차이가 없었다. 왕관찰은 급히 물었다.

“그 신은 어디서 났는가?”

염귀는 침착하게 그간의 상황을 하나하나 세세히 분석하며 말해주었다.

“제가 말했듯이 이 사건은 이랑신과는 무관한 것이고, 현재 보아하니 손신통이 저지른 소행입니다. 의심할 필요도 없습니다.”

왕관찰은 그 말을 듣자 기뻐 어쩔 줄을 몰랐다. 급히 종이를 태워 신에게 제사를 올리고, 염귀에게 술잔을 권하며 사례한 후에 말했다.

“지금 어떻게 그 자를 잡으면 되겠는가? 기밀이 탄로나 그 녀석이 달아나버리면 장난친 것이 아니겠어!”

“어려움이 없습니다. 내일 소, 양, 돼지 등의 제물祭物을 가지고 신령님께 보답한다며 사묘에 가는 겁니다. 그러면 묘주가 자연히 나와 영접할 것이고 그때 잔을 던지는 것을 신호로 그를 잡으면 됩니다. 큰 힘도 들지 않습니다.”

"일리가 있네. 필히 대윤에게 아뢰고 난 후에 잡도록 하세."

왕관찰은 즉시 대윤에게 보고하니 대윤도 기뻐하였다.

"이것은 자네들의 일이야. 다만 신중히 처리하여 실수하지 말게. 듣자니 그 요사스런 자는 형체를 감추는 둔갑술에 능하다고 하니 그것에 대비해 돼지와 개의 피, 마늘, 똥 등을 갖고 가 뿌리면 다시는 달아나지 못할 거야."

왕관찰은 명을 받들어 그것들을 준비하였다. 하룻밤이 지나 다음날 아침에 사묘로 가 몰래 사람을 시켜 그 네 가지 물건을 가져가 멀리서 기다리게 하고, 그 자를 잡을 때 서로 합세하기로 했다. 모든 준비가 끝나자 왕관찰과 염귀는 모두 옷을 갈아입고 여러 사람들과 같이 우르르 사묘로 가 향불을 올렸다. 묘관 손신통은 나와 영접을 하였다. 그가 소문을 몇 구절 읽기도 전에 염귀는 옆에서 술을 따르며 잔을 아래로 한번 던졌다. 그 순간 사람들이 일제히 달려들어 묘관을 붙잡았다.

> 검은 독수리 같은 것이 자줏빛 제비를 쫓고, 사나운 범과 같은 것이
> 어린 양을 먹네.

그리고 준비한 그 네 가지 물건을 그의 머리에서부터 부어버렸다. 그러자 그는 그것들의 효력을 알고, 자기 멋대로 나쁜 짓을 행하며 신통력을 발휘하던 그도 다시는 꼼짝 못하고 한걸음 한걸음씩 맞아가며 개봉부로 압송되어졌다. 부윤은 요망한 자를 잡았다는 말을 듣고 바로 당상에 올라 크게 노해 꾸짖었다.

"이 놈은 용서할 수가 없다. 황제가 있는 경성에서 어찌 감히 요사스런 짓으로 궁녀를 간음하고 금품을 편취해! 그러고도 무슨 할 말이 있느냐?"

손신통은 처음에는 발 뺌을 하다 고문이 시작되자 상황을 벗어나기

어려움을 알고 하는 수없이 처음부터 하나하나 실토하며 말했다.

"어려서부터 강호를 떠돌며 요술을 배우다 나중에 이랑묘로 출가하여 돈을 써서 권세가의 연줄을 타 묘관이 되었습니다. 당시 한부인이 기도하며 이랑신과 같은 모양을 한 남편에게 시집가길 기원한다는 말을 들었습니다. 그리하여 저는 부당한 마음을 품고 이랑신의 모습으로 변장하여 궁녀를 간음하고 옥대 하나를 갈취했습니다. 오직 이것만은 진실입니다."

대윤은 그에게 목에 거는 큰 형틀을 걸게 하고 옥 속에 가두어 옥졸들에게 정신을 바짝 차려 간수하게 한 후에 황제의 지시에 따라 사안을 심판하려 했다. 즉시 문서를 작성해 먼저 양태위에게 자세한 사실을 아뢰었다. 태위는 바로 채태사의 댁으로 찾아가 상의하여 도군道君 황제에게 사실을 아뢰었다. 황제의 성지聖旨는 다음과 같았다.

"이 자가 부당히 궁녀를 간음하고 보물을 편취하였으니 율법에 준해 능지처형을 하고, 그 처는 관아에 귀속시켜라. 편취한 옥대를 추적하여 아직 처분하지 않았다면 황궁의 내부內府에 귀속시키라. 한부인은 부당하게도 사악한 마음을 일으켰으니 영원히 궁내로 들이지 말고 양태위가 주관하여 양민에게 개가시켜 결혼하게 하여라."

당시 한부인은 매우 두려워하였지만 평소 사모하는 빚을 갚은 셈이고 평생의 바람을 이룬 것이다. 그녀는 나중에 개경에서 관아의 가게를 여는 외지 나그네에게 시집을 갔고, 그 나그네는 그녀를 자신의 고향으로 데리고 가지 않았다. 그리하여 그 나그네는 두 곳을 왕래하며 100살이 될 때까지 늙다가 죽었다는 이야기가 있다. 개봉부는 묘관 손신통을 잡다 당상에서 황제의 현명한 판결을 낭독하고 돗자리를 붙여 거기다 범행을 적고 '능지처형'이란 판결안을 적었다. 그리고 저 자가 있는 부 중심으로 끌고 가 형을 집행해 사람들에게 보여주었다. 그야말로 전에 과오를 저지르면 재수 없는 일들이 함께 찾아오네.

그날 구경하는 사람들은 인산인해였다. 참형을 집행하는 관리가 범행의 경과를 낭독하자 회자수劊子手가 악신惡神들을 모두 불러들이며 일제히 움직여 손신통을 참형하였는데, 그 장면이 대단히 볼만하였다. 이는 원래 개봉부의 설화인 선배들이 전하는 이야기인데 현재 야사에 편입되었다.

공자의 예법을 잘 지키고, 소하蕭何가 만든 6척 죽간에 적은 법률을 범하지 말아야 하네. 자고로 간음하면 마땅히 횡사하거늘 신통이 아무리 있어도 용서되지 않도다.

금나라 해릉왕이 욕정에 빠져 몸을 망치다

金海陵縱欲亡身

<금나라 해릉왕이 욕정에 빠져 몸을 망치다(金海陵縱欲亡身)>의 내용은 금나라
의 폐제廢帝 해릉왕의 악랄하리만큼 탐욕스럽고 기상천외한 색욕에 관한 이야기
들이다. 금나라 제4대 황제인 해릉왕의 본명은 완안적고내完顔迪古乃(1122~
1161)로 중국명은 완안량完顔亮이다. 그는 여진족인 금태조金太祖 완안아골타完顔阿
骨打의 손자로 걸출한 정치가, 개혁가, 문학가라고 칭할 수 있지만 동시에 살인광
으로도 알려져 비방과 칭찬을 동시에 받고 있는 인물이다. 작품 속에서 해릉왕
은 엽기적인 지나친 호색으로 말미암아 나라도 잃고 자신도 패가망신하게 되는
데, 이 이야기는 어느 정도 역사적 사실에 근거하여 해릉왕의 엽색행각에 관한
이야기들을 소설적인 구성으로 늘어놓고 있다.

어제는 꾀꼬리 소리더니 오늘은 매미 소리로다 / 일어나보니 또 하루 해가 저무는구나 / 여섯 말이 끄는 수레처럼 세월은 빠른데 / 거기다 위험을 타고 스스로 채찍질을 해서야 되겠는가

이 네 구의 시는 당나라 때의 사공도司空圖가 지은 것이다. 그는 이 시에서 세월은 신속히 흘러가고 인간의 수명은 짧으므로 색욕에 탐닉하여 스스로 생명을 단축하는 짓을 해서는 안 됨을 얘기하고 있다. 이 시는 아마도 평민을 교화하기 위한 것이리라. 그러나 평민은 오직 자신의 몸과 집안뿐이라 호색을 하고 탐욕을 부려도 그 힘이 부족하지만 만약 귀한 제왕이나 부유한 귀족이라면 그 어떤 일이라도 저지르게 된다. 가령 상商나라가 달기妲己에게 혹한 것이나 주周나라가 포사襃姒를 사랑한 것이나 한나라가 비연飛燕을 총애한 것이나 당나라가 양귀비에게 빠진 것이 그러하다. 그들이 사랑한 바는 한 사람에 그친 것이 아니었다. 게다가 작게는 정치를 어지럽히고 백성을 황폐하게 만들었지만 크게는 몸을 죽이고 나라를 망하게 하였다. 하물며 여색을 특별히 좋아하여 그칠 줄 모르고 황음함이 절도가 없으며, 염치를 모르고 도덕을 중시하지 않는다면 그러하고도 아무 탈이 없다면 하늘의 정의의 도가 믿기 어렵다고 하겠다.

지금 말하는 금해릉은 금나라 때의 총명한 천자로 탐욕의 도가 지나치고 예와 도덕을 무시하면서도 12년 간 보위寶位에 올라 3개의 연호를 갈아치운 자였다. 천덕天德 3년과 정원貞元 3년, 그리고 마지막 정릉正隆 6년이 그러하다. 정릉 6년에는 송나라를 대거 침략하다 과주瓜洲에서 시해 당했다. 그리고 대정제大定帝가 즉위하자 해릉왕으로 추폐追廢되었는데, 후인들은 사서를 통해 폐제 해릉에 관한 일들을 기록하고 있다. 이에 그 사실을 다소 부연하여 이야기를 만들어 앞으로의 귀감으로 삼고자 한다.

후인들은 선인들의 모습을 보고 본보기로 삼으니, 선인들은 후인들의

비웃음을 사게 해선 아니 될 것이다.

금나라 폐제 해릉왕은 이름을 처음엔 적고迪古라고 하였다가 나중에 량亮으로 고쳤다. 자는 원공元功이었는데, 요遼나라 왕 종간宗幹의 둘째 아들이다. 사람됨이 거짓으로 술책을 부리는 짓을 잘하고 성급하며 시기심이 강할 뿐 아니라 잔인하고 술수를 부리길 좋아했다. 나이 18세에 종실의 아들로 봉국奉國 장군에 명해져 양왕梁王 종필宗弼의 군대에서 일을 하게 되었다. 양왕은 그를 행군만호行軍萬戶로 삼다가 표기상장군驃騎上將軍에 봉하였다. 오래지 않아 용호위상장군龍虎衛上將軍으로 더해지고 여러 차례 상서우승尙書右丞을 맡으며 변경汴京(즉 하남성 開封)을 지켰다. 또 나중에는 행대상서성사行臺尙書省事를 제수 받다가 불려져 승상직을 맡았다.

처음 희종熙宗이 태조 적손으로 후사를 잇고자 하여 해릉이 그 부친 요왕이 본래 장자라 태조의 적손임을 염두에 두고 천하를 얻고자 하는 마음을 가졌다. 그리하여 야심으로 기회를 노리며 위엄을 쌓는 일에 전념하면서 사람들을 굴복시켰고 나중엔 희종을 시해하여 그 자리를 찬탈하였다. 태종의 여러 아들들을 시기하여 후환이 두려워 그들을 죽이려고 비서감 소유蕭裕와 밀모하였다. 소유는 간사한 계교를 짜내었고, 이로 인해 태부太傅 종본宗本과 병덕秉德 등의 모반이 일어났다. 해릉은 종본을 죽이고 사신을 보내 병덕과 종의宗懿, 그리고 태종의 자손 70여 명과 진왕秦王 종한宗翰의 자손 30여 명을 모두 죽였다. 종본이 죽자 소유는 종본의 문객인 소옥蕭玉을 취하고 그로 하여금 모반한 상황을 자세히 적게 하여 주인의 이름을 조정에 고발하여 천하에 알림으로써 천하가 이를 억울하게 생각했다. 소유는 종본을 죽인 공으로 상서우승이 되었고, 평장정사를 맡기도 했다. 그러나 오만방자하여 나중엔 모반죄로 죽음을 얻게 되기도 하였다.

해릉은 처음에 승상이 되었을 때는 거짓으로 검약한 채하면서 첩들을 서너 명 이하로 두었지만 대위에 오르자 사치스럽고 부화하여 도단황후徒單皇后로부터 시작하여 대씨人氏, 소씨蕭氏, 야율씨耶律氏 등 모두 미색을 지닌 여인들을 총애하였다. 평소 그와 관계를 맺은 여자들은 모두 궁으로 끌어들여 무슨 비로 삼았다. 또 널리 미인들을 모집하여 동성同姓이나 이성異姓을 막론하고 또 존귀하고 비천한 것과 남편이 있고 없고를 막론하고 마음속에서 호감이 생기면 백방으로 구하여 간음해 비빈으로 봉했다. 여러 이름들을 지닌 비들은 모두 12명으로 소의昭儀에서 충원充媛은 9명이고, 첩여婕妤, 미인美人, 재인才人 3명과 최하위의 전직殿直을 비롯하여 그 아래는 부지기수였다. 궁전을 크게 지어 비빈들이 살게 하였고, 그 비용은 2천만에 달하였고, 수레를 하나 끄는 힘은 5백 명에 달했다. 궁전의 장식은 기어코 황금으로 칠했으며, 그 다음엔 오색으로 꾸몄다. 금가루가 날리는 것이 마치 눈이 내리는 듯하였고, 궁전 하나의 비용은 억만금을 들여 지었다가 다시 허물기도 하며 화려함의 극치를 보였으니 이 또한 말할 필요도 없다.

한편 소비昭妃 아리호阿里虎는 성이 포찰씨蒲察氏로 부마도위駙馬都尉 몰리야沒里野의 딸이다. 생긴 것이 요염하고 아름다우며 술을 좋아하고 방탕하였다. 처음 시집가기 전에 그의 부친 몰리야가 미녀전성교美女顚聲嬌, 금쟁불도단金鎗不倒丹, 유황고硫黃箍, 여의대如意帶 등의 춘약을 조제하는 것을 보고 그것이 어디에 사용되는 것인지를 몰라 몰래 시녀 아희유가阿喜留可에게 물어보았다.

"이것들이 무슨 물건이니? 어디에 사용되는 것이기에 아버지가 그것을 그리도 급급하게 만드니?"

그 말에 시녀가 답했다.

"그것은 춘약이에요. 남자와 여자가 교접을 할 때에 오래 치르지 못하면 그것을 사용하여 재미를 보는 거에요."

아리호가 물었다.

"교접이 뭐야?"

"닭이 상대에게 올라타고, 개가 서로 사랑하는 것이 교합하는 모습이에요."

아리호가 다시 물었다.

"교합이 무슨 좋은 점이 있기에 사람들이 그 짓을 하지?"

"처음 할 때에는 어려운데 여러 번 시도하면 쉽고 좋아요."

아리호는 그 말을 듣고 히죽거리며 더 참지를 못하며 다시 물었다.

"너는 어디서 그것이 그렇다는 걸 알았지?"

시녀는 웃으며 답했다.

"저는 옛날에 해 본 적이 있어요."

아리호는 종실인 아호질阿虎迭에게 시집가 딸 중절重節을 낳았는데 그 아이가 7살이 되자 남편이 사형 당하였다. 그녀는 상을 지키며 집에 박혀있지를 못해 다시 종실인 남가南家에게 재가하였다. 남가는 원래부터 음탕하여 아리호는 부친이 제조한 춘약으로 남편과 함께 주야로 색을 즐겼다. 딸 중절은 그 작태를 너무도 친숙하게 지켜보았지만 그녀는 그것을 전혀 개의치 않았다. 세월이 흘러 남가는 골수가 말라 죽으니 남가의 부친인 돌갈속突葛速이 남경의 원수도감이 되어 아리호가 음란하여 절제를 못해 아들이 죽었다고 생각해 아리호를 남경에 머물게 하면서 집 안에 가두어 두어 다른 사람들과 접견하지 못하도록 하였다. 아리호는 평소 해릉왕이 음탕하고 미색을 좋아함을 익혀 들었지만 각기 멀리 떨어져 서로 즐길 수 없음을 알고 극히 우울하고 불만이었지만 해릉왕도 남경에 있음을 알고는 스스로 자신의 모습을 그리고 그 위에 시를 적어 그에게 바쳤는데, 그 시는 이러하였다.

아리호야, 아리호야, 서시와 왕소군도 그 짝이 되지 못하네. 지아비가

죽어 남경에 오니 돌갈(즉 시아버지)이 나를 범해 정말 못살겠네. 누가
나를 감옥에서 꺼내 지금까지의 고통을 구제해주려무나.

　그녀는 시를 적은 후에 그림을 깊숙이 밀봉하여 머리 위 금비녀 하
나를 뽑아 은 10냥과 함께 문을 지키는 자에게 뇌물로 바치며 해릉왕
에게 보내도록 했다. 해릉왕은 아리호의 미색을 익혀 들었지만 깊이
믿지는 않았으나 그 그림을 보자 자신도 모르게 어깨춤을 추며 감탄
해 마지않았다. 그리하여 사람을 돌갈속에게 보내 그녀를 신부로 맞
이하겠다고 전했다. 그러나 돌갈속이 이에 따르지 않자 해릉왕은 고
의로 그가 며느리를 탐한다는 소문을 내서 그가 스스로 그녀를 포기
하여 보낼 것을 기대하였지만 돌갈속은 그의 의도를 알고 끝내 며느
리를 내어놓지 않았다. 그리고 이어 그는 천자의 재위를 찬탈하고 다
음 날 바로 아리호에게 칙서를 내려 친정집에 돌아가도록 한 다음 예
법대로 그녀를 궁에 들어오게 하였다. 아리호는 그 후 더욱 음주와 음
탕함이 더해졌고 해릉왕은 그녀와의 만남이 늦은 것이 한이었다. 몇
달이 지나 그녀를 현비로 책봉하고 다시 소비昭妃로 봉했다. 하루는
아호질의 딸 중절이 궁에 들어왔는데, 그녀는 바로 해릉의 재종형再從
兄의 딸이며 아리호의 친 딸이었다. 궁중에 투숙하여 머물게 하면서
해릉이 갑자기 그녀를 찾아가니 그녀는 이제 막 성년이 될 나이라 얼
굴과 몸매가 다른 궁녀들과 달라 불현듯 마음이 동해 그녀를 차지할
생각을 하였다. 그러나 아리호가 자신을 증오할 것이 걱정되어 등불
을 켜게 하여 집 안을 대낮과 같이 훤하게 밝힌 다음 스스로 춘약을
먹고 아리호와 다른 시빈侍嬪들을 모두 나체로 하게 한 다음 음행을
치르며 그 모습을 중절에게 보여 그녀의 마음을 자극시키려고 하였
다. 중절은 희희낙낙 웃는 소리에 몰래 일어나 소리를 들으며 구멍 틈
으로 그 광경을 보니 마음이 녹아들어 거의 문을 박차고 그 속으로
뛰어나갈 뻔 하였으나 부끄러움에 스스로 자제하였다. 해릉왕의 유희

는 4경이 넘어서야 멈추었고 여러 비빈들은 모두 불을 끄고 잠자리에 들어 주위가 조용해졌지만 중절은 홀로 가슴을 어루만지며 일어났다 누웠다 하며 잠을 청하지 못하였다. 하는 수 없이 옷을 입고 이불을 감은 채 탄식을 하며 억지로 누웠는데, 홀연 아리호의 침소에서 소리가 났다. 그녀는 일어나 몰래 보려다가 베개에 기대어 소리를 들으니 방문을 두드리는 소리가 났다. 그녀가 이에 응하지 않자 문을 두드리는 소리가 더 심해져 그녀가 누구냐고 묻자 해릉은 시빈이 등불을 드는 소리를 날조해 내며 어서 문을 열도록 재촉했다. 중절은 억지로 일어나 문고리를 열자 해릉이 돌입해 그녀를 끌어안고 입을 맞추었다. 중절은 얼른 도망치려고 했지만 해릉이 완력으로 그녀를 침대에 눕혀 손으로 그 허벅지 사이를 더듬었다. 그녀는 홑치마만 입고 바지를 입지 않았고, 두 다리는 기름과 같이 미끈하였다. 그는 마음껏 애무하였다. 중절 역시 정이 이미 동해 소매로 얼굴을 가리며 그에게 몸을 내맡겼다. 그런데 예상 밖에 상처가 너무 컸다. 해릉은 미친 듯이 흥분하였는데, 양기가 절굿공이처럼 컸는데 약간 힘을 주자 터져버려 검붉은 피가 치마와 이불을 적셨다. 중절은 이 때 이마를 찌푸리고 이를 악물며 소리를 내며 몸을 떨었다. 너무나 아파 중지할 것을 여러 번 부탁하자 이어 천천히 해대는데 마치 잠자리가 물에 몸을 잠그듯 멈춤과 행동을 계속하였다. 마치 꽃을 탐하는 벌과 같이 밤새 희롱하며 갖은 재미를 다 보았다. 아리호는 제쳐두고 열흘을 탐닉하였다. 아리호는 욕정이 불타고 정염이 일어 종일토록 걱정하며 중절이 궁을 떠나지 않은 것도 잊었다. 여러 시빈들에게 명해 해릉의 소재를 정찰하게 하니 한 시빈이 아뢰었다.

"황제께서는 새로운 사람을 얻어 옛날 사람은 거들떠보지도 않습니다."

아리호가 놀라 물었다.

"새 사람이 누구더냐? 언제 궁에 들여놓았느냐?"

이에 시빈이 답했다.

"황제께선 소화궁昭華宮에 있는 아호중절에게 납시었는데, 마마께선 어찌 모르시옵니까?"

아리호는 얼굴이 자주빛으로 변하며 노기가 불과 같이 일어나 가슴을 치고 발을 굴렀다. 중절을 욕하니 시빈이 아뢰었다.

"마마께서 그와 다투시면 장차 웃음거리만 될 것이옵니다. 게다가 황제의 성격이 조급하시니 화도 예측하기 어렵습니다."

아리호가 말했다.

"그 아비가 이미 죽었고 내가 재가했으니 의리가 이미 끊어졌다. 누가 날 비웃겠는가! 내가 이 음탕한 계집을 낳지 않았다고 서약하면 황제께서도 나를 어찌 하겠는가!"

시빈이 이에 답했다.

"중절은 너무 아름다워 황제께서 그녀를 얻은 것을 백 곡斛(1곡은 10말임)의 진주를 얻은 것보다 더 중히 여기십니다. 마마께서는 연장자이시니 응당 그럴러니 하고 이해하시며 화를 거두시기 바랍니다."

아리호는 그 말에 더 화내며 말했다.

"황제께서 처음 나를 얻었을 때 절대 버리지 않기를 맹세했는데, 그 뜻을 버리고 이 음탕한 계집을 얻어 내 밥그릇을 뺏어가다니!"

말을 마치자 바로 소화궁으로 달려가 중절이 막 화장을 끝내고 옆에는 시빈을 곁에 두고 있는 모습을 보고는 그 볼을 때리고 욕하며 말했다.

"늙은 황제가 어질지 못해 혈통도 돌아보지 않고 음란한 짓을 한 점은 가증스러워도 너는 아직 어린 나이에 내가 직접 낳은 딸인데 어찌 그리 염치도 없이 늙은이와 붙어있으니 그게 인간으로서 할 짓이냐?"

중절도 화를 내며 욕을 해대었다.

"늙고 비열한 년이 예의염치도 없이 밝은 등불을 켜놓고 여러 시빈들과 발가벗고 한 남자를 뺏으려들며 즐기더니 뭐야? 내가 궁에 들어와 이런 음탕한 그물에 걸려들어 죽지 못해 살고 있으며, 천한 당신을 원망하고 있어. 당신은 자신의 이익만 찾고 남을 해치는 것을 개의치 않으며 수없는 죄업을 지었는데 지금 도리어 누구를 때리는 거야?"

두 사람은 서로 한 마디 양보도 없이 말대꾸하며 한 덩어리로 되어 싸웠다. 여러 시빈들은 그 가운데에서 달래었고, 아리호는 분한 마음으로 궁으로 돌아왔다. 중절은 크게 한바탕 울며 답답한 마음으로 앉아있는데 잠시 후에 해릉이 도착했다. 해릉이 보니 그녀는 얼굴에 수심이 가득 하고 두 볼은 눈물 자욱에 젖어 있었다. 그녀 곁으로 다가가 무릎을 맞대고 얼굴을 붙이며 물었다.

"무슨 일로 그리 번뇌하느냐?"

중절은 낮게 울며 대답하지 않았다. 시빈이 말했다.

"소비 마마께서 귀인의 볼을 때리고 폐하를 욕하였사옵니다. 그런 까닭에 귀인께서 웃음을 잃은 것이옵니다."

해릉은 그 말을 듣고 대노하며 말했다.

"너는 번뇌치 말거라. 내가 따로 처벌을 내릴 것이니."

그날, 아리호는 궁으로 돌아와 폭주를 하며 해릉을 욕해대었는데, 해릉은 사람을 보내 그녀를 꾸짖었다. 아리호는 전혀 기탄없이 몰래 의복을 전남편 남가의 아들에게 보내었는데, 해릉은 그것을 캐낸 후에 노해 말했다.

"당신은 이미 내게 돌아왔는데, 돌갈속에 대한 정이 아직 끝나지 않은 게로군."

이로부터 해릉의 총애가 식어졌다. 해릉은 여러 비빈들의 시녀가 모두 남자의 의관을 갖추도록 하고 '가시假廝(즉 거짓 사내)'라고 불렀다. 그 가운데 승가勝哥라는 자가 있어 몸이 커 남자 같았는데, 그를 아리호에게 보내 시중들게 하였다. 그녀가 보니 아리호는 근심에 병이 생겨 밤에 잠을 이룰 수가 없었다. 해릉은 그녀의 욕망이 불타오르는 것을 알고 남근 모양의 성기구를 하나 주었다. 아리호는 승가에게 그것을 시험하게 하고도 욕정을 해소하지 못하여 그것과 함께 잠을 자고 같이 지내며 한시라도 떨어지지 않았다. 주방의 하녀 중에 삼낭三娘이란 여자가 있었는데, 해릉에게 고해바쳤다.

"승가는 사실 남자인데 여자로 분장하였을 따름입니다. 그가 소비를 모시는 것은 예에 맞지 않습니다."

해릉은 일찍이 승가와 관계를 한 적이 있어 그녀가 남자가 아님을 알고 있었으므로 의심하지 않고 다만 사람을 아리호에게 보내 삼낭을 매질하지 말 것을 경고하였다. 아리호는 삼낭이 자신의 사생활을 발설한 것에 대해 노한 나머지 그녀를 매질해 죽였다. 해릉은 소비의 궁에서 죽은 자가 있다는 소문을 듣고 생각하길,

"이는 필히 삼낭일 것이다. 만약 그러하다면 나는 아리호를 살려두지 않을 것이리라."

그런데 결과는 역시 그러하였다. 그 달은 태자 광영光英이 태어난 달이라 해릉은 개인적으로 삼가는 터라 살육을 하지 않았다. 게다가 도단후徒單后가 여러 비빈들을 거느리고 울며 애걸하던 터라 그녀를 해치지 않았다. 승가는 죄를 두려워하여 먼저 약을 먹고 죽었고, 아리호는 해릉이 자신을 죽이려는 것을 알고 또 승가가 먼저 죽은 것을 보고는 음식을 먹지 않고 조석으로 향을 피우고 하늘에 빌며 죽음을 면하길 기원했다. 달포가 지나 아리호는 초췌해지고 어찌할 바를 모르고 있을 때 해릉은 그녀를 교살하게 했다. 그리고 삼낭을 매질한 시종도 죽여 버렸다. 이리하여 다시는 소화궁을 찾지 않았다. 그리고 중

절을 민간의 처가 되게 하고 나중에 여러 차례 궁에 불러들여 소비의 자리에 드나들게 하였다.

유비미륵柔妃彌勒은 야율씨의 딸로서 너무 예뻐 친지들이 모두 그녀를 대단하게 생각하였다. 나이가 10살이 되자 미모가 더욱 빛나 사람들이 모두 경탄하였다. 미륵은 자신이 남들과 다름을 알고 언제나 스스로 예쁨을 자랑하였다. 그 모친은 인근의 여인과 친해 언제나 서로 집을 방문하였는데, 이웃 여인의 아들인 합밀도노哈密都盧는 나이 12세에 모습이 아름답고 준수하였다. 그는 일찍이 미륵과 방안에서 장난을 친 적이 있는데, 서로 희롱하며 음란한 짓을 하기에 이르렀다. 사실 12살의 사내아이와 10살의 여자애가 무슨 짓을 하겠는가! 다만 서로 장난질을 한 것이겠지만 어찌 음란한 짓을 했다고 하겠는가! 그러나 독자들은 잘 모를 것이다. 사실 북방의 남녀들은 자라면서 자유분방하면 남녀 간의 일에 대해 빨리 알게 된다. 하물며 이런 북방족들 가운데 야한 자들은 남녀 간의 일을 치루면서도 자식들의 눈을 피하지 않아 그들은 자라면서 모두 이런 일에 익숙했던 것이다. 그러므로 어린 나이에도 이런 일을 해댄 것이다. 세월은 흘러 1년이 훌쩍 지나 그날도 일이 발각되는데, 그녀가 방안에서 목욕을 하는데 문을 잠그는 것을 깜박한 모양이었다. 마침 그때 합밀도로가 방안으로 들어닥쳤고 미륵은 황급히 그를 나가라고 소리치며 어머니가 더운 물을 보충하러 올 것이라고 하였다. 합밀도로는 눈처럼 희고 옥처럼 아름다운 미륵의 몸이 욕조에 있는 것을 보고 기쁨을 주체하지 못해 한사코 함께 들어가 목욕을 하고자 하였다. 미륵이 허락을 하지 않고 힘들게 거절하며 서로 실랑이를 벌이는데 마침 그 모친이 들이닥쳐 합밀도로는 급히 달아나고 모친은 크게 노해 미륵을 엄히 매질하고 꾸짖은 다음에 단속을 강화하여 다시는 그와 붙어 못된 짓을 하지 못하도록 했다.

천덕天德 2년, 미륵은 이미 성인이 되어 해릉이 그녀의 미색을 전해 듣고 예부시랑 적연아불迪燮阿不을 시켜 그녀를 변경汴京으로 데려오게 하였다. 적연아불은 중국어로는 소공蕭珙이라고 했는데, 미륵의 언니인 택특나擇特懶의 남편이었다. 젊은 나이에 아름다운 외모를 지녔으며, 풍정風情이 넘쳤다. 미륵을 보자 마음이 흔들렸다. 해릉을 끄려해 그녀가 가는 것을 극력 제지하였다. 그런데 미륵은 합밀도로와 오랜 이별 후에 욕정이 불같이 일어나 적연아불의 멋진 모습을 보자 마음속으로 그를 좋아하게 되었다. 다만 타고 가던 배가 서로 달라 서로 정을 표현할 길이 없었다. 미륵은 한 계략이 떠올라 거짓으로 귀신이 자신을 괴롭힌다며 밤중에 소리를 지르며 외쳐댔다. 옆의 시녀들이 어쩔 줄을 몰라 하는 수없이 적연아불을 데려와 같은 배를 타도록 하였다. 아니나 다를까 그녀가 조용해졌는데, 시녀들은 그녀의 속마음을 몰랐던 것이다. 두 사람은 서로 눈으로 정을 통하며 불같은 마음이 일어나 서로 억누를 수가 없었다. 저녁이 되자 자리를 같이 하여 음식을 먹으며 갖은 희롱을 다하며 시간을 보냈다. 다만 관계를 맺지 않음은 그가 해릉에게 미륵이 처녀라고 말했기 때문에 그 몸을 망치면 해릉이 죄를 내릴까 두려웠기 때문이었다. 어느 날 저녁, 배를 하안에 묶어놓았는데, 비가 억수같이 내리고 있었다. 두 사람이 막 편히 잠들려는데 홀연 밖에서 노래 소리가 귀를 시끄럽게 하였다. 적연아불이 혹 누군가가 침입해 들어올까 두려워 앉아서 엿들어보니 바로 하안가에서 경부更夫[1]가 산가山歌[2]를 부르며 서로 화답하고 있었다. 그 내용은,

> 비가 축축히 내려 하늘이 보이질 않는데, 까막까치는 화려한 집 앞으로 날아드네. 제비는 둥지가 없어 대들보 위에서 깃들고, 이모가 형부와 함께 잠을 자네.

---

1) 옛날 밤에 북을 치며 시간을 알리던 사람을 말한다.
2) 명청시대 남방을 중심으로 크게 유행한 민간가요로 주로 열정적인 사랑을 노래하였다.

적연아불은 이 노래를 듣자 한탄하며 말했다.

"이 노래를 지은 자는 분명 나를 비웃는 것이로다. 내가 그런 짓을 하지 않은 것을 어찌 알겠는가! 속담에 말하길, 양고기를 먹지도 않았건만 공연히 노린내만 풍긴다는 말도 있지."

탄식이 끝나지도 않았는데 사람이 움직이는 소리가 들려 보니 미륵이 혼자 쓸쓸히 걸어서 침상 앞까지 다가왔다. 그는 놀라 물었다.

"귀인은 무엇을 보았기에 이리 왔소?"

"노래 소리를 듣고 왔어요. 당신은 어찌 나이가 많아 귀가 먹었나요?"

그 말에 그가 답했다.

"노래 소리가 시끄러워 저도 잠을 자지 못했는데, 귀인은 어찌 잠을 청하지 않았어요?"

"전 노래 가사를 이해하지 못하겠는데, 당신이 해석을 좀 해 주실래요?"

그는 가사 4구절의 내용을 한 구절씩 분석하여 설명해주었다. 미륵은 금시 귀와 얼굴이 붉게 달아오르며 그에게 기대며 말했다.

"산가란 것이 원래 그런 거였군요! 근데 당신은 아무 생각도 없나요?"

적연아불은 침상 앞에 꿇어앉아 고했다.

"저도 목석이 아닌데 어찌 정이 없겠습니까! 다만 천자께서 아시면 그 죄가 이만저만 큰 것이 아닙니다."

미륵은 그를 안아 일으켜 세우며 말했다.

"저와 당신은 절친한 친척인데 제가 황제께 알아서 얘기할 테니 걱정하지 마세요."

말이 끝나자마자 두 사람은 미친 듯이 욕정이 동해 배 위에서 운우를 치렀다.

벌나비가 바쁘게 꽃을 탐하니 약한 몸매는 지탱하기 어려워라. 물이 스며들고 이슬이 젖는데 여자는 가녀린 소리를 토해내네. 하나는 원래가 풍정이 넘치는 사내고, 하나는 일찍이 그 맛을 안 여자라네. 풍정이 넘치는 노련한 남자는 이 밤에 마음껏 기량을 발휘하고, 맛을 좀 안 여자는 기뻐하며 정을 흠뻑 주네. 하나는 큰 사내라 '옛날 아이'를 능가한다고 말하고, 하나는 처제가 언니보다 훨씬 낫다고 말하더라. 하나는 처녀의 몸이 망가지는 것도 생각하지 않고, 하나는 황제의 엄명에도 아랑곳하지 않네. 원앙이 운우를 즐기며 정이 영원토록 이어지니 그 대담한 색정色情이 하늘을 덮도다!

두 사람은 가던 길 내내 아침저녁으로 즐기며 일정을 천천히 늦추기도 하였다. 연경燕京에 이르자 적연아불의 부친인 소중공蕭仲恭은 연경유수留守였는데, 미륵의 모습을 보자 처녀가 아님을 알고 탄식하며 말했다.

"천제께서 필히 아들을 죽이겠구나!"

그러나 그의 아들이 그녀와 관계를 맺었음은 알지 못했다. 입궁하자 미륵은 스스로 생각하길, 일이 분명 탄로가 날 것으로 알고 매우 후회스러웠다. 해릉이 오자 눈물을 펑펑 흘리며 벌벌 떨면서 감히 영접하질 못했다. 해릉은 색욕이 크게 일어 촛불을 두 줄로 켜놓고 시빈에게 명해 그녀의 옷을 벗기게 하고 음행을 행하였다. 미륵은 감출 수가 없어 다만 몸을 맡길 따름이었다. 해릉은 그녀가 처녀가 아님을 알고 화가 치밀었다.

"적연아불이 감히 내 여인의 처녀성을 훔치다니, 정말 가증스럽도다!"

그는 좌우에게 명해 미륵을 묶어세우게 하고 자세히 심문하였다. 미륵은 울며 고했다.

"첩이 13살 때에 합밀도로가 저를 범해 그로 인해 그러하옵니다. 적연아불과는 실로 아무 관련이 없사옵니다."

해릉이 물었다.

"합밀도로는 어디 있느냐?"

"죽은 지 이미 오래이옵니다."

"그가 죽을 때가 몇 살 때였느냐?"

"16살이었사옵니다."

해릉이 노해 말했다.

"16살의 어린 아이가 어찌 너의 몸을 망칠 수 있단 말이냐!"

미륵은 계속 울며 아뢰었다.

"천첩이 죽을 죄를 지었사오나 진실로 적연아불과는 무관하옵니다."

해릉이 웃으며 말했다.

"이제 알았다. 필히 합밀도로가 너의 처녀성을 뺏고, 적연아불이 기회를 틈 타 너를 범하였구나."

미륵은 머리를 숙이며 아무 말도 못했다. 즉시 궁 밖으로 내쫓고, 적연아불은 죽여버렸다. 미륵이 궁을 떠난 지 몇 달이 되자 해릉은 그녀가 생각나 다시 궁으로 불러 충원充媛으로 봉하고, 그의 모친 장씨張氏는 화국부인華國夫人으로 봉했다. 또 백모인 난릉군군蘭陵郡君 소씨蕭氏는 공국부인鞏國夫人으로 봉했다. 다음 날, 해릉은 거짓으로 미륵의 명으로 적연아불의 처인 택특나擇特懶를 궁으로 불러들여 그녀를 범하였다. 그리고 웃으며 말했다.

"적연아불이 간음하길 좋아하니 짐도 그의 처를 간음하여 복수하였도다."

그는 미륵을 유비柔妃로 봉하고, 택특나는 그녀의 시비로 삼았으며, 때때로 그녀를 범하였다.

숭의崇義절도사 오대烏帶의 처 정가定哥는 성이 당활씨唐姞氏였다. 눈은 누워있는 가을 강물과 같고, 모습은 월전月殿(즉 달 궁전)에 있는 선녀 항아娥娥와 같았다. 눈썹은 봄날의 산을 붙인 듯하고, 요지瑤池의 옥녀와 같았다. 풍류스러움은 이루 말로 표현할 수가 없었고, 날씬하고 아름답기가 그지없었다. 해릉이 변경에 있을 때, 우연히 주렴 발 아래의 정가의 미모를 보고 혼비백산되어 한참이나 넋을 잃고 서있었다. 그리고는

"세상에 어찌 저렇게 아름다운 여인이 있을 수 있을까! 저 여자가 다른 남자의 손으로 넘어가면 그 얼마나 아까울까!"

그리고 몰래 그 여인이 어느 집의 여자인지를 알아보게 하였다. 정찰한 자가 돌아와 보고하였다.

"절도사 오대의 처인데, 지극히 풍류가 있고 정취를 아는 여자이옵니다. 다만 아무도 가까이 할 수가 없사옵니다. 집안에 종들이 너무나도 많은데 오직 귀가貴哥란 계집종만이 그녀의 심복으로 언제나 그녀만 부리옵니다. 귀과의 미모도 보통이 아닌 줄 아뢰오."

해릉은 한 계책을 생각해냈다. 사람을 오대의 집으로 보내 조서詔書를 전달하는 일을 맡은 여자 하나를 찾아 그녀를 집으로 불러들여 자신의 머리를 빗게 하고 그녀에게 상으로 10냥의 은자를 주었다. 그 여자는 해릉이 각박하고 무서운 사람으로 보여 그의 위세를 두려워해 그 돈을 받길 여러 번이나 사양하였다. 이에 해릉은 그녀에게 말했다.

"내가 너에게 몇 냥의 은자를 주는 것은 너를 좀 이용하고자 하는 것이니 그리 사양하지 말라."

"분부만 내리십시오. 제가 할 수 있는 일은 무엇이든 전력을 다하겠습니다. 어찌 감히 제가 그런 상을 받을 수 있겠습니까?"

해릉은 웃으며 말했다.

"네가 나의 돈을 받지 않으려는 것은 나를 위해 전심전력으로 일을 하지 않으려는 것이다. 네가 나를 위해 일을 하여준다면 나중에 너를 중용할 것이다."

"제가 무슨 일을 해야 하는 질 알려주십시오."

"큰길 남쪽 처음에 있는 높은 문 누각은 오대 절도사의 아문인가?"

"그렇습니다."

"듣자니 네가 종종 그의 집에서 참빗으로 머리를 빗어준다고 하는데 과연 그러한가?"

"그 댁의 부인과 시녀들이 모두 저의 참빗을 사용합니다."

"그 집의 계집종인 귀가를 아느냐?"

"그 아이는 부인이 신임하는 시녀입니다. 저와는 매우 친합니다. 몰래 종종 부인의 물건을 주기도 합니다. 부인을 잘 돌봅지요."

"그 부인의 심성이 어떠하냐?"

"부인은 단정하고 엄격하며 쉽게 웃거나 얘기하지 않습니다. 그런데 왠진 모르나 그 귀가란 아이만 좋아합니다. 아무리 화가 났더라도 귀가가 앞에 서서 한번 풀어주면 그 아무리 큰일이라도 풀어지고 맙니다. 그래서 관아의 크고 작은 관리들도 모두 그를 두려워합니다."

그 말을 듣고 해릉이 여자에게 말했다.

"네가 귀가와 친하다면 내가 너한테 부탁을 하나 할 테니 귀가에게 좀 전해다오."

"귀가가 어르신과 친척이 아닙니까?"

"아니다."

"관아의 여자 시녀들과 친지가 아닌데, 어르신이 그 아이를 아십니까?"

해릉은 그 말에도 아니라고 했다.

"그럼 원래 관아에서 파견 나온 분이네요."

"그것도 아니다."

"그럼 전혀 관련이 없으신데 제가 그 아이에게 무슨 말을 할 수 있겠습니까?"

"나한테 보배로운 보석 팔찌와 구슬 팔찌가 각각 한 쌍씩 있는데 부탁건대 귀가에게 전하여 내가 주는 것이라고 할 수 있겠니?"

"제가 그 일을 할 수는 있지만 어르신이 그 아이와 친척도 이웃도 아니어서 평소 알지도 못하는데, 아무 이유 없이 이렇게 많은 물건을 그에게 주면 그 아이가 자세히 물어볼 때 제가 어떻게 대답해야 합니까?"

"네 말이 맞다. 내가 쓸데없이 그 아이와 장난치자고 주는 것은 아냐. 내가 너에게 말할 테니 너는 반드시 성사시켜 일을 그르치지 말라."

"분부 잘 알겠습니다. 제가 일이 성사되도록 하겠습니다."

"내가 이틀 전에 발 아래에서 그 아이가 모시는 부인이 서 있는 것을 보았는데 정말 예쁘고 사랑스러웠다. 하지만 그 여자와 만날 인연이 없어 그 집을 수소문해보니 네가 그 집을 드나든다고 하더군. 그 부인은 귀가만 좋아하니 네게 은자를 주어 이 물건들을 그 아이에게 전해주길 바란다. 그 아이가 부인에게 사실을 전해 나를 그 집에 들어갈 수 있도록 해 그 부인과 하룻밤의 사랑을 얻게 해주면 돼."

"남녀 간의 사랑의 다리를 놓는 일은 정말 힘든 일입니다. 거기다 그 부인은 괴팍하고 상대하기 어려운데 어찌 그런 행동을 하겠습니까?"

이에 해릉이 화내며 말했다.

"이 천한 년, 감히 못 가겠다구! 내 당장 네 년의 목숨을 끊어버리겠다."

해릉의 이 한 마디에 여시종은 머리털이 쭈뼛하여 벌벌 떨며 말했다.

"제가 가지 않겠다고 한 것이 아닙니다. 다만 이 일은 서두르지 않고 침착하게 처리해야 한다는 것입니다. 어찌 어르신께서 바로 화를 내십니까?"

"내 이제 화를 내지 않겠다. 네게 한 달의 시간을 줄 테니 이 일을 원만하게 완수해야 한다. 태만해선 안 된다."

여시종은 그러겠다며 황급히 승낙하고 집으로 돌아와 밤새도록 계책을 생각하였다. 그러나 계책이 떠오르지 않아 이튿날 아침에 일어나 세수를 마친 후에 받은 물건들을 몸에 간직하고 바로 오대의 집으로 찾아갔다. 문에 들어서자 바로 귀가와 마주쳤다.

"오늘은 무슨 일로 이리 빨리 왔어요?"

"아는 친척 한 분이 작은 공무가 있어 몇 가지 장신구를 팔아달라고 부탁하기에 이렇게 일찍 댁으로 찾아온 게에요."

"장신구가 어딨어요? 내가 사용할 수 있는 거예요?"

"물론이지요, 그것으로 바꾸면 딱 좋을 거예요."

"얼마죠? 한번 보여 주세요."

"방으로 들어가서 보여 줄게요."

귀가는 그녀를 데리고 자신의 방으로 들어갔다. 그리곤 서랍을 열어 군것질 과자 등을 내어 와 대접하면서 장신구를 보여 달라고 하였다. 여시종은 몸에서 한 쌍의 보석 팔찌를 꺼내 탁자 위에 놓았다. 그 팔찌 위에는 네 개의 녹주석3)이 박혀 있는데 빛이 눈이 부셔 세상에 보기 드문 것이었다. 귀가는 그것을 보자마자 정말 좋아하였다.

"그게 얼마에요?"

"하나에 이 천 냥이에요. 한 쌍은 사천 냥이구요."

귀가는 아쉬워하며 말했다.

"몇 전의 물건이라면 내가 감당하지만 이렇게 비싼 물건은 나는 물론이고 우리 마님도 단 번에 살 수 없어요. 다만 구경만 할 뿐이죠."

---

3) 원문은 조모록(祖母綠)이라고 되어 있는데 녹주석으로 에메랄드를 말한다.

그리고는 또

"지금 가져다 마님에게 한번 보여드리죠. 세상에 이런 멋진 장신구가 있다는 걸 보여야겠어요."

"잠시만요, 내가 할 말이 있으니 그 말을 듣고 보여줘도 늦지 않아요."

"무슨 말인지 해보세요, 감추지 마시구요."

"내일 늘 신세를 져 은혜를 잊지 않고 있어요. 그런데 오늘 좀 외람된 얘기를 하려는데 기분 나쁘게 생각하거나 날 이상한 사람으로 보진 마세요."

"오늘 왜 그러세요? 우리 집에 출입한 것이 하루 이틀도 아니고 늘 무슨 말이든 하지 않았어요! 오늘 어찌 그런 말을 하세요? 어서 말해보세요."

"이 팔찌는 어떤 사람이 내게 부탁해 아가씨에게 주라고 하면서 돈도 필요 없대요, 그리고 여기 구슬 팔찌도 한 쌍 있어요."

여시종은 급히 허리춤을 더듬어 그것을 탁자 위에 올려놓았다. 귀가는 그것을 보고 말했다.

"아줌마가 오늘 정말 이상해요. 내가 어릴 때부터 이 댁으로 들어와 문밖출입을 모르고 살았는데 어찌 아는 사람이 있겠어요! 어떤 사람이 무슨 까닭으로 내게 몇 천 냥이나 하는 장신구를 주겠어요! 보아하니 어떤 사람이 벼슬을 청탁하려고 한 거네요. 아줌마가 밖에서 저희 주인님의 위세를 드러내 그 자의 금품을 갈취한 거구요. 오늘 아줌마의 소행이 드러났군요. 아마 저희 나리도 알 텐데, 미리 저를 찾아와 속이고 있는 거죠?"

"만약 그렇다면 나는 죽일 년이지요. 귀 좀 가져와요. 내 조용히 할 말이 있어요."

"여기 엿들을 사람도 없는데 그냥 작은 소리로 말하세요."

"여기 있는 패물들은 다름이 아니라 요왕遼王 종간宗幹 제2세자로 현재 조정에서 우승右丞을 맡고 있자 행대상서성行臺尙書省 일을 보고 계신 완안적거完顔迪古 나리가 내게 부탁한 것이에요."

그 말을 듣고 귀가는 웃으며 말했다.

"그 완안 나리라면 희고 잘생긴 수염이 없는 멋쟁이 관리가 아니에요?"

"바로 그 잘생긴 젊은 나리지요."

"그 참 이상하네요. 그 분이 저희 나리와 왕래는 해도 그저 형식적으로 인사할 따름이고 친척사이도 아닐뿐더러 게다가 형제지간도 아니어서 술도 같이 나눈 적도 없잖아요! 거기다 저와는 서로 얼굴도 본 적이 없는데 왜 제게 이런 장신구들을 주려고 하지요?"

"말하면 해괴하기도 하고 우습기도 해요. 그렇다고 말하지 않으면 남의 부탁을 받아 행하는 자의 도리가 아니겠지요. 그렇다고 내가 바로 말해버리면 아가씨도 정말 놀랄 거예요."

귀가는 웃으며 답했다.

"무슨 일인지 확실히 말해 보세요."

여시종은 숨을 고르고 낮은 목소리로 귀가의 귀에다 대고 말했다.

"며칠 전 완안 우승 나리가 거리를 지나가면서 마침 아가씨 댁의 부인이 발 아래에 서 있는 것을 보게 되었어요. 그 분은 부인과 꼭 좀 만나길 바라는데 접근할 방법이 없어 수소문 끝에 아가씨가 부인에게 한마디 말을 해주면 좋을 것 같아 내게 이런 패물을 전해주게 한 거예요. 아가씨가 다리를 놓아달라는 거죠. 정말 해괴하고 우습지 않아요?"

"두꺼비가 굴속에서 백조의 고기를 먹으려 하군요. 꿈도 못 꿀 생각이네요. 부인의 성격이 얼마나 엄격한데 시녀들이 부인 앞에서 벌벌 떨어요. 낯선 사람을 어찌 부인이 받아들이겠어요! 우리 나리만 하더라도 마님과 몇 년 같이 부부로 사시면서 마님이 거절할 때에는 가까이 가지도 못해요. 완안 우승 나리가 정말 꿈도 야무지네요.”

“아가씨의 뜻이 그렇다면 일은 성사되지 못하겠네요. 이 물건들은 그대로 돌려 드려야겠어요. 없던 일로 하면 되겠네요.”

귀가는 입으로는 이렇게 대응했지만 그 패물들을 보자 흑심이 동해 선뜻 그것을 돌려주려고 하지 않았다.

“아줌마는 그 연세 되도록 오랫동안 이런 일을 많이 하셨을 텐데 젊은 부인같이 세상물정을 모르는 것도 아니면서 왜 그리 성질이 급해요! 매사는 멀리 바라보고 신중히 생각해서 처리해야지요. 세상에 어디 한 번에 뚫리는 우물이 있겠어요?”

“내가 성질이 급한 게 아니라 제 말이 전혀 먹혀들어가질 않으니 내게 어떻게 우승 나리께 보고하겠어요! 차라리 이 패물들을 돌려주는 것이 속 편하겠네요.”

“또 그런 말을 하네요. 우선 이 패물들을 여기 남겨두세요. 내가 편리한 시간을 찾아 마님의 의중을 한 번 떠본 후에 연락할게요. 만약 말이 먹혀들면 이 패물들을 마님에게 줄 테니 아줌마는 우승 나리께 말해 다시 몇 개의 패물을 제게 주라고 하시면 안 돼요?”

“그건 괜찮아요. 다만 신중하게 일을 처리해야 해요. 잊어버리지 말구요. 내 며칠 지나 다시 찾아와 소식을 얻어 우승 나리께 보고할게요.”

여자는 말을 마치자 한바탕 시끄럽게 인사말을 하고 떠났다.

귀가는 그것들을 자신의 상자 안에 넣어두고 생각을 주저하며 감히 말을 꺼낼 엄두를 못 냈다. 어느 저녁, 달이 대낮처럼 밝고 하늘엔 먼지 한 점 없는데 정가는 홀로 회랑에 앉아 난간에 기대어 달을 보고 있는데, 귀가가 다가가 그 옆에 섰다. 자세히 그녀의 얼굴을 쳐다보니 과연 물고기가 숨고 기러기가 떨어지며, 달이 숨고 꽃이 부끄러워하는 미모였다. 그런데 양미간에 무슨 즐겁지 못한 일이 있는 듯했다. 귀가는 그녀의 심사를 얼추 간파하고 나직이 물었다.

"마님 혼자 달을 보시는 것이 처량해 보입니다. 나리를 들어오시게 하여 술이나 한잔 하시면서 같이 있으면 더 즐겁지 않겠습니까?"

정가는 눈썹을 찡그리며 말했다.

"자고로 '사람과 달이 모두 맑아, 나 홀로 앉아있네'란 말이 있듯 달 아래에 있으면 혼자 있어도 저 달에게 미안하지가 않아. 만약 더럽고 탁한 사람과 같이 잔을 들어 마신다면 달과 내가 용납하지가 않아, 너무 속되거든."

"마님께 여쭙건대 제가 과분한 대우를 받아 몸 둘 바를 모르겠습니다만 어떤 사람이 운치가 있는 사람이며, 어떤 사람이 속된 자입니까?"

정가는 웃으며 말했다.

"너도 몰랐을 거야, 내가 말해줄게. 너는 나중에 운치를 아는 사람을 만나 시집을 가거라. 그렇지 않고 속된 자를 만나면 차라리 남편이 없는 게 나아. 공연히 네 몸만 더럽히니깐."

"마님께서 자세히 알려주십시오."

"사람이 생긴 것이 맑고 수려하고 성격은 자유분방하면서도 유아優雅하여 문예를 좋아하며 사리의 경중輕重을 가릴 줄 아는 사람이 바로 운치가 있는 사람이야. 반대로 생긴 것이 추하고 비루하며, 성격은 거칠고 지저분하고 우둔하고 악하여 사람에게 증오감을 주는 더럽고 불결한 자는 속된 자이지. 내가 전생에 수양이 모자라 이승에서 이런 혼탁한 자에게 시집갔으니 그 사람이 눈에 차겠니? 차라리 혼자서 저 달이나 바라보는 것이 오히려 재미가 있지."

"마님, 저는 사리를 몰라 여쭙건대 만일 제가 불행하게도 속된 남편에게 시집갔다면 다시 운치가 있는 남편을 찾아야 할까요?"

정가는 하하 웃으며 말했다.

"이 애가 정말 재밌는 소리를 하네! 세상의 여자는 오직 한 남편만 있지 어디 남편을 둘을 둘 수가 있겠어! 그렇다면 그건 서방질하는 거야, 정당하지 못한 소행이지."

"저도 서방질한다는 말을 들은 적이 많은데 원래 남편이 아닌 사람과 정을 통하는 것을 서방질한다고 하는 것이네요."

"그렇단다. 너도 나중에 시집가면 서방질하면 안 돼."

그 말에 귀가는 웃음을 띠며 말했다.

"마님이 저를 운치 있는 남편에게 시집보내 주신다면 제가 바람을 피울 일이 뭐 있겠어요! 그런데 만약 지금 마님처럼 남편이 마음에 들지 않아 늘 즐겁지 않다면 청수하고 운치가 있는 사리분별력 있는 남자와 몰래 만나 인생을 즐길 거예요. 그렇지 않다면 한 번 사는 인생인데 이렇게 답답하게 살면 무슨 의미가 있겠어요! 바른 소행으로 서방질하면 안 된다느니 절개 있는 여인이 되어 청사에 이름을 남기는 일들은 제겐 안중에 없답니다."

정가는 한참이나 말이 없다가 입을 열었다.

"너 입 조심해! 허튼 소리 하다 누구라도 듣게 되면 큰일 나!"

"이 댁에 나리와 마님 외에 주인님이 어딨어요! 나리께서는 언제나 댁에 안 계시고 마님께서 허튼 행동을 하셔도 누가 감히 거역하겠어요! 게다가 말만 하는 건데 뭘 걱정하세요?"

정가는 달을 보며 한숨을 지었다. 무슨 말을 하려다가 멈췄다. 귀가가 또 입을 열었다.

"저는 마님의 심복입니다. 무슨 하실 말씀이 있으면 뭐든 하세요, 숨기지 마시구요."

"너가 방금 한 말을 나도 모르는 바가 아니다. 하지만 지금의 나는 마치 새장 속에 갇힌 새와 같아. 그런 마음이 있어도 현재 내 마음에 드는 남자가 없어 공연히 마음만 허비하고 있어. 설사 내 눈에 드는 사람이 있어도 다리를 놓아줄 사람이 없는데 그 사람이 어떻게 이리로 올 수 있겠니?"

"마님께서 마음에 차는 분이 계시면 제가 매파가 되어 서신을 전달하면 되는데 어찌 사람이 아무도 없다고 하세요?"

정가는 눈웃음을 치며 대답을 하지 않았다. 귀가가 몸을 돌려 가려는데 정가가 그를 불렀다.

"너 어디 가니? 내가 너 말에 승낙을 안 해 멋쩍어서 가는 것이 아니니? 내가 승낙을 안 한 것이 아니라 다만 네가 하는 말이 보통이 아니어서 속으로 놀라 그런 거야."

"제가 아침에 멋진 패물을 하나 주었는데 그걸 제 방에 두었어요. 가져와 마님에게 보여 드릴게요."

"그런 보배를 어찌 길에서 주을 수가 있어? 그리고 내가 무슨 보물 감정사라도 되니?"

귀가는 대답도 않고 급히 방으로 돌아와 그 물건들을 가지고 정가에게 보여주었다.

"마님, 이 장신구들이 결혼 예물 같지 않아요?"

정가는 손에 들고 한번 보더니 말했다.

"이 물건들이 어디서 났니? 정말 좋은 것이네. 너 같은 사람이 결혼할 때 쓰는 것이 아니고 황실이나 공경대부들이 혼수품으로 내놓는 거야. 이 계집애, 어찌하여 이 물건들이 네한테 있어? 사실대로 말해!"

"마님께 솔직히 얘기하죠. 그건 한 사람이 여시종 아주머니에게 부탁해 마님 댁으로 보내 중매노릇을 하기 위해 미리 보낸 예물입니다."

정가가 웃으며 말했다.

"너 이 계집애, 정말 큰일 날 아이군. 내게 자식 하나 없고 시누이 시동생도 없는데 여시종이 그걸 왜 나에게 혼수 중매품으로 보내니?"

"그 분이 마님의 자제분도 시누이 시동생 그 어느 분도 언급하지 않았습니다. 그 분이 말한 중매는 천리 멀리 떨어진 것도 아니고 지척에 있는 분입니다."

"그렇다면 여시종이 너를 위해 중매를 서겠단 말이냐?"

"제가 어찌 그런 패물을 얻을 복이 있겠습니까?"

"그렇다면 시녀 가운데 하나를 중매선다는 것이냐? 그런데 이 패물들을 시녀들이 감당하기 힘들겠는데."

"저희들이 어찌 그런 것을 얻을 복이 있겠어요! 오직 하늘의 선녀나 궁궐의 미인이나 마님과 같은 분들이 받을 물건이지요."

정가는 농담으로 말했다.

"네 말을 들으니 내가 다른 서방을 찾아 새신부가 될까 보다. 그 여시종의 뜻에 따라 그 여자를 매파로 삼고 너도 시댁으로 함께 데려가야겠구나."

그 말을 듣자 귀가는 무릎을 꿇고 말했다.

"마님이 여시종 아주머니의 뜻에 응해주신다면 저는 흔쾌히 마님을 따라 몸종으로 가겠습니다."

정가는 또 희희덕거리며 웃더니 귀가를 한차례 때리며 말했다.

"내가 늘 너를 잘 봤는데, 오늘 정말 이상한 소리를 하며 미친 것 같구나. 만약 사람들이 듣기라도 하면 나조차도 체면을 잃게 돼."

"제가 허튼소리를 하는 것이 아닙니다. 그 아주머니가 진짜 제게 그 예물로 마님을 중매서고자 합니다."

정가는 버들가지와 같은 눈썹을 세우고 별처럼 반짝거리는 눈을 동그랗게 떠서 발끈 화를 내며 말했다.

"나는 이품二品 부인이야, 양가집의 여느 여인네가 아니란 말이야. 멍청한 과부가 나를 어찌 이리도 깔보기에 그런 터무니없는 얘기로 나를 놀린단 말이냐! 내일 나리께 말해 그 여자를 잡아와 한 바탕 고문을 가해야 내 분이 풀리겠다."

"마님, 화를 거두십시오. 제가 조용히 무슨 얘기를 해 마님을 한 바탕 웃겨 드릴게요. 속담에도 '말을 하지 않으면 웃길 수가 없고, 때리지 않으면 고함지르지 않는다'고 했잖아요! 근데 제가 이 얘기를 하면 마님이 또 절 비웃고 소리칠까 두려워요."

정가는 정말 귀가를 좋아하였다. 언제나 화가 나는 일이 있어도 귀가를 보면 곧 화가 풀리곤 하였다. 하물며 오늘은 자신이 먼저 황당한 말을 한 것이라 그녀를 책망할 생각은 전혀 없었다. 정가는 이어 말했다.

"어서 말해 보거라. 내 노기가 벌써 저 멀리 자바섬[4]으로 사라져버렸어."

"며칠 전에 어느 상서우승 나리가 저희 댁을 지나다가 마님이 발 아래에서 서 있는 모습을 보고 그 아름다운 미모가 왕소군이나 조비연과 같아 마님에게 혼백이 빠져버렸다고 합니다. 댁에 돌아가서도 정신이 아찔하여 이틀이나 마님을 그리워했지만 다시는 마님을 만나지 못해 그 여시종 아주머니에게 부탁해 이 물건들을 마님께 드리면서 다시 한 번만 볼 수 있도록 부탁한 것입니다. 마님께서 그 분을 생각해서 발 아래에서 한번 그 분에게 보여만 드려도 그 패물은 얻으실 수가 있습니다. 하물며 그 우승 나리는 완안적고라고 하는 분인데 생김새가 준수하고 멋진 대다가 매우 복이 있는 관리입니다. 아마 마님도 그 분을 본 적이 있을 거예요."

정가는 언제 화를 낸 양 기쁜 표정으로 말했다.

---

4) 원문에는 과왜국(瓜哇國)이다. 괘왜국은 인도네시아의 자바섬을 말한다. 과왜국은 예로부터 중국과 깊은 관계를 맺어왔다.

"그렇다면 그 분은 항시 나리를 찾아온 그 젊은 나리가 아닌가? 생긴 것이 맑고 준수하였지. 그런데 그 자의 심성이 예사롭지는 않은 것 같아."

귀가는 하하 웃으며 말했다.

"마님과 나리가 언제나 함께 얼굴을 하고 하루 종일 마주 앉아 머리에서부터 발끝까지 보고 또 허리도 손으로 만지지만 그 얼굴만 알고 마음은 알지 못하잖아요! 마님이 그 우승 나리를 한 번 보기만 했는데 마음까지 보았으니 어찌 두 분이 서로 마음이 통하는 것이 아니고 뭐겠어요!"

"너 이 계집애, 입 다물어. 다시 묻건대 그 하녀가 네게 무슨 말을 했어? 너는 또 어떻게 답변을 하였니?"

"그 아주머니는 그 방면으론 노련한 사람이라 한마디 잘못 말이 나가 시비에 말려들면 방방곡곡 멀리 떠벌리는 것 같아 제가 말했죠. '아주머니, 잔말 마세요. 누군가가 우리 마님을 점찍은 것 같은데 아무리 뚜쟁이 노릇을 해도 그렇지 그런 속임수를 쓰는 게 어딨어요!'하니 그 여자가 손뼉 발뼉을 치며 웃으며 말했어요. '착한 아가씨, 그 누가 총명聰明 구멍을 뚫었는지 바로 알아 맞춰 버렸네요.' 그래서 제가 또 한마디 욕을 해주었죠. '이 뚜쟁이 창녀 아줌마야, 당신이야말로 염치를 몰라 천인 만인에게 총명 구멍이 뚫려 이런 짓을 하며 살아가는 거겠지. 나는 천성적으로 영리한 거야. 내가 당신하고 장난하는 것 같아요?' 하니 그 아줌마는 말했어요. '아가씨, 제발 화내지 말아요. 내 그냥 마음대로 농담했을 뿐이에요. 성격이 그렇게 무서워 어디 옆에 다가갈 수가 있겠어요!' 그래서 제가 말했어요. '아줌마가 그렇게 말하니 용서하겠지만 다신 여기서 허튼 짓 하지 말아요.' 하니 그 하녀는 말했죠. '내 특별히 마님을 위해 왔으나 아가씨에게 한 바탕 욕을 당해 어찌 찾아뵐 수가 있겠어요! 다만 마님의 평소 성격을 내게 말해 주세요. 나는 얼굴을 보고 목소리를 듣고 골격만 만져보면 그 사람의 마음을 알 수 있어요.' 그래서 제가 말했죠. '다른 건 몰라도 저희 마님으로 말하자면 얼굴빛을 정색해 가정을 다스리고 엄숙하게 사람들을 대하며 우리들을 보면 웃는 빛이 전혀 없어 그 누구도 우리 마님 앞에서 딴 짓질 못해요.'라구요. 그러자 그 아줌마가 말했죠. '그렇다면 축하드려요. 이 뚜쟁이가 일을 이뤘네요.'라고 하기에 제가 '자꾸 헛소리하면 곤장을 맞을 줄 알아요.'라고 말했답니다. 그러니 '나는 관상학 책을 보고 온 거라오.'라고 하더군요. 그래서 '관상학 책 어디에 그런 말이 있대요?' 라고 물었더니, '속담에도 말하길, 상대가 웃는 얼굴이면 조심해야 하고 얼굴이 독한 모습이면 쉽다고 했어요.' 라고 말하더군요."

정가는 차를 입에 한 모금 머금었다가 귀가가 하는 말을 듣고 자신도 모르게 웃음이 튀어나와 얼굴에 그만 찻물을 뿜어버렸다. 그 하녀를 욕하며 말했다.

"교활한 뚜쟁이 같으니! 내일 불러들여 귀싸대기를 몇 대 쳐야 분이 풀리겠어."

말을 마치자 화로연기가 이미 끊어지고 직녀성이 옆으로 기울며 이경의 북소리가 울렸다. 귀가는 정가를 모시고 방으로 들어가 쉬게 하고 물었다.

"이 패물들은 어디에 두지요?"

"내 패물상자 안에 두고 열쇄로 잘 잠궈 두어라."

귀가는 그 말에 따라 그것을 잘 보관해두었다.

귀가는 정가의 반응을 보고 마음속으로 십중팔구는 일이 성사되었다고 생각했다. 편안히 잠을 자고 이튿날 아침에 정가가 화장대에서 머리를 빗을 때 귀가는 옆에서 시중을 들었다. 귀가가 옆에서 그 모습을 보니 미간에 생기가 돌며 평상시와 달라 보였다.

"마님, 오늘 어찌 그 뚜쟁이 하녀를 불러 한바탕 매를 치지 않으세요?"

정가는 웃으며 말했다.

"서두를 것 없어. 그 아줌마가 스스로 나타날 거야."

"제가 성질이 급한 게 아니라 정말 그 여자의 짓이 화가 나 죽겠어요."

"화가 치밀 때는 오직 인내로 참아야 해, 네가 화낼 필요가 없어."

귀가는 또 나직이 말했다.

"매사는 좀 서둘러야 이뤄지는 겁니다. 만약 질질 끌게 되면 그런 잘생긴 사람이 다른 사람에게 뺏겨버리면 그땐 이미 늦은 거예요."

"그 사람이 잘 생겼으면 잘 생겼지 뭐!"

"제가 주제넘은 것이 아니라 사실 나리가 늘 댁에 안 계셔 마님이 혼자 있는 것이 참 처량해 보였어요. 저는 또 소변을 보러 가야하고 마님의 발을 안을 수도 없으니 그 멋진 사람이 오면 마님을 안을 수도 있으니 겨울의 탕파자湯婆子[5]보다 낫고 여름의 죽부인보다 좋지 않겠어요!"

"이 계집애, 말이 많구나. 내 일에 간섭하지 마."

"제가 마님의 과분한 보호를 입어 마님을 걱정하는 것입니다. 어찌 마님에게 간섭하겠어요!"

정가는 그 말에 대꾸하지 않고 몸에 있는 돈주머니에서 10냥의 은자 한 덩어리를 꺼내 귀가에게 주며 말했다.

"이 은자를 네게 상으로 줄 테니 가지고 팔찌나 하나 맞춰서 팔에 차도록 하여라. 그 동안 나를 시중든 것을 생각해서야. 그리고 다른

---

5) 동으로 된 주전자 같은 모양으로 속에 뜨거운 물을 부어 이불 속으로 갖고 들어가 몸을 데워주는 난방기구이다.

사람에겐 얘기하지 말어.”

귀가는 머리를 조아리며 그 은자를 받고 정가에게 말했다.

“한번 약속이 정해졌으니 만금을 준다 해도 바꿀 순 없지요. 마님께서 이 매파에게 수고비를 주셨으니 저는 사람을 시켜 그 아주머니를 찾아 그 나리와 저녁에 바로 댁에서 뵙도록 하지요.”

정가는 입을 막고 웃으며 말했다.

“처녀가 매파가 되다니! 자기 몸도 지키지 못하면서. 세상에 어디 시집도 안 간 매파가 있니!”

“그 뚜쟁이 아줌마도 여자의 몸인데, 제가 뚜쟁이가 되지 못할 법이 있나요?”

그 말에 정가가 또 웃으며 말했다.

“네 하는 말이 정말 귀엽고 우습구나. 하지만 사람도 낯설고 길도 모르는데, 부끄러워하면서 어찌 그 분과 약속을 잡겠니?”

“다른 일은 제가 부끄러움을 타도 이 일은 다만 제와 그 아주머니만 아는데 무슨 부끄러울 게 있어요? 속담에도 말하길, ‘부끄러워해 오그라드네, 두 번 부끄러워하면 두 번 오그라드네. 부끄러워하면 오르라들면 되지 뭐. 부끄러워하지 않으면 오그라들지도 않지.’ 라고 했잖아요.”

“애야, 어찌 그런 이상한 말들만 외우고 다니니?”

두 사람이 이런저런 말을 주고받는 사이에 몸단장이 끝나고 귀가는 당상에서 당직을 맡는 하녀에게 분부하여 그 여자 시종을 데려와 마님에게 참빗을 빗어주고 얼굴의 잔털을 뽑게 하도록 하였다. 당직을 맡은 하녀가 귀가에게 물었다.

“마님께서 향을 피우러 가시는 것도 아니고 연회에 참석하는 것도 아니신데 왜 얼굴의 잔털을 뽑으시려는지요?”

“마님 얼굴에 난 털이 너무 길어서 그래, 네가 상관할 일이 아니야.”

귀가의 말에 당직을 맡은 하녀가 말했다.

“잠시 후에 그 아주머니가 오면 언니의 털도 같이 좀 **뽑아달**라고 하세요. 너무 자라 땅에 닿지 않도록 말이에요.”

귀가는 못마땅한 듯 ‘흥’하고 안으로 들어갔다. 오래지 않아 그 여시종이 도착했다. 정과에게 인사한 후에 정과는 그 여자를 화장대가 있는 방으로 데려가 참빗을 빗었는데, 귀가만 옆에서 시중들게 하고 나머지 하녀들은 모두 출입을 금지시켰다. 그 여자는 방으로 들어와 도구가 든 보자기를 풀어 물건들을 하나하나 탁자 위에 내려놓았다. 그것은 바로 큰 빗, 성긴 빗, 두발 가르기, 네 개의 참빗, 쑤시개, 쑤시개 빗자루, 비녀 2개 등 모두 11가지의 도구였다. 그녀는 정가의 머리를 풀어헤친 후에 손으로 전후좌우로 만지며 머리를 한 움큼 잡더니 두세 번 참빗으로 빗었다. 구가가 옆에서 입을 한번 **뻬쭉** 하자 그 여자는 그 뜻을 알고 입을 열어 말했다.

“마님 두피에 묻은 때의 색깔을 보니 곧 좋은 일이 생길 것 같아요.”

귀가가 옆에서 참견하며 말했다.

“언제쯤 좋은 일이 생겨요?”

“바로 조만간이에요, 예사롭지 않은 경사네요.”

정가가 말했다.

“조정에서 임금이 베푸는 은혜도 없고 나 또한 벼슬을 구하지도 않았는데 무슨 경사가 있단 말이에요!”

그 말에 여자가 말했다.

“살아있는 보배를 얻을 경사입니다.”

그 말에 귀가가 여자에게 말했다.

“서양국西洋國6)에서 온 진주나 면전국緬甸國7)의 면령緬鈴8)이 아니면 오직 사람만이 살아있는 보배네요. 사람으로 말하면 우리 댁에도 많은데 마님은 필요 없어요. 무슨 살아있는 죽어있는 보배란 말을 하세요?"

"사람은 종류가 많고 물건도 종류가 많으며, 보배도 여러 종류가 있고 살아있는 것도 여러 종류가 있어요. 아가씨는 그저 마님의 안전에서 세상 물정모르고 이런저런 말만 마음대로 해대지 어디 귀한 살아있는 보배를 보기나 했겠어요!"

정가는 마음속으로 조바심에 달아올랐지만 입으로 말을 할 수가 없었다. 귀가가 다시 그 여자에게 물었다.

"아줌마는 오늘 참빗을 빗겨주러 왔어요 아니면 보배를 바치러 왔어요?"

정가는 여시종을 좀 밀치며 말했다.

"계집애가 참 말이 많죠? 그 말 들을 필요 없어요."

귀가는 그 여시종에게 눈길을 한번 주니 여시종이 부인에게 말했다.

"살아있는 보배는 많이 있지만 마님께서 사용하지 않을까 걱정입니다."

또 귀가가 끼어들었다.

"마님은 그것이 꼭 필요해요."

이에 정가가 말했다.

"너 입 좀 안 다물어! 왜 그리 말이 많어!"

"제가 여기에 서 있으니 입을 닫을 수가 없네요. 좀 멀리 떨어져 있

---

6) 포르투갈을 지칭한다.
7) 미얀마(옛날 이름은 버마)를 지칭한다.
8) 미얀마에서 들어온 일종의 여성용 성기구이다. 동으로 된 구슬모양으로 꿈틀거리는 진동식이다. 《금병매(金甁梅)》, 《수탑야사(繡榻野史)》 등의 책에서도 보인다.

을게요.”

　말을 마치자 귀가는 천천히 한쪽으로 걸어갔다. 정가가 여자에게
말했다.

　“아줌마, 물어볼게요. 그 사람이 언제 나를 보러 온대요? 당신에겐
무슨 말을 했나요? 어찌 그리도 대담하게 그 사람을 위해 나를 유혹
하러 왔어요?”

　“마님께선 절 꾸짖지 마십시오, 제가 자세히 말씀드리겠습니다. 이
번 달 어느 날 마님께서 발 아래에 서 거리에서 왕래하는 사람들을
보시고 계셨을 때 마침 제가 말하려는 분이 마님 댁 앞을 지나다가
마님의 미모를 보고 탄식하길, ‘천하에 이런 미인이 있다니! 만약 다
른 사람이 이런 여인을 데려간다면 나는 정말 복이 없는 사람이야!’
라고 했답니다.”

　그 말에 정가가 웃으며 말했다.

　“그럼 그 사람이 복이 없네요.”

　그 말을 듣고 귀가가 다가와 또 참견을 했다.

　“그 분이 복이 없는 것이 아니면 그 누가 복이 없겠어요!”

　여시종이 귀가에게 말했다.

　“내가 복이 없는 거지요.”

　“어찌 아줌마가 복이 없다고 그래요!”

　“만약 마님이 문밖으로 얼굴을 보이지 않았다면 내가 그 분에게 가
서 중매를 서면 그 분 100냥 가량의 중맷돈을 챙기지 않았겠어요!”

　“마님이 아줌마에게 100냥 은자를 벌게 해줄 것 같아요? 아마도 그
분은 부인을 누릴 복이 없을 걸요.”

　그 말에 정가가 여시종에게 말했다.

　“그 분은 가계가 번창하고 관직도 우승상이라 어찌 미녀와 첩들이
부족하겠어요! 그가 복이 없는 것이 아니라 오히려 내가 복이 없는 거

예요."

"마님께선 참 간단하게 사람을 이해하시네요. 그 분은 다름이 아니라 정이 너무 많아 그런 거랍니다. 쉽게 사람이 눈에 차질 않아요. 마님이 어찌 복이 없다고 하세요!"

그 여인은 말을 하며 빗질을 하였고 세 사람의 대화는 매우 뜨거웠고 전혀 거리낌이 없었다. 정가는 정말 기뻐하며 상자를 열어 좋은 옷한 벌과 10냥의 눈같이 흰 은자를 그 여자에게 상으로 주며 말했다.

"아주머니, 오늘 빗질 수고했어요. 임시로 이것들을 상으로 줄게요. 다음엔 더 많이 사례를 하지요."

여자는 한없이 감사해하며 그것들을 감추고 정가의 귀에다 대고 말했다.

"마님, 여쭙건대 제가 그 분과 오늘 약속을 할까요, 내일 약속을 할까요?"

정가는 얼굴이 온통 붉어지며 말을 못했다. 그때 귀가가 말했다.

"아줌마도 참 엉뚱하고 재밌네요. 오늘이 대길일이라 매사가 순조롭고 거기다 그 분은 여러 날 전부터 아줌마의 소식을 기다리며 속으로 정말 조급해할 텐데 바로 오늘 저녁 오는 걸로 약속하세요. 그 분은 해가 지고 달이 뜨는 것을 못 기다릴 텐데 내일이 어딨어요!"

정가가 웃으며 말했다.

"바보 같은 계집애, 그 분을 본 적도 없는데 언제부터 그 분의 마음까지도 알아차려!"

"제가 그분과 만난 적은 없어도 척하면 사람의 뱃속을 알 수가 있죠."

정가는 또 냉소를 지으며 머리 숙여 치마 띠를 만졌다. 여시종은 말했다.

"제가 오늘 바로 그 분과 약속할게요. 마님은 무슨 물건으로 증표를 삼죠?"

귀가는 정가의 머리에 꼽힌 봉황머리 금비녀를 뽑아 그 여자에게
주었다. 그 비녀는 어떤 것인?

> 엽자금葉子金은 외국에서 온 것인데, 색깔이 불같이 붉고 얇기는 실을
> 뽑은 듯하네. 모양은 한 쌍의 봉황의 모습이라. 마치 천성적으로 이마에
> 묘안猫眼9)을 박은 듯하고, 반짝이는 빛은 하늘을 찌르고 해를 빛나게 하
> 네. 입에는 금강석을 머금고 두 가닥의 구슬매듭이 걸려 있어 마치 춤추
> 는 듯 나는 듯하네. 늘 푸른 실을 매니 마치 검은 구름 속에서 붉은 용
> 이 출현한 듯하네. 이제 그것을 푸른 소매 속에 감추니 하늘에서 붉은
> 먹으로 적은 조서詔書를 내린 듯하다. 이 여자 중매쟁이가 이 물건을 지
> 녔으니 분명 업장業障을 해소시킨 것이고, 고난을 구해주는 천존天尊이자
> 상사병을 없애주는 오온사자五瘟使者10)로다.

귀가는 비녀를 여시종에게 주며 말했다.

"이게 바로 증표에요."

그것을 보고 정가가 웃으며 말했다.

"이 계집애가 간이 부었어. 내 장신구를 마음대로 뽑다니."

귀가는 웃으며 말했다.

"제가 처음으로 간 큰 짓을 좀 했어요. 마님께서 용서해주세요."

정가는 웃으며 괜찮다고 하였다. 여시종은 매우 기뻐하며 비녀를
갖고 문을 나와 곧 바로 해릉의 부중으로 달려갔다. 해릉은 마침 서재
에 있었는데 여시종이 그곳으로 가서 아뢰었다.

"나리, 축하드립니다."

"내가 너에게 부탁한 일이 벌써 7,8일이 지났어. 내 마침 여기서 너
때문에 화가 났는데 무슨 축하를 한단 말인가?"

---

9) 고양이 눈처럼 생긴 녹색의 투명한 보석이다.
10) 오온신이라고 하는데, 도교에서 받드는 동, 서, 남, 북, 중앙의 다섯 역신(疫神)
이다.

여시종이 말했다.

"이 늙은이는 이제 조서를 전달하는 일을 한 것이 아니라 삼진三秦을 평정하고 한실을 도운 한신韓信이자 임동臨潼에서 주왕실을 위해 싸운 오자서伍子胥입니다. 전령과 병부를 가슴에 품고 포위된 성을 구하는 매서운 장부이온데, 어찌 제게 화를 내셨습니까?"

해릉은 기뻐하며 말했다.

"내 당신이 성공할 것이라 미리 알았네. 괜히 원망을 했소."

여시종은 앞뒤전후의 이야기를 세세히 한번 말해준 후에 소매 속에서 매듭이 달린 봉두 비녀를 꺼내 해릉에게 주며 말했다.

"이것이 바로 황제 폐하의 영지令旨입니다. 대장의 병부兵符는 바로 즉시 행하여야 하며 지체해선 안 됩니다."

해릉은 기쁜 나머지 마치 온몸에 벌레가 기어들어오고 이가 무는 것처럼 날뛰며 가만히 앉아있질 못하였다.

"정말 수고했소. 내가 언제 그 댁으로 가면 좋겠소? 어떤 식으로 접근해야 하지요?"

"황혼녘에 나리께서 복건幅巾을 머리에 두르고 검은색 저고리를 입고 마님이 불경을 강창講唱하는 비구니를 데려오게 하였다면서 좌측 모서리에 있는 문으로 들어가면 전혀 문제가 없다고 하셨어요."

해릉이 웃으며 말했다.

"이 아줌마, 정말 꾀가 손오孫吳[11]를 능가하고 지모가 육가陸賈[12]를 넘어서군. 나도 그 꾀에 말리겠는데."

그는 선뜻 20냥의 은자를 상으로 주었다. 여시종은 은자를 받은 후에 해릉에게 고했다.

"전번에 귀가에게 주신 팔찌들은 귀가가 모두 부인에게 예물로 주

---

11) 중국 춘추전국시대의 병법가 손무와 오기를 아울러 칭하는 말.
12) 전한 시대의 학자 겸 정치가로 한나라를 보좌한 공이 컸다.

어 버렸습니다. 나리께서 오늘 그 댁에 가실 때 다시 예물 두 개를 가져다 귀가에게 주십시오."

"팔찌들은 나한테 아직 2쌍이 있네. 저번의 것보다 더 좋아. 원래 부인에게 주려고 남겨둔 것인데 이미 받았다고 하니 오늘 저녁 다시 2쌍을 갖고 가 그 여자에게 줘야겠군. 당신은 먼저 가서 그 여자와 약속을 잘하시오. 다음에도 늘 갈 수 있도록 말이오."

여시종은 분부를 받고 다시 정가에게로 갔다. 해릉의 말을 그대로 전하였다. 정가는 얼굴 가득히 웃음을 띠고 귀가에게 그녀를 문밖까지 데려다 주도록 하면서 '스님, 좀 일찍 오세요!' 란 말을 하도록 주문하였다. 여시종은 가면서 작은 소리로 귀가에게 말했다.

"완안 나리께서 재차 아가씨에게 감사를 표하면서 저녁에 다시 팔찌 2쌍을 가져다준다고 했어요. 전번 것보다 더 좋은 것으로요. 그러니 오늘 나리를 보면 부드럽고 다정하게 대하세요. 마님에게만 미루지 말고요."

귀가는 입을 삐쭉하며 말했다.

"정말 못 말리는 뚜쟁이시네요."

두 사람은 헤어지니 벌써 날은 어두워졌다. 정가는 앞뒤로 문을 잘 닫게 하고, 남녀 하인들을 각기 자신들의 방으로 돌아가게 하고, 크고 어린 시녀들도 모두 일찍 쉬게 하면서 이리저리 돌아다니지 말도록 하였다. 그리곤 귀가 혼자만 방에서 시중을 들게 하였다. 어느 듯, 초루譙樓[13]에서 밤을 알리는 북소리가 들리고, 먼 절의 종소리가 울려 퍼졌다. 해릉은 도단徒單 부인을 속이고 시종을 하나도 거느리지 않고 홀로 여시종의 집으로 찾아가 문을 두드렸다.

"있소?"

---

13) 옛날 성문 위에 멀리 볼 수 있게 세워둔 건축물을 말한다.

그때 여시종이 작은 등롱을 들고 나와 문을 열어 주었는데, 보니 해릉이 시커먼 차림으로 혼자 길 위에 서있었다.

"어서 들어와 앉으시지요."

"지금 때가 어느 때인데 앉으라고 하시오!"

"그쪽에서 아직 준비도 안 했는데, 어쩜 이리도 성급하세요?"

해릉은 한번 웃더니 손을 흔들며 걸어갔다. 여시종이 그에게 말했다.

"체통을 좀 지키세요. 이 늙은이가 보기에도 좀 그러네요."

두 사람은 작은 등롱을 들고 남들에게 잘 보이지 않도록 조심스럽게 오대烏帶의 집 모서리에 난 문 앞으로 다가가 가볍게 한번 문을 두드렸다. 그러자 한 계집종이 고운 비단으로 바른 작은 등을 들고 나와 맞이하였다. 해릉이 문 안으로 들어서자 그 계집종은 바로 문을 걸어 버렸다. 여시종이 해릉을 팔을 끌며 말했다.

"안顔사부님! 여기가 바로 귀가 아가씨입니다."

해릉은 여시종의 말을 듣고 귀가에게 매우 공손히 읍을 하며 인사를 한 후에 소매 속에서 2쌍의 팔찌를 그녀에게 주며 말했다.

"누차 아가씨를 수고스럽게 하였네요. 이 물건은 보잘 것 없지만 제 작은 성의의 표시입니다."

여시종은 옆에서 부추기며 말했다.

"나리 자세히 한번 보시고, 잘 기억해 두세요. 이런 착한 아가씨로 말하자면 나리의 그 예물을 받아도 지나치지가 않아요."

해릉이 웃으며 말했다,

"아가씨의 과분한 사랑을 받아 당돌하게 찾아왔습니다. 저로 말하자면 아가씨에게는 과분하지요."

그 말에 여시종이 대꾸했다.

"나리, 지나친 겸손을 하시네요. 아가씨도 두려워 말아요. 두 분이 이참에 합환주를 들면 어때요?"

해릉이 답했다.

"아주머니의 말이 지극히 옳소이다. 그런데 술이 어딨지요? 잔도 요?"

여시종은 두 사람의 머리를 안으며 말했다.

"정말 나리께서 뭘 모르시네! 잔은 입 위에 있고 술은 입 안에 있잖아요! 두 분이 향기 풍기는 입으로 달콤하게 입을 맞추면 바로 합환주가 되는 거잖아요!"

"정말 소생이 어리석었네요. 그걸 몰랐다니!"

그리고는 바로 귀가를 안고 입을 맞추려하였다. 귀가는 머리와 목을 비틀며 응하려하지 않았다. 그러나 해릉이 허리를 붙잡아 안아버리고 좌우로 입을 맞추니 귀가도 반항할 수 없었다. 입을 모아 부풀리니 해릉이 물방아 실력을 발휘하여 물고 빨며 좀처럼 놓아주려고 하지 않았다. 여시종이 옆에서 웃으며 말했다.

"아가씨, 술을 좀 적게 드세요. 너무 마시다 취하게 되면 술주정 부려요."

해릉은 여시종의 어깨를 치며 농담을 그만하라고 하였다. 세 사람이 웃고 말하는 사이에 어느새 정가의 방으로 들어섰다. 이미 등촉불이 휘황찬란하고 각종 수륙 양면의 음식들이 즐비하게 차려져있었다. 마치 결혼연회와 같았다. 남녀가 모두 새로 단장을 하고 경사스러운 연회가 펼쳐져 형형색색의 요리가 펼쳐져 있었다. 해릉이 다가가 절을 하자 정가는 황급히 답례를 올렸다. 손님의 예로 해릉을 앉혔다. 여시종이 입을 열었다.

"두 분은 오늘 침대에 앉아야 해요, 휘장을 걷고요. 두 분이 사돈어른들도 아닌데 왜 마주보고 앉아있어요?"

그녀는 정가를 부축해 해릉의 몸 곁에 앉혔다. 귀가가 히히 웃으며 말했다.

"아줌마가 매파가 되더니 이젠 사람을 부축하는 일도 하네요."

해릉이 말했다.

"그걸 한 사람이 두 사람 노릇을 한다는 거지요. 그러면 다른 사람들이 편하지요."

두 남녀가 어깨를 붙이고 같이 앉아 술잔을 권하면서 서로 연모하던 마음을 토로하였다. 여시종은 옆에 앉아서 술을 권하였고 귀가는 술주전자를 잡고 의자 뒤에 서서 두 사람이 알콩달콩 속삭이는 것을 보고 얼굴이 뜨거워졌다 식었다 하였다. 술이 반쯤 취했을 때, 여시종이 말했다.

"즐거운 밤은 짧고 외로운 밤은 길다고 하죠. 어서 서로 사랑의 마음을 맺어 좋은 시간을 가지셔야지요."

그리하여 술자리를 정리하고 문을 잠그고 여시종과 귀가는 각기 잠자리로 돌아갔다. 두 남녀는 손을 잡고 침대로 들어가 각기 자신의 풍류를 드러내었다. 옷깃을 풀고 부드럽게 만지며, 저고리를 벗고 몸을 붙이며 갖은 교태를 자아내어 혼백이 나갈 지경이었다. 그야말로

춘심이 온몸에 가득하니 일어날 줄을 모르고, 한 쌍의 나비가 사람을 쫓아오네.

두 사람은 엎치락뒤치락 서너 시간을 보냈지만 여전히 아교처럼 떨어질 줄을 몰랐다. 미친 듯이 절제를 잃었다가 겨우 눈을 감고 쉬었다. 여시종은 코를 골며 잠에 떨어졌지만 귀가 혼자만 두 남녀의 밀애를 지키며 귀와 눈으로 서로 희롱하는 장면을 보았으니 정신이 아찔하여 잠이 올 리 없었다. 전전반측하며 눈을 붙이지 못하다 초루譙樓 위의 종이 새벽을 알리며 화각畵角14) 소리가 퍼지니 귀가는 그들에게 다가가 말했다.

"닭이 곧 울려고 합니다. 일찌감치 일어나셔야 또 다음의 약속을 기도하셔야지요."

해릉은 꿈속에서 깨어나 더듬어 일어났다. 옷을 걸치고 갈 준비를 하자 정가도 옷을 입었다. 그를 전송하려고 하자 해릉이 그냥 쉬며 일어나지 말라고 했다. 정가는 귀가에게 분부하여 그를 잘 전송하고 돌아오라고 했다. 귀가는 등불을 쥐고 조용히 겹겹의 문을 열며 해릉을 전송하였다. 해릉은 가다가 옆에 방이 하나 보이는데, 안이 텅텅 비어 있었다. 그는 바로 귀가의 허리를 안으며 허락해 줄 것을 부탁하였다. 귀가가 말했다.

"마님의 의심은 대단하세요. 제가 늦게 들어가면 분명 의심할 거예요."

"당신은 공이 있는 사람이라 부인도 아가씨에게 사례할 거요. 괴롭히지 않을 것이요."

해릉은 말을 하는 동시에 귀가를 안고 그 방으로 들어갔다. 마침 거기엔 낡은 의자가 하나가 벽에 붙어있었다. 그는 그 의자 위에서 귀가와 일을 치렀다. 원래 귀가는 나이가 15,6살인데 오대가 눈독을 들여 몇 번이나 몰래 손을 대려고 했지만 정가가 무서워 일을 치르지 못했다. 그녀는 정가와 해릉이 그렇게 서로 사랑하며 즐거워하는 것을 보고 흔쾌히 응했다. 그런데 처음이라 너무 아파 연방 살려달라고 말했다. 해릉도 그녀가 사랑스러워 마음대로 하진 않았지만 손을 놓기가 아까워 오랫동안 애무한 후에 비로소 문을 나섰다. 한편 정가는 귀가가 해릉을 전송하러 나갔다가 시간이 지나도 돌아오지 않자 다른 일이 생긴 건지 의심이 가 급히 몰래 나가 문안에 서서 기다리고 있었

---

14) 죽통처럼 생긴 악기로 겉에 채색 칠을 하였기에 화각(畵角)이라 불렀다. 황혼이나 여명을 알릴 때 그것을 불었다.

다. 그런데 귀가가 천천히 돌아오는데 검은 그림자가 비치며 무슨 말을 하는 것이 들렸는데, 귀가가 문을 닫으면서 입으로 중얼거리길, "이 일이 뭐가 그리 좋다고 무슨 일을 치르듯이 할까? 정말 우스워." 라고 하며, 말을 하면서 웃기도 하였다. 그녀는 방안으로 들어오면서 아무도 그 말을 못들을 걸로 생각하였다. 그런데 정가가 몸을 감추며 그녀를 미행한 것을 생각지도 못한 것이다. 귀가가 방으로 들어와 몸을 돌려 방문을 잠그려는데 정가가 방문에 서있는 것이 아닌가! 그녀는 너무 놀라 쓰러지며 부끄러워 일어나질 못했다. 정가는 그녀를 부축해 일으키며 말했다.

"너 그 사람과 무슨 짓을 했어? 내 모두 보았다."

"아무 일도 안 했는데요!"

"너 끝까지 발 뺌 할래? 다른 사람이라면 내 용서 못하지만 그 사람은 네가 데려왔기에 넘어간다. 그 사람은 과연 내 그 속물보다는 낫더구나. 내 계속 그 사람과 연락할 텐데 너 하나 더 만나게 해줘도 안 될 건 없다. 다만 나보다 앞서나가려고 하면 안 된다."

"제가 어찌 감히 마님을 앞서 가겠습니까! 다만 마님의 용서를 빌 따름입니다."

말을 마치자 두 사람은 즐거워하며 날이 밝을 때까지 앉아 놀았다.

그 후로부터 해릉은 시도 때도 없이 정가에게로 와 밤새도록 즐겼다. 귀가와 정가는 마치 한 남편을 모시듯 전혀 서로 질투를 하지 않았다. 점점 하녀들도 알게 되었지만 감히 참견할 수가 없었고, 그 사실을 모르는 자는 오직 오대 한 사람 뿐이었다. 세월은 화살과 같이 흘러 대략 서로 왕래한지 여러 달이 지나자 해릉은 원래 엽색가인지라 또 다른 사람을 찾아 즐겼기에 오랫동안 정가에게 나타나지 않았다. 정가는 몰래 눈물을 흘리며 새로 단장하기도 싫어졌다. 쓸쓸히 처량하게 원망하고 후회하며 귀가를 불러 그 여시종을 찾아가 해릉에게 편지를 전달하게 하여 다시 만나길 재촉하려 했지만 그 여시종이 몸 져누워 거동이 힘들었다. 정가는 춘심의 고동鼓動과 욕정의 몸부림을 주체할 길이 없었다. 하루가 일 년과 같았다. 남편 오대를 보면 눈의 가시와도 같아 더욱 번뇌가 발동하였다. 가노家奴 가운데 염걸아閻乞兒 란 자가 있었는데 나이가 스물 안쪽이었다. 생긴 것이 깔끔하고 활발 해 정가의 눈에 들었다. 그러나 귀가가 응하지 않을까 아직 입은 열지 않았다. 그녀가 친정집에 간 틈을 타 연꽃 같은 발을 옮겨 혼자 당상 앞에서 그를 불러 분부해 통정通情을 맺었다. 두 사람의 통정은 그야 말로

> 하나는 규방에서 막 혼자가 되었고, 하나는 처음으로 여색을 접하네.
> 규방에서 막 혼자가 되니 주린 범이 양을 덮치듯 하고; 여색을 처음 접
> 하니 하늘의 수리가 토끼를 낚듯 하네. 원앙 베개 위에는 비단 버선이
> 종횡하고; 비취 이불 안에는 구름 같은 머리가 산발하네. 정가는 하고
> 싶은 수많은 흥취를 마음껏 펼치고; 걸아는 그간 참아온 열과 마음을 오
> 늘 밤 모두 드러내네. 모두가 하늘 끝까지 같이 하길 원하는데 아침저녁
> 으로 만나는 것이 어찌 문제가 되리오!

두 사람은 이렇게 만난 것이 하루 이틀 밤이 아니었다. 하루는 귀가 가 돌아와 보니 정가의 얼굴이 전처럼 수심에 젖어있지가 않았다.

"그 분이 언제 오셨지요?"

"그 분이 어디 오려고 하겠어! 다른 여자와 만나고 있든지 아니면 명을 받고 다른 곳으로 떠났을 거야. 나는 밤낮으로 널 생각하고 원망 하고 있었는데 왜 지금에서야 왔니?"

"마님이 어찌 절 생각하기도 원망하기도 하셨어요?"

"네가 그 사람을 데려온 까닭에 내가 널 생각하였고, 그 사람이 이 제 오질 않으니 널 원망하고 있었지."

귀가는 정가가 이런 말을 하자 마음속으로 십중팔구 의심이 가는

것이 있었지만 감히 묻지를 못했다. 앉아있는데 정가가 그녀를 방으로 데려가 무슨 말을 하려다가 얼굴이 붉어지며 말을 못하고 입을 닫아버렸다. 귀가는 잠시 서 있다가 물었다.

"마님이 절 부른 것은 분명 무슨 일을 분부하시려고 한 것 같은데 어찌 입을 열지 않으세요?"

정가는 한숨을 한번 쉬더니 말했다.

"네가 떠난 요 며칠 내가 무슨 일을 좀 저질러 너와 상의하려고 부른 거야. 근데 네가 내 앞에 오니 말을 못하겠구나."

"마님이 평소 제게 못하신 말이 어디 있어요! 오늘 어찌 이리 머뭇거리고 생각이 많으세요?"

"내가 말을 하기가 어렵구나. 내가 걸아乞兒에게 당했어."

"걸아는 구걸하며 살아가는 형편없는 자인데 그 자에게 당했다면 마님이 용서하면 끝이고 만약 용서하지 않으려면 당직 하인에게 시켜 오성五城 병마사에 보내 곤장을 치고 목에 무거운 형틀을 씌워 2,3개월 두면 분이 풀리잖아요."

"그 거지가 아니니 너와 긴 대책을 생각하려는 거야."

"그 거지가 아니면 어떤 거지예요?"

"집에 있는 염걸아를 말해."

"만약 염걸아가 마님을 거슬리게 했다면 벌을 주기가 더 쉽죠. 마님이 스스로 그 자를 때리거나 관부에 보내기 싫다면 나리가 들어오길 기다렸다가 엄중하게 몇 백대를 때려 댁에서 쫓아버리면 되잖아요! 무슨 길고 짧은 대책이 필요해요?"

정가는 그녀의 귀에 대고 말을 하였다.

"그런 게 아니라 며칠 전에 내가 염걸아에게 강간을 당했어. 다른 사람에게 말하기 어려워 네가 오길 기다려 서로 긴 대책을 상의하려는 거야."

귀가는 웃으며 말했다.

"부중의 법도에 여태껏 남자는 본당 사랑채에 마음대로 들어올 수가 없는데 그가 들어왔다면 누군가가 중매를 서고 제가 도와줘야 가능한 것인데 그 나쁜 놈이 어찌 감히 규방에 들어와 마님을 강간했단 말이죠? 정말 마님이 큰일을 당하셨네요. 그 놈의 간이 어찌 그리 크죠? 그런데 그 놈이 낮에 쳐들어왔나요 밤에 쳐들어왔나요?"

정가는 얼굴이 붉어졌다 희어졌다를 반복하며 매우 부끄러워하면서 말했다.

"사실대로 말하면 밤에 들어왔어."

이에 귀가는 웃으며 말했다.

"마님의 말씀을 들으니 강간이 아니라 화간이네요. 걸아만 죄가 있는 게 아니라 마님도 죄가 있어요."

"나는 침대에 누워만 있었는데 그가 어찐 된 영문인지 와서 나를 범해버렸어."

그 말에 귀가는 웃으며 말했다.

"그 놈 정말 딱따구리군요."

이에 정가도 웃으며 물었다.

"어찌하여 딱따구리라는 거야?"

"딱따구리란 새는 뾰족한 부리를 나무에다 대고 몇 번 긋고 흔들면 그 나무속에 있는 벌레들이 저절로 튀어나와 그 새의 입으로 들어가는 거라고 들었습니다. 마님의 방문이 굳게 닫혀져 있고 방안에는 하녀들도 지키고 있는데 그 놈이 어찌 마님의 문에다 몇 번 긋고 몇 번 흔들어 문이 자동으로 열렸으니 딱따구리가 아니고 뭐겠어요?"

정가는 웃으며 말했다.

"너 또 날 가지고 장난치고 있구나. 사실대로 말하면 그 자가 오래동안 오지 않아 내 마음 속에 한이 맺혔어. 게다가 너도 내 곁에 없어 마음을 털어놓을 사람이 없어 나는 정말 힘들었어. 그래서 걸아를 받아들인 거야. 네가 지금 돌아왔으니 이젠 그 자와는 관계를 끊을 거야. 다신 그를 받아들이지 않겠어.”

“소하蕭何[15] 율법에는 화간도 곤장으로 다스린다는데 마님의 말씀을 들으니 그 율법에 해당되네요. 다만 마님이 스스로 단속을 해도 그 벌레는 숨질 않고 다시 튀어나와 그 자와 만날까 걱정이 되네요.”

두 사람이 이러쿵저러쿵 얘기하고 있는데 당직하는 자가 보고하길, 오대가 돌아왔다고 전하였다. 모두들 놀라 얼굴빛이 흙색이 되어 급히 나가 그를 영접하였다.

당시 정가는 비록 귀가에게 그렇게 얘긴 했지만 마음속으론 걸아를 차마 단념할 수가 없었다. 여전히 몰래 틈을 내서 그를 만났다. 다만 밤을 새워 즐기진 않았다. 귀가도 그 일을 명백히 알고는 있었지만 모르는 척하였다. 하녀 가운데 약사藥師 일을 맡은 여자가 어느 날 회랑에서 서로 얘기를 하고 있는 정가와 걸아를 우연히 만나게 되었다. 그녀는 달려와 귀가에게 그 사실을 알리자 귀가는 그 여자에게 주의를 주며 쓸데없는 일에 관여하여 마님의 노여움을 사지 않도록 할 것을 당부하였다. 그런 까닭에 약사 하녀도 그 누구에게도 그 사실을 얘기하지 않았다. 그러자 걸아는 자주 찾아와 귀가를 유혹하기도 하며 한통속이 되길 꾀하였다. 귀가는 그를 상대하지 않았다.

어느 날, 걸아는 두 눈을 뜨고도 귀가를 잘못 끌어안고는 입을 맞추려고 하였다. 이에 귀가는 욕을 퍼부었다.

“이 천한 놈, 능지처참을 당할 죄를 짓고도 죽을 지도 모르고 나까지 유혹해? 내가 발설을 하면 네 놈은 쥐도 새도 모르게 죽게 될 거

---

15) 소하는 중국 전한 고조 때의 명재상으로 장양·한신·조참과 함께 고조의 공신 중의 한 사람이다. 재상 때에 진의 법률을 버리고 《율구장》을 만들었다.

야."

걸아는 봉변을 당한 뒤에 몰래 그 사실을 정가에게 말하였고, 다시는 귀가를 희롱할 생각을 접게 되었다.

한편 해릉은 나중에 대위에 오르고, 오대는 숭의崇義절도사가 되었다. 매번 원회元會16) 때에는 가노인 갈노葛魯와 갈온葛溫을 궁으로 불러들였고, 정가도 귀가로 하여금 양궁의 태후들을 문안하도록 하였다. 해릉은 귀가를 보자 옛날의 정이 생각났다. 이에 귀가로 하여금 정가에게 "자고로 천자는 두 황후가 있었으니, 그대의 남편을 죽이고 날따르면 너를 황후로 삼겠다."라고 전하게 하였다. 귀가는 돌아가 해릉의 말을 정가에게 전하니 정가는 웃으며 말했다.

"젊은 시절의 추악한 일들도 부끄러운데 이제 아이들도 모두 장성하였는데 어찌 다시 그런 짓을 하여 자녀들에게 수치를 안겨줄 수 있겠니!"

이는 아마도 염걸아와의 만남을 차마 끊지 못해서일 것이다. 해릉은 그 말을 듣고 다시 사람을 시켜 정가에게 "니가 남편을 죽이지 못하면 내가 너희 가문을 멸하리라."라고 하였다. 정가는 너무 두려워 아들 오답보烏答補를 이유로 들며 "그 아이가 그 아비를 지키고 있어 틈을 찾기가 어렵습니다."라고 전하였다. 이에 해릉은 오답보를 불러들여 부보지후行寶祇候로 삼았다. 정가는 귀가와 상의하여 그 일을 더이상 막을 수 없음을 결정하였다. 그리하여 오대가 술에 취했을 때 가노인 갈노와 갈온으로 하여금 그를 목을 졸라 죽이게 하였는데 이는 천덕天德 3년 7월의 일이었다.

오대가 죽자 해릉은 거짓으로 애통해 하며 후한 예로써 장사를 지내주었다. 하녀 약사노가 정가에게 입궁하라는 황명을 전하자 정가는

---

16) 원단(元旦) 때의 황제와 신하간의 조회를 말함.

떠날 때 귀가도 데려갔다. 약사노가 그녀를 놀리며 말했다.

"마님이 떠나시려는데 염걸아는 어떡하시지요?"

정가는 그녀가 해릉에게 그 일을 발설할까 두려워 노비 18명을 뇌물로 주어 입을 막았다. 정가가 입궁하자 해릉은 그녀를 낭자娘子로 책봉하였고, 정원貞元 원년에는 귀비로 봉하였으며, 그녀를 매우 사랑하여 황후로 삼았다. 또 그녀의 가노인 손매孫梅를 진사로 급제시켜 주었다. 해릉은 언제나 정가와 함께 같이 수레를 타고 요지瑤池를 유람하였으며 여러 비빈들은 걸어서 뒤를 따랐다. 염걸아도 황후의 가솔 신분으로 급시본위給侍本位를 얻었다. 나중에 해릉의 후궁 출입이 빈번하자 정가도 그를 보기 힘들어졌다. 하루는 홀로 누각에 있는데 밑에서 해릉이 다른 비인과 같이 수레를 타고 지나가는 것이 보였다. 정가는 그를 바라보고는 같이 데려갈 것을 소리치면서 그를 욕하였다. 해릉은 일부러 못 들은 척하며 떠났다. 정가는 더욱 무료해져 다시 걸아와 사통하려 하였다. 그래서 비구니를 시켜 걸아에게 자신이 준 옷을 찾고자 하면서 그의 마음을 떠보았다. 걸아는 그 뜻을 알고 웃으며 말했다.

"마님은 이제 귀하신 몸이 되어 절 잊으셨나요?"

정가는 계책을 마련하여 그를 궁에 불러들이려고 하였지만 문을 지키는 자들이 그것을 알아차릴까 두려웠다. 그래서 먼저 시녀를 시켜 큰 바구니에 내의를 담아 궁으로 들여오게 하였다. 문지기가 그 바구니를 검사하자 모두 여성의 내의라 이미 두려움과 후회가 막심하였다. 정가는 사람을 보내 그 문지기를 힐책하였다.

"나는 천자의 비인데 내가 입은 속옷을 네가 일부러 만져보았으니 무슨 이유인가? 내 이를 천자께 아뢰어야겠다."

문지기는 죽을 죄를 지은 것으로 알고 다시는 감히 열어보지 않으리라 아뢰었다. 정가는 이에 비구니로 하여금 큰 바구니에다 걸아를 실어 입궁시켰다. 문지기는 과연 다시는 검색을 하지 않았다. 걸아는 입궁한지 10여일이 되었고 정가는 마음껏 즐기게 되었으니 의외의 기쁨이었다. 그러나 즐거움도 정도가 너무 지나쳐서는 안 되는 법이다. 걸아는 여자의 옷을 입고 시녀들과 서로 섞여 지내며 저녁이 되어서야 궁을 빠져 나갔다. 귀가는 그 일을 알고 그것을 해릉에게 고하였다. 해릉은 정가를 목을 매어 죽이고 걸아와 비구니도 잡아서 모두 주살하였다. 또 귀가는 췌국萃國부인으로 책봉시켰으며, 약사노 시녀는 정가의 일을 은닉한 죄로 곤장 150대를 친 후에 죽여버렸다.

여비麗妃 석가石哥는 정가의 누이로 비서감 문文의 처였다. 해릉은 그녀와 사통하였는데 그녀를 궁으로 불러들이고자 하였다. 그래서 문의 서모인 안도과按都瓜로 하여금 문의 집을 관장하게 하고는 그녀에게 전하게 하였다.

"필히 그대의 부인을 보내라, 그렇지 않으면 다른 조치를 취하리라."

안도과가 그 말을 문에게 전하니 문은 난처하였다. 안도과가 말했다.

"천자가 다른 조치가 있다고 함은 당신을 죽이고자 함이니 어찌 처하나 때문에 자신을 죽일 수 있단 말이오! 어리석음이 이보다 더할 순 없지요."

문은 부득이하여 석가와 서로 부둥켜안고 통곡한 후에 이별하였다. 이때 해릉은 중도中都에 있었는데 거기서 석가를 맞이하였다.

어느 날, 해릉이 석가와 편전에 앉아 문을 불러들였다. 그리고는 석가를 가리키며 그에게 물었다.

"경은 아직도 이 사람을 생각하고 있는가?"

문이 답했다.

"궁문은 한번 들어서면 바다와 같이 깊은데, 그로부터 우리는 남이 된 것입니다. 신이 어찌 감히 그런 사악한 마음을 품겠습니까?"

해릉은 매우 기뻐하며 말했다.

"경은 사람됨은 정말 충성스럽구려."

그리고는 적연아불迪輦阿不의 처 택특나擇特懶를 그에게 상으로 주어 부부로 삼았다. 그리고 정가가 교살될 적에 석가를 밖으로 며칠 출궁시킨 후에 다시 불러 들여 소의昭儀로 책봉하였으며, 정융正隆 원년에는 유비柔妃로, 이듬해에는 여비麗妃로 봉하였다.

소원昭媛인 찰팔察八은 성은 야율耶律인데 해인奚人 소당고대蕭堂古帶에게 시집을 간 적이 있었다. 해릉은 그녀가 예쁘다는 것을 듣고 억지로 그녀를 얻으려고 소원으로 봉하였고, 소당고대는 호위무사로 삼았다. 찰팔은 해릉이 여자들이 너무 많아 언제나 새로운 여자들로 인해 자신들이 힘들어짐을 알고는 겉으로는 마지못해 해릉에게 허락하였지만 속으론 남편이었던 소당고대를 품고 있었다. 어느 날, 부드러운 금으로 된 보자기 몇 개에다 다음과 같은 시를 한 수 적어 그에게 보냈다.

한번 궁궐에 들어오니 종일토록 한가롭네. 그대를 그리워하여 보고파 눈물이 난간을 적시네. 금생에서 원앙의 띠를 맺지 못한다면 응당 망부산을 다시 건너가야 하리라.

소당고대는 그것을 받자 화가 자신에게 미칠까 두려워 하간역河間驛을 찾아가 아뢰었다. 그런데 무슨 연유인지 일이 발각되어 해릉이 그를 불러 물었다. 그는 사실대로 고백하였다. 해릉이 말했다.

"이건 너의 죄가 아니다. 죄는 너를 생각한 이에게 있다. 내가 너를 위해 내세來世의 인연을 열어주리라."

그리고는 보창루寶昌樓에 올라 직접 그녀를 누각 아래로 밀어 떨어져 죽게 하였다. 여러 후비들은 두려워 아무도 쳐다보질 못하였다. 또 그 보자기를 전한 시녀도 주살하였다.

해릉은 여러 종친들을 죽인 다음에 그 부녀 가운데 예쁜 여자들을 모두 궁으로 끌어들이려고 하였다. 그는 재상들에게 풍자하며 말했다.

"짐은 자손이 많지 않은데 이 무리들의 부인들 가운데에는 짐의 내외친들이 있으니 궁으로 끌어들이면 어떻겠소?"

도단정徒單貞이 그 말을 소유蕭裕에게 전하니 소유가 말했다.

"가까이로는 종실들을 살해하니 종실 내외의 사람들이 모두 말이 많은데 어찌하여 다시 그런 짓을 한단 말인가!"

도단정은 그 말을 다시 해릉에게 고해바쳤다. 해릉이 말했다.

"나는 소유가 나를 쫓지 않음을 알고 있었다."

그리하여 도단정을 시켜 그가 스스로 소유를 설득하여 소유가 이 일을 받들도록 하게 하였다. 도단정은 사양하지 않고 소유에게 말하였다.

"천자의 뜻이 이미 정해져 있거늘 공이 억지로 그것을 제지하고자 한다면 필히 화가 미칠 것이오."

이에 소유가 말했다.

"반드시 쫓진 않을 것이오. 다만 천자가 한 사람을 택하면 그를 들이겠소."

도단정이 말했다.

"필히 공이 그것을 아뢰어야 할 것이요."

소유는 저지할 수가 없어 해릉에게 아뢰었고, 그리하여 병덕秉德의 아우 규리糺里의 처 고씨高氏, 종본宗本의 아들 사노자莎魯刺의 처, 종고宗固의 아들 호리자胡里剌의 처, 호실래胡失來의 처 등을 납입하였다. 또 삼촌인 조국왕曹國王의 아들 종민宗敏의 처 아나阿懶도 궁에 들여 정원원년에 소비昭妃로 봉하였다. 이에 대신들이 아뢰었다.

"종민은 근친인데 불가합니다."

그리하여 아나는 궁 밖으로 보내고 고씨를 수의修儀로 봉하였다. 또 그 부친 고사노와高邪魯瓦를 보국상장군으로 모친 안씨顔氏는 밀국부인으로 명하였다. 또 송왕宋王인 종망宗望의 딸 수녕현주壽寧縣主 십고什古, 양왕梁王 종필宗弼의 딸 정락현주靜樂縣主 포자蒲刺와 습연習撚, 종준宗儁의 딸 사고아師姑兒도 모두 해릉의 종자매從姊妹들이었다. 혼동군군混同郡君 사리고진莎里古眞과 그 누이 여도餘都와 태부太傅 종본의 딸도 모두 해릉의 재종再從 자매였다. 그리고 사촌형 장정안張定安의 처 내자홀奈刺忽과 여비麗妃의 누이 포노호蒲魯胡는 모두 남편이 있었고 다만 십고什古는 남편을 잃었는데 해릉은 모두 가리지 않고 고사고高師姑와 내가內哥, 그리고 아고阿古 등을 보내어 모두 그들과 사통을 하였다. 내친 중에 사리고진莎里古眞은 가장 아름다우면서도 가장 음탕하였는데 고사고가 그녀에게 말했다.

"임금님이 미인을 좋아하는 것을 아씨도 잘 아실 겁니다. 아씨의 미모를 임금님이 그냥 두실 리 없죠. 게다가 임금님에겐 재종자매이니 집을 나설 때에도 달리 복식을 갖추지 않으셔도 될 것입니다. 남녀가 서로 만난 것은 남과 같은데 어찌 임금님을 모시며 은총을 얻을 생각을 하지 않을 수 있겠어요?"

사리고진은 웃으며 그에 따랐다. 궁에 들어오자 해릉도 그녀를 좋아하여 언제나 즐겁게 해 주려고 애썼다. 그리고 그녀가 온 다음 날, 그 남편 살속撒速 근시가 숙직을 섰는데, 해릉이 그에게 말했다.

"너의 처가 어린데 자네가 숙직을 서게 되었으니 집에서 자게 할 수가 없고 응당 궁의 부인 곁에서 자게."

살속은 묵묵히 한 마디도 하지 못했다. 해릉은 그녀를 부를 때마다 언제나 회랑 아래에서 친히 기다렸다가 오래 서있기가 힘들면 고사고의 무릎 위에 앉아 그녀가 나타나길 기다렸다. 고사고가 말했다.

"폐하께서는 존귀한 천자이시고 비빈들은 넘쳐나는데 어찌 이런 고생을 하십니까?”

이에 해릉은 웃으며 말했다.

“나는 천자 자리를 쉽게 얻었지만 이런 기회는 정말 쉽지 않은 것이다.”

사리고진이 도달하자 해릉은 갖은 정성으로 그녀를 맞이하며 그녀의 비위를 맞춰주기에 바빴다. 그러나 그녀는 방자함이 지나쳤다. 임금의 총애를 믿고 그 남편을 매로 다스렸으며, 그 남편도 이에 항거할 수 없었다. 관직이 높은 자 가운데 재기가 있거나 아름다운 외모에 성기가 큰 자들을 불러서 그들과 교합을 하면서도 부끄러움을 몰랐다. 해릉이 그 이야기를 듣고 크게 노해 말했다.

“네가 관직이 높은 자들을 좋아하지만 천자만큼 높은 자가 있더냐? 네가 인재들을 좋아하지만 나처럼 문무를 겸비한 자를 본 적이 있느냐? 네가 노는 것을 좋아한다지만 나만큼 질펀하게 노는 자를 본 적이 있느냐?”

해릉은 화가 치밀어 말을 잇지 못했다. 그래도 그녀는 아랑곳없이 히죽거리며 말했다.

“나는 당신이 무능하다고 여겨요.”

해릉은 또 크게 노해 그녀를 궁 밖으로 내쫓았다가 다시 그녀가 생각나 입궁시키길 여러 번 하였다. 그녀의 누이 여도麗都는 패인牌印 송고자鬆古剌의 처였다. 해릉은 그녀와 사통한 적이 있는데 그녀에게 말하였다.

“너의 모습은 그리 대단한 것이 아니나 피부가 희고 아름다워 사랑스럽구나. 언니보다 훨씬 낫다.”

이에 여도가 원망하며 말했다.

“언니가 미모가 뛰어나다면 폐하께서 어찌 그 피부를 바꿔서 완벽한 사람이 되게 하지 않으셨나요?”

해릉이 말했다.

"내가 염라대왕이 아닌데 어찌 사람을 바꿀 수가 있겠느냐?"

여도가 말했다.

"이제부터 첩은 다신 감히 임금님을 모시지 못할 듯합니다."

해릉이 그녀를 위로하였다.

"내가 한 말은 농담이다. 내가 한 말을 진담으로 여겨 화를 내지 말 거라."

이에 그녀를 수양현주壽陽縣主로 책봉하고 귀비의 자리를 주었다.

해릉은 내가內哥로 하여금 십고什古를 소비昭妃의 자리에 불러들였는데, 십고는 장군인 와자합미瓦剌哈迷의 처였다. 와자합미는 신체가 장대한 자로 키가 9척에 힘이 엄청나 큰 솥을 들 수 있었고 기개는 소를 삼킬 기세였다. 하루 저녁에 2,3명의 여자와 관계를 하며 그렇지 못할 경우에는 온몸이 근질거려 참지 못해 필히 무거운 물건을 들어 그 기를 발설하여야만 하였다. 매번 십고와 교접할 때마다 십고는 흥분하여 죽을 지경이었다. 나중에 와자합미가 군에 들어가 사망하자 십고는 혼자 살 수가 없었다. 그리하여 문하의 젊은이와 만나게 되자 기분을 내기 위해 젊은이가 미약을 구해 그녀에게 주자 밤새도록 지치지가 않았다. 십고가 웃으며 말했다.

"오늘은 그래도 그럭저럭 만족스럽다고 할 수 있겠네."

그리하여 이 일을 아는 자들은 웃으며 그 젊은이를 "그럭저럭 만족스러운 젊은이"로 불렀다. 해릉은 십고가 끼가 많음을 전해 듣고 내가를 시켜 십고에게 다음과 같이 전하게 하였다.

"너는 탁월한 끼가 천하제일이지만 작은 직책의 남정네에 매여 당대 최고의 풍류남아를 만나지 못했으니 어찌 인생이 허망하다고 할 수 없겠는가! 나의 양기는 엄청 커 걸출한데 네 어찌 홀로 큰 것과 함께 흠뻑 적셔져 스스로를 즐기지 않겠는가?"

십고는 웃으며 말했다.

"주상께서 비록 웅대하다고 하지만 와자합미의 반에도 미치지 못할 것입니다. 하물며 후궁이 즐비한데 어찌 하필 첩을 부르십니까?"

내가가 말했다.

"임금님께서 자네를 점찍은 것이 이미 오랜데 만약 응하지 않는다면 임금님의 진노가 예측키 어려울 것입니다."

십고는 부득이하여 입궁하였다. 해릉은 그녀가 오기 전에 소전小殿의 따뜻한 곳에 앉아 거문고를 뜯고 있었다. 십고가 들어와 예를 올리자 해릉은 그녀의 손을 잡으며 무릎 위에 앉혀서는 거문고를 치며 그 마음을 기쁘게 하였다. 또 소녕공주昭寧公主로 봉하며 동방춘의洞房春意17) 책 하나를 찾아오게 하였다. 그리고 웃으며 말했다.

"짐이 오늘 밤 너와 더불어 이 24가지 자세를 순서대로 모두 시험해보리라."

십고가 웃으며 받았다.

"폐하께서 도전을 하시려는데 첩이 어찌 감히 응하지 않겠습니까?"

해릉은 반도 다 행하지 못하고 잠시 휴식하고자 하자 십고는 그를 안으며 말했다.

"폐하께선 선전을 하셨지만 애석하게도 물건이 작고 약하십니다."

해릉은 멋쩍어하며 물었다.

"와자합미의 물건은 어떠한데?"

십고는 답했다.

"크게 다릅니다."

해릉은 불쾌해하며 말했다.

---

17) 신혼밤의 정경과 흥취를 그린 그림임.

"너의 나이는 늙어갈 것이고 미모도 쇠퇴할 것이다. 짐이 너를 버리지 않음은 너의 큰 행운이다. 어찌 너를 얻으려고 하겠는가!"

십고는 부끄러워하며 떠났다. 다음 날 궁을 나가 그 상황을 젊은이에게 말했다.

"황제와의 교합은 정말 얻은 바가 컸어. 헛된 일이 아니었어."

젊은이는 신중하지 못해 그 말을 다른 사람들에게 발설했다. 사람들은 웃으며 젊은이에게 말했다.

"황제가 이젠 '그럭저럭 만족스러운 사람'이 되었네."

내자홀奈剌忽은 포지합자적蒲只哈剌赤의 딸이다. 아름답고 청결하였는데, 그녀를 본 사람들은 감탄하지 않는 사람이 없었다. 성년이 되자 절도사 장정안張定安의 처가 되었다. 장정안은 해릉의 사촌형이었는데, 해릉이 성년이 되기 전에 종종 장정안의 집에 와 놀곤 하였다. 당시 해릉은 내자홀과 같은 자리에서 하루 종일 장난치며 놀다가 관계를 맺은 적이 있었다. 무슨 영문인지 장정안이 희종熙宗의 명을 받아 송宋나라에 사절로 갔다. 해릉은 내자홀과 밤새도록 재미를 보았다. 모습이 마치 부부와 같았는데 방안에 있던 시녀들도 그의 손을 벗어나질 못하였다. 그런데 그때 희종이 해릉을 불러 그는 하는 수 없이 그녀를 작별하여 떠나 즉위할 때까지 다시는 만나지 못했다. 그 후 즉위하고는 그녀를 불러 유비柔妃의 자리를 주었다.

하녀 벽나闢懶는 밖에 남편이 있었는데, 해릉은 그녀를 불러들이고 싶어 현군縣君으로 봉하고 입궁시켰다. 해릉은 그녀가 임신하길 꺼려하여 사람을 시켜 사향탕을 달이게 하여 친히 그것을 떠먹이며 배도 주물어주었다. 벽나는 태아의 목숨을 살리기 위하여 애걸하였다.

"분만을 하게 되면 아이를 내세우지 않고 그저 폐하만 모시겠습니다."

해릉이 말했다.

"분만을 하게 되면 너의 음문이 넓어지니 쓸모가 없게 되느라."

결국 태아를 낙태시켜버렸다. 수일이 지난 후에 해릉은 다시 그녀를 찾았다. 벽나는 몸이 깨끗하지 못해 해릉의 양기가 피가 묻어 더러워졌고 그는 이것을 바라보고 웃으며 다음과 같은 시를 지었다.

머리 벗겨진 오이 하나가 갑자기 붉은 물이 뿌리 끝까지 들었네. 오늘 아침 붉게 물든 오이가 나왔으니 오이 밭에 다른 것은 심을 필요가 없겠네.

이에 벽나가 웃으며 답시를 지었다.

낮고 얕은 고랑 하나에 가물치가 안에서 마음대로 놀고 있네. 허나 물은 차도 고랑이 얕으니 홍어紅魚가 되어 머리를 들지 못하네.

해릉이 또 지었다.

검은 소나무 숲 아래 물이 졸졸 흐르는데 한 점 한 점 나는 꽃들이 온 내에 떨어졌네. 물고기는 파도를 타고 봄물에 노니는데, 소나무 숲을 부딪혀 지나니 연기 하나가 피어오르네.

벽나도 또 답시를 지었다.

오래 된 절 문 앞에 스님 하나가 있는데, 가사裂裟의 붉은 빛이 온 몸에 드리웠네. 지금부터 보살의 길을 접나니 이젠 달 아래의 문을 두드릴 필요가 없나니.

해릉은 웃으며 말했다.

"너는 정말 사람을 대하는 태도가 탁월하도다."

포찰아호질蒲察阿虎迭의 딸 차찰叉察은 해릉의 누이인데 경의慶宜 공주가 낳은 자식이다. 어릴 때에는 요왕遼王 종알宗斡의 집에서 자랐다.

성인이 되자 병덕秉德의 아우 특리特里에게 시집을 갔다. 병덕은 죽을 죄를 지어 찰차도 연좌되었는데 태후는 오동梧桐을 시켜 해릉에게 부탁을 하여 면죄되었다. 이에 해릉은 태후에게 얘기해 그녀를 취하려고 하였다. 태후가 말했다.

"이 아이가 태어날 때 선제先帝께서 친히 안아 우리 집에서 키워 성인이 되었소. 황상은 비록 외삼촌이나 부친과도 같소. 어찌 그런 예의에 어긋나는 일을 할 수 있겠소?"

해릉은 태후에게 복종하여 그 일을 멈췄다. 차찰은 방탕하고 음란해 집에 가만히 있지 못하고 완안수성完顔守誠과 간통하였다. 완안수성의 본명은 알리래遏里來인데 젊은 나이에 남달리 피부가 희었는데 더욱이 교접에 능하였다. 차찰은 그를 매우 사랑했다. 태후는 그 일을 알고 그녀를 종실 안달해安達海의 아들 을보자乙補刺에게 시집보냈다. 을보자는 그녀의 욕구를 이기지 못하였고 차찰도 매일 그와 반목을 일삼았다. 해릉은 그 연고를 모르고 몇 번이나 사람을 시켜 을보자를 밖으로 내보냈고, 그리하여 그녀를 불러들였다. 태후는 처음엔 그 사실을 몰랐다. 차찰은 완안수성을 그리워하여 수심이 가득하였다. 매번 해릉을 맞이할 때에는 억지로 웃고 즐겼지만 돌아서면 그를 저주하였다. 그것을 알아차린 자가 해릉에게 알려주었다. 해릉은 노하였다.

"짐이 완안수성보다 못하단 말인가?"

그리하여 그를 잡아서 죽이고 차찰도 죽이려고 하였지만 태후의 간곡한 부탁으로 그녀를 석방하여 출궁시켰다. 차찰의 가노는 그녀에게 완안수성의 죽음을 알렸고 그녀는 밤낮으로 해릉을 저주하며 무도함을 욕했다. 해릉은 이에 직접 그녀를 찾아와 차찰을 꾸짖으며 말했다.

"너는 완안수성의 죽음 때문에 나를 저주한다지? 완안수성은 이제 볼 수 없을 테니 짐이 오늘 너를 죽여 그를 볼 수 있게 하리라."

그리고는 바로 차찰을 죽여 그 시신을 여러 토막으로 잘랐다.

　대종정人宗正 아리호阿里虎의 처 포속완蒲速碗은 바로 원비元妃의 누이
였다. 자색이 빼어났으며 몸가짐도 발랐다. 들어와 원비를 보고는 궁
에서 유숙을 하였다. 저녁에 해릉이 억지로 그녀를 만찬에 참석시키
고자 했다. 포속완은 정색을 하며 강하게 말렸고, 원비의 거처에서 식
사를 물리치고 온 몸의 의복을 단단히 결속시켜 눕지도 않고 앉아있
었다. 이는 해릉이 자신을 능욕할 것을 방비하기 위함이었다. 과연 밤
이 깊어 누각의 북이 울리며 화각소리가 급해지면서 은으로 된 등잔
불이 가물가물해지면서 정신이 비몽사몽일 때 해릉이 돌연 나타났다.
해릉은 그녀를 억지로 안아 겁탈하려고 하였지만 포속완은 완강히 거
부하였다. 해릉도 포기하지 않고 두 사람이 서로 엉겼는데 두어 시간
이 지나자 해릉은 힘으로 그녀를 제압할 수 있었다. 그는 벼락 같이
화를 내고 새끼호랑이처럼 소리치며 주위 시녀들에게 그녀를 결박하
게 하여 속옷과 겉옷의 끈을 모두 끊어버리게 하였다. 포속완은 기력
이 빠져 더 이상 지탱할 수가 없었으며 땅을 치는 억울함에 소리칠
수도 없었다. 오직 두 눈을 감고 양손을 내리며 해릉이 마음껏 희롱하
도록 두었다. 마치 기절해 죽어 아무 것도 모르는 사람과 같았다. 그
러자 해릉도 목적을 이루어 오랜 시간 동안 그녀를 농간하다가 포속
완을 보니 그 어떤 감정도 드러내지 않자 재미가 없어져 흥취가 달아
나 손을 떼고 말았다. 원비가 포속완에게 물었다.
　"네 평소의 끼는 다 어디 갔니? 오늘 그런 반응을 보이다니!"
　포속완이 답했다.
　"언니도 감정이 있지. 옛날 아황娥皇과 여영女英이 모두 시집을 안
간 여자였어요, 그러므로 요임금님이 그녀들을 순임금에게 시집을 보
낸 거지요. 나는 남편이 있는 몸이에요. 만약 언니와 함께 남편을 공

유한다면 어찌 남의 비웃음을 사지 않겠어요! 그럼 언니도 사람 노릇을 못하는 거지요."

원비가 말했다.

"그 일에 대해선 나도 잘 모르겠어. 속담이 잘 말해주지. 언제나 그곳 풍습에 적응을 해야 된다는 것. 남의 비웃음 따윈 신경 쓰면 뭐 하니!"

포속완은 말했다.

"언니 그런 말이 어딨어요! 그 말은 안한 것과 다름없어요. 세상에 백세동안 계속되는 태평세대는 없고, 천년 동안 재임하는 임금이 없어요. 언니가 남에게 능욕을 당하면 마음이 어떻겠어요?"

원비는 부끄러워 한 마디도 하지 않았다. 밤이 지나 아침에 포속완은 인사를 마치고 고향으로 돌아가 다시는 입궁하지 않았다. 해릉이 이런저런 명목으로 그녀를 불러들이고자 하였지만 그녀는 극구 사양하며 말했다.

"신첩은 죽었으면 죽었지 마마를 다시 보지는 않을 것입니다."

해릉도 그 일에 대해선 하는 수가 없어 포기할 수밖에 없었다.

장중가張仲軻는 어릴 적의 이름이 우아牛兒였는데, 시정의 부랑아였다. 전기傳奇소설을 얘기하면서 중간에 광대들의 우스개 이야기들을 섞어가며 얘기하는 일을 업으로 삼았다. 그 혀가 뾰족하면서 길어 한번 펼치면 코를 핥을 수 있었다. 해릉이 일찍부터 그를 불러들여 우스개 소리를 하게 하였다. 나중에는 해릉이 즉위하면서 그를 비서랑으로 삼아 궁중에 바로 출입하게 하였고, 옛날을 회고하며 그의 연기를 곧잘 들어가며 그와 격이 없이 잘 지냈다. 해릉은 일찍이 비빈들과 운우雲雨를 할 때에는 필히 휘장을 젖히고 장중가가 그 앞에서 음탕한 이야기를 하게 하면서 그의 흥을 돋우게 하였다. 혹은 그로 하여금 몸을 굽히고 허리를 구부려 비빈의 허리를 받치게 하도록 하였으며, 혹은 그에게 미약을 조제하여 자신의 성기에다 안마하게 하기도 하였다. 또 해릉은 비빈들을 나체로 쭉 서게 한 다음에 자신도 나체로 중간에 서서 장중가에게 부드러운 끈으로 자신의 성기를 매서 끌고 가게 하였다. 그러다가 장중가가 멈춘 비빈 앞에서 그녀를 마음껏 희롱하였으며, 장중가는 뒤에서 밀고 당기고 하면서 잠시라도 늦추게 하면 안 되었다. 그런 까닭에 모든 비빈들의 성기를 장중가가 보지 않은 것이 없었다. 한 어린 여자아이가 있었는데 미모가 뛰어나고 재치가 있어 해릉이 그녀를 좋아하였다. 매번 시녀들과 교접을 할 때마다 장중가에게 그 소녀를 가리키며 그 아이는 아직 나이가 어려 큰 물건을 견디지 못하니 그 고통을 차마 보지 못해 자신이 기다리는 것이라고 하였다. 장중가는 이에 해릉을 칭송하였다. 하루는 해릉이 낮에 취하여 작은 평상에 기대어 누워있고 장중가는 처마 아래에서 잠시 휴식을 취하고 있을 때였다. 그 때 이 소녀가 해릉이 감기 들까 걱정하여 저고리로 그의 어깨를 덮어 주었는데 해릉은 당시 잠에서 깬 몽롱한 눈으로 이 소녀를 보고는 가슴에 그녀를 끌어안았다. 그리고는 흥에 못 이겨 그 아이와 교접을 하였는데 그가 어린 아이인 것을 잊었다. 그 소녀는 과연 그것을 이기지 못해 울며불며 눈물을 흘리니 해릉도 어서 자신의 성기를 빼버렸다. 그 소녀의 성기에는 피가 멈추지 않았다. 해릉은 그것을 연민해하여 장중가로 하여금 혀로 그 피를 핥게 하였다. 장중가는 죽을죄를 지었다고 하며 감히 머리를 들지 못했다. 해릉은 재삼 그에게 핥기를 명하니 그 소녀는 창피하여 스스로 일어나 버렸다.

해릉은 또 장중가에게 말했다.

"너도 수염이 있는 남자라 성기가 있을 터인데 아침저녁으로 짐이 비빈들과 교접을 하면 너의 양기도 서지 않겠느냐? 바지를 한번 벗어

보거라. 짐이 한번 봐야겠다."

장중가가 아뢰었다.

"폐하 전하의 안전에서 궁궐의 법도가 있사온데 신과 같은 천한 존재가 어찌 감히 나체를 드러내어 죽을죄를 짓겠습니까?"

해릉이 말했다.

"짐은 너의 양기를 보려고 한다. 네게 죄가 있는 것이 아니고 짐도 너를 책망하지 않겠다."

장중가는 머리를 땅에 대고 그 일을 면할 수 있도록 빌었다. 해릉은 젊은 내시에게 명해 그의 옷을 모두 벗기게 하였다. 장중가는 몸을 구부려 바닥에 꿇어앉아 두 손으론 무릎을 안고 있었다. 해릉은 다시 내시에게 장중가를 묶어 하늘을 향해 긴 의자 위에 눕히게 하였는데 그 양기가 곧게 서서 위를 향하고 있었다. 크고 길어 해릉의 3분지 2가량이 되었다. 여러 비빈들이 그것을 보고 모두 얼굴을 가리고 웃었다. 해릉이 말했다.

"너희들은 웃지 말아라. 이 역시 양기인데 가령 저 소녀가 그것을 감당한다면 어찌 아프지 않겠느냐!"

비빈들이 또 웃었다. 시간이 흘러 장중가의 양기가 죽자 해릉은 그를 묶은 끈을 풀어주게 하였다.

또 한번은 신하들을 한 곳에 모아놓고 모두 그들의 물건을 들어내어 서로 비교하게 하였다. 그 가운데 큰 것을 일등급으로 쳐 쓸모없는 궁녀 하나를 주어 농락하게 하고 양후아패陽侯牙牌를 하나 주었으며, 중간급은 이등급으로 쳐서 100냥을 주고 양백아패陽伯牙牌를 하나 주었으며, 이등급에 미치지 못하는 자는 최하위로 상은 내리지 않았다. 그리하여 정전正殿에서 조회하거나 연회 때에 그 등급서열에 따라 벼슬을 내리는 것 외에도 입궁하여 숙직을 서거나 내전에서 음식을 줄 때에도 관직의 서열을 논하지 않고 아패牙牌의 종류에 따라 서열을 정하여 웃음거리로 삼았다. 이는 도단정徒單貞도 면할 수가 없었다. 백 명 가운데 해릉과 어깨를 겨룰 수 있는 자는 일등급이 되었고 해릉에 비해 좀 손색이 있는 자들은 이등급이 되었으며, 해릉에 비해 전혀 상대가 되지 않는 자들은 얻는 바가 극히 적었다. 세인들은 이를 노래하였다.

조정에서 하는 일이 양기를 관리하니, 헛되이 관직은 그것을 비교하는 장소가 되었네.
정사와 문장이 모두 쓸모가 없고, 오직 허리 아래 단단함이 최고라네.

이 노래는 해릉의 귀에까지 전해졌으나 그는 모른 채 하며 여전히 음탕한 짓만 해대었다.

궁중의 비빈들은 고관이나 서민의 부인이든 간에 그와 관계를 한 여자들은 모두 관직을 주었으며, 비록 남편이 있어도 모두 차례로 입궁하여 그 음란한 짓을 귀로 듣게 하였다. 해릉은 이에 만족하지 않고 이 부인들을 편하게 마음대로 범하기 위해 그 남편들을 모두 서울로 불러들여 그 부인들이 궁중에 머물 수 있게 하였다. 그리고 그들과 교접을 할 때에는 휘장을 걷게 하고 교방敎坊의 악공으로 하여금 곁에서 음악을 연주하도록 하였으며 그 짓이 끝이 나면 음악을 멈추게 하였다. 그리고 다시 시작하면 다시 연주하게 하였다. 한번 교접을 하면 몇 명의 부녀자를 범하였고 오직 자신의 기분만 추구하였지 여자들은 재미를 느끼지 못해 모두들 원망을 하였다. 젊은 소녀들과 교접할 때에도 자신의 흥만 돋우며 그들의 통증은 안중에도 없었다. 만약 기분대로 되지 않으면 비빈들로 하여금 소녀의 손발을 잡게 하면서 움직이지 못하도록 하였다.

비빈들과 같이 앉아 있을 때에는 필히 물건을 하나 바닥에 던지고 가까이 있는 신하에게 그것을 주시하게 하였으며, 다른 데를 보는 신하는 죽여버렸다. 또 궁중의 남자종들이 비빈들 앞에서 고개를 드는 자는 그 눈을 파내었다. 혼자 다니지 못하게 하여 4인이 함께 다니게 하였고, 관할 부서는 칼을 들고 감독하며 가야할 길을 벗어나는 자는 목을 베었다. 해가 진 후에 섬돌 아래로 내려가는 자는 죽이고, 고告하는 자는 상으로 백만 냥을 주었다. 하인들이 바쁘게 돌아다니다 서로 부딪히면 먼저 소리치는 사람은 3품의 관직을 주고 나중에 말하는 자는 죽였으며, 동시에 말하게 되면 모두 용서하였다.

양충梁玩이란 자는 원래 보잘것없는 가노였는데 원비元妃를 따라서 입궁하였다가 내시가 되어 해릉을 모시게 되었다. 그는 본성이 아첨을 잘해 남의 비위를 잘 맞추어주었다. 해릉은 특히 그를 믿어 그의 뜻이라면 모두 따랐다. 양충은 한번 먼 바다 신선이 산다는 곳에서 양기를 돋우는 기이한 물건을 구해 미약을 조제해 해릉에게 바쳤다. 해릉이 그것을 복용하니 과연 효험이 있어 더욱 음란해졌다. 내외의 비빈들이 만 명이 되었는데 여전히 절색을 얻고자 혈안이었다. 이에 양충이 아뢰었다.

"송宋의 유劉귀비는 경국지색입니다."

해릉이 말했다.

"그 용모에 대해 읊어보아라."

양충이 말했다.

"머리결은 매끈하고 아름다운 자태가 섬세합니다. 몸은 눈같이 희어 광채가 나고, 얼굴은 아름다운 꽃을 무색하게 합니다. 사뿐 사뿐 걸으면 눈이 어지럽고, 아름다운 눈매에 행동 또한 선녀와 같습니다. 지혜는 물론 가무도 뛰어납니다."

해릉은 그 말을 듣고 매우 즐거워하였다. 이로부터 남정南征의 뜻을 품었다. 장차 떠나려할 때, 현군縣君인 고사고高師姑에게 명해 자주색

생사 휘장, 채색 돌침상, 자고새 베게, 먼지가 묻지 않는 요, 아름다운
자수 이불, 푸른 하늘빛 장막, 아름다운 수건 등을 미리 준비하게 하
였다. 휘장은 가볍고 성기면서 얇아 보기에 투명하였으며, 추운 겨울
에도 바람이 들어오지 않았고, 더운 여름에는 매우 청량하였다. 그 색
은 은은하여 얼핏 보기엔 휘장 같지가 않았다. 그것은 바로 전설상의
인어가 만들었다는 교초鮫綃라는 옷과 유사한 것이다. 침상은 문양이
비단과 같지만 돌이 매우 가벼웠는데 서역의 질지국郅支國에서 바친
물건이다. 베개는 칠보를 합쳐 자고새를 만들었다. 담요의 색은 아름
답고 빛깔이 좋았는데 먼지가 묻지 않는 짐승의 털로 만든 것이라고
하는데 구려국句驪國(즉 고구려)에서 생산된 것이다. 이불에 놓은 자수
는 3천마리의 원앙으로 그 사이사이에 기이한 꽃과 화초가 들어가 있
었으며, 또 이불 자수에는 크기가 과일만한 영속靈粟이라는 구슬을 장
식하였는데 오색이 휘황찬란하였다. 장막의 색은 푸른 녹색 같은데
펼치면 넓이가 3장丈이고 길이는 100척尺[18])이 되었으며, 형용할 수
없을 정도로 가볍고 얇았다. 허공을 향해 펼치면 그 청량한 문양이 마
치 푸른 생사에 구슬을 꿴 것과 같았으며, 설령 큰 폭우가 내려도 젖
어 빗방울이 새지 않았다. 그러므로 그것을 인어 서향瑞香의 기름으로
만든 것이라고들 하는 것이다. 수건은 눈처럼 희고 깨끗하며 부드러
움이 비단과 같았고 물을 묻혀도 젖지 않았으며 아무리 오래 사용하
여도 때가 타지 않았다. 이는 바로 귀곡국鬼谷國에서 얻은 것으로 나중
에 유귀비劉貴妃를 얻게 되면 사용하고자 한 것이다. 그리고 또 구옥채
九玉釵, 견분서蠲忿犀, 여의옥如意玉, 용초의龍綃衣, 용염자불龍髯紫拂 등도
몸에 지녔다. (구옥채라고 함은) 비녀에 새긴 9마리의 봉황이 모두 아

---

18) 길이의 단위인 1장(丈)은 10척(尺)이고, 1척은 10촌(寸)이며, 1촌은 10분(分)이
   다. 1척은 시대에 따라 다르나 대략 30센티 가량이다.

홉 가지 색을 띄고 있으며, 그 위에는 백옥으로 된 글자가 새겨져 있는데 정교하고 아름답기가 사람의 솜씨가 아닌 듯하였다. (견분서라고 함은) 뿔소의 뿔이 탄환과 같이 둥근데 그것을 지니면 사람의 분노를 재울 수가 있었다. (여의옥이라고 함은) 옥모양이 복숭아와 같은데 위에 7개의 구멍이 있어 명쾌하게 통한다는 상象을 의미한다고 하였다. (용초의라고 함은) 옷의 무게가 1,2냥兩도 되지 않아 들면 한움큼도 되지 않았다. (용염자불이라고 함은) 총채의 색깔이 잘 익은 오디와 같은 자주색인데 길이가 3척이고 수정을 깎아서 그 손자루를 만들었고 홍옥紅玉을 새겨 고리가 달린 동물형상 조각을 만들었다. 비바람이 몰아쳐 물에 젖어도 빛이 나 마치 분노한 듯하였다. 가슴에 놓아두면 낮에는 날파리가 없고 밤에는 모기가 들끓지 못했다. 한번 휘둘러 소리를 내면 닭과 개들이 모두 놀라 달아나고 못에다 그것을 드리우면 물고기들이 모두 몰려들었으며, 물을 묻혀 공중에다 들면 폭포가 되었다. 제비고기를 구워 연기에 그을리면 마치 구름안개가 피어나는 듯한데 동정호洞庭湖에서 얻은 것이라고 하는 것이다. 이것도 나중에 유귀비를 얻게 되면 하사하고자 한 것이었다. 해릉은 이 모든 것들을 하나하나 잘 정리하였는데 뜻밖에도 시종이 보고하길 유귀비가 이미 세상을 하직했다고 하였다. 해릉은 매우 애석해하였다. 급히 명을 내려 말하길, 송을 멸망하게 되면 그녀의 시체라도 거두어 한번 봐서라도 그의 한을 풀고자 하였다. 그야말로

　　생전에 원앙띠를 맺지 못하면 죽은 후에 공연히 이소군李少君[19]을 힘
　　들게 하도다.
세종世宗 때에 제남濟南 부윤府尹의 부인 오림답씨烏林答氏는 옥같이

---

19) 이소군은 한나라 때의 도사로 장생불로(長生不老)의 방술을 익혀 한무제의 신임
　　을 얻은 기인(奇人)이었다.

아름다운 피부에 날씬하고 멋진 몸매를 지닌 참한 여자였다. 해릉은 그녀가 아름답단 말을 듣고 그녀와 관계를 맺고 싶어했지만 오림답씨는 단정하고 엄숙해 틈을 보이지 않았다. 하루는 조서를 보내 그녀를 불렀는데 세종이 분노하여 명에 반항하며 그녀를 가지 못하게 하였다. 오림답씨는 울며 세종에게 말했다.

"첩의 몸은 바로 왕의 몸입니다. 한번 혼인하면 다시 재혼하지 않음이 첩의 뜻입니다. 어찌 대왕님을 욕되게 할 수 있겠습니까!

첩이 소명召命에 응하지 않음은 군주에게 거역하는 것이고, 왕께서 조서를 받들지 않음은 신하의 도를 행하지 못하는 것입니다. 천자가 이것 때문에 왕을 죽이려한다면 어떻게 피할 수가 있겠습니까? 제가 응당 소임을 당할 것이며 결코 대왕님께 누를 끼치지 않을 것입니다."

세종은 눈물을 흘리며 차마 떨어지려고 하지 못했다. 오림답씨는 의연히 길을 나섰다. 가는 도중 그 처량하고 우울함은 말로 다할 수 없었다. 양향良鄕에 이르자 온몸의 의복을 촘촘히 꿰맨 다음에 옷깃에다 다음의 시를 한수 적고 자살해버렸다.

> 세태가 이렇게도 쉽게 변하니, 천자의 마음은 독하기가 이리와 같네. 그 광폭함에 쾌락만을 추구하니 음란함이 도의를 져버렸네. 내가 죽으면 몸은 욕되지 않고, 지아비도 살고 이름도 향기로울터. 소명을 전한 이여, 수고로우나 나의 피를 가지고 군왕에게 보고하시오.

오림답씨가 죽으니 사자使者가 그녀의 죽음을 알렸고 해릉은 거짓으로 슬퍼하며 그 영구를 세종에게로 돌려보내었다. 세종은 그녀가 들어있는 관을 보자 얼굴빛이 크게 변하고 피가 목구멍에 막혔다. 시체를 끌어안고 애통해하며 예로써 장사를 지내주었다. 그 후 세종은 재위 29년 동안 다시는 왕비를 세우지 않았는데 이는 오림답씨의 절개 때문이었다고 후대 사람들은 전한다.

한편 해릉은 대규모로 남침을 구상하여 강 위에서 전함을 만들고자 백성들의 집을 허물어 그 목재로 충당하였으며, 죽은 자들을 삶아 그 기름으로 연료를 사용하였다. 그는 재물을 물 쓰듯 사용하였으며, 인명을 초개로 알았다. 남으로 군사를 출정시킨 후에는 군신들이 만백성들의 원망을 받아들여 조국공曹國公 오록烏祿을 황제로 세워 요양遼陽에서 즉위하게 하였다. 그리고 나라 이름을 옹雍으로 고치고 연호도 대정大定으로 바꿨다. 멀리 떨어진 해릉은 왕으로 강등시켰다. 해릉은 이 소식을 듣고 탄식하며 말했다.

"짐이 원래 강남을 평정하고 연후에 대정으로 연호를 바꾸려고 하였다. 오늘의 일은 어찌 하늘의 뜻이 아니겠는가!"

이에 해릉은 자신의 글을 적은 서신을 꺼내 군신들에게 보여주며 군복을 입고 천하를 평정하여 다시 연호를 바꾸고자 하였다. 그리하여 여러 장수들을 불러 군대를 모아 북진을 도모하였다. 그런데 과주瓜州 절서로浙西路에서 도통제都統制 야율원의耶律元宜 등이 그를 시해하고자 하였다. 화살이 장막 안으로 날아오자 해릉은 송나라 군대가 추격해오는 것으로 알았다. 그런데 그 화살을 보자 바로 아군의 것이었다. 해릉은 활을 꺼내 자신도 쏘려고 하였지만 갑자기 날아온 화살 하나에 맞아 쓰러지고 말았다. 연안延安 소윤少尹 납합간로보納合幹魯補가 먼저 칼로 그를 찔렀지만 해릉의 수족은 여전히 움직였다. 이에 목을 졸라 죽였다. 그리고 비빈 수십 명도 모두 함께 죽음을 당했다. 그 후 세종은 해릉이 극악무도하여 왕으로 봉읍지를 가질 수 없으며 제왕들의 영역塋域에도 묻힐 수 없다고 판단하여 그를 해릉왕으로 강등시키고 다시 서민으로 강등시켰다. 그리고 무덤도 서남쪽 40리 밖으로 옮겨버렸다. 후세 사람들은 사를 지어 이를 탄식하였다.

세상에 그 누군들 여색을 좋아하지 않으리! 다만 해릉왕은 그 끝을 몰랐었네. 말에 올라 오산吳山으로 향하기도 전에 연호가 대정으로 바뀌었으니 부질없이 탄식만 나오네. 헛되이 탄식만 하네, 탄식만 하네, 나라가 망하고 집이 사라지니 돌아갈 수도 없어라. 외로운 몸으로 객사하니 곁의 미인들만 불쌍하네. 만고에 남은 이름 역적이란 말 뿐이로다.

7

젊은 첩이 젊은이에게 금전을 주다

小夫人金錢贈年少

<젊은 첩이 젊은이에게 금전을 주다(小夫人金錢贈年少)>는 가련한 첩의 운명을 지닌 한 다정한 여자의 짝사랑에 관한 이야기다. 이 여자는 여러 번 주인을 옮겨 가며 남편들에 의해 이리저리 이용되다가 결국 남편의 파산으로 인해 자살하게 되는데, 죽은 후에 귀신이 되어 생전에 짝사랑하던 집사 젊은이를 찾아가 재물을 주며 그와 함께 살기를 간절히 애원하지만 결국 무심한 젊은이에 의해 거절당하게 되는 이야기이다. 작자는 이 작품의 말미에서 젊은이의 행동을 찬양하며 표면적으로는 여색을 멀리하라는 도덕성을 얘기하지만 사실 독자들은 이 여성의 정과 사랑에 대한 열정에 연민의 박수를 보내게 되고, 반면 정과 인간미가 결여된 남주인공에 대해서는 혐오감을 느끼게 된다.

그 누가 고금의 일은 이루 다 헤아릴 수 없다고 했는가! 영화가 다하면 시들어 공과 같은 것을. 생각건대 생전은 분수에 맞게 보내고, 구름밖에서 높은 하늘을 가리키는 것과 같네. 눈빛이 내려 눈썹이 희게 변하고, 꽃빛이 떨어지면 얼굴은 붉게 변하네. 슬퍼하며 처량한 마음에 머리를 돌리니, 저녁 숲이 처량한데 슬픈 바람이 부네.

이 여덟 구의 시는 바로 서천西川 성도부成都府 화양현華陽縣 왕처후王處厚가 나이가 예순이 되어가면서 얼굴을 거울에 비춰보며 수염과 머리에 몇 근의 흰털이 난 것을 보고 감회가 떠올라 지은 시이다. 세상의 만물은 어리면 어른이 되고 어른이 되면 늙는 것이다. 이는 실로 고금의 진리로 사람마다 모두 피할 수가 없는 것이다. 원래 모든 사물은 모두 희었다가 검어지는 것이지만 오직 머리와 수염만은 처음엔 검었다가 나중에 희게 되는 것이다. 또 대화戴花 유사군劉使君이라고 있었는데 그는 거울 속 자신의 흰 머리를 보고 취정루醉亭樓라는 사를 지었다.

평생 성격이 본분을 지키고 봄날을 좋아하여 꽃들을 사랑하며 그에 빠졌네. 비록 나이는 늙었으나 마음은 늙지 않아 모자 가득히 꽃을 꼽아 다니네. 귀밑머리는 서리와 같고 수염은 눈과 같으니 홀로 한탄을 하네. 몇 명의 친구가 내게 염색하길 권하고, 몇 명의 친구는 내게 뽑으라고도 하네. 염색하고 뽑는 것이 무슨 소용이 있으리! 당초 요절할까 두려워하였지만 지금 이미 중년이 넘었다네. 그냥 남겨두리, 화장대에서 저녁 경치를 보며, 모두 희게 놓아두리.

지금 하는 얘기는 동경 변주汴州 개봉부의 계신자界身子에 실 가게를 운영하는 원외員外[1] 장사렴張士廉이란 자의 이야기이다. 나이가 육십이 넘어 모친은 죽고 홀몸으로 지내며 자녀들도 없었다. 집에는 많은 재산이 있어 두 명의 집사가 관리하였다. 장부자는 홀연 어느 날 두 사

---

1) 통상적으로 부자를 지칭하였다.

람 앞에서 가슴을 치며 탄식하였다.

"내 나이 이리도 많은데 자식이라곤 하나도 없으니 백 만 금의 재산이 있다한들 그 무슨 소용이 있겠는가!"

두 사람이 말했다.

"영감님께서도 부인을 하나 얻으시지요. 그래서 아들딸이라도 하나 낳으시면 대가 끊어지지 않잖아요?"

장부자는 매우 기뻐 사람을 보내 장씨와 이씨 두 매파를 불러오게 했다. 이 두 매파들은 바로

> 입을 열면 짝을 맺어준다고 하고, 입을 열면 인연을 엮어준다고 하네.
> 세상의 외로운 남녀들을 치료하고 우주의 홀로 사는 자들을 관여하네.
> 말을 전하는 예쁜 여자도 계략으로 팔을 끌어오고, 책상을 지키는 멋진
> 남자도 언사로써 허리를 잡아 안게 하네. 직녀도 꼬드겨 상사병이 나게
> 하고, 하늘의 항아도 유인하여 월궁을 떠나게 만든다네.

장부자가 말했다.

"내가 자식이 없어 그러니 부탁건대 혼사를 맺어주오!"

장씨 매파는 마음속으로 생각했다.

"영감이 나이가 많은데 혼사를 말하니 어떤 여자를 소개해줘야 하지?"

그러자 이씨 매파는 장씨를 한쪽으로 밀치며 "좋죠!"라고 답하였다. 그러나 떠나는 길에 영감이 말했다.

"내가 세 가지 할 말이 있소."

그리고 그 세 마디 말을 한 까닭에 장부자는

> 청운의 길이 있었으나 고초를 겪게 되었고, 백골에 무덤이 없으니, 실
> 향한 귀신이 되었네.

매파가 물었다.

"영감님의 뜻은 어때요?"

장부자가 말했다.

"네가 세 가지 사항이 있으니 두 사람은 잘 들으시오. 첫째, 사람의 재능이 출중하고 잘 생겨야 하오. 둘째, 가문이 좋아야 하오. 셋째, 내 집에 십만 냥의 재산이 있으니 상대방도 십만 냥의 혼수를 준비해야 하오."

두 매파는 속으로는 웃었지만 입으로는 그냥 승낙하며 말했다.

"세 가지 일이 모두 쉽네요."

두 사람은 즉시 장영감에게 인사를 고하며 떠났다. 장매파는 길에서 이매파에게 상의하며 말했다.

"만약 이 혼사가 성사만 된다면 백 냥 이상의 돈을 벌 수가 있어요. 다만 그 영감이 요구한 내용은 정말 말도 안 되지 않아요? 그 세 가지 조건을 갖춘 사람이 왜 젊은 사람을 찾지 않고 그런 늙은이에게 시집가려 하겠어요! 자기 얼굴에 달린 흰 수염이 무슨 설탕으로 비빈 건 줄 아는 모양이야."

그 말에 이매파도 응수했다.

"내게 마침 한 사람이 있는데, 출중한 인재면서도 가문이 좋은 사람이 있어요."

"누구예요?"

"왕王 초선招宣2)의 댁에서 나온 새댁인데, 왕초선이 처음 그 여자를 신부로 맞아들였을 때에는 매우 총애했지만 나중에 말 한마디가 들통나는 바람에 주인의 마음이 멀어지면서 그냥 다른 곳으로 내보내고

---

2) 송대의 무관 관직명으로 지방의 반란자들을 토벌하거나 군대 내의 급한 사안들을 처리하는 일을 맡았다.

싶어 하는 여자에요. 다만 체면만 세워주면 그냥 보내줄 것이야. 몸에 지닌 재산만도 몇 만 냥은 될 테고. 그런데 나이가 너무 어린 것이 좀 걸려."

"너무 어린 것은 문제가 아닌데, 늙은 사람이 너무 늙은 것이 문제지요. 이 혼사는 장영감이 마음이 안 들어 하기보다는 여자 쪽에서 좋아하지 않을 것 같아요. 그러니 여자 쪽에 말 할 때, 장영감의 나이를 1,20 년 속이면 양쪽이 비슷해지잖아요."

"내일 서로 만나기로 했으니 우리 둘이 먼저 장씨댁에 가서 혼사예물에 대해 얘기하고 다음에 왕초선 댁에 가서 얘기를 꺼내면 될 것 같네요."

이날 밤, 각자 집으로 돌아간 후, 다음 날 두 매파는 만나 함께 장씨댁으로 가서 말하길,

"어제 영감님께서 분부한 세 가지 요건을 생각해 제가 한 여인을 찾았어요. 어쩜 이렇게 잘 맞는지요. 첫째, 인재가 정말 출중해요. 둘째, 왕초선 댁에서 나온 여자라 명성이 있지요. 셋째, 십만 냥의 혼수도 있구요. 다만 영감님께서 나이가 너무 어리다고 싫어할 것 같아요."

장부자가 물었다.

"몇 살인데요?"

"영감님보다 3,40 살은 어릴 거에요."

장부자는 얼굴 가득히 미소를 지으며 말했다.

"적극 주선해 보시오."

번거롭게 말 할 것 없이 바로 양방이 허락을 하였다. 그리하여 납례納禮를 보내고 신랑이 신부 쪽으로 가서 기러기도 바치는 전안奠雁 예식도 마치고, 신혼첫날밤도 치러야했다. 다음 날 아침, 조상의 신위에 절을 올리는데, 장부자는 자주 비단 적삼에 새 두건과 신 장화 새 버

선을 신었고, 어린 부인은 큰 소매의 저고리에 붉은 꽃이 수놓아진 금색 치마에 금색 실이 들어간 관을 썼는데 그 자태가

> 새로 나온 달과 같은 눈썹에 봄날의 복숭아 같은 얼굴에다 자태는 그윽한 꽃과 같이 빼어나게 예쁘고 피부는 부드러운 옥에 빛이 발하네. 아름다움은 말로 형용하기 어렵고, 천만가지 요염함은 그림으로 그려낼 수도 없어라! 아름다운 여인이 살던 초나라 계곡의 구름이 날아온 것이 아니면 동해 신비로운 땅 봉래蓬萊 궁전에서 온 여인인 듯하네.

장부자는 아래에서 위로 쭉 훑어보며 몰래 쾌재를 불렀다. 어린 부인이 모자를 벗고 장부자의 새하얀 수염을 보자 속으로 괴로운 심정이었다. 신혼 초야가 끝나자 장부자의 마음은 정말 기뻤다. 그러나 어린 부인의 마음은 기쁘지 않았다.

달포가 지나 한 사람이 절을 하는데,

"오늘이 장영감님의 생신이라 제가 소문疏文3)을 여기 가져 왔습니다."

그것은 다름이 아니라 장부자가 매년 1월 보름이면 생일이라 올리던 소문이었다. 그때 어린 부인이 그 축문을 보자 눈물이 두 줄기 주룩 내렸다. 그 남편의 나이가 이미 예순이었던 것이다. 두 매파가 자신의 앞날을 망쳤다며 원망했다. 며칠 간 그 장부자를 보며 그녀는 몸에 다시 다섯 가지를 더 보태게 되었다.

> 허리는 아픔이 더 하였고, 눈엔 눈물이 늘었으며, 귀는 더 멀어졌으며, 코는 콧물이 더 늘어났다.

하루는 장부자가 어린 부인에게 말했다.

"나가서 좀 할 일이 있으니, 부인은 집에서 참고 조용히 계시오!"

---

3) 도사 등이 제사를 지내며 읽는 축문의 일종이다.

어린 부인은 억지로 대답했다.

"어서 가서 어서 돌아오셔요!"

장부자가 떠나자 어린 부인은 혼자 생각했다.

"내가 어쩌다 재산까지도 있으면서 저런 백수 노인에게 시집을 갔을까!"

마음에 한창 번뇌가 들끓는데 옆에 시집올 때 데려온 여종이 말했다.

"마님, 오늘 집문 앞에서 밖의 거리를 내다보며 소일하는 게 어때요?"

부인은 그 말을 듣자 바로 하녀와 같이 방을 나와 밖으로 나갔다. 장부자의 문 앞은 바로 연지와 비단실을 파는 가게가 있었는데, 길 양편에는 가게들이 줄지어 있으며, 그 중 한 자주색 비단 가게 가에는 발이 쳐져 있었다. 하녀가 발의 고리를 풀어 발을 내렸다. 문 앞에는 두 집사가 있었는데, 하나는 이경李慶이라는 50여세의 사람이고, 다른 하나는 장승張勝이라는 나이 30여세의 남자였다. 두 사람은 발을 내리는 것을 보자 물었다.

"왜 그러시지요?"

하녀가 답하였다.

"부인께서 나와 길가를 보시려 해요."

두 집사는 허리를 숙여 발 앞에서 부인을 맞았다. 부인은 발 아래에서 붉은 입술을 열어 옥같은 치아를 보이며 몇 마디 말을 하지도 않았지만 장승은 이미 번뇌가 일어났다.

> 사막처럼 멀고, 끝이 없는 하늘과 바다 같네. 산언덕과 같이 무겁고, 무궁한 태산과 화산 같아라.

부인은 먼저 이집사를 불러 물었다.

"이 집에서 얼마나 계셨지요?"

"저는 여기서 30여년을 보냈습니다."

"영감님이 평소 잘 돌봐주시던 가요?"

"제가 먹고 마시는 하나하나가 모두 영감님의 덕택입니다."

장집사에게도 물어보니 그는 말했다.

"저는 선친이 20여년을 여기에 있었고, 저는 선친을 따라 영감님을 모셨으니 이미 10여년이 되었습니다."

"영감님이 잘 돌봐주나요?"

"저희 집의 입는 것과 먹는 것은 모두 영감님이 주신 거지요."

부인은 잠시 기다리라고 하며 집 안으로 들어가 얼마 되지 않아 나와 무슨 물건을 그에게 주었다. 그는 두 손을 모아 그것을 받으며 몸을 굽혀 사의를 표했다. 부인은 또 장집사를 불러 말했다.

"저 사람에게만 주고 당신에게 안 주면 안 되겠지요. 이 물건은 얼마 안 되지만 좋은 점이 있을 거예요."

장집사도 그것을 받아들고 허리를 숙여 절을 하였다. 부인은 그들을 한번 본 후에 들어갔다. 두 집사는 문을 나서기 전에 여전히 가게를 지켰다. 원래 이집사가 받은 것은 10냥의 은전이었고, 장집사가 받은 것은 10냥의 금전이었다. 당시 장집사는 이집사가 얻은 것이 은전인 줄을 몰랐다. 그날 날이 어두워지자

> 들에는 연기가 사방에서 피어나고, 밤의 새들은 숲으로 돌아가네. 가인은 촛불을 쥐고 방으로 들어가고, 길가의 행인은 여관으로 들어간다. 어부는 고기를 메고 대나무 길로 돌아가고, 목동은 송아지를 타고 외로운 촌락으로 돌아가도다.

그날 저녁, 계산이 끝난 후에 장부를 장부자에게 보여주었다. 오늘은 몇 냥을 팔았고, 몇 냥을 사들였으며, 사람들이 얼마를 외상으로 했는지도 모두 서명을 하고 수결을 하였다. 두 명의 집사는 원래 하루

하루 돌아가며 가게에서 당직을 섰는데 그날은 마침 장집사가 야근을 하였다. 문밖의 작은 방에서 등불을 하나 밝혀 놓고 그는 한가히 앉아 쉬며 잠을 청하려고 하였다. 그런데 홀연 누군가가 문을 두드렸다. 장집사가 물었다.

"누구요?"

그러자 상대방은

"문 열어요! 당신에게 할 말이 있어요."

장집사가 방문을 열자 그 사람은 들어와 어느 새 등불 뒤에 서있었다. 장집사가 보니 한 여자였다. 장집사는 크게 놀라 황급히 물었다.

"여보시오, 이렇게 늦은 시간에 무슨 일로 왔소?"

그 여자는 말했다.

"나는 개인적인 일로 온 것이 아녀요. 아침에 당신에게 준 것을 찾으러 왔어요."

"마님께서 내게 10냥의 금전을 주었는데 그걸 당신을 시켜 돌려달란 말이오?"

"당신은 모를 거예요. 이집사가 받은 것은 은전이었어요. 지금 마님께서 또 이 물건을 주시라고 했어요."

그 여자는 옷을 남겨두고 문을 나서면서 다시 돌아와 말했다.

"또 중요한 것이 하나 있는데 잊어버렸네요."

그리고 여자는 옷소매에서 한 덩어리 커다란 50냥 은자를 놓고는 가버렸다. 그날 밤, 장승은 아무 이유도 없이 많은 물건을 얻었다. 무슨 연고인지를 몰라 밤새 잠을 이루지 못했다. 다음 날 아침이 되자 그는 또 일찍 일어나 가게 문을 열고 전처럼 장사를 하며 이집사가 오길 기다렸다. 그가 나타나자 그는 가게를 이집사에게 맡기고 집으로 돌아갔다. 집에서 옷과 은자를 꺼내 모친에게 주었다. 모친이 물었다.

"이런 것들은 어디서 온 것이냐?"

장집사는 간밤의 일을 하나하나 모친에게 얘기해주었다. 노파는 그 말을 다 듣고 말했다.

"얘야, 그 마님이 돈을 네게 주고 게다가 옷도 주었다니 무슨 이유일까? 내가 이미 예순이라 나이가 들었고, 네 아버지가 작고한 후로 너 얼굴만 바라보고 있는데, 만약 네게 무슨 일이라도 생긴다면 나는 누구를 의지하니? 내일부턴 거기에 가지 말아라!"

장집사는 본분을 지키는 자였다. 또 효성이 지극해 모친의 말을 듣고 다시는 그 가게에 가지 않았다. 장부자는 그가 나타나지 않자 사람을 보내 이유를 물었다. 모친이 그에 응해 말했다.

"우리 집 애가 감기에 걸려 요 며칠 몸이 안 좋아 갈 수가 없다오. 주인께 말씀해 주세요. 좋아지면 보낼게요."

또 며칠이 지났는데도 그가 나타나지 않자 이집사가 찾아왔다.

"장집사가 어찌 오질 않지요? 가게에 일을 도와줄 사람이 없는데."

노파는 계속 몸이 불편하다며 이번에도 되풀이하였다. 이집사가 떠나자 또 장부자가 여러 번씩이나 사람을 보내 부르러왔다. 노파는 그저 몸이 아직 낫지 않았다고만 답했다. 장부자는 여러 번을 불러도 그가 나타나지 않자 의심이 들었다.

"아마도 다른 곳에 나가는 모양이군."

그러나 장집사는 여전히 집에만 있었다. 세월은 신속히 흘러 눈 깜박할 새 집에서 한 달이 넘는 시간이 지났다. 아무것도 하지 않고 놀고먹으면 산도 무너진다고 하지 않았던가! 비록 그곳 부인이 많은 물건을 주었어도 그 큰 은자는 팔기가 어려웠고, 옷도 팔기가 쉽지 않았다. 일을 하지 않으니 날이 가고 달이 가면서 자연히 빈손이 되었다. 장집사는 모친에게 물었다.

"저를 장부자 집에 가지 못하게 하셔서 지금 할 일이 없으니, 점점 늘어나는 생활비를 어찌 하면 좋을까요?"

노파는 그 말을 듣고 손으로 대들보를 가리키며 말했다.

"얘야, 너 보이지?"

장승이 보니 대들보 기둥에 봉지 하나가 걸려 있었다. 모친은 그걸 내려놓고 말했다.

"네 부친이 너를 이렇게까지 장성하도록 키운 것은 바로 이 물건 덕택이야."

봉지를 뜯어보니 안에는 화고로花栲栳[4])가 있었다. 노파는 말했다.

"너는 여전히 하던 대로 너 아버지의 장사를 배워 연지비단실 장사를 하거라."

그날은 마침 원소절이라 장승이 말했다.

"오늘 원소절이라 밤에 단문端門에서 등롱을 켠대요."

그리고는 다시 모친에게 묻길,

"저는 등불을 구경하러 갈 거예요."

"얘야, 너는 한동안 그 길로 다니지 않았는데 오늘 그 길로 가면 장 부자 문 앞을 지나는데 그를 만나게 되면 또 무슨 사단이 생길 것 같구나."

"사람들마다 모두 등을 구경하러 가잖아요. 모두 올해 등이 좋다고 하구요. 잠시 나갔다가 바로 돌아올게요. 장부자의 문 앞을 안 지나면 되잖아요."

"등을 보러 가는 것은 괜찮아도 너 혼자는 가지 말고 아는 사람과 같이 가는 것이 좋겠구나."

"그럼 왕이가王二哥 형과 같이 갈게요."

"너희 둘이 같이 가면 되겠구나. 첫째, 술을 마시면 안 된다. 둘째

---

4) 꽃을 수놓은 주머니로 송대 비단실을 파는 가게에서 문 앞에 메달아 놓았다.

는 같이 가서 같이 와야 한다."

모친의 분부가 끝나자 두 사람은 모여 등을 보러 단문으로 향했다. 마침 예전대로 어주御酒를 주고 돈을 뿌리며 아주 시끌벅적하였다. 왕이가가 말했다.

"여기는 등이 잘 안 보여. 첫째, 우리 몸이 너무 작아 힘도 모자라고. 왜 이리 밀고 흔드는지 모르겠어! 다른 곳으로 가자. 그곳에도 오산鰲山5)이 있어."

"어딘데?"

"넌 모르니? 왕초선의 댁에 작은 오산을 만들어 놓았어. 오늘 밤에 등불을 켠데."

두 사람은 다시 돌아와 왕초선의 댁으로 향했다. 그곳도 단문 아래처럼 인기가 있어 사람들이 많이 모여 있었다. 그 댁의 문 앞에 도착했는데 왕이가가 보이지 않았다. 장승은 큰일이라고 생각했다.

"그렇다면 어떻게 집으로 돌아가지? 내가 문을 나설 때 어머니가 두 사람이 같이 돌아오라고 부탁하셨는데. 어찌 왕이가가 사라졌을까? 나만 집에 먼저 돌아가면 어머니가 분명 걱정하실 테고, 왕이가가 먼저 돌아가도 어머니가 내가 어디에 있느냐고 하실 텐데."

그날 밤, 등을 보지 못하고 혼자 왔다 갔다 하였다. 그러다 갑자기 생각이 떠올랐다.

"앞이 바로 나의 옛 주인 장부자의 댁인데, 매년 원소절 밤마다 가게를 쉬고 불꽃놀이를 하였지. 오늘도 아마 등을 거두지 않았겠지?"

그는 이런저런 생각 끝에 발걸음이 가는대로 장부자의 댁 문 앞까지 걸어왔는데, 장승은 크게 놀라지 않을 수 없었다. 다름이 아니라

---

5) 송원대에 원소절에 채색 등을 모아서 산의 모양으로 만든 단이다. 그 모양이 마치 전설에 나오는 큰 자라와 같이 보여서 생겨난 이름이다.

장부자의 집 문이 크게 열려있었고, 십자 모양의 두 대나무 막대기에 가죽을 묶어 그 아래에 등잔 하나를 달아놓았다. 등잔불이 문 위에 붙은 방榜을 비추고 있었다. 장승은 보고 놀라 아연실색을 하며 어찌할 바를 몰랐다. 장승이 그 등불 아래로 갔을 때, 방문의 내용은 다음과 같았다.

"개봉부 좌군순원은 백성 장사렴을 조사한 바 불미스러운……."

그가 막 "불미스러운"이란 글을 읽다가 무슨 죄를 지었는지 궁금해 하는데, 등롱 아래에서 한 사람이 고함을 쳤다.

"너 간이 부었군! 여기 와서 무엇을 보고 있는 것이냐!"

장승이 또 한 번 놀라 발걸음을 옮겨 막 달아나려는데 그 자는 큰 걸음으로 쫓아오며 말했다.

"넌 어떤 자냐? 이렇게 대담하다니! 밤에 그 방은 왜 보느냐?"

장승은 놀라 달아났다. 골목 입구까지 다가와 돌아서 귀가하려는데 벌써 이경이 되어 둥근달이 공중에 떠있다. 다시 막 발걸음을 옮기려는데 한 사람이 뒤에서 쫓아와 불렀다.

"장집사, 누가 당신을 찾소."

장승이 뒤돌아보니 주점에서 술을 파는 자였다. 장승은 왕이가가 골목 입구에서 자신을 기다리는 줄 생각하여 술을 좀 사다가 돌아가 마실 생각을 하며 그 자와 함께 주점으로 들어갔다. 계단을 올라가 쪽문 앞으로 걸어가니 그 자는 "바로 여기요."라고 했다. 장승이 발을 젖히고 보니 한 여자가 안에 앉아 있었다. 입고 있는 옷은 흐트러져있고, 머리도 헝클어져있었다. 그야말로

> 검은 머리는 헝클어져있으니 옛날의 호화스러움을 생각하게 하고, 눈물 자국 이리저리 흘러져있으니 왕년의 부귀를 회상하게 하도다. 가을 밤 달은 몽롱한데 구름은 끼어있고, 모란꽃은 흙 속에 깊이 파묻혔네.

그 여자가 입을 열었다.

"장집사, 내가 당신을 불렀어요."

장승이 그 여자를 보니 다소 익숙한 얼굴이지만 어디서 본 지를 기억하지 못해 한참 생각하고 있는데, 여자가 소리쳤다.

"장씨, 어찌 나를 기억하지 못해요! 작은 마님이잖아요!"

그때서야 장승은 말했다.

"마님께서 어찌 여기 계시지요?"

"한 마디로 어찌 말을 다 하겠어요!"

"마님, 어떻게 된 거지요?"

"내가 애초에 그 매파의 입을 믿고 장부자에게 시집을 가지 말았어야 했어요. 알고 보니 그 사람은 가짜 은자를 주조한 범인으로 붙잡혀 끌려가 아직까지 행방을 알 수 없어요. 가산과 많은 부동산들이 모두 압류당하고 내 한 몸도 돌아갈 곳이 없어 당신을 찾아 온 거예요. 평소 아는 정을 생각해서라도 당신의 집에 며칠 묵게 해 주세요."

"아니 됩니다. 첫째로는 우리 집엔 엄한 모친이 계시고, 다음으론 외밭에는 신을 고쳐 신지 말라고 했고, 자두나무 아래서는 관을 매만지지 말라고 하였소. 저의 집에 온단 말은 절대 하지 마시오."

부인은 그 말을 듣고 말했다.

"속담에도 뱀을 부르는 일은 쉬워도 뱀을 보내는 것은 어렵다고 하지 않았겠어요! 세월이 지나 생활비가 불어나면 제가 당신에게……."

그녀는 말 도중에 품속에 손을 넣어 물건을 하나 꺼내는데,

종소리를 듣고 비로소 산에 절이 있음을 알고, 언덕에 다가가서야 물가에 촌락이 있음을 알게 되도다.

그것은 108개의 구슬로 엮어진 목걸이 염주로 구슬의 크기가 가시연밥만 하였고, 밝고 찬란한 빛이 났다. 장승은 그것을 보고 소리를

질렀다.

"일찍이 이런 보물은 본 적이 없어요!"

"제가 가지고 있던 많은 패물들이 관가에 몰수당하고 이 물건만 갖고 있어요. 저를 당신의 집에 머물게 해 준다면 이 보물들을 팔아서 같이 생활할 수 있어요."

장승은 그 말을 듣고

집에 데리고 돌아가자니 붉은 해가 늦을까 걱정이고, 생각을 하지만 말의 발걸음이 지체될까 두렵네. 횡재와 여인, 그리고 주점의 술. 그 누구들 이 세 가지에 미혹되지 않으리!

장승은 생각 끝에 말했다.

"마님께서 저의 집에 오시려면 집의 모친이 허락을 해야 됩니다."

"그럼 같이 가서 어머니에게 물어봐요. 저는 맞은편 집에서 소식을 기다리고 있을게요."

장승은 집으로 돌아와 앞뒤의 일들을 모두 어머니에게 말해주었다. 모친은 노인네라 마음이 자상했다. 일이 그렇게 어렵게 된 것을 알고는 몹시 안타까워했다.

"정말 안됐네! 마님은 지금 어디에 있느냐?"

"집 맞은편에서 기다리고 있어요."

"모시고 오너라!"

부인이 들어와 서로 인사를 나눈 후에 여자는 다시 지금까지의 사정을 세세히 모친에게 말하였다.

"지금 저는 찾아 갈 친척도 없습니다. 특별히 찾아뵈러 왔으니 바라옵건대 절 거두어 주십시오."

모친은 그 말에 답했다.

"부인이 여기 며칠 묵는 것은 괜찮지만 다만 우리 집이 누추해 불편하게 여겨지면 다른 친지를 찾아보도록 하시지요."

부인은 품속에 있는 구슬 목걸이를 꺼내 노파에게 건넸다. 노파는 등불 아래서 그것을 보고는 부인을 묵게 하였다. 부인은 말했다.

"이 다음에 구슬 몇 개를 잘라내어 팔아 연지비단실 가게를 열고, 문 앞에다 화고로를 달아두어 표시하면 되겠어요."

그 말에 장승이 말했다.

"이런 보물이라면 대충 팔아도 돈이 됩니다. 게다가 50냥의 큰 은자도 아직 손대지 않았소. 마침 물건들을 구매하려던 참이었소."

장승은 점포를 연 후로 장부자의 사업을 이어가니 당시 사람들은 그를 "작은 장부자"라고 불렀다.

부인은 몇 번이나 장승을 찾아와 매달렸지만 그의 마음은 철석같아 오직 그녀를 마님으로만 대하며 결코 남녀의 선을 넘지 않았다. 당시는 청명절이었는데 그 광경이

청명절이 되니 그 어디에도 연기가 나고, 교외의 미풍에 종이돈이 걸려 흔들리네. 사람마다 방초 풀가에 앉아 웃고 노래하고, 맑았다 흐려지는 빗속에 행화촌이 보이네.
해당화 가지 위에 작은 새가 노래하고, 버드나무 언덕 가엔 취객들이 잠을 자네. 아름다운 미인들은 화판을 다투고, 비단실은 흔들리며 나는 신선의 모습이로다.

성안의 사람들이 모두 나와 금명지金明池에서 놀고 있으니, 작은 장부자도 집을 나와 거닐다가 저녁이 되어서야 돌아왔다. 막 만승문萬勝門으로 들어가려는데 뒤에서 누군가가 "장집사!"하고 불렀다. 장승은 사람들이 모두 자신을 작은 장부자라고 부르는데 누가 자신을 집사라고 부르나 싶어 돌아보니 다름 아닌 옛 주인 장부자였다. 장승이 그를 바라보니 그의 얼굴엔 네 글자의 금인金印6)이 새겨져 있고, 머리는 산발한 채 얼굴엔 때가 끼었으며, 의복은 남루하였다. 장승은 즉시 그를

데리고 주점 안으로 들어가 은밀한 방에 자리를 잡고 앉아 물었다.

"주인어른이 어찌하여 이렇게 낭패를 당하셨습니까?"

장부자가 말했다.

"내 그 혼사를 치루지 말았어야 했어. 알고 보니 그 작은 부인은 왕초선 댁의 사람이었어. 올해 정월 초하룻날에 그 여자가 혼자 발 안에서 밖을 보더니 한 시동이 무슨 합을 받들고 지나가는 것을 보고 불러 부중에 요즘 별일이 없느냐고 묻더군. 그 시동은 말하길 댁에 별일이 없지만 며칠 전에 왕초선이 108개 염주구슬이 보이지 않아 집안의 모든 사람들을 심문해도 아무도 그런 일이 없다고 하였다네. 당시 그 여자는 이 말을 듣고 얼굴이 붉으락푸르락 변했고 그 시동은 바로 떠났지. 그런데 얼마 지나지 않아 2,30명의 사람이 찾아와 그 여자의 패물과 나의 재산들을 모두 가져가버렸어. 그리곤 나를 관아로 데려가 고문하며 그 염주를 내어놓으라고 했어. 나는 본 적이 없어 없다고 하니 내게 지독한 곤장을 치고 감옥에다 구금하였다네. 마침 그날 작은 부인이 방에 들어가 목을 매어 죽는 바람에 관아에선 하는 수 없이 내게 벌을 내렸어. 지금까지도 그 염주는 행방이 묘연하다고 하더군."

장승은 그 말을 듣고 마음속으로 매우 당황했다.

"그 부인이 아직 나의 집에 있고, 그 구슬 목걸이도 우리 집에 있으며, 벌써 몇 개를 잘라 내었는데……."

그는 장부자에게 술과 음식을 권한 후에 그와 작별하였다. 집으로 오는 도중에도 계속 의아해하였다. 이윽고 집에 돌아와 그는 부인을 보고는 뒷걸음치며 말했다.

"마님! 제발 목숨을 살려주십시오!"

그 말에 부인이 물었다.

---

6) 송대에 범인의 얼굴에 새긴 글자를 말한다.

"어찌 그런 말을 하세요?"

장승은 방금 장부자가 한 말을 다시 하였다. 부인은 그 말을 듣고 말했다.

"이상하게 여기지 마세요. 제가 입고 있는 옷을 한번 봐요. 꿰맨 자국이 있잖아요! 목소리도 같고요. 어찌 그리 몰라요? 그가 내가 여기 있다고 일부러 말한 거예요. 당신이 나를 여기에 머무르게 하지 못하도록 하기 위해서지요."

장승은 그 말을 믿으며 그렇게 다시 며칠이 지났다. 그런데 갑자기 밖에서 소리가 들렸다.

"누군가가 주인님을 찾고 있어요."

장승이 나와 보니 다름 아닌 장부자였다. 장승은 마음속으로 생각했다.

"집에 있는 작은 마님을 불러 나오게 하면 사람인지 귀신인지 판가름 나겠구나."

그리고 곧 하녀에게 명령했다.

"작은 마님을 데리고 나오시오."

하녀가 들어가 아무리 찾아도 찾지를 못했다. 그때 장승은 그녀가 진짜 귀신인 것을 알게 되었다. 그는 하는 수 없이 그간의 일을 하나하나 장부자에게 말해주었고, 장부자는 그에게 물었다.

"그 염주 구슬은 어디에 있지?"

장승은 방에 들어가 그것을 꺼내어 오니 장부자는 장승이 그와 함께 그것을 가지고 왕초선의 댁으로 찾아가 사정을 얘기하라고 했다. 그는 결국 그 염주를 왕초선에게 바치고 나머지 모자라는 구슬은 다시 돈을 주고 찾아왔다. 왕초선은 장부자의 범죄를 사면해주고 그의 재산도 돌려주며 여전히 연지 비단실 가게를 열도록 해주었다. 장부자는 또 천경관天慶觀의 도사를 청해다가 제사를 지내며 작은 부인을 추도하였다.

작은 부인은 생전 장승에 대해 정을 가졌기에 죽어서도 여전히 그를 찾아온 것이었다. 다행히 장승은 심지가 올곧아 그녀와 선을 넘지 않았고, 그러므로 그 화를 입지 않고 전혀 연루되지 않은 것이었다. 지금도 재물과 여색에 미혹된 자가 부지기수이니 장승과 같은 자는 만 명 중에 한 명도 되지 않는다. 시가 있어 그것을 찬송하고 있다.

그 누군들 재물을 탐하고 색을 좋아하지 않으리오! (그러나) 마음이 바른 사람은 시종일관 그것에 얽이지 않네. 젊은 사람이 장집사와 같다면 귀신의 화나 사람의 시비에 절대 말리지 않는다네.

8

전수재가 남의 배필을 차지하다

錢秀才錯占鳳凰儔

<전수재가 남의 배필을 차지하다(錢秀才錯占鳳凰儔)>의 내용은 안준이라는 못생기고 탐욕스러운 자가 아름답고 정숙한 처녀인 고찬의 딸 고추방과 결혼하기 위해 우진이라고 하는 중매장이와 작당하여 학식과 인물이 출중한 사촌 동생 전청을 꾀어 그를 자신으로 사칭해 그 집으로 찾아가 청혼하게 만들고, 결혼식과 신방까지 대신 치르게 하였다가 나중에는 또 질투를 느끼고 스스로 분을 이기지 못해 전청을 욕하고 때리게 되는데, 나중에 그 사실을 고찬과 고을 현감도 알게 되어 결국 전청이 그 집의 정식 사위가 되고, 그 혼사를 주선한 우진은 벌을 받게 되는 이야기이다. 비록 전청은 사촌 형을 대신해 신방을 치렀지만 신부와 동침하지 않았기에 현감은 군자의 마음을 지닌 그를 용서하였고, 안준은 탐욕으로 인해 자신의 돈만 낭비하고 남만 좋은 일을 시킨 결과가 되어 금전적인 손실은 물론 창피하여 고개를 들지 못하게 된다. 미인에 대한 욕심에 눈이 어두워 추행을 일삼는 안준의 탐욕스러운 태도와, 욕정을 참으며 의리를 지키는 전청의 태도를 대조적으로 잘 보여주고 있다.

술을 싣고 가는 어부의 배에 해는 따라가고, 피리소리는 갈대꽃 깊은 곳에서 들려오네. 호수에 바람이 이니 구름 그림자가 흩어지고, 강물에 하늘의 빛이 내리니 푸른 유리와 같네.

이 시는 송대의 양비楊備[1]가 태호太湖에서 놀며 지은 작품이다. 태호는 오군吳郡 서남쪽 30 여리 밖에 있는 호수로 그 크기를 말하자면 동서로 200 리이고, 남북으로 120 리이며, 주위는 500 리다. 또 그 넓이가 3만 6천 경頃[2]이고 중간에는 산이 72 봉우리나 된다. 경계에는 세 주州가 접하고 있으니, 바로 소주蘇州, 호주湖州, 상주常州였다.

동남쪽의 여러 물길이 모두 태호로 들어오는데, 일명 진택震澤, 구구具區, 립택笠澤, 오호五湖 등으로 불리었다. 오호라고 함은 동으로 장주長州와 송강松江을 통하고, 남으로는 오정烏程과 운계雲溪를 통하며, 서로는 의흥義興과 형계荊溪를 통하며, 북으로는 진릉晉陵과 격호隔湖를 통하며, 동으로는 가흥嘉興과 구계韭溪를 통하기 때문이다. 오호의 물은 언제나 진택에서 갈라지기에 그것을 태호라고 불렀다. 태호 중에도 오호의 이름이 있다. 바로 능호菱湖, 유호遊湖, 막호莫湖, 공호貢湖, 서호胥湖가 그러하다.

오호의 밖에도 작은 호수가 3개 있었는데, 부초산扶椒山 동쪽의 매량호梅梁湖, 두기杜圻 서쪽이자 어사魚査 동쪽의 금정호金鼎湖, 임옥林屋의 동쪽 동고리호東皐里湖가 그것이다. 오군의 사람들은 통상적으로 태호라고 불렀다. 태호의 중간에는 72개의 산봉오리가 있는데, 그 가운데 유독 동정洞庭의 두 산이 가장 컸다. 동동정東洞庭은 동산東山이라고 했고, 서동정은 서산이라고 했다. 두 산은 호 가운데에서 서로 대치하고 있는데 그 나머지의 여러 산들은 멀리 혹은 가까이에서 보일 듯 말듯

---

1) 송대 경력(慶曆) 시기 상서 원외랑을 역임한 자로 저술에는 《고소백제(姑蘇百題)》, 《금릉람고(金陵覽古)》 등이 있다.
2) 100 묘를 1 경이라고 한다.

파도물결의 사이에서 출몰出沒하고 있다. 원대 허겸許謙의 시에서는 다음과 같이 말하고 있다.

주위에서 오만 물들이 흘러 들어오고, 멀고 가까이에서 여러 주州들이 둘러싸고 있네. 남으로는 마치 육지와 접하지 않은 듯하고, 서로는 산의 경계가 보이네. 삼강이 바다 표면으로 들어가고, 작은 길로 강들과 경계를 하네. 흰 물결은 가을바람에 급하나, 고깃배는 유유히 한가롭네.

그 동서의 두 산은 태호 중간에 있는데, 사면이 모두 물이며, 수레나 말이 다닐 수가 없다. 두 산에 가고자 하면 필히 배를 타야하고, 종종 풍파의 위험이 따른다. 옛날, 송대의 재상 범성대范成大가 호 중간에서 바람을 만나 지은 시가 하나 있다.

흰 안개가 공중에 가득하고 흰 파도가 깊은데, 배는 마치 죽엽처럼 파도에 출렁인다. 악공이 펼치는 연회를 내가 어찌 생각겠는가! 오직 산천이 있어 이 마음과 부합하네.

한편 두 산의 사람들은 상업에 능해 사방팔방을 쫓아다니며 장사를 하였다. 그러므로 세상에 떠도는 말 가운데 "하늘까지 올라가는 동정"이란 말이 있다. 그 중 서동정에 한 부자가 있었는데 성은 고씨高氏고 이름은 찬贊이다. 소년시절부터 호광湖廣[3] 지역을 친숙하게 두루 돌며 양식을 판매하였다. 나중엔 수중에 돈이 생겨 두 전당포를 열어 4명의 사원을 데리고 있었으며, 자신은 오직 집에서 쉬며 지냈다. 부인 김씨는 아들딸 둘을 두었으니 남자아이는 고표高標라 하였고, 여자아이는 추방秋芳이라 했다. 추방이 고표보다 2살이 많았다. 고찬은 나이가 많은 훈장선생을 청해다가 숙식을 제공하며 아이들을 가르쳤다. 추방은 자질이 총명해 7살 때부터 글을 읽었으며 12살이 되자 서사書

---

[3] 청대부터 널리 칭해지던 말로 주로 호북성과 호남성을 지칭한다.

史에 모두 능해 글도 곧잘 지었다. 13살에는 학당에 나가지 않고 오직 집에서 여공_{女工}4)을 익히며 자수를 놓았다. 16세가 되자 멋진 여성의 모습을 갖춰 미모가 아름다웠다. 서강월_{西江月}이 이를 증명하였으니,

> 얼굴은 복숭아 꽃이 이슬을 머금은 듯하고, 몸매는 흰 눈 덩어리 같네. 눈은 가로 누운 가을 강물이요 검은 눈썹은 맑으며, 손가락 열 개는 마치 봄날의 죽순 같도다. 그 날씬한 아름다움은 서시와 버금가고 풍류스러운 운치는 앵앵5)에게 뒤지지 않다. 전족한 예쁜 발은 꽃잎처럼 가볍고, 몸을 움직이면 풍정이 넘쳐나네.

고찬은 딸의 모습이 빼어난데다 총명하기도 해 평범한 장사꾼에게 딸을 주기가 싫었다. 반드시 글공부를 한 선비라야 하고 재기와 인물을 모두 갖춘 자를 사위로 삼고자 했으며, 혼사 예물의 많고 적음은 개의치 않았다. 만약 상대만 좋으면 혼수를 밑져서라도 장만해 딸을 결혼시키고 싶었다. 많은 대단한 가문과 부자들이 청혼을 하였지만 자제들이 재주도 썩 뛰어나지 못하고 인물도 별로라 아직 허락을 하지 못했다. 비록 동정은 물 중앙에 있어 세 주_州가 모두 통해 있는지라 부자 고찬이 사위를 구한다고 하자 매파들이 고찬이 예쁘고 총명한 딸을 시집보내기 위해 혼수비용을 손해 보면서까지 멋진 사위를 구한다고 이리저리 소식을 전하였다. 그리하여 재주와 모양을 다소 갖춘 사내들이 소문을 듣고 매파에게 부탁하여 청혼을 하였다. 매파는 과장하여 그들이 반악6)과 같은 외모에다 조식7)과 같은 재주를 지녔다고 하여 만나보면 그저 평범한 자들이었다. 고찬은 이제 이런 매파들의 감언이설에 싫증이 나 그들에게 말했다.

---

4) 바느질과 같은 여성의 일을 말한다.
5) 당대 전기소설 앵앵전 속의 여주인공 최앵앵을 말한다.
6) 중국 위진대의 유명한 미남 문인이다.
7) 조조의 아들로 위진대를 대표할 만한 재기 출중한 문인이었다.

"이제부터 이런 저런 구질구질한 말들을 늘어놓지 마시오! 정말 출중한 인재가 있다면 그를 데려와 내 뜻에 부합하면 바로 한마디로 결정할 것이오."

고찬이 이런 말을 하자 매파들은 그로부터 아무나 쉽게 데려오진 못했다. 그야말로

> 말을 들어보면 대단하나 실제 보면 그렇지가 못하네. 시금석으로 돌을 시험해보면 모두가 가짜임을 알게 되네.

한편 소주부蘇州府 오강현吳江縣 평망平望에 한 빼어난 선비가 있었으니 성은 전錢이요 이름은 청靑이며 자는 만선萬選이라 했다. 이 사람은 시서를 통독하여 고금의 지식에 능통한 인물이 출중한 자였다. 서강월이 이를 잘 말해준다.

> 붉은 입술에 흰 치아. 빼어난 눈매에 맑은 눈썹. 새 옷을 입지 않아도 풍류가 넘치고, 준수함은 선비 중 으뜸이라네. 붓을 들면 단번에 수천자를 써내려가고, 그 문장에 주위가 모두 놀라네. 전청이란 이름 고을에 자자하니, 보는 사람마다 그에게 경의를 표하더라.

전청은 선비집안으로 가산은 청빈하였고, 불행이도 부모가 일찍 죽어 더욱 가난하였다. 그런 이유로 약관이 되어도 처를 맞이할 능력이 안 되었다. 다만 늙은 종 전흥錢興과 함께 의지하며 지냈다. 전흥은 작은 일을 하면서 주인을 봉양했고, 매일 매일 부족하지만 두 사람이 그럭저럭 주린 배를 요기할 수 있었다. 다행히 그 해에 수재秀才[8]가 되었다. 같은 현에 사촌 형이 북문 밖에 살았는데 가정이 부유하여 그를

---

8) 과거를 보던 옛날에 과거 시험을 준비하던 사람을 동생(童生)이라고 하고, 현과 부의 초시와 복시에 응시하여 합격하면 수재가 되었다. 수재를 다른 말로 상생(庠生), 유상(遊庠), 입반(入泮) 등의 말로 부르기도 했다.

자신의 집으로 불러 글공부를 함께 하였다. 그 사촌 형은 성은 안顏씨이고, 이름은 준俊이었으며, 자는 백아伯雅라고 하였다. 전청과는 같은 해에 태어나 모두 18세였다. 안준이 다만 3달이 빨라 전청은 그를 형이라 불렀다. 부친은 이미 작고하고, 모친만 집에 있었는데, 그 역시 정혼을 하지 않았다.

전청은 집이 가난해 아직 결혼을 하지 못했지만 안준은 부잣집의 도령이었지만 왜 결혼을 못 했을까? 그럴 이유가 있었다. 안준은 눈이 너무 높은 것이 병이었다. 그는 맹세코 절세미인을 얻고자 했으니, 아직 결혼을 못 한 것이다. 거기다 그는 생긴 것이 매우 못생겼다. 그 모양은 서강월이 잘 말하고 있다.

> 얼굴은 검어 솥바닥과 같고, 눈은 동그란 것이 쇠 방울과 같네. 동글 동글한 천연두 자국은 얼굴에 가득하고, 누런 머리털은 이리저리 귀 밑 머리를 덮었네.

안준은 생긴 것은 그래도 몸치장은 참 잘했다. 붉고 푸른 옷을 입고, 목소리를 깔며 억지로 웃음을 띠면서 마치 미남자인 척 하였다. 더구나 그는 뱃속에 문장도 없고 종이를 주어도 글을 적지 못했다. 그래도 선비인척하며 마치 재기가 있는 것처럼 보이길 좋아했다. 전청은 비록 그가 자신과 다름은 알아도 그의 서재를 이용하고 글공부하는 비용을 제공받으니 언제나 그를 따르며 지냈다. 그리하여 이 안준은 매우 기뻐하며 일마다 그와 상의하면서 무슨 말이든 하는 사이가 되었다.

어느 날, 때는 10월 초순에 안준의 면 친척 가운데 성은 우씨尤氏요 이름은 진辰이고 호는 소매少梅란 자가 있었는데, 장사꾼 가운데 꽤나 똑똑하고 안준의 자금으로 집에서 과자점을 경영하고 있었다. 그날 동정산에서 몇 지게 귤을 팔고 왔다가 새 귤을 한 쟁반 담아 안준의 집에 보내왔다. 그는 산에서 고씨가에서 사위를 구한다는 사실을 듣고 얘기 도중에 안준에게 무심코 하게 되었다. 그런데 안준은 그 일에 관심이 매우 많았다. 속으로 생각하길,

"내가 지금껏 멋진 혼사를 찾고 있었지만 모두 마음에 들지 않았지. 이번 혼사는 어떻게 될지 모르겠군. 나의 이런 재주와 외모에다 재산까지 있으니 매파에게 얘기하고 다시 좋은 말로 나를 추천한다면 안 될 일이 없지!"

그날 밤 그는 잠을 이루지 못했다. 날이 밝자 일어나 급히 세수를 하고 우진의 집으로 갔다. 우진은 막 문을 열고 나왔다가 안준을 보자 말했다.

"도련님께서 어찌 오늘 이리도 빨리 일어나셨어요?"

안준은 답했다.

"할 일이 좀 있어 부탁을 하러 왔소. 노형이 출타할까 두려워 특별히 빨리 왔소."

"도련님께서 무슨 부탁할 일이 계신지요? 안에 들어오셔서 말씀해 보세요."

안준은 손님방에 들어와 앉았다. 서로 인사를 나누고 손님과 주인의 자리로 나눠 앉은 후에 우진이 먼저 말했다.

"도련님께서 무슨 부탁이 있으면 제가 마땅히 힘을 다할 겁니다. 다만 제 능력으로 일을 완수하지 못할까 걱정일 뿐입니다."

"이번에 여기 온 건 다른 일이 아니라 소매(우진의 호)의 도움이 필요해서요."

"도련님이 제게 돈을 벌어 쓰게 하여 정말 감사드리고 있습니다. 부탁하실 일은 무슨 혼사시지요?"

"바로 노형이 어제 말한 동정 서산 고씨가의 혼담 말이외다. 생각해보니 매우 합당한 것 같으니 노형이 저를 위해 한번 힘써 주길 바랍

니다.”

우진은 웃으며 말했다.

“도련님, 제가 직설적으로 말한다고 탓하지 마십시오. 다른 집이라면 몰라도 고씨집이라면 도련님께서 다른 사람을 찾아 중매를 쓰게 하시지요.”

“노형! 왜 거절하시지요? 이번 혼담은 노형이 먼저 말을 꺼낸 것이 아니오? 어찌 내게 다른 사람을 찾아보라 하시오?”

“제가 거절하는 것이 아닙니다. 다만 고씨 양반이 좀 괴상해서 말을 하기가 힘들어서 그럽니다.”

“다른 일이라면 이런저런 이유로 말을 꺼내기 힘들다는 것을 알지만 중매란 것은 바로 매파가 사람을 결합시키는 좋은 일인데 그 집 여자 쪽에서 시집가기 싫다면 그만이지만 그렇지 않다면 남녀를 위해 매파를 쓰는 것이 맞는 일이라고 생각하오. 그쪽 영감이 괴이하다고 해도 그건 그 영감 사정이고 그렇다고 매파가 포기해선 되겠어요! 노형이 그 양반 어디가 무섭다고 그러시오! 아무래도 고의로 난색을 표하는 것 같은데 아마 나의 혼사를 성사시켜 줄 마음이 없는 것 같소이다. 괜찮소. 내 다른 사람을 찾아 볼 테니. 일이 성사되면 내 잔치 국수를 먹을 생각은 하지 마시오!”

말을 마치자 얼른 일어나니 우진은 안준에게 돈을 빌려 장사 밑천으로 살아가는 터라 평소 그를 받들고 살았는데 그가 발끈 화를 내며 가려고 하니 급히 말을 바꾸며 말했다.

“도련님! 성급해하지 마십시오! 앉아서 저와 자세히 상의해보시지요.”

“갈려면 가고 말려면 마시오! 무슨 상의할 것이 있소?”

그는 입으론 그렇게 말해도 몸은 이미 와 앉아있었다. 우진이 말했다.

“제가 일부러 거절하는 것이 아닙니다. 그 노인 양반이 정말 보통이 아닙니다. 다른 집은 신부를 본다지만 그는 신랑감을 볼 때 자신이 먼저 직접 만나보고 마음에 들어야만 딸에게 허락을 하지요. 이런 어려운 점이 있어 힘들게 중매해도 아무런 성과가 없을까 두려운 겁니다. 그런 까닭에 제가 이런 어려운 혼사를 감히 감당하기 어려워 그런 것입니다.”

“노형 말대로라면 정말 쉽네요. 그가 직접 만나길 원한다면 그에게 마음껏 보여주면 되겠네요. 내가 무슨 병이 있는 것도 아닌데 그 양반을 두려워 할 필요가 있겠어요?”

우진은 홀연 ‘하하’ 하고 크게 웃었다.

“도련님! 제가 막말을 하는 것이 아니지만 도련님이 비록 추하진 않지만 도련님보다 몇 배나 나은 사람도 그가 마음에 차지 않았습니다. 도련님이 그와 직접 만나지 않는다면 이 혼사는 가망이 없다고 해도 약간의 희망은 있지만 만약 직접 그와 만난다면 가능성은 거의 없습니다.”

“속담에도 거짓말이 없으면 중매가 이뤄지지 않는다고 하였소. 노형이 나를 위해 거짓말을 좀 해 출중한 인재라고 말해준다면 아마도 내 인연이라면 말 한마디에 선택되어 얼굴을 보지 않아도 될 줄 누가 알아요!”

“만약 보자고 하면 어쩌지요?”

“그때 다시 상의해 봅시다. 다만 노형이 어서 가서 말을 해 보시오!”

“도련님의 분부를 받았으니 저는 어쨌든 한번 가보겠습니다.”

안준은 일어나 가려고 하다가 다시 부탁하였다.

“정말 부탁합니다. 일이 성사되면 노형에게 20냥의 은자를 줄게요. 이 종이로 계약서를 삼아 먼저 선금을 드리리다. 중매 예물과 수고비는 따로 드리고요.”

"그러셔야지요, 그러셔야지요."

안준은 작별을 고하며 떠났다. 오래지 않아 사람을 시켜 5전의 은자를 봉해 우진에게 주도록 했는데, 이는 다음 날 아침 배를 타기 위한 비용이었다. 안준은 그날 밤도 잠을 잘 자지 못했다. 그는 속으로 생각했다.

"그가 그곳에 갔어도 만약 성의를 다하지 않고 얼렁뚱땅 일을 처리해버리고 내게 보고하면 어떡하지? 그럼 헛수고만 한 거잖아. 다시 다른 한 사람을 같이 보내 그가 어떻게 말을 하는지 듣게 하는 것이 어떨까? 음, 그게 좋은 방법이야."

날이 밝자 가동家童 소을小乙을 불러 산위에 있는 우진의 집으로 가 함께 가도록 시켰다. 소을이 떠나자 안준의 마음은 걱정이었다. 급히 세수를 하고 가까운 관성묘關聖廟로 가서 제비를 뽑으며 그 일이 성사될지 아닐지를 점쳐 보았다. 향을 피우고 여러 번 절을 하며 첨통을 몇 번 흔들고 던져 하나를 집어 보니 73첨인 다음과 같은 점괘였다.

옛날 규방에서 서로 비녀를 나눠 꽂았는데, 지금은 소식이 묘연하네.
진심으로 부부가 되길 원했는데, 일이 이렇게 엇나간 것을 누가 알리오!

안준은 글공부가 많이 모자라나 이런 첨어 정도는 그 뜻이 천박해 바로 알 수가 있었다. 이 점괘를 얻자 그는 매우 화가 났다. 연신 "맞질 않아! 맞질 않아!"라고 중얼거리며 화가 나서 사당을 나섰다. 집에 돌아와 앉아 있다가 생각했다.

"이 혼사가 무슨 문제가 있단 말일까? 정말 내가 못생겼다고 그 양반이 거절할까? 남자는 원래 여자와 달라 남보다 더 출세하면 그만인데, 어찌 하필이면 진평陳平9)과 반악과 같은 사람이어야만 한단 말인

---

9) 서한 시기의 승상으로 한고조를 위해 기발한 책략을 제공하였다.

가!"

그런 생각을 하며 거울을 가져다 자신을 비춰보았다. 옆모습과 옆 머리도 돌려가며 바라보니 사실 솔직히 말해 자신도 못 볼 지경이었 다. 거울을 탁자 위로 던져 놓고 한숨을 한번 쉬며 멍청하니 앉아 있 었다. 하루 종일 답답한 마음이었음은 말할 필요도 없었다.

한편 우진은 그날 소을과 함께 노가 3개나 달린 빠른 배를 타고 바 람과 파도가 잦은 시기를 틈타 서산에 있는 고씨가의 문 앞에 얼른 정박하였다. 때는 미시未時(오후 2시경) 경이었는데, 소을은 명패를 내 미니 고씨는 나와 영접하며 어떻게 왔는지 물었다. 그 댁의 딸을 중매 하기 위해 왔다고 하자 고찬은 어떤 댁인지를 물었다. 이에 우진이 답 했다.

"바로 저희 현의 한 친척이 있는데, 가업도 좋아 귀댁과 가문이 어 울립니다. 그 자제는 나이가 18세인데 책을 많이 읽어 학문이 높습니 다."

고찬이 물었다.

"사람 풍모가 어떠하오? 늙은이가 먼저 말하건대 반드시 사람을 직 접 만나 본 연후에 이야기를 해야 하오."

우진은 소을이 뒤쪽 의자에 기대 앉아 있는 것을 보고 부득이 거짓 말로 얘기할 수밖에 없었다.

"사람 모습을 말하자면 말할 필요도 없습니다. 당당한 체구에 모든 것이 갖춰진 상입니다. 하물며 문재가 가득 차 14세에 동생이 되어 현에서 1등을 하였습니다. 요 몇 년간은 부친의 상을 당해 학당에 들 어가지를 못해 수재는 되지 못했습니다. 몇 분의 노학자께서 이 사람 의 문장을 보고 해원解元이나 진사進士10)의 재주가 있다고 하였습니다.

---

10) 수재가 성에서 보는 시험 즉 성시(省試)를 거쳐 합격하면 거인(擧人)이 되는데

저로 말씀드리자면 원래 중매하는데 익숙하지 못합니다. 언제나 귀댁이 있는 서산에서 장사를 하기에 영애께서 재색을 겸비하고 어른께서 사위를 꼼꼼하게 간택한다는 소문을 듣고 저의 친척을 생각하니 천생연분이라고 생각하여 이렇게 경솔하게 찾아뵙게 되었습니다."

고찬은 그 말을 듣자 마음속으로 매우 기뻤다.

"친척분이 과연 재주와 용모를 지녔다면 제가 어찌 거절하겠소만이 늙은이가 눈으로 직접 보지 않은 이상 마음을 놓을 수가 없소. 만약 댁이 그 친척분을 데리고 저의 집으로 한번 찾아온다면 더 이상 좋은 방법은 없소이다."

"소인이 결코 거짓말을 하는 것이 아닙니다. 어르신이 나중에 자연이 아시게 될 겁니다. 다만 제 친척이 서재를 나오지 않는 분이라 댁으로 갈려고 할 지 모르겠습니다. 게다가 제가 그를 데리고 온다고 해도 혼사가 성사되면 괜찮지만 만일 그렇지 않게 된다면 제 친척이 무슨 얼굴로 되돌아가겠습니까?"

"사람만 좋다면 어찌 혼사가 이뤄지지 않겠소? 노부老夫가 원래 천성이 심히 꼼꼼한 자라 반드시 직접 보아야 하오. 만약 친척 양반이 오길 꺼린다면 노부가 댁으로 가서 족하足下께서 그 사람을 몰래 데려와 나에게 보여준다면 그것도 괜찮지 않겠소?"

우진은 고찬이 오강으로 직접 찾아와 안준의 못생긴 모습을 보고자 하니 얼른 말을 돌려 말했다.

"기왕에 어르신이 만나시고자 하니 제가 그 사람과 와서 뵙지요. 감히 어르신을 수고스럽게 할 순 없지요."

말이 끝나자 그는 떠날 인사를 하였다. 그러나 고찬은 그를 그냥 보

일반적으로 해원 내지는 발해(發解)라고 했으며 거인이 서울에 가서 회시(會試)나 전시(殿試)를 쳐서 합격하면 진사라고 불렸다.

내지 않았다. 급히 사람을 시켜 술과 안주를 내오게 하여 대접하였다. 한참을 먹은 후에 고찬은 그를 머물러 자고가게 했다. 우진은 사양하며 말했다.

"제가 탄 배에 이부자리가 마련되어 있습니다. 내일 아침 일찍 떠나야하기에 지금 하직 인사를 올려야겠습니다. 제 친척과 함께 다시 한 번 찾아뵙겠습니다."

고찬은 배 삯을 봉투에 넣어 주었다. 우진은 사의를 표하고 배에 올랐다. 다음 날 아침 순풍에 돛을 달고 떠나 한나절이 다 가지 않아 오강에 도착하였다. 안준은 마침 문 앞에서 넋을 잃고 바라보고 있다가 우진이 돌아오는 것을 보자 바로 달려 나가 맞이하였다.

"수고가 많으셨소! 일이 어찌 되었지요?"

우진은 서로 나눈 대화를 자세히 들려주었다.

"그 댁 어른이 필히 만나시길 원하는데 도련님은 어찌 하실 생각이지요?"

안준은 묵묵히 말이 없다. 우진이 입을 열었다.

"당분간 만나지는 않는 것이 좋겠습니다."

그리고는 우진은 집으로 돌아갔다. 안준은 안에 들어가 소을을 불러 그 내막을 자세히 물어보았다. 우진이 한 말이 사실이 아닐지 의심해서였다. 그러나 소을의 말도 그와 같았다. 안준은 한참을 생각하다가 한 계책이 떠올랐다. 그는 우진의 집으로 가서 그와 상의하였는데, 그 계책은 무엇일까? 그야말로

> 예쁜 배필을 얻기 위해 마음은 불같이 뜨겁고, 마른 간장을 태우느라 밤잠을 못 이루네. 자고로 인연은 모두 정해진 것이거늘 홍실을 당긴 것이 어찌 알고 당긴 것이겠는가![11]

---

11) 당나라 때에 장가정(張嘉貞)이 곽원진(郭元振)을 사위로 삼기 위해 다섯 딸들을

안준은 우진에게 말했다.

"금방 노형이 말한 바에 대해 내가 한 계책을 생각했는데, 이젠 걱정 안 해도 되겠소."

"무슨 계책인데요?"

"사촌 동생 전만선이 언제나 저희 집에서 함께 글공부를 합니다. 그의 재주와 용모가 나보다 몇 배는 나으니 내일 그에게 부탁해 함께 가자고 해야겠어요. 그 사람을 나라고 속여 혼수 예물을 교환한 다음에는 그 양반도 어떻게 번복하지 못하겠지요."

"그런데 전도령이라면 혼사가 이뤄지지 않을 수가 없겠지만 그 분이 부탁에 응해줄까 걱정입니다."

"그는 나와 친한 친척이자 서로 사이가 매우 좋으니 그 사람 이름만 조금 빌리는 것인데 자신에게 무슨 손해가 있다고 저를 거절하겠어요?"

말을 마치자 그는 우금과 헤어져 집으로 돌아갔다. 그날 밤, 그는 서재에서 전만선을 만나 야참을 먹었는데, 술과 안주가 평상시와 다르게 훌륭했다. 전만선은 놀라 물었다.

"그러잖아도 늘 신세를 지고 있는데, 오늘 어찌 이리도 융숭하게 차렸어요?"

"우선 세 잔을 마시게. 오늘 아우님에게 부탁할 일이 좀 있네. 거절하진 말게."

"제가 힘쓸 일이 있다면 무슨 일이든 해드리죠. 그런데 무슨 일이지요?"

"아우님께 솔직히 말하리다. 맞은 편 과자가게의 우소매가 내게 중

각각 실을 잡게 하여 실 끝을 휘장 밖으로 내밀도록 하였는데, 곽원진은 시키는 대로 아무 것이나 하나 당기게 되었고, 결국 붉은 실을 잡아당겨 셋째 딸과 결혼하게 되었다는 고사가 있다.

매를 섰는데, 상대는 동정 서산의 고씨 집안이라네. 그런데 우씨가 나에 대해 너무 칭찬을 해 내가 재주와 용모를 모두 출중하다고 얘기했다네. 그 고씨 양반은 기분이 너무 좋아 나를 먼저 한 번 청해다가 대면하길 원한다구면. 그런 다음에 혼례를 치르고. 그래서 어제 서로 상의를 했는데 나 혼자 그 댁에 간다면 전에 얘기한 바와 달라 문제가 발생할 것 같네. 우씨가 참 싱거운 사람이란 생각도 들고 이 혼사가 정말 어려운 것이란 생각도 들어 아우께 부탁하는 것이니 나의 이름을 대고 우씨 일행과 함께 가서 그 댁 양반을 한번 속여 달라는 것일세. 이 혼담이 성사만 된다면 그 은혜는 막대하며 이 형이 크게 보답할 것이네."

전만선은 생각을 좀 하더니 말했다.

"다른 일은 가능하나 이 일만은 어렵겠어요. 잠시 속일 수는 있지만 나중에 알게 되면 우리 서로가 모두 난처하게 될 겁니다."

"일시적으로 잠시 속이는 것일 따름이야. 예물이 오간 다음엔 탄로가 나도 두렵지 않아. 그 양반이 자네가 누군지를 모르지 않는가! 탓을 해도 그 중매장이를 탓할 것이고. 아우와는 아무 상관이 없질 않은가! 하물며 그 댁은 동정 서산 백리 밖에 떨어져 있지 않는가! 그리 빨리 자네를 찾지 못할 거야. 자네는 그냥 안심하게나! 두려워말고."

전만선은 그 말을 듣고 침묵을 지키며 말이 없었다. 그의 말을 쫓자니 군자의 도리가 아니고 따르지 않으려니 분명 자신을 나무랄 것 같았다. 정말 진퇴양난이었다. 안준은 그가 침묵을 지키며 결정하지 못하는 것을 보고 말했다.

"아우, 속담에도 말하길, 하늘이 무너져도 저절로 바칠 수 있다고 하지 않았는가! 모든 일은 이 형이 맡을 테니 아우는 너무 걱정하지 말게!"

"비록 그렇지만 아우의 옷이 남루하니 형님의 모습과 같지 않을걸요?”

“그 일은 이 형이 벌써 준비하였으니 걱정 말게!”

그렇게 그날 밤은 보냈다.

다음 날, 안준은 일찍 일어나 서재로 가 가동을 불러 가죽 상자 하나를 가져오게 했다. 안에는 모두 능라비단의 새 무늬가 들어간 비취 색깔의 옷이었다. 옷들은 용연향龍涎香[12]으로 인해 향내가 코를 진동하였는데, 그것들을 전청에게 주어 갈아입고 가라고 했다. 또 아래에는 깨끗한 버선과 비단 신을 주었는데, 오직 두건만은 수재인 전청과는 달라[13] 즉시 새것으로 바꾸어 주었다. 또 2냥의 은자를 봉해서 그에게 주며 말했다.

“얼마 안 되지만 잠시 지필을 사는 비용으로 충당하게. 나중에 다시 보답하겠네. 이 옷들은 아우에게 주는 것이네. 나중에 다른 사람들에게 이 일에 대해 발설하지 말기를 바라네. 오늘 우소매와 약속했으니 내일 아침에 떠나세.”

“분부대로 하지요. 이 의복들은 제가 잠시 빌려 입지요. 돌아오면 다시 돌려주지요. 그리고 이 은자는 제가 받을 수가 없습니다.”

“옛사람들은 거마와 갖옷들도 친구와 나눠 사용하였는데, 아우께 이런 부탁을 끼쳤는데 이런 몇 벌의 거친 옷들이 뭐 그리 대단하오! 이런 물건들은 다만 작은 정성일 따름이네. 거절하면 이 형이 난처하니 받게나.”

“형님의 정이 그러하다면 의복은 제가 억지로 받겠습니다만 은자는 결단코 받을 수가 없습니다.”

“만약 아우가 기어코 거절한다면 바로 거절하는 것으로 알겠네.”

---

12) 고래 내장 속의 분비물로 만든 향료로 향을 만드는 재료가 된다.
13) 명대에는 생원(진사)은 연근(軟巾)과 수대(垂帶)를 썼다. 전청은 수재이기에 이런 두건을 썼지만 안준은 수재가 아니기에 그와 다른 두건을 쓴 것이다.

전청은 하는 수 없이 받았다. 안준은 그날 우소매와 약속하였다. 우진은 원래 이 책임을 지려고 하지 않았지만 그를 거슬리게 하고 싶지 않아 억지로 승낙을 한 것이었다. 안준은 미리 배를 준비하고 배 안에는 음식과 잠자리 등을 준비하게 하였으며, 두 명의 시동도 보내 시중들게 했는데, 전에 간 소을도 동행하였기에 모두 3명이었다. 비단 저고리에 가죽 가방 등 물건들이 매우 호화스러웠다. 밤사이 모든 것이 모두 잘 갖춰졌다. 또 소을과 시동에게 명해 그쪽에 가면 집의 도련님으로 부를 것을 부탁하며 절대 전씨란 말을 입 밖에 내선 안 됨도 환기시켰다. 하룻밤이 지나자 일찍 일어나 전청을 재촉해 세수하고 옷을 갖출 것을 얘기하였다. 전청은 속옷까지 모두 화려한 새 옷으로 갈아입으니 몸을 움직일 때마다 향기가 풍겼으니 이전의 모습보다 더 아름다웠다.

분명 순령荀令이 향기를 남겼으며, 마치 반악이 던져준 과일을 가져온 것 같네14).

안준은 우진을 집으로 청해 전청과 같이 아침을 들게 하고, 소을과 시동들은 그들을 따라 배에 오르도록 했다. 배는 순풍을 만나니 범선은 동정호의 서산으로 곧장 향해 나갔다. 당시 하늘빛은 이미 져가니 배 안에서 잠을 청했다. 다음 날, 아침밥을 먹고 대략 고찬이 일어나는 시간을 생각하여 전청은 안준이란 이름으로 방문첩을 썼는데, 겸손하며 후생後生이란 용어도 붙였다. 소을은 작성한 첩을 두 손으로

---

14) 순령은 후한 때의 순욱(荀彧)을 말한다. 자는 문약(文若)으로 당시인들은 그를 순령군(荀令君)으로 불렀다. 당나라 이상은의 시에 "다리 남쪽으로 순령이 지나가니, 십리에 옷 향내가 전해지네.(橋南荀令過, 十里送衣香)"라는 구절이 있다. 순령군은 일찍이 남의 집에 간 적이 있는데, 향기가 끊어지지 않아 세상에 이런 이야기가 전해지고 있다. 또 위진시기의 반악은 아름다운 미모로 여자들이 그를 보면 사과를 던져주어 귀가할 때에는 언제나 수레에 사과가 그득했다고 전한다.

들고 고씨 집의 문 앞에서 고하였다.

"우씨가 안씨 가의 도령을 데려와 뵙기를 원합니다."

고씨 집의 하인들은 소을을 알기에 황급히 주인에게 아뢰었다. 고
찬은 어서 들어오라고 전하였다. 가짜 안준은 앞에 서고 우진은 뒤에
서서 마당 안으로 들어섰다. 고찬은 한 눈에 그 젊은이를 보자 사람됨
이 비범한데 의복도 깨끗하고 단정했다. 마음속으로 이미 어느 정도
호감이 들었다. 예를 차려 절을 한 후에 고찬이 의자에 앉도록 권했
다. 전청은 어린 나이라 겸양하며 재삼 앉기를 사양하다가 하는 수 없
이 동서 좌우로 앉았다. 고찬은 속으로 몰래 기뻐하였다.

"과연 겸손한 군자로구나!"

앉은 후에는 우진이 먼저 입을 열어 전 날의 고마움에 대해 사의를
표했다. 고찬은 대접이 소홀하다며 답했다. 이어 묻길,

"이 양반이 바로 친척인 안도령인가요? 전 날에 표자表字15)를 물어
보지 않았네요?"

전청이 이에 답해 말했다.

"저는 아직 나이가 어리기에 표가 없습니다."

우진이 그를 대신하여 말했다.

"이 양반은 표자가 백아伯雅라고 하는데, 백중의 백에 아속의 아입
니다."

고참이 답했다.

"이름과 자가 정말 실제와 맞습니다 그려."

전청이 이에 또 겸손하며 "감히 그러하질 못합니다!"라고 답했다.
고참이 또 그 집안에 대해 물었다. 전청은 하나하나 답하였는데, 말하

---

15) 표 혹은 표호(表號)라고도 하는데, 원래의 이름(正名) 이외의 이름을 말한다. 고
인들은 예의상 상대방의 이름을 바로 묻질 않았다.

는 것이 매우 부드럽고 우아했다. 고찬이 생각했다.

"겉모습이 이미 아름다운데 그 학문이 어떤지 모르겠구나. 잠시 후 훈장선생과 아들을 불러내 서로 대면하게 하여 그에게 이것저것 물어보면 학문이 깊은지 아닌지를 알 수 있겠지."

그리하여 차를 두어 번 마신 연후에 하인에게 말해 서당에 있는 훈장과 아들을 데려와 손님을 뵙도록 했다. 얼마 지나지 않아 50 여 세의 한 도학선생이 머리를 닿아 내린 한 학생을 데리고 들어왔다. 주위 사람들이 모두 일어나 읍을 하였다. 고찬은 하나하나 소개를 하며,

"이 분은 바로 제 아이의 훈장선생이신데 성씨는 진陳이고 수재 출신입니다. 그리고 저 아이는 아들 고표高標이지요."

전청이 그 학생을 보자 이목구비가 청수하고 매우 잘 생겼다. 마음 속으로 생각했다.

"이 아이가 그러한데 그 누나도 알만 하구나. 안형은 참 복이 많구나!"

또 차가 한 번 나오고 마신 후에 고찬이 훈장선생께 물었다.

"저 손님은 오강 안백아란 분인데 어린 나이에 재주가 비범합니다."

진선생은 이미 주인의 뜻을 알아차리고 말을 던졌다.

"오강은 인재의 고향이라 한분 한분이 모두 견식이 넓은데, 귀읍貴邑의 삼고사三高祠 사당은 어느 분들을 모시고 있지요?"

전청이 이에 답했다.

"범려范蠡, 장한張翰, 육구몽陸龜蒙입니다."

그러자 또 물었다.

"이 세 분은 어떤 점이 훌륭하지요?"

전청은 하나하나 분석하며 답해 주었다. 두 사람은 또 서로 몇 가지에 대해 물어보기도 했다. 전청은 그 훈장선생의 학문이 그저 평범한

것을 알고는 일부러 이런 저런 쉬운 화제를 꺼내었다. 그 가운데 고금을 얘기하니 그 훈장은 한마디도 못하며 연거푸 "재기가 출중하시네요! 재기가 출중하시네요!"라며 연신 칭찬을 해 대었다. 고찬은 옆에서 너무 기분이 좋아 어깨춤을 추며 얼른 하인을 불러 낮은 소리로 식사를 준비하라고 명하며, 좋은 음식으로 준비하라고 일렀다. 하인들은 그 명을 듣고 즉시 탁자를 펴서 오색의 과품을 상에 올리기 시작했다. 고찬이 자리에 앉아 전청에게 앉기를 권하자 그는 또 겸양의 예를 표한 후에 전처럼 좌우를 보며 앉았다. 삼탕십채三湯十菜[16] 술안주가 금방 식탁 가득히 금방 차려졌으니 그건 무슨 이유일까? 알고 보니 고찬의 부인 김씨는 그 딸을 너무 사랑하여 중매장이가 사윗감을 데려온다는 말을 듣고 몰래 숨어서 지켜보다가 그 모습이 훤칠한 미남에다 목소리도 좋아 자신이 먼저 마음이 들었고 남편도 분명 자신과 같은 마음일 것이라 판단해 미리 잔치상을 준비한 것이었다. 그리하여 상을 차리라는 분부가 떨어지기가 무섭게 물 흐르듯 차려진 것이다. 주인과 손님은 모두 다섯 명이었다. 술을 마신 다음 밥을 먹고, 밥을 먹은 후에 다시 술을 마시며 붉은 태양이 산위에 오를 때까지 식탁에 앉아 있었다. 전청과 우진은 하직 인사를 하며 일어났다. 고찬은 헤어지고 싶어 하지 않았다. 며칠 묵을 것을 권하였지만 전청은 어디 그 말에 응하겠는가! 고찬이 몇 번이나 만류했지만 하는 수 없이 그의 손을 놓아주었다. 전청은 진선생과 작별하며 가르침을 받았다고 하였고, 다음으로 고찬에게 사의를 표하며 말했다.

"내일 아침 일찍 출발하기에 다시 작별 인사를 못 드립니다."

이에 고찬은

"급히 맞이하느라 대접이 소홀하니 용서하시오."

---

16) 세 가지 탕과 열 가지 요리를 말한다.

어린 학생도 읍을 하며 작별인사를 하였다. 김씨는 이미 길을 떠날 때 필요한 음식과 선물들을 준비해 주었는데, 술과 생선, 고기 같은 것들이었다. 또 배 삯도 봉투에 넣어 주었다. 고찬은 우진의 소매를 끌며 몰래 말했다.

"안도령의 재기와 용모는 다시 두 말할 필요도 없으니 그쪽에서 일을 잘 주선해주시면 너무 다행이겠소이다."

이에 우진은 명을 잘 받들겠다고 답하였다. 고찬은 그들이 배에 오르는 곳까지 따라와 작별하였다. 그날 밤, 부부 두 사람은 안도령에 대해 밤이 새도록 서로 얘기를 주고받았다. 그야말로

천금의 결혼 예물이 없이도 이미 붉은 실로 두 다리를 동여매버렸네.

한편 전청과 우진은 다음 날에 배를 타고 가는데, 비바람이 순조롭지 못해 밤이 늦어서야 비로소 집에 도착하였다. 안준은 아직도 불을 밝히고 앉아서 기다리며 좋은 소식을 고대하고 있었다. 그러던 중 두 사람이 문을 두드리며 들어와 어제 아침의 일을 하나하나 얘기하였다. 안준은 혼사가 이미 이뤄진 것을 듣고 기쁜 마음을 주체하지 못했다. 얼른 이번 달 중에 길일을 택해 청혼 예물을 보낼 작정이었다. 20냥의 차용증서도 우진에게 돌려주어 사례로 삼았다. 그리고 12월 초사흘에 혼인날을 잡았다. 고찬은 마음에 드는 사위를 얻고 혼수는 이미 오래 전에 준비한 상태라 연기할 필요도 없었다. 하루하루 세월이 지나 어느 듯, 11월 하순이 되어 길일이 곧 다가왔다. 원래 강남지역에서는 신부를 맞이할 때, 고대의 친영親迎[17]의 예법을 따르지 않고 모두 신부의 친가와 삼촌들이 직접 신부를 보내는 의식을 치렀다. 신부의 친가에서는 그것을 "송낭送娘"이라고 했고, 삼촌 쪽은 그것을 포

---

17) 신부를 맞이함을 말한다.

가抱嫁[18])라고 불렀다. 고찬은 멋진 사위를 얻기 위해 백방으로 소문을 냈지만 오늘에서야 비로소 사위를 맞이하게 되었으니 큰 잔치를 베풀어 멀고 가까운 친지와 이웃들을 모두 청해 잔치 술을 먹였다. 그리고 먼저 우진에게 사실을 고지하였다. 우진은 크게 놀라 황급히 안준에게 고했다. 안준이 말했다.

"이번의 친영은 내가 직접 가지 않을 수가 없겠네요."

우진도 발을 구르며 말했다.

"전번에 우리가 찾았을 때, 장인어른과 집안사람 모두가 충분히 보면서 떠들썩하게 즐겼는데, 이번에 다른 얼굴의 사위가 찾아가면 중매장이가 어떻게 되는 거죠? 좋은 일은 언제나 이렇게 변고가 많습니다. 제가 이번엔 욕을 볼 것 같네요."

안준은 그 말을 듣더니 오히려 그를 원망하며 말했다.

"애초에 나의 혼사이니까 내가 처음에 그 집을 찾았더라면 오늘 같은 진퇴양난의 어려움이 없었을 것 아니오! 모두 노형이 나를 갖고 장난쳐서 그렇소. 일부러 고씨 노인이 고약하다니 하여 나를 보내지 않고 사촌 동생을 나대신 보냈지 않았소! 그런데 예상 외로 고씨 노인이 매우 인정이 있어 단번에 혼사를 승낙하였으니 이는 모두 내 운명에 그 집안의 사위가 될 팔자가 있는 것이오. 어찌 사촌동생을 보았기에 혼사를 승낙한 것이겠소! 하물며 그 쪽에서 이미 혼사품을 받았으니 그 집의 딸이 바로 내 여자가 된 것이니 아니란 말을 어찌 내게 하겠소! 그런데 보다시피 내가 이번에 가면 그 양반이 어찌 나를 거절하며 돌려보내겠소! 내 혼사를 번복할 리는 없지 않겠소!"

우진은 그 말을 듣고 머리를 흔들었다.

---

18) 옛날 소주(蘇州)의 풍속으로 여자가 출가할 때, 외삼촌이 꽃가마를 드는 것을 부르는 말이다.

"그렇지 않습니다. 사람도 아직 거기에 있는데 도련님이 너무 모진 말을 하시네요. 만약 그들이 딸을 가마에 싣지 않으면 도련님도 어찌할 수가 없습니다."

이에 안준이 말했다.

"사람들을 많이 데려가 그들이 말을 듣지 않으면 쳐들어가 신부를 뺏어 돌아오면 됩니다. 관아에 고발한다면 결혼 일시를 적은 첩이 있어 증명이 되는데, 결혼을 번복한 사람이 잘못한 것이지 내겐 아무 죄도 없어요."

우진이 말했다.

"도령님 그런 자신감 있는 말씀을 마세요. 속담에도 말하길, 아무리 사나운 용도 현지의 뱀을 못 이긴다고 했어요. 우리가 보낸 사람들이 아무리 많아도 그곳 현지의 사람만큼 많겠어요! 만일 사단이 생겨 관아에 고발되어 그 노인이 청혼한 자와 실제 사위가 다르다는 말을 한다면 이 중매쟁이에게 불이 떨어지고 고문 끝에 제가 결국 사실을 말하게 될 겁니다. 그러면 전도령 조차도 앞날에 지장이 큽니다."

안준은 생각을 좀 하더니 다시 말했다.

"그렇다면 아예 가질 맙시다. 수고스럽지만 내일 그곳에 가서 지난번에 보았고 저희 현에서는 친영의 규범이 없으니 옛 관습에 따라 신부를 보내달라고 하세요."

우진은 답했다.

"안 됩니다. 고씨 노인이 멋진 사위를 보게 되어 도처에 그 재주와 용모를 자랑했는데 그쪽 친지와 이웃들은 모두 친영할 때만 기다리며 신랑을 볼 날만 고대하고 있습니다. 결단코 가야 됩니다."

안준이 말했다.

"그럼 어찌 해야겠소?"

우진이 답했다.

"저의 소견에 의하면 다른 대책이 없습니다. 다시 사촌 동생 전도령에게 부탁해 다시 한 번 그 댁을 가게 해야 합니다. 아예 전도령을 설득하여 끝까지 도와달라고 하세요. 그리고 나중에 신부가 집에 들어오면 도련님이 차지하면 되고요. 전도령이 다시 데려가지는 못하겠죠. 결혼 초야는 무슨 말이 있다 해도 그건 대수롭지 않아요."

안준은 잠시 후 말했다.

"일리는 있네요. 그런데 나의 혼사를 다른 사람이 맛을 다 보는 거네요. 또 그 사람에게 부탁하기도 어렵기도 하고요."

이에 우진은

"일이 이렇게 되었으니 그 방법밖엔 없어요. 맛을 본다고 해도 일시적인 거지요. 어찌 한 평생 누릴 도련님의 것에 비하겠어요!"

안준은 기쁘기도 하고 또 화도 났다. 바로 우진과 작별해 서재로 돌아가 전청에게 말했다.

"아우님, 또 한 가지 일을 부탁해야겠네."

"형님이 또 무슨 일이 있소?"

"다음 달 초사흘이 이 형의 결혼식이네. 초이틀 날에 친영을 하러 가야 하는데, 원래대로 아우가 가야 합당할 것 같네."

"전날에 제가 간 것은 작은 일이지만 이번의 친영은 큰 예의인데 어찌 제가 대신할 수 있겠어요! 이건 절대 안 됩니다."

"아우님의 말이 옳으나 저번의 만남으로 그 집의 사람들이 모두 얼굴을 아는데, 지금 갑자기 내가 간다면 반드시 의심할 것이야. 이 일은 잘못하면 큰 일이 생길 것이네. 혼사가 파혼될 뿐 아니라 소송까지도 생길까 염려되네. 그때에는 아우님도 관계가 되지. 그렇다면 작은 일 때문에 큰 일을 망치는 것이고 다 된 밥에 재를 뿌리는 일이 아니겠소? 만일 아우님이 친영을 마치고 돌아오면 대사가 끝난 후라 다른 이런저런 험담은 두려울 것이 없어. 이건 바로 임시방편이며, 마지막

남은 작은 공이니 거절하지 말아 주게."

전청은 그가 매우 간절히 부탁하기에 승낙하는 수밖에 없었다. 안준은 다시 악사들과 영친에 필요한 시종들을 불러 모두 분부하여 아무 소문을 내지 않고 신부를 잘 데리고 오면 모두 후한 상을 내린다고 했다. 사람들은 아무도 감히 거절하지 못했다.

초이틀 날이 되자 우금은 새벽에 안준의 집으로 와 친영의 예물과 신부의 집에 도달해 내어놓을 여러 물건들을 모두 잘 봉하는 일을 도와주었다. 또 전청이 사용할 유건과 둥근 반월형 옷깃의 의복, 그리고 비단 실이 들어간 검은 장화 등도 모두 잘 준비하였다. 그리고 여러 배로 나누어 먹을 것을 싣고, 큰 배 두 척에 한 척은 신부가 다른 한 척은 중매인과 신랑이 함께 타도록 하였으며, 중간 배 네 척은 여러 시종들을 나누어 싣게 하였다. 또 작은 배 네 척은 하나는 호송하는 사람들을 싣고, 하나는 다른 잡일을 맡은 사람을 싣게 했다. 그리하여 십 여 척의 배가 북과 나팔을 부며 일제히 호수를 향해 출발하였다. 가는 길 내내 유성 같은 폭죽을 터뜨리며 매우 신이 났다. 그야말로

문지방에는 기쁜 빛이 만연하고 사위는 용을 탈 날이 다가오네.

배가 서산에 도달하자 날은 이미 오후였다. 대략 고씨 집 반 리 앞에서 정박하여 우진이 먼저 고씨 댁에 도착해 소식을 알리었다. 또 동시에 친영 예물을 정리하고 신랑을 꽃가마에 앉혔으며, 등롱과 횃불도 수백 개나 피웠다. 전청은 잘 차려입고 다른 푸른 비단의 따뜻한 가마도 준비하여 네 명이 들었으며 생황과 피리 등을 불며 곧장 고씨 댁으로 다가갔다. 그 산중의 멀고 가까운 이웃들이 모두 고씨 댁의 재모가 겸비한 사위를 보기 위해 다투어 구경하러 나와 옹기종기 모여 있는 모습이 마치 무슨 신전을 구경하는 것처럼 시끌벅적하였다. 전청은 가마 안에 앉았는데 아름다움이 마치 관옥 같아 모두가 함성을

질렀다. 신부인 추방을 본 적이 있는 여자는 "이 한 쌍의 부부는 정말 잘 어울리네. 고씨 집에서 여러 번이나 사위를 간택하려 하였는데 오늘에야 간택하였구나."라며 감탄하였다.

한편 고찬은 집에서 잔치 자리를 벌여 친지들이 가득한데 저녁이 되지 않아 마당에 붉은 촛불을 훤히 켜놓고 기다리다가 밖에서 들리는 시끄러운 악기 소리와 함께 하인이 찾아와 보고하길,

"사위의 가마가 문 앞에 도달했습니다."

혼례를 거행하는 자가 붉은 옷과 꽃을 꽂고 급히 가마 앞에 가서 읍을 하고 시부를 읊조리며 가마를 인도하니 여러 사람들은 모두 겸손히 겸양하면서 마당 중앙으로 들어와 전안奠雁[19]의식을 마쳤다. 예식을 마치자 여러 친척들이 하나하나 서로 대면하였다. 사람들은 신랑의 멋진 모습을 보자 모두 부러워하였다. 차를 마시기를 다하고 다과와 과자들을 먹은 다음에 자리에 앉았다. 이날, 신랑은 다른 날과 달리 얼굴을 남쪽으로 하여 혼자 한 자리에 앉았고, 여러 친우들은 그를 둘러앉았다. 나팔과 북소리가 크게 울리는 가운데 술을 마셨으며, 다른 시종들도 다른 방에서 대접을 받았다.

한편 전청은 자리에 앉아 여러 사람들이 자신의 외모와 재주에 대해 연거푸 칭찬하며 고노인이 사위를 잘 얻었다는 이야기를 들었다. 그는 속으로 몰래 웃었다.

"그들은 마치 귀신을 본 듯하고, 나는 꿈을 꾸는 듯하구나. 꿈을 꾸고 나면 헛소리를 하듯 저 사람들도 나중에 어떻게 될까? 그래도 나는 오늘 호강을 하구나."

또 생각하길,

"내 오늘 남의 노릇을 대신하며 남의 이름을 걸머지고 있는데, 얼

---

19) 신랑이 신부의 집으로 들어와 영친하는 의식으로 기러기를 주는 것을 말한다.

마 동안이나 이런 대접을 받아야 할지 모르겠네. 앞으론 이렇게 귀한 대접을 받지 못할 거야."

이런 생각을 하자 갑자기 흥이 사라지고 술도 마시기 싫어졌다. 고찬 부자는 돌아가며 술을 권하며 매우 극진했다. 전청은 사촌형의 일을 그르칠까 두려워 급히 몸을 빼려고 하였으나 고찬이 극구 붙잡아 다시 앉아서 탕과 밥을 먹고 하인들이 주는 술도 모두 마셨다. 대략 4경 가량에 소을은 전청의 자리 앞에서 걸어 다니며 기상하라고 재촉하였다. 전청은 소을에게 하인들에게 주는 돈을 돌리게 하고 일어나 작별을 고했다. 고찬은 이미 5경이 되었음을 알고 시댁에 보낼 신부의 혼수품들을 검사해 배에 싣게 하고 이제 신부만 준비하여 배에 타면 되었다. 그런데 배 위의 사람들이 모두 나와 말했다.

"바깥에 바람이 너무 세요, 배를 띄울 수가 없소. 기다렸다가 바람이 멈추면 가야 하오."

알고 보니 한밤중에 큰 바람이 인 것이었다. 그 바람은 정말 독하게 불었다.

> 산 사이에 나무가 뽑히고 먼지가 일며, 호수 내에는 파도가 거세고 풍랑이 이네.

그러나 집 안에서는 북소리가 요란히 울리며 전혀 그것을 느끼지 못했다. 고찬은 악사들에게 음악을 멈추게 하고 귀를 기울이니, 바람 소리가 괴성을 지르며 울려 퍼져 모두가 경악을 금치 못했다. 우진은 발을 굴렀고, 고찬은 마음속으로 매우 기분이 나빴다. 그래도 사람들을 모두 자리에 앉게 하고 한편으론 사람을 보내 바깥에서 바람의 상태를 보게 했다. 날이 밝아오면서 바람은 더 거세지고 붉은 구름이 모이면서 눈보라가 휘날렸다. 사람들은 모두 일어나 하늘을 바라보며 모여서 상의하였다. 그중 한 사람이 말했다.

"이 바람은 멈출 것 같지가 않아."

또 한 사람이 말했다.

"한밤중에 부는 바람은 한밤에 멈추게 되어있어."

또 다른 사람들이 말했다.

"바람이 너무 세. 바람이 멈추면 호수가 얼 것 같아."

"이 태호太湖는 얼어 깨어져도 괜찮아. 무서운 건 바람과 눈이지."

사람들은 이렇게 수군거렸다.

고찬과 우진은 매우 답답했다. 좀 기다린 후에 아침을 먹고 나니 바람은 더 강해지고 눈은 더 내렸다. 보아하니 오늘 호수를 건너지 못할 것 같았다. 길일을 놓쳐버리면 남은 겨울의 12월에는 좋은 일자가 거의 없었다. 더구나 악사들이 흥이 나 찾아왔는데 어찌 공연히 다시 돌아가게 할 수 있겠는가! 사태가 정말 난감하였다. 좌중에 주전周全이라는 이름의 노인이 있었는데 그는 고찬의 이웃 노인으로 평소 마을의 일을 잘 처리하는 사람이었다. 고찬이 대책 없이 고민하고 있는 것을 보고 말했다.

"이 늙은이의 생각에는 이 일은 어렵지 않소이다."

고찬이 물었다.

"어른의 생각은 어떠하십니까?"

"이미 일자를 정했으니 어찌 그르칠 수 있겠소! 사위 분이 이미 댁에 있으니 여기서 결혼을 하는 것이 어떻소이까? 이 연회자리에서 화촉을 밝히고 바람이 멈추면 천천히 돌아가면 어찌 만사가 편안한 것이 아니겠소?"

사람들이 그 말에 일제히 찬성을 하였다. 고찬도 원래 그 생각이 있는 터라 주전 노인의 말에 공감을 하며 기뻐했다. 그리하여 바로 하인들에게 분부해 신방을 차릴 준비를 시켰다.

한편 전청은 몸은 그곳에 있어도 본래 외부인이었다. 바람이 세고

자고 하는 것들에 대해 신경을 쓰지 않았다. 그런데 한 노인이 이 의견을 말하자 속으로 매우 놀라 고찬에게 그럴 필요가 없다고 하였다. 그런데 고찬은 그 의견에 흔쾌히 응해 부산을 뜨니 정말 난감하였다. 우진에게 부탁해 대신 말하도록 하려고도 했지만 그가 평소 술을 좋아하기도 하고 또 날씨가 춥고 기분이 좋지 않기도 하여 큰 잔에다 술을 부어 마구 마셔 고주망태가 되어 있었다. 그는 옆방의 의자에 앉아 이미 코를 골고 있었다. 전청은 하는 수 없이 스스로 입을 열었다.

"혼인은 백년지대사인데 대충 할 수가 없습니다. 다시 길일을 정해 찾아와 친영을 해도 좋을 듯합니다."

그러나 고찬은 그 말을 따르려고 하지 않았다.

"장인과 사위는 한 가족인데 내외할 것이 있겠나! 더구나 자네의 부모님들이 안계시니 내가 도맡아서 해야 되겠네."

그러면서 고찬은 안으로 들어가 버렸다. 전청은 그래도 여러 어른과 이웃들에게 재차 부탁하며 그곳에서 결혼식을 올리지 말기를 간청하였다. 하지만 사람들은 모두 고찬에게 잘 보이려고 하는지라 아무도 고찬의 말에 반대하질 못했다. 전청은 이젠 아무 방도가 없었다. 공손히 나서는 수밖에 없었다. 밖으로 나와 안소을顏小乙을 불러 그와 상의해보았다. 소을도 그럴 수가 없다며 전청이 끝까지 사양하는 외에는 다른 좋은 방법이 없다고 하였다. 전청이 말했다.

"내가 이미 여러 번이나 얘기했지만 어르신이 듣지를 않아. 만약 집요하게 다시 거절한다면 오히려 의심할 거야. 내 하는 수없이 자네 주인의 대사를 성사시켜주는 방법밖엔 없네. 내 다른 마음이 없으니 만약 조금이라도 허튼 생각이 있다면 천지가 용납하지 않을 거야."

주인과 노복 두 사람이 한참 서로 얘기하고 있는데 사람들이 몰려와서 말했다.

"그건 좋은 일이요. 장인 어르신의 뜻이 이미 결정되었으니 도련님은 걱정하실 필요가 없습니다."

전청은 침묵을 지키며 아무 말이 없었다. 사람들은 전청을 데리고 안으로 데려갔다. 점심식사가 끝나자 다시 결혼 연회가 차려졌다. 빈상(儐相)[20]이 붉은 천을 걸치고 예식을 낭독하니 두 신랑신부는 예복을 차려입고 등장해 관례에 따라 식을 올리고 화촉을 밝혔다.

> 백년 인연이 오늘 밤에 이뤄지니, 한 쌍의 부부는 오늘 밤이 새롭구나. 득의에 찬 일이 실망스런 일이 되고, 마음이 있는 사람이 마음이 없는 사람을 만났네.

그날 밤이 깊어 사람들이 흩어지자 고찬 노부부는 직접 신랑을 신방으로 들여보내 신부의 머리를 덮은 천을 벗기게 했다. 신랑에게 몇 번이나 누워 쉬게 하여도 전청은 그 말을 듣지 않았다. 무슨 이유인지 알 수가 없었다. 하는 수 없이 그들은 신부를 부축해 먼저 쉬게 하고, 자신의 방으로 돌아갔다. 계집종들이 방문을 잠그고 전청에게 잠자리에 들 것을 재촉하였다. 전청의 심장은 마치 작은 사슴이 이리저리 뛰는 듯하였다. 억지로 승락을 하며 그들에게 먼저 돌아가 자도록 했다. 계집종들은 밤새 부산을 떨어 모두 이리저리 쓰러져 졸고 있었다. 전청은 본래 등불을 지키며 새벽까지 자지 않으려고 했지만 촛불을 몇 자루 받아 두지 못했다. 촛불이 꺼지려고 할 때, 그들을 부르기가 곤란해 답답한 마음을 참고 옷을 입은 채로 침상 가 쪽에 몸을 옆으로 하여 누웠다. 신부의 머리가 어느 쪽에 있는 지도 몰랐다. 다음 날 아침, 날이 밝자 일어나 밖으로 나와 처남의 서재에서 세수를 하였다. 고찬 부부는 신랑이 나이가 어려 부끄러워하는 까닭으로 여겨 이상하게 생각지는 않았다. 그날, 눈은 그쳤지만 바람은 여전히 멈추지 않았

---

20) 옛날 결혼식을 진행하는 사회자를 말한다. 붉은 천을 걸치고 모자에는 꽃을 단 복장을 하고 있다.

다. 고찬이 또 축하 연회석을 열었는데, 전청은 크게 취했다가 밤이 깊어지자 방으로 들어갔다. 신부는 또 먼저 잠자리에 들었다. 전청은 견디지 못해 전처럼 옷을 입고 잠자리에 누웠다. 신부의 이불조차도 건드리지 않았다. 그렇게 또 하룻밤이 지났다. 다음 날 일어났을 때, 바람이 다소 진정이 돼 출발하려고 하였다. 고찬은 기어코 사흘을 머물고 가야만 한다고 해 전청은 거절하지 못하고 또 하루 동안 술을 마셨다. 앉아 있을 때 몰래 우진에게 밤새 옷을 입고 잔 사실을 얘기해주었다. 우진은 입으로는 그랬느냐고 하였지만 속으론 믿지 않는 눈치였다. 상황이 그러하니 어쩔 수가 없었다.

한편 추방은 결혼식을 치룬 날 밤에 몰래 신랑을 쳐다보니 생긴 것이 과연 잘생겨 속으로 기뻐하였다. 그런데 이틀 밤이나 옷을 벗지 않고 자니 그 원인을 알 수 없었다. 속으로 생각했다.

"내가 먼저 잔 것을 탓하는 것은 아닐까? 그 사람을 기다리지 않았으니."

그리하여 사흘째 밤에는 그녀가 먼저 계집종에게 분부하여 그가 방으로 들어오면 먼저 잠자리에 들게 하였다. 계집종들은 그 분부를 받아 신랑이 방에 들어오자 옷과 모자를 벗겼다. 전청은 상황이 그러하자 두건을 벗고 급히 침상에 올라 이불 안으로 들어가 혼자 자버렸다. 그가 여전히 옷을 벗지 않고 자리에 들자 신부는 매우 기분이 좋지 않았다. 하는 수 없이 그녀도 옷을 입은 채로 잠을 잤다. 그렇다고 부모님에게 말할 수도 없었다. 나흘째가 되자 날이 맑아졌다. 고찬은 우선 신부를 보내는 배를 준비하여 자신과 부인이 함께 배를 타고 딸이 호수를 건너가도록 했다. 신부와 어머니가 한 배를 타고 고찬과 전청, 그리고 우진이 또 한 배를 탔다. 뱃머리에는 모두 채색 깃발을 달고 북과 음악 소리가 하늘을 진동하며 시끌벅적하였다. 다만 소을은 주인의 부탁을 받아 마음이 즐겁지 않았다. 작은 쾌속선을 타고 먼저 돌아갔다.

한편 안준은 사람들을 보내 신부를 맞이하게 한 후에 자신은 눈이 빠지도록 그들을 기다렸다. 초이튿날 한밤이 되자 갑자기 큰바람과 대설이 분분하자 마음이 다급해졌다. 이런 풍설에는 항해가 지연되어 길일을 놓쳐버릴까 걱정이었다. 그렇지만 호수를 못 건너리라고 생각지 못했다. 화촉연회에 응해 만반의 준비를 하고 하룻밤을 기다렸지만 동정이 없어 마음이 정말 답답했다. 속에는 만감이 교차했다.

"이런 큰 바람에는 항해를 하지 않는 것이 좋을 거야. 만약 호수를 건넌다면 걱정이야."

"만약 호수를 건너지 못한다면 장인어른이 길일을 놓치게 되는 것을 알 텐데 어찌 마음대로 딸을 보내겠는가! 분명 또 다른 길일을 잡을 거야. 근데 다른 길일을 잡기가 쉽진 않을 텐데 정말 답답해 죽겠네."

"만일 우소매가 능력이 있어 장인을 재촉해 신부를 잠시 데려올 수 있다면 내 길일이든 뭐든 상관하지 않고 미리 그녀와 재미를 볼 수 있을 텐데."

그는 이런 식으로 온갖 쓸데없는 상상을 다하며 좌불안석坐不安席인 가운데 계속해서 문 앞을 기웃거렸다. 이윽고 나흘째가 되자 바람이 잦았다. 그는 오늘은 반드시 좋은 소식이 있을 거라고 생각했다. 오후가 되자 소을이 먼저 돌아와 보고했다.

"신부를 이미 데려왔습니다. 다만 아직 10리 밖에 있습니다."

"길일이 지나가버렸는데, 그 집에서는 어찌 하여 신부를 배에 태워 보냈지?"

"고씨 집에서는 길일을 놓칠까 두려워 필히 식을 올리고자 했습니다. 전도령께서 이미 주인님을 위해 잠시 신랑노릇을 사흘간 하셨습니다."

"식을 올렸다면 그 사흘간을 전도령이 설마 신부와 같이 자진 않았겠지?"

"잠은 같이 잤지만 건드리진 않으셨습니다. 전도련님은 신부와 육체관계를 갖지 않으셨습니다."

그 말에 안준이 욕을 퍼부었다.

"지랄하네! 그런 법이 어딨어! 내가 너에게 부탁하지 않았니? 넌 어찌 하여 그 자를 말리지 않고 그런 짓을 하게 하였어?"

"저도 말렸습니다만 전도련님이 말하길, 자신이 주인님 댁의 일을 도와주겠다면서 만약 조금이라도 거짓이 있으면 하늘의 신이 볼 것이라 하였습니다."

안준은 정말 화났다.

　　화는 심장으로부터 일어나고, 악은 간담肝膽에서 생겨나네.

안준은 소을의 뺨을 한 대 치고 노기충천하여 문밖으로 나가 전청이 오기만을 기다렸다. 마침 배가 하안 가에 이미 닿았다. 전청은 그래도 세심한 자라 먼저 우진에게 부탁해 고씨 노인을 배에 머무르게 하고 자신이 먼저 강가로 뛰어 내렸다. 그는 스스로 부끄러움이 없는 까닭에 떳떳하게 가슴을 펴고 안씨 문 안으로 걸어 들어갔다. 그는 안준을 보자 웃으며 나아가 인사를 하고 자신의 속사정을 말하려고 하였는데 뜻밖에도 안준은 소인의 심정으로 군자의 마음을 헤아리고 말았다. 그는 전청을 보자 원수를 대하듯 살기등등하게 다짜고짜 그의 머리에 주먹을 날리고 이를 갈며 독하게 욕하였다.

"죽일 놈! 너 정말 기쁘구나!"

말이 끝나기도 전에 그는 손가락으로 전청의 두건과 머리를 마구 잡아당겨 헝클어놓고 이리저리 마구 차고 때렸다. 입으로는 계속 욕을 퍼부었다.

"죽일 놈! 배신자! 남이 금전을 쏟아 부었는데 네가 그것을 마음껏 이용해!"

전청은 말로 자신을 변호하였지만 안준은 때리고 욕하며 그의 말을 전혀 들으려고 하지 않았다. 하인들도 감히 말리려고 하지 못했다. 전청은 마구 매를 맞으며 달려달라는 소리 밖에 못했다. 배 위의 사람들은 소란스런 소리를 듣고 얼른 내려와 보았다. 그런데 한 못생긴 남자 하나가 무슨 이유인지 신랑을 죽도록 때리고 있지 않은가! 모두가 달려와 말렸지만 그들을 떼어놓을 수가 없었다. 고찬이 그 집의 하인에게 캐묻자 그들은 더 이상 속일 수 없다는 것을 알고 사실대로 얘기하였다. 고찬은 그 말을 듣지 않았으면 몰라도 그 말을 듣자 화가 치밀었다. 그는 우진에게 어찌 남을 속이는 그런 못된 중매 짓을 하여 남의 딸을 속일 수 있느냐며 욕을 해대었다. 그도 우진을 잡아 패기 시작했다. 신부를 보내러 온 고씨가의 사람들도 너무나 억울하여 다함께 그 못생긴 사내를 때렸다. 안씨 집안의 하인들은 주인을 보호하며 고씨가의 하인들과 함께 싸우기 시작했다. 처음에는 안준과 전청이 싸웠지만 나중에 고찬과 우진이 서로 싸웠고, 맨 마지막에는 두 집안의 하인들이 서로 엉켜 붙어 싸우게 되었다. 구경하는 사람들은 겹겹이 모여들며 갈수록 많아졌다. 길 전체가 사람으로 가득 차 보행이 어려울 지경이었다. 마치

구리산九里山 앞에 진을 치고 곤양성昆陽城 아래서 도박을 하도다.21)

공교롭게도 당시 그 현의 대윤이 북문에서 상사를 가마에 태워 보

---

21) 초나라와 한나라의 전쟁에서 한신은 구리산 앞에서 64괘 진을 치고 곳곳에 매복을 하여 결국 항우가 오강에서 자결하도록 만들었다. 또 한나라 광무제도 왕망의 주력군대와 일찍이 곤양에서 결전하여 왕망의 군대를 패배시킨 적이 있다.

내다가 거리에서 이런 난리법석을 보게 되었다. 그는 가마를 멈추고 그들을 불러들이게 하였다. 사람들은 지현 어른이 그들을 체포하는 것을 보자 모두 흩어졌다. 오직 안준만은 여전히 전청을 붙잡고 있었고, 고찬 역시 우진의 멱살을 놓지 않았다. 그들은 모두 자기주장을 늘어놓으니 무슨 말인지 알 수 없었다. 대윤은 그들을 모두 공당公堂으로 불러들여 하나하나 심문을 하며 도중에 끼어들지 말라고 했다. 고찬이 제일 연장자라 그를 제일 먼저 불러 묻길 시작했다. 고찬이 답했다.

"소인은 동정산에 사는 백성으로 이름은 고찬이라 합니다. 딸을 위해 사위를 고르다가 사위의 재주와 용모가 있는 자를 찾아내어 딸의 배필로 맞이하였습니다. 초사흘 날, 사위가 저의 집으로 친영차 왔는데 풍설이 심해 소인은 사위를 저의 집에 머무르게 하고 혼인식을 마쳤습니다. 오늘 딸을 데리고 사위가 사는 여기로 왔는데, 어떤 못생긴 놈이 소인의 사위를 죽어라고 패고 있었습니다. 소인이 그 연유를 물어보니 그 못생긴 자가 중매인을 사서 소인의 딸을 기만하여 혼인을 한 것이었습니다. 그 전씨 성의 젊은이는 이름을 가장하여 소인의 집으로 찾아왔습니다. 나리께서 중매장이에게 물어보시면 그 간악한 소행을 아실 겁니다."

"중매인은 이름이 뭔가? 여기에 있는가?"

"그 자는 우진인데, 현재 여기에 있습니다."

대윤은 고찬을 물러나게 하고 우진을 불러 호통을 쳤다.

"거짓을 꾸며 진짜처럼 가장하고 시비를 일으킨 것이 모두 너의 짓이렸다! 사실대로 자백하면 중형은 면하리라."

우진은 처음에는 얼버무리며 발 뺌을 하니 대윤이 노발하여 형틀을 준비하라고 호령을 내렸다. 우진은 시정잡배였지만 고문을 당한 적은 없었다. 사실대로 고백하기 시작했다. 처음 안준이 자신에게 어떻게 중매를 부탁하고 고찬이 또 어떻게 사람을 어렵게 하며 재모를 겸비한 사위를 고집한 사실, 그리고 나중에 어떻게 전수재錢秀才에게 부탁해 자신으로 가장하여 고씨가에 가게 되어 결혼식을 올리게 된 시말을 세세히 한번 설명하였다. 대윤은 머리를 끄덕이며 말했다.

"그것이 사실이라면 안준은 많은 일을 벌였지만 오히려 다른 사람에게 단맛을 보여준 것이 되어버렸으니 화를 낼만도 하군. 그러나 애초에 작정을 하고 남을 속인 것은 잘못한 것이다."

다음에는 안준을 불러 심문을 하였다. 안준은 우진이 실토를 한 것을 들었고 거기다 지현 나리가 자신을 동정하는 말을 한 것을 보고 다시 한 번 사정을 호소하였다. 그들의 입이 다르지 않았다. 대윤은 맨 마지막으로 전청을 불렀다. 대윤이 그를 보니 젊은 미남자였다. 맞아 상처가 난 모양을 보자 그에 대한 연민의 정이 다소 생겼다.

"너는 수재인데, 공자의 서적을 읽고 주공의 예를 본받아야 하거늘 어찌 하여 남을 대신해 결혼을 하며 나쁜 자와 공모하여 기편하는 그릇된 행동을 할 수 있단 말인가!"

"이 일은 원래 소인이 하고자 한 것이 아닙니다. 다만 안준이 생원의 사촌형인데 저의 집이 가난하여 형의 집에서 먹고 자고 하는 까닭에 그의 갖은 부탁에 차마 거절하지 못해 억지로 승낙한 것입니다. 그러나 임시로 일에 응해 형의 대사를 이뤄주려 하였습니다."

"닥치거라! 네가 결혼으로 그 집에 갔으면 그 여자와 예식은 올리지 말았어야 했다."

"생원은 원래 형을 대신해 친영만 하려 하였습니다. 그런데 사흘간이나 계속하여 큰 바람이 불어 태호에 인접한 지역에서는 배를 띄울 수가 없었습니다. 그리하여 고찬이 혼기를 놓칠까 두려워 생원에게 식을 올려 화촉을 밝히게 하였습니다."

"네가 남을 대신한 것이라면 끝까지 거절했어야 마땅하지 않은가!"

안준은 옆에서 머리를 조아리며 말했다.

"현명하신 나리, 저자가 화촉을 밝혔다고 하는 것은 바로 사기죄입니다."

대윤이 호통을 쳤다.

"잔소리 마라! 저자를 끌어내어라!"

대윤은 다시 전청에게 물었다.

"네가 당시 혼인에 승낙하였을 때, 정말 사심이 없었단 말인가?"

이에 전청이 답했다.

"고찬에게 물어보면 알 것이옵니다. 생원이 재차 거절하였지만 고찬이 허락하지 않아 저는 제가 또 다시 거절한다면 의심을 사 사촌형의 대사를 그르칠까 두려워 잠시 혼인식을 치른 것입니다. 비록 사흘간을 같은 침대 위에서 잤지만 저는 옷을 입고 자며 결코 그녀를 범하지 않았습니다."

그 말에 대윤은 '하하'하고 크게 웃으며 말했다.

"자고로 오직 류하혜柳下惠만이 욕정을 참으며 선을 지켰고, 그 노나라의 남자[22])도 비바람이 치는 야밤에 이웃 집 여자를 방에 들어오지 못하게 하였다. 너는 젊은이로 혈기가 왕성한데 어찌 사흘 밤을 혼자 자며 여자를 건드리지 않았다고 말하는가! 그 말을 누가 믿을 것 같으냐?"

전청이 말했다.

"생원은 오늘 스스로 제 심정을 진술하였지만 부모님과 같은 나리

---

[22]) 류하혜는 춘추시대 노나라의 어진 사람으로 전하는 말에 의하면 자신의 몸으로 집이 없어 얼어 쓰러진 여자를 안아주었다고 한다. 그런데 두 사람 간에 전혀 부당한 행동은 없었다고 한다. "좌회불란(坐懷不亂)"이란 말이 여기서 생겨났다. 노남자는 노나라 사람으로 어느 날 밤에 비바람이 치는데 이웃집 과부가 사는 집이 무너져 자신의 집으로 비를 피하려고 하였지만 그는 혐의를 피하기 위해 그것을 거절하였다고 한다.

께선 꼭 믿으시리라 생각은 하지 않습니다. 다만 고찬으로 하여금 딸에게 물어보게 하면 진짜인지 거짓인지를 알게 될 것입니다.”

대윤은 생각하였다.

“그 여아가 저자와 설령 관계를 맺었다고 하더라도 어찌 사실대로 얘기를 하겠는가!”

대윤은 바로 계책을 생각해내었다. 그것은 바로 부하에게 명해 착실한 산파産婆 한 명을 불러 배로 가서 고씨 딸이 처녀인지 아닌지를 검사해 속히 돌아와 보고하라는 것이었다. 오래지 않아 산파는 돌아와 보고하길, 그 여자는 과연 처녀이며 아직 몸을 잃지 않았다고 하였다. 안준은 섬돌 아래에서 고씨 딸이 아직 처녀라는 말을 듣고 소리쳐 말했다.

“소인의 처가 아직 몸을 잃지 않았다면 저는 이 결혼을 진행하길 바랍니다.”

대윤은 말했다.

“잔말 말거라!”

그는 다시 고찬을 불렀다.

“자네는 속으로 딸을 누구에게 시집보내길 바라는가?”

“소인은 애초에 전수재가 마음에 들었습니다. 나중에 딸도 그 사람과 화촉을 밝혔습니다. 비록 전수재가 암실에서도 남을 속이지 않는 자라 제 딸과 부부의 실속은 맺진 않았어도 이미 부부의 의리를 맺은 것입니다. 만약 딸을 안준에게 다시 시집을 보낸다면 소인도 원하지 않을뿐더러 딸도 원하지 않을 것이옵니다.”

“그 말이 내 뜻과도 일치하네.”

그러나 전청은 오히려 이에 응하려 하지 않았다.

“생원이 이런 일을 저지른 것은 실로 사적인 마음이 아니었습니다. 만약 그 딸을 생원에게 준다면 사흘간이나 옷을 벗지 않고 잠자리에

든 저의 뜻이 전부 수포로 돌아가게 됩니다. 차라리 그 처자를 다른 데로 시집보내길 바랍니다. 생원은 절대 감히 이런 혐의를 받아들여 사람들의 입에 오르내리게 할 수가 없습니다."

"이 처자를 다른 사람에게 시집보내면 네가 강을 건너 남을 위해 행한 이 떳떳치 못한 기편행각이 너의 장래에 걸림돌이 될 것이야. 오늘 네게 혼인을 성취시켜주는 것은 바로 네 과오를 덮는 일이다. 하물며 너의 마음이 이미 밝혀져 신부 측에서도 모두 원하는 바이니 무슨 혐의가 있겠는가! 과도한 양보를 말아라. 내 스스로 현명한 판단을 내리리라."

대윤은 붓을 들어 판결문을 작성하였다.

> 고찬이 자신의 딸이 남편을 얻게 도와주는 것은 상리常理이나, 안준이 사람을 빌려 자신으로 가장하는 일은 실로 기괴한 일이다. 사위가 이미 간택되었으나 양으로 소를 바꿔치기 했음23)을 어찌 알았겠으며; 비록 서쪽 친지들의 책망이 있다하여도24) 결국 사슴으로 말을 대신하지 않았네. 두 번이나 강을 건넜지만 유의柳毅에게 서신이 전달되지 않았고25); 사흘 밤이나 이불을 사이에 두고도 촛불을 들고 밤을 지샌 관운장에게 부끄럽지 않았도다.26)바람이 매파노릇을 하고, 하늘이 인연을 맺어주었네. 멋진 남자가 멋진 여자와 배필이 되니, 양쪽이 모두 이롭게 되었고;

---

23) ≪맹자≫ 양혜왕 상편에는 한 사람이 소를 끌고 가 죽이려는 것을 양혜왕이 보고 측은하여 사람을 시켜 양을 가져가 소와 바꿔치기하게 하였다는 이야기가 있다.
24) 원문은 "서린책언(西鄰責言)"으로 ≪좌전≫ 희공 15년에 나오는 전고인 "서린책언(西鄰責言), 불가상야(不可償也)"란 말을 인용한 것이다. 즉 서쪽 진나라의 책망을 보상하기 어렵다는 말이다. 서쪽에 있는 진(秦)나라 헌공이 동쪽에 있던 진(晉)나라에게 백희(伯姬)를 시집보내던 전고를 말한다.
25) 당나라 때의 소설 <유의전(柳毅傳)>에 의하면 과거에 낙방한 서생 유의가 길에서 시댁의 학대를 받아 쫓겨난 용왕의 딸이 불쌍하여 그녀의 부탁대로 편지를 받아 용왕에게 전해주어 그녀가 친정으로 돌아가게 된다는 이야기가 있다.
26) 원문은 "병촉운장(秉燭雲長)"으로 전하는 말에 의하면 관우(자가 운장이다.)가 조조에게 투항하였을 때 조조가 고의로 그와 유비의 처를 한 방에 투숙시켰으나 관운장은 군신의 예절과 혐의를 피하기 위해 촛불을 쥐고 문밖에서 날이 밝기까지 기다렸다고 한다.

처를 얻으려던 자가 결국 얻지 못했으니, 자업자득이로세. 고씨가에서 전청을 보내려하지 않으니 다시 화촉을 밝힐 필요가 없어졌네. 안준은 애초에 남을 기만할 궁리를 하지 말아야 했고, 나중에도 분에 못 이겨 사람을 때리지 말아야 했다. 일은 풀리지 않았지만 잠시 죄책은 면했도 다. 자신이 소비한 혼사비용으로 전청의 혼인을 도와줌으로써 그를 구 타한 죄를 속죄하였네. 우진은 두 곳을 오가며 상대를 선동해 유혹하였 으니, 범행의 원인을 제공하였기에 엄중한 징계로 경종을 울리리라.

판안문이 완결되자 대윤은 좌우 시종을 불러 우진을 30대 치게 하 고 진술서에 서명하는 것을 면하게 하여 내쫓아버렸다. 아마도 전청 이 남을 가장해 혼사에 관여한 사실을 남들에게 알리지 말라고 하는 의도였을 것이다. 고찬과 전청은 엎드려 사례하였다. 사람들이 모두 현의 문을 나오는데, 안준은 얼굴 가득히 부끄러워하는 빛이 만연하 였다. 화를 내고 싶어도 감히 입을 열지 못하고 머리를 싸매고 쥐새끼 처럼 숨어버렸으며, 몇 달 동안이나 문밖으로 나오질 않았다. 우진은 집으로 돌아가 매를 맞은 상처를 치료하였음은 물론이다. 그리고 고 찬은 전청을 배로 데려와 오히려 정성스럽게 사의를 표했다.

"사위가 재기와 덕행이 겸비해 현감 나리가 경의를 표하였기에 망 정이지 그렇지 않았다면 내 딸은 하마터면 악한에게 잘못 시집갈 뻔 하였네. 오늘 수고스럽지만 내 딸과 함께 집으로 돌아가 좀 쉬게. 그 리고 댁에는 어른이 계신가?"

"저는 부모님이 모두 돌아가셔서 집에는 아무 친지도 없습니다."

"그렇다면 아예 우리 집에서 지내는 것이 낫겠군. 이 늙은이가 공 부할 수 있도록 도와주겠네. 사위의 생각은 어떠한가?"

"장인어른의 도움이 있다면 그 은혜 정말 감사드립니다."

그날 밤 바로 배를 타고 오강을 떠나, 가는 길에 숙박을 하고 이튿 날 아침 서산에 도착하였다. 그곳의 사람들은 이 소문을 듣고 모두 신 기한 것으로 여기며 입과 입으로 전하였다. 또 전청이 마음이 바르고 후덕함을 알고 그 누구도 우러러보지 않는 사람이 없었다. 나중에 전청은 과거에도 바로 합격하며 부부가 해로하였다. 시가 있어 그것을 노래하였다.

추한 얼굴이 어찌 아름다운 처를 갈취할 수 있겠는가! 오히려 사촌 동생만 이익을 보았구나. 가련한 오강의 달은 호수에서 나는 원앙을 차가이 비춰주네.

신교시의 여인 한오가 매춘 행각을 벌이다

新橋市韓五賣春情

<신교시의 여인 한오가 매춘 행각을 벌이다(新橋市韓五賣春情)>는 신교 시장에 있는 부호의 아들 오산이 창녀 한오(아명은 금노)의 유혹에 빠져 그녀와 밀회하게 되면서 과도한 색욕으로 인해 몸져누워 사경을 헤매다가 결국 자신이 원귀의 혼에 시달리고 있음을 알고 지전紙錢을 태우고 제祭를 올린 후에 색욕의 병이 낫게 되고 지난날 자신의 과도한 욕정을 크게 반성하게 되었다는 이야기이다. 이 이야기는 당시 송명대 창기娼妓들이 살아가던 삶의 모습을 잘 보여주는 생생한 풍속도로서의 가치도 높다.

총애하는 정이 깊고 교태로움이 많아 스스로 제어할 수 없었네. 여산 에서 불을 붙여 제후들을 희롱했네. 웃음 하나에 나라는 망했으니, 어느 새 오랑캐의 말굽 먼지가 성안에 가득찼도다.

이 4구의 시는 호증胡曾[1]의 영사시詠史詩로 옛날 주유왕周幽王이 포사 褒姒라는 한 비妃를 사랑하여 온갖 방법을 사용해 그를 총애한 일에 대 해 얘기하고 있다. 그는 포사의 웃음을 한번 얻기 위해 여산驪山 위에서 제후들에게 신호를 보내기 위해 봉화 불을 피웠다가 유왕에게 무슨 난이 발생한 것이라고 여긴 제후들이 그를 구하기 위해 군사를 이끌고 궁전에 가 보니 아무 일도 없었고, 이로 인해 포사는 크게 한번 웃었다 는 이야기가 있다. 나중에 견융犬戎이 군대를 일으켜 공격했을 때, 제후 들이 모두 그를 구하지 않아 견융이 유왕을 여산 아래에서 죽였다.

또 춘추시기에 진령공陳靈公이 있었는데, 하징서夏徵舒의 어머니 하 희夏姬와 사통하고 그의 신하 공녕孔寧, 의행부儀行父와 더불어 밤낮으 로 그 집에 가 음주를 하며 즐겼다고 한다. 징서는 한을 품고 진령공 을 살해하였다. 나중에 육조 때에는 진후주陳後主가 장려화張麗華와 공 귀빈孔貴嬪을 총애하여 스스로 후정화後庭花라는 곡을 만들어 그 미모 를 찬미하며 음란함에 빠져 국사를 논하지 않았다고 한다. 그러다가 수나라에 의해 추격당했을 때, 은닉할 장소가 없어 두 비와 함께 우물 속으로 들어갔다가 수나라의 장수 한금호韓擒虎에 의해 잡혔고, 그 나 라가 망하였다. 시에 말하길,

하희와 즐기다가 마굿간에서 복병을 만났고, 마른 우물에서 옥수玉樹 노래를 들었네. 두 진씨가 한가지였으니 언제나 망국에는 여자의 난리 가 많았네.

---

1) 당나라 때의 사람으로 서천(西川)절도사 막부관을 지낸 적이 있고, ≪구의도경 (九疑圖經)≫, <영사시(詠史詩)>, ≪안정집(安定集)≫ 등을 지었다.

당시 수양제隋煬帝도 소비蕭妃의 미모에 혹하였다. 양주의 경치를 보기 위해 마숙도麻叔度로 하여금 대장으로 삼아 천하의 백성 100만을 일으키고 대운하인 변하를 1000여리나 열었다. 그 노역으로 죽은 인부가 부지기수였다. 또 용과 봉의 모양의 배를 만들어 궁녀들을 시켜 끌게 하며 양안兩岸의 음악 소리가 백리까지 이어졌다. 나중에 우문화급宇文化及이 강도江都에서 난을 일으켜 그를 오공대吳公臺 아래에서 죽였으니, 그 나라도 망하였다. 시가 있어 그것을 노래하고 있다.

천리의 긴 강이 하루 아침에 열리니 망한 수나라의 파도가 구천 하늘에서 내려오네. 비단 돛이 내리기도 전에 전투가 일어나니 슬퍼라! 용선이 다시는 돌아오지 않네.

당명황唐明皇이 양귀비의 미색을 총애하여 춘하추동 주야장천 즐기다가 뜻밖에도 양귀비가 안록산과 사통해 안록산을 포옹해 아들로 삼았다. 하루는 양귀비가 안록산과 운우를 막 마치고 나오다 그녀의 흐트러진 머리를 당명황이 발견하자 양귀비가 임기응변으로 겨우 모면한 적도 있다. 그러나 당명황은 이로부터 의심을 품어 안록산을 어양漁陽으로 내보내 절도사로 삼았다. 안록산은 양귀비를 그리워하여 병력을 일으켜 반란을 하였다. 그야말로

어양의 북소리가 울려 퍼지니, 예상우의곡霓裳羽衣曲[2]을 놀라 깨우네.

당명황은 안록산의 공격에 어찌할 바를 몰라 백관들을 거느리고 난을 피했다. 그런데 마외산馬嵬山 아래에서 병변이 일어나 양귀비를 죽게 만들었다. 당명황은 서촉까지 갔다가 곽영공郭令公[3]의 몇 년간에

---

2) 현종이 지은 유명한 곡이다.
3) 곽자의(郭子儀)를 말한다.

걸친 혈전에 덕 입어 겨우 양경兩京을 회복했다.

이 몇 임금들은 여색에 너무 탐애하여 나라와 자신을 망쳤으니, 일반 평민들도 어찌 색욕을 경계하지 않으면 안 되리오! 제가 말하는 색욕을 경계하라는 것은 무슨 이야기인가? 오늘 할 이야기는 한 청년에 대한 내용이다. 그는 색욕을 경계하지 못하고 한 여인을 탐애하여 하마터면 자신의 몸과 가업을 망칠 뻔했는데, 이 이야기는 신교시를 뒤흔든 화제꺼리였다. 그야말로

전날의 잘못을 후세 사람에게 잘 전해 본보기로 삼는 것이로다.

송대 임안부臨安府에서 성 10리 밖에 호서湖墅란 곳이 있고, 5리 밖에는 신교란 곳이 있었다. 신교 저자거리에는 부호 오부자가 있었다. 부인 반씨潘氏는 한 아들만 두었는데, 이름은 오산吳山이라고 했다. 그의 처는 여씨余氏였으며, 4살의 아이가 있었다. 오부자는 문 앞에서 비단 가게를 열었고, 집안에는 남에게 돈을 빌려 주어 이자도 챙기며 곡식도 쌓아놓고 지냈으니, 궤짝에는 돈이 넘치고 창고에는 곡식이 가득하였다. 신교에서 5리 떨어진 곳에 회교灰橋란 곳이 있었는데, 그곳에도 새로 가게를 하나 지어 아들 오산으로 하여금 집사를 하나 두게 하여 가게를 운영하였다. 집에서 거둔 비단은 가게로 보내 성 안의 베 짜는 가정에다 팔았다. 오산은 천성이 총명하였고, 예의도 있었다. 또 일도 착실히 하였으며, 말썽도 피우지 않아 오부자는 그가 바깥에서 행여나 쓸데없는 짓을 할까 하는 걱정도 하지 않았다.

오산은 매일 이른 아침부터 가게로 나가 영업을 하고 날이 어두워야 집으로 돌아왔다. 이 가게 안의 방들은 장소만 차지하고 안에는 모두 비었다. 그런데 어느 날, 갑자기 오산이 집에 일이 있어 정오가 되어서야 가게로 나가게 되었다. 그가 가게로 들어섰을 때, 가게 밖 강가에 두 척의 짐을 실은 배가 정박해 있었다. 배 위에는 많은 상자들

과 탁자, 의자, 가구 들이 실려져 있었고, 4,5 명의 사람들이 그것들을 가게 안 빈 방으로 운반하고 있었다. 또 배 위에는 3명의 여자들이 있었는데, 한 명은 중년의 살찐 여인이었고, 한 명은 노인, 그리고 한 명은 젊은 여자였다. 그들은 모두 빈 방으로 들어왔다. 그중 젊은 여자가 방으로 들어왔을 때, 오산은 무척 마음이 동했다.

몸매는 오경의 북소리가 산월山月을 머금은 듯하고, 운명은 삼경의 기름이 다한 등불과 같네.

오산은 집사에게 물었다.

"누구길래 내게 연유를 물어보지도 않고, 마음대로 우리 집에 들어오게 했나?"

"성에 사는 사람들인데, 부역에 나섰다가 갑자기 묵을 곳을 찾지 못해 이웃 범范노인에게 부탁해 그가 이들을 데려왔습니다. 잠시 2,3 일 머물다 떠나려고 합니다. 제가 주인님께 말씀드리려던 참인데 먼저 도착하셨네요."

오산이 막 화를 내려는데 그 젊은 여인이 소매를 걷고 앞으로 나와 공손하게 인사를 올리며 말했다.

"나리께선 화를 거두시어요. 저 분이 잘못한 것이 아니라 제가 세심하지 못해 급하다보니 저지른 일입니다. 먼저 댁으로 찾아와 보고드리지 못한 점 용서하시기 바랍니다. 3,4 일만 묵고 거처를 찾아 떠날 것이며, 방값은 규정대로 지불할 것이구요."

오산은 노한 얼굴을 거둬들이며 말했다.

"그렇다면 며칠 더 머물어도 관계없습니다. 편하게 지내세요."

대화가 끝나자 여인은 상자와 짐들을 옮겼다. 오산은 그것을 보고 마음이 동해 함께 짐 몇 개를 들어주었다.

여러분, 오산이 평생 올곧고 허튼 짓을 하지 않는 인물인데, 어찌하여 이 여인을 보고 화를 거두고 웃음을 지을 뿐 아니라 그녀를 위해 짐까지 들어주었을까? 사실 오산은 집에서는 부모의 간섭이 엄격하여 허튼 짓을 하지 않았으나, 총명하고 잘생긴데다가 일도 활발히 잘하는 그는 목석같이 정도 없이 일만 하는 자가 아니었다. 하물며 한창 젊은 나이의 그가 부모가 옆에 없는 상황에서 자신의 가게 안에서 이런 아름다운 여인을 만나게 되자 어찌 마음이 동하지 않겠는가?

그때 뚱뚱한 부인이 그 젊은 여인에게 말했다.

"나리에게 너무 힘들게 하진 말어!"

이에 오산이 말했다.

"여기 방에서 묵으면 한 집안과 같은데 무슨 그런 말씀을 하세요!"

그렇게 서로 즐거워하며 헤어졌다. 그날 밤, 오산은 집으로 돌아갈 때 집사에게 안에 묵게 된 사람들의 방계약서를 쓰게 해 자신에게 제출하라고 하고 떠났다.

한편 오산은 집으로 돌아와 가게 빈방에 사람들이 묵게 된 사실을 부모에게 말하지 않았다. 그날 밤에는 속으로 내내 그 여인을 생각하였고, 다음 날 아침에는 일찍 일어나 멋진 옷을 잘 차려입고 수동壽童이란 사내종을 거느리고 어슬렁어슬렁 가게로 건너갔다. 그야말로

　　재수 없으니 가게에서 술을 외상으로 주고, 운명이 기우니 정인情人을
　우연히 만나네.

오산이 가게로 들어와 물건을 한 번 팔고 나니, 안에는 이미 그 집의 기생 아범이 차를 마시고 있었는데, 방계약서를 내려 온 것이다. 오산이 들어가려고 할 때, 그 자는 나와 그를 맞이하였다. 안에는 그 젊은 여인이 만면에 웃음을 띠고 나와 인사로 맞이하였다.

"나리, 안으로 드시지요."

오산은 중간의 방으로 가 안쪽에 앉았다. 늙은 노파와 뚱뚱한 부인

도 모두 나와 같이 앉았다. 3명의 여자만 있었다. 오산이 물었다.

"아가씨는 성이 어떻게 되시는지요? 댁에 어찌 남자가 하나도 없지요?"

뚱뚱한 부인이 답했다.

"제 남편은 성이 한씨韓氏인데, 아들과 함께 아문에서 관리를 수반하고 있지요. 아침 일찍 나가 늦게 돌아오죠. 관아에 매인 몸이라 만나기가 쉽지 않아요."

잠시 앉아 있는 동안 오산은 머리를 숙이고 그 젊은 여인을 바라보니, 그 여자도 한 쌍의 예쁜 눈으로 오산을 보며 말했다.

"감히 여쭙건대 나리의 올해 연세가 어찌 되나요?"

"헛되이 24년을 보냈습니다. 죄송하지만 낭자의 연세는 어찌 되십니까?"

"나리와 정말 인연이 있네요. 저도 24살입니다. 성안에서 이사를 와 우연히 나리를 만나고 게다가 나이도 동갑이니 이는 바로 인연이 있으면 천리 밖에 있어도 서로 만난다는 말이 아니겠어요?"

두 나이 든 여자들은 상황을 보고 일이 있다며 자리를 떠났다. 오직 두 사람이 마주 앉았는데, 그 젊은 여자는 분위기 있는 말을 해가며 오산을 유혹하기 시작했다. 오산은 처음에 그들을 좋은 사람으로 생각해 묵게 하였지만 사람을 유혹하는 여자였다. 그녀는 그를 보자마자 유혹하기 시작했고 그때서야 그는 일이 잘못된 것임을 알게 되었다. 몸을 돌려 나가려고 하였지만 그 젊은 여자는 다가와 몸을 붙여 앉아 갖은 교태를 부렸다.

"나리, 머리에 꼽은 금비녀를 한번 보여 주실래요?"

오산은 모자를 벗어 비녀를 뽑으려는데 그 여자가 그의 머리를 누르고 한 손으로 그것을 뽑아 일어나버렸다.

"나리, 우리 같이 이층으로 올라가 얘기 좀 해요."

그녀는 말을 하며 바로 이층으로 올라가버렸다. 오산은 그녀를 따라 이층으로 올라가며 비녀를 돌려달라고 했다. 그야말로

　　음흉하고 간특한 여자를 만나니 발 씻은 물을 마시는 격이로다.

오산은 이층으로 올라가며 소리쳤다.

"아가씨, 비녀를 돌려주세요. 집에 일이 있어 돌아가야 합니다."

그 말에 젊은 여자가 말했다.

"저와 당신은 깊은 인연이 있어요. 위선부리지 말아요. 함께 즐거운 잠자리를 가져 봐요!"

"안 됩니다. 만약 누군가가 알게 되면 큰일 납니다. 더구나 여기는 사람들의 이목이 너무 가까이 있어요."

그가 막 내려가려는데 그 여자는 갖은 요염한 교태를 부리며 그를 끌어 앉고 가슴 속으로 품으며 손을 잡고 침상으로 데려갔다. 두 사람은 육체관계를 가졌다. 짧은 시간의 교접이 끝나자 두 사람은 일어나 서로 기대앉았다. 오산은 놀랍기도 하고 기쁘기도 했다.

"아가씨, 이름이 어떻게 되나요?"

"저는 항렬이 다섯 번째고 자는 새금賽金이라 해요. 자라서는 부모가 절 편하게 금노金奴라고 불렀지요. 나리께선 항렬이 어떻게 되세요? 댁은 무슨 일을 하세요?"

"부모님이 저 혼자 낳았고, 집에서는 비단을 팔고 사채를 놓죠. 신교시에선 유명한 부자에요. 여기 문 앞의 가게도 우리가 연 것이고요."

금노는 속으로 기뻐하며 생각하였다.

"오늘 돈 많은 남자를 낚았으니 노력이 헛되지 않았구나."

원래 이 여자는 몰래 영업하는 창녀였다. 당시 몰래 몸을 파는 이런 여자들을 '사과자私窠子'라고 불렀는데, 불법으로 영업하는 것이다. 집

에는 다른 영업을 하지 않아 이 여자에게만 의지해 살아가는 것이었다. 늙은 노파는 뚱뚱한 부인의 엄마였고, 금노는 뚱뚱한 부인의 딸이었다. 처음엔 이 뚱뚱한 부인도 좋은 집안의 여자였지만 남편이 무능해 어쩔 수가 없어 이런 일에 동조한 것이다. 금노는 어려서부터 미모가 빼어났고 글도 좀 알아 시집을 간 적도 있었다. 그러나 시댁에서 버티질 못해 나와 친정으로 돌아온 것이다. 그런데 참 일이 공교롭게도 당시에 뚱뚱한 부인이 나이가 50이 가까웠는데 단골 고객이 줄어들자 마침 딸이 그것을 이어받아 이 영업을 아예 크게 벌인 것이었다. 원래는 성 안에 살았지만 사람들에게 고발을 당해 황급히 이주해 이곳으로 숨은 것이다. 재수 없게도 오산이 그들에게 걸려들어 꾸며놓은 음모에 유혹을 당해 쉽게 빠져나갈 수도 없었던 것이다. 어찌 이집에 남자가 한 명도 보이지 않는가 하면, 손님이 나타나면 부자는 전부 피해주는 것이 이 영업하는 자들의 관례였기 때문이다. 이 여인은 남자가 하나 걸려들면 그를 꽉 잡아 지금껏 얼마나 많은 남자를 후렸는지 몰랐다.

금노는 말했다.

"잠시 급한 일로 이사를 왔는데 노자 돈이 모자라요. 나리께서 돈이 있으면 5냥을 빌려 주세요. 거절하심 안 돼요."

오산은 그 말을 들어주었다. 일어나 의관을 바로 하고, 금노는 금비녀를 돌려주었다. 두 사람은 아래층으로 내려가서 전처럼 응접실에 앉았다. 오산은 속으로 생각했다.

"내 여기서 반나절을 보냈으니 이웃사람들이 이러쿵저러쿵 수군댈까 겁나군."

그는 차를 한잔 마시니 금노는 점심식사를 하고 가라고 권했다.

"내가 너무 오랫동안 여기 있었어요. 밥은 먹을 시간이 없습니다. 잠시 후에 노자 돈을 드리지요."

"오후에 특별히 술과 음식을 준비할 테니 나리께선 거절하심 안 돼요."

두 사람은 대화를 마치고 오산은 가게로부터 나왔다.

사실 옆에 사는 이웃이 이미 오산이 그 가게로 들어가는 것을 보았다. 그 가게는 6개의 방으로 된 두 칸의 건물이었다. 금노는 그 중 한 칸을 차지하였는데, 아래층엔 비단가게가 있고 위는 모두 빈 방이었다. 남의 일에 관심이 많은 자가 오산이 한참이나 나오지 않자 이 누각의 빈 방에 잠복해 지켜보다가 그만 모든 것을 다 보게 되었다. 오산이 나오자 그는 얼른 내려와 가게에 앉아있었다. 오산이 아래층으로 내려오자 몇 명의 이웃들이 일제히 입을 열었다.

"오 도련님, 축하드립니다."

오산은 그들이 낌새를 챈 것을 알고 또 사람들이 자신을 놀리는 것을 보곤 얼굴이 온통 붉어졌다.

"아무 이유도 없이 축하하긴 뭘 축하해요?"

사람들 가운데 상황을 엿본 자가 있었는데, 그는 맞은편에서 잡화점을 경영하는 심이랑沈二郎이었다.

"자네가 그래도 발뺌하는가! 금비녀를 뽑은 채 이층으로 올라간 것은 뭔가?"

오산은 그의 말에 말문이 막혀 아무 대답도 않고 일이 있다며 가게를 빠져나가려 하였다. 그러자 사람들이 그의 앞을 막았다.

"우리가 돈을 좀 모아서 자네에게 축하를 해야겠네."

오산은 그 말에 대꾸도 않고 신경질을 내며 서쪽으로 향했다.

삼촌인 반씨潘氏 집으로 와 점심을 달라고 해 먹고는 문 앞에 있는 가게에서 저울을 빌려 몸에 있는 작은 은자들을 2냥 달아 소매 속에 넣었다. 다시 좀 앉아 있다가 저녁 무렵이 되어 다시 가게로 들어갔다. 집사가 말했다.

"안에 묵고 있는 사람들이 여기에서 나리에게 술과 음식을 대접하려고 합니다."

그 때 마침 기생 아범이 나왔다.

"나리, 어디 가셨어요? 제가 한참 찾았습니다. 집에서 술과 안주를 좀 준비했습니다. 다른 손님은 없고 나리만 모십니다."

오산이 집사와 함께 응접실로 들어가자 이미 음식들이 잘 차려져있었다. 생선, 고기, 술, 과일 등이었다. 오산이 중앙 좌석에 앉고 금노는 마주 앉았으며, 집사는 옆에 앉았다. 세 사람이 모두 자리에 앉은 것을 보고 기생 아범이 술을 따랐다. 술이 몇 배가 돌자 집사는 눈치를 채고 가게 문을 닫는다는 이유로 자리에서 일어났다. 오산은 평소 주량이 적었는데 집사가 가버리자 금노와 함께 마음껏 10여잔을 마시다가 취기가 올랐다. 그는 소매 안에 넣어둔 은자를 금노에게 주면서 일어나 그녀의 손을 잡으며 말했다.

"내 당신에게 할 말이 있소. 우리가 한 일은 잘못된 짓이오. 이웃사람들도 다 알고 나를 놀리고 있소. 만약 나의 집으로 전해져 부모가 알기라도 하면 큰일입니다. 여기서는 사람들의 이목과 입이 무서우니 안 됩니다. 만약 누군가가 흑심을 품고 중상모략을 하면 내 몸이 위태롭소. 누님, 내 말에 따라 멀리 떨어진 조용한 곳을 찾아 묵으면 내가 언제나 당신을 보러 찾아가겠소이다."

"옳은 말씀이에요. 제가 어머니와 상의해볼게요."

그 때, 남자가 다시 차 두 잔을 갖고 들어왔다. 차를 마신 후에는 다시 살아가는 이런 저런 이야기들을 서로 나누었다. 오산은 그들에게 인사를 하고 일어나면서 부탁했다.

"내가 이번에 여기를 떠나면 다시는 오지 않을 것이오. 사람들의 입방아를 피하기 위해서요. 당신이 좋은 곳을 찾으면 아범을 통해 내게 연락을 주십시오. 당신이 떠날 때는 내가 작별인사를 하겠소."

오산은 그들과 작별하고 가게로 들어와 집사에게 일을 맡긴 후에 바로 집으로 돌아갔다.

한편 금노는 오산을 보낸 후에 날이 어두워지자 이층으로 올라가 화장을 지우고 다시 내려와 저녁을 먹고 오산이 한 말을 하나하나 부모에게 말해주었다. 그날 밤은 이렇게 각자 휴식을 취하였다. 다음 날 아침이 되자 뚱뚱한 부인이 기생 아범에게 부탁해 이웃 사람들의 소문을 몰래 엿들어보게 하였다. 남자는 문 앞에 잠시 서 있다가 바로 건너 집 쌀가게인 장대랑의 문 앞에서 잠시 앉아있었는데, 여기 사람들이 손짓을 하며 그 일에 대해 얘기하고 있었다. 남자는 돌아와 그 뚱뚱한 부인에게 말했다.

"거리 사람들이 입방아를 찧는 것을 보니 여기도 편히 쉴 곳이 못 돼."

그 말에 부인도 탄식했다.

"성안에서도 사람들이 하도 괴롭혀 할 수 없이 이렇게 이사와 여기선 편안히 노후를 보내려고 했는데, 이렇게 멀리 떨어져있어도 그런 이웃들을 만나니 어쩌면 좋죠?"

여자는 한숨을 쉬며 남편에게 다른 숙소를 찾아보라고 하고 한편으론 이웃사람들의 동정을 보며 대응하고자 했다.

한편 오산은 그날 집으로 돌아온 후에 사람들의 소문을 두려워하여 부모를 속이고 몸이 불편하다며 가게에 나가지 않았다. 집사가 혼자 장사를 하였다. 금노는 집에서 가만히 있으니 좀이 쑤셨다. 기생 아범은 또 옛날 고객들을 찾아 나섰고, 표객들이 드나들었다. 이웃 사람들은 처음엔 오산이 들락거리는 것을 보다가 다음엔 사람들의 왕래가 끊어지질 않으니 크게 장사를 하는 자들임을 알았다. 그 중의 한 이웃이 말했다.

"우리 여기엔 모두 좋은 사람들만 사는데, 어찌 이런 더러운 자들을 살게 할 수가 있겠소? 속담에도 간음은 살인과도 같다고 하지 않았소! 만약 이런 일이 성해져 살인사건이라도 생기면 우리 이웃사람들에도 누가 생겨요."

기생 아범도 이웃사람들의 이런 소문을 듣곤 들어가 부인에게 그 말을 전했다. 부인은 남편의 그 말을 듣고 화를 풀 곳이 없어 늙은 엄마를 내좇으며 말했다.

"이 늙은이야, 뭘 무서워 해! 어서 나가 문 앞에서 이런 남 말하길 좋아하는 몹쓸 개 같은 것들에게 욕이나 퍼붓고 와요!"

노파는 그 말을 듣고 정말 일어나 문 앞에서 고함치며 욕했다.

"어떤 남 말하길 좋아하는 연놈들이 여기서 소란을 피워! 내게 걸려들면 이 늙은 명을 다해서라도 싸워줄게. 친척들과 왕래하는 것도 흉이냐?"

이웃사람들은 그 소리를 듣고 말했다.

"이 도적들이 늙은 년을 앞세워 자신들이 무도한 짓을 하는 것은 생각지 않고 도리어 우리들을 욕하고 있어!"

이웃사람 중에 잡화점을 열고 있는 심이랑이 막 나가 그 노파를 상대하려는데, 그 가운데 본분을 지키는 점잖은 사람이 말렸다.

"그냥 두시오, 송장이나 다름없는 저런 늙은이와 다투어 뭐 하겠소! 그들이 여길 떠나게만 하면 되요."

노파는 몇 번 욕을 퍼부은 후에 아무도 상대하지 않자 스스로 들어가 버렸다.

그런데 여러 이웃사람들이 모두 와서 집사에게 말했다.

"어찌 그리 어리석어요! 저런 정체불명의 사람들을 여기에 묵게 해서 되겠어요? 스스로 할 말이 없으니 늙은 노파로 하여금 이웃사람들에게 욕을 하게 했잖아요. 저 노파의 말을 한번 들어봐요. 우리가 댁의 주인을 찾아가 말해 영감님에게 사실을 알려야겠소. 저들이 있으면 당신에게도 좋지 않소.”

"이웃 어르신네들은 화를 푸십시오. 그럴 필요가 없습니다. 조만간에 그들을 이사가게 할 것입니다.”

이웃사람들은 집사의 말을 듣고 모두 가버렸다. 집사는 바로 안으로 들어가 뚱뚱한 부인에게 말했다.

"얼른 좀 다른 곳으로 옮겨 주시오. 우리들도 피해를 입고 있소. 이런 상황이면 여기서 묵어도 좋은 일이 없을 거요.”

"그렇게 분부하시지 않아도 돼요. 제 남편이 벌써 성안의 다른 곳을 찾고 있어요. 이제 오늘 내일이면 바로 이사할 거예요.”

집사는 그 말을 듣고 밖으로 나왔다.

뚱뚱한 부인은 금노에게 말했다.

"우리 내일 아침 성안으로 이사 가야겠어. 오늘 아범을 시켜 몰래 오도령에게 이 사실을 전해야 해. 근데 그 부모들이 알게 해선 안 돼.”

기생 아범은 말기를 알아듣고 신교시 오영감의 비단가게로 가 바로 들어가지는 못하고 맞은편 인가의 처마 아래 서서 가게 안을 들여다보았다. 얼마 지나지 않아 오산이 걸어 나오다가 기생 아범을 보고는 놀라 다가와 그의 손을 잡고 집을 떠나 다른 비단 가게 앞에 앉아 몸을 피했다.

"영감님이 여긴 무슨 일로 왔어요?”

"집의 아씨가 나리의 명을 받아 알려드리려 왔습니다. 내일 성안으로 들어가 이사해 살게 되었습니다. 그래서 특별히 이 늙은이를 보내 나리께 보고하도록 했습니다.”

"그러면 제일 좋지요. 그런데 성안 어디로 이사하게 되었지요?”

"유혁영遊奕營 양모채羊毛寨 남쪽의 횡교가橫橋街로 갑니다.”

오산은 몸에서 은자 하나를 꺼냈는데 대략 2전 가량이었다. 그는 그것을 그 영감에게 주었다.

"이것으로 술이나 사 드세요. 내일 정오에 제가 전송을 해 드리지요."

노인은 은자를 넣고 감사를 표하며 곧바로 돌아갔다.

한편 오산은 다음 날 오전 사시巳時(오전 9~11시경)에 하인 수동을 불러 함께 집을 나와 귀금교歸錦橋 가의 남화점南貨店에서 마른 과일 두 꾸러미를 사서 하인에게 들게 하여 회교시灰橋市에 있는 가게로 들어 갔다. 집사가 인사를 마치자 그간 하루하루 명주를 판 장부를 한번 셈하였다. 그리고는 안으로 들어가 금노 모녀와 인사를 한번 나누고 하인 수동의 손에 있는 마른 과일과 소매에서 꺼낸 은자를 그들에게 건네주었다.

"이 건과 두 꾸러미는 누님이 차를 마실 때 우려 드시라고 주는 것이고, 은자 3냥은 임시로 이사하는 비용으로 쓰세요. 집을 옮긴 후에 다시 찾아뵙겠습니다."

금노는 과일과 돈을 받았고, 모녀 둘은 일어나 오산에게 감사의 인사를 했다.

"거듭 은혜를 입게 되어 어찌 감당해야 할 지 모르겠습니다."

"감사하실 필요가 없습니다. 앞으로도 자주 만날 겁니다."

대화를 마치고 일어나 보니 벌써 짐과 가구들을 배에 실어두었다. 금노가 오산에게 말했다.

"나리, 언제쯤 절 보러 오실래요?"

"사나흘 후에 찾아갈게요."

이렇게 금노 일가는 오산과 작별하여 당일 날 바로 성안으로 이사를 갔다. 그야말로

여기에는 사람이 남아있지 않지만 다른 곳에 사람을 남겨두네.

원래 오산은 여름을 두려워하는 병이 있었다. 매번 무더운 여름만 오면 몸이 피곤하고 수척해졌다. 당시 때는 마침 6월 초순이라 침구鍼 灸 의원을 청해 등의 혈에다 침과 뜸을 몇 번 놓고 집에서 요양하며 가게엔 가지 않았다. 마음속으론 언제나 금노를 그리워하였지만 치료한 곳이 아파 집을 나설 수가 없었다.

금노는 5월 17일 횡교가로 이사 온 후로 그곳이 온통 군영의 권속들이라 이 일을 하기가 쉽지 않았고, 장소도 외딴 곳이라 아무도 찾아오지 않았다. 뚱뚱한 부인이 금노에게 말했다.

"그날 오도령이 우리들에게 사나흘 후에 찾아온다고 약속했는데 현재 달이 바뀌어 한달이 되었는데 무슨 이유로 오질 않지? 만약 그가 온다면 반드시 우릴 돌봐줄 거야."

"아저씨를 회교시 가게로 보내 그의 소식을 좀 알아보게 해봐요."

기생 아범은 간산문艮山門을 나와 회교시 비단가게의 집사를 만났다. 그를 보자 집사가 말했다.

"영감이 또 무슨 일로 오셨어요?"

"특별히 오 도련님을 뵈러 왔소."

"주인님은 더위로 집에서 침구를 맞고 있어요. 몸이 불편해 줄곧 가게도 나오지 않아요."

"집사님이 그 댁으로 가게 되면 번거롭지만 이 늙은이가 왔다가 못뵈고 갔다고 전해주시겠소?"

말을 마치자 그는 시간을 지체하지 않고 집사와 인사하고는 바로 집으로 돌아가 금노에게 보고하였다. 금노는 그때서야 그가 못 온 이유를 알게 되었다.

"오지 않더니 집에서 뜸을 놓고 있었군."

그날 금노는 모친과 상의해 영감에게 시켜 돼지 위胃를 두어 개 사서 잘 씻은 다음 속에 찹쌀과 연밥을 넣어 묵 삶아 두었다.[4] 다음 날 아침, 금노는 방에서 먹을 갈아 붓을 들어 채색 무늬가 새겨져 있는 편지지에다 글을 적었다.

> 천첩 새금賽金이 글월 올리오니, 낭군 오 도련님께서 열어보시기 바랍니다.
> 낭군님의 얼굴을 못 본 이후로 사모의 정은 깊어만 가 마음속에서 한시도 잊은 적이 없습니다. 오신다는 기약에 따라 문에 기대어 바라보았지만 님의 모습은 보이지 않았습니다. 어제 영감님을 보내 탐방케 하였으나 뵙지 못하고 돌아왔습니다. 첩은 여기로 온 후로 실로 쓸쓸하기 그지없습니다. 듣자니 옥체가 뜸으로 통증이 있다하여 첩은 누우나 앉으나 걱정입니다. 공연한 그리움만으론 저의 마음을 대체할 수 없어 삼가 저두猪肚(돼지의 위장) 두 개를 갖추어 약소하지만 문안의 정성으로 드리오니 허물없이 받으시길 바랍니다. 깊은 정을 다른 사람에겐 다 드러낼 수가 없습니다.
> 중하仲夏5) 21일 천첩 새금 재배再拜

편지를 다 쓴 후에 접어 봉하고, 저두는 합에 넣어 손수건으로 싸서 영감에게 모두 건네주며 부탁하였다.

"그 분 댁으로 가서 오 도련님을 찾아 직접 그 분이 받도록 해야 돼요."

영감은 합을 들고 품에는 편지를 넣고 문을 나서 큰 길로 나와 무림문武林門을 거쳐 신교시의 오영감의 문 앞까지 와서는 길가에 놓인 돌 위에 앉았다. 그때 하인 수동이 걸어 나와 그를 보며 소리쳤다.

"영감님, 어디서 오셨어요? 왜 여기 앉아 있어요?"

그는 하인의 손을 끌고 조용한 곳으로 데려갔다.

"오늘 특별히 온 것은 당신의 주인님께 전할 말이 있어서요. 내 여

---

4) 예로부터 돼지의 위장은 허약체질을 보하고 설사, 소갈증, 빈뇨증 등에 좋은 보양음식일 뿐 아니라 각종 요리의 재료로도 사용되었다.
5) 여름이 한창이란 뜻. 음력 5월을 지칭하기도 함.

기서 기다릴 테니 주인님께 알려주시오."

하인은 바로 몸을 돌려 들어가더니 얼마 되지 않아 오산이 걸어 나왔다. 영감은 황급히 인사를 하였다.

"나리, 옥체가 편안하니 기쁩니다."

"네, 영감님, 합 속에는 뭐가 들어 있어요?"

"아씨가 나리의 병을 걱정해 별 것은 아니지만 돼지 내장을 준비해 나리께 드리라고 해서 왔습니다."

오산은 노인을 데리고 주점 안으로 데려가 앉게 한 후에 물었다.

"그 쪽으로 이사하니 좋습니까?"

"너무도 적막합니다."

노인은 품안에서 편지를 꺼내 그에게 주었다. 오산은 그것을 받아 뜯어보고 다시 접어 소매 속에 감췄다. 그리고 합을 열어 돼지 내장 하나를 꺼내 주점의 사환에게 주어 썰어서 내어 오라고 하고, 또 술도 두 병 데워오라고 했다.

"영감님, 여기서 드시고 계세요. 내 집에 가서 글을 좀 적어 드릴게요."

"나리께서 편한 대로 하시지요."

오산은 집으로 돌아와 침실에서 몰래 답장 편지를 한 장 적고, 또 백은 5냥을 달아 다시 주점으로 돌아와 영감과 더불어 몇 잔의 술을 마셨다.

"나리께서 술을 사주셔서 정말 감사합니다. 늙은이는 이제 더 이상 먹을 수가 없습니다."

노인은 일어나 가려고 하였다. 오산은 은자와 서신을 노인에게 주며 말했다.

"이 5냥 은자는 댁의 노자돈으로 쓰십시오. 아씨에게 안부 잘 전해 주세요. 며칠 지나 반드시 찾아뵐게요."

영감은 돈과 편지를 받아 주점을 나왔고 오산은 그를 전송했다.

노인이 집으로 돌아가 날이 저물어서야 문을 들어섰다. 은자와 편지를 모두 금노에게 주었는데, 서신을 뜯어 등불 아래서 보니 다음과 같이 적혀있었다.

> 오산이 머리 숙여 사랑하는 한오낭韓五娘께 답신을 보냅니다.
> 전의 만남으로 두터운 은혜를 많이 입었습니다. 더구나 운우雲雨(남녀간의 육체적 결합)의 정과 베개를 함께 한 깊은 의리를 잠시라도 잊은 적이 없습니다. 기약한대로 찾아뵙고자 하였지만 소생의 천한 몸이 병을 얻어 당신의 바람을 져버렸습니다. 또한 사람을 보내 저를 걱정해 주시고 맛있는 음식도 보내 주시어 감격스러움을 금할 수 없습니다. 이, 삼일 후에 찾아뵙길 허락해 주십시오. 백금 5냥은 우선 보잘것없는 성의로 표시하오니 바라건대 거두어 주십시오.
> 오산 재배再拜

서신을 본 후에 금노 모녀는 5냥의 은자를 얻고 무척 기뻐하였음은 두말할 나위도 없었다. 한편 오산은 주점에서 저녁때까지 머물렀다가 돼지 내장 하나를 들고 조용히 자신의 침실로 들어와 아내에게 말했다.

"베틀을 짜는 아는 고객이 내가 더위에 병이 난 것을 알고 오늘 돼지 내장 2개를 보내어 와 하나는 밖에서 친구와 먹고 하나는 당신과 먹으려고 가져왔소."

"내일 당신도 보답을 하세요."

그날 밤, 오산은 처와 같이 나머지 돼지 내장을 함께 먹었고, 부모에게는 전혀 알리지 않았다.

이틀이 지나 사흘째 되는 날은 6월 24일이었다. 오산은 일찍 일어나 부모에게 말했다.

"제가 지금껏 가게를 나가지 않았습니다. 다행히 오늘 몸이 나아 한번 나가볼까 합니다. 더구나 성안 신당항神堂巷에 베를 짜는 몇 집에 준 외상도 받아야하기에 성안에 들어갔다가 오겠습니다."

"그래, 하지만 너무 무리하진 말거라."

오산은 부친과 작별한 후에 대나무로 만든 가마를 불러 타고 하인 수동은 일산日傘을 펴고 뒤를 따랐다. 오산이 성안으로 들어가는 바람에 금노는 하마터면 그의 목숨을 앗아갈 뻔했으니 그야말로

열여섯 가인의 몸은 옥 같고 부드럽지만 허리에는 찰이 있어 어리석은 사내의 목을 치네. 비록 사람의 목은 떨어지지 않아도 암암리에 사내의 골수를 말려버리도다.

오산은 가마에 올라 가다보니 어느 새 회교시에 도달했다. 가마를 내려 가게로 들어가 집사와 만났다. 오산의 마음은 오직 금노에게 가 있었다. 잠시 앉았다가 일어나 집사에게 당부했다.

"내 성에 들어가 고객들의 외상을 수급하여 올 테니 나중에 함께 매상을 셈해 봅시다."

집사는 그가 어디로 갈 지를 알았지만 감히 저지하지는 못하고 권유하였다.

"주인님의 몸이 이제 막 좋아졌는데 이리저리 돌아다니시면 안 됩니다. 공연히 병이 도집니다."

오산은 그 말을 듣지도 않고 가마에 올라 가마꾼에게 우선 간산문으로 가도록 분부했다. 가마는 느릿느릿 양모채 남쪽의 횡교를 지나 호시湖市에서 이사 온 한씨 집이 어디에 있는 지를 탐문하였다. 한 사람이 가리키길, 약방 옆집이 바로 그들이 사는 곳이라고 했다. 오산은 그 집 문 앞까지 와서는 가마에서 내렸다. 하인 수동이 문을 두드렸다. 안에서는 기생 아범이 나와 문을 열고는 오산을 보고 급히 들어가 보고하였다. 오산이 문 안으로 들어가니 금노 모녀는 만면에 웃음을 띠며 영접하였다.

"귀인이시라 보기가 이렇게 힘드네요. 오늘은 무슨 바람이 불어 이렇게 오셨어요?"

오산은 금노 모녀와 서로 인사를 나누고 안으로 들어가 앉아 차를 마셨다. 금노가 말했다.

"도련님, 제 방을 한번 구경하세요."

오산은 금노와 같이 이층의 방으로 올라갔다. 그야말로

　　마음에 맞는 벗이 찾아오니 싫지가 않고, 마음을 알아주는 사람이 오
　니 말이 서로 통하더라.

금노와 오산이 이층의 방으로 올라가니 마치 물고기가 물을 만난 듯하고, 촛이 야교에게 던져진 듯하였다. 두 사람은 깊은 정담을 이야기하다가 주연이 차려지고 기생 아범이 올라와 경대를 화장대 위에다 올려놓았다. 영감이 내려가자 금노는 술을 부탁하여 가져오게 했다. 두 사람은 붙어 앉아 금노가 먼저 술을 한잔 따라 두 손으로 오산에게 권하였다.

"도련님이 열병이 나니 첩의 마음은 걱정하지 않은 때가 없었어요."

오산은 술을 받아 쥐고 말했다.

"소생이 열병으로 기약을 어겼습니다."

그는 술잔을 비운 후에 그도 한잔을 부어 금노에게 권하였다. 술이 십여 잔이 들어가자 두 사람의 마음은 불처럼 뜨거워졌다. 그들은 다시금 예전의 회포를 풀지 않을 수 없었다. 운우의 즐거움을 나누며 두 사람의 정은 더욱 깊어졌다. 정사가 끝나자 일어나 손을 씻고 다시 술을 마셨다. 술을 또 여러 잔을 마시니 취한 눈은 몽롱하고 여흥이 도도하였다. 오산은 집에서 열병을 앓아 한달이나 방사를 치르지 않았다가 금노를 보니 어찌 한번으로 만족을 하겠는가! 오산은 설령 죽어

도 그 영혼이 금노로부터 벗어나질 못할 정도였다. 욕정이 다시 발동해 또 한바탕 불을 뿜었다. 실로

　　　입을 즐겁게 하는 물건이 많으면 결국 병이 생기고, 마음을 즐겁게
　하는 일이 지나가면 반드시 재앙이 오네.

오산은 거듭 정신이 산란해짐을 느끼고 몸이 피곤하여 견디지 못해 밥도 먹지 못하고 침상 위에 쓰러져 잠이 들었다. 금노는 오산이 잠든 것을 보고 아래로 내려와 바깥으로 나가 가마꾼에게 말했다.

"나리께서 술을 몇 잔 드셔서 주무시니 두 분은 편안히 앉아 쉬며 기다리세요. 재촉하지 마시구요."

"소인들이 어찌 감히 재촉하겠습니까!"

금노는 그들에게 당부한 후에 들어와 다시 오산의 곁에 누웠다.

한편 오산은 침상에 쓰러져 막 눈을 감았는데 누군가가 고함을 질렀다.

"오도령, 잘 자오?"

거듭 부르는 소리에 오산이 취한 눈으로 바라보니 한 뚱뚱한 스님이 낡은 편삼編衫을 걸치고 맨발에 승혜僧鞋를 신었으며, 허리에는 비단 끈을 매었는데 오산을 향해 말을 걸며 인사를 하였다. 오산은 깜짝 놀라 일어나 답례하였다.

"스님께서는 어느 절에 계신지요? 무슨 일로 절 부르십니까?"

"빈승은 상채원桑菜園 수월사水月寺 주지인데 제자가 하나 죽어 특별히 당신을 설득시키러 왔소. 빈승이 보니 당신의 관상이 박복하여 영화를 누릴 인연이 없고, 다만 청담淸談을 논하며 속세를 등져 출가해 내 제자가 될 운명이오."

"스님께서 무슨 그런 말씀을 하십니까! 제 부모가 쉰 살이 되어 오직 저만 보고 사는데 가문과 대를 잇고 가업을 이어가야 하는데 어찌

출가를 하라고 하십니까?"

"당신은 출가를 하는 수밖에 없소. 만약 영화를 누리기를 탐하면 바로 요절할 것이오. 빈승의 말에 따라 나를 따라 오시오."

"헛소리 마시오! 여기는 부인의 침실인데 출가한 사람이 여기는 왜 왔소!"

스님은 눈을 크게 뜨고 소리쳤다.

"나를 따를 것이오, 말 것이오?"

"이 엉터리 중놈아! 무슨 수작이야! 왜 날 들볶는 거야!"

스님은 크게 노해 오산을 끌고 가버렸다. 오산은 끌려 계단을 내려오며 살려달라며 소리를 질렀다. 그때 스님이 힘껏 오산을 밀어버리자 그는 계단 아래로 굴러 떨어졌고 그 순간 번쩍 놀라 깨어났는데 온 몸이 식은땀이었다. 그가 눈을 떴을 때 금노는 옆에서 자고 있었다. 한바탕 꿈이었다. 그는 정신이 몽롱하여 기어 일어나 침상 위에 멍청히 오랫동안 앉아 있었다. 금노가 깨어나 말했다.

"도련님, 잘 주무셨어요! 오랜만에 오셨으니 쉬시다 내일 아침에 떠나세요."

"집의 부모가 걱정하니 돌아가야 하오. 다음날에 다시 오리다."

금노는 일어나 간식꺼리를 준비하라고 시켰다. 오산은 거절하며 말했다.

"내가 몸이 좋지 않으니 간식은 필요 없습니다."

금노는 오산의 안색이 좋지 않은 것을 보고 억지로 붙잡지 않았다. 오산은 의관을 정제하고 이층을 내려와 금노 모녀와 작별해 급히 가마를 탔다. 날은 이미 저물어갔다. 오산은 가마 안에서 생각했다. 낮에 꾼 꿈은 정말 이상했다. 놀랍기도 하고 근심스러워 뱃속이 아파왔다. 가마 안에서 견디기 어려웠다. 어서 빨리 집으로 가자고 가마꾼에게 분부했다. 이윽고 집 앞에 당도하자 복통이 참을 수가 없어 가마에서 뛰어내려 안으로 들어가 바로 이층으로 달려갔다. 변기통 위에 앉아 아픈 배를 쥐고 설사를 하였는데, 모두 핏물이었다. 한참이 지난 후에야 침상으로 올라갔다. 머리에 현기증이 나고 눈이 어지러워 침상 위에서 쓰러졌다. 사지가 나른하고 백골이 쑤셨다. 본래 원기가 쇠약한데다 색욕이 과도한 까닭이었다.

오산의 부친은 아들의 얼굴이 파랗게 질린 것을 보고 이층으로 올라와 보다가 크게 놀라고 말았다.

"애야, 어쩌다가 이런 지경이 됐어?"

"방직업자들과 술을 좀 많이 마시다가 그들 집에서 잤어요. 잠이 깬 후에 덥고 갈증이 나 찬물을 마셨더니 온몸이 쑤시며 설사를 했어요."

오산은 말을 마치자 한기로 인해 이빨이 서로 부딪히면서 온몸에 식은땀이 비 오듯 했고, 온몸이 불같이 뜨거웠다. 부친은 급이 아래층으로 내려와 의원을 불렀다. 의원이 병세를 본 후에 말했다.

"맥과 기가 끊어지려고 하니 이 병은 치료하기가 힘드오."

재삼 의원에게 애원해 목숨을 살려달라고 요청하니 그가 말했다.

"이 병은 설사가 문제가 아니라 색욕이 과도한 까닭이오. 그로 인해 원기가 모두 소모되고 이런 양기가 탈진한 증상은 대개 치료가 힘듭니다. 내가 약을 한 첩 지어 원기를 보충하게 해 주겠소. 만약 약을 복용한 후에 열이 내리고 맥이 일어나면 살아날 기미가 보입니다."

의원은 약을 주고 떠났다. 부모들이 원인에 대해 재삼 캐어물었지만 오산은 머리를 흔들며 모든 것을 부인했다.

초경初更[6]이 되자 오산은 약을 먹고 베개에 엎드려 누웠는데, 홀연히 낮에 본 중이 다시 나타났다. 그는 침상 옆에 서서 소리쳤다.

---

6) 오후 8시 전후.

"오산, 왜 고집부리고 있어! 어서 나를 따르지 않고 뭘 하는가!"

"어서 나가시오! 다시는 나를 찾지 마시오."

그러나 중은 다짜고짜로 몸에 있는 노란 끈을 오산의 목에 감고 그를 끌고 갔다. 오산은 침상 가를 붙잡고 큰 소리를 지르다가 놀라 깨어났는데, 또 한바탕의 꿈이었다. 눈을 떠 보니 부모와 처가 모두 면전에 앉아 있었다.

"얘야, 무슨 이유로 그렇게 놀라니?"

오산은 정신이 혼란하여 더 이상 지탱하지 못하고 금노와의 사연과 꿈속의 스님 이야기를 모두 부모에게 말하였다. 그는 말을 마치자 목이 메여 울기 시작했다. 부모와 아내도 모두 눈물을 흘렸다. 부친은 아들의 병세가 위독한 것을 보고 그를 원망하지 않고 좋은 말로 위로하였다.

오산은 부모에게 이야기한 후에 몇 번이나 기절하였다가 다시 깨어났으며, 아내에게 눈물을 흘리며 말했다.

"시부모님을 잘 모시고 어린 아들을 잘 돌봐 주시오. 비단 가게 자본을 다 써버려서 미안하오."

아내는 남편의 말에 울며 답했다.

"마음을 놓고 몸조리나 잘하세요, 쓸데없는 걱정은 마시구요."

오산은 한숨을 쉬며 하녀를 불러 자신을 일어나게 하여 부모에게 말했다.

"소자는 이젠 다시 살아나지 못할 겁니다. 아버지, 어머니, 저 같은 불효자를 위해 괜히 고생만 하셨네요. 운이 나빠 명이 다하니, 이런 액운을 당하네요. 오늘 이렇게 후회해도 무슨 소용이 있겠습니까! 앞으로 젊은 사람들에게 전해 주십시오. 이런 못된 짓으로 자신의 몸을 망치는 일을 절대 하지 못하도록 말입니다. 사내 6척의 몸이 실로 쉽지 않게 생겨난 것인데, 색욕에 빠진 자들은 저를 본보기로 해 주십시오. 제가 죽은 후, 시신은 강물에다 던져 주십시오. 그래야만 처자식을 버리고 부모를 공양하지 못한 죄에 사죄하는 길입니다."

말을 마치자 눈을 감았는데 그 중이 다시 눈앞에 나타났다. 오산은 애걸하였다.

"대사님, 제가 스님과 무슨 원한이 있기에 절 이렇게 놓아주지 않습니까?"

"빈승은 색계를 범해 죽어 지옥으로 떨어져 오랫동안 어두운 곳에서 지내는 귀신이 되었소. 지난번에 우연히 당신을 만나 백주대낮에 정사를 벌이는 것을 보고, 즉시 마음이 동해 당신을 나와 함께 저승으로 가는 짝으로 삼으려고 생각하였소."

중은 말을 마치자 떠나버렸다.

오산은 다시 깨어나 이 이야기를 부모에게 말해주었다. 부친이 말했다.

"알고 보니 원통한 귀신이 붙은 것이군."

그는 황급히 문밖의 거리에 향을 피우고 촛불을 밝히며 여러 가지 제물을 차려놓고 공중을 향해 빌었다.

"부디 자비를 베푸시어 제 아들의 목숨을 살려 주십시오. 친히 저승으로 가 제사를 지내 추모해 드리겠습니다."

축원이 끝나자 지전紙錢을 불태웠다.

그가 이층으로 올라왔을 때, 날은 이미 저물었고 오산은 침상 안쪽을 향해 자고 있었다. 그런데 갑자기 아들이 몸을 뒤집어 일어나 앉아 눈을 부릅뜨고 말했다.

"영감, 내가 석가여래의 색계를 어겨 양모채에서 자결을 하였소. 당신의 아들도 여기로 와 음욕을 벌여 내가 홀연 생전의 일을 생각해 아들을 제물로 삼거나 그를 이용해 자신을 고난으로부터 벗어나게 하려 하였소. 그런데 마침 방금 당신이 제물을 차리고 지전을 태워 나의 영혼이 고난으로부터 벗어나게 해 주셨으니 당신의 아들을 놓아주고 다시는 여기서 나타나지 않겠소. 나는 다시 양모채로 돌아가 당신이 나를 위해 지내는 제사를 기다리겠소. 내가 만약 환생하게 된다면 다시는 찾아오지 않을 것이오."

말을 마치자 오산은 두 손으로 합장해 인사를 하고는 문득 깨어났는데, 안색이 예전과 같아졌다. 아내가 그의 몸을 만지자 열도 내렸다. 그는 일어나 침상에서 내려와 용변을 보았는데, 다시는 설사를 하지 않았다. 가족들은 기뻐하였다. 다시 원래의 의원을 불렀더니, 그가 말했다.

"모든 맥이 다시 회복되었으니 살게 되었습니다."

약을 얻어 며칠 요양을 하니 몸은 점점 좋아졌다. 부친은 몇 명의 스님을 청해 금노의 집에서 하루 동안 주야로 제를 올렸다. 금노 일가가 꿈을 꾸었는데 꿈속에 뚱뚱한 중 하나가 지팡이를 하나 짚고 갔다고 하였다.

오산은 반 년 가량 쉬다가 여전히 신교시에서 장사를 하였다. 집사와 옛 이야기를 나누며 불현듯 후회를 하며 말했다.

"세상을 살면서 자신을 속이는 허튼 짓을 하여선 안 될 것이오. 정말 이승에서 나쁜 짓을 하면 저승에서 귀신의 꾸지람을 당할 것이오. 하마터면 목숨 하나를 잃을 뻔 하였소."

이로부터 그는 전날의 잘못을 고쳐 다시는 금노의 집으로 가지 않았다. 이웃 중에 이 사연을 아는 사람들은 그 누구도 그를 존경하지 않는 자가 없었다.

치정을 가지고 대하면 사람마다 모두 사랑스럽고, 차가운 눈으로 보면 모든 것이 미워진다네. 중요한 순간을 간파하면 사악한 생각이 멈추고, 한 평생 가는 곳곳이 자연히 편안하다네.

숙향정의 장호가 앵앵을 만나다

宿香亭張浩遇鶯鶯

<숙향정의 장호가 앵앵을 만나다(宿香亭張浩遇鶯鶯)>는 당나라 때의 소설 <앵앵전>과 원대의 희곡 ≪서상기≫의 내용을 기반으로 하여 변화시킨 작품이다. 그 내용은 재자가인 장호와 이앵앵이 서로 만나 연정을 품어 몰래 운우의 정을 나누게 되지만 장호가 삼촌의 명에 따라 다른 집의 여자와 혼약을 맺자 앵앵이 분한 마음에 관아에다 고소장을 내고 관아에서는 앵앵의 말에 따라 장호의 혼담을 취소시키고 두 사람의 결합을 적극 주선하였다는 이야기이다. 이 작품은 진보된 명말의 사회분위기를 매우 잘 말해주는 작품으로 혼인과 연애의 자유, 그리고 남녀평등을 주장함과 동시에 예禮는 정情에 따라야 함을 역설하고 있다.

한가로이 서재에서 고금을 읽어보면, 사람이 초목이 아닌 이상 어찌 정이 없으리! 자고로 미인과 재자들 기이한 만남이 많지만 어찌 장생이 이앵을 만난 것에 비하리오!

서락西洛(낙하洛河의 서쪽으로 낙하는 산시陝西성 북부에서 발원하여 위하渭河로 흘러들어가는 강 이름임)에 한 재자才子가 있었는데 성은 장씨張氏요 이름은 호浩이고 자는 거원巨源이라고 했다. 어릴 때부터 미목이 남달리 수려했는데, 나이가 들자 재주가 뛰어난데다 용모도 매우 출중하였다. 거기다 말수는 간결하고 적당하였다. 일찍이 조부의 유업을 이어받아 집에는 수많은 가산이 있어 고향에서는 부호로 이름이 났다. 귀족 가운데 그 가문을 선망하는 자들은 결혼을 하고자 하여 매파들이 집을 찾아와도 그는 정색을 하며 모두 거절하였다. 사람들이 모두 그를 가리키며 말했다.

"당신은 지금 약관의 나이라 남자가 스물이 되면 결혼을 해야 하거늘, 양가집 덕이 있는 여자를 골라 짝으로 삼는 게 어떠하오?"

이에 그는 답했다.

"백세인연을 맺는 혼인이란 반드시 아름답고 만족스러워야 하는 것이오. 제가 비록 재자는 아니나 사실 가인을 흠모합니다. 절세의 미인을 만나지 못하면 차라리 홀아비로 남길 원하오. 게다가 장차 공명을 구하는 날이 오면 자연히 이 소원이 이뤄질 것입니다."

이런 연유로 약관의 나이건만 여전히 부인을 맞이하지 않았다. 장호는 천성이 사치스러워 거처에는 처마가 서로 이어지고 누각이 층층이 연이었다. 문들은 서로 통하고 화려하고 웅장하여 왕후의 저택과 대등하였다. 그래도 그는 여전히 좁다고 여겼다. 또 그가 사는 거처의 북쪽에는 동산을 하나 지었으니,

바람을 피하는 정자와 달이 비치는 누각에는 살구꽃과 도화꽃 시내가

흐르고, 높은 누각에는 맑은 하늘을 바라볼 수 있고, 물에 임한 누각은 푸른 시내와 접해있네. 가로지른 연못과 구불구불한 제방에는 달과 무지개다리가 보이고 붉게 조각된 아름다운 난간에는 구름과 괴석들이 이어져 있네. 기이하고 예쁜 꽃들은 만발하고 대나무와 꽃들이 울창한 곳에는 깊은 초당이 보인다. 기이한 조수들이 날아다니고 진기한 과실수들도 심어져 있네. 연두색 연잎은 울창해 꽃길을 덮고 푸른 버들은 나지막이 늘어져 풀밭을 덮고 있다.

장호는 시간이 나면 언제나 친지들과 더불어 그 곳에서 연회를 베풀었다. 서도西都의 풍속은 매번 봄이 오면 크고 작은 동산에서 화초들을 가꾸고 정자를 청소하며 사람들이 그곳에서 유람을 하며 서로 즐겼는데, 사대부나 서민을 가리지 않고 모두 그러하였다.

장호가 사는 마을에 요산보廖山甫라는 유명한 선비가 있었는데, 학행이 높아 모범이 되는 자였으며, 평소 장호와는 매우 친밀한 사이였다. 장호는 정원이 새로 단장되고 꽃과 나무들이 무성해지자 기쁜 마음에 요산보를 초대하였다. 두 사람이 함께 산보를 하며 숙향정宿香亭에 이르러 자리에 앉았다. 때는 바야흐로 중춘이라 도화꽃이 만발하고 모란꽃도 피어 희고 붉은 꽃들이 정자를 둘러싸고 있었다. 장호가 요산보에게 말했다.

"자연의 맑은 경치가 너무나 아름다운데 시주詩酒가 아니면 어찌 춘광春光을 얘기할 수 있겠소! 오늘 다행히 속사俗事가 없으니 먼저 술을 여러 잔 마시고 연후에 시를 한 수씩 지어 목전의 경관을 노래해 봅시다. 비록 정원이 누추해 그대의 멋진 작품에는 감당하기 어렵지만 시를 한 수 얻을 수만 있다면 영원히 간직하겠소이다."

이에 요산보가 답했다.

"분부대로 하겠소이다."

장호는 기뻤다. 즉시 동자를 불러 술상과 지필묵들을 가져오게 하였다. 술이 어느 정도 돌자 바야흐로 시제를 찾으려고 하는데 갑자기 정자 아래 꽃 사이에서 앵무새가 '푸드덕'하고 날아갔다. 요산보가 말했다.

"앵무의 말도 경청해야 하거늘 무슨 까닭으로 놀라 날아가지요?"

"이는 다름이 아니라 분명 상춘객이 몰래 꽃을 꺾어 간 까닭이겠지요. 우리 함께 가 보십시다."

이에 두 사람은 숙향정을 내려와 우거진 꽃밭으로 몰래 들어가 소리가 나는 쪽으로 찾아갔다. 태호석太湖石을 지나 작약이 핀 울타리 가에 이르자 쪽진 머리를 아래로 자연스레 드리운 처녀가 하나 있었는데 나이는 막 15세가량으로 옆엔 시녀도 한 명 데리고 난간에 기대어 서있었다.

> 새로 나온 달과 같은 아미 눈썹에 봄날의 복사꽃 같은 얼굴. 그 자태는 숨겨진 꽃과 같이 농염함을 감추었고 피부는 빛을 발하는 부드러운 옥과도 같네. 연꽃 같은 발걸음에 수놓은 꽃신을 신고 소라 모양의 쪽머리가 양쪽으로 드리우고 작은 자주색 비녀를 꽂았네. 봄날의 신 동군東君에게 그 아름다움을 뽐내는 듯하고, 난간에 기대어 모란꽃들을 향해 미소를 짓고 있네.

장호는 그 모습을 보자 정신이 아찔하여 주체할 길이 없었다. 그 여자가 놀라 피할까 두려워 산보를 이끌고 한쪽 그늘로 물러나 오래 동안 그 여자를 지켜보았다. 정말 세상에 보기 드문 미인이었다. 그가 산보에게 말했다.

"세상에 이런 미녀가 어디 있겠소? 필히 하늘에서 내려온 화월花月의 요정이겠지요."

"화월의 요정을 어찌 백주 대낮에 만날 수 있겠소? 천하에 아름다운 부녀자들이 없지 않소이다. 다만 인연이 없으면 만나지를 못하지요."

"제가 사람을 적게 본 건 아니지만 이런 아름다운 사람은 보지 못

하였소. 제가 저 여자와 짝을 맺는다면 평생을 즐겁게 살 것 같소이
다. 노형께서 방법을 찾아 저의 백년가약을 맺게 해주신다면 저의 은
인이라 저를 낳아준 것과 같다 할 것입니다."

그 말에 산보가 답하였다.

"그대의 가문과 학식으로 좋은 여인과 혼인을 맺으려고 한다면 매
우 쉬운 일인데 어찌 그리 노심초사 하시오!"

"그렇지 않소이다. 저 여자가 아니면 평생토록 신부를 맞이하지 않
겠소. 오늘 이왕 만났으니 잠시라도 견디질 못하겠소이다. 매파를 구
해 서로 통문을 하면 필히 한해가 갈 것이고 그럼 저는 이미 죽은 목
숨이 될 것이오."

그 말에 산보가 타이르며 말했다.

"일이 성사되지 못할까 두려울 뿐이지 서로 마음만 맞는다면 늦게
혼인을 해도 괜찮지 않겠소이까? 저 여자의 종적을 물어본 연후에 도
모해 봅시다."

장호는 당시 마음이 홀린 상태라 즉시 두건과 윗옷을 가다듬고 앞
으로 나아가 그 처녀에게 읍揖을 하며 인사를 하였다. 여자는 소매를
오므리며 답례를 하였다. 장호가 먼저 입을 열었다.

"귀하께선 어느 댁에서 무슨 일로 여기까지 오셨습니까?"

그 말에 여자는 웃으며 답했다.

"저는 당신 댁의 동쪽에 사는 이웃입니다. 오늘 집안의 식구들이
모두 친족모임에 가고 저 혼자 남게 되었어요. 소문에 댁의 모란꽃이
활짝 폈다고 하기에 시녀와 함께 문을 밀고 여기까지 오게 되었어요."

장호는 그 말을 듣자 이 처녀가 이李씨의 딸 앵앵鶯鶯임을 알게 되었
으며, 그녀는 어린 시절 장호와 함께 난간에 기대어 장난도 친 적이
있는 사이였다. 장호는 그 처녀에게 다시 말했다.

"저의 정원은 황폐하여 볼 것이 없습니다. 다행이 작은 별관이 있

어 그곳에 술과 안주를 준비하여 이웃을 청해 즐기고자 하는데 어떠신지요?”

“제가 여기 온 것은 본래 당신을 보기 위해서예요. 만약 술을 마신다면 사양하겠습니다. 문란함을 원하지 않은 것이 저의 마음입니다.”

장호는 손을 모아 절을 하며 말했다.

“하신 말씀 잘 알겠습니다.”

여자는 말했다.

“저는 어릴 때부터 당신의 맑은 덕을 흠모하였습니다. 저희 집에는 엄한 부친이 계신 까닭에 예법의 구속이 심해 당신과 만날 수가 없었습니다. 지금 당신이 아직 아내를 맞이하지 않았고 저 역시 미혼이니 만약 추하게 만나지 않고 매파를 통해 저와 나중에 부부가 되어 제사를 지내고 시부모님을 모시며 친족들과 화목하게 지내면서 부녀자의 도리를 다한다면 이것이야말로 제가 마음속으로 바라는 일입니다.”

장호는 이 말을 듣자 너무도 기뻐 여자에게 말하였다.

“만일 당신 같은 미인과 함께 해로할 수 있다면 제 평생 즐거운 일일 것입니다. 다만 인연이 어떠할지 모르겠습니다.”

“두 사람의 마음이 견고하다면 인연도 자연히 정해질 것입니다. 당신이 허락을 한다면 정표를 제게 하나 주시길 바랍니다. 제가 그것을 지녔다가 오늘 서로 만난 정으로 간직하겠습니다.”

장호는 급한 마음에 성의를 드러낼 물건이 생각나지 않아 허리를 맨 자주색 비단 띠를 여자에게 주며 말했다.

“이것으로 서로 마음을 정한 것으로 삼으시지요.”

여자도 목에 걸은 비단을 장호에게 주며 말했다.

“시를 한 수 적어 주시길 바랍니다. 직접 붓으로 이 비단 위에다 적어주시면 다음에 그것으로 정표를 삼고자 합니다.”

장호는 기뻐하며 동자에게 붓과 벼루를 주문하여 난간 안에 피지 않은 모란을 주제로 하여 그 비단 위에다 다음과 같은 절구 한 수를 지었다.

침향정沈香亭 물가에 굽은 가지를 드러내고, 그 농염함과 아름다움을 머금고 아직 피지 아니하였네. 명화名花는 본래 명사名士를 기다리건만, 풍류 넘치는 선비는 홀로 시만 짓고 있네.

여자는 이 시를 보고 매우 기뻐하며 그 비단을 손에 쥐고 장호에게 말했다.

"당신의 시구는 참 맑군요. 그 가운데 깊은 뜻이 있으니 정말 재기가 많으시네요. 이번 일은 절대 함구하시어 다른 사람이 모르게 해 주세요. 그리고 오늘 하신 말은 절대 잊지 마세요. 이 담에 좋은 일이 있을 거예요. 이제 부모님이 돌아오신 것 같으니 돌아가 봐야겠어요."

말을 마치자 그녀는 연꽃 같은 걸음으로 하녀와 함께 천천히 걸어갔다. 장호는 당시 주흥이 바야흐로 무르익고 춘심이 태탕하여 스스로 자제할 길이 없어 혼자 중얼거렸다.

"일이 어찌 될지 모르고 기회는 항상 있는 게 아니야. 어찌 저 여자를 보낼 수 있단 말인가! 어우르진 꽃 그림자 아래 낮은 풀들이 이불과 같은 곳에서 원앙의 연을 맺는다면 죽어도 한이 없겠네."

이어 그는 빠른 걸음으로 쫓아가 두 손으로 그녀를 안았다. 여자는 장호에 대한 정과 의리를 생각하여 선뜻 거절하여 몸을 빼질 못했다. 그녀가 부끄러워하며 입을 열어 장호에게 말을 하려는데 갑자기 뒤에서 누군가가 나타나 말했다.

"서로 만난 것도 이미 예가 아닌데 그런 행동을 하면 안 되오! 내가 한 마디만 하면 그대들은 백년해로 할 수 있을 것이오."

장호가 여자를 놓아주고 뒤를 돌아보니 바로 산보였다. 여자는 벌써 달아나고 없었다. 산보가 말했다.

"책을 읽는 것은 예를 알기 위함인데 오늘 그대는 공맹의 글을 읽고 어찌 소인과 같은 행동을 하려 하였소? 만약 여자가 늦게 돌아가 그 부모가 먼저 집에 있었다면 분명 어디에 갔는지 추궁할 것이고 그러면 여자의 화가 그대에게 미칠 것이오. 어찌 일시적인 즐거움에 취해 평생의 덕을 훼손할 수 있겠소! 세 번 생각해 보시면 분명 후회할 것이외다."

장호는 부득이하여 섭섭한 마음으로 다시 숙향정으로 돌아가 산보와 함께 마음껏 취한 다음 헤어졌다.

이로부터 장호는 즐거울 때도 시무룩하였으며 술을 대해도 흥이 나지 않았다. 달 아래에서 길게 탄식하고 꽃 앞에서는 몰래 눈물을 훔쳤다. 계절은 훌쩍 흘러 신록이 짙어지고 꽃은 지면서 봄도 이젠 거의 갈 무렵이었다. 어느 날, 장호가 홀로 서재에서 거닐며 지난 일을 생각하면서 하소연할 길이 없는 상념의 근심에 젖어있을 때 갑자기 늙은 비구니 혜적惠寂이 밖에서부터 들어왔다. 그녀는 장호 집안에서 제를 올리는 절의 비구니였다. 장호는 인사를 한 다음 물었다.

"스님이 웬 일이시죠?"

"특별히 서신을 전하러 왔어요."

"누가 제게 편지를 썼죠?"

혜적은 가까이 다가와 그에게 말했다.

"댁의 동쪽에 있는 이웃 이씨가의 딸 앵앵이 누차 뜻을 전합니다."

장호는 크게 놀라 말했다.

"그 일이라면 스님께선 모른 척 하십시오."

이에 혜적이 말했다.

"이 일을 왜 혼자 감추고 계세요? 제가 듣기론 이씨는 저와 인연을 맺은 지 20여년이라 그 집의 어른과 아이들을 잘 알고 있지요. 오늘 이씨 집에 가서 독경讀經을 해주다가 그 집 딸 앵앵이 병에 걸렸다는 것을 알았지요. 그래서 제가 탕약을 잘 드셔보라고 했더니 앵앵은 하녀를 물리치고 몰래 제게 말하길 그 병은 약으로 고칠 수 있는 것이 아니라고 하더군요. 제가 누차 자세히 물어보자 앵앵은 화원에서 도련님과 맺은 일을 말하며 비단 위의 시도 보여주더군요. 앵앵은 그 시가 바로 도련님이 적은 것이라고 하더군요. 그리고 저로 하여금 도련님에게 절대 그 일을 잊지 말고 다음을 기약하자는 말을 해달라고 부탁했어요. 앵앵이 이미 저에게 그 일을 얘기하였는데 도련님은 어찌 감추려고 하나요?"

그 말을 듣고 장호는 스님에게 말했다.

"사실 그런 일이 있으니 이젠 혼자 감출 수가 없겠습니다. 다만 소문이 멀리 퍼져나가 마을에서 저를 욕할까 걱정입니다. 오늘 스님께서 이미 아셨으니 이제 저는 어찌하면 좋겠습니까?"

"제가 앵앵에게서 이 이야기를 듣고 그 부모에게 앵앵의 혼사에 대해 얘기를 꺼내었더니 딸이 아직 어려 집안일을 할 나이가 안 되었다고 하더군요. 그 눈치를 보니 2,3년 후에 혼사에 대해 얘기를 할 모양이더군요. 도련님과 연분이 있는지 기다려야겠네요."

말이 끝나자 그 늙은 비구니는 일어나 장호에게 말했다.

"암자에 일이 있어 더 이상 얘길 못 하겠어요. 만일 나중에 소식을 전할 일이 있으면 연락을 주시지요."

이렇게 두 사람은 작별하며 헤어졌다.

이로부터 앵앵과 장호 두 사람간의 비밀스러운 소식들이 모두 혜적에 의해 전달되었다. 세월은 유수와 같이 흘러 어느 덧 또 일 년이 지났다. 절기도 청명절이 지나 도화꽃과 배꽃도 날리고 모란꽃도 반은 저버렸다. 장호는 난간에 기대어 우두커니 서있으니 옛 정경은 더욱 앵앵을 생각나게 하여 그리움만 쌓였다. 오랜 시간을 서 있다가 그는 혼자 생각을 하였다. 작년 이 맘 때에 꽃밭에서 서로 상봉하였는데 올해 꽃들은 다시 피었건만 그 옥 같은 사람은 다시 보기가 어려웠다. 그는 결국 홀로 중얼거리다가 꽃가지를 몇 개 꺾어 혜적을 통해 그녀에게 전달해 함께 감상해보고자 하였다. 장호는 혜적을 불러 말했다.

"제가 오늘 꽃나무 가지를 몇 개 꺾었으니 수고스럽지만 스님께서 가지고 이씨댁에 가서서 직접 꺾은 것이라고 하십시오. 만약 앵앵을 보시게 되면 제 근황을 말씀해주십시오. 작년 꽃이 만발하였을 때 서쪽 난간 밖 화원에서 만났는데 올해 꽃들이 다시 피었지만 사람은 볼 수가 없어 그리워하는 마음 이루 말로 다할 수 없다고요. 원컨대 꽃들처럼 해마다 서로 보길 바란다고 해 주십시오."

"그런 일쯤이야 어렵지 않지요. 잠시만 기다려 주세요."

혜적은 승낙하고 꽃을 들고 떠났다. 시간이 지나 혜적은 돌아왔다. 장호가 반기며 물었다.

"어찌 되었나요?"

혜적은 소매 안에서 작은 편지 쪽지를 꺼내 장호에게 주며 말했다.

"앵앵이 도련님에게 주라고 한 편지예요, 절대 다른 사람에게 보여 주면 안 된다면서요."

혜적이 바로 떠나버리자 장호는 봉투를 열어 보았다.

> 앵앵이 드립니다. 서로 헤어진 것이 일 년이 넘어 하루도 그리워하지 않은 날이 없었습니다. 전에 유모가 부모님에게 혼사에 관해 얘기를 꺼냈지만 부모님이 강하게 안 된다고 하셨습니다. 나중에 천천히 생각할 문제라 지금 바쁘게 결정할 일이 아니라면서요. 도련님은 절 잊으시면 안 됩니다. 저도 결코 도련님을 배신하지 않을 거예요. 서로 혼인을 맺지 못한다면 다른 곳에 시집가지도 않을 겁니다. 그 외 저의 심정은 혜적 스님에게 물어보면 잘 알 것입니다. 어제 밤 꽃놀이 자리에서 사람들이 모두 웃고 즐거워했지만 유독 저 혼자 슬펐습니다. 작은 사詞를 하나 지어 심정을 하소연하니 한 번 읽어 보시면 제 마음을 아실 겁니다. 다 읽고 나면 없애버려 외부에 새어나가지 못하게 하세요.
> 꽃은 지고 녹음이 짙어지며 때는 시끌벅적대지만 사람은 어려움에 처

해있네. 서로 그리움이 극에 달해 밝은 달을 쳐다보고 꽃을 보며 눈물을 흘리네. 서로 맺은 약속은 굳건해도 서로 만날 날은 기약할 수가 없네. 암수 봉황이 서로 만나지 못하니 밝은 밤이 가장 괴롭지만 달빛은 전처럼 교교하기만 하네.

장호는 서신을 다 읽자 눈썹을 찌푸리며 길게 탄식하였다.

"호사다마好事多魔란 말이 정말 허황된 말이 아니로구나."

그는 서신을 책상 위에 올려놓고 반복해서 만지작거리며 차마 손에서 놓질 못했다. 갖가지 생각이 밀려들며 눈물이 비 오듯 하였다. 가족들이 의심하여 물어볼까 두려워 책상에 엎드려 얼굴을 묻고 몰래 울었다. 한참 후에 그가 고개를 들어보니 지는 해는 창가에 그림자를 드리우고 저녁이 이미 되었다. 장호는 앵앵이 보낸 서신에서 "저의 심정은 혜적 스님에게 물어보면 잘 알 것입니다"라고 한 구절을 생각하고 홀로 앉아 고민하느니 혜적을 찾아 자세히 물어보면 가슴 속의 정회를 조금이나마 풀 수 있으리라 생각하였다. 그리하여 그는 천천히 집을 나와 이씨 집을 지나게 되었다. 때는 깊은 밤이라 대문들은 모두 굳게 닫혀져있었다. 여기에 이르자 앵앵에 대한 그리움은 더해져 걸음을 옮길 수가 없었다. 그는 이씨 집의 문을 가리키며 중얼거렸다.

"날개가 달려 날 수가 없는 이상 어찌 여기에 들어갈 수 있을까!"

그가 배회하며 들어가지 못하고 있는데, 문득 옆쪽에 작은 쪽문이 반쯤 열려져 있는데 주위에는 인기척이 전혀 없었다. 그는 너무도 기뻐하며 말했다.

"이는 하늘이 나의 인연을 맺어주려고 하는 것이야. 멀리 혜적에게 부탁하느니 몰래 여기 들어가 앵앵의 소식을 탐문하는 것만 못하겠지."

앵앵에 대한 그의 정은 너무나 깊어 예법을 돌아볼 처지가 아니었

다. 살금살금 몰래 들어가다보니 어느 새 본채에 도달하였다. 회랑 아래에 몸을 숨기고 주위를 살펴보니

　　한가한 마당은 고요하고 깊숙한 정원은 침침하네. 고요함 속에 바람이 작은 풍경을 울리고 어둠 속에서 반딧불이가 날아가네. 밤을 알리는 북소리는 점점 급해지고 창가의 바람에 등불이 깜박인다. 밤이 이미 깊었으니 섬돌 아래에는 달그림자가 드리워지고, 앵앵이 있는 규방은 지척에 있겠거늘 멀게 느껴짐이 마치 천만 리와 같네.

　　장호는 막상 여기까지 들어왔지만 더 이상 갈 곳이 없었다. 우두커니 혼자 서서 생각에 잠겼다. 만약 사람들에게 들키기라도 한다면 어찌될까? 고문을 당하는 것은 물론이거니와 조상을 욕되게 할 것이다. 이 일은 필히 천천히 느긋하게 도모해야 할 것이다. 그런데 작은 쪽문은 이미 닫혀져 버렸다. 그는 회랑을 돌아 길을 찾아 돌아가려는데 갑자기 허공에서 누군가가 나지막이 읊조리는 소리가 들렸다. 깊은 정원 고요한 밤에 그 누가 홀로 노래를 한단 말인가! 그가 몸을 숨기고 노래 가사를 조용히 경청하자 그것은 행향자行香子라는 사詞였다.

　　비 온 후 바람이 잦아드니 녹음이 짙어지고 꽃들은 떨어졌네. 제비와 나비들은 남은 가지들을 돌고, 버드나무 점점이 푸른데 지는 해는 더디구나. 이별의 회포 생겨나니 별리의 한에 자고새(구욕새) 우는 소리 슬프네. 아름다운 기약을 저버리니 이 좋은 시절도 무슨 의미가 있으리. 왜 비단옷은 퇴색되나? 숙향정 아래 붉은 작약과 서쪽 난간. 당시의 정과 오늘의 한을 그 누가 알겠는가!

　　그것은 마치 어린 꾀꼬리가 푸른 버드나무 녹음 안에서 우짖는 듯하고 아름다운 봉황새가 푸른 오동나무 가지 위에서 노래하는 듯하였다. 고요한 밤 주위엔 아무도 없는데 맑은 가락은 멋들어졌다. 장호는 그 노래 소리를 가만히 음미해보았다. 앵앵이 아니면 그 누가 숙향정

의 언약을 알고 있단 말인가! 그 아름다운 얼굴을 한번이라도 볼 수 있다면 죽어도 여한이 없었다. 막 손가락으로 창을 두드리며 노래하는 자가 누군지 알아보려고 하는데 홀연 누군가가 그에게 소리쳤다.

"어진 선비는 매파가 아니면 여자를 얻지 않으며, 여자는 연고가 없이는 혼인을 하지 않는 법. 오늘 여자는 창문 안에서 노래하며 기다리고 남자는 담을 넘어 문 아래에서 엿보고 있으니 이는 모두 옳은 짓이 아니고 인륜을 져버리는 행동이네. 황제의 명을 받들어 음란한 남녀들의 영원한 경계로 삼아야겠네."

그 말에 장호는 너무도 놀라 물러서면서 섬돌 아래로 그만 떨어지고 말았다. 얼마나 지났을까 깨어나 눈을 떠보니 창가의 책상에 엎드려 낮잠을 자고 있었던 것이었다. 때는 오후가 지난 시각이었다. 장호는 중얼거렸다.

"참 이상한 꿈도 다 있군. 어찌 이리도 기억이 선명할까? 서로 만날 날이 있다는 길조임에 틀림없어."

그가 이렇게 심란해 하고 있을 때 혜적이 다시 찾아왔다. 장호가 어떻게 찾아왔는지 묻자 그녀가 말했다.

"지난번에 편지를 들고 갔을 때 도련님에게 깜박하고 얘기하지 못한 것이 있어 왔어요. 앵앵이 전하길, 자기네 집 뒤가 바로 도련님 댁의 동쪽 담인데 그 높이가 몇 척이 안 된다고 합니다. 그 집에서 初夏 20일에 친족 가운데 혼사가 있어 그날 저녁에 온 집안사람들이 모두 떠난다고 하는데 앵앵만 병을 핑계로 가지 않을 거라네요. 도련님과 그 때 약속을 하여 담 아래에서 서로 만나자고 합니다. 담을 넘어 도련님과 만나고자 하니 꼭 기억하세요."

혜적이 떠나자 장호는 기쁜 마음을 이루 말로 표현할 수가 없었다. 며칠이 금방 지나 이제 약속한 날이 다가왔다. 장호는 휘장을 치고 음식을 준비하였으며 그 외 모든 필요한 기물 들을 숙향정 안에 진열하였다. 해가 어두워지자 모든 하인들을 밖으로 내보내고 오직 어린 하녀 하나만 남도록 하였다. 정원의 문은 문밖에서 잠그고 사다리를 담가에 붙여 서서 기다렸다. 잠시 후 석양이 버드나무 밖으로 사라지고 저녁 빛이 꽃을 어둡게 하며 북두칠성이 남쪽을 가리키며 초경을 알리는 북이 울렸다. 장호는 속으로 중얼거렸다.

"혜적의 말이 나를 속일 리가 없겠지!"

그런데 그 말이 입에서 떨어지기가 무섭게 화장을 하고 단장을 한 여인이 작은 담장 위에 나타났다. 그가 고개를 들고 올려다보니 바로 앵앵이었다. 급히 사다리를 올려 팔을 부축해 내려오게 하였다. 두 사람은 손을 잡고 같이 걸어 숙향정까지 왔다. 촛불을 밝히고 함께 앉아 자세히 앵앵을 바라보았다. 장호는 기뻐하며 앵앵에게 말했다.

"아름다운 사람이 과연 오셨군요!"

이에 앵앵이 답하였다.

"저의 이 몸은 장차 규방의 소임을 다하려고 하는데 오늘 어찌 거짓말을 하겠어요!"

장호가 말했다.

"술을 좀 마시고 오늘 밤 아름다운 만남을 함께 축하하는 것이 어떻겠소?"

이에 앵앵이 답했다.

"술의 힘은 제어하기 힘드니 아침에 부모님께 꾸지람을 들을까 두려워요."

장호가 말했다.

"술을 마실 수 없다면 잠시 쉬는 것은 어떻소?"

앵앵은 웃으며 장호의 품에 기대면서 수줍어하며 말을 하지 않았다. 장호는 이어 함께 띠를 풀고 옷을 벗어 자리에 함께 들어갔다.

붉은 촛불은 흔들리고 사향은 푸른 연기를 토하네. 비단 병풍 깊숙한 곳에서 휘장은 낮게 드리웠네. 함께 나란히 원앙 베개를 베니 마치 비목어가 함께 파도를 타는 듯하고, 같이 이불을 덮고 누우니 흡사 한 쌍의 누에가 번데기가 된 듯하다. 함께 몸을 감아 정염을 불태우니 그 가는 허리는 춘정을 이기지 못하네.

잠시 만에 두 사람은 땀이 흐르고 서로 붙어 거친 숨을 쉬니 비록 초나라 왕과 신녀神女와의 운우雲雨와 유신劉晨과 완조阮肇가 도화원에서 선녀들과 벌인 정사의 즐거움1)도 이에 비할 바가 아니었다. 잠시 후, 앵앵이 장호에게 말했다.

"밤이 이미 깊었으니 저는 돌아가야 해요."

장호 역시 그녀를 무한정 머무르게 할 수가 없어 두 사람은 제각기 옷을 입고 일어났다. 장호가 앵앵에게 말했다.

"나중의 기약을 알 수가 없으니 부디 보중하시오."

앵앵도 말했다.

"작년 우연히 만났을 때 시를 지어 주셨는데, 오늘 밤은 잠자리로 모셨음에 어찌 시도 지어주지 않으세요? 저의 몸을 천하게 여겨 도련님의 시흥이 일어나지 않은 것은 아닌지요?"

장호는 웃으며 말했다.

"어찌 그런 법이 있겠소!"

이어 그가 절구 한 수를 지었다.

화서華胥2)의 아름다운 꿈도 부질없는 뜬소문, 강가에서 옥패를 풀어준3) 것도 무슨 의미가 있으리오. 그날 저녁 동쪽 서재의 일들, 한수韓壽

---

1) 위진남북조 유의경(劉義慶)의 <유명록(幽明錄)> 속에 나오는 인물들로 <유신(劉晨)과 완조(阮肇)>는 입산하여 우연히 신녀(神女)들을 만나 선계에서 놀다 온 이야기를 적고 있다.
2) 화서씨(華胥氏)라고도 하며 성은 풍(風)씨인데, 전설에 의하면 그녀는 복희씨의 어머니로 뇌신(雷神)의 발자국을 밟아 감응을 얻어 임신을 하였다고 한다.

가 몰래 향을 훔쳤다는4) 헛된 소문만 가졌네.

앵앵이 시를 보고는 장호에게 말했다.

"저의 이 몸은 이제부터 도련님의 것이에요. 끝까지 저를 책임지시길 바랍니다."

두 사람은 손을 잡고 침향정을 내려와 버드나무와 꽃들이 피어있는 길을 돌아 담 아래로 도착해 장호가 그녀를 부축해 사다리를 오르게 하여 작별하였다.

그로부터 비록 소식은 가끔 서로 오고갔지만 상봉하기는 쉽지 않았다. 며칠이 지나 홀연 혜적이 와서 일러주었다.

"앵앵이 말하길, 그녀의 부친이 하삭河朔으로 부임하게 되어 곧 가족들도 함께 떠날 것인데 도련님은 절대 옛정을 잊지 말길 바란다고 합니다. 돌아올 날을 기다렸다가 결혼의 절차에 대해 상의하고자 한답니다."

혜적이 떠나자 장호는 심정이 참담하여 하루하루 지내는 것이 마치 일 년을 보내는 듯하였다. 앵앵을 그리워하며 지내는 세월이 어언 2년이 흘렀다. 어느 날, 장호의 작은 아버지가 장호를 불러 말했다.

"내가 알기론 자식이 없는 것이 부모에 대한 제일 큰 불효가 되는데, 너는 지금 서른이 되려고 하는데 아직 부인을 들이지 않았으니 후

---

3) 한나라 유향(劉向)의 ≪열선전(列仙傳)≫ 속 <강비이녀(江妃二女)>에 나오는 전고이다. 정교보(鄭交甫)라는 선비가 강가에서 우연히 두 선녀를 만나 연모의 정이 생겨 그녀들이 차고 있던 옥 패물을 달라고 요구하여 받았으나 잠시 후에 그녀들과 옥패는 온데간데없이 사라졌다는 이야기로 사랑하는 사람과 정표를 주고받음을 의미하는 말이다.

4) ≪진서(晉書)≫에 나오는 이야기이다. 위(魏)나라 가충(賈充)의 딸 가오(賈午)와 한수(韓壽)의 애정고사를 말한다. 가오가 부친이 임금에게서 선물 받은 기이한 향을 애인 한수에게 정표로 몰래 주어 결국 그 향내가 몸에 밴 한수가 발각됨으로써 딸의 외도를 증명한 가충이 딸을 한수에게 시집보냈다는 전고가 있다.

사가 끊기는 것은 아닐지라도 부인이 없어선 안 되는 것이야. 여기 손씨孫氏 가문이 대대로 벼슬을 하고 가업도 부유한데 그 집 딸이 이미 장성했다고 한다. 어릴 때부터 가훈을 잘 익혀 부녀자의 도리를 잘 익혔다고 하니 내 널 위해 혼사를 책임질 테니 그 집 딸과 결혼해 보거라. 지금 이 집을 놓치면 나중에 다른 가문을 찾기가 어려울 것이야.”

장호는 평소 작은 아버지의 성격이 괄괄하고 강해 감히 거절할 수가 없었고 또 이앵앵과의 일을 밝힐 수도 없어서 매파를 통해 손씨 가문과 혼인을 의논하고 말았다. 날짜를 정해 혼인예식을 거행하려는데 앵앵의 부친이 임기가 만료되어 고향으로 돌아왔다. 장호는 그녀와의 옛일을 잊을 수가 없어 혜적을 통해 몰래 소식을 전해 말했다.

“이 장호가 배신한 것이 아니라 사실은 작은 아버님의 성화에 밀려 손씨가의 딸과 혼사를 맺은 겁니다. 원래의 마음을 져버리고 기대와 어긋나니 마음이 정말 아픕니다.”

이에 앵앵이 혜적에게 말했다.

“저도 그 숙부가 한 일을 알고 있습니다. 제가 혼자 그 일을 해결해야 할 것 같습니다.”

이에 혜적이 잘 처리하길 바란다며 떠났다. 앵앵은 부모에게 말했다.

“제가 과오가 있어 가문을 욕되게 하였습니다. 먼저 그 사연을 말할 테니 그 다음에 절 죽여주시기 바랍니다.”

부모가 놀라 물었다.

“얘야, 무슨 어려운 사연이 있느냐?”

앵앵이 말했다.

“저는 어릴 적부터 서쪽에 있는 이웃 장호가 재기가 있어 그를 사모하였습니다. 그리고 이 몸은 몰래 그 사람과 이미 백년해로를 약속하였습니다. 전에 유모가 부모님께 장호와의 혼사를 거론하였을 적에 아버님께서 허락하시지 않으셔서 지금 장호가 손씨와 결혼하였습니다. 이제 버려진 이 몸은 어디로 시집가야 하겠습니까? 그런데 여자의 행실을 이미 잃었으니 다른 사람에게 시집을 갈 수가 없습니다. 저의 바람이 무산된다면 저는 웃으면서 자결할 것입니다."

부모가 놀라며 앵앵에게 말하였다.

"우리 집에 딸이 하나뿐인데 아직 좋은 사위를 얻지 못한 것이 문제야. 만약 미리 그 사실을 알았다면 서로 상의하였을 텐데. 현재 장호가 이미 결혼하였으니 어떡하면 좋겠니?"

앵앵이 답했다.

"부모님께서 저를 장호에게 시집가는 걸 허락하였으니 제가 알아서 하겠습니다."

부모가 말했다.

"혼사만 이뤄진다면 다른 일은 추궁하지 않겠다."

"일이 이렇게 된다면 저는 관아에 고소를 할 것이니 부모님은 그렇게 아십시오."

이렇게 서로 상의한 후에 종이에다 고소장을 적어 옷과 매무새를 고쳐 하남부河南府의 관아 소송 대청까지 달려갔다. 용도각龍圖閣의 대제待制인 진陳공은 막 사건에 따라 일을 처리하는 중이었는데, 한 여자가 고소장을 가지고 오고 있었다. 진공이 붓을 놓고 물었다.

"무슨 일인가?"

앵앵은 몸을 움츠리고 꿇어앉아 고하였다.

"제가 요망하여 어르신을 번거롭게 고소장을 올리게 되었습니다."

진공은 좌우에 명해 그 소장을 가져오게 하여 펼쳐보았다. 그 내용은

고소장 이씨. 제가 아는 바에 의하면 "여자는 매파가 아니면 시집을 가지 않는다."라고 하였는데, 이는 실로 지당한 말입니다. 그러나 사실

은 그렇지 않은데, 왜 그렇겠습니까? 옛날 탁문군卓文君이 사마상여司馬相如를 좋아하고 가오賈午는 한수韓壽를 연모하여 이 두 여성이 모두 사사로이 사랑을 맺었으나 매파가 없다고 비방을 받지 않았습니다. 이는 서로 맞는 사람과 결합되면 청사에 그 아름다운 덕을 남기고 문학작품에도 오르내리면서 후대인들도 그것을 따르게 되어 용속庸俗함에 빠지지 않았습니다. 저는 전에 서쪽에 사는 이웃인 장호의 재기에 반해 이미 사사로이 서로 백년해로를 약속하였습니다. 언약이 이미 정해져 서약을 변경할 수가 없습니다. 그런데 장호가 홀연 전날의 약속을 어기니 저는 하늘에 소리치고 땅을 두드려도 하소연할 바가 없었습니다. 제가 듣기론 법률도 예법도 모두 인정人情에 의거한다고 알고 있습니다. 만약 판관님의 명확한 판결이 없으면 홀아비와 과부의 몸은 평생 무엇에 의지하겠습니까? 이 때문에 염치를 불구하고 나리 앞에서 방자함을 보이니 원하옵건대 원님께서는 특별히 제게 판결을 내려주시길 바랍니다. 삼가 고함.

진공은 소장을 읽은 후에 앵앵에게 말했다.

"너희들이 서로 사사로이 서약을 맺었다고 말했는데 무슨 근거가 있느냐?"

앵앵은 품속에서 향라 비단과 꽃무늬가 있는 편지지 위의 장호의 시 2수를 모두 보여주었다. 진공은 주위에 명해 장호를 공당公堂으로 불러오게 했다. 이어 그에게 이씨와 이미 혼약을 맺고 어찌 다시 손씨와 재혼할 수 있느냐고 책망하였다. 장호는 다급해하면서 숙부가 밀어붙였다고 말하며 자신의 본심은 아니었다고 하였다. 진공은 다시 앵앵에게 그 뜻을 물어보니 그녀가 말했다.

"장호는 재기가 있어 정말 훌륭한 사윗감입니다. 제가 그이를 얻는다면 힘써 아내로서의 도리를 다할 것입니다. 그렇다면 그것은 실로 원님의 큰 은덕에 의한 것입니다."

진공은 말했다.

"하늘이 재자와 가인을 내렸으니 그들이 서로 헤어져서는 아니 될 것이다. 내가 지금 너희들을 결합하게 하겠노라."

그리하여 그 고소장의 말미에다 판결문을 다음과 같이 적었다.

꽃밭에서 서로 만나 서로 평생의 약속을 맺었으나, 중간에서 멈췄으니 백년해로의 마음이 어긋나게 되었다. 인정人情을 지니고도 지성至誠을 벗어남은 율법에서도 금기사항이거늘, 응당 먼저의 약속을 따라 나중의 혼인을 파기하라.

진공은 판결이 끝나자 장호에게도 말했다.

"내 지금 판결하거늘, 그대는 응당 이씨와 혼인할지어다."

두 사람은 크게 기뻐하며 진공의 은덕에 감사의 절을 올리고 바로 부부가 되어 백년해로를 하였다. 나중에 두 아들을 낳았는데 모두 과거에 높이 합격하였다. 이 이야기의 제목은 "숙향정의 장호가 앵앵을 만나다"이다.

옛날 최씨崔氏가 장생張生을 의지하였는데, 지금은 장생이 이앵李鶯을 의지하네. 모두 천고의 풍류미담이지만 서상西廂5)이 숙향정만 못하더라.

---

5) 서상은 장생의 거처로 <앵앵전>에서 두 남녀가 서로 밀회를 나눴던 곳이다. 당대의 전기소설 <앵앵전>은 결국 원대의 희곡 《서상기》로도 발전하였다.

오 도령이 옆의 배로 건너가 약속에 응하다

吳衙內鄰舟赴約

<오 도령이 옆의 배로 건너가 약속에 응하다(吳衙內鄰舟赴約)>의 내용은 오 부윤의 아들 오 도령이 배를 타고 아버지의 부임지로 가는 도중 인근 배에 있던 아버지의 친구 하 사호의 딸 하수아와 우연히 눈이 맞아 하 사호의 배에서 몰래 만나 서로 정을 통하다가 결국 하 사호에 의해 발각되지만 외동딸에 대한 부모의 사랑으로 두 사람의 탈선은 용서되어 마침내 결혼하여 잘 살게 되는 이야기이다. 이 이야기는 삼언 속 <장순미가 원소절에 미인을 얻다(張舜美燈宵得麗女)>와 <한운암 완삼이 원통한 빚을 갚아주다(閒雲菴阮三償寃債)>, 그리고 <교태수가 남녀 세 쌍을 짝지어주다(喬太守亂點鴛鴦譜)> 등의 작품과도 같이 남녀가 상호 교류에 의한 깊은 이해에서 나온 사랑이 아니라 전적으로 상대의 외모에 이끌려 몰래 만나 육체적 욕정을 나누는 전형적인 애욕소설이라고 할 수 있다.

남송시기 강주江州1)에 수재가 한 명 있었는데, 성은 반씨潘氏이고 이름은 우遇였다. 그의 부친 반랑潘朗은 장사長沙 태수를 역임한 적이 있었으나 늙어 퇴임하여 집에 있었다. 반우는 이미 성원과省元科2)에 1등으로 뽑힌 바가 있어 부친과 이별하여 배를 타고 임안臨安3)의 회시會試4) 과거장으로 향했다.

그가 떠나기 하루 전날 밤에 부친이 꿈을 꾸었는데, 꿈에서 북과 음악소리와 함께 깃발이 휘날리며 '장원'이라고 적힌 현판이 집 안으로 들어오는데 그 위에는 '반우'라는 이름이 적혀 있었다. 반랑은 아침 일찍 일어나 아들을 불러 그 얘기를 해주었다. 반우도 크게 기뻐하며 회시에서 1등으로 급제하는 것도 문제가 없으리라 생각하면서 마음껏 술을 마시고 즐기며 길을 떠났는데, 하루도 되지 않아 임안에 도착하였다. 반우는 숙소를 찾다가 작은 민가에 이르게 되었는데 그 주인 노인이 나와 맞이하며 말했다.

"도련님의 성이 바로 반씨이지요?"

"그렇습니다만 어찌 그걸 아시지요?"

반우의 의문에 주인 노인이 말했다.

"어제 밤 꿈에 마을 수호신이 말하길, 금번 과거에 장원급제한 반씨 성을 가진 분이 내일 정오에 여기에 도착할 것이니 절더러 정성껏

---

1) 오늘날 강서성(江西省) 구강시(九江市)를 말한다.
2) 송대에 예부(礼部)에서 주최한 진사과(進士科)에 1등으로 합격한 것을 "성원(省元)"이라고 칭했다. 예부는 상서성(尚书省)에 속하기에 붙여진 이름이며, "성괴(省魁)"라고도 불렀다. 그런데 원대 이후에는 각 성(省)에서 진행된 과거에서 1등한 것을 성원(省元)으로 부르기도 하였다. 여기서는 아마 후자에 해당하리라 본다.
3) 남송의 수도로 지금의 절강성(浙江省) 항주시(杭州市)에 해당한다.
4) 회시는 중국 고대 과거제도에서 도읍지가 있는 중앙에서 보는 시험을 말한다. 각 성에서 치르는 향시에 합격한 거인(擧人)들만이 볼 수 있었으며, 회시에서 합격한 자들을 "공사(貢士)"라고 하는데, 그 가운데 1등은 "회원(會元)"이라고 불렀다.

모시라고 했지요. 도련님께선 마침 마을 수호신의 보호를 받으신 거지요. 저희 집이 비록 누추하지만 여기서 여장을 푸시는 것이 어떠신지요?"

이에 반우는 정말 그런 일이 있었다면 방값은 두 배로 드리겠다고 말했다. 노인은 집의 사람들을 시켜 반우의 짐을 옮기게 하여 자기 집에 묵게 하였다. 그 집에는 딸이 하나 있었는데 나이는 이팔二八 청춘에 미모가 뛰어났다. 부친이 길몽을 언급하며 장원급제할 사내 이야기를 늘어놓자 호기심으로 창가에서 몰래 아래를 내려다보았다. 그리고 사내의 모습이 준수한 것을 보자 마음속으로 좋아하는 마음이 생겼지만 다가갈 방법이 없었다.

어느 날, 반우가 벼루에 담을 물이 필요했는데 마침 곁에 동자가 없기에 혼자 주방으로 가다가 우연히 주인집의 딸과 마주치게 되었다. 처녀는 한번 웃고는 그를 피했지만 반우는 혼이 나가버렸다. 그는 바로 동자를 통해 금반지 2개와 옥비녀 1개를 그 여자에게 주며 서로 만나길 청원하였다. 그러자 그 여자는 기뻐하며 그것을 받고는 허리춤의 비단 주머니를 풀어 답례로 주었다. 그리고는 그 부친이 외출하면 직접 서재로 찾아갈 거라고 하였다. 그런데 연거푸 며칠이 지나 반우가 눈이 빠지도록 기다려도 그녀는 나타나지 않았다. 이윽고 과거가 끝나고 주인 노인이 술을 접대하며 그간의 노고를 치하하는 날, 밤 늦도록 술을 마셔 노인은 만취하고 반우는 막 취침을 하려는데 홀연 문을 가볍게 두드리는 소리가 났다. 장우가 문을 열고 보니 바로 그여자였다. 두 사람은 서로 얘기도 나눌 새도 없이 곧장 서재로 들어가 즐거운 운우를 나누었다. 그리고 약속하길, 성공한 후에 반드시 첩으로 맞이할 것이라고 하였다. 그날 밤, 반랑이 집에서 다시 꿈을 꾸게 되는데 지난번 북과 음악소리와 함께 깃발이 휘날리며 '장원'이라고 적힌 현판이 집 문을 지나 돌아가 버렸다. 반랑은 꿈속에서 소리치길,

"그건 우리 집 현판이오!"라고 하였지만 현판을 든 자는 "아니요!"라고 말했다. 반랑이 쫓아가 그 현판을 보니 과연 다른 이름이었다. 현판을 든 자가 말하였다.

"이번 과거의 장원은 응당 당신의 아들 반우이지만 그가 자신을 기만하는 짓을 하였기에 천제께서 그의 전망을 없애 다른 사람으로 바꾼 것이오."

반랑은 놀라 꿈에서 깨어나 그 사실을 반신반의하였다. 곧이어 과거 발표가 나 반랑이 등과登科의 기록을 보니 장원급제한 자는 아니나 다를까 꿈속에서 본 이름이었고 아들은 낙방하였다. 아들이 돌아와 인사를 할 때 반우는 부친의 추궁에 못 이겨 그 동안의 일을 사실대로 말하였고, 부자는 크게 한탄을 하였다. 반우는 1여년이 지나도 그 여자를 잊지 못해 금과 비단을 준비해 사람을 보내 여자를 맞이하려 하였지만 그 여자는 이미 다른 자에게 시집을 가버렸다. 장우는 매우 후회스러웠다. 나중에 몇 번이나 과거를 응했지만 낙방하였고 그 울분으로 결국 죽고 말았다.

잠시 동안의 즐거움을 탐했기에 평생의 부귀를 놓쳐버렸도다.

자고로 재자가인은 왕왕 서로 멋대로 만나 즐기며 좋아하다가 나중에 남편은 영화롭고 아내도 귀하게 되어 오히려 미담거리가 되기도 하는데, 이는 하느님의 판단에 착오가 있다는 말인가? 사실 독자들은 다음의 사실을 알아야 할 것이다. 누구든 간음을 하면 평생 누를 입게 되니 그 과오는 매우 크다는 것을. 만약 오백년 전에 응당 부부가 될 팔자라면 월하노인이 붉은 줄로 두 사람의 다리를 꽁꽁 묶기에 서로 몰래 만나든 매파를 통해 떳떳이 만나든 전생의 인연을 판정하여 두 사람의 바람을 져버리진 않는다. 지금 하고자 하는 이야기도 역시 송대의 고사로 신종神宗 황제 연간에 한 관리가 있었으니 성은 오씨吳氏

이고 이름은 도度였는데, 변경汴京(즉 지금의 하남성 개봉) 사람이었
다. 그는 진사 출신으로 장사부長沙府의 통판通判을 지낸 적이 있다. 부
인 임씨林氏는 아들을 하나 두었는데, 이름은 오언吳彦이고 나이는 16
세였다. 오언은 당당한 외모에 풍류가 넘쳤다. 그는 어릴 적부터 글을
읽어 경사經史와 시부詩賦 등 모든 것에 능통하였다. 그런데 한 가지 이
상한 점이 있었으니 그것은 무엇일까? 이런 준수한 인물이 음식을 한
번 먹으면 매일 3되의 쌀밥과 2근이 넘는 고기, 그리고 10근이 넘는
술을 먹었다. 그 외의 음식은 더 말할 필요도 없었다. 그러나 그 양도
부친이 그가 너무 많이 먹어 몸을 해칠까 걱정하여 적당히 정한 양이
었으며, 오 도령에게 그것은 반쯤 고프고 반쯤 부른 정도라 만족스러
운 양이 아니었다.

그 해, 3월에 오통판은 임기가 만료되어 양주揚州의 부윤으로 승직
陞職되었는데, 그곳의 부하 관리들이 큰 배를 장사까지 대령하여 영접
하였다. 오도는 곧바로 행장을 수습하여 친우들과 이별하며 길을 떠
났다. 배에 오르니 가는 길은 내내 순조로웠으며 강주江州에 다다르자
옛날 백낙천이 상녀商女에게 지어준 <비파행> 가운데 한 구절 "강주
사마 나의 푸른 옷깃이 눈물로 젖네(江州司馬靑衫濕)"라는 구절의
강주가 바로 이곳이었다. 오 부윤이 탄 배는 돛을 모두 올리고 평온하
게 나아가다가 홀연 광풍이 갑자기 불고 성난 파도가 일어 하마터면
배가 뒤집힐 뻔하였다. 오 부윤과 부인들은 물론 노를 젓고 키를 조정
하는 선원들까지도 모두 놀라 급히 돛을 내려 해안으로 정박하려고
하였다. 4,5리 정도의 물길이었지만 서너 시간이 걸릴 정도였다. 강에
떠 있는 배들을 보니 그 어느 배도 우왕좌왕하지 않는 것이 없었다.
오 부윤은 마음속으로 육지에 도달하기만 해도 하늘에 큰 은혜를 입
은 것이라고 생각했다. 배는 서둘러 노를 저어 비로소 해안가에 도착
해 닻을 내렸다. 해안에는 관선官船 한 척이 이미 정박하고 있었는데,

두 배 사이의 거리는 십여 장丈5) 가량이 되었다. 그 관선의 선실 문에는 발이 반쯤 걸렸는데, 그 아래에는 한 중년 부인과 아주 고운 외모의 여자가 서 있었고, 그들의 뒤에는 서너 명의 계집종도 함께 서 있었다. 오 도령은 배의 선실 안에서 이미 발을 통해 그 여자를 쳐다보고 있었는데, 정말 미모가 빼어났다. 그 모습은 다음과 같은 시로 증명이 되었다.

> 가을날 잔잔한 물과 같은 모습에 옥 같은 골격, 부용의 얼굴에 버드나무 눈썹이어라. 분명 월궁 요지瑤池의 선녀일지언정 인간 세상에 이런 자태는 다시없으리.

오 도령은 그 여자의 모습을 보고 자신도 모르게 신혼神魂이 달아나서 빨리 그 여자의 곁으로 날아가 품속에 안을 수 없음이 한이었다. 다만 서로 멀리 떨어져 있어 물끄러미 바라본들 무슨 소용이 있으리! 순간 그에게 계책이 하나 떠올라 부친에게 말했다.

"아버님, 뱃사람들을 시켜 다가가게 해서 우리 배에 옮겨 타게 하는 것이 어떨까요? 그게 안전해 보입니다."

오 부윤은 아들의 말에 따라 뱃사람들을 시켜 배를 가까이 대게 하니 그들은 분부대로 급히 움직였다. 닻을 건져 올리고 배를 맨 밧줄을 풀어 그 배 곁으로 다가갔다. 오 도령은 배 가장자리에서 그 여자를 자세히 보려던 참이었는데 막 배가 다가가자 뜻밖에 그 배의 선실 창문이 닫혀졌다. 오 도령의 기쁜 마음은 금세 식어져 찬 기운이 발가락 끝까지 내려가 버렸다. 독자 여러분! 그 관선에 탄 관리는 누구일까요? 성과 이름은 무엇일까요? 그 관인의 성은 하씨賀氏이고 이름은 장章으로 본적은 건강建康6) 사람이다. 그 역시 진사 출신으로 전직은 전

---

5) 1장은 10자이고 1자(즉 1척)는 약 30센티이다.
6) 지금의 남경(南京)이다.

당錢塘 현위였는데, 새로 형주荊州 사호司戶7)를 맡게 되었다. 그 역시 가족을 이끌고 부임지로 향하던 길에 험난한 풍파를 만나 잠시 강주에 머물고 있던 참이었다. 하장은 이 지역의 통판과 안면이 있어 그를 만나러 성안으로 들어가고 그 가족들만 배에 남아 선실 문을 열고 쉬고 있던 중이었다. 중년 부인은 바로 하장의 부인 김씨金氏이고 아리따운 여자는 바로 그녀의 딸 수아秀娥다. 원래 하장은 아들이 없고 오직 이 수아라는 딸만 있었던 것이다. 수아의 나이는 15세로 그야말로 물고기가 놀라 숨고 꽃과 달도 부끄러워할 미모였다. 거기다 바느질과 자수는 물론 뭐든 능하지 않은 것이 없어 가르치지 않아도 스스로 터득하였다. 또 어릴 적부터 하장이 훈장을 불러 글공부를 가르쳐 문장 실력도 높았다. 하장 부부는 이 딸만 홀로 키우다보니 그 사랑이 금은보배보다도 더했다. 그래서 그 짝을 찾는 데도 쉽지 않아 아직 시집을 보내지 않았다. 마침 모녀가 선실 창으로 배들이 당황하는 것을 보다가 오 부윤의 배가 다가오는 것을 보게 된 것이다. 부인은 하녀를 시켜 발을 내리고 문을 닫게 하여 들어가 버린 것이다. 오 부윤은 벼슬을 가진 관리인지라 사람을 시켜 그들이 무슨 관직을 맡고 있는 지 물어보았다. 오래지 않아 사람이 와서 보고하길, 그는 형주 사호로 성은 하씨이고 이름은 장인데 오늘 부임지로 가는 길이라 하였다. 오 부윤은 자신의 부인에게 말했다.

"그 사람은 옛날 임안에서 시험을 볼 때 나와 교분이 있었소. 전에는 전당의 현위를 하였는데 현재 승직하였소. 기왕 여기서 만났으니 예의상 만나봐야 하겠소."

이에 시종을 시켜 쪽지를 들고 가서 소식을 전하도록 하였다. 그런데 시종이 돌아와 아뢰길, "그 배에서 말하길, 하 나리께서 친구를 만

---

7) 사호는 현위에 상당하는 관직명이다.

나러 성안에 들어가 아직 돌아오지 않았습니다."라고 하였다. 그때 그 쪽 배에서 다시 연락이 와 "나리께서 돌아오셨습니다."라고 아뢰었다. 오 부윤은 공복公服을 가져오라 해 입고 선실에서 밖을 내다보니 하 사호가 사인교四人轎에 탔는데 뒤에 많은 시종들이 따라오고 있는 것이 보였다. 원래 하 사호는 친우를 만나러 갔는데 그 친구가 며칠 전에 부모의 상을 당해 떠나고 없어 빨리 돌아온 것이다. 그의 수레를 배 아래에 도착하자 또 다른 배 한 척이 옆에 있는 것을 보고 마음속으로 무슨 손님이 온 것인지 의아해하여 선실로 들어가 수하에게 물으니 오 부윤의 편지 쪽지를 받아보게 된 것이다. 하 사호는 즉시 그를 초청하였고 마침 선실에서 서로 마주보게 된 것이었다. 두 사람은 서로 만나 인사를 나눈 후에 이런저런 한담을 하며 몇 잔의 차도 나눈 후에 오 부윤은 자리를 떠났다. 그리고 오래지 않아 하 사호도 답례로 그의 배로 찾아왔다. 오 부윤은 그와 더불어 술을 한 잔 나눈 후에 아들을 불러 옆에 앉혔다. 하 사호는 자신이 아들이 없어 오언의 당당한 모습 온유한 기품을 보고 자못 흐뭇해했다. 이어 그에게 고금의 문장과 역사에 대해 물어보니 대답이 물 흐르듯 하였다. 하 사호는 더욱 경의를 표하며 칭찬을 그치지 않았다. 그는 속으로 생각했다.

"이 아이가 재기와 학식이 남다른데, 만약 내 사위가 된다면 딸아이와 정말 잘 어울리는 한 쌍이 되겠군. 그런데 그는 변경에 있고 나는 건강에 있으니 두 지역이 너무 멀어 배필이 되기 어려워 한이로다."

이런 고민을 하면서도 하 사호는 그 말을 끄집어낼 수도 없었다. 오 부윤이 물었다.

"선생은 아들이 몇이나 있소?"

이에 하 사호가 답했다.

"사실 저는 딸만 하나가 있고 대를 이을 아들이 없소."

그 말에 오 도령은 속으로 생각했다.

"금방 본 그 아름다운 여자가 분명 그 딸일 것이야. 보아하니 나이도 나와 비슷해 보이던데 만약 나의 아내가 된다면 소원이 없겠어. 하지만 저 분에게는 오직 저 딸만 하나가 있는데 분명 먼 곳으로 시집보내고 싶지 않을 거야. 말을 꺼내도 소용이 없겠구나."

그러면서도 오 도령은 다시 생각했다.

"내 아내로 만들기는 고사하고 오늘 당장 한번 그 여자와 만나는 일도 힘들겠지. 내가 이렇게 어리석어."

하 사호가 아들이 없다는 말에 오 부윤은 답했다.

"아, 선생께선 아직 아들이 없으시군요. 하지만 흔한 일이니 걱정 마시지요. 앞으로 첩을 좀 많이 두어 아들을 낳으면 될 것입니다."

하 사호도 말했다.

"잘 알겠소이다. 저도 앞으로 그럴 생각입니다."

두 사람의 얘기는 깊은 밤이 되어서야 멈췄다. 헤어질 때 오 부윤이 말했다.

"만약 오늘 밤 바람이 잦아들면 내일 새벽 출항을 할 생각이니 아마 서로 작별인사를 못 할 것 같소이다."

그 말에 하 사호가 말했다.

"서로 오랜만에 만났는데 앞으로 언제 다시 볼지 모르겠소. 언제 하루 더 만나길 바랍니다."

말이 끝나자 오 사호는 배로 돌아갔다. 돌아와 보니 부인과 딸은 아직 자리에 들지 않고 촛불을 켜고 기다리고 있었다. 하 사호는 술이 이미 반쯤 취한 상태에서 부인에게 오 부윤의 융숭한 환대와 그 아들의 준수한 외모와 학식에 대해 얘기하면서 장차 큰 재목이 될 것이라고 말하였다. 그리고 내일 술자리를 마련해 그 부자를 다시 청할 것이라고 하였지만 딸이 옆에 있는지라 그 아이를 사위로 만들고 싶단 말은 하지 않았다. 그런데 딸 수아는 아버지의 말에 벌써 그 도령을 흠모하는 마음이 생겨버렸다.

다음 날, 풍랑이 더욱 강해졌고 강을 보니 안개가 자욱하였으며, 파도는 2,3 장이나 되어 보였다. 큰 파도 소리에 왕래하는 선박은 한 척도 보이지 않았다. 오 부윤은 하는 수 없이 다시 머물러야 했다. 하사호는 아른 아침부터 초청하는 쪽지를 보내 오 부윤 부자를 초대하였다. 한편 오 도령은 속으로 그 하씨가의 딸을 생각하면서 밤새 잠을 이루지 못했는데 이튿날 아침에 오 사호가 그들을 초청하자 너무도 반가워하면서 금시라도 그 배로 달려가 그 여자를 한번 보고 싶은 마음뿐이었다. 그런데 오 부윤은 이런 아들의 마음도 모르고 부자 두 사람이 함께 폐를 끼치는 것이 미안해 오후가 되어 혼자서만 찾아갔다. 그리고 아들을 대신해 사양한다는 쪽지도 적었다. 오 도령은 이런 부친의 행동에 화가 났지만 말을 할 수도 없었다. 그런데 다행히도 하사호는 재차 사람을 보내 그를 불렀다. 오언은 스스로 결정할 수가 없어 다시 부친의 뜻을 물은 후에 비로소 옷을 갈아입고 그 배로 건너가 주연을 함께 하였다. 오언이 나타나자 배 뒤편의 선실에 있던 하씨가의 딸은 몰래 다가와 문틈으로 내다보았다. 오 도령은 이날 특별히 잘 차려입어 평소보다 더욱 멋진 모습이었다. 그 모습은 다음의 시가 잘 말해준다.

> 분을 바른 듯한 하얀(何晏8))의 외모에 순욱(荀彧9))과 같이 향기로워라. 만약 반악(潘岳10))과 같이 길을 걸으면 사과를 누가 더 많이 받아올까나?

---

8) 하안은 조조의 사위로 위진시대의 명사 현학가였다. 분을 바른 듯 아름다운 외모로 유명하였다.
9) 순욱은 조조의 모사로 미남자였는데 그가 앉은 자리는 며칠간이나 향내가 났다고 한다.
10) 반악은 진대의 문학가로 미남자로 유명하다. 탄궁을 끼고 저자 거리에 나타나면

하씨가의 딸은 오 도령의 이런 멋진 모습에 마음이 동해 속으로 생각했다.

"저 도령 외모가 정말 멋지고 잘 생겼네. 내가 만약 저런 남자에게 시집간다면 얼마나 좋을까! 근데 어떻게 부모님께 말씀을 드리지? 저 집에서 먼저 청혼을 하면 좋을 텐데. 내가 여기서 혼자서만 좋아한다면 저 사람이 어떻게 내 마음을 알까. 그와 약속해 만나면 어떨까? 하지만 부모님이 함께 있고 두 배에 사람들이 많은데 만날 장소를 찾을 수가 없어. 현재로선 방도가 없으니 그냥 포기할까보다."

그녀는 마음속으로 이렇게 작심하였지만 두 눈은 여전히 오 도령을 뚫어지게 바라보고 있었다. 무릇 사람은 애모의 마음이 생기면 추한 부분도 아름답게 보이는 법이다. 하물며 오 도령은 원래 풍류남아라 볼수록 사랑스러웠을 것이리라. 그녀는 또 생각해보았다.

"이번에 이 사람을 놓치면 나중에 설령 좋은 가문의 사람을 만난다고 하여도 저이처럼 재주와 외모가 완벽하단 보장이 없을 거야."

그녀는 이런저런 생각으로 애간장이 닳아 끊어질 지경이었지만 그 사람과 만날 방도가 없었다. 마음이 심란하여 걸어 나와 앉았는데 앉은 자리가 따뜻해지기도 전에 마치 누군가가 자신을 떠미는 것과 같이 일어나 두 발은 다시금 문 뒤에서 오 도령을 바라보기 시작했다. 한번 바라보고는 다시 돌아와 앉아 차를 한 모금 마시고는 다시 다가가 그를 몰래 바라보았다. 그녀의 모습은 마치 주마등처럼 순식간에 여러 번이나 왔다 갔다 하였다. 마음으로는 서너 걸음 걸어 오 도령 곁으로 다가가 애모의 정을 하나하나 하소연하고 싶었다. 독자 여러분, 사실 뒤편 선실에는 하씨 딸만이 있는 것이 아니라 하씨 부인과 하녀 등이 있었는데 그들이 이런 정황을 어찌 포착하지 못했겠는가!

젊은 여자들이 그를 흠모해 그가 탄 수레를 향해 사과를 던져 집에 돌아올 때에는 수레에 과일이 가득했다고 전한다.

그런데 사실 그 부인이 평소 점심때만 되면 잠을 곤하게 자는 좋지 않은 버릇이 있어 당시 그 부인은 한창 꿈나라로 들어간 상황이었다. 그리고 하녀들은 부인과 아씨가 부르지 않자 자기들끼리 모여 희희덕거리고 놀기에 바빴다. 그리하여 아무도 하씨 딸의 행동을 주시하지 못한 것이다. 잠시 후에 부인이 잠에서 깨어나자 수아는 두 발을 떼지 않고 멍하니 앉아있을 수밖에 없었다. 그야말로

사랑하는 사람을 언제 볼 수 있을까? 지금 이 상황 정말 곤란하구나.

한편 오 도령도 몸은 비록 그들과 함께 있어도 마음은 선실에 있는 하씨 딸에게 있었다. 연신 곁눈질로 주위를 살펴도 주위의 문은 굳게 닫혀져 일말의 그림자도 보이지 않았다. 속으로 탄식하였다.

"아가씨, 나는 특별히 당신을 보러 왔는데 다시 볼 수가 없으니 어찌 인연이 이다지도 박하오!"

오 도령은 기분이 상해 술도 넘어가지 않았다. 저녁이 되어 술자리가 파하자 자신의 배로 돌아갔다. 그는 멍한 심정으로 침상에 올라 옷을 입은 채로 누웠다.

하 사호는 오 부윤 부자를 보낸 후에 부인과 딸을 자신이 있는 선실로 오게 하여 야식을 먹게 하였다. 수아는 머리에 오 도령만 생각하며 옆에 앉아 한마디 말도 하지 않았는데 마치 취한 듯 넋을 잃은 듯 술도 한 방울 입에 대지 않았으며 젓가락질도 전혀 하지 않았다. 부인이 그 모습을 보고 의아해 물었다.

"애야, 왜 음식을 전혀 먹지도 않고 멍하니 앉아만 있니?"

부인이 몇 번을 묻자 수아는 입을 열어 말했다.

"몸이 좀 안 좋아 입맛이 없네요."

이에 사호가 말했다.

"몸이 불편하면 먼저 들어가 자거라."

부인은 일어나 하녀에게 등을 들라하고 딸을 자러 보낸 후에 자신도 나갔다. 잠시 후에 부인이 다시 하녀들에게 야찬을 들게 하고 선실로 들어와 딸의 옆의 바닥에 함께 누웠다. 수아는 휘장 안에서 뒤척이며 잠을 이루지 못했다. 그런데 문득 선실 밖에서 시를 읊조리는 소리가 들려오는데 귀를 기울여 들어보니 바로 오 도령의 목소리였다. 그 시는,

세상은 마치 꿈과 같아 얼굴을 대하고도 어찌 인연이 없을까. 즐거움이 잠시라고 말하지 말지어라, 돌아갈 기약의 맹서는 굳도다.

수아는 그 시를 듣자 너무 기뻐 속으로 생각했다. 내가 하루 종일 그를 생각하며 만날 방법이 없었는데, 지금 밖에서 읊는 시를 들으니 하늘이 나에게 인연을 주신 게로구나. 지금 밤이 깊어 아무도 없으니 그 사람과 만날 좋은 기회야. 하녀들이 자지 않을까 걱정이지만 여러 번이나 불러도 응답이 없는 것을 보면 모두 깊은 잠에 든 것도 같아. 수아는 옷을 걸치고 일어났다. 잔등을 높이 밝혀 들고 조용히 선실문을 밀어 열었다. 오 도령은 마치 문 앞에서 기다리고 있었던 양 문이 열리자 바로 들어왔다. 그는 두 손으로 그녀를 안으니 수아는 놀라면서도 기뻤다. 낮 동안의 수많은 상념의 정을 말할 틈도 없이 선실의 문은 열려진 채로 두 사람은 서로 붙어 안은 채 옷을 훌훌 벗고 누워 운우를 벌였다. 운우가 한창 무르익는 순간 하녀가 일어나 소변을 보다가 고함을 질렀다. "큰일 났어요! 선실 문이 열렸어요. 도둑이 들어온 게 분명해요." 그 소리에 배 안에 있던 사람들이 모두 선실 앞에 모여 들었다. 사호와 부인이 문을 밀고 들어와 하녀들에게 불을 밝혀 살펴보게 하였다. 오 도령은 놀라 여자를 밀며 말했다. "아가씨, 이일을 어찌 하오?" 수아는 말했다. "서두르지 마세요. 침상 위에 숨으면 아무도 찾지 않을 거예요. 제가 사람들을 돌려보낸 다음에 배로 보

내 드릴게요." 오 도령이 막 침상에 숨는데 뜻밖에도 하녀들이 비추는 등불에 오 도령의 신발이 드러나 버렸다. 하녀가 소리쳤다. "도둑의 신발이 여기 있어요. 그 놈이 침상 위에 있을 거예요." 사호 부부가 달려오니 수아는 그들을 막으며 여기에는 없다고 거듭 말하지만 부모는 그 말을 들으려 하지 않았다. 결국 그들은 침상 위에 있는 오 도령을 찾아내었다. 수아가 "아이구!"하고 탄식하니 사호는 "가증스런 놈, 감히 우리 집을 모욕하다니!" 라고 하고, 부인도 "묶어서 매질을 하라."고 소리쳤다. 사호는 "때리지 말고 강 속으로 빠트려버려!"라고 하며 두 명의 뱃사람으로 하여금 머리와 다리를 들고 나가게 했다. 오 도령은 목숨만 살려달라고 했고 수아는 부모를 막고 하소연하며 말했다. "아버님, 어머님, 모두가 제 잘못이에요. 그 사람은 상관없어요." 사호는 그 말을 듣지도 않고 수아를 밀어제치며 오 도령을 '풍덩' 물속으로 던져버렸다. 수아는 그때 부끄러움도 무릅쓰고 발을 구르며 가슴을 치고 울며 "오 도련님, 제가 당신을 망쳤어요."하고 말했다. 그리고는 "그 사람이 나 때문에 죽었으니 내가 무슨 낯으로 혼자 살겠어!"라고 생각하며 선실을 나와 강 속으로 뛰어들었다.

> 가련하다, 옥같이 부드러운 어여쁜 여자가 파도와 함께 사라진 귀신
> 이 되어버렸네.

수아가 막 물 속으로 뛰어들었는데 문득 놀라 정신이 들었고 알고 보니 악몽을 꾼 것이다. 몸은 여전히 침상 위에 있었다. 옆의 계집종이 소리치며 그녀를 깨우고 있었다.

"아가씨 일어나세요!"

수아가 눈을 뜨고 보니 날은 이미 밝아 하녀들이 모두 일어나 있었다. 밖엔 풍랑이 여전히 거셌다. 한 계집종이 말했다.

"아가씨, 무슨 꿈을 꾸셨어요? 어찌 계속 울며 깨워도 일어나지 않

앉어요?"

수아는 대충 얼버무리면서 속으로 생각했다.

"내가 오 도령과 인연이 없는 것일까? 어찌 이런 악몽을 꿨을까!"

그러면서도 "만약 정말 꿈처럼 그렇게 서로 사랑한다면 죽어도 달게 죽겠어."라며 생각했다. 그리고 그때 꿈속의 정경이 눈앞에 선해지면서 마음은 더욱 그 사람에게 빠져 들어갔다. 수아는 누워있는 것도 도움이 되지 않아 베개를 밀쳐버리고 일어났다. 하녀들이 모두 사라진 것을 보고 문을 닫고 선실 문을 쳐다보면서 생각했다.

"어제 밤 오 도령이 분명 이 문으로 들어와 날 안고 침대로 갔는데 정말 꿈이라고 믿어지질 않아."

또 한편으로는 생각했다.

"내가 꿈속에서는 그 사람과 그렇게도 운이 좋았는데 깨어나선 정말 이렇게도 인연이 없단 말인가!"

수아는 이런 생각들을 하면서 선실 문을 밀어 눈으로 몰래 한번 훔쳐보니 오 부윤 배의 선실 문은 활짝 열려 있고, 오 도령이 이쪽 배를 향해 멍하니 앉아 있는 것이 보였다. 두 사람이 묵고 있는 선실은 모두 배의 뒤쪽에 있었는데 마침 벽과 벽간의 간격이 5,6척 밖에 되지 않았다. 만약 이중의 창문들을 제거하면 바로 한 칸이 되었다. 오 도령도 밤새 꿈이 사나워 새벽 일찍 일어나 창문을 열고 하 사호의 배를 바라다보고 있었다. 이 역시 언감생심 두꺼비가 백조의 고기를 먹으려는 망상일 것이리라. 그런데 예상 외로 인연이 되었던지 공교롭게도 수아도 창을 열고 있다가 두 사람이 마주쳐 네 눈이 서로 응시하게 되었다. 너무나 놀랍고 기뻐 두 사람은 마치 피차 잘 아는 사이인 것처럼 서로에게 미소를 지었다. 수아는 얘기도 나누며 서로 만나고 싶었지만 한편으론 남이 들을까 겁도 났다. 그리하여 복숭아 꽃이 그려진 편지지에다 먹을 진하게 갈아 붓에 듬뿍 묻혀 시를 한 수 적었다.

그리고는 방승方勝[11])의 문양으로 접어 소매에서 비단 손수건을 꺼내
둥글게 묶어 배를 향해 던져버렸다. 오 도령은 두 손으로 그것을 받아
정중하게 인사를 하니 수아도 답례를 보냈다. 그가 그것을 풀어 보니
시가 적혀 있었는데 내용은 다음과 같았다.

> 채색 종이에 편지를 적어 비단 수건으로 제 애간장을 묶어 보냅니다.
> 양왕襄王[12])의 꿈을 저버리지 않고, 여기서 운우의 회포를 나누어요.

옆 칸에는 또 작은 글씨 한 줄에 "오늘 저녁 제가 등을 밝히고 기다
릴 테니 가위 소리로 신호를 삼아요. 약속을 어기지 마시길 바래요."
라는 내용도 적혀 있었다. 오 도령은 그 편지를 보고 난 다음 의외의
기쁨에 어쩔 줄 몰랐다. 속으로 생각했다.

"뜻밖에 이 아가씨가 이렇게도 재기가 뛰어나다니 세상에 둘도 없
을 거야."

오 도령은 이렇게 그녀에게 찬사를 보내며 급히 편지지를 꺼내 시
를 한 수 적은 다음 허리춤에서 비단 띠를 하나 풀어 함께 둥글게 묶
어 수아의 배로 던졌다. 수아가 그것을 받아 보니 그 시의 내용은 꿈
속에서 자신이 들은 내용과 꼭 같아 한바탕 소름이 끼쳤다. 마음속으
로 생각했다.

"어찌 저 사람이 금방 적은 시의 내용이 어제 밤 내 꿈에서 본 것과
같을까? 아마도 우리 두 사람은 진짜 배필인 모양이야. 그러기에 이
런 꿈을 먼저 꾸게 한 것이야."

시의 마지막에는 작은 글씨 한 줄이 있었는데 "제게 과분한 사랑을

---

11) 끈이나 꼰 실로 마름모 모양의 길상의 문양을 한 매듭 혹은 그 문양을 말한다.
12) 초나라 양왕을 말하는데, 송옥이 지은 <신녀부(神女賦)>의 내용에 의하면 양왕
  이 꿈속에서도 그리는 아름다운 신녀를 만나지만 거절당하는 실연의 내용을 적
  고 있다.

주셨는데, 제가 어찌 감히 명을 거역하겠습니까!"라고 적혀 있었다. 수아는 그걸 본 후에 소매 속에 넣었다. 그녀가 사랑에 빠져 있는 그 때 마침 계집종 하나가 세숫물을 가지고 와 문을 두드렸다. 수아는 조용히 선실 창을 닫고 계집종에게 문을 열어주었다. 그 후 부인도 딸을 순시하러 왔는데, 딸이 일어나 있는 것을 보고 걱정을 덜었다.

그날은 바로 오 부윤이 답례로 그들을 초대하는 날이었다. 오전에 하 사호는 연회에 참석하였고, 부인은 혼자 낮잠을 자고 있었다. 수아는 오 도령이 던져 준 시를 꺼내 수시로 만지작거리며 내심 기뻐하였다. 어서 날이 어두워지길 고대하였다. 어찌 이리도 괴상한 일이 있는가! 평상시에는 눈 깜짝할 사이에 하루가 지나가지만 오늘 같은 날은 흡사 날을 새끼줄로 묶은 것처럼 멈춰져 나아가질 않았다. 수아의 마음은 초조하였다. 드디어 차츰 날이 황혼으로 접어들었다. 홀연 두 명의 계집종이 눈에 거슬려 일을 망칠까 걱정이 되어 속으로 방법을 생각하였다. 저녁밥을 먹을 때 늘 붙어 시중을 드는 두 명의 계집종에게 직접 큰 술병 하나와 두 그릇의 안주거리 음식을 상으로 주었다. 이 두 명의 계집종은 목마른 용이 물을 만난 듯 한 방울도 남기지 않고 술을 다 마셔버렸다. 잠시 후 하 사호가 연회에서 돌아왔을 때에는 둘이 이미 만취한 상태였다. 수아는 혹시 오 도령도 술에 취해 약속을 어길까 걱정이 되어 근심이 생겼다. 배 뒤편 자신의 선실로 들어와 문을 닫고 계집종들을 시켜 이불과 베개에 향을 배게 한 다음에 분부하였다.

"나는 아직 바느질 할 것이 있으니 너희들은 먼저 자거라."

두 명의 계집종은 바야흐로 술기가 올라 얼굴과 귀가 온통 붉어지고 다리에 힘도 빠지고 머리가 어지럽던 상태라 잠을 청하고 싶었지만 상전 앞이라 입을 열기가 어려운 차 수아의 그 말에 내심 반가워 얼른 이부자리를 정리한 다음 바로 자리 들어갔다. 그들은 머리를 베개에 붙이자마자 콧구멍으로는 풍상風箱13)을 부치는 것처럼 코를 골며 잤다. 수아는 한 두 시간을 앉아있으며 두 배에서 인기척이 잦아들기를 기다리다가 주위가 고요해지자 가위를 들고 탁자 위에다 한번 소리 내어 쳤다. 저 편의 오 도령은 벌써 이미 눈치 채고 있었다. 사실 오 도령은 이 일을 상기하여 연회에서도 술을 많이 마시지 않았다. 하사호가 돌아간 후에 선실로 돌아와 귀를 기울여 소리만 듣고 있었는데 한 두 시간이 흐른 후에 동정이 없자 마음속으로 의혹이 일어나던 참이었다. 그런데 갑자기 가위 소리가 들리자 기쁨을 이기지 못했다. 급히 일어나 살금살금 창문을 열고 뛰어넘어가 다시 창문을 원래대로 밀었다. 즉시 몸을 날려 그 쪽 배로 도약하였다. 수아의 창문에다 가볍게 3번 두드렸다. 수아가 와서 창문을 열고 두 사람은 함께 선실로 들어갔다. 수아는 다시 창문을 원래대로 닫았다. 둘은 다시 인사를 하였다. 오 도령은 불빛 아래서 하수아를 자세히 바라보니 그 자태가 더욱 고혹적이었다. 두 사람의 열정은 불과 같이 뜨거웠는데 어찌 무슨 말을 할 겨를이 있겠는가! 오 도령은 하수아를 안아 옷고름을 풀고 저고리를 벗겨 쌍쌍이 자리에 누웠다. 부드러운 가슴에 꼭 붙으니 옥과 같은 몸이 살며시 다가왔다. 그들의 운우는 정말 만족스러웠다. 그야말로

> 배 안 선실 문을 가볍게 두드리니 작은 창문이 열리고, 서로 보게 되니 마치 꿈속에서 만난 듯. 만가지 즐거움에 근심이 부족하고, 매화 향기에 깊이 잠이 드니 놀라 의심하지 마시라.

한바탕 운우가 끝나자 서로 그간의 애모의 정을 애기하였다. 수아는 꿈속에서 들었던 시구절과 오 도령이 선사한 시구가 서로 일치한

---

13) 옛날 선풍기와 같은 것으로 나무상자에 손잡이를 당겨 바람을 만들어 내던 기구였다.

점을 얘기하였다. 오 도령은 놀라며 말했다.

"그렇게 기이한 일이 있어요? 내가 어제 꾼 꿈도 아가씨와 조금도 다르지 않소. 너무 괴상하여 멍하니 앉아 생각에 잠겼어요. 하늘이 아가씨에게 문을 열고 저를 바라보게 만들었기에 좋은 인연이 맺어진 거죠. 제가 보기엔 우린 분명히 전생의 오랜 인연이 있기에 영혼의 꿈을 통해 먼저 서로 교감하게 한 거죠. 내일 바로 아버지께 간청해 백년해로를 맺도록 할 겁니다."

그 말에 수아도 응답했다.

"저도 그럴 생각이에요."

두 사람의 정담이 막 무르익을 즈음 운우의 정도 깊어지고 사랑이 더욱 돈독해지었지만 둘은 그만 잠이 들고 말았다. 그런데 그날 자정이 되어 풍랑이 잦아들었고 오경이 되자 배들은 출항할 준비를 하게 되었다. 하 사호와 오 부윤의 배들도 각각 돛과 노를 수습하고 밧줄을 풀어 출항할 채비를 하였다. 뱃사람들은 일제히 구호를 외치며 돛을 올리기 시작했다. 그 고함 소리에 오 도령과 하수아는 놀라 잠에서 깨어났다. 뱃사람이 "이렇게 바람이 순조로우면 기주蘄州14)는 금방 도착하겠는걸."하는 말에 오 도령은 속으로 '큰일 났구나' 하고 생각하고 하수아에게 말했다.

"우린 이제 어떡하죠?"

하수아가 답했다.

"조용히 말하세요. 만일 계집종에게 들키면 큰일이에요. 일이 이렇게 되었으니 다급해 봐야 소용이 없어요. 침착히 머무르고 있다가 다시 생각해 보기로 해요."

그 말에 오 도령이 말했다.

---

14) 장강 이북 호북성에 있는 큰 도시 이름이다.

"어제 밤의 꿈이 재현되는 건 아니겠죠?"

오 도령의 이 말에 하수아는 뭔가를 깨달았다. 어젯밤 꿈속에서 오 도령의 신발이 발각되어 일이 탄로가 난 것이었다. 그녀는 손을 뻗어 오 도령의 비단 신발을 집어 감췄다. 그리고는 이런저런 수만 가지의 생각들을 해낸 다음에 오 도령에게 말했다.

"제게 방법이 하나 있어요."

"무슨 방법이죠?"

"낮 동안 침상 아래에 몸을 숨기세요. 저도 몸이 아프단 말을 하고 밖에 나가 어머니와 같이 밥을 먹지 않고 밥을 선실 안으로 갖고 오게 할게요. 그리고 형주荊州15)에 도착하면 은자를 좀 많이 드릴 테니 당신은 배가 정박하여 사람들이 분주한 틈을 타 피신하였다가 배를 찾아 타고 양주揚州16)로 돌아가세요. 그 후에는 서신을 적어 부친에게 도움을 청하세요. 부모님이 이에 응한다면 말할 필요가 없지만 만약 응하지 않는다면 하는 수 없이 사실대로 고백하세요. 저희 부모님은 평소 절 너무나 아끼시기에 이런 상황에서 제 뜻을 따를 거예요. 그럼 우린 부부가 되어 상봉할 거예요."

그 말에 오 도령도 응답했다.

"만약 그렇게 된다면 잘 된 거죠."

날이 밝아 계집종들이 일어나 선실 밖으로 나가길 기다렸다가 두 사람도 침상에서 내려 왔다. 오 도령은 급히 침상 아래로 들어가 엎드리고 있었다. 양옆에는 함과 상자들이 막아주었고 침 상 앞쪽은 당연히 휘장과 천막이 아래까지 내려와 있었다. 하수아도 침상 가에 붙어 앉아 조금도 떠나질 않았다. 세수와 이를 행구고 머리도 빗질 않고 일부러 탁자 위에 기대고 앉아 있었다. 부인이 들어와 보고는 말했다.

---

15) 호북성에 있는 도시 이름이다.
16) 강소성에 있는 큰 도시이다.

"아이구, 왜 머리도 빗질 않고 여기에 기대고 있니?"

수아가 답했다.

"몸이 불편해 머리도 빗기 싫어요."

부인이 걱정하며 말했다.

"보아하니 너무 일찍 일어나 감기가 든 게로군. 얼른 침상에 올라가 좀 자거라."

"잠을 자도 편하지 않아 여기 앉아 있는 거에요."

"앉을 거면 좀 옷을 더 껴입어 춥지 않도록 하거라. 부족하면 계집종을 불러 망토를 찾아 입어보렴."

좀 있으니 하녀가 아침을 들라고 했다. 부인이 말했다.

"애야, 너 몸이 안 좋으니 밥을 먹지 말고 계집종을 시켜 맛있는 죽을 쑤어 먹으며 몸조리를 하는 게 낫겠구나."

이에 수아가 답했다.

"제 생각엔 죽보다 밥이 좋을 것 같아요. 다만 움직이기 싫으니 제 밥을 여기로 가져오게 하면 좋겠어요."

그러자 부인이 "그럼 나도 여기서 너와 함께 있을게."라고 하자 수아가 말했다.

"계집애들이 어머니 등 뒤에서 함부로 날뛰어요. 어머닌 그냥 밖에서 드세요."

그 말에 부인은 "그럼 그래."라고 하며 나갔고, 계집종을 시켜 밥을 안으로 보내 탁자 위에 두게 하였다. 수아가 계집종들에게 말했다.

"너희들은 나가 있다가 내가 부르면 들어와."

수아는 계집종들을 보낸 후에 문을 잠그고 침상 아래에 있는 오 도령을 부르며 나와 식사를 하라고 했다. 오 도령은 기어 나와 일어나 허리를 펴서 식탁을 바라보니 두 그릇의 고기 음식과 한 그릇의 채소 음식이 다였고 밥도 적은 양이었다. 원래 하수아는 평소 식사량이 적어 두 공기의 밥만 먹어 오늘 이렇게만 차린 것이다. 독자 여러분, 오 도령의 평소 3되의 밥을 먹는 위장이 이 음식으로 어디다 붙이겠는 가! 그는 미소를 띠며 저를 들고 두세 번 젓가락질에 식사를 마쳐버렸 다. 그는 좀 쑥스러워하며 주림을 참고 원래대로 침상 아래로 들어가 숨었다. 수아는 문을 열고 계집종을 불러 다시 두 공기의 밥을 시켰 다. 계집종들은 서로 수군거렸다.

"아가씨가 평소 두 그릇만 먹는데, 오늘 병이 났다고 하면서 어찌 도리어 두 배로 먹는담! 참 이상도 하지."

그런데 그 사실이 부인의 귀까지 들어가 다가와 물었다.

"얘야, 너 몸이 불편하다면서 어떻게 밥을 그렇게 많이 먹니?"

그 말에 수아가 답했다.

"모르겠어요. 전 아직 양이 차지 않아요."

그날, 세끼가 모두 그러 하였다. 사호 부부는 그냥 딸이 나이가 들면서 식사량이 는 것으로 생각하였고, 선실 안에서 또 다른 자가 대신 밥을 먹으며 그러면서도 배고파 허기가 지는 사실을 알진 못하였다. 그야말로

감쪽같은 기만술을 부려 성공적으로 여자의 마음을 훔쳤도다.

그날 밤, 저녁밥이 끝나자 하수아는 오 도령을 먼저 침상에 올라가 자게하고 자신은 그 다음에 옷을 벗고 자리에 들었다. 부인이 와서 보았을 때 딸이 이미 잠이 든 것을 보고 잘 자라고 하고 가버렸다. 계집 종들도 문을 닫고 쉬었다. 오 도령은 배고픔을 못 이겨 하수아에게 말했다.

"일은 잘되었지만 다만 한 가지 고충이 있소."

수아가 무슨 일인지 물어보자 오 도령은 말했다.

"아가씨에게 솔직히 말하지만 저의 식사량이 좀 많아 오늘 먹은 세

끼의 식사가 사실 저의 한 끼 분량도 되지 않습니다. 만약 이런 식으로 굶주리며 날을 보내면 형주까지 어찌 견디겠소?"

그 말에 수아가 오 도령에게 답하여 말했다.

"그렇다면 왜 일찍 말하지 않았어요? 내일 좀 많이 요구하면 되죠."

"너무 많이 밥을 요구하면 사람들이 의심할까 두렵소."

"괜찮아요. 제게 방법이 있어요. 근데 얼마면 되겠어요?"

"어찌 제 마음대로 다 먹겠어요! 매 끼니마다 10여 그릇이면 그냥 견딜만합니다."

이튿날 아침, 오 도령은 여전히 침상 밑에 숨어 있고, 하수아는 병을 사칭하여 침상 위에서 계속하여 신음하며 있었다. 하씨 부인은 걱정하며 의원을 불러 치료를 하려 하였지만 현재 강 한가운데 있어 의원을 부를 수도 없었다. 수아도 의원은 필요 없다고 하면서 오직 배만 고프다고 야단이었다. 부인은 계속하여 밥을 들여도 수아는 적다고만 투정이었다. 그리하여 모두 십여 그릇 이상의 밥이 보내졌다. 부인은 크게 놀라 좀 적게 먹도록 타일렀다. 그러나 수아는 일부러 화를 내며 거듭 다음과 같이 외치기도 했다.

"빨리 가지고 가! 안 먹어! 차라리 굶어 죽고 말거야!"

부인은 딸을 정말 아꼈는데, 딸이 화를 내자 도리어 웃으며 달랬다.

"애야, 나는 널 위해 한 말인데, 왜 화를 내니? 먹을 수 있으면 마음껏 먹어라. 하지만 억지로 먹진 말어."

부인은 손수 밥그릇과 젓가락을 들고 수아의 손에 쥐어주었다. 그러자 수아가 말했다.

"어머니가 여기서 보면 저는 먹을 수가 없어요. 모두 나가면 제가 천천히 먹을 거에요. 다 못 먹을 수도 있어요."

부인은 딸의 말에 따라 계집종들과 함께 나갔다. 수아는 옷을 걸치고 침상을 내려와 문을 걸었다. 오 도령은 기어 나와 어젯밤 몹시 굶은 탓으로 밥을 보자마자 예의도 없이 고개를 숙인 채 연거푸 십 수 그릇을 비웠다. 그 모습이 마치 하늘의 유성이 달을 쫓아가는 듯하였다. 밥이 한 그릇 가량 남자 비로소 멈췄는데, 하수아는 그것을 보고 넋을 잃어버렸다. 그녀가 나지막이 물었다.

"아직 모자라나요?"

오 도령은 이에 답하길, "그냥 참을 만합니다. 더 먹으면 재미가 없어요."하였다. 이어 차를 부어 입을 행구고 침상 아래로 쏜살같이 또 기어들어갔다. 하수아는 남은 밥을 먹은 후에 문을 연 다음 원래의 침상으로 돌아와 누웠다. 한편 계집종들은 수아가 밥을 비우고 문을 열기만 기다리다가 수아가 문을 열자 뛰어 들어가 보니 밥이며 반찬들이 모두 하나도 남김이 없이 사라진 것을 보고 그릇들을 챙기면서 히죽거리며 말했다.

"알고 보니 우리 아가씨가 걸린 병이 밥 먹는 병이구나."

부인이 그 소식을 전해 듣고 머리를 흔들며 말했다.

"어찌 그렇게나 먹는담! 그 참 이상한 병이네."

부인은 급히 남편을 찾아가 그 사실을 말하고 의사를 청해 한번 점괘를 물어보게 하였다. 하 사호는 그 사실이 믿기지 않아 점심때에는 딸의 요구에 응하지 말라고 하였다. 너무 먹어 오장을 상하게 해 치료하기가 어려울까 두려운 것이었다.

그런데 정오가 되기도 전에 수아는 배가 고프다고 난리였다. 부인이 다시 좋은 말로 타이르기 시작하자 수아는 울어버렸다. 부인은 하는 수 없이 다시 딸의 요구에 응했다. 저녁때도 마찬가지였다. 하 사호 부부는 딸이 괴질에 걸렸다고 생각하며 매우 당황해하였다.

그날 저녁, 배는 기주에 정박하였다. 하 사호는 뱃사람들에게 분부해 내일은 배를 출항시키지 말고 아침 일찍부터 사람을 성안으로 보내 의원을 방문하게 하고 한편으로는 신에게 점괘도 한번 여쭤보게 하였다. 드디어 오래지 않아 의원 한 명이 찾아왔다. 그 의원은 의관이 정제하고 풍골이 범상하지 않아 보였다. 하 사호는 그를 영접해 선실 안으로 오게 하여 인사를 마친 후에 자리에 앉게 하였다. 그 의원은 상대가 관리인 것을 알고 예절이 매우 공손하였다. 몇 잔의 차가 대접된 후에 증상을 묻고 배 뒤에 있는 선실로 가서 집맥을 하였다. 의원은 집맥이 끝난 후에 다시 돌아와 앉았다. 하 사호가 물었다.

"의원님, 제 딸이 무슨 병에 걸렸지요?"

그 말에 의원은 먼저 목기침을 한번 한 후에 답하였다.

"영애令愛의 병은 감병疳病17)입니다."

그 말에 하 사호가 말했다.

"뭘 잘못 알고 계시네요. 감병은 어린아이의 병인데 제 딸은 올해 나이가 열다섯 살입니다. 어찌 그런 병에 걸린단 말이오!"

의원이 웃으며 말했다.

"선생께선 하나는 알고 둘은 모르시네요. 따님은 명목상으로는 올해 열다섯 살이지만 현재 아직 봄이기에 실은 열네 살입니다. 만약 추운 달에 태어났다면 겨우 열세 살 남짓하지요. 선생께서 한번 생각해 보십시오. 열세 살의 여자가 어린애가 아니겠어요? 이 병은 음식 조절이 안 되어 생긴 병이고 게다가 물과 풍토가 맞지 않아 음식이 소장에 쌓여 소화되지 못하고 체해서 생긴 열이 가슴까지 차고 올라와 배고픈 증상이 생기는 겁니다. 여기에 음식을 먹으면 더욱 그 화기를 부추기고 날이 갈수록 증상이 심해지는 것이지요. 만약 이 상태로 한 달쯤 지나면 그땐 고치기 어려운 병이 됩니다."

하 사호는 그 말을 듣고 일리가 있는 듯해 의원에게 물었다.

---

17) 중의학에서 어린 아이의 얼굴이 누렇게 뜨고 몸이 여위며 복부가 팽창하는 병으로 '감적(疳積)'이라고도 부른다.

"선생의 말이 정말 일리가 있네요. 그런데 지금 어떻게 치료를 하지요?"

"지금 이 후학後學18)이 먼저 그 체증을 다스려 풍열을 없애 열을 내려 보겠습니다. 그러면 자연히 음식을 점점 줄이게 될 것이고 이전과 같이 될 것입니다."

하 사호는 의원의 말에 그렇게 신통하게 낫는다면 후하게 사례를 하겠다는 말을 하였다. 의원은 일어나 인사하고 떠났다. 하 사호는 약 비용 봉투를 봉한 후에 사람을 보내 약을 얻어오게 하여 그것을 흐르는 물에 잘 다려 수아에게 주도록 하였다. 한편 수아는 어서 빨리 형주에 도착하려는 일념으로 지내고 있었는데, 그런 약엔 전혀 관심이 없었다. 처음 부모님이 의원을 청한다는 말에 재차 거절하였지만 그것도 쉽지 않고 그렇다고 사실을 말할 수도 없어 그냥 두었는데, 의원의 말이 정말 가소로워 혼자 웃었다. 그리고 약도 계집종을 시켜 가져와 변기통에 부어버렸다. 신령님에게 점괘를 구하니 어떤 신은 말하길, 일시가 불리하고 학신鶴神을 범했으니 모름지기 승도僧道를 청해 귀신께 사죄의 제를 올리면 무사할 것이라고 하였고, 또 다른 신은 말하길, 광야에서 외로운 영혼의 아귀를 만났으니 제를 올려 망자의 복을 빌면 치료가 된다고 하였다. 하 사호 부부는 하나하나 모두 따랐다. 또 조제한 약이 효험이 없고 밥을 그전처럼 먹어대니 다시 다른 의원을 청했다. 이번의 의원은 더욱 거창하게 말하였는데, 그는 가마를 타고 서너 명의 시종이 그 뒤를 따랐다. 그는 하 사호와 상견한 후 멋진 입담을 늘어놓더니 딸의 병의 증상에 대해 물었다. 그리고 집맥을 하더니 물었다.

---

18) 의원이 스스로 겸손해하며 하는 말이다. 원문은 학생(學生)인데, 학생은 상대에게 자신의 학식을 낮춰 겸손해하며 하는 말이다. 학생은 원래는 제자가 스승 앞에서 자신을 낮추어 부르는 말이다.

"먼저 의원을 청한 적이 있습니까?"

이에 하 사호는 그런 적이 있다고 하니 무슨 병이라고 하더냐고 물었다. 하 사호는 감병이라고 하니 의원은 껄껄 웃으며 말했다.

"이 병은 바로 폐결핵이오. 어찌 감병일 수가 있겠소?"

이에 하 사호가 의원에게 말했다.

"우리 딸이 나이가 아직 어린데 어찌 그런 병이 있지요?"

"영애는 오욕칠정의 폐결핵에 비할 것이 아니고 본바탕이 허약해 얻은 소아결핵입니다."

"음식을 많이 먹는 것은 어찌 된 일이지요?"

"한기와 열기가 교대로 올라오니 허열이 생겨 쉽게 배가 고픈 겁니다."

하씨 부인은 병풍 뒤에서 그 말을 듣고 사람을 보내 딸의 몸에 열이 없다고 전하였다. 그 말에 의원은 또 말했다.

"이것이 바로 내열외한內熱外寒이라고 하는데, 골증骨蒸19)의 증상이기에 느낌이 없는 거지요."

그는 또 전의 의원이 조제한 약을 보자고 하더니 말했다.

"이런 벌 받을 약은 원기를 감퇴시켜 몇 번 더 먹게 되면 죽게 됩니다. 후학이 먼저 탕약으로 따님의 허열을 다스리겠습니다. 장부를 조화롭게 하고 음식을 절제하여 먹게 한 다음 음기를 보완하고 화기를 낮추며 혈과 원기를 길러 주는 알약으로 천천히 조리하면 자연히 치유될 것입니다."

하 사호는 사의를 표하며 신통한 의술만 믿겠다는 인사를 하고 의원과 작별하였다. 잠시 후에 하인이 또 다른 의원을 데리고 왔다. 그 의원은 늙은 자였는데 수염이 성성하고 걸음도 매우 느렸다. 자리에

---

19) 음기가 허해 몸속에서 열기가 나오는 것을 말하는데, 결핵의 증상이다.

앉자마자 자신이 고치기 어려운 괴상한 병을 잘 알고 있다고 자랑을 해대었다. 그는 어느 관리 댁의 병을 자신이 고쳤으며, 어느 부인의 병도 자신의 약으로 완쾌되었다고 떠들어대었다. 그는 이런 상투적인 말들을 거창하게 늘어놓은 다음 환자의 거동과 식사상황에 대해 세세히 물은 후에 맥을 짚어보기 시작했다. 하 사호는 그의 허풍에 속아 그가 대단한 것으로 여기며 속으로 생각하길, 사람들의 말에도 의사는 늙은 것이 좋고 점쟁이는 젊은 것이 좋다고 하였으니 이 의원은 아마도 효험이 있을 것으로 기대했다. 의원은 맥을 진단한 후에 하 사호에게 말했다.

"선생께서는 저와 인연이 있군요. 영애의 이 병은 이 노인이 아니면 알기 힘든 것이오."

그 말에 하 사호가 물었다.

"여쭙건대 과연 무슨 병이지요?"

"이건 이름이 있는 병인데, 격병膈病(즉 횡격막병)이란 것이지요."

그 말에 하 사호가 물었다.

"음식을 못 삼키는 것이 격병인데, 지금 제 딸이 평시보다 몇 배를 더 먹는데 어찌 이런 병이지요?"

"격병은 원래 몇 가지가 있는데, 영애의 이 격병은 속명으로는 '쥐 격병'이란 거지요. 남이 안 볼 때엔 막 먹다가 남이 보게 되면 조금도 삼킬 수가 없는 거지요. 나중에 많이 먹어 몸이 불면 고창蠱脹[20]이 되지요. 두 병은 서로 합쳐지면 고치기 어렵지요. 지금 다행히 초기이니 큰일은 아닙니다. 이 늙은이가 책임지고 뿌리 뽑아 드리지요."

말이 끝나자 그는 일어났다. 하 사호는 그를 뱃머리까지 배웅하고 돌아왔다. 당시 집안사람들은 모두 수아가 '쥐격병'에 걸린 줄로 알

---

[20] 유행성 병으로 복부가 팽창하고 사지가 부으면서 몸이 쇠약해지는 병이다.

았다. 여러 신령님을 찾고 의원을 청하고 점을 쳐 보았지만 어찌 하수
아가 그 약들을 전부 변기통으로 쏟아 버리고 뒤에서 냉소를 짓는 것
을 알았으랴! 하 사호는 기주에서 며칠을 머물렀지만 뾰족한 수가 없
어 부인과 상의하여 의원들에게 약방을 구해 이에 따라 약재를 많이
사 가는 내내 배 안에서 먹게 하면서 형주에 도착하게 되면 다시 의원
을 청해 보리라 생각했다. 그 노인은 약방을 써준 대가로 많은 은자를
속여 챙겼으니 그 또한 그의 복일 것이다. 다음의 시가 그것을 말해준
다.

　　의원이라고 모두 의술을 아는 것이 아니네, 모두가 장계취계將機就
計[21]로다. 병도 없는데 망령되게 추측해 병이 있다고 하니, 하 사호만
손해를 보게 되었네.

속담에 젊은 처녀와 총각은 모두 색을 밝힌다고 하는 말이 맞다. 하
수아는 처음에는 아직 처녀이기에 운우의 과정에서 여전히 많이 위축
된 상황이었다. 게다가 오 도령도 당황하고 겁도 나 감히 마음대로 운
우를 즐기지 못해 피차 서로 매우 만족스러운 상황은 못 되었다. 그런
데 이삼 일이 지나자 점점 점입가경으로 마음대로 즐기며 아무 구속
도 갖지 않게 되었다. 어느 날 밤, 계집종이 잠에서 깼었는데 침상 위
에서 나는 소곤거리는 소리와 침상이 삐걱거리는 소리를 듣게 되었
다. 그리고 좀 지나자 숨이 가쁜 소리도 들려 마음속으로 이상하게 생
각했다. 다음 날 아침에 부인에게 보고하니 부인도 마침 딸의 안색이
붉고 활력이 있는 것이 병상의 얼굴이 아니어서 매우 의심스러워하던
차였다. 그 말을 보고 받자 뭔가 와 닿는 것이 있었다. 남편에게 얘기
하지 않고 관찰하려 했지만 무슨 구실을 찾을 수가 없었다. 수아의 모

---

21) 장계취계(將計就計)와 같은 말로 기회를 보고 계략과 모의를 부리는 것을 말한
다.

습을 자세히 보니 그 자태가 평소보다 더욱 광채가 났다. 그러나 직접 물어보기엔 난처하여 이러저러하지도 못하고 있었다. 잠시 앉아 있다가 나가버렸다. 아침밥이 끝난 후에 마음을 놓을 수가 없어 다시 딸의 방으로 들어가 살펴보며 빙 둘러 말하며 물었다. 수아는 어머니가 이상한 질문을 하자 답을 하지 않았다. 그때, 갑자기 귓가에서 코를 고는 소리가 들렸다. 그것은 바로 오 도령이 밤일을 많이 하고 잠을 잠을 자지 못했다가 아침밥을 배불리 먹자 침상 아래에서 잠에 떨어져 코를 고는 소리였다. 수아는 이제 숨길 수가 없었다. 어머니도 그 소리를 들은 것이다. 부인은 하녀들을 멀리 보내고 문을 잠근 후에 침상 아래를 바라보았다. 그러자 벽 쪽에 머리를 묶은 청년이 몸을 구부리고 태연스럽게 자고 있었다. 부인은 속으로 '이제 큰일이구나!'라고 생각하면서 수아에게 물었다.

"네가 이런 짓거리를 하면서 병이 낫다고 우릴 속여! 우리는 놀라 심장이 내려앉는 것 같았는데. 이젠 남사스러워 어찌 사람을 대하겠니! 저 하늘이 죽일 자는 어디서 온 거냐?"

수아는 부끄러워 얼굴을 온통 붉히며 말했다.

"제 잘못이에요. 제가 잠시 어긋난 짓을 했어요. 어머니가 덮어주길 바래요. 저 사람은 다른 자가 아니라 바로 오 부윤의 아들이에요."

부인은 놀라며 말했다.

"오 도령은 너와 본 적도 없고 하물며 그날 네 아버지가 그 쪽 배에서 술을 마실 적에 오 도령도 함께 있다가 밤에 헤어지고 그날 사경 무렵 그 배는 출항해버렸는데 어떻게 여기에 올 수 있단 말이냐?"

모친의 말에 수아는 사실대로 부친이 오 도령을 칭찬하며 관심을 보인 것과 다음 날 병풍 뒤에서 몰래 본 일, 그리고 밤에 꿈을 꾸고 아침에 창문을 열어 약속을 정한 사실, 게다가 배에 남아 잠을 잔 앞뒤 사연들을 모두 시시콜콜 얘기하였다. 그리고 덧붙여 말하였다.

"불초한 이 딸이 잠시 정에 빠져 가문의 이름을 실추시키고 절개를 잃어 부모님을 욕되게 하였으니 그 죄는 실로 피하기 어렵습니다. 다만 우리 두 사람이 서로 수천리 떨어져 있다가 하루아침에 풍랑으로 서로 만나게 되었으니 이는 전생의 묵은 인연이며 하늘이 배필을 내린 것이니 인력으로 된 것이 아닙니다. 저는 오 도령과 서로 생사를 함께하기로 맹세하였으니 어머니께 바라건대 아버지께 좋은 말로 설득시켜 허락을 하게 해주신다면 저희들의 전과를 만회할 수 있을 것입니다. 만약 아버지께서 다른 생각이 있다면 저는 자결하여 결코 구차하게 생명을 이어가지 않을 겁니다. 지금 수치심을 머금고 어머니께 아뢰니 오직 어머님이 판단하시길 바랍니다."

수아는 말을 마치자 눈물이 비 오듯 하였다. 모녀가 서로 이런 말을 주고받는 동안 침상 아래 오 도령의 코고는 소리는 마치 우레와 같이 울렸다. 당시 부인은 화도 나고 괴로워 딸을 호통 치려고 하였지만 딸애를 어릴 때부터 너무 귀하게 키워 차마 그러지 못하였고 거기다 하인들이 알면 책잡힐 것도 같아 억지로 화를 참으며 문을 열고 밖으로 나가버렸다.

수아는 모친이 나간 후 급히 침상에서 내려 와 침상 아래의 오 도령을 깨웠다. 그리고는 원망하였다.

"당신이 코를 골아도 좀 작은 소리로 골아야죠. 그 소리에 어머니가 놀라 일이 모두 발각나 버렸어요."

오 도령은 그 말을 듣고 놀라 온몸에 식은땀이 돋았다. 위아래의 치아가 순식간에 서로 부딪히며 소리를 내었다. 그는 한마디 말도 하지 못하고 있었다. 수아가 말했다.

"당황해하지 마세요! 금방 어머니와 여차여차 얘기했어요. 만약 아버지가 허락만 하시면 얘기할 필요가 없지만 허락하지 않으시면 꿈속의 결국結局을 본 받아 당신 혼자 해를 입게 하진 않을 거예요."

수아는 여기까지 말하자 눈물을 하염없이 흘렸다.

한편 하씨 부인은 급히 남편을 불러 오게 하여 계집종들은 모두 나가라고 한 후에 말을 꺼내기도 전에 눈물을 흘리기 시작했다. 남편은 딸의 몸 때문에 걱정해서 그러는 줄로 알고 오히려 위로하며 말했다.

"의원이 말하길 며칠만 지나면 효과를 본다고 하니 걱정할 필요가 없소."

그 말에 부인이 말했다.

"그 늙은 영감쟁이가 하는 교활한 말을 들어요? 쥐격병 좋아하시네! 그런 의원들 얘기를 들으면 며칠 내 효험은커녕 천년이 지나도 무슨 병인지 알 수가 없어요."

하 사호가 물었다.

"무슨 말이오?"

부인은 앞의 일을 세세히 말하였다. 그 말에 남편은 화가 나 쓰러질 것 같았다. 이어 연거푸 말했다.

"그만 해요! 그만 해! 이런 불효막심한 자식이 그런 추한 일을 저질러 가문을 더럽히다니! 그런 자식 두어서 무슨 소용이겠소! 오늘 저녁 모두 죽어 이런 오명을 씻어버립시다."

그 말에 부인은 놀라 얼굴빛이 흙색이 되어 타이르기 시작했다.

"당신과 내가 이미 중년에 들었는데 자식이라곤 이 피붙이밖에 없지 않아요? 만약 그 아일 죽여 버리면 다시 누가 있겠어요? 거기다 오 도령은 좋은 집안의 자식에다 재주와 용모가 모두 뛰어나니 사위로 받아들인다면 두 가문이 서로 걸맞을 거에요. 다만 그 아이가 청혼을 하지 않고 자기 마음대로 이런 짓거리를 한 것이 문제일 뿐이에요. 일이 이미 이 지경이 되었으니 말해 무슨 소용이 있겠어요. 미우나 고우나 몰래 사람을 시켜 그 청년을 댁으로 보내 주고 오 부윤에게 서신을 적어 보내 혼사를 정하게 하고 예식을 올린다면 어찌 누이 좋고 매부 좋은 일이 아니겠어요? 지금 만일 일을 떠벌린다면 오히려 스스로 오명을 덮어쓰는 격이에요.”

하 사호는 한참 생각하였지만 어쩔 수가 없어 부인의 말에 따랐다. 나와 뱃사람에게 지금 배가 어디에 있는지를 물어보니 앞에 보이는 곳이 무창부武昌府22)라고 하였다. 하 사호는 무창에서 잠시 머물 것을 분부하였고, 오 도령을 보낼 채비를 하였다. 한편으로는 서찰을 적어 믿을 만한 하인을 불러 일을 적절하게 부탁해 놓았다. 드디어 무창에 도착하자 그 하인은 뭍에 올라 배를 빌려 옆에서 기다리고 있었다. 하 사호와 부인은 같이 딸이 있는 배 후미의 선실로 갔다. 수아는 부모가 찾아오자 볼 낯이 없어 이불로 얼굴을 가려버렸다. 하 사호도 딸과 긴 말을 나누지 않고 “잘 한 짓이다!”라고만 했다. 그리고는 침상 아래의 오 도령을 불렀다. 오 도령은 하 사호 부부를 보자 영문을 모르고 겁을 내면서 기어 나와 땅바닥에 엎드려 죽을죄를 지었다고 말하였다. 하 사호는 나지막하게 꾸짖었다.

“나는 네가 젊은 나이에 박학하여 큰 그릇이 될 줄로 알았건만 예상 밖에 이런 방정지 못한 행동을 하여 우리 가문을 더럽히다니! 원래는 강물에 빠트려 이런 나쁜 소행을 씻어버려야 하지만 지금 네 부친의 낯을 봐서 네 목숨은 살려 집으로 돌아가게 하겠다. 이후 과거에서 성공하면 내 불초한 딸을 주어 자네 처로 삼겠지만, 만일 그러하지 못한다면 꿈도 꾸지 말아라!”

오 도령은 연거푸 머리를 조아리며 명에 따랐다. 하 사호는 원래 그를 피신시킨 후에 밤이 깊은 후에 조용히 하인을 시켜 그를 데리고 배를 태우게 해 집에 있는 계집종들이 전혀 눈치체지 못하게 하려 했다. 그때 두 사람은 헤어진 후에 무슨 엉뚱한 생각을 품지나 않을까

---

22) 호북성에 있는 도시 이름이다.

하여 매우 처량해하였고, 또 감히 소리 내어 울지도 못했다. 수아는 또 부인의 팔을 잡고 그 뒤에서 말했다.

"이 일에 대해 아버지가 무슨 생각을 갖고 계신지 모르겠어요. 하인을 시켜 그 사람을 돌려보낼 적에 오 도령의 서신을 받아 제게 전해주면 제 마음이 놓이겠어요."

부인은 딸의 뜻에 따라 하인에게 당부하였다. 다음 날 이른 아침에 배는 다시 출항했다. 하 사호가 탄 배는 형주를 향해 떠났다. 하수아는 오 도령에게 도중에 무슨 변괴가 일어나지 않을까 걱정이 되어 곧바로 정말 병이 생기고 말았다. 그야말로

막 이별하니 차가움이 얼음과 같고, 생각이 일어나니 열기는 불과 같네. 삼백육십 가지 병 가운데 오직 상사병이 가장 괴롭다네.

이제 이야기가 둘로 나누어진다. 한편 오 부윤은 그날 아침 강주를 떠나 몇 십리 길을 항해하다가 아침밥을 먹을 때가 되었는데 오 도령이 일어나지를 않자 지난 밤 술이 과한 것으로만 알았다. 그런데 정오가 되어도 나타나지 않자 이상하게 생각했다. 부인이 직접 가서 아들을 불러도 응답이 없자 당황하기 시작했다. 오 부윤은 하인을 시켜 선실 문을 열고 모두 찾아보았지만 빈 방 뿐이었다. 이에 부부는 놀라 혼비백산이 되어 가슴을 치고 소리 높여 울부짖었다. 무슨 영문인지 알 길이 없었다. 배에 있던 사람들도 주위에 자기들 배 밖에 없는데 어디로 간 것인지 모두 의아해하며 물 속에 빠지는 것을 제외하면 갈 곳이 없다고 하였다. 오 부윤은 사람들의 말에 따라 배를 정박시키고 사람들을 시켜 강 속을 뒤져 건져보게 하였다. 그리하여 강주에서부터 당시 정박한 곳까지 백리 내외의 물속을 모두 뒤져보게 하였지만 시신을 건질 수가 없었다. 또 한편으로는 혼백을 부르는 제도 올렸다. 오 도령의 모친은 울다 혼절하였다가 다시 소생하기도 하였다. 오 부

윤은 아들이 사라지자 관직도 그만두려 하였다. 수하 관리들이 재삼 말리자 겨우 임지로 향했다. 그런데 어느 날, 하 사호의 하인이 오 도령을 데리고 왔다. 부자는 상봉하자 놀람과 기쁨이 교차했다. 서신을 열어보자 사실을 알게 되었다. 아들을 한바탕 꾸짖은 후에 하 사호의 하인을 접대하여 며칠을 묵게 하였다. 그 후 청혼 예물을 준비하고 회신을 써서 사람을 보내어 동시에 청혼을 하였다. 오 도령도 하수아에게 보낼 서신을 써서 보냈다. 두 집안의 하인들은 예물을 들고 오 부윤과 작별하여 형주로 떠나 하 사호를 뵈었다. 하 사호는 청혼 예물을 받고 다시 회신 서찰을 써서 오 부윤의 하인 편으로 보냈다. 한편 하수아는 병상에 누웠다가 오 도령의 서신을 본 연후에 점점 몸이 좋아지게 되었다. 오 도령은 아문에서 밤낮으로 공부하여 과거 날을 기다렸다가 임안으로 가서 시험을 보았다. 단번에 급제하여 진사가 되었는데, 공교롭게도 형주부의 상담현湘潭縣의 현위직을 제수 받게 되었다. 오 부윤은 아들이 성공하자 사직해 함께 형주로 와 길일을 택해 하수아를 며느리로 맞이하여 혼인을 성사시켰다. 동료들도 찾아와 축하하였다.

　　화촉을 밝히는 날 두 신랑신부가 비단 이불 안에서는 한 쌍의 옛 친구라네.

　수아는 결혼식을 치른 다음 시부모를 잘 모시고 부부 사이도 화목하여 자못 현숙하다는 이름을 얻었다. 나중에 하 사호는 딸이 생각나 변경으로 본적을 옮기고 평생을 함께 하였다. 오 도령 오언은 관직이 용도각龍圖閣 학사까지 올라갔고, 두 아들들도 등과 갑甲에 이르렀다. 이번의 이야기는 '오 도령이 옆의 배로 건너가 약속에 응하다'였습니다.

가인과 재자가 외모가 서로 출중하고, 여덟 구의 시로 몰래 서로 만났네. 백세 인연을 침상 아래에서 맺고, 아름다운 정은 천고의 문단에 이름을 날렸네.

혁대경이 원앙 띠를 남기고 죽다

赫大卿遺恨鴛鴦絛

<혁대경赫大卿이 원앙 띠를 남기고 죽다(赫大卿遺恨鴛鴦絛)>의 내용은 앞에서
다룬 <편지를 전한 중이 황보皇甫의 처를 빼앗다(簡帖僧巧騙皇甫妻)>나 <왕대윤汪大尹이 화가 나 보련사寶蓮寺를 불태우다(汪大尹火焚寶蓮寺)>등과 같이 출가
한 스님들의 비행을 다루고 있다. 그러나 여기서는 남자 중이 아닌 비구니의 비
행이다. 자세한 내용은 여색을 너무 좋아한 혁대경이란 젊은 남자가 우연히 한
비구니 암자의 탐욕스러운 비구니들과 간통을 하다 결국 가정도 팽개쳐버리고
몸도 망가져 암자에서 쓸쓸히 병으로 죽게 되는 내용이다. 이 작품은 근원적으
로는 욕정에 빠진 혁대경은 물론 음탕한 비구니들의 비행을 통해 욕정에 대한
경각심을 세인들에게 보여주고 있지만 본문에 나타난 몇 편의 시를 통해 욕정을
인간이 지닌 숙명으로 보면서 일정 부분 그것을 미화하는 다소 모순적인 관점이
드러나고 있다. 또 이 작품에서 우리가 주목해야 할 부분은 작가가 '호색好色'과
'호음好淫'을 분리하고 부분적이나마 호색에 대한 긍정적인 시각을 보이고 있는
점인데, 이는 중국고전통속소설에서 정과 욕을 분리하여 욕을 폄하하는 반면 정
의 가치를 인정한 극히 드문 예로 볼 수가 있다.

피부는 피와 살을 감싸고 뼈는 몸을 싸고 있으니, 예쁜 여자의 아름다움에 넘어가지 않을 자가 몇이나 되리! 천고의 영웅들도 모두 그러하였거늘 백년이 지나면 모두 한 구덩이의 흙인 것을.

이 시는 옛날 성여자性如子가 지은 것으로 색을 탐하면 스스로를 죽이게 된다는 것을 경계하고 있다. 따지자면 색을 좋아하는 '호색好色'과 음란함을 좋아하는 '호음好淫'은 서로 다르다. 이를테면 고시古詩에서 말하는 "한번 웃으면 성城이 무너지고, 다시 웃으면 나라가 무너지네. 성이 무너지고 나라가 무너짐을 어찌 돌아보지 않을 수 있겠느냐만 가인佳人은 다시 얻기 어려워라!"는 호색을 말한다. 그런데 아름다움과 추함을 가리지 않고 많을수록 좋아하며 마치 속어에서 말하는 "석회 포대가 도처에 흔적을 남긴다"는 것에는 색이 어디 있겠는가! 이는 오직 '호음'일 따름이다. 그러나 비록 그렇더라도 색 가운데에도 여러 가지가 있다. 예를 들어 장창張敞이 부인의 눈썹을 그려주었다는 것과 조갈증이 있었다는 상여相如의 경우는 비록 유가儒家에서 비웃긴 해도 부부의 정이자 인륜의 근본이기에 이는 올바른 색 즉 '정색正色'이라고 부른다. 만약 아름다운 비첩婢妾들과 함께 놀며 열두 명의 처첩들과 사치스러운 생활을 하거나 사랑스런 가기家妓들의 아름다운 노래와 춤에 취해 풍류운사를 즐긴다면 이 또한 일부일처의 경우는 아니더라도 그래도 꽃과 잎이 모두 있기에 이는 근접한 색 즉 '방색傍色'이라고 부른다. 또 어떤 이는 기생집에서 이리저리 임시로 즐거움을 취하며 곳곳을 떠돌며 그림자를 남기고 화대를 아끼지 않고 오직 즐거움만을 취하기도 한다. 오래 동안 여관에 묵으며 외로움을 달래고 꽃과 달 아래에서도 회포를 풀기도 한다. 이들은 비록 호방하긴 하나 기원이나 출입하는 시정잡배여서 군자가 부끄러워하는 바라 사악한 색인 '사색邪色'이라고 부른다. 그리고 젊은 남자와 늙은 여자가 간통하는 금수와 다름이 없는 짓을 하거나 부모나 매파 없이 몰래 간통을 하거나 남의 여자를 훔치는 일은 잠시의 환락을 위해 만세의 죄인이 되는 것인즉 이는 모두 사람과 귀신의 벌을 면하기 어려운 것으로 이를 난잡한 색인 '난색亂色'이라고 부른다. 그리고 또 하나는 정색도 아니며 방색도 아닌 것이 난색과 사색에도 비할 수 없는 것이 있다. 허공을 속임수로 채우고 청정한 가문을 더럽힘은 그 참혹함이 신의 얼굴에 금칠을 벗기는 것과 같고, 그 악행은 부처의 머리에 똥을 붓는 것을 능가한다. 이는 멀게는 저승에 명단을 올리는 것이고 가깝게는 이승에 업보를 쌓는 것이다. 세상 사람들에게 삼가 권고하나니 반드시 신중히 처신할지어다. 그야말로

　　스님의 얼굴을 보지 말고 부처의 얼굴을 보며, 음심淫心을 도심道心에
　합쳐선 아니 되네.

　본조本朝 선덕宣德 연간 강서江西 임강부臨江府 신감현新淦縣에 한 감생監生[1])이 있었으니 성은 혁씨赫氏고 이름은 응상應祥이며 자는 대경人卿라고 하였다. 사람됨이 풍류가 넘치고 준수하며 어디에도 구속됨이 없이 활달하였다. 그의 장기는 바로 가무와 여색을 좋아하는 것이었다. 기녀원이나 주점을 지나칠 때면 언제나 지나치지 못하고 그곳에 푹 빠져 마치 집처럼 편안해했다. 그런 까닭에 그 많은 가산도 절반가량이나 써버렸다. 부인 육씨陸氏는 남편의 그런 씀씀이에 입이 닳도록 말렸지만 혁대경은 그런 부인을 현숙하지 못하다고 여기며 언제나 사이가 안 좋았다. 그리하여 그 문제에 대해서도 육씨는 더 이상 관여하지 않기로 맹세하고, 세 살이 된 아들 희아喜兒를 데리고 절가의 방에서 불경을 드리고 살면서 남편이 마음껏 방탕하도록 내버려두었다.

---

1) 국자감의 학생을 말한다. 국자감은 명청시대 최고의 학부로 공생(貢生) 이상만 다닐 수 있는 곳이다.

그러던 어느 날, 청명절을 만나니 혁대경은 화려한 옷을 입고 홀로 교외로 놀러나가게 되었다. 장영張詠[2]의 시가 그것을 말해주고 있다.

> 봄날에 수많은 사람들이 나들이 하는데, 미인의 얼굴은 꽃과 같네. 삼 삼오오 쌍쌍이 꽃과 서로 서 있으니, 날아갈 듯한 기분 마치 구름안개를 타는 듯하네.

혁대경은 부녀자들이 모인 곳을 선택해 앞뒤를 배회하면서 자신의 모습을 뽐내었다. 그 뜻은 인연이 있는 미인 하나를 만나길 바라는 심사였다. 하지만 하나도 만나질 못해 흥이 깨져버렸다. 그는 스스로 무료함을 느껴 한 주점에 들어가 술을 몇 잔 마실 작정이었다. 그는 주점 누각에 올라가 길가에 근접한 자리에 앉아 술과 안주를 시켜 스스로 따르고 마시며 창가에 기대 앉아 지나가는 사람들을 바라보았다. 두서너 잔도 마시지 않아 술이 반쯤 취해 일어나 주점을 내려왔다. 술값을 치르고 주점을 떠나 한 걸음 한 걸음 마음대로 걸어가는데 때는 이미 미시未時[3]라 많이 걷지도 않았지만 점점 술기운이 올라와 목이 마르고 입이 탔다. 그는 차를 한 잔 마시며 갈증을 해소하려 하였는데, 찻집이 보이지 않았다. 그런데 머리를 들어보니 앞에 숲이 보이는데 그 가운데 깃발이 흔들리고 경磬[4]소리가 은은하게 울려 퍼지는 것이 승방 수도원으로 보여 기분이 좋아졌다. 그는 급히 그리로 찾아갔다. 숲을 지나니 큰 암자가 나타났다. 혁대경이 둘러보니 주위는 모두 흰색의 담 벽으로 둘러싸였고, 문 앞에는 십여 그루의 버드나무가 드리워져 있었다. 또 중간에는 남쪽으로 두 개의 팔자 형의 문이 있고, 그 위에는 금칠을 한 글자가 적힌 현판이 하나 높이 걸렸는데, 거기엔

---

2) 자는 복지(復之)로 송대의 문인이다. 문집으로는 ≪괴애집(乖崖集)≫이 있다.
3) 오후 1시부터 3시 가량을 말한다.
4) 부처에게 절할 때 흔드는 동종(銅鐘)을 말한다.

'비공암非空庵'이란 세 글자가 적혀 있었다. 혁대경은 머리를 끄덕이며 말했다.

"사람들이 늘상 말하길, 성 밖의 비공암에 예쁜 비구니들이 많다더니 그간 틈이 없어 못 찾은 것이 한이었는데 뜻밖에 오늘 우연하게 찾아왔군."

그는 의관을 바로 고치고 암자 안으로 들어갔다. 동쪽으로 돌아가니 아란석鵝卵石5) 바닥 길에 양옆으로는 느릅나무와 버드나무가 쭉 심어져 있어 매우 은밀한 분위기가 느껴졌다. 좀 걸어 다시 이중 담장문 안으로 들어가니 자그마한 방이 세 칸 나왔는데, 위타韋馱6)보살을 모시고 있었다. 마당에는 송백松柏이 하늘을 찌르고 나무 위에는 새소리가 시끄러이 들렸다. 부처의 등 뒤로 돌아 들어가니 다시 가로로 길이 나 있었다. 혁대경은 동쪽으로 가다보니 조각이 정교한 누각이 있는데, 두 문이 굳게 닫혀져 있었다. 가볍게 서너 번 문을 두드리니 머리를 닿아 늘어뜨린 여자 아이가 문을 '끼익'하며 열어 주었다. 그 여자 아이는 검은 저고리에 허리에는 명주 끈을 매었는데 차림새가 매우 말끔하였다. 그 아이는 그를 보자 얼른 인사를 하였다. 그도 답례를 하고는 뚜벅 뚜벅 걸어 들어가니 세 칸의 불당이 있는데 그리 크지는 않았지만 꽤 높고 넓었다. 중간의 삼존 대불은 장엄한 모습에 금빛이 찬란했다. 혁대경은 부처에게 절을 하고 그 여동에게 말했다.

"수고스럽지만 스님께 손님이 왔다고 좀 전해주겠소?"

이에 여동은 말했다.

"상공께서는 잠시 앉아 계십시오. 제가 들어가서 전하겠습니다."

---

5) 아란석은 거위 알처럼 생긴 돌을 말한다. 옛날 거위 알과 같은 타원형의 돌을 바닥에 깔아 만든 길을 아란석 길이라고 한다.

6) 위타천이라고도 하는데, 불법을 지키는 신장(神將)으로 사천왕 가운데 남방 증장천의 여덟 신장의 하나이며, 삼십이천(三十二天)의 우두머리로 달음질을 잘한다고 한다.

순식간에 한 젊은 비구니가 나와 그에게 큰절을 올렸다. 혁대경도 황급히 답례를 하면서 그의 뜨지도 감지도 않은 가늘고 게슴츠레한 끼 많은 멋진 눈으로 상대를 힐끗 쳐다보았다. 이 비구니는 나이가 스물이 채 되지 않았는데 얼굴이 옥같이 희고 자연스러운 농염함에 세련된 아름다움이 범상치가 않았다. 혁대경은 그녀의 아름다움에 너무 좋아 정신이 아득하였다. 절을 한 번 한 후에 솥에서 막 쪄낸 찹쌀떡처럼 축 늘어져 머리도 들지 못했다. 예가 끝나자 빈주賓主가 각각 자리에 앉았다. 혁대경은 속으로 생각했다.

"오늘 하루 멋진 사람을 하나도 만나지 못했는데, 뜻밖에 여기에 이런 멋진 사람이 숨어있었구나. 필히 최고의 기술을 발휘해 저 여자를 꼬셔야지. 내게 넘어오지 않을 거리곤 생각하지 않아."

혁대경이 뱃속에 이런 복안을 준비하고 있을 때, 공교롭게도 그 비구니 역시 그런 마음을 갖고 있었다. 예로부터 비구니암자에는 규칙이 하나 있었는데, 모든 손님들이 찾아오면 언제나 늙은 비구니가 접대하며 말을 붙인다는 것이다. 젊은 비구니는 규방의 여자와도 같이 숨어서 좀처럼 드러내지 않으며, 서로 매우 친한 손님이나 친척이라야 비로소 얼굴을 드러내게 된다. 만약 늙은 비구니가 외출하였거나 병으로 누워있으면 결국 자신이 손님을 받지 않고 보내버린다. 매우 세력이 있거나 반드시 그 젊은 비구니를 만나야 하는 사람도 적어도 서너 번은 요청을 하며 아주 지겹도록 기다려야만 겨우 얼굴을 내밀 정도이다. 그런데 이 비구니가 어찌하여 스스로 나선 것일까? 그 원인이 있다. 이 비구니는 원래 진짜 불경은 외어도 가짜 수행을 하였으며, 노는 것을 밝히고 수행을 싫어하는 출가 자체를 후회하는 여자였다. 오늘 우연히 문틈으로 혁대경의 멋진 모습을 보고 그에게 호감을 느꼈기에 스스로 튀어나온 것이다. 당장 그녀의 두 눈은 침이 자석을 만난 듯 혁대경의 몸에 단단히 꽂혔다. 그녀는 웃으며 혁대경에게 물었다.

"상공의 성함은 어떻게 되시죠? 댁은 어디에 있나요? 저희 암자엔 어찌 오셨나요?"

"소생은 성이 혁이고 이름은 대경이라고 합니다. 성안에 살고 있지요. 오늘 교외로 답청을 나왔다가 우연한 발걸음에 여기까지 오게 되었습니다. 오래전부터 스님의 맑은 덕을 흠모하여 한번 뵙고 싶어 했습니다."

그 말에 그녀는 감사해하며 말했다.

"저는 외진 암자에 머물며 아무 덕도 능력도 없는데, 과분한 보살핌을 얻어 마치 들에 난 쑥이 광채를 얻은 기분입니다. 여기는 오가는 사람이 많으니 안에 있는 방으로 가서서 차나 드시지요."

혁대경은 안에서 차를 마시자는 말에 좋은 기미가 눈에 보여 매우 기뻤다. 즉시 일어나 뒤를 따라 나섰다. 몇 군데의 방을 지나 회랑 하나를 돌아가니 세 칸의 정실淨室[7]이 있었는데 아주 정아하게 정리되어 있었다. 그 바깥은 모두 난간으로 되어 있었고 마당 정원에는 오동나무 두 그루와 긴 대나무 몇 대, 그리고 온갖 꽃들이 울긋불긋 피어 있어 그 향기가 코를 진동하였다. 방의 중앙에는 백묘의 기법으로 그려진 한 스님의 초상화 한 축이 걸렸고 오래된 동 화로에는 향연기가 피어오르고 있었다. 그 아래에는 부들방석이 하나 놓여 있고 좌측에는 주홍색의 찬장이 네 개 있었는데 모두 닫혀져 있었다. 아마도 안에 경전을 보관하고 있는 듯했다. 그리고 오른 쪽에는 병풍으로 둘러싸여 있었는데, 안쪽에는 오동나무로 만든 긴 책상이 가로로 놓여 있고 그 좌측에는 등나무 작은 의자가 있고 우측에는 벽 쪽으로 오죽으로 만든 침상 하나도 놓여 있었다. 또 벽에는 오래되어 손자국이 성성한

---

7) 절이나 수도원 등에서 제사나 기도에 참여하는 사람들이 몸과 마음을 깨끗이 하고 부정을 멀리하기 위하여 묵게 만든 방을 말한다.

거문고가 걸렸고, 책상 위에는 멋진 붓과 벼루가 진열되어 있었는데 너무도 정갈하였다. 그리고 그 옆에는 경전 몇 질이 있었는데 무심코 한 권을 집어 펼쳐보니 금색의 작은 해서체 글자가 **빽빽**한데 글씨체는 조맹부의 서체를 모방한 것이었다. 그 서체의 아래에는 년월年月을 기입하고 또 제자弟子 공조空照가 삼가 적었다고 기록되어 있었다. 그것을 본 혁대경이 그녀에게 물었다.

"공조는 누구입니까?"

"바로 이 소니小尼8)의 이름입니다."

혁대경은 반복하여 완상하면서 연신 칭찬하였다. 두 사람은 책상을 사이에 두고 대좌하였다. 여동女童이 차를 가지고 왔다. 공조가 두 손으로 잔 하나를 들어 혁대경에게 건네고 한 잔은 자신이 가지며 차를 들 것을 권했다. 손을 보니 열 손가락이 가늘고 섬세한데 희고 깨끗해 사랑스러웠다. 혁대경이 차를 받고 입안으로 한 모금 마셔보니 정말 좋은 차였다. 여동빈呂洞賓9)의 시가 그것을 잘 말해준다.

새로 딴 부드러운 기창旗槍은 세상에 다시없는 차인데, 승가의 조화는 실로 무궁하네. 작은 잔에 부은 흰 차의 향기 그윽하고, 끓는 물을 부으니 찻잔에 작은 수포가 생겨났다 사라지네. 수마睡魔로부터 잠을 깨워 책상에 앉게 하고, 맑은 기운이 몸과 피부에 스며들게 하네. 한적한 숲 계곡 밖에서 홀로 자생하여, 번화한 도읍지에 뿌리를 내리고자 하질 않네.

---

8) 자신이 비구니이기에 소승(小僧)의 의미인 소니라고 겸손하여 부른 것이다.

9) 당나라 사람으로 도교의 조사(祖師)로 칭해지며, 이름은 암(岩)이나 순양자(純陽子) 또는 회도인(回道人)으로도 자주 불려진다. 예부시랑 여위(呂謂)의 손자로 원래는 거인 출신 유생이었는데 진사에 급제하지 못하였다가 우연히 장안의 주점에서 종리권(鍾離權, 한나라 때의 漢鍾離를 말함.)을 만나 득도하였다고 전한다. 마흔 살에 한 도인을 통해 검술을 익히고, 예순 네 살에 단법(丹法)을 익혀 도를 이뤘으며, 그 후 중생을 널리 구제하였는데, 전해지는 전설도 파다하다. 후대에 종리권(鍾離權), 장과로(張果老), 한상자(韓湘子), 이철괴(李鐵拐), 조국구(曹國舅), 남채화(藍采和), 하선고(下仙姑)와 함께 팔선인으로 불리었다.

혁대경이 공조에게 물었다.

"귀 암자에는 모두 몇 분이 계시죠?"

"스님과 시종이 모두 넷인데, 큰스님은 연로하셔서 현재 병으로 누워 계시고, 제가 절을 맡고 있습니다."

또 그녀는 여동을 가리키며 말했다.

"저 아이가 소도小徒입니다. 그 외에 방에서 경전을 읽는 도제가 또 하나 있습니다."

혁대경이 다시 공조에게 물었다.

"스님은 출가한지 몇 년이 되셨지요?"

"일곱 살에 부친을 여의고 불문에 맡겨져 지금 현재 십이 년이 지났습니다."

"꽃 같은 열아홉 나인데 어찌 이런 적막한 수행을 견디시지요?"

"상공께선 그런 말씀 마세요. 출가한 것이 속세의 삶보다 몇 배는 좋습니다."

"어떤 면이 출가한 것이 더 좋다는 말씀이시죠?"

"우리 출가인들은 잡다한 일로 번뇌치 않아요. 거기다 자식 때문에 근심도 없구요. 매일같이 경전을 외우고 염불을 하지요. 향로의 향내를 맡고 차도 마시면서 피곤하면 자리에 눕고 한가하면 거문고도 타니 이 얼마나 편안하고 여유로워요?"

"한가하면 금琴을 타지만 옆에 친구가 있어 장단을 맞추고 칭찬을 해주어야만 좋은 겁니다. 그건 그렇다고 해도 피곤하면 자리에 눕지만 만일 악몽을 꾸어도 아무도 옆에서 깨워주지 않으면 얼마나 겁이 나겠습니까?"

공조는 혁대경이 자신을 낚으려고 하는 것을 벌써 눈치 채고는 웃으며 말했다.

"악몽이 저를 눌러 죽여도 상공을 탓하진 않을게요."

그 말에 혁대경도 웃으며 말했다.

"악마가 수만 명의 사람을 죽여도 저는 전혀 개의치 않지만 스님같이 품격이 있는 분이라면 제가 어찌 애석해하지 않겠어요?"

두 사람은 서로 한 마디씩 주고받으며 점점 한계를 넘어가고 있었다. 혁대경이 말했다.

"차가 너무 좋으니 다시 한 주전자 더 끓여 마시고 싶네요."

공조는 그 뜻을 알고 여동을 불러 회랑 아래에서 찻물을 끓여 오라고 했다.

혁대경이 물었다.

"스님의 침실은 어디죠? 무슨 자리를 사용하시죠? 소생에게 한번 보여주시겠소?"

공조도 당시 욕정이 끓어올라 제어하기 어려웠다. 입으로는 "그걸 알아서 뭐하게요!"라고 하였지만 몸은 벌써 일어나 있었다. 혁대경이 앞으로 다가가 그녀를 안고 먼저 입을 맞춰버렸다. 공조는 뒤로 달아났다. 혁대경은 뒤로 따라갔다. 공조가 가볍게 뒷벽을 밀자 또 방 하나가 나타났다. 거기가 바로 그녀의 침실이었다. 방이 잘 정돈되어 있었다. 혁대경은 그것을 둘러볼 겨를이 없었다. 두 사람은 서로 안고 들어가 운우의 즐거움에 빠져버렸다. 여기 비구니 노래가 그것을 잘 말해준다.

어린 비구니가 암자에 있네. 손으로 탁자를 두드리며 팔자타령 하네. 우연히 준수한 사내를 하나 얻어 앉아 얘기한지 몇 마디에 서로 응했네. 서로 정담을 나누다 단번에 죽이 맞았네. 비록 식을 올린 부부는 아니지만 한마디에 몸을 맡겨버렸네.

두 사람의 운우가 한창 무르익어갈 즈음에 눈치가 없는 여동이 문을 밀고 들어와 두 사람은 황급히 일어났다. 여동은 차를 놓고 입을 막으며 미소 짓고 나갔다. 저녁이 되자 등불이 켜지고 공조는 나가 술과 음식들을 준비하여 한 상 차리고 혁대경과 마주보며 앉았다. 그녀는 다른 두 여동이 비밀을 발설할까 두려워 불러서 옆에 앉히고 같이 자리를 하였다. 공조가 말했다.

"암자에서는 채식만 해서 귀한 손님이 오셨는데도 고기 음식을 준비하지 못했어요. 대접이 정말 소홀해요."

이에 혁대경이 말했다.

"스님들의 과분한 대접에 이미 감지득지입니다. 오히려 그런 말씀을 하시면 제가 도리어 송구스럽습니다."

네 사람이 먹고 마시면서 반쯤 취하자 혁대경은 일어나 공조 곁으로 다가가 그녀의 목을 감싸며 술을 반쯤 마시고 그녀의 입가에 내밀었다. 그녀는 입으로 받아 전부 마셔버렸다. 두 여동은 두 사람의 모습에 낯간지러워 일어나 자리를 피하려고 하였다. 공조는 그 둘을 잡고 놓아주지 않았다.

"기왕 같이 여기 있었으니 너희들도 한통속이 되어야지."

두 여동은 벗어나지 못해 소매로 얼굴을 가려버렸다. 혁대경은 다가가 그들을 안고 소매를 걷어내고 입을 맞춰버렸다. 두 여동은 당시 사춘기를 맞아 사부師父인 공조가 용인하자 마음껏 즐기려고 하였다. 네 사람은 서로 부둥켜안고 한 덩어리가 되었다. 서로 하나가 되어 만취하여 침상 하나에 함께 누워 서로 안고 서로 기대어 떨어지지 않았다. 혁대경은 평소 쌓은 기량을 전부 발휘해 그들을 즐겁게 해주었다. 어린 여동들은 모두 처음으로 단맛을 본 것이기에 떨어지려고 하지 않았다.

다음 날 아침, 공조는 향지기를 불러 그에게 삼전三錢의 은자를 주며 암자 내의 일을 밖으로 누설하지 말 것을 당부하였다. 또 돈을 주며 생선과 고기 등 안주거리를 사오도록 시켰다. 그 향지기는 평소 몇 개의 저린 음식으로 먹고 살면서 입에 기름칠도 하지 못해 눈도 어둡고 귀도 멀고 몸도 축 쳐지고 다리도 느렸었는데 오늘 삼전의 은자를 얻게 되고 술과 고기를 사오라고 하자 눈도 빛이 나고 동작도 빨라져 몸이 마치 범처럼 변해 발걸음이 나는 듯하였다. 나가서 한 두 시간 만에 모두 사와 차려놓고 혁대경을 접대하였음은 말할 것도 없었다.

한편 비공암에는 원래 두 개의 집채가 있는데 동원東院에는 공조가 있고, 서원에는 정진靜眞이 있었다. 정진 역시 끼가 많은 비구니였는데, 그 아래에 여동 하나와 향지기 하나가 있었다. 향지기는 동원에서 연일 술과 고기를 준비하는 것을 보고 정진에게 알려주었다. 정진은 분명 공조가 어느 놈팡이와 무슨 작당을 벌이고 있는 것이라고 생각했다. 여동에게 방문을 지키게 하고 나와 동원으로 가보았다. 입구에서 마침 향지기가 왼손에는 큰 술 주전자를 들고 오른손에는 바구니를 들고는 문을 열고 나오는 것과 부딪혔다. 두 사람이 얼굴을 마주 보자 향지기가 먼저 정진에게 물었다.

"원주님은 어디 가시나요?"

"특별히 사제師弟와 한담하려고 그래."

"그럼 제가 먼저 보고하고 올게요."

그 말에 정진이 그를 붙잡고 말했다.

"내가 다 알고 있어. 네가 알릴 필요가 없어."

향지기는 상대가 마음속을 꿰뚫자 얼굴이 갑자기 붉어지며 승낙하지 못하면서도 하는 수 없어 뒤따라와 뜰의 문을 닫고 정실 입구까지 와 크게 외쳤다.

"서원의 원주께서 여길 방문하셨어요."

공조는 그 말에 당황하여 대꾸도 않고 황급히 혁대경을 병풍 뒤로 숨게 하고는 나와 정진을 맞이하였다. 정진은 공조에게 다가가 그녀의 옷소매를 쥐고 말했다.

"잘 한다. 출가한 사람이 좋은 짓 하네. 우리 암자를 망치려고 그래. 내 너와 들어가 얘기 좀 해야겠어."

정진은 공조를 끌고 들어갔다. 놀란 공조는 얼굴빛이 일곱 여덟 가지 색으로 변하며 붉어졌다 푸르렀다 하였다. 마음속은 마치 수천 개의 쇠망치로 얻어맞는 기분이었고, 입은 버벅거리며 한 마디의 말도 대꾸하지 못하였으며, 발은 반걸음도 움직이지 못했다. 정진은 공조의 이 모습을 보고 '하하' 웃으며 말했다.

"동생, 놀라지 말어! 내 장난이야. 기왕에 좋은 손님이 왔으면 어찌 날 속이고 혼자 즐기는 거야? 어서 빨리 소개해 줘!"

공조는 그 말을 듣자 비로소 마음을 놓았다. 바로 혁대경을 불러내어 정진과 대면시켰다. 혁대경이 그녀를 바라보니 생김새가 수려하고 모습이 매력적이었다. 나이는 대략 스물 대여섯 가량으로 보였다. 비록 공조보단 나이가 많아도 풍류는 공조를 능가하였다. 혁대경이 그녀에게 물었다.

"스님이 머무는 곳은 어디시죠?"

"저는 이 암자 서원에 있지요. 여기서 지척입니다."

"소생이 몰라 인사를 못 드렸습니다."

두 사람은 한담을 한참 나누었다. 정진이 혁대경을 보니 행동이 풍류가 넘치고 언사가 호탕하여 눈여겨보면서 연정이 생겨 떨어지기 싫어했다. 탄식하며 공조에게 말했다.

"천하에 이런 아름다운 남자가 있는데 동생은 어찌 그리 복도 많아 혼자 그 사람을 차지하려고 그래?"

"사형은 그리 부러워하실 필요가 없어요. 꺼리지 않으시면 저와 같이 즐기시지요."

"그럴수만 있다면 너무 고맙지. 오늘 저녁 자리를 마련해 기다릴 테니 절대 사양하지 말길 바래."

말이 끝나자 그녀는 일어나 작별을 고하며 서원으로 돌아가 술과 안주를 준비하고 기다렸다. 오래지 않아 공조는 혁대경과 손을 잡고 찾아왔다. 여동은 문 입구에서 영접하였다. 혁대경이 서원의 뜰로 들어와 보니 집채와 회랑, 그리고 꽃이 핀 정원길이 매우 아기자기하였다. 세 칸의 정실이 동원의 그것들보다 더욱 정교하고 운치가 있었다.

> 소쇄한 정자와 집과 청허한 문들. 강남의 안개 낀 경치가 그림 같고, 피어오르는 향은 진납국眞臘國[10]의 침향목과 단목檀木의 향이네. 뜰 앞의 긴 대나무는 부는 바람에 옥고리 소리가 나네. 주렴 밖에는 기이한 꽃들이 햇빛을 받아 수많은 비단 빛을 드러내네. 소나무 그늘은 난간에 드리워져 거문고와 책은 풍요롭고, 산의 빛이 집으로 들어와 베개와 자리는 서늘하도다.

정진은 혁대경이 찾아오자 매우 기뻐하였다. 다시 인사를 하지 않고 자리에 같이 앉았다. 차가 끝나자 술상이 차려졌다. 공조는 정진을 밀어 혁대경의 옆에 앉게 하고 자신은 맞은편에 앉았다. 또 여동은 옆의 끝에 앉게 했다. 네 사람이 먹고 마시며 술이 거나해지자 혁대경은 정진을 무릎 위에 앉히고 공조는 옆에 앉도록 하였다. 두 손으로 여자들의 목을 감싸 안으며 무척 다정하게 대하였다. 옆에 앉은 여동은 얼굴을 붉히며 흥분을 하였다. 저녁이 되자 공조가 일어나며 말했다.

"좋은 신랑이 되세요. 내일 아침에 와서 축하드릴게요."

그리고는 등불을 들고 나가버렸다. 여동은 향지기를 불러 문들을 닫게 하고 들어와 그릇들을 정리하고 더운 물로 손발을 씻었다. 혁대경은 정진을 안고 침상에 올라가 옷을 벗고 이불 안으로 들어갔다. 부드러운 가슴에 몸을 꼭 대니 옥 같은 몸이 달라붙었다. 혁대경은 술기

---

10) 8~9세기 초 인도차이나 반도 메콩 강 유역 캄보디아 지역에 있던 국가에 대한 중국명이다.

운을 타 평생 닦은 기술로 마음껏 농락하니 정진은 정신이 아득하고 혼백이 날아가는 듯하였다. 뼈와 몸이 녹아 앉고 사지를 지탱하지 못하고 잠에 떨어져 사시(巳時)[11]가 돼서야 깨어났다. 그로부터 두 원(院)은 모두 향지기에게 돈을 주고 일을 시켜 돌아가며 즐기게 되었다.

혁대경의 음욕은 끝이 없어 즐거움이 극에 달하자 집으로 돌아갈 것도 잊어버렸다. 거의 두 달이 지나자 혁대경은 몸의 피곤함을 느껴 지탱하지 못하고 집으로 돌아가고 싶어 했다. 그렇지만 비구니들은 그야말로 젊은 청춘의 재미를 아는 시기라 절대 그를 놓아주지 않았다. 혁대경은 재삼 애원하며 말했다.

"과분한 사랑을 너무도 받아 정말 헤어지기 싫지만 제가 여기서 두 달을 넘게 있었으니 식구들이 제 행방을 몰라 분명 조급해 할 것이오. 제가 돌아갔다가 처자식들을 안심시킨 후에 다시 찾아오겠소. 겨우 사오일간의 시간이니 여러 분들은 의심하지 마십시오."

그 말에 공조가 말했다.

"그렇다면 오늘 저녁 전별연을 벌이고 내일 아침에 당신을 돌아가게 해 주겠어요. 하지만 약속을 어겨 배신자가 되어선 안 돼요."

혁대경은 맹서를 하며 말했다.

"만약 여러분의 은덕을 잊는다면 오늘과 같을 것입니다."

공조는 서원으로 찾아가 정진에게 이 사실을 알렸다. 정진은 좀 생각을 하더니 말했다.

"그의 맹서가 비록 진심이긴 해도 가게 되면 다신 돌아오질 않을 거야."

"왜 그렇죠?"

"끼가 있는 미남자를 누가 마다하겠니? 거기다 그는 평생 여자들과

---

11) 오전 9시부터 11시 까지를 말한다.

함께 즐기는 자인데. 누구든 만나면 오래 동안 빠지는 남자야. 우리가 요구해도 막을 수가 없어."

"사형 말대로라면 어찌하면 좋죠?"

"내게 절묘한 계책이 있어. 이 계책으로 그 사람은 자승자박하여 죽도록 우리만 지키고 살거야."

공조가 급히 그 계책을 물으니 정진은 손을 뻗어 두 손가락을 겹쳐 보이며 말을 하였다.

비단 더미 안에서 태어나 모란 꽃 아래에서 죽구나.

"오늘 밤 전별연을 벌이면 그에게 술을 많이 권해 만취하게 한 후에 그의 머리털을 전부 잘라버리는 거야. 그럼 자연히 집에 돌아가기가 어려울 거야. 거기다 그 사람의 얼굴이 여자 같으니 우리들과 같이 단장을 하면 달마조사가 직접 와도 그 사람이 남자인 걸 모를 거야. 그럼 우린 영원히 즐길 수가 있고 걱정할 필요도 없으니 어찌 일거양득이 아니겠니?"

"사형의 생각은 내가 미칠 수가 없어 정말."

저녁이 되자 정진은 여동에게 문을 지키게 하고 자신은 동원으로 와 혁대경에게 말했다.

"이제 한창 재미가 나는데 무슨 이유로 작별할 생각을 하세요? 어찌 이리도 박정하세요?"

"정이 없는 것이 아니라 집을 떠난 지 너무 오래 되어 처와 자식이 걱정하지 않을 수가 없어 잠시 며칠간 이별하는 것이니 곧 바로 돌아와 함께 할 거요. 어찌 감히 당신의 사랑을 잊을 수가 있겠소!"

"사제師弟가 이미 허락하였다니 내가 어찌 억지를 부리겠어요. 다만 당신이 기약을 어기지 않고 믿을 수 있는 사람이 되길 바래요."

"그건 그리 당부하지 않아도 돼요."

잠시 후에 술상이 차려지고 네 비구니와 한 남자가 모여 앉았다. 정진이 먼저 입을 열었다.

"오늘 밤의 술자리는 이별의 자리입니다. 모두 통쾌하게 취해요."

공조도 이에 응하며 말했다.

"그건 당연하지요."

연이어 술을 권하고 따르며 삼경三更이 되도록 마셨다. 그들은 혁대경을 고주망태가 되어 인사불성이 되도록 취하게 만들었다. 정진이 일어나 그의 두건과 머리끈을 벗기고 공조는 머리 깎는 칼을 가져와 그의 머리를 한 올도 남기지 않고 잘라버렸다. 그 후에는 그를 부축해 눕히고 각자 잠자리에 들었다.

혁대경은 곯아떨어져 날이 밝아서야 비로소 잠에서 깨어났다. 옆에는 공조가 누워있었다. 그가 몸을 돌리는데 느낌에 두피가 베개 위에 붙어있는 것이 느껴져 급히 손으로 머리를 만져보니 반들반들한 조롱박이었다. 그는 대경실색하여 급히 앉아 연거푸 외쳤다.

"이게 어찌 된 일이야?"

공조가 놀라 깨어나 돌아보니 그가 호들갑을 떠는 것을 보고 일어나 앉아 말했다.

"낭군님은 화내지 마세요! 당신이 한사코 돌아가신다니 우리가 차마 헤어지기 싫었지만 다른 방도가 없어 이런 힘든 계책을 행한 거에요. 당신을 비구니로 만들면 오래토록 즐겁게 지낼 수가 있잖아요."

그녀는 이런 말을 하며 그의 품에 들어가 애교와 교태를 부리니 혁대경은 거기에 미혹되어 전혀 자기 입장을 말하지 못했다.

"비록 당신들의 호의를 입었지만 이건 너무 잔인한 것이 아니오? 지금부터 내가 어떻게 사람들을 대하겠소?"

"머리털이 자란 후에 사람들을 봐도 늦긴 않아요."

혁대경은 어쩔 수가 없었다. 그들 말에 따라 비구니로 분장하여 암자에 머물며 주야로 음탕한 짓을 하며 즐겼다. 공조와 정진은 이미 스스로 제어하지 못하고 거기다 두 여동까지 합세시켰다.

> 어떤 때는 침대를 연이어서 즐기기도 하고 어떤 때는 복잡하게 얽혀 즐기기도 하네. 탐욕에 빠진 자가 어찌 양보가 있으며, 어찌 자신의 정신을 돌볼 수 있으리! 두 자루의 날렵한 도끼가 하나의 마른 장작을 패기에 부족하고, 한 피곤한 병사가 어찌 네 명의 건강한 장수를 당할 수 있으리! 등이 막 꺼지려고 하다가 다시 밝아지나 그 불이 얼마나 강하리! 물이 빠질 대로 빠졌는데 다시 떨어뜨리니 어찌 못을 채워 겨를이 있으리! 쇠로 만든 사내라도 녹을 터인즉 그 남은 삶은 살아남길 어려우리.

혁대경은 몸에 병이 들었지만 아무도 그를 연민하지 않았다. 처음에는 병이 들었다가 나았다가 하니 비구니들은 그가 일을 하기 싫어 꾀병을 부린다고 생각하다가 나중엔 그가 오래토록 침상에 누워 일어나질 못하니 그때서야 조급해졌다. 그를 집으로 돌려보내려고 해도 머리에 털이 없어 그 집에서 추궁을 하고 관아에 고소하면 암자의 명성은 땅에 떨어져 살아가기 힘들었다. 그렇다고 여기에 두면 더 일이 커져 시신을 어떻게 처리할 수도 없어 남에게 알려지면 큰일이 생겨 목숨도 위태로웠다. 그런데 의원도 청해 부를 수가 없었다. 오로지 향지기를 시켜 병을 애기해 약을 타오는 수밖에 없었다. 하지만 그것도 돌에다 약을 퍼붓는 것처럼 조금의 효험도 없었다. 공조와 정진 두 비구니는 탕약을 끓이고 약을 먹이며 밤낮으로 시중을 들면서 그가 낫게 되기만을 기대하였다. 그런데도 병세는 더 악화되어 이젠 죽을 날만 기다리고 있었다. 공조는 정진에게 상의하며 물었다.

"혁씨의 병든 몸은 전혀 살아날 방도가 없으니 이 일을 어찌하면 되겠어요?"

정진이 좀 생각하더니 말했다.

"걱정 말어! 우선 향지기를 시켜 석회 몇 짐을 사오게 해서 그가 죽으면 다른 외부인을 불러 수습하게 하지 말고 우리들이 그에게 옷을 입혀 비구니같이 보이게 하면 돼. 관도 살 필요가 없이 사부님의 것에 넣으면 돼. 나는 너와 같이 향지기와 여동을 데리고 같이 시신을 들어 뒷동산의 공터에 내려놓고 깊은 구멍을 파서 석회를 붓고 그 안에다 묻으면 귀신도 모르게 될 거야."

두 사람이 이렇게 상의하고 있을 때, 혁대경은 그날 공조의 방에서 자고 있다가 갑자기 집이 생각났고, 지금 눈앞에는 그 어느 친지도 없다고 느껴지니 눈물이 하염없이 흘러내렸다. 공조는 그에게 눈물을 닦아주며 위로하였다.

"낭군은 괴로워 마세요. 몸이 좋아질 날이 있을 거예요."

"내가 두 분과 우연히 서로 만났지만 영원히 서로 함께 하길 바랐는데 뜻밖에 인연이 박하여 중도에서 이별하게 되어 정말 한스럽소. 처음에 내가 당신과 만났으니 오늘 중요한 부탁을 할 테니 꼭 들어주시오. 절대 어기지 말아야 하오."

"낭군이 무슨 부탁이 있으면 하세요. 절대 어기지 않을게요."

혁대경은 손을 베개를 향해 뻗어 비단으로 된 원앙띠를 하나 꺼냈다. 이 원앙띠라고 하는 것은 이 띠의 반은 앵무새의 녹색이고 반은 거위의 황색으로 두 가지 색이 같이 어우러진 까닭에 지어진 이름이다. 혁대경은 그 끈을 공조에게 주면서 눈물을 글썽이며 말했다.

"내가 여기로 온 후로 가족은 전혀 이 사실을 모르니 오늘 내가 세상과 이별하면 이 끈을 증거로 나의 처에게 알리고 어서 나를 만나러 오라고 해주면 죽어도 눈을 감을 수 있겠소."

공조는 끈을 잡고 얼른 여동을 시켜 정진을 그 방으로 오게 하여 그녀에게 그것을 보여주며 그 일을 함께 상의하였다. 정진이 말했다.

"너와 난 출가한 사람으로 몰래 남자를 은닉한 것도 이미 명백히 법규를 어긴 것인데 하물며 사람을 죽게 만들었는데 그의 처가 나타나면 반드시 가만있지 않고 이 일을 떠벌릴 거야. 그럼 너와 난 어떻게 이 일을 수습하지?"

공조는 그래도 연약한 여자라 마음속으로 갈피를 못 잡고 있는데, 정진이 그 띠를 뺏어 천장을 향해 한번 던져버리니 그 띠는 온데간데 없이 사라져버렸다. 이에 공조가 정진에게 말했다.

"사형이 이걸 버리면 제가 어떻게 그 남자를 대할 수 있겠어요!"

"너는 그냥 그 사람에게 향지기를 시켜 그 띠를 보냈다고만 말해. 그 마누라가 오지 않는다고 우리들이 약속을 어겼다고 하진 못하지 않겠어?"

공조는 정진의 말대로 혁대경에게 사람을 시켜 그것을 보냈다고 전했다. 혁대경은 연이어 몇 번이나 그 띠를 전했는지 물었으며, 부인이 찾아오지 않자 그녀가 자신을 미워해 보러 오지 않는 것으로 여기며 더욱 처량하였다. 혁대경은 흐느끼고 울면서 며칠을 지탱하다가 죽음을 맞이하니 오호 슬프도다.

> 지하에 홀연 색을 탐하던 귀신이 하나 생겨나고, 인간 세상에는 가짜 비구니가 하나 사라졌네.

두 비구니는 그의 기가 끊어진 것을 보고 차마 큰 소리로 울지는 못하고 눈물을 삼킬 따름이었다. 향료를 섞은 뜨거운 물로 그의 시신을 깨끗이 닦고 새 옷을 한 벌 꺼내 잘 입히고 두 향지기를 불러 술과 밥을 배불리 먹인 다음 촛불을 켜고 뒷동산의 큰 잣나무 옆에 쇠곡괭이로 큰 구멍을 파서 석회를 부은 다음 늙은 비구니의 관을 들고 와 구멍에 넣게 하였다. 일은 마쳤지만 때와 날이 길한 것인지 아닌 지도 몰랐다. 또 그들은 방 안으로 들어와 시신을 널판으로 된 문 위에다 놓고 여러 비구니들과 함께 메고 뒷동산으로 가 시신을 관 안에다 넣고 덮개를 덮은 다음 못을 박았다. 또 석회를 좀 많이 붓고 그 위에

흙을 덮어 평지와 같이 다듬으니 그 어떤 흔적도 남지 않았다. 가련한 혁대경은 청명절을 시작으로 이 비구니와 얽인 후에 석 달 남짓 되어 목숨을 끊게 된 것이다. 처와 자식도 한 번 보지 못하고 그 많은 가산도 팽개치고 황량한 들에 묻히니 정말 애석하였다. 사 하나가 그것을 말해주고 있다.

> 여색을 탐한 자여, 이번에 당신은 길을 잘못 들었구려. 천부당만부당 그 어린 비구니와 얽히지 말았어야 할 것을. 젊은 비구니는 정말 색귀色鬼이거늘 그를 놓아주지 않는 것도 모자라 머리까지 밀어버렸네. 슬프도다! 목숨까지 외딴 황야에다 묻어버리니 이것이 바로 여자를 밝힌 결과로구나.

이제 이야기가 둘로 나누어진다. 혁대경의 부인 육씨는 청명절 날에 남편이 답청을 나간 후로 사오일이 되어도 돌아오지 않자 또 어느 창기 집에 틀어박혀 있을 거라 생각하고 신경 쓰지 않았다. 그런데 십여 일이 지나도 돌아오지 않자 하인을 시켜 여러 집을 돌며 물어보게 하였다. 그러나 모두 청명절 이후로 그를 보지 못했다고 하였다. 육씨는 속으로 다급하였다. 한 달이 지나도 종적이 묘연하자 육씨는 집에서 밤낮으로 울면서 벽보를 적어 곳곳에다 붙였다. 그런데도 행방은 알 수 없었다. 집안 가족들은 모두 초조해하였다.

그 해 가을에 비가 많이 와 혁씨의 집이 많이 손상되었지만 주인이 보이지 않아 수리할 생각도 없었다. 십일월이 되어 장인匠人을 불러 수리를 시켰다. 어느 날, 육씨가 공사를 상의하러 밖으로 나왔다가 한 장인의 허리춤에 매어진 원앙띠를 보게 되었다. 육씨는 희미하나마 그것이 남편이 매던 원앙띠란 생각이 들어 깜짝 놀라고 말았다. 급히 계집종을 불러 장인의 띠를 풀어 보여 달라고 하였다. 이 장인은 괴삼蒯三이란 자로 미장이든 목공일이든 모두 능한 유명한 장인이었다. 혁씨 집은 그의 단골 고객이었기에 그 집안의 어른 아이 할 것 없이 모두 잘 알고 있었다. 혁씨 집의 부인이 그것을 보자고 하니 얼른 끌러서 계집종에게 주었고, 계집종은 그것을 육씨에게 내밀었다. 육씨는 그것을 받아 여러 번 자세히 보니 남편의 것과 조금도 차이가 나지 않았다. 이 끈 때문에

　　탐욕스러운 사내의 이름이 다시 퍼지니, 색을 탐한 비구니의 화가 갑자기 임박하였네.

　원래 처음 이 띠를 살 때 같은 것을 두 개 사 부부간에 각각 하나씩을 매었던 것이다. 오늘 그 띠를 보니 물건은 의구하건만 사람이 간데없어 자신도 모르게 눈물이 주르륵 흘러내렸다. 즉시 괴삼을 불러 물었다.

　"이 띠는 당신이 어디서 얻은 거예요?"

　이에 괴삼이 답했다.

　"성 밖의 한 비구니 암자에서 주운 겁니다."

　"그 암자 이름이 뭐예요? 비구니의 이름은 뭐죠?"

　"이 암자는 유명한 비공암이란 곳인데, 동서의 두 채가 있고, 동쪽의 주지 비구니는 공조이고, 서쪽의 주지 비구니는 정진이라고 합니다. 그 외에도 삭발하지 않은 몇 명의 여동이 있지요."

　"그럼, 그 비구니는 나이가 얼마나 되죠?"

　"모두 스물 몇 밖에 안 되었지요. 얼굴도 모두 예쁘고요."

　육씨는 그 말을 듣자 바로 추측하길,

　"남편이 분명 그 두 비구니를 마음에 두고 그 암자에 숨어들어갔을 거야. 내 오늘 몇 사람을 데리고 이 띠를 찾아 괴삼을 시켜 증거를 삼아야지. 암자를 샅샅이 뒤지면 자연히 찾게 될 거야."

　라고 생각하며 나가다가 다시 홀연 생각을 바꿨다.

　"내 남편이 흘린 것이라고 볼 수만도 없어. 출가한 사람을 무고히

죽여선 안 되지. 다시 그에게 자세히 물어봐야겠다."

육씨는 다시 괴삼을 불러 물었다.

"그 띠는 언제 주은 거지요?"

"반달도 안 되었어요."

그 말에 육씨가 생각했다.

"반 달 전이면 남편이 아직 그 암자에 있을 때가 아닌가! 의심의 여지가 있어."

그리고 다시 물었다.

"주은 장소는 어디지요?"

"동원의 방 안 천장에서 주은 겁니다. 큰비에 지붕이 새 제가 기와를 벗겨내면서 주은 거지요. 죄송하지만 마님에게 여쭙건대 왜 이 띠를 보고 그리도 많이 물어보시는 거죠?"

"이 띠는 제 남편의 것이에요. 이번 봄에 집을 나간 후로 계속 종적이 묘연해요. 오늘 이 띠를 보니 그 물건이 있는 자리에 제 남편이 있을 것 같아서요. 오늘 당신과 같이 그 암자로 가 비구니에게 사람을 달라고 하겠어요. 제 남편을 찾게 된다면 벽보에 부친 대로 후하게 사례하겠습니다."

괴삼은 그 말을 듣자 크게 놀라며 말했다.

"무슨 말씀을 하세요! 제한테 사람을 내놓으라니요! 띠는 제가 주은 거지만 부인의 남편의 일은 정말 모릅니다."

"당신이 그 암자에서 며칠 일을 하셨지요?"

"서원에서 모두 십일 넘게 일했지요. 허나 지금까지 품삯을 다 받진 못했어요."

"그 암자에서 제 남편을 본 적이 있나요?"

"제가 어찌 감히 거짓말을 하겠어요! 며칠 거기서 생활은 하며 이 방 저 방을 돌아다녔지만 남편의 모습은 본 적이 없습니다."

이에 육씨는 생각했다.

"만약 사람이 암자에 없는데 이 띠만 있으면 증거를 찾을 수가 없지."

육씨는 이런 저런 궁리 끝에 또 생각했다.

"이 띠가 암자에 있었으니 분명 원인이 있을 거야. 혹시 다른 곳에다 감춰두고 있을 수도 있어. 금방 암자에서 괴삼에게 임금을 다 주지 않았다고 하니 내가 그에게 상으로 몇 냥을 주어 돈을 벌 명목으로 불시에 그 암자로 찾아가 탐색을 하게 한다면 그 어떤 흔적이 드러날 수도 있어. 그때 비구니에게 뭐가 발견되면 자연히 남편의 행방을 알 수 있을 거야."

이런 생각을 하고 육씨는 괴삼을 불러 이러저러한 분부를 하며 말했다.

"먼저 당신께 한 냥의 은자를 드리지요. 만약 좋은 증거를 얻으면 다시 후하게 사례를 할게요."

그 장인은 한 냥의 은자에다 이다음에 또 사례가 있다고 하니 마냥 좋아하며 승낙하면서 어떤 심부름도 하겠다고 했다. 육씨는 방으로 돌아와 백은 한 냥을 그에게 주니 괴삼은 감사하며 귀가했다.

다음 날, 괴삼이 밥을 먹은 후에 천천히 비공암의 입구까지 찾아가니 서원의 향지기가 문지방에 앉아 햇볕 아래서 저고리를 벗고 이를 잡고 있었다. 괴삼이 다가가 그의 이름을 부르며 인사하니 그 노인은 머리를 들고 괴삼을 보고는 말했다.

"며칠간이나 보이질 안하더니, 오늘 무슨 시간이 나 한가하오? 마침 주지님이 당신에게 일거리를 주려고 찾고 있었는데 잘 왔소."

그 말에 괴삼은 잘되었다 싶어 물었다.

"주지님이 무슨 일로 저를 찾죠?"

"그렇게만 말하고 다른 건 나도 모른다오. 같이 들어가 물어보면 알겠지요."

그는 의복을 간추리고 같이 들어갔다. 이리저리 돌아 안에 있는 정
실까지 걸어갔다. 정진이 거기 앉아 경전을 적고 있었다. 향지기가 물
었다.

"주지님, 괴장인께서 찾아오셨습니다."

정진은 붓을 놓고 말했다.

"금방 향공에게 당신을 불러 일거리를 줄 거라고 했는데 잘 오셨네
요."

그 말에 괴삼이 정진에게 물었다.

"주지님께서 무슨 일이 있으신지요?"

"부처님 앞에 놓인 탁자가 원래 대대로 내려온 물건인데 오래 되다
보니 칠이 모두 벗겨졌어요. 줄곧 갈려고 했는데 시주가 없었어요. 근
데 그저께 전씨錢氏 부인이 몇 개의 목재를 희사하셨어요. 오늘 동원
과 똑 같이 궤짝을 하나 만들려구요. 내일이 길일이라고 하니 공사를
시작하시지요. 반드시 장인님이 직접 하세요. 다른 쓸모없는 조수들
은 하나도 필요없어요. 임금비는 아예 한 번에 드릴게요."

"그렇다면 내일 꼭 오겠습니다."

괴삼은 이렇게 말하면서 두 눈으론 연신 주위를 훑어보았다. 정실
안은 텅 비었는데 어디 사람을 숨길 자리는 보이지 않았다. 곧장 몸을
돌려서 나오며 이리저리 살펴보았다. 그러면서 생각하길, 그 띠가 동
원에서 주은 것이기에 동원도 한 번 살펴보아야 될 거라고 생각하였
다. 그는 뜰문을 나와 향지기에게 작별을 고하고 바로 동원을 향했다.
입구 문이 반쯤 열렸는데 이리저리 둘러보니 어떤 자도 보이지 않았
다. 그가 조용히 들어가 살금살금 발걸음을 옮겼다. 잠겨진 빈 방을
보고 문틈으로 안을 살펴보았다. 아무 동정도 없었다. 주방 방문 입구
까지 가보니 안에서 웃음소리가 들렸다. 그가 발걸음을 멈추고 창문

안으로 힐끗 들여다보자 두 여동이 한 덩어리가 되어 놀고 있었다. 잠시 후에 작은 것이 땅에 누웠는데 큰 것이 두 다리를 들어 어깨에 메고 상반신을 눌러 남자가 일을 보는 자세를 흉내 내면서 입을 맞추었다. 그러자 어린 여자는 소리를 질렀다. 큰 여동이 말했다.

"구멍도 남자와 놀면서 크게 변했는데 고함은 무슨 고함이야?"

괴삼은 바야흐로 재미있게 보다가 갑자기 재채기를 해버렸다. 놀란 여동들은 얼른 몸을 일으키며 말했다.

"누구죠?"

괴삼이 가까이 다가가 말했다.

"접니다. 원주院主님은 계세요?"

그는 입으론 이렇게 말하면서도 마음속으로는 두 사람의 행동을 생각하며 웃음을 참지 못하고 '키득' 웃어버렸다. 여동은 그에게 발각이 된 것을 알고 얼굴이 온통 붉어지면서 말했다.

"괴 장인님 무슨 일이세요?"

"특별한 일은 아니고 원주님께 임금비를 좀 받으러 왔어요."

"사부님이 오늘 안 계시니 다른 날에 오세요."

괴삼은 그 말을 듣고 들어가기 뭐하여 다시 나오는 수밖에 없었다. 두 여동은 문을 닫은 후에 입으로 욕하면서 말했다.

"저 야만인 놈이 도둑놈 같네. 소리끼 없이 주방까지 왔다니 정말 가증스러워!"

괴삼은 그 소리를 분명 들었지만 증거를 찾기 어려워 화를 내어 따지지 않았다. 걸으며 생각했다.

"구멍도 남자에 의해 크게 변했다는 말이 명확한 말은 아니지만 그래도 뭔가 이상해. 내일 다시 찾아와 탐문을 해야지."

다음 날 아침이 되자 그는 연장을 가지고 서원으로 바로 찾아갔다. 목재에다 치수를 그려놓고 도끼와 톱으로 재단을 하였다. 손으로는 목수 일을 하면서도 마음속으론 혁대경의 소식에 귀를 기울였다. 대략 미시未時 쯤에 정진이 둘러보러 나왔다. 두 사람은 가벼운 인사를 주고받았다. 그때 갑자기 등불의 불이 꺼져 정진이 여동을 시켜 불을 가져오라고 했다. 여동은 얼마 되지 않아 등불 종지를 갖고 왔다가 탁자 위에 두고 가서 줄을 풀어 그것을 안에다 넣었다. 그런데 줄을 너무 헐겁게 달아 등불이 아래로 미끄러져 내려가 버렸다. 공교롭게도 우연히도 등불이 떨어지는데 마침 정진이 그 아래에 서 있었던 것이다. 등은 정면으로 정진의 머리 위에 떨어지고 말았다. '펑'하는 소리와 함께 등잔이 두 조각났고, 기름이 정진의 머리에서 아래까지 끼얹어지고 말았다. 정진은 크게 노해 온몸이 기름투성이가 된 것도 아랑곳하지 않고 그 여동에게 달려가 머리채를 잡고 막 때리고 찼다. 그러면서도 입으로는 욕을 하였다.

"음탕한 창녀 같은 년, 남자에게 정신을 잃어 보이는 것이 없어! 내옷을 다 버려놓다니!"

괴삼은 손에 있는 도끼를 놓고 어서 달려가 말렸다. 정진은 화를 식히지 않은 채 가면서도 계속 욕을 해대며 안으로 들어가 옷을 갈아입었다. 그 여동은 머리카락이 등 뒤로 헝클어진 채 슬피 울었다. 그리고 괴삼이 들어오는 것을 보고 혼자 중얼거리며 말했다.

"기름을 좀 엎질렀다고 이렇게 때리고 욕하다니! 당신은 사람을 잔인하게 하나 죽였으니 그게 무슨 죄인 줄 아세요?"

괴삼은 그 말을 듣고 급히 와서 물었다. 그야말로

사건의 진상이 서서히 드러나고, 시비의 발단을 찾아내게 되도다.

원래 이 여동은 당시 혁대경이 정진과 백반으로 놀아나자 마음속으로 그 재미를 한번 맛보고자 하였지만 정진의 성격이 공조와 달리 너무나 독해 속으로 시기와 질투가 생겨나있었다. 공조는 그래도 처음

혁대경을 안 관계로 차치하고라도 정진은 그 사내를 자신의 방으로
불러들여 혼자 독식하면서도 그래도 성이 안 차 남에게는 절대 틈을
내어 주지 않았던 것이다. 이 때문에 여동은 오래전부터 한을 품고 있
었고, 오늘 화난 가운데 사실을 그만 말해버린 것이다. 그런데 그 말
이 바로 괴삼의 흥미를 돋운 것이었다. 괴삼은 다가가 그녀에게 물었
다.

"저 분이 어떻게 사람을 죽였죠?"

"동쪽 방에 있는 음부들과 함께 밤낮으로 돌아가며 즐기다가 혁감
생赫監生의 목숨을 끊어지게 했어요."

"지금 그는 어디에 있죠?"

"동원의 뒷동산 큰 잣나무 아래에 묻은 것이 아니고 뭐예요!"

괴삼이 더 물어보려고 하였지만 향지기가 나와 버려 두 사람은 입
을 다물었다. 여동은 혼자 울면서 안으로 들어가 버렸다. 괴삼이 그
말을 생각하니 어제 동원의 여동이 한 말과 바로 일치하였다. 보아하
니 이 사건은 이미 그 진상이 십중팔구가 거의 밝혀진 것이었다. 저녁
이 되지도 않아 그는 일이 있다는 핑계로 연장을 수습하여 혁씨 집으
로 단숨에 달려갔다. 육씨 부인을 불러내어 위의 이야기를 하나하나
얘기하였다. 육씨는 남편이 죽었다는 것을 듣고 대성통곡하였다. 밤
을 세워 친족들을 불러 그 사건을 잘 상의하고, 괴삼을 자신의 집에서
숙식하게 하였다. 다음 날 아침, 동복童僕들을 모으니 이십여 명이 되
었다. 그들에게 곡괭이와 삽, 도끼 등의 연장을 들게 하고 아이들은
유모에게 맡긴 채 가마를 타고 벌떼처럼 찾아갔다. 그 암자는 성에서
불과 삼 리里 밖에 되지 않아 순식간에 도착하게 되었다. 육씨는 가마
에서 내리자 인원의 반은 문 입구에서 막게 하고, 나머지 인원은 괭이
와 삽을 들고 육씨를 따라 암자 안으로 들어갔다. 괴삼은 앞장서서 길
을 안내하였다. 곧장 동원의 문 앞까지 찾아와 문을 두드렸다. 당시

암자의 문은 열려 있었지만 비구니들은 막 일어난 상태였다. 향지기가 문 두드리는 소리를 듣고 나와 보니 한 여자 손님이 향을 피우러 왔다고 해 들어가 공조에게 알려주었다. 한편 괴삼은 뒷동산으로 가는 길을 알기에 사람들을 이끌고 계속 길을 헤쳐 나갔다. 그러다가 공조와 마주쳤다. 공조는 괴삼이 여자 손님을 데려오는 것을 보고 말했다.

"괴 장인님의 가족이시네요!"

공조가 괴삼과 육씨를 맞이하였지만 두 사람은 그녀를 거들떠보지도 않고 한쪽으로 밀어버렸다. 무리들은 감쪽같이 동산으로 찾아갔다. 공조는 사람들의 기세가 흉흉한 것을 보고 무슨 영문인지 알지를 못했다. 그들을 따라 동산으로 가보니 그들이 다른 곳이 아니라 잣나무 아래에 달려와 괭이와 삽으로 이리저리 땅을 파고 있었다. 공조는 일이 이미 발각된 것을 알고 놀라 얼굴이 흙빛으로 변했다. 급히 들어와 여동에게 말했다.

"큰일 났어! 혁도령 일이 발각 났어. 얼른 나와 같이 도망가야 해!"

두 여동은 모두 놀라 넋을 놓아버렸고, 공조를 따라 얼른 달아났다. 막 불당 앞까지 오니 향지기가 보고하였다.

"암자 문 입구가 무슨 이유인지 사람들이 많이 지키고 있어 제가 나갈 수가 없습니다."

공조가 소리치며 말했다.

"아이구! 일단 서원으로 가 보자."

네 사람은 나는 듯이 서원으로 달려가 문을 열고 들어와 향지기에게 문을 잠그라고 분부하며 말했다.

"만약 사람들이 찾아와 두드려도 절대 열어주지 말아요."

그들이 안으로 들어오니 그때 정진은 아직 일어나지 않았고 문은 잠겨져 있었다. 공조가 다급히 문을 두드리니 정진은 공조의 목소리를 듣고 얼른 일어나 옷을 입고 나오며 말했다.

"사제가 무슨 일로 이리 급한가?"

"혁 도랑의 사건을 누가 누설했는지 괴 장인이 죽일 놈이 많은 사람들을 데리고 후원으로 달려가 현재 거기서 땅을 파고 있어요. 제가 도망가려고 했지만 향지기 말에 문 앞에도 벌써 사람들이 파수하고 있어 나갈 수 없다고 해서 특별히 상의하러 왔어요."

정진은 공조의 이 말에 크게 놀라며 말했다.

"괴 장인이 어제 여기 와서 일을 했는데 오늘 어찌하여 사람들을 데리고 왔지? 어찌 그리 자세히도 알게 되었지? 이는 분명 우리 암자에 있는 누군가가 비밀을 말해준 거야. 이 개 같은 것이 입을 떠벌린 거야. 그렇지 않으면 어찌 우리들의 은밀한 사건을 알겠어?"

그 여동은 옆에서 그 소리를 듣고 어제 실언을 한 걸 후회하며 매우 놀라며 당황했다. 동원의 여동이 말했다.

"괴 장인이 오래 전부터 이상했어요. 그저께는 몰래 우리 주방까지 와서 엿들었습니다. 그때 우리에게 발각되어 나가버렸지요. 누가 발설했을까요?"

공조가 말했다.

"이 일은 나중에 얘기하고 우선 지금 어쩌면 좋죠?"

이에 정진이 말했다.

"다른 방법은 없고 오직 달아나는 거밖에 없어."

공조가 말했다.

"문 앞에 사람들이 파수하고 있어요."

정진이 말했다.

"후문으로 나가보자."

그들은 먼저 향지기에게 후문을 살펴보고 오라고 하였다. 향지기는 돌아와 아무도 없다고 했다. 공조는 매우 기뻤다. 한편으론 향지기를 시켜 바깥의 문을 모두 걸게 하고 자신은 방안으로 들어와 은자를 좀 챙기고 나머진 모두 버렸다. 향지기를 포함해 일곱 사람이 일제히 후문으로 나와 문은 열쇠로 잠가 버렸다. 공조가 말했다.

"지금 어디에 숨어야 하죠?"

정진이 이에 답했다.

"대로상에선 반드시 사람들과 부딪힐 거야. 후미진 길을 가야돼. 극락암으로 가서 잠시 피신하자. 거긴 사람들의 발길이 극히 드물어 아무도 몰라. 요연了緣이 우리들과 친분이 있으니 우릴 마다하지 못할 거야. 일이 무마된 후에 다시 거처를 정하자꾸나."

공조는 연거푸 좋다고 하며 길이 울퉁불퉁한 것도 마다하지 않고 작은 길을 향해 황급히 달아났다. 그리하여 그들은 극락암으로 피신하였다.

한편 육씨는 괴삼과 한 무리의 사람들을 데리고 잣나무 아래에서 함께 힘을 모아 괭이로 진흙땅을 파보니 석회가 드러나자 모두들 거기가 옳다고 했다. 석회는 물을 먹으면 굳어져 빨리 부수기가 쉽지 않았다. 한참이 지나 비로소 관 덮개가 보이기 시작했다. 육씨는 목을 놓아 울부짖었다. 여러 사람들이 삽으로 양쪽의 석회를 드러내었지만 관 뚜껑을 열 수가 없었다. 한편 밖에서 문을 지키고 있던 사람들은 기다리다 지쳐 모두 안으로 달려 들어와 보니 아무 소득이 없는 것을 알고 일제히 그들을 도와 흙을 파내었다. 그들은 관이 완전히 드러나자 도끼로 관 뚜껑을 찍어 열었다. 그런데 관 덮개가 열리자 안에는 남자가 아니고 비구니가 하나 나왔다. 사람들은 그 모습을 보고 모두 놀라버렸다. 자세히 살펴보지도 않고 모두 서로의 얼굴을 바라보며 급히 관 뚜껑을 닫아버렸다. 독자 여러분, 혁대경이 죽은 지가 일 년도 안 됐는데 비록 머리털이 없다지만 부부지간에 어찌 이를 못 알아 보겠습니까? 허나 독자 여러분도 뭔가 잘 모르는 바가 있을 겁니다.

혁대경이 당초 집을 나설 때에는 붉고 흰 얼굴이 잘생긴 청년의 그것이었지만 그 암자에서 폐결핵을 앓아 병석에 오래 누워 있다 보니 죽을 때의 모습은 뼈만 앙상하였다. 아무리 가까이서 자세히 보아도 당초의 모습을 찾아 볼 수가 없었던 것이다. 하물며 갑자기 대머리를 보았기에 어찌 비구니로 여기지 않겠는가! 육씨는 당장 괴삼을 원망하기 시작했다.

"특별히 당신에게 탐문을 하라고 청했는데 어찌 이리도 확실히 하질 않고 거짓 보고를 하신 거예요? 지금 이런 장난을 하였으니 어쩌면 좋아요?"

그러자 괴삼이 말했다.

"어제 어린 비구니가 분명 말했습니다. 어찌 허위 보고겠어요?"

여러 사람들도 말했다.

"오늘 열어보니 비구니인데 무슨 변명을 해요!"

괴삼이 다시 말했다.

"잘못 팠을까요? 다시 저기를 파보시죠."

그때 무리 가운데 늙은 친지 한 사람이 말했다.

"안 돼요! 안 돼! 율법에 말하길, 관을 열어 시신을 본 자는 참수한다는 말이 있소이다. 하물며 분묘를 파낸 것도 참수 죄요. 지금 우리가 죄를 하나 지었는데, 만약 다시 파서 비구니가 하나 나온다면 두 번의 참수 죄를 얻게 되는 것이 아니겠소? 그러니 관아에 알려 어제 말한 그 어린 비구니를 잡아 그 죄를 물으면 우리 죄가 무마되는 것이 아니겠소? 만약 비구니들에게 먼저 고소당하면 큰 손해를 입게 될 것이오."

사람들은 모두 그 말이 지당하다고 했다. 급히 육씨를 데리고 그 자리를 떠났다. 괭이 등의 연장들도 버려두고 안에서 정문 입구까지 나왔지만 비구니는 한 명도 보이지 않았다. 그 노인이 또 말했다.

"큰일 났어! 이 비구니들이 현지 사람들을 부르지 않는다면 분명 관아에다 고소를 한 것이야, 빨리 가요, 빨리 가!"

그 말에 놀란 사람들은 하나하나 마음이 다급해져 얼른 그 곳을 떠날 마음밖에 없었다. 육씨도 가마에 올라 나는 듯이 달려 신감현 관아로 향했다. 성안으로 들어왔을 때 친지들이 이미 반은 사라지고 말았다.

이제 이야기는 둘로 나누어진다. 육씨가 거느린 무리 가운데 고용인이 하나 있었는데, '모 깡패'로 불리는 자였다. 그는 관 속에 무슨 물건이라도 있는가하여 무리에서 혼자 벗어나 사람들이 떠나버린 후에 관 뚜껑을 열고 의복을 벗겨 위아래를 훑어보았다. 그러나 다른 물건이 없었는데 그 또한 당연한 일이었다. 그런데 무슨 일인지 한번 옷을 당기니 바지가 바로 벗겨졌는데 그 물건이 드러났다. 모 깡패는 그것을 보고 웃으며 말했다.

"알고 보니 비구니가 아니라 중이었네."

그는 원래대로 뚜껑을 덮고 걸어 나와 이리저리를 둘러보았다. 아무도 보이지 않자 그는 이곳저곳을 배회하다 어느 방 안으로 들어오게 되었는데 거긴 바로 공조의 정실이었다. 패물을 몇 가지 주워 품속에 넣고 비공암을 나와 급히 관아로 쫓아 왔다. 마침 지현 나리는 밖에서 손님을 맞이하고 있었다. 육씨와 여러 사람들은 거기서 기다리고 있었다. 모 깡패는 사람들 앞에서 말했다.

"당황해하지 마시오. 내가 마음이 안 놓여 다시 돌아가 보니 혁 관인은 아니어도 비구니가 아니라 중이었어요."

그 말에 사람들이 모두 기뻐하며 말했다.

"그럼 다행이요. 다만 그 중이 어느 절에 있기에 그 비구니들에게 살해당했죠?"

그런데 천하에 어찌 이리도 공교로운 일이 있을까! 그 말이 나오자

마자 그 옆에서 한 늙은 중이 걸어 나와 물었다.

"어느 중이 어느 비구니 암자에서 살해를 당했단 말이오? 어떻게 생긴 자요?"

사람들이 말했다.

"성 밖의 비공암 동원에 큰 키의 마른 젊은 중인데 죽은 지가 얼마 되지 않은 듯하오."

늙은 중은 그 말에 바로 입을 열었다.

"그 말을 들으니 분명히 내 제자네요."

사람들이 노승에게 물었다.

"당신 제자가 어찌 하여 거기서 죽었소?"

"노승은 만법사萬法寺의 주지 각원覺圓인데 도제 가운데 거비去非란 자가 있었지요. 그 청년은 나이가 올해 스물여섯인데 전적으로 나쁜 것만 배워 노승이 그를 말려도 듣질 않다가 올해 팔월에 떠나 아직 돌아오지 않고 있소. 그의 부모도 너무 자식을 귀여워해 아들이 불량스러운 것을 탓하지 않고 도리어 소승을 모살죄로 고소해버렸지요. 오늘 여기서 심판을 기다리던 중이었소이다. 만약 죽은 자가 정말 제 제자라면 노승도 혐의를 벗어날 수가 있지요."

그 말을 듣고 모 깡패가 노승에게 말했다.

"스님, 만약 저를 데리고 갈 의향이 있다면 제가 스님을 데리고 가서 한 번 보여 드릴까요?"

"그렇다면 좋지요!"

그들이 막 떠나려고 하는데, 한 노인이 부인과 함께 달려와 그 노승을 잡고 연이어 뺨을 때리고 욕을 하며 말했다.

"이 늙은 도적놈, 내 아들을 어디다 죽여 버렸어?"

이에 노승이 그 부부에게 말했다.

"소리치지 말아요. 당신 아들이 오늘 행방이 드러났소."

"지금 어디에 있소?"

"당신 아들은 비공암의 비구니와 서로 작당하여 어찌 죽은지는 몰라도 그 후원에 묻혔답니다."

노승은 모 깡패를 가리키며 말했다.

"이 분이 바로 증인이오."

그리고 노승은 그를 데리고 갔다. 부부는 그들을 따라 비공암으로 왔다. 당시 암자 옆에 사는 사람들은 모두 그 사건을 알아 남녀노소 모두 나와 구경하였다. 모 깡패는 노승을 데리고 암자 안으로 들어오는데 어느 방 안에서 누군가가 외치는 소리가 들렸다. 그가 문을 밀고 들어가 보니 막 죽기 직전의 늙은 비구니가 침상에 누워 소리치고 있었다.

"배가 고파! 왜 밥을 주지 않아?"

모 깡패는 그 비구니를 팽개치고 문을 닫은 후에 노승과 함께 후원의 잣나무 아래로 가 관 뚜껑을 열었다. 노 부부는 노안을 비비며 자세히 살펴보았다. 조금 닮은 것도 같아 이내 대성통곡하였다. 구경하는 사람들이 우르르 모여들었다. 이유를 묻자 모 깡패는 열심히 사건의 내막을 얘기하였다. 노승은 그들이 자신의 아들로 인정하자 자신만 혐의를 벗어나고자 진짜인지 가짜인지도 상관 않고 그들을 잡고 말했다.

"어서 가요! 당신 아들이 있으니 어서 가서 지현에게 아뢰시오. 비구니를 찾아 심문하면 알게 될 것이오. 우는 건 다음에 하시오."

그 부부는 울음을 멈추고 관 덮개를 덮은 후에 비공암을 떠나 나는 듯이 성안으로 들어갔다. 지현을 찾으니 마침 지현도 방금 돌아왔다. 노승을 붙들고 있던 나졸이 원고와 피고가 모두 사라지자 이곳저곳을 헤매며 찾느라 온 얼굴이 땀이었다.

혁씨 집안의 사람들은 모 깡패와 노승이 나타나자 모두 와서 물었다.

"정말 스님의 제자입니까?"

노승은 천만번 확실하다고 하자 사람들은 그렇다면 같이 들어가 지현께 사실을 아뢰자고 하였다. 나졸이 그들을 데리고 안으로 들어가 무릎을 꿇었다. 먼저 혁씨 집 주인이 행방불명된 연유를 아뢰고 괴 장인의 비단 끈과 암자의 어린 비구니가 한 말, 그리고 관을 열어보니 중의 시신이 있었다는 앞뒤의 상황들을 모두 세세히 아뢰었다. 그 연후에 노승이 앞으로 나가 아뢰길, 그 제자가 석 달 전에 갑자기 떠났다가 뜻밖에 비구니암에서 죽었다는 것과 그 부모에게 고소당한 일을 설명하였다. 그리고는 지현께 아뢰었다.

"오늘 일이 분명해져 소승과는 무관하니 지현님의 넓은 아량을 바라옵니다."

지현 나리는 그 부부에게도 물었다.

"정말 당신의 아들이오? 잘못 본 건 아니지요?"

"바로 소인의 아들입니다. 어찌 착오가 있겠습니까?"

지현은 바로 네 명의 공차(公差)[12]를 암자에 보내 비구니들을 체포해 법의 심판에 응하도록 했다. 사자(使者)는 명을 받고 나는 듯이 암자에 당도했지만 구경꾼들만 무리를 지어 들어갔다 나왔다 했지 비구니의 모습은 보이지 않았다. 다만 방 하나를 찾았는데 겨우 한 늙은 비구니만이 침상에서 막 숨을 거두려고 하였다. 무리 중의 한 사람이 말했다.

"혹시 서원으로 피신했을 수도 있습니다."

그들이 급히 서원 문 입구까지 왔지만 문은 닫혀져 있었다. 한번 두

---

12) 옛날 관청에서 보내던 벼슬아치나 사자(使者) 내지 심부름꾼을 말한다. 아역(衙役: 관청에 예속된 심부름꾼)도 여기에 속한다.

드려보았으나 아무런 응답도 없었다. 사자들은 초조하였다. 후원의 담을 넘어 들어갔다. 앞뒤의 문들이 모두 자물쇠로 잠겨 있었다. 주위를 조사해보았지만 인적을 찾을 수 없었다. 사자들은 각기 몇 건의 패물들을 몰래 챙겼다. 그리고 그 지역의 갑장甲長13)을 체포해 같이 관아로 돌아갔다. 지현이 공당에서 기다리니 사자가 보고하였다.

"비공암의 비구니들이 모두 도망가 어디로 간지 알 수 없습니다. 그래서 갑장을 대령하였습니다."

지현이 갑장에게 물었다.

"당신은 비구니들이 어디로 피신한지를 알고 있지요?"

"저희들이 어찌 알겠습니까?"

이에 지현이 큰 소리로 꾸짖었다.

"비구니들이 현지에서 중과 바람이 나 그의 목숨을 앗아갔소. 이런 불법적인 작태를 모두 숨기고 보고하지 않다가 지금 일이 발각되었는데도 그들을 피신하게 하고 가칭 모른다고 하니 그런 갑장을 두어 무슨 소용이 있겠소!"

이어 부하를 시켜 매질을 하게 했다. 갑장은 누차 애걸을 한 후에 비로소 용서를 받았다. 다만 사흘 이내에 관련된 범인들을 찾아오라는 명을 받았다. 밖에서 보증인을 찾아 심문을 기다려야 했다. 또 두 장의 봉인 용지를 적어 암자의 문에다 붙여 출입을 봉쇄하였음은 두말할 필요도 없다.

한편 공조와 정진은 여동과 향지기와 함께 극락암으로 왔지만 암자의 문이 굳게 닫혀져있었다. 한참 문을 수차례 두드리니 그 소리에 향지기가 문을 열고 나왔다. 그런데 한 무리의 사람들이 무작정 막무가

---

13) 중국 송대 이래로 지방 호적의 편제에 의하면 10호(戶)를 갑(甲)이라 하고 그 우두머리를 갑장이라고 불렀다. 오늘날의 동장, 반장, 이장 등과 같은 개념이다. 다른 이름으로 지방(地方), 지보(地保)란 명칭도 같은 성격의 개념이다.

내로 일제히 들어 닥쳤다. 그들은 급히 향지기에게 문을 닫으라고 했다. 암주庵主 요연은 이미 문 옆에서 그들을 맞이하고 있었다. 요연이 보니 한 무리의 사람들이 다급해하는데 추측컨대 무슨 사연이 있는 것 같았다. 그들을 불당 안에 앉게 하고 한편으론 향지기에게 차를 준비하라고 시켰다. 이어 그들이 오게 된 이유를 물었다. 정진이 그녀의 한 쪽 팔을 잡고 그 사연을 자세히 얘기하였다. 그리고 암자에 피신을 하려고 온 것이라고 하였다. 요연은 듣고 나서 크게 놀랐다. 잠시 생각하더니 말했다.

"두 사형들이 어려움이 있어 피신하였으니 응당 돕는 것이 옳지만 이 일은 다른 일과 다르오. 먼 곳으로 피신을 한다면 화를 피할 수가 있지만 우리 이곳은 울타리가 높지 못해 사람들의 이목과 맞닿아 있어요. 만약 사람들에게 들킨다면 사형이 위험에 처하는 것은 물론 나까지도 구정물 속으로 빠지게 되어 피할 수가 없게 돼요."

사실 요연이 승낙하지 않는 데는 다른 이유가 있었다. 그녀 역시 널리 사람들에게 도움을 주는 고승高僧이지만 만법사의 젊은 중 거비와 비밀 부부가 되어 그를 은닉한 지도 석 달이 넘었다. 그녀 역시 비록 비구니 복장을 하고 있지만 언제나 사건이 드러날까 조마조마한 마음이었기에 자신의 은신처도 매우 긴급한 상황이었던 것이다. 오늘 정진도 그런 일이 탄로나 피신하여 온 것인데 그가 붙잡힌다면 자신의 사건까지도 들통이 나게 되고, 이런 이유 때문에 그가 머무르도록 도와주지 않으려는 것이다. 공조와 여동들도 요연이 거절하는 것을 보고 서로 얼굴만 바라보며 아무런 대책이 없었다. 그런데 정진은 약삭빠른 지모가 좀 있었다. 요연이 평소 재물을 탐하는 것을 알고 소매 속에서 은자 두세 냥을 꺼내 요연에게 주면서 말했다.

"사형의 말은 정말 일리가 있지만 현재 일이 너무 급하고 갈 곳을 미리 생각지도 못했는데 지금 어디로 피신을 한단 말이에요! 바라건대 사형께서 이전의 정분을 생각해서 잠시 이삼 일만 머물 수 있도록 허락해 주시면 좋겠네요. 상황이 좀 누그러진 연후에 다시 다른 곳으로 갈게요. 이 작은 은자는 사형의 용돈으로 쓰세요."

과연 요연은 은자를 보자 이해득실을 잊어버리고는 정진에게 말했다.

"만약 이삼 일만 머문다면 괜찮지만 어찌 사형의 돈을 받겠어요!"

이에 정진은 말했다.

"이렇게 폐를 끼치는 것도 부당한데 어찌 사형의 가산을 축낼 수 있겠어요?"

요연은 형식적으로 한번 돈을 거절한 후에 그걸 받아 넣었다. 그리고는 그들을 데리고 안으로 들어가 숨게 하였다.

한편 젊은 중 거비는 향지기가 말하길 비공암의 사도師徒 다섯 명이 모두 예쁘다는 말을 듣고 급히 나와 살펴보았다. 양쪽은 서로 보고 인사를 나누었다. 정진이 그를 자세히 보니 모르는 자여서 요연에게 물었다.

"이 사형은 어느 정실에 머물고 있지요? 어찌 본 적이 없죠?"

요연은 거짓말로 말했다.

"여기는 최근 새로 출가한 사제예요. 그러기에 사형이 아직 모르는 것이죠."

그 젊은 중은 정진과 그 사도들을 보자 그 자색이 요연을 능가함을 알고 매우 기뻐했다. 속으로 생각했다.

"내가 정말 운이 좋군. 하늘이 이런 멋진 사람들을 여기 보냈어. 모두 건드려 돌아가며 즐겨야겠다."

요연은 바로 소식素食 등을 준비해 그들을 대접했다. 그러나 정진과 공조는 마음속이 불안해 안절부절하며 전혀 음식이 넘어가지 않았다. 신시申時14)가 되자 요연에게 말했다.

"지금 저희 암자의 소식이 어떤지 궁금해요. 여기의 향지기에게 부탁해 한번 소식을 탐문하면 앞으로 먼 대책을 세우기에 좋을 것 같아요."

요연은 즉시 향지기를 보냈다. 그 향지기는 착실한 자였는데 사연이 어떤 건지도 모르고 곧장 비공암으로 달려가 이리저리를 살폈다. 당시 갑장을 비롯한 사람들이 지현의 명에 따라 암자의 문을 봉쇄하고 그 안의 늙은 비구니가 죽든 말든 상관없이 안에서 빗장을 걸어버렸다. 거기다 두 장의 봉피封皮도 문에 교차로 붙여 놓았다. 그들이 이런 작업을 끝내고 몸을 숨겨 기다리고 있는데 마침 그 향지기 노인이 나타나 이리저리를 탐색하며 왔다 갔다 하니 정황상 간첩으로 보여 일제히 달려와 고함쳤다.

"관아에서 너를 체포하려던 중이었다. 마침 잘 왔다."

그 중 한 명이 포승줄로 그의 목을 감았다. 놀란 향지기는 기겁을 하며 말했다.

"그들이 저희 암자에 피신하였다가 저를 탐문하도록 보낸 것입니다. 저와는 상관없는 일입니다."

"너는 염탐하러 온 걸 알고 있다. 어느 암자에서 온 지를 어서 말하거라!"

"극락암입니다."

사람들은 그 말에 따라 몇 명의 조수助手를 다시 불러 향지기와 같이 모두 극락암으로 도착하였다. 먼저 앞뒤의 문을 잘 지키게 하고 문을 두드렸다. 안에서는 향지기가 돌아온 줄만 알고 요연이 급히 나와 문을 열어주었다. 그러자 사람들이 일제히 들어 닥쳐 먼저 요연을 나포하고 그녀를 데리고 안으로 들어가 수색하니 한 명도 달아나지 못

---

14) 오후 3시부터 5시 사이를 말한다.

했다. 그 젊은 중은 다급해지자 침상 밑으로 숨었지만 발각되었다. 요연이 사람들에게 말했다.

"저이들은 그냥 제 암자에 잠시 피신한 것뿐입니다. 저들이 한 행동은 저와는 전혀 무관합니다. 여러분들에게 술값을 좀 드릴 테니 좀 편리를 봐 주셔서 저희 암자를 용서해 주시기 바랍니다."

그 말에 사람들이 말했다.

"그건 안 되오! 지현 나리가 얼마나 무서운 지 아시오! 저희에게 그들을 어디서 체포했느냐고 물으면 우리가 어찌 대답을 하겠소? 댁이 관련이 있는지 없는지는 우리가 알 수 없으니 당신은 관아에 가서 변호를 하시오."

그러자 요연이 말했다.

"그러지요 뭘. 그런데 제 도제가 방금 출가한 사람이라 그 사람은 면하게 해 주세요. 여러분께서 좀 인정을 베풀어주시길 바랍니다."

사람들은 돈을 받자 승낙해버렸다. 그런데 그 가운데 한 사람이 말했다.

"안 될 말이오! 자신과 상관이 없다면 어찌해서 다급하게 침상 밑에 숨었단 말이오! 분명 그 무슨 이유가 있을 것이요. 우리들이 이런 타협을 하면 안 되오."

사람들이 모두 그 말이 옳다고 하여 포승줄로 남녀 모두를 채웠다. 모두 열 명이었는데 그 모양이 마치 단오 날의 쭝즈粽子15)와 같이 한 줄로 함께 묶여져 암자 문을 나선 후에 문을 봉쇄하였다. 그들은 신감현으로 압송되었는데 가는 도중 내내 요연은 정진이 자신에게 누를 끼쳤다고 원망하였으며, 정진은 한 마디도 대꾸하지 못하였다. 그야

---

15) 쭝즈는 원래 중국에서 단오절에 먹는 음식으로 찹쌀 안에 고기 등을 넣고 삼각 김밥 모양으로 만들어 대나무 잎에 싸서 쪄 먹는 음식이다.

말로

　　늙은 거북은 삶아도 뭉드러지지 않나니, 불문에 화를 끼치도다.

　당시 때는 저녁이 되어 지현은 이미 아문을 떠났고, 갑장을 비롯한 사람들도 그들을 데리고 집으로 돌아가 쉬었다. 요연은 몰래 젊은 중에게 말했다.

　"내일 공당에 가면 당신은 그냥 새로 출가한 도제라고만 얘기하고 다른 말은 절대 하지 말아요. 내가 알아서 얘기할 테니. 그래야만 무사할 거예요."

　다음날, 지현이 일찍 아문에 출두하자 갑장이 들어와 아뢰었다.

　"비공암 비구니가 모두 극락암에 피신하였다가 지금 모두 체포되었습니다. 극락암의 비구니까지도 모두 여기 대령하였습니다."

　지현은 그들을 공당 마당의 불룩 솟은 대臺 동쪽 앞에 꿇어앉게 하고 사람을 보내 노승과 혁대경의 가족, 괴삼, 젊은 중 부모 등을 오게 하였다. 얼마 지나지도 않아 그들은 모두 도달했다. 그들은 대의 서쪽 앞에 모두 꿇어앉았다. 젊은 중이 몰래 눈을 돌려 바라보고는 깜짝 놀라 속으로 생각했다.

　"어찌 사부님도 저들의 소송에 말려들었지? 아버지 어머니도 여기에 있다니 더욱 이상하네!"

　그는 속으로 이런 생각을 하였지만 그들을 부를 수도 없었다. 게다가 사부가 자신을 알아볼까 두려워 머리를 다른 쪽으로 돌리고 바닥에 꿇었다. 그 노부부는 지현이 있음에도 불구하고 비구니를 가리키며 울며 욕했다.

　"염치없는 음탕한 년! 어찌 내 아들을 살해할 수가 있어! 어서 빨리 내 아들을 돌려 줘!"

　젊은 중은 부모가 정진에게 사람을 돌려달라고 하자 더욱 이상해하였다.

"내가 멀쩡하게 여기에 살아있는데, 어찌 저들에게 목숨을 돌려달라는 거지?"

정진과 공조는 혁대경의 부모인 줄로 알고 감히 입을 열지 못했다. 지현은 노인네가 떠들자 고함치며 멈추게 하고 공조와 정진을 불러 심문했다.

"너희들은 출가한 자건만 어찌 하여 계율을 지키지 않고 몰래 중과 간통하고 그를 죽였느냐? 사실대로 말해 형벌을 면하거라!"

정진과 공조는 자신들의 죄가 이미 무거운 것을 알고 놀라고 겁을 먹어 오장육부가 마치 헝클어진 삼실가닥이 되어 정신이 하나도 없었다. 당시 지현이 혁대경의 사안을 추궁하지 않고 무슨 중의 일을 물어보니 더욱 영문을 몰라 어리둥절했다. 정진의 그 입도 평소에는 대단한 달변이었지만 이번에는 흡사 생칠을 단단히 한 듯 아교로 붙인 듯 한마디도 대꾸하지 못했다. 지현이 연이어 네다섯 번을 물어보자 겨우 한 마디를 했다.

"소니小尼는 그 중을 죽인 적이 없습니다."

지현이 호통치며 말했다.

"만법사의 중 거비를 죽여 후원에 묻고도 감히 발뺌을 해! 어서 형벌을 가하여라!"

양쪽에 있던 역졸役卒들이 우레와 같이 응답하며 다가가 고문을 가하였다. 요연은 지현이 시신을 거비로 알고 그 행방을 추궁하니 자신이 저지른 일을 추궁하는 것이라 생각하고 놀라 몸이 자동적으로 흔들리며 생각했다.

"이게 어찌 된 것이야? 저들이 혁 감생의 시신은 추궁하지 않고 왜 나의 일을 건드리고 있지? 정말 이상해!"

그녀는 영문을 모른 채 몰래 젊은 중을 바라보니 그도 부모가 뭔가를 잘못 알고 있음을 알고 요연을 같이 바라보았다.

한편 정진과 공조는 모두 예쁘장한 몸매에 부드러운 피부를 지녔는데 이런 형벌을 도저히 견뎌내 지를 못했다. 주릿대가 방금 채워졌는데도 기절을 하며 외쳤다.

"나리, 형틀을 채우지 마시기 바랍니다. 소니가 사실대로 자백하겠습니다."

지현은 좌우 역졸들에게 행동을 멈추게 하고 그들의 자백을 들었다. 두 비구니는 이구동성으로 말했다.

"나리, 후원에 묻힌 자는 중이 아니라 혁 감생의 시신입니다."

혁씨 집안사람들은 그 시신이 원래 혁 주인의 것이라는 말을 듣자 괴삼과 같이 모두 주의를 기울여 사연을 들었다. 지현이 물었다.

"혁 감생이라는데 어찌 머리가 삭발인가?"

두 비구니는 혁대경이 절에 놀러 왔다가 죽이 맞아 간통을 하고 모의 하에 머리를 삭발시켜 비구니로 변장시킨 사연과 병사하여 매장한 앞뒤 일들을 세세히 자백하였다. 지현은 그들의 말이 혁씨 집의 어제 이야기와 서로 일치하여 진심이라고 여겼다. 그리고 다시 물었다.

"혁 감생의 일은 사실대로 밝혀졌고 그 중은 여전히 어디에 감춰두었는가? 같이 자백하거라!"

두 비구니는 울며 말했다.

"그건 사실 알지 못합니다. 저희들을 때려 죽여도 허위로 인정할 순 없습니다."

지현은 여동과 향지기를 불러 하나하나 물어보니 그 이야기가 서로 동일해 젊은 중의 일과는 무관함을 알았다.

지현은 다시 요연과 젊은 중을 불러 심문했다.

"너는 정진과 공조 등을 암자에 은닉했으니 분명 같이 모의했을 터인즉 너도 형틀을 받아라!"

요연은 이때 정진 등의 자백이 명백하여 젊은 중의 일은 이미 거기에 휘말려들지 않아 마음이 다소 놓였다. 조용히 침착하게 아뢰었다.

"나리, 형틀을 가할 필요가 없습니다. 소니가 자세히 말씀드리겠습니다. 정진 등이 어제 소니의 암자로 와 거짓말로 자신이 남에게 돈을 사기당해 잠시 하루 이틀만 묵게 해 달라기에 실수로 허락하였습니다. 그 밖의 간통한 사연은 저는 전혀 모릅니다."

또 젊은 중을 가리키며 말했다.

"저 도제는 새로 출가한 것이고 정진 등과는 서로 모르는 사이입니다. 이런 파렴치한 짓은 불문의 체통을 더럽히는 것인데 발각되기 전에 소니가 조금이라도 알았더라면 응당 자수를 할 것입니다. 어찌 일이 탄로가 난 후에 감히 은닉하겠습니까? 바라건대 나리께서 상황을 헤아려 너그러이 용서해 주십시오."

지현은 그가 하는 말이 일리가 있어 웃으며 말했다.

"말은 잘 하는군! 다만 마음과 입이 다르지 않길 바란다."

그리하여 한쪽으로 꿇어앉게 하였다. 그 다음 역졸에게 명해 공조와 정진을 각각 오십 대를 치게 하고, 동방의 여동은 각각 서른 대, 두 명의 향지기는 각각 스무 대를 때리게 하니 모두 맞아 피부가 찢어지고 살이 터져 유혈이 낭자하였다. 형벌을 마치자 지현은 붓을 들어 죄를 논하였다. 정진과 공조는 계획적으로 음탕한 짓을 하였고 사람의 목숨을 다치게 하였으니 율법에 의해 참수를 정하였다. 동방의 두 여동은 등급을 낮춰 장杖 팔십 대에 관官에다 팔았다. 두 향지기도 정황을 알고도 동조를 했으니 모두 장형으로 다스렸다. 비공암은 간음한 자의 소굴이기에 허물어 관官에 귀속시켰다. 요연과 그 사도는 그 정황을 몰랐지만 간음한 무리들을 은닉한 죄로 벌금으로 장형을 면하도록 하였다. 서방의 여동들은 속인俗人으로 돌아가게 하였다. 혁대경은 스스로 자초한 짓에 목숨을 잃었으니 죄를 논할 바가 아니었다. 시체와 관은 가족이 고향으로 가져가 매장토록 하였다. 판결이 끝나자 죄인들에게 진술서에다 수결을 하도록 하였다.

그 노부부는 시신이 그들의 아들이 아님을 알고 어제 한바탕 울고 불며 부린 난리가 매우 멋쩍어 더욱 분통이 터졌다. 꿇어앉아 지현에게 아뢰길, 여전히 노승에게 사람을 요구하였다. 노승은 도제가 절의 물건을 훔쳐 집에 감췄지만 오히려 발뺌을 한다고 하면서 쌍방이 싸웠다. 지현도 판결하기가 어려웠다. 마음은 노승이 살해를 저지른 것 같지만 흔적이 없었으니 죄를 논하기 어려웠다. 그런데 이 노부부가 어찌 또 사람을 돌려달라고 하니 지현은 생각을 좀 한 후에 말했다.

"당신 아들의 생사는 실제 증거가 없는데 어찌 죄를 묻겠소! 그러니 나가서 자세히 확실한 증거를 찾아보고 와서 보고하시오!"

당시 공조와 정진, 그리고 두 명의 여동은 모두 감옥 안에 있었다. 요연과 젊은 중, 그리고 두 명의 향지기는 소보가 압송해갔다. 노승과 노부부는 원래 역졸들이 압송해서 거비의 행방을 알아보게 하였고, 나머지 사람들은 모두 석방시켜 집으로 보냈다. 당시 모든 아문衙門은 동쪽으로 들어가 서쪽으로 나오는 법규가 있었다. 이때 한 무리의 사람들이 모두 서쪽 붉은 계단 아래에서 나가고 있었다. 요연은 미리 지현을 구슬렸기에 모욕을 면할 수 있었다. 그녀는 젊은 중과 함께 몰래 둘이서 기뻐하였다. 젊은 중은 누가 자신을 알아볼까 두려워 머리를 가슴 앞까지 푹 숙이고 여러 사람들의 뒤에 붙어서 갔다. 그러나 자연히 탄로는 나게 마련이다. 막 서문을 나서는데 그 노부부가 노승을 붙잡고 욕하며 말했다.

"늙은 도적 놈! 내 아들을 죽이고 다른 사람의 시신으로 나를 속여?"

그들은 노승의 얼굴을 조이면서 마구 때렸다. 노승은 맞으면서 연거푸 억울하다고 소리쳤지만 어디 피할 곳이 없었다. 그때 마침 십여 명의 도제徒弟와 도손徒孫들이 그것을 보고 사부가 맞는 것을 알고 일제히 달려들어 그 노부부를 밀어버리고 주먹을 휘둘러 치기 시작했다. 젊은 중은 부모가 낭패를 당하는 것을 보고 마음이 급했다. 자신이 가짜 비구니인 것을 잊어버리고 앞으로 나가 말렸다.

"여러 사형들, 치는 것을 멈추시오!"

여러 중들이 눈을 들어 보니 바로 거비로 알고 있는 자였다. 급히 그 노부부를 놓고 그를 붙잡아 소리쳤다.

"사부님, 이젠 됐습니다. 거비가 여기 있습니다."

그들을 데리고 가던 역졸들은 영문을 모른 채 소리쳤다.

"여긴 극락암의 비구니로 압송하여 보증인을 찾으려고 하니 당신들은 오해하지 마시오!"

그 소리에 여러 중들이 말했다.

"오라, 알고 보니 거짓으로 비구니 행세를 하여 극람암에서 즐기고 있으면서 사부님께 누를 입혔군 그래."

여러 사람들은 이제 그가 중인 것을 알고 모두 웃기 시작했다. 옆에 있던 요연은 다급해 연이어 죽는 소리를 하며 얼굴빛이 파래졌다. 노승은 여러 사람들을 제치고 달려와 연이어 네다섯 번 거비의 뺨을 때리며 말했다.

"하늘이 쳐 죽일 고얀 놈! 네가 즐기는 동안 나는 너무 괴로웠다. 어서 가서 나리를 만나자."

노승은 그를 끌고 갔다. 노부부는 아들이 살아있는데다 가짜 비구니 짓을 하였으니 관아에 들어가면 분명 벌을 받을 것을 생각해 노승 앞에 연거푸 머리를 조아리며 빌었다.

"대사님! 제가 무례한 죄를 지었습니다. 청컨대 제가 예로써 사과 드리겠습니다. 제발 사도지간師徒之間의 정을 생각하시어 제 아이를 용서해주시고 지현 나리를 뵙지 말아 주시기 바랍니다."

노승은 이미 그들에게 많은 골탕을 먹었기에 그 부탁을 들으려고 하지 않았다. 그 젊은 중을 잡고 바로 공당으로 들어갔다. 아역들이 요연을 끌고 뒤따라 들어갔다. 지현이 이들을 보자 물었다.

"저 늙은 중이 왜 또 그 비구니를 데리고 들어왔지?"

노승이 말했다.

"나리, 이 자는 진짜 비구니가 아니고, 저희 암자의 도제 거비가 거짓으로 변장한 것입니다."

지현은 그 말을 듣고 웃음을 참지 못하였다.

"어찌하여 그런 이상한 일이 다 있나?"

즉시 젊은 중에게 호통 치며 사실대로 진술하게 하였다. 거비는 속일 수 없다고 스스로 인정하여 하나하나 자백하였다. 지현은 그 진술을 기록하고 그 중과 비구니에게 각각 마흔 대의 장형을 쳤다. 그리고 거비는 율법에 따라 도형徒刑을 내리고, 요연은 관에 팔아 노비로 전락시켰다. 극락암도 철거해버렸다. 노승과 거비의 부모는 무죄로 석방시켰다. 또 목에 형틀을 채우고 모두 얼굴 반쪽에 검은 칠을 하여 온 성안을 돌게 하면서 사람들에게 전시하였다. 거비의 모친은 아들이 그런 불법적인 짓을 한 까닭에 벙어리처럼 말도 못하고 오직 만면에 눈물 콧물로 범벅이 되어 칼16)을 부축한 채 함께 아문을 나섰다. 이 사건은 온 성의 사람들을 놀라게 하여 남녀노소가 모두 나와 구경하였다. 호사가들은 이를 노래로 불렀다.

> 가련한 늙은 스님의 젊은 도제가 사라졌지만, 알고 보니 여자 중이 남자 중을 몰래 숨겨두었네. 분명 남자 중이건만 여자 중으로 잘못 알았네. 가짜 중 때문에 진짜 중이 고생을 하였네. 죽은 중으로 판단한 것이

---

16) 칼은 죄인에게 씌우던 형틀이다. 두껍고 긴 널빤지의 한끝에 구멍을 뚫어 죄인의 목을 끼우고 비녀장을 지른 형태로 만들어져 있다.

산 중으로 밝혀졌네. 집집마다 중을 때릴 것을 소리치고, 거리마다 다투어 중을 맞이하네. 바짓가랑이 안 딱딱한 그것만 탐한 거친 중은, 암자에 있는 예쁘장한 수많은 바람난 중을 망쳐놓네.

한편 혁씨가 사람들은 괴삼과 함께 급히 집으로 달려와 안주인에게 사실을 보고하니, 육씨는 그 말을 듣고 울다가 거의 죽을 뻔하였다. 밤을 새워 의복과 관 등을 준비한 후에 지현에게 아뢰어 암자의 문을 열게 하고 친히 그 안으로 들어가 남편의 시신을 다시 관에다 염하고 선영으로 맞이하여 택일안장하였다. 당시 암자 안의 늙은 비구니는 이미 침상 위에서 굶어죽어 있었다. 갑장이 관官에 알려 시신을 관에다 넣은 것은 당연한 일이다. 육씨는 남편이 생전에 잘 배우지 않고 호색하여 몸을 망쳤기에 자식들을 엄히 가르쳐 훗날 명경과明經科로 출사出仕하여 벼슬이 별가別駕[17]에 이르렀다. 시가 그것을 잘 보여준다.

들의 풀과 남의 꽃을 마음대로 탐하고, 벌나비로 변하면(꽃과 서로 놀 수 있기에) 죽어도 여한이 없다네. 유명한 암자가 남녀 환락의 꿈이 되니, 색色은 공空이 아닌 것을 가지고 웃음거리로 삼네.

---

17) 벼슬 이름으로 중추원과 승정원에 속한 관리이다.

편저자

풍몽룡 馮夢龍, 1574~1646

소주蘇州 출신의 명대 문학가. 소설·희곡·민가·소화笑話등 통속문학의 창작과 정리에 열중하였다.
대표작은 ≪유세명언喻世明言≫ (일명 ≪고금소설古今小說≫·≪경세통언警世通言≫·
≪성세항언醒世恒言≫·≪동주열국지東周列國志≫·≪평요전平妖傳≫·≪산가山歌≫·
≪지낭智囊≫·≪정사情史≫·≪소부笑府≫ 등이 있다.

편역자

최병규 bgchoi@andong.ac.kr

한국외국어대 중어과 졸업
대만국립사범대학 중문연구소 석박사
현) 안동대학교 중어중문학과 교수(1995~)
    안동대학교 인문과학연구소장(2013~)
저역서:
≪주제별로 만나는 중국문화 14강(저서, 한국문화사, 2015)≫·≪중국고전문학 속
의 정情과 욕欲(저서, 한국문화사, 2014)≫·≪우리말 한자어를 활용한 중국어회화
(저서, 한국문화사, 2014)≫·≪관광통역문화중국어(저서, 한국문화사, 2013)≫·≪삼
국연의三國演義와 기만(역서, 우리책출판사, 2013)≫·≪장예모 영화에 나타난 중국
어와 중국문화(저서, 한국문화사, 2012)≫·≪천공개물天工開物(역서, 범우사, 2009)≫·
≪중국의 시가와 소설의 입문서(저서, 한국문화사, 2008)≫·≪우리말 100구 중국
어 표현법(저서, 중문출판사, 2003)≫·≪몽계필담夢溪筆談(상·하)(역서, 범우사, 2002)≫·
≪삼언三言(역서, 창해출판사, 2002)≫·≪중국문학으로 보는 문학개론(저서, 중문출판
사, 2001)≫·≪중국어관용표현용례집(저서, 중문출판사, 1998)≫·≪풍류정신으로
보는 중국문학사(저서, 예문서원, 1998)≫

삼언 애욕소설선

초판 인쇄   2016년 2월 5일
초판 발행   2016년 2월 15일

편 저 자| 풍몽룡
편 역 자| 최병규
펴 낸 이| 하운근
펴 낸 곳| 學古房

주   소| 경기도 고양시 덕양구 통일로 140 삼송테크노밸리 A동 B224
전   화| (02)353-9908   편집부(02)356-9903
팩   스| (02)6959-8234
홈페이지| http://hakgobang.co.kr
전자우편| hakgobang@naver.com, hakgobang@chol.com
등록번호| 제311-1994-000001호

ISBN   978-89-6071-566-0   93820

값 : 23,000원

이 도서의 국립중앙도서관 출판시도서목록(CIP)은 서지정보유통지원시스템 홈페이지
(http://seoji.nl.go.kr)와 국가자료공동목록시스템(http://www.nl.go.kr/kolisnet)에서 이
용하실 수 있습니다.(CIP제어번호:CIP2016003283)